KB130122

지구 끝낱의 요리사

지구 끝 날의 요리사

요나스 요나손 장편소설
임호경 옮김

PROFETEN OCH IDIOTEN
by JONAS JONASSON

Copyright (C) Jonas Jonasson, 2022
Korean Translation Copyright (C) The Open Books Co., 2024
All rights reserved.

Korean edition published by arrangement with
Albatros Agency, Sweden.

2011년

이 이야기가 시작될 무렵, 버락 오바마는 미국 대통령이었고, 반기문은 UN을 이끌고 있었으며, 앙겔라 메르켈은 독일 총리로 6년이나 재임했지만, 아직 10년 더 그 자리에 있을 것이었다.

러시아에는 거의 누구도 이름을 기억하지 못하는 어떤 대통령이 있었다. 하지만 그곳의 실제적인 지배자는 푸틴 수상이라는 사실은 누구나 아는 바였다.

북아프리카에서는 부패와 허울뿐인 민주주의에 염증을 느끼고, 변화를 염원하는 수십만 명의 군중이 들고 일어났으니, 이른바 〈아랍의 봄〉이었다.

태평양에서는 지진이 5층 빌딩만큼이나 높은 파도를 일으켰고, 이 거대한 해일은 일본의 해안을 덮쳐 후쿠시마 원자력 발전소를 비롯한 모든 것을 무너뜨렸다.

아제르바이잔은 수억 명의 시청자가 지켜보는 가운데 유로비전 송 콘테스트에서 우승했다. 하지만 이 숫자는 그보다 조금 전에 거행된 영국의 윌리엄 왕세자와 케이트 미들턴의 결혼식에 채널을 맞춘 20억 명에 비하면 아무것도 아니었다.

이러고 있는 동안, 미국은 오사마 빈라덴을 찾아내어 사살했지만, 시청자는 단 한 사람도 없었다.

같은 해, 태국과 캄보디아 간의 해묵은 국경 분쟁이 재연되었다가 다시금 잦아들었다. 스웨덴을 다스리는 사람은 중도 보수당의 레인펠트 수상이었다. 그는 좌파가 중시하는 이슈들을 자기 것으로 만들었고, 그 덕에 두 번의 총선에서 연달아 승리할 수 있었다.

같은 나라에서, 머리가 약간 모자란 요한이라는 남자는 형 프레드리크가 외교관 커리어를 위해 로마로 떠나 버려 졸지에 혼자 남게 되었다. 그들의 어머니는 여러 해 전에 세상을 떠났고, 그들의 아버지는 그의 남자 친구과 손에 손을 잡고서 한가로이 몬테비데오의 해변을 거닐고 있었다.

우리는 이 조금 모자란 남자의 이야기부터 시작하려 한다. 하지만 오래지 않아서 모두가 무대에 등장하게 될 것이다. 오바마, 반기문, 그리고 러시아의 푸틴을 포함해서 말이다.

자, 마음껏 이야기를 즐기시기 바란다!

요나스 요나손

제1부

세상의 종말을 앞두었을 때

1
2011년 여름

요한은 친절했다. 남을 돕기를 좋아했다. 그리고 어떤 점에서는 재능이 있었지만, 어떤 점에서는 꽝이었다.

세상에는 그가 이해할 수 없는 것들이 너무나 많았다. 예를 들자면, 솔직히 말해서 그의 형은 세상에서 가장 좋은 형이라고는 할 수 없었다.

그들은 겨우 두 살 터울이었지만, 요한은 아들이 아버지에게 하듯이 프레드리크 형을 존경했다. 둘 중 누구에게도 없는 아버지에게 하듯이 말이다.

사실 그들에게는 아버지가 있었다. 요한이 태어나기도 전에 가족을 내팽개치고 떠난 남자였다. 그리고 어쩌다 한 번씩 나타나곤 했던 사람이었다. 가장 최근에 얼굴을 보인 것은 어머니의 장례식 때였다. 장례식이 끝난 뒤 커피를 마시며 그는 아들들에게 스웨덴에서 가장 멋진 동네에 있고, 방이 열두 칸하고도 반 칸이나 되는 아파트를 선물했다. 그러면서 프레드리크에게는 〈난 네가 자랑스럽다〉라고 말했고, 요한에게는 〈너도 언젠가는 모든 게 좋아질 거야〉라고 격려했다.

그러고는 다시 홀쩍 떠나 버렸다.

형제는 생김새는 비슷했지만, 성격은 딴판이었다. 형은 아버지의 발자취를 따라 언젠가는 대사가 되겠다는 목표를 세우고 외교 분야에서 경력을 쌓아 가는 중이었다. 반면 동생은 우편배달부가 되는 것조차 실패했다.

형이 외무부의 외교관 훈련 프로그램에서 우수한 성적을 거두고 있을 때, 동생은 아파트의 열두 칸 반을 깨끗하게 유지하는 일에만 전념했으니, 이것 말고는 특별히 잘하는 일이 없었던 까닭이었다.

저녁이 되면 프레드리크는 서재의 안락의자에 앉아 중요한 자료들을 펼쳐 들고는, 요한에게 위스키를 한 잔 가져오게 시키거나, 시장한 정도에 따라 저녁 식사 시간을 정하곤 했다.

「7시 15분!」 그는 동생에게 지시했다. 「야, 잘 들어. 7시 15분이야! 자, 이제부터 날 방해하지 말고 나가 줘.」

요한은 자신이 필요한 존재라고 느꼈다. 그리고 이렇게 형을 도울 수 있는 게 자랑스러웠다. 전반적으로 그는 만족하고 있었다. 머리를 쓰는 일은 너무 어렵게 느껴질 때도 있었지만, 맛을 보고 냄새를 큼큼 맡아 보는 일만큼은 너무나 신이 났다.

프레드리크는 동생이 한 일에 만족하는 법이 거의 없었다 (사실은 한 번도 만족하지 않았다). 아니, 어떻게 만족할 수 있단 말인가? 요한은 제대로 하는 게 하나도 없는 녀석인데 말이다. 그리고 형은 건설적인 비판에 매우 능했다.

「야, 이 바보야, 소스에 오레가노를 너무 많이 넣지 말라고 했잖아!」

또한 그는 식탁 예절에 있어서도 매우 꼼꼼했다.

「피노 누아르 와인을 보르도 와인 잔에 넣으면 안 돼! 도대체 몇 번이나 말해야 알아듣겠니?」

사실은 한 번으로 충분했다. 주방은 그가 열두 살 때, 그러니까 그들의 어머니가 너무 아파 침대를 떠나지 못하게 되었을 때부터 그의 영역이었다. 6년 후, 그녀는 라틴어 명칭이라 요한이 기억하지 못하는 어떤 병으로 죽었다.

프레드리크에게 봉사하는 일은 처음에는 하나의 놀이로 시작되었다. 그런데 이 놀이는 그들이 성인이 되고 나서도 쭉 계속되었다.

프레드리크는 이 놀이를 〈주인과 하인〉이라고 불렀다. 그들 중 하나는 주인이고, 다른 하나는 하인이었다. 만일 주인이 지시를 했는데도 불구하고 하인이 시키는 대로 하지 않거나, 잠시 깜빡하고서 〈예, 주인님!〉 혹은 〈아뇨, 주인님!〉이라고 힘차게 대답하지 않으면, 그들은 역할을 바꾸어 놀이를 계속하곤 했다.

프레드리크는 무슨 일을 하든 최고의 실력을 보여 주었지만, 이상하게도 이 놀이에서만큼은 그렇지 못했다. 그는 매번 잊어버렸기 때문에, 섬기는 역할을 맡는 일이 거의 없었다. 프레드리크가 외국으로 떠난 그날까지, 요한은 — 10초가량의 아주 짧은 몇 번의 예외를 제외하고는 — 15년 동안을 계속 하인 역을 맡아야 했다.

「야, 네가 너무 똑똑해서 내가 당할 수가 없다.」 프레드리크는 둘러댔다. 「자, 이제 후딱 창고로 달려가 내 여행 가방 두

11

개를 가져와. 그런 다음에는 내 셔츠들을 다림질하고, 내 짐을 꾸려. 하지만 오븐에 있는 내 안심스테이크를 잊으면 안 되겠지? 또 오늘은 고르곤졸라치즈를 먹기로 했지? 아, 슬슬 배가 고파 오는군.」

「예, 주인님! 예, 주인님! 예, 주인님! 예, 주인님!」

그런데 안심스테이크를 잊는다고? 천만에, 그럴 일은 없었다. 오븐 온도를 110도에 맞춰 놓고 굽다가, 코어 온도[1]가 50도가 되면 꺼내어 54.5도가 될 때까지 두어야 했다. 그리고 남는 11분 동안에 재빨리 테이블 세팅을 마치는 것이다.

외교관으로서 첫 번째 해외 파견 근무를 눈앞에 두고 있는 프레드리크는 생각해야 할 게 너무 많았다. 요한은 무거운 마음으로 스트란드베겐가의 고급 아파트에서 혼자 살 준비를 하고 있었는데, 프레드리크는 이 커다란 아파트에 동생을 혼자 남겨 놓기에는 마음이 너무나 섬세한 모양이었다. 그는 방 열두 칸에 벽장이 하나 있는 집을 팔아 치우고는 그 돈으로 동생에게 캠핑카를 사줬다. 완벽한 주방 시설이 갖춰진 캠핑카를 말이다! 또 요한은 선불 카드도 하나 받았다. 비밀번호는 ⟨1, 2, 3, 5⟩로, 프레드리크가 정한 거였다. 그는 이 비밀번호를 이렇게 설명했다. 「은행이 ⟨1, 2, 3, 4⟩는 안 된다고 해서 이걸로 정했는데, 심지어는 너조차도 이 번호는 잊어버릴 수 없겠지.」

「일, 이, 삼, 사.」 요한이 따라 했다.

---

1 고기 중심부의 온도를 말한다. 가열이 끝난 후에도 코어 온도는 고기 자체의 잔열로 계속 상승한다. 이하 모든 주는 옮긴이 주이다.

「일, 이, 삼, 오! 이 멍청아!」 프레드리크가 소리쳤다.

카드에 1만 5천 크로나를 채워 놓은 그는 이제부터는 요한도 성인이기 때문에 혼자서 헤쳐 가야 한다고 선언했다.

「예, 주인님!」 요한은 갑자기 낯설게 느껴져 무섭기도 하지만, 도움을 주어 고맙기도 한 형에게 대답했다.

이것만으로 충분치 않았던지, 프레드리크는 까마득한 옛날부터 아버지 쪽 집안인 뢰벤홀트 가문에서 전해져 내려온 가구들을 파는 일도 도맡았다. 거기에는 그랜드 피아노 한 대, 페르시아 양탄자 여덟 장, 르네상스 시대의 그림 여덟 점, 그리고 무수한 도자기, 앤티크 책상, 크리스털 샹들리에, 옷장, 거울 등이 포함되어 있었다.

경매 회사는 이 모든 게 〈정말로 굉장하다〉라고 말했다. 요한도 이 말을 들었지만, 거기에는 그가 이해할 수 없는 다른 어려운 말들이 섞여 있었다. 프레드리크가 설명하길, 경매 회사 말로는 이걸 다 팔면 자신의 로마행 비행깃값 정도가 나올 거란다.

이로써 거의 모든 게 준비되었다. 이제 요한에게 캠핑카에 대해 설명해 줄 차례였다. 요한에게는 배터리를 충전시킬 전기가 필요할 것이며, 그렇지 않으면 음식을 해 먹을 수가 없단다. 스톡홀름 주변에는 여기저기 차박 캠핑장이 있는데, 자기가 피스크세트라[2]에 있는 캠핑장에 자리를 하나 예약해 놨단다. 거기는 〈더럽게 비싼 데〉란다. 그리고 이렇게 도와주는 것에 대한 감사의 뜻으로, 자기를 공항까지 태워 달란다.

출발하기도 전에 미래의 외교관은 자신이 직접 운전하는

2 스톡홀름 남동쪽에 위치한 위성 도시.

게 낫겠다고 생각했다. 운전대 하나를 살펴보기 위해 2분이나 필요했던 요한은 이 결정이 적절하다고 생각했다. 차를 운전하는 것은 그에게는 다른 일들만큼이나 어려웠던 것이다.

국제공항에 도착하자 프레드리크는 요한이 이해할 수 없는 말을 몇 마디 했다. 그러고는 〈잘 있어, 행운을 빌어〉라고 말한 다음, 가방 두 개를 집어 들고 총총히 사라졌다.

자신이 아무짝에도 쓸모없는 녀석이라는 것을 알고 있는 남자는 태어나서 처음으로 혼자가 되었다. 그는 자동차의 사용법을 배우기 위해서라도 피스크세트라까지 직접 운전하는 일부터 시작해야겠다고 마음먹었다. 이 차는 신기하게도 자기가 알아서 기어를 바꾸었는데, 이는 반가운 일이었다. 그리고 신경 써야 할 페달이 세 개가 아니라 두 개밖에 없었다. 운전 중에 다른 것을 생각하지 않는다면 가능할 것도 같았다. 그리고 특별히 생각할 것도 없었다.

하지만 바로 이 점 때문에 그는 스톡홀름으로 가는 고속도로에서 제대로 차선 변경을 하지 못하여, 들어가지 말아야 할 출구로 빠져 버려 어느 쇼핑센터 앞에 서게 되었다.

「오, 마침 잘됐군!」

이리하여, 요한이 천신만고 끝에 스톡홀름의 남동쪽에 위치한 차박 캠핑장에 이르렀을 때 캠핑카 주방은 식재료로 가득 채워져 있었다.

이 캠핑장을 〈더럽게 비싼 데〉라고 프레드리크는 설명했었다. 뭐, 그 말이 사실이겠지만, 심지어는 요한에게도 여기가 좀 싸구려처럼 느껴졌다. 크기는 축구 경기장 하나만 했다.

잔디보다는 진흙이 많았다. 전기 콘센트 탑은 드문드문 서 있었다. 한 안내판에는 이곳에서 금지되는 모든 것들이 적혀 있었다. 요한은 그것을 읽을 시간이 없었다. 제대로 주차하는 데 온 정신을 집중해야 했기 때문이었다.

경사가 시작되는 곳 바로 앞에 외로이 서 있는 캠핑카 한 대 빼고 캠핑장은 텅 비어 있었다. 하기야 이렇게 좋은 여름날에 누가 여기 붙어 있으려고 하겠어? 〈다들 어디론가 떠났겠지……〉라는 생각이 들었다.

하지만 요한은 아무 생각도 하지 말아야 했다. 먼저 액셀러레이터 페달을 생각해야 했다. 그리고 그 옆에 있는 페달도 생각해야 했다. 그리고 운전대도 생각해야 했다. 눈 앞에 보이는 캠핑카를 피하기 위해 방향을 틀어야 했다. 또 브레이크도 밟아야 했다.

하지만 이 모든 게 너무나 어려웠다. 한마디로 재수가 옴 붙었다고 할 수 있었다.

외로운 캠핑카는 있으면 안 될 바로 그 자리에 서 있었다. 그리고 그 캠핑카는 꼼짝 않고 있었음에도 불구하고 점점 가까이 다가오고 있었다. 요한은 이 현상이 자신이 앞으로 나아가기 때문에 일어난다는 사실을 깨달았다.

가속 페달과 브레이크 페달은 똑같이 생겼다.

오른쪽 것은 가속 페달이고, 왼쪽 것은 브레이크 페달이었다. 그런데 가만, **오른쪽이 어디더라? 왼쪽은?**

수십 킬로미터 떨어진 공항에서 죽어라 애를 써서 여기까지 오는 데 성공했는데, 갑자기 긴급 상황이 발생한 것이다.

그는 차를 세워야 했다. 하지만 그가 브레이크 페달이라고 생각한 것은 브레이크 페달이 아니었다.

요한의 캠핑카는 앞으로 펄쩍 튀어 나갔다.

그는 다시 시도했다. 이번에는 성공했다.

심각한 충돌은 일어나지 않았지만, 그의 캠핑카는 캠핑장에 유일하게 서 있는 다른 캠핑카의 꽁무니를 박았다. 그러나 가벼운 충돌에 불과했다. 그리고 요한은 가까스로 차를 세우는 데 성공했다.

하지만 저쪽 캠핑카는 굴러가기 시작했다.

그리고 비탈길에서 속도가 붙었다. 1미터. 2미터. 5미터. 약 10여 미터 굴러간 후에 외로이 서 있는 나무 한 그루 앞까지 이르렀다.

「이거, 안 좋은데?」 요한이 중얼거렸다.

그것은 사실이었다.

2
2011년 8월 26일 금요일
종말까지 12일

종말 예언가는 천장에 고리를 튼튼하게 박았다. 목 주위에 밧줄을 꽉 졸라맨 그녀는 마음이 울적했다. 이제 남은 단계는 단 하나, 발밑의 의자를 걷어차는 거였다. 어차피 그녀의 말에 귀 기울이는 사람은 아무도 없었고, 세상의 종말까지는 12일밖에 남지 않았다. 12일을 더 살든, 덜 살든, 큰 차이가 없었다.

그녀는 계산을 하고, 계산을 했다. 그리고 또 계산을 해보았다. 그녀는 고등학교 교사 일을 했는데, 이는 천체 물리학 연구를 계속하기 위한 식비와 집세를 벌기 위해서였다. 이 일에 따라오는 학생 녀석들은 그녀에게는 필요악인 셈이었다. 세상이 종말을 맞는 날에 대한 계산이 끝나자, 그녀는 스웨덴 왕립 학술원에 접촉하려 했다. 그녀는 64단계의 방정식을 9년에 걸쳐 풀었고, 자신이 발견한 사실을 누군가가 확인해 주기를 바랐다. 반드시 그 확인이 필요한 것도 아니었고, 누가 확인해 준다고 그녀의 앞길이 밝아지는 것도 아니었다. 하지만 그녀는 사람들로부터 인정받기를 원했다.

학술원은 그녀의 이메일에 응답하지 않았다. 편지를 보내도 매한가지였다. 그들에게 전화를 걸면, 이 사람 저 사람에게로 넘겨지다가 결국에는 출발했던 곳으로 돌아오기 일쑤였다. 그녀에게 남은 옵션은 단 하나, 예고 없이 쳐들어가는 것이었다. 그렇게 다짜고짜 쳐들어간 그녀는 학술원장과의 면담을 요청했다. 아니면 비서라도 만나고 싶다고 했다. 아니면 경비원만 빼놓고 누구라도 좋다고 했다. 그녀의 요청에 대한 대답으로 그들은 경찰을 불렀는데, 경찰은 시간이 없는 관계로 출동하지 않았다. 그러자 경비원이 직접 나서서 그녀를 건물 밖으로 끌고 나갔다. 그녀가 경비원에게 팔이 붙잡혀 긴 복도를 통해 입구 쪽으로 끌려 나가는 모습을 대학생 20여 명이 겁에 질려 쳐다보았다. 놀라는 학생들도 있었다. 그녀가 무엇보다도 기억하는 것은 그들의 거만한 미소였다. 얼마 있으면 모두 죽게 될 사람들이 그런 미소를 짓고 있었다.

그렇다, 곧 모두가 죽게 될 거였다! 그녀가 아는 사실을 단 한 사람과도 공유하지 못한 채로 말이다!

그렇다면 이 모든 노력에 무슨 의미가 있는가? 아니, 이 모든 것들에 대체 무슨 의미가 있단 말인가?

예언가는 자신이 살아온 날들을 헤아려 보았다. 오늘까지 포함하여 도합 11,052일이었다. 그녀가 기억하는 한에 있어서는 살아온 하루하루가 비참했을 뿐이었다. 그녀를 이해해 준 사람은 아무도 없었다. 아무도 그녀를 사랑하지 않았다. 그녀 또한 누구도 사랑한 적이 없었다. 중학교 때의 말테 망누손은 예외였을까? 그 멋진 미소와 친절한 매너의 소년 말이다.

멋진 미소. 사실 그가 그녀에게 준 것은 그게 다였다. 자기에게 뭔가 더 원하는 게 있을지 모른다는 막연한 느낌도 들었지만, 용기가 없어 물어보지 못했다.

딱히 러브 스토리라고는 할 수 없는 것이었다.

그러고 나서 6년이 흘렀다. 또 이제는 완료된 계산을 하면서 9년을 더 보냈다. 그녀가 얻은 결론에는 의심의 여지가 없었다. 이제 예언가는 지구의 대기가 한꺼번에 사라져 버릴 시점을 분 단위까지 정확하게 말할 수 있었다. 그녀는 직장에 사표를 내지도 않았다. 그냥 더 이상 수업에 나가지 않았다. 자기가 안 보여도 학생들은 조금도 신경 쓰지 않으리라.

또 그녀는 집세도 내지 않았다. 돈을 아끼려는 게 아니었다. 지구 전체가 얼음으로 덮여 버리면 돈이 무슨 소용이 있겠는가? 그냥 불필요한 일일 뿐이었다.

그녀는 예상했던 것보다도 빨리 집에서 쫓겨났는데, 집 없이 지내려니 몹시 추웠다. 특히 밤에는 그랬다. 그녀는 광고를 통해 캐러밴 한 대를 찾아냈다. 그리고 할부로 차를 샀는데, 그걸 몰고 다니려면 검사를 받아야 한단다.

검사를 받아야 한다고? 그녀가 알고 있는 사실에 비추어 볼 때, 이 모든 것들은 아무 의미가 없었다.

그녀의 머릿속에서 결심이 굳어 갔다. 20일이 남았다. 비참한 하루가 지나갔다. 19일이 남았다. 또 비참한 하루가 지나갔다. 18일……

남은 삶이 똑같이 흘러가는데 왜 계속해야 한단 말인가? 만일 이런 기다림에 마침표를 찍어 버린다면, 조금은 승자가 된다고 할 수 있지 않을까? 어떤 의미에서는 이 빌어먹을 삶에서 그 거지 같은 마지막 한순간을 빼앗는 게 되지 않겠는가?

이 생각은 뿌리를 내리면서 마음을 조금 가라앉혀 주었다. 그녀는 고리와 밧줄과 등걸이 없는 의자를 샀다. 그리고 다른 모든 이들보다 12일 먼저 영원 속으로 막 걸음을 내딛으려 하고 있었다.

그런데 갑자기 뭔가가 심하게 흔들렸다.

어떤 끔찍한 생각이 머리를 스쳤다. 내 계산에 12일의 오차가 있었나? **그럴 리가 없는데?**

고리가 천장에서 뽑혀 나와 싱크대 아래로 툭 떨어졌다. 캐러밴이 서서히 굴러가기 시작했다.

아니, 이것은 뭔가 다른 것이었다.

예언가는 균형을 잃고 의자 밑으로 떨어져 내려서는 소파 위에 살포시 착륙했다.

캐러밴은 몇 초 동안 굴러가다가 어떤 나무에 부딪혀 멈추었다.

일어선 그녀는 반쯤 열린 차문으로 비틀비틀 걸어 나왔다. 아직 목둘레에 밧줄을 두른 채로 말이다. 조금 전까지만 해도 캐러밴이 서 있던 바로 그 지점에 그녀 또래의 어떤 남자가 서 있었고, 그의 뒤에는 캠핑카가 한 대 서 있었다.

「야, 도대체 뭐야?」 그녀가 소리쳤다. 「그래, 조용히 목매달아 죽을 수도 없단 말이야?」

요한은 사과했다. 그리고 말썽을 일으킬 의도는 전혀 없었다고 설명했다. 단지 구별하기가 너무 힘들었단다. 어떤 게 브레이크인지 헷갈렸단다. 페달들이 나란히 붙어 있었을 뿐 아니라, 생김새도 색깔도 똑같았단다.

「색깔이 똑같다고?」 캐러밴 밖으로 나온 여자가 되물었다. 그녀는 지금까지 살면서 액셀러레이터 페달이 어떤 색깔인지 자세히 살핀 적이 한 번도 없었다.

「그런데 목매달려고 했다고?」 그녀가 한 말을 비로소 이해한 요한이 물었다.

예언가는 자동차 하나 제대로 운전 못 하는 사람이 상관할 바는 아니라고 대답했다.

「내가 하던 일을 계속할 수 있게끔, 당신 캠핑카를 사용해서 내 캐러밴을 원위치시켜 줘. 그러기 위해서는 밧줄이 하나 필요하겠군.」

요한은 머뭇거리며 그녀의 목에 둘린 밧줄을 손가락으로 가리켰다.

「더 긴 밧줄 말이야, 이 바보야.」

자동차도 운전할 줄 모르는 남자는 지금 들은 말에 개의치 않았다. 그가 기억하는 한에 있어서 자신은 항상 〈바보〉였다. 그를 처음 그렇게 부른 사람은 어쩌면 그의 형이었는지도 모른다. 아니면 초등학교에서 시작되었는지도 모른다. 아니면 둘 다였거나. 프레드리크는 그보다 두 살 위였다. 두 살 많은 형은 바보 같은 동생에 대해 모두에게 얘기함으로써 길을 닦아 놓았다고 할 수 있었다. 동생은 자기 교실을 찾지 못하고, 시계도 볼 줄 모른다고 떠들고 다닌 것이다.

요한이 편평한 곳에서 죽고 싶어 하는 여자의 캐러밴을 견인하려 시도했을 때, 지금까지 늘 그래 왔던 것처럼, 일이 더 꼬여 버렸다. 양쪽 캠핑카에 밧줄을 단단히 매어 놓기는 했지만, 만일 액셀러레이터 페달과 브레이크 페달을 제대로 구별하지 못한다면 모든 것은 여러분이 상상하는 식으로 진행되기 마련이다.

여자는 도우려고 차 옆에 섰다.

「천천히! 아냐, 기다려! 속도를 늦추라고! 천천히 가란 말이야!」

너무 짧은 시간에 너무 많은 지시가 쏟아져 나왔다. 요한은 아무 페달이나 힘껏 밟았다. 그리고 이를 보상하기 위해 다른 쪽 페달을 조금 더 세게 밟았다.

밧줄이 풀려 버렸다. 비탈을 반쯤 올라온 캐러밴은 이제 반대 방향으로 굴러가기 시작했다. 하지만 이번에는 그 불쌍한 나무에 걸리지 않았다. 여행은 약 80미터 정도 계속되다가, 결국은 한 바위 절벽에 차가 처박히면서 멈추고 말았다. 평원 가운데 불쑥 솟은 이 바위 절벽은 부근의 다른 것들과는 달리 1만 5천 년 전에 1킬로미터 두께의 빙하의 침식 작용에 굴복하기를 거부했던 녀석이었다. 바위 절벽은 수 세기 동안 아무 하는 일 없이 거기에 서 있었다. 이미 똥차였던 캐러밴을 고철 덩어리로 만들어 버리기 전까지는 말이다.

「아이고!」 요한이 탄식했다.

달리 무슨 말을 할 수 있겠는가?

예언가는 자신의 마지막 거처를, 아니 그것의 잔해를 쳐다보았다. 그리고 눈을 돌려 죄인을 노려보았다.

「저게 내 집이었단 말이야!」

요한은 지금 일어난 일에서 여전히 긍정적인 점을 발견했다.

「당신이 목매달아 죽으려 했던 집이었어.」

「그래서 어쨌다고? 내 집에서 무슨 짓을 하든 무슨 상관이야?」

놀라울 만큼 무능한 이 남자는 비탈 아래를 내려다보았다. 조금 전까지만 해도 캐러밴이라고 불렸던 것은 이제는 한 무더기의 쓰레기에 불과했다.

「청소 좀 해야겠네. 내가 도와줄까?」

그는 적어도 청소만큼은 자신이 있었다.

「당신 눈에는 저게 뭘로 보이는 거야? 지금 내 차에 필요한 것은 청소부가 아니라 고철 장수야! 아니면 장의사거나!」

그녀는 이 마지막 단어를 말하며 조금 전에 자신이 하려던 일을 생각해 냈다.

「당신 캠핑카에 고리 하나 있어? 내가 좀 빌리게.」

요한은 머리가 빨리 돌아간 적이 별로 없었다.

「있지! 적어도 그건 내가…….」

그러다가 문득 이상한 생각이 들었다.

「근데, 뭐 하려고?」

「내가 그걸로 뭘 할 것 같아?」

그제서야 겨우 이해했다.

「지금 생각해 보니까 집에 고리가 다 떨어진 것 같아. 대신 뭔가 마실 것 좀 줄까?」

「센 걸로 줘.」

「도멘 비요시몽 샤블리 테트 도르는 어때? 아주 훌륭한 와인이야.」

「센 걸로 달라고 했잖아!」

23

✻ ✻ ✻

　요한은 생각은 느렸지만 동작은 빨랐다. 낯선 여자가 우울한 생각으로 돌아가기 전에 그는 캠핑 의자 두 개, 빨간색과 흰색의 체크무늬 식탁보로 덮인 캠핑 테이블, 술잔 두 개, 하일랜드 파크 위스키 한 병으로 후딱 상을 차렸다. 여기에 염소 젖치즈로 속을 채우고, 베이컨으로 감싼 대추 위에 짭짤한 구운 아몬드 가루를 뿌린 안주도 한 접시 내놓았다. 프레드리크가 여행할 때 맛볼 수 있도록 특별히 만들었지만, 형이 비웃으며 거절했던 것이었다.

　「이 위스키는 나이가 나랑 동갑이야.」 요한이 자살을 앞둔 손님의 잔에 술을 따라 주며 설명했다.

　「나이깨나 드셨네.」 여자는 요한이 자기 잔을 채우기도 전에 단숨에 비워 버린 잔을 다시 내밀며 빈정거렸다.

　「우아!」 그는 어린애처럼 감탄했다.

　「말투가 상당히 흥미롭군.」

　「아, 그래?」

　그는 운전만큼이나 비꼬는 말을 이해하는 일에도 서툴렀다. 예언가는 병을 잡고는 직접 자기 잔을 채웠다. 이번에는 좀 더 천천히 맛보았다. 말없이 잔을 홀짝거렸다. 그런 식으로 계속 홀짝거렸다. 또 손을 뻗어 대추도 집었다. 그녀의 얼굴에 만족한 빛이 잠깐 떠올랐다. 적어도 불만스러운 표정은 아니었다. 요한은 왜 그녀가 자살하려 하는지 이해할 수 없었다. 보조를 맞추기 위해 하일랜드를 벌써 두 잔이나 들이켠 그는 조금 술기운이 올라 있었다. 그가 물어볼 수 있었던 것은 이 때문이었는지도 모른다.

여자는 그보다 한 잔 더 앞서가고 있었다. 그녀가 대답해 준 것은 이 때문이었는지도 모른다. 아니면 그녀 자신도 생각을 정리할 필요가 있었거나.

이유가 어쨌거나, 스톡홀름의 변두리 동네, 어느 질척거리는 들판의 캠핑 의자에 앉은 그녀는 이야기를 시작했다. 처음에는 조금 얘기했다. 그러다가 좀 더 얘기했다. 그녀는 늘 자신이 남과 다르다고 느꼈단다.

「어떻게? 너 자신이 바보같이 느껴졌어?」

드디어 요한에게 영혼의 단짝이 생긴 걸까?

「아니.」

그녀는 학교에서 항상 우등생이었지만, 친구는 하나도 없었단다.

벗이라고는 자신의 생각들밖에 없었단다. 요한은 자기 역시 친구를 가진 적이 없었다는 사실을 떠올렸지만, 지금껏 그 사실을 생각해 본 적은 없었다. 그는 주로 형과 함께 시간을 보냈고, 형이 늘 그를 대신하여 생각해 왔다.

여자는 이야기를 계속했다.

중학교 때, 그녀의 유별난 점은 한층 눈에 띄게 되었다. 빅토리아와 말린과 마리아는 마스카라를 칠하고, 유행하는 옷을 입고, 숨어서 담배를 피우고, 코카콜라 섞은 와인을 마시며 어린아이에서 청소년이 되었지만, 그녀는 몸에 꼭 끼는 편직 카디건을 입고 뒤에 남아 있었다. 그녀의 가슴이 다른 애들처럼 발육하지 못하는 것은 이 카디건 때문일 수도 있었고, 대자연의 뜻이었을 수도 있었다. 아니면 다른 여자애들이 속이는 것일 수도 있었다. 이런 생각이 머리를 스치기도 했지만, 그녀에겐 별로 중요하지 않았다. 관측 가능한 우주는 직경 930억 광년에 달하고, 그 바깥에는 그보다 무한히 광대한 공간이 펼쳐져 있었다. 이런 관점에서 생각해 보면, 별로 필요치도 않은 브래지어 속에 쌀 봉지 두 개를 쑤셔 넣는 일에 대체 무슨 의미가 있는지 이해가 되지 않았다.

「뭐? 쌀을 넣는다고?」 요한이 그게 어떤 종류의 쌀일까 궁금해하며 반문했다.

학교에서 그녀의 유일한 벗은 물리학책과 수학책, 그리고 병원을 배경으로 한 로맨스 소설 들이었다. 물리학 연구실을 배경으로 한 로맨스 소설이었으면 더 좋았으련만, 그런 책은 찾을 수가 없었다.

「난 주로 영화를 봤어.」 요한이 말했다.

쉬는 시간에는 카디건 차림으로 책상에 앉아 빅토리아와 말린의 숙제를 해주곤 했다. 그 보답으로 그들은 고마워하기는커녕 욕설을 퍼부었다.

「야, 괴물! 아직도 못 끝냈어?」

미래의 예언가는 너무 늦는 것에, 12번 문제에 대한 답이 확실치 않은 것에 사과를 했다.

「앞의 열한 문제에 대한 답은 맞을 거야.」

빅토리아는 그녀의 손에서 과제물을 낚아챘다.

「못생긴 데다가 느리기까지 해! 도대체 왜 사니?」

이것은 물론 어린 빅토리아의 이해의 범위를 벗어난 존재론적 질문이었다. 하지만 이 질문은 미래의 예언가의 영혼에 강하게 와닿았다. 너무나 두려워 눈앞의 사물함들에서 시선을 돌리지 못한 채 그녀는 소리 내어 중얼거렸다. 「그러게, 우리는 왜 살까? 그리고 우린 누구지? 이 거대한 우주 가운데 에너지의 티끌들 같은 우리는?」

빅토리아와 말린으로서는 도무지 이해할 수 없는 애였다. 마리아도 마찬가지였다. 아니, 학교의 그 누구도 마찬가지였다.

「빅토리아, 그냥 가. 영어 시간 시작하기 전에 담배나 한 대 피우자고. 이 괴물 보고 있으니까 좀 겁난다.」

요한은 이야기를 끝까지 듣기 위해서는 하일랜드를 계속 부어 줄 필요가 있음을 깨달았다. 그런데 그녀는 이름이 무엇일까? 결국에는 알게 되겠지.

「대추 한 접시 더 줄까? 아니면 구운 땅콩 한 그릇 가져올까?」

여자는 대답하지 않았다. 그녀는 의도했던 것보다 조금 더 많은 양의 위스키를 꿀꺽 삼키고는 이야기를 계속했다. 정말이지 가슴에 털어 내야 할 무언가가 쌓여 있었다.

모두에게 꿈이 있었다. 심지어는 항상 카디건만 입고 다니고, 치아 교정기를 했고, 몸은 막대기같이 밋밋하고, 사회적 스킬은 제로에 가까운 소녀도 마찬가지였다. 소녀의 꿈은 말테라는 이름의 소년이었다. 얼굴도 물론 잘생겼지만, 무엇보다도 친절한 매너의 소유자였다. 한번은 그녀가 떨어뜨린 수학책을 집어서는 〈자, 여기 있어〉라고 하며 건네주었다. 그런 다음, 그녀의 어깨를 살짝 어루만지며 그녀의 눈을 들여다보았다. 그러고는 그 잊을 수 없는 미소를 지어 보였다.

뭔가를 더 원한다는 신호일까? 그가 대시한 것일지도 모른다고 생각한 소녀는 두려움에 고개를 푹 숙였고, 다시 용기를 내어 눈을 들어 보니 그는 이미 떠나고 없었다.

그는 굳이 어깨를 만질 필요가 없었다. 하지만 그는 그렇게 했다. 자기만큼이나 수줍은 성격일까? 어쨌든 때는 바야흐로 1990년대, 남자애들과 마찬가지로 여자애들도 마음에 드는 상대가 있으면 서슴없이 학교의 댄스파티에 가자고 청할 수 있었던 시절이었다. 혹시 그 애도 같이 갈 마음이 있는데, 부끄러워 말을 못 한 거였다면? 그는 그렇게 인기 있는 소년은 아니었다. 왜냐하면 그도 그녀처럼 숙제나 열심히 하는 애였기 때문이었다. 그들 사이에는 뭔가가 있었다. 무엇보다도 수업 시간에 그랬다. 여기에 두 사람만 존재하고 있다는 느낌 말이다. 네 줄이나 떨어진 곳에 앉아 있었지만, 그래도……

미래의 예언가의 마음은 거세게 소용돌이쳤다. 마음속에서 그녀가 되고 싶은 사람과 현재의 그녀 사이에서 싸움이 시작된 것이다. 그녀의 세계에서 이 싸움은 우주를 행복하게 유영하는 것과 블랙홀에 가차 없이 빨려 들어가는 것 중에서 하나를 선택하는 일이었다.

「그것은 사랑이야.」요한은 자기가 하는 말의 의미도 잘 모르면서 이렇게 말했다.

그녀는 브로만 빵집에서 빨간 하트 모양의 젤리케이크를 샀다. 그것은 예쁜 리본으로 장식된 조그만 투명 상자에 담겨서 나왔다. 또 반짝이는 금줄에 카드도 하나 달려 있었다. 여기에다 그녀는 〈나와 함께 댄스파티에 갈래?〉라고 썼다.

그런 다음, 그녀는 그것을 자신의 사물함의 가장 높은 선반에 올려놓았다. 케이크는 주인이 적당한 때를 찾기를 기다렸다. 그리고 용기를 내기를 기다렸다.

얼마 후 그녀는 교실 저쪽에 남자애들 몇 명과 말테가 있는 것을 보았다. 그는 패거리에 완전히 끼지 못한 애처럼 한쪽에서 어정대고 있었다. 혹시 친구들이 보지 않을 때 이쪽을 힐끔힐끔 쳐다보고 있는 걸까?

만일 패거리가 흩어지면, 말테가 몇 초 동안 혼자 서 있게 된다면 어떻게 될까? 그리고 그녀가 재빨리 행동하면 어떻게 될까? 아니, 그보다는 그가 먼저 이쪽으로 온다면?

그녀는 어쩌면 생길지도 모르는 기회에 너무나 골몰해 있었기 때문에 빅토리아가 자기 쪽으로 오는 것도 알아차리지 못했다.

「뭐야? 너 지금 저 애들을 뜯어보고 있는 거야? 오, 너도 책 말고 다른 것에도 흥분할 수 있는 거니?」

빅토리아는 조롱하듯 웃음을 터뜨렸다. 그러다 하트 젤리를 발견했다! 그녀는 그것을 선반에서 내렸다. 박스를 열었다. 그것을 꺼내어 단 두 입에 먹어 치웠다.

이보다 지독한 반인류적 범죄는 없으리라!

남자애들은 이미 사라지고 없었다. 말테만 혼자 남아 있었다. 다시 그녀에게 눈길을 보내는 걸까? 아니면 빅토리아를 보는 걸까? 하트 젤리를 입에 가득 물고 있는 빅토리아를?

그는 그대로 가버렸다. 한 번뿐인 기회는 사라져 버렸다. 더불어 하트도 함께 사라졌다.

이 이상한 여자가 연료를 더 부어 주면 이야기를 계속할지

요한은 확신이 가지 않았다. 그녀는 너무나 슬퍼 보였다. 또 다시 고리를 빌려 달라고 하면 어떻게 하지?

「그러고서 어떻게 됐어?」 그가 막연하게 물었다.

「잔 좀 다시 채워 줘.」 여자가 말했다.

그러고서 어떻게 됐냐면, 그녀는 그냥 블랙홀에 빨려 들어갔단다. 다시 말해서 물리학에 완전히 빠져들었단다. 이어진 세월 동안에 딱 한 번 브레이크가 있었는데, 그것은 몸매가 드러나기 시작하여 새 카디건으로 바꿔 입어야 했을 때였단다.

그녀의 목표는 교수가 되는 거였다. 과학원 교수가 되고 싶었지만, 고등학교 교사에서 멈췄다. 뭐, 그래도 물리학 교사이긴 했지만.

학생들만 아니었다면 직장은 그런대로 견딜 만했을 것이다. 학생들은 그녀가 아는 가장 끔찍한 존재였다. 그들은 들으려고도, 배우려고도 하지 않았다.

요한도 학생이었던 적이 있었다. 자신이 뭔가를 배울 수 없는 녀석이라는 것을 이미 알고 있었던 그는 구태여 귀를 기울이지 않았다. 그건 시간 낭비일 터였다. 대신 그는 머릿속으로 이런저런 요리법을 생각해 보며 수업 시간을 보냈다.

이런 이유로 그는 자신이 가르치는 사람에게 해를 끼친다고 생각하지 않았지만, 다른 교사들은 물론 담임까지 모두 그를 같은 명칭으로 불렀다. 그것은 그가 화이트보드에 〈자전거〉라고 써야 했을 때, 대신 〈스-쿠-터〉라고 썼을 때 일어난 일이었다. 그가 생각하기에 스쿠터는 자전거보다 빠르고 편리했다. 아마도 그는 이 연습 문제의 방향을 잘못 이해했던 모

30

양으로, 교사는 한숨을 내쉬며 말했다. 〈네 자리로 돌아가, 이 바보야.〉

「이제 기억이 나.」 요한이 말했다. 「나도 구제 불능이었어. 아주 자주 그랬지.」

페트라는 너무나 자기 생각에 사로잡혀 있어서 이 말을 듣지도 못했고, 논평하지도 않았다.

거의 10년 동안 그녀는 여가 시간 전체와 근무 시간의 상당 부분을 개인적 연구에 할애했단다. 그것은 어떤 간단한 가설에서 시작되었고, 이 가설을 증명하기 위한 작업이 뒤따르게 되었단다.

「말이 너무 어려워서 이해가 잘 안 돼.」 요한이 말했다.

예언가는 간단히 말해서 대기가 곧 사라질 거라고 설명했다.

「뭐가 어떻게 된다고?」

「대기! 그게 우주 공간에 흩어져 버리고, 기온은 영하 273.15도로 곤두박질친다고. 순식간에.」

「어디서?」

「모든 곳에서.」

「집 안에서도?」

「사람들이 당신을 뭐라고 부른댔더라?」

요한은 영하 273.15도가 얼마나 많은 건지, 아니 그보다는 얼마나 적은 것인지를 상상해 보려고 애썼다.

「그렇다면 그 일이 언제 일어나지?」

「다음 주 수요일 오후 9시 20분. 거기서 1분 정도 빠르거나 느릴 수도 있어. 하지만 공기 저항력과 밀도 사이의 비율이 그

마지막 1천 분의 1초 사이에 어떻게 변할지는 분명하지 않아. 난 대기가 사라지기 전에 계산을 끝낼 시간이 없다는 것을 깨닫고는 연구의 이 부분을 포기해 버렸어.」

　「흠, 공기 저항력과 민도라…….」 요한이 고개를 끄덕이며 중얼거렸다.

　「밀도!」

3
2011년 8월 26일 금요일
종말까지 12일

캠핑카 한 대와 모습을 감춘 캐러밴이 남긴 바큇자국 외에는 아무것도 보이지 않는 황량한 캠핑장에 어둠이 내려앉았다. 30년 묵은 위스키도 거의 다 떨어졌다. 베이컨으로 감싸고 염소젖치즈를 채워 넣은 대추도 배 속으로 사라졌다. 요한은 캠핑카에서 모포 두 장을 가져와서는 하나로는 그의 새 친구(그는 그녀를 그렇게 생각하고 싶었다)의 어깨를 덮어 주고, 다른 하나로는 자신을 감쌌다.

「그래서 지금부터 딱 12일 남았단 말이지? 야, 내가 진짜배기 종말 예언가와 함께 앉아 있다는 게 믿기지 않는군!」

「이제 11일 하고 조금 더 남아 있을 거야.」

술병 속 내용물의 3분의 2는 손님의 배 속으로 들어갔지만, 요한이 마신 3분의 1은 그를 철학자로 만들기에 충분했다.

「11일 혹은 12일……. 하지만 그렇다고 해서 목매달아 죽을 이유는 없잖아? 오히려 그 반대로 해야 하지 않을까?」

그는 마치 예수처럼 두 팔을 활짝 펼쳐 보였다.

「지금은 온 세상을 품에 안아야 할 시간이 아닐까? 우리에게 얼마 남지 않은 시간 동안 말이야.」

　예언가는 요한처럼 열광적인 기분이 아니었다.

　「원한다면 가서 무엇이든 껴안아. 나로서는 이 11일은 그
전에 있었던 11,052일만큼이나 형편없는 시간이 될 텐데, 왜
그래야 하는지 한번 말해 봐.」

　「11,052일 전에 무슨 일이 있었지?」

　「내가 태어났어.」

　「오!」

　젊은 여자는 말을 이었다.

　「난 아무것도 이루지 못한 채로 모든 게 끝난다는 게 견딜
수가 없어.」

　「잠깐, 뭐를 못 이룬다고?」

　「〈아무것도〉라고 했잖아!」

　「예를 들면?」

　「난 **학교 선생이야!** 아니, 그만두기 전에는 선생이었지. 내가
말을 하면 어떤 녀석도 귀를 기울이지 않았어. 또 교수도 되지
못했지. 사랑에도 실패했고. 누군가에게 〈사랑해〉라는 말을
해볼 기회조차 없었지. 했다고 해서 딱히 달라질 것도 없었겠
지만.」

　「원한다면 나한테 해도 돼.」

　「그러기 위해서는 뭔가가 있어야겠지.」

　여기서 그녀는 조금 부드러워졌다.

　「위스키는 맛있었지만 말이야. 그리고 안주도. 대체 이걸
어떻게 만들었어? 저런 캠핑카에서 말이야!」

　「난 요리를 좋아해. 청소도 좋아하고.」

그녀가 병에서 마지막 방울까지 털어 넣을 때 얼굴에 살짝 나타난 것은 미소였을까?

「요리와 청소라. 환상적인 조합이군. 〈이 바보야〉 말고 다른 이름은 없어?」

「아, 물론 있지!」

이제 그녀는 확실히 미소 짓고 있었다.

「다시 물어볼게. 당신 이름이 뭐야?」

「내 이름은 요한 발데마르 뢰벤홀트야. 하지만 그냥 요한이라고 불러 주는 게 좋아. 그럼 당신은?」

「내 이름은 페트라 로클룬드야. 그냥 페트라로 부르면 좋고.」

「만나게 되어 반가워, 페트라.」

요한은 그의 빈 잔을 손님 쪽으로 들어 올렸다.

「난 그렇게까지 말하진 않겠어.」 그녀가 대꾸했다.

술에 취하고 지친 종말 예언가는 이렇게 말하고는 몸을 뒤로 기대며 눈을 지그시 감았다.

잠드려는 걸까? 요한은 불안해졌다. 그럼 어떻게 하지? 페트라를 이렇게 캠핑 의자에 놔둘 수는 없었다. 모포 두 장을 덮어 줘도 아주 추울 거였다. 그리고 아직은 잘 모르는 사이인 잠든 여자를 본인의 동의 없이 자신의 캠핑카에 데려갈 수도 없는 노릇이었다.

「어이, 페트라?」

깊은 호흡 소리.

「페트라……. 못 일어나겠어? 내가 치즈로 속을 채운 대추 안주 만드는 법 가르쳐 줄까?」

효과가 없었다.

「페트라!」

어떻게 하지?

「페트라, 내가 **사랑하는** 것은…….」

이 말에 그녀는 움찔했다. 사랑은, 혹은 그것의 결여는 그녀에게 효력이 있는 모양이었다.

「그래, 누굴 사랑하지?」 그녀는 눈을 감은 채로 웅얼거렸다.

「길모퉁이.」

그녀의 눈이 뜨였다.

「아니, 길모퉁이를 사랑하는 사람도 있어?」

오, 그녀가 깨어났다! 이제는 다시 잠들지 못하게 해야 했다.

「어쩌면 〈사랑〉은 지나친 말일 수도 있겠지만, 어쨌든 난 정말로 그것들을 좋아해. 내가 우편배달부로 일할 때부터 그랬어. 아니면 그 전부터였는지도 모르지만. 길이 꺾이는 모퉁이에 서서 먼저 한쪽 방향을 바라본 다음, 다른 쪽 방향을 바라보지. 그러면 어느 쪽을 선택해야 할지 알 수 없어. 매 순간 선택에 따라 바뀔 수 있는 우리의 삶과도 비슷한 것 같아. 여기엔 뭔가 아름다운 게 있는데, 나로서는 설명하기 힘들어.」

억지로 깨어나 교차로의 시적인 측면에 대해 토론하게 된 그의 손님은 별로 즐거운 기색이 아니었다.

「난 **사람들 사이의** 사랑에 대해 얘기하고 있었어.」

요한은 다시 생각해 보았다.

「그렇다면 난 우리 형 프레드리크를 들고 싶어. 형은 내가 아는 모든 것을 가르쳐 주었어.」

페트라는 캠핑카를 힐긋 쳐다보았다.

「예를 들면, 운전?」

「어…… 그것은 아니고. 운전은 운전 학원 강사가 가르쳐 줬어. 마지막에 가서 아주 불친절해진 남자였지. 지금 생각해 보면 난 단지 구제 불능일 뿐 아니라, 기계 쪽에도 아주 약한 것 같아. 넌 어때? 네가 가장 사랑했던 사람은 누구야? 말테?」

학창 시절의 이야기를 다시 떠올리게 된 페트라는 다시 피곤해졌고, 다시 눈을 감았다.

「아니, 아니, 페트라, 그러지 마! 내 캠핑카 안에 괜찮은 스페어 침대가 하나 있어. 자, 이리 와, 내가 빌려줄 테니까.」

이 말이 효과가 없자 그는 덧붙였다.

「어쩌면 어딘가에 남는 고리가 하나 있을지도 몰라. 가서 한번 찾아보자고.」

이게 웬일인가! 그녀는 다시 눈을 떴다. 그리고 천천히 몸을 일으켰다. 그러고는 새로 알게 된 지인의 부축을 받아 가며 캠핑카 차문에까지 이르는 계단 몇 개를 올랐다. 그렇게 첫 번째와 두 번째 계단을 간신히 기어올랐다. 그리고 안으로 들어갔다. 그녀가 옷을 입은 채로 곯아떨어지기 전에 마지막으로 한 말은 이랬다.

「지금은 너무 피곤해서 목매달 수가 없어. 내일 할 거야.」

4
2011년 8월 27일 토요일
종말까지 11일

　전날 저녁의 식탁보는 새것으로 바뀌어 있었다. 아침 식탁
에는 갓 구운 롤빵과 오래 숙성한 치즈, 프린스코르브소시
지,[3] 마늘을 넣은 스크램블드에그, 허브를 가미해 구운 방울
토마토, 요구르트, 시리얼, 그리고 라즈베리 등이 함께 놓여
있었다.

　요한이 갓 짜낸 오렌지주스를 잔에 따르고 있을 때, 페트라
가 캠핑카의 문 뒤에서 나타났다. 머리가 헝클어졌고 옷은 잔
뜩 구겨진 몰골이었다.

　「여기가 어디지? 그리고 어디 있지, 내 캐러……?」

　그녀는 요한을 발견했다.

　「오, 맞아!」

　「좋은 아침! 자, 여기 앉아. 아메리카노, 아니면 카푸치노?」

　예언가는 전날 저녁에 앉았던 의자까지 간신히 걸어가서는
털썩 주저앉았다. 그리고 아침상을 내려다보았다.

　「넌 사는 게 만족스러운 모양이군. 청소도 좋아하고. 전에

---

3 〈왕자 소시지〉라는 뜻을 지닌 작고 둥근 형태의 스웨덴식 소시지.

는 우편배달부였고. 운전도 제대로 못 하는 주제에 커다란 캠핑카를 몰고 다니고. 또 이런 음식도 만들고 말이야…… 음, 그런데 이게 뭔지 모르겠네. 이거 마늘 냄새야?」

「스크램블드에그야. 자, 아메리카노, 아니면 카푸치노?」

「카푸치노로 부탁해.」

「칼릭스캐비어[4]도 있어. 이것들하고는 어울리지 않아서 나중에 먹으려고 내오지 않았어. 하지만 만일 조금 맛보고 싶다면…… 그리고 오늘은 죽지 않겠다고 약속한다면…….」

페트라는 아직 잠이 덜 깬 상태였다.

「내가 어제 그러려고 했다고? 맞아, 그러려고 했었지.」

「너로서는 불행하면서도 운 좋은 상황이었지. 자, 이제 아침 식사를 해. 카푸치노를 만들어 가지고 금방 돌아올게. 그리고 알려 줄 뉴스도 있어!」

방금 전에 깨어난 여자는 너무 피곤하고 어리벙벙한 상태여서 그냥 시키는 대로 할 수밖에 없었다. 그리고 배도 고팠다. 그녀는 말없이 아침을 먹었다. 기가 막힌 음식 맛에 이따금 음! 하는 탄성을 발하면서. 그녀가 음식 외에 다른 것을 위해 입을 열게 되기까지는 5분의 시간이 필요했다.

「뉴스라고 했어? 그래, 내게 줄 새 캠핑카라도 구했나? 아니면 적어도 갈고리라도?」

「더 좋은 거야. 내가 말테를 찾아냈어.」

페트라는 손에서 포크를 떨어뜨렸다. 포크는 진흙 땅에 떨어졌다.

4 스웨덴 특산의 캐비어로, 발트해에서 잡히는 흰송어의 알로 만든다. 스웨덴 명칭은 칼릭스뢰이롬Kalix löjrom이다.

「그냥 놔둬.」 요한이 말했다. 「새것을 가져다줄게.」

그는 일어서려 했다.

「앉아!」

그는 말 잘 듣는 개처럼 다시 의자에 앉았다.

「말테를 찾았다고? 어떻게? 그는 어디 있어?」

페트라는 주위를 둘러보았다.

「여기엔 없어. 하지만 내가 말했지, 난 전에 우편배달부였다고. 그리 오래 하지는 않았지만 말이야. 어쨌든 난 우편배달부 교육을 받았는데, 지금 내가 기억하는 것보다 훨씬 많은 것을 배웠어. 그때 배운 바에 의하면, 말테는 그렇게 흔한 이름이 아냐. 게다가 망누손이라는 성과 결합하면 특이한 이름이 되지. 너와 비슷한 나이의 말테 망누손은 스웨덴에 단 한 사람밖에 없어. 그리고 그는 여기서 15분 거리에 살고 있지. 내가 운전대를 잡는다면 말이야. 만일 길을 잘못 들면 30분이 걸릴 수도 있겠지만.」

페트라는 잠시 몽상에 빠져들었다.

「말테…….」

하지만 곧 현실이 그녀를 불러냈다.

「내가 걔한테 무얼 줄 수 있겠어?」

하지만 요한은 포기하지 않았다.

「11일 후에는 아무것도 줄 수 없겠지. 하지만 그때까지 넌 그에게 사랑을 고백할 수 있어. 아니면 목매달아 죽을 수도 있고. 하지만 내 캠핑카에서는 안 되고, 갈고리는 혼자서 구해야 할 거야.」

＊ ＊ ＊

　어쩌면 마늘로 풍미를 더한 스크램블드에그 때문이었는지 모르겠다. 아니면 갓 짜낸 신선한 주스 때문이었는지도 모른다. 아니면 카푸치노 때문이었는지도 모른다. 그것도 아니라면, 사랑에 대한 페트라의 오래된 열망, 그리고 지금 아니면 영원히 기회가 없다는 확신 때문이었는지도 모른다. 이유가 무엇이든 간에, 지금 그녀는 일류 레스토랑이기도 한 캠핑카 안, 요한의 옆자리에 앉아서, 학창 시절의 짝사랑 말테 망누손이 산다는 주소로 향하고 있었다.

　예언가가 옷의 주름을 펴고 머리 모양을 최대한으로 다듬고 있는 동안, 요한은 운전하느라 애를 먹고 있었다. 심지어는 반듯한 직선로에서도 그랬다. 차는 계속 휘청대고, 움찔대고, 흔들렸다.

　그는 페트라가 차창 위의 손잡이를 꽉 붙잡는 것을 보았다.

「네가 운전할래?」

「난 면허증이 없어.」

「아, 너도 없구나?」

　아니, 대체 이게 무슨 소리지?

「그렇다면 지금 내가 무면허 운전자가 운전대를 잡은 폭주 캠핑카를 목숨을 걸고 타고 있다는 얘기야?」

　요한은 오른쪽으로 방향을 틀다가 두 바퀴를 도로 경계석에 처박고 말았다. 가까스로 균형을 잡은 그는 페트라에게 운전하다 그녀가 죽는다 해도 큰일은 아니지 않느냐며, 어제 이미 죽으려고 하지 않았느냐고 일깨워 주었다.

41

「게다가 난 2백 번이나 운전 교습을 받았다고. 적어도 그중의 몇 번은 기억에 남아 있지 않겠어?」

운전 교습을 2백 번이나 받았는데 면허증이 없단다. 그의 운전 실력은 놀라울 정도로 형편없었다. 페트라는 모르겠다, 될 대로 되라, 하는 심정이 되어 버렸다. 뭐, 적어도 요리는 할 줄 아니까.

「아니, 난 요리를 할 줄 몰라.」 요한이 고개를 저었다. 「하지만 재미있는 것 같아.」

재미? 페트라의 삶에 한 번도 들어와 본 적이 없는 단어였다.

「요리 말고 또 뭐가 재미있지?」

어쩌면 뭔가를 배울 수 있을지도 모른다는 생각이 들었다.

「청소.」 요한이 대답했다. 「아니, 그건 그냥 적당히 재미있어. 적어도 내가 최악인 분야는 아니니까. 사실 프레드리크가 나보다 얼마나 더 잘하는지는 모르겠어. 형은 한 번도 걸레를 잡아 본 적이 없거든.」

페트라는 다시 미소를 지었다. 전날 캠핑카 천장에서 갈고리가 빠진 이후로 그녀가 세 번째로 보이는 미소였다.

「그럼 네가 최악인 것은 뭐야?」

말하기가 힘들었다. 골라야 할 게 너무 많았다. 보통 사람들이 하는 생각? 아니면 필요한 것을 찾기? 그의 우편배달부 경력이 그렇게나 빨리 끝난 것은 바로 이 때문이었다. 그는 딱 하루 일하고서 쫓겨났다. 상관은 갑작스러운 정리 해고를 이유로 들었다.

「그래, 배달해야 할 우편함들도 찾을 수가 없었던 모양이지?」

틀린 말은 아니었지만, 완전히 정확하다고는 할 수 없었다. 물론 그는 몇 번 길을 잘못 접어들었다. 그리고 그와 그의 자전거가 어느 아름다운 길모퉁이에서 좀 오랫동안 서 있었던 것도 사실이었다. 하지만 봉투에는 올바른 주소가 쓰여 있었고, 그에게는 지도가 있었다. 진짜 문제는 우체국으로 돌아가려고 했을 때 시작되었다. 그에겐 우체국 주소가 없었던 것이다.

「돌아가는 길을 찾아내지 못했다고?」

「아니, 찾아냈어. 아침에 해가 다시 떴을 때.」

대화는 거기서 중단되어야 했다. 그는 말을 하면 운전에 집중할 수 없다는 사실을 깨달았다. 또 그녀도 곧 일어날 일에 대해 준비할 필요가 있었다. 지금은 토요일 아침이었고, 만일 말테가 이 주소에 살고 있다면, 그는 지금 집에 있을 가능성이 컸다. 15년 전에 그가 그녀에게 수학책을 건네주며 〈자, 여기 있어〉라고 말한 이후로 둘은 대화를 나눈 적이 없었다. 페트라는 엄밀히 말해서 그때도 대화를 나눴는지 확신할 수 없었다. 그때 대꾸라도 했던가? 적어도 고맙다는 말은 하지 않았을까?

그녀는 그를 만났을 때 어떤 말부터 해야 할지 생각해 보았다. 어떻게 말해도 어색할 것 같았다. 그를 만난다는 생각은 점점 바보같이 느껴졌다. 결국 그녀는 이 모든 것이 끔찍한 생각이라는 결론에 이르렀다.

「차 돌려!」 그녀가 갑자기 소리쳤다. 「난 못 하겠어!」

43

「다 왔어!」 요한은 이렇게 대답하면서, 이번에는 올바른 페달을 부드럽게 밟아 차를 세웠다.

말테가 사는 곳은 어느 단독 주택이었다. 자그마했고, 아주 후미진 변두리에 있었지만, 그래도 조그만 정원까지 달린 집이었다. 진입로에는 혼다 시빅 승용차가 세워져 있었다. 크지는 않았지만 새 차였다.

그녀의 10대 시절의 은밀한 짝사랑은 스포티한 타입인 듯했다. 중학교 시절부터 그랬었다. 수줍고, 똑똑하고, 운동을 잘했다. 아마도 골프와 야구를 즐기는 듯, 정원 한쪽의 잔디를 아주 짧게 깎아 퍼팅 그린을 만들어 놓았다. 그 옆에는 골프 가방 하나가 넘어져 있었다. 집과 거의 다 자란 자작나무 사이에다 말테는 그물을 쳐놓았다. 페트라가 짐작하기에는, 그가 친 골프공이 이웃집 유리창을 깨는 것을 막기 위해 쳐놓은 그물이었다. 집 옆의 한 벤치에는 야구 방망이와 공 세 개, 그리고 야구 글러브가 놓여 있었다.

요한은 이렇게 부지런했던 적이 없었다. 페트라가 주변을 둘러보고 있는 동안, 그는 길 건너편의 이웃집으로 가서는 화단에서 꽃다발 하나를 만들어 왔다. 그것을 페트라에게 건네고는, 어쩔 줄 몰라 하는 그녀를 부드럽게 현관문과 초인종 쪽으로 밀고 갔다.

그녀는 머뭇머뭇 천천히 앞으로 걸어갔다. 그러다 뭔가가 잘가닥거리는 소리에 요한 쪽으로 고개를 돌렸다.

「뭐 하고 있는 거야?」

그는 골프 가방을 제대로 세워 놓고, 땅에 흩어진 골프 클럽들을 줍고 있었다.

「청소하고 있어. 그냥 지나칠 수가 없어서.」

「하지 마!」

요한은 복종했다. 하지만 손에는 아직 아이언 하나가 들려 있었다. 그는 의기양양하게 그것을 하늘로 번쩍 치켜들고는 〈사랑 파이팅!〉이라고 하며 그녀를 격려했다.

하지만 페트라는 바짝 긴장한 상태였다.

「그는 아마 가족이 있을 거야.」

「오, 스웨덴의 부부들 중 절반은 이혼해. 자, 뭐 해!」

「절반이 이혼한다고? 정말?」

「나한테 묻지 말고 빨리 초인종이나 눌러! 인생에서 남은 마지막 11일을 말테의 정원에서 뭉그적거리며 보낼 참이야?」

페트라는 불안한 얼굴로 고개를 끄덕였다. 요리사이자 청소부이자 천치인 남자의 말이 틀린 게 아니었다.

집 안에서 초인종이 울리는 소리가 들렸다. 그리고 누군가의 목소리도 들렸다.

「자기가 문 좀 열어 줄래? 나 지금 손톱 다듬고 있어.」

어떤 여자의 목소리! 하지만 이제 너무 늦었다. 문이 열렸다.

말테였다. 여전히 잘생긴 얼굴이었다. 그리고 그때처럼 친절한 푸른 눈이었다. 하지만 잠시간 미소는 없었다. 그는 어리둥절한 표정을 지었다.

「누구시죠?」 그가 물었다.

「안녕, 말테? 내가 누군지 알겠어?」

학창 시절 동안 했던 말을 모두 합해도 지금 한 말보다 많지 않았으리라.

「음, 죄송합니다만…… 글쎄요, 잘 모르겠는데요? 아, 잠깐만요…….」

정말이지 그녀는 그에게 별 인상을 남기지 못한 모양이었다.

「페트라야. 중학교 때.」

아, 이제야 미소가 떠올랐다! 그리고 말테는 그녀의 어깨에 손을 올려놓았다. 지난 15년 사이에 두 번째로 올려놓는 거였다.

「아, 페트라…….」 그는 부드럽게 말했다. 「그래, 넌 나의 첫 번째…….」

여기까지 말했을 때 안에서 터져 나온 여자의 목소리가 그의 말을 덮어 버렸다.

「누구야, 말테? 누구냐고!」

여자의 목소리가 점점 가까워졌다. 여자는 문을 벌컥 열더니 자신의 남자 친구 옆에 섰다. 그녀는 손에 꽃다발을 들고 있는 페트라를 쳐다보았다.

「무슨 일이야? 당신 누구야? 지금 내 남자에게 작업 거는 거야?」

페트라는 갑자기 숨을 쉴 수가 없었다. 말도 할 수 없었다. 여자는 다름 아닌 **빅토리아**였다! 그 깡패 말이다. 교양 없고, 못돼 먹은 빅토리아, 말테의 **여자 친구** 빅토리아 말이다!

갑자기 불안해진 말테는 상황을 누그러뜨리려 했다.

「자, 자, 비키……. 여기는 우리 중학교 때 같은 반이었던 페트라 바클룬드야.」

「로클룬드.」 페트라가 정정했다.

내가 자기의 첫 번째…… 〈뭔가〉였다면 적어도 이름쯤은 기억하고 있어야 하는 것 아냐?

빅토리아의 얼굴에 예전의 그 잔인한 미소가 떠올랐다.

「아, 그 괴물? 오, 네가 말테를 쫓아다닌단 말이지? 하하, 웃겨 죽겠네!」

그녀는 다짜고짜 페트라의 손에서 꽃을 낚아채서는 땅바닥에 집어 던진 후, 담배꽁초인 양 발바닥으로 짓뭉갰다.

「하지만 비키…….」

말테는 어쩔 줄 몰라 했다. 페트라가 어떻게 반응해야 할지 생각하기도 전에 빅토리아는 양말 바람으로 걸어 나오며 그녀를 거칠게 뒤로 밀쳤다. 그럴 만한 것이, 이 괴물을 영원히 자기 자리로 돌려놓을 생각이었던 것이다.

현관에 말뚝처럼 서 있는 말테는 상황을 가라앉히려 애쓰는 와중에 조금씩 과거의 감정이 되살아나는 것을 느꼈다.

「비키, 그만해! 얘는 아무 짓도 안 했잖아. 아무 나쁜 짓도 하지 않았다고…….」

하지만 빅토리아는 바짝 독이 올라 있었다. 또다시 난폭하게 밀쳤다. 그리고 또 밀쳤다. 결국 페트라는 땅바닥에 나뒹굴었다. 그녀는 네발로 기어 도망치려 했다.

바로 그 순간, 빅토리아는 그녀의 번쩍번쩍한 새 장난감 은색 혼다 뒤에 반쯤 가려져 있는 요한을 발견했다.

「당신은 또 누구야? 내 차 옆에서 뭘 하고 있는 거야? 경고하는데 털끝 하나 건드리지 마!」

자기가 페트라를 어떤 상황에 몰아넣었는지를 보고 겁에

질린 요한은 이렇게 더듬거렸다.

「당신…… 당신이 내 친구를 넘어뜨렸어!」

빅토리아는 또다시 요란한 웃음을 터뜨렸다. 아까만큼이나 끔찍한 웃음이었다.

「기다려. 그것보다 더 재밌는 걸 보여 줄 테니.」

그녀는 아직 땅바닥에 기고 있어 무방비 상태인 페트라를 발로 걷어찼다. 처음에는 오른발로, 그다음에는 왼발로 찼다. 그렇게 세게 차지는 않고, 여기서 누가 위인지 확실히 보여 줄 수 있는 정도로만 찼다.

공황 상태에 있던 요한은 순간 머릿속이 하얘졌다.

「그만해!」 그는 소리쳤다.

이렇게 소리치면서 그는 말테의 7번 아이언으로 빅토리아의 은색 혼다의 보닛을 힘껏 내리쳤다.

「안 돼!」 말테는 현관에 선 채로 외쳤다.

빅토리아가 차를 부수는 낯선 남자 쪽으로 달려가고 있을 때, 페트라는 땅바닥에 무릎을 꿇고 있었다. 완전한 굴욕감에 사로잡혀 있어야 옳았다. 하지만 그 대신, 예언가의 머릿속에 어떤 생각이 고개를 들었다. 뭐라고? 내가 **말테의 첫 번째 무엇**……?

겁에 질리긴 했지만 요한은 요령 있는 발놀림으로 날뛰는 빅토리아를 차를 사이에 두고 피할 수 있었다. 하지만 그 역시도 완전히 정신이 나가 있었기 때문에 골프 클럽으로 차를 두드리는 것을 멈추지 않았다. 보닛 다음에는 지붕, 그다음엔 오른쪽 뒷문, 그다음엔 뒤쪽 유리창, 그다음엔 왼쪽 뒷문, 그리고 (빅토리아가 방향을 바꿨을 때) 다시 오른쪽 뒷문…….

「붙잡히면 죽여 버릴 거야!」 그녀가 악을 썼다.

그러고 있는 사이에 페트라는 몸을 일으켰다. 그리고 셔츠와 바지에서 잔디와 흙을 털어 냈다. 보아하니 요한은 당장 자신의 도움이 필요한 것 같지는 않았다. 갈수록 망가져 가는 혼다 시빅이 날뛰는 빅토리아를 막는 방패 역할을 해주고 있었다.

페트라는 시선을 돌려 말테를 쳐다보았다.

「그래, 내가 너의 첫 번째 무엇이었는데?」 그녀는 침착하게 물었다.

「어?」

페트라와 자동차 주위를 내달리는 여자 친구에게 동시에 집중하기란 쉽지 않은 일이었다.

「아까 말했잖아, 내가 너의 첫 번째 무언가였다고.」

「내가 그랬어?」

그는 자신이 나서서 진입로에서 벌어지는 전쟁을 중단시켜야 한다는 것을 알고 있었다. 하지만 무언가가 그러지 못하게 했다. 그것은 단지 비키와 이성적인 대화가 불가능하기 때문만은 아니었다. 어쩌면 그것은 페트라의 친구가 비키의 — 심지어는 그에게조차 빌려주지 않는 — 새 자동차의 아직 성한 부분을 박살 낼 때마다 기분이 꽤 좋아지기 때문일 수도 있었다.

이 모든 혼란 속에서 페트라는 마음이 차분한 것을 느꼈다.

「그래, 너와 비키는 저녁마다 이렇게 즐거운 시간을 보내니?」

말테의 여자 친구가 차량 훼손범을 붙잡으려고 얼굴이 시뻘게져서 망가진 차 지붕 위로 기어오르고 있을 때 페트라가 물었다.

「즐거운 시간?」 말테가 되물었다.

페트라가 느끼기에, 그는 15년 전보다 별로 빠릿빠릿해진 것 같지 않았다. 만일 그때 말테가 〈나의 첫 번째……〉라는 문장을 끝내기만 했다면 모든 것(세상의 종말만 빼놓고)이 얼마나 달라졌을까? 아직 그 말에 어떤 의미가 있었을 때 말이다.

페트라의 차분함은 결연함으로 바뀌었다. 저 깡패가 요한을 붙잡기 전에 막아야 했다. 예언가는 전에 자신의 급우였던 여자에게로 향했다. 가는 길에 그녀는 야구 방망이가 놓인 벤치 옆을 지나게 되었다. 그것을 집어 든 그녀는 단 한 번도 친구인 적이 없었던 중학교 동창의 주의를 끌기 위해 엉덩이를 철썩 때렸다.

「아야!」 빅토리아는 아프다기보다는 놀라서 비명을 질렀다.

보닛에서 기어 내려와 몸을 돌린 그녀는 페트라와 마주하게 되었다. 〈아니, 이 괴물이 겁도 없이 내 눈을 똑바로 쳐다본다고? 이게 대체 무슨 일이야?〉

페트라는 야구 방망이의 가느다란 부분을 두 손으로 쥐고, 두꺼운 끝부분을 어깨에 척 걸쳐 놓았다.

빅토리아는 상대가 왜 이렇게 차분한지 이해할 수 없었다. 중학교 시절 3년이 3초 동안 주마등처럼 흘러갔다. 그때 그녀는 완전히…… 어떻게 표현해야 할까, 친절하지만은 않았다. 이…… **근데 얘 이름이 뭐였더라?** 맞아, 페트라……. 그래, 페트라가 지금 복수를 하겠다는 건가?

과거의 먹잇감이 과거의 일진에게 아주 부드럽게 미소를 지었다.

「비키, 지금 내가 무슨 생각하는지 알아?」 그녀가 물었다.

독학한 천체 물리학자는 컨디션이 너무 좋아서 지금 이 순간의 공기 밀도가 얼마나 될지 궁금했다. 심지어는 요한도 진정한 상태였다. 우측 사이드 미러는 아직 성했고, 사정거리 안에 있었지만, 그는 자제했다. 일단은 자제했다.

「아니.」 빅토리아가 자신 없이 대답했다. 「그래, 무슨 생각하고 있는데? 그 야구 방망이로 날 또 한 대 때릴 생각을 하고 있니?」

사실 그것은 그리 나쁜 생각은 아니었다. 아까 첫 번째 한방을 갈길 때, 기가 막히게 기분이 좋았다.

「아니, 사람을 때리는 것은 네 전공이야. 내 생각으로는, 사람이 말로 표현하는 데 문제가 있을 때 그런 행동이 나오는 경향이 있지. 내가 기억하기로는, 너도 말이 많이 달리는 편이었어.」

나도 마찬가지야, 하고 요한은 빅토리아의 차에 대고 분노를 폭발시킨 것에 부끄러움을 느끼며 속으로 중얼거렸다. 그는 우측 사이드 미러는 그냥 놔두기로 했다.

페트라가 새로이 얻게 된 힘은 말테의 미완성 문장이 가져온 결과였다.

「조금 전에 네 남자 친구로부터, 우리가 같은 반이었을 때 내가 그의 첫 번째 무언가였다는 말을 들었어. 난 그게 뭔지 알 것 같아.」

조금 전까지만 해도 길길이 날뛰던 빅토리아는 야구 방망이에서 눈을 떼지 못했다.

「그래서 어떻게 하겠다는 거야?」

「내가 어떻게 할 거냐면, 앞으로 11일 동안 최대한 자주 네가 나의 땜빵이었다고 생각할 거야. 아니면 스페어타이어거나. 난 아직 뭔지 모르겠어. 말테, 넌 어떻게 생각해?」

빅토리아와 같이 사는 집의 현관에 양말 바람으로 서 있는 말테의 머릿속에 〈근데 왜 11일이지?〉라고 의문이 떠올랐다. 하지만 일단은 중요한 말을 해야 했다.

「사랑.」 그가 대답했다. 「너의 두 번째 질문에 대답하자면 말이야. 하지만 학교를 졸업하고 우린 흐지부지 헤어져 버렸지. 내가 용기를 낼 수 있기 전에…….」

빅토리아는 여전히 야구 방망이 때문에 불안했다. 하지만 동시에 그녀는 겁쟁이 같은 남자 친구가 한 말에 깜짝 놀랐다.

「그해 여름, 비키와 나는 같은 청소년 센터를 다녔어……. 그러다…… 아니, 그녀를 〈땜빵〉이라고 하는 것은 정당치 않은 것 같아. 글쎄, 잘 모르겠지만…… 우리는 함께 핀볼을 하며 놀았지. 그녀는 내게 관심을 보였는데, 누가 나 같은 애에게 관심을 가지겠어? 진심으로 말이야.」

「이 바보야, 내가 있었잖아.」

표현 자체는 차가웠지만, 어조는 그렇지 않았다. 말테는 그녀를 원했지만, 다가갈 용기가 없었다. 그러다 빅토리아와 핀볼 게임을 하다가 짝이 되어 버렸다. 이 모든 것은 말테가 깨닫지 못하는 스스로의 가치에 한참 못 미치는 것이었다.

종말 예언가는 이 순간을 만끽했다. 맞을 만한 인간에게 곧장 한 대를 갈긴 후에 속 시원한 고백까지 듣고 나니, 그 효과는 믿을 수 없을 정도였다. 이 감정은 차 저편의 요한에게까지 전달되었다. 그는 마치 바보가 바보에게 인사하듯 흡족한 얼굴로 말테에게 고개를 끄덕했다.

빅토리아는 생각을 정리해 보려고 애썼다. 지금 앞에 있는 괴물은 더 이상 괴물이 아니라…… **자기 남자 친구의 은밀한 짝사랑**이었다. 말테, 이 쪼다 녀석은 항상 자기가 시키는 대로 했고, 데리고 다니면 폼이 나는, 일종의 장식품이었다. 그런데 뭐, **내가 스페어타이어였어? 이런 빌어먹을!** 게다가 망할 놈의 야구 방망이까지. 설마 페트라가 저걸 사용하려는 것은 아니겠지?

「난 들어가서 손톱 손질이나 마쳐야겠어.」 빅토리아가 말했다.

그녀가 여태까지 한 생각 중 가장 똑똑한 생각이었다.

「좋아, 그렇게 해.」 페트라는 마치 허가하듯이 말했다. 「하지만 먼저 3년 동안 네 숙제를 해준 것에 고맙다고 한마디 해야 하지 않을까?」

페트라는 자기 자신이 놀랍게 느껴졌다. 말테 쪽을 힐긋 보니까, 그도 감탄하는 것 같았다.

「그래, 고마웠어……. 대단히.」 빅토리아가 대답했다.

과거의 일진은 고개를 숙이고 집 안으로 종종걸음을 쳤다. 현관에 서 있던 남자 친구는 그녀가 지나가도록 옆으로 비켜주었다. 페트라는 완전히 상황을 장악하고 있었다.

「말테, 네가 인생 파트너를 그렇게 선택한 게 유감이야. 너와 나는 다음 생, 다른 행성에서 맺어질 수 있겠지. 요한, 이제 볼일은 다 끝난 것 같아. 보니까 운전석 쪽 차문은 건드리지 않았네? 잘했어. 자, 가자고.」

「한쪽 사이드 미러도 그냥 놔뒀어.」 요한이 대꾸했다.

그와 페트라가 캠핑카 쪽으로 걸어가고 있을 때, 말테는 현관 앞으로 몇 걸음 나와서는 그녀에게 소리쳤다.

「페트라, 오랜만에 만나서 반가웠어! 원한다면 서로 연락하자고! 네가 원하는 아무 때나 좋아. **정말 아무 때나 좋다고!**」

그의 말은 진심으로 들렸다. 하지만 집 안에서 손톱에 매니큐어를 칠하고 있는 여자 친구와 같이 사는 남자와 낭만적인 관계를 시작한다? 물론 그는 11일 안에 빅토리아와 관계를 끊을 수 있었다. 그들은 함께 영화관을 가고, 레스토랑을 가고, 손을 잡고 호숫가를 걸을 수도 있었다. 그리고 키스를 할 수도 있었다. 피차 어색하고 서투른 키스를 말이다. 앞으로 일주일 반 남은 시간 동안 이 모든 것을, 어쩌면 이보다 조금 나은 어떤 것들을 해볼 수 있을 거였다.

아니, 자신이 과거에 어떤 감정을 가졌는지 말테가 이해한 것만으로 충분히 만족스러웠다. 그리고, 이 점이 가장 중요한데, 그도 어떤 감정을 가졌는지 알게 된 걸로 충분했다.

「고마워, 하지만 그러기에는 대기 문제가 좀 걸려서 말이야. 이 야구 방망이는 잠시만 빌릴게.」

페트라는 사뭇 만족스러웠다.

잠깐만! 정말로 **만족스러웠다고?**

그렇다.

태어나서 처음으로 말이다.

5
2011년 8월 27일 토요일
종말까지 11일

요한은 방금 일어난 일에 너무나 당황한 나머지 형편없는 운전 실력을 잠시 잊어버렸다. 덕분에 돌아오는 길은 아주 평온했다. 거의 도로 교통법에 맞게 운전했을 정도였다.

그는 삶에 어떤 의미가 있다는 것을 보여 주기 위해 페트라를 그녀의 위대한 사랑에게로 데려갔다. 정말이지 어리석은 짓이었다! 말테는 이미 끔찍한 빅토리아에게 붙잡혀 있었고, 자신은 상황을 악화시킨 셈이 되었다.

「페트라, 정말 미안해.」 그는 간신히 말했다. 「난 이렇게 될 줄 몰랐어. 용서해 줘! 하지만 제발…… 당장 목숨을 끊지는 말아. 제발 그러지 마.」

야구 방망이를 무릎에 올려놓고 앉은 페트라는 요한이 걱정하는 모습에 웃음이 터질 뻔했다.

「아니, 내가 왜 그러겠어?」 그녀가 대답했다. 「오히려 날 도와줘서 고마워. 지금 비키가 손톱을 다듬으며 무슨 생각을 할지 한번 생각해 보라고! 그리고 네가 그렇게 골프를 잘 치는지 누가 알았겠어?」

그녀는 라디오를 켰고, 다이얼을 여기저기 돌려 적당한 방송을 찾아냈다. 흘러나오는 노래 가사가 무슨 뜻인지 몰랐지만, 그녀는 야구 방망이로 손바닥을 탁탁 쳐 박자를 맞추며 콧노래로 따라 불렀다.

「랄라라…… 아, 인생이여!」

요한도 따라 했다.

「아, 인생이여!」

요한은 페트라가 형과 헤어진 이후로 자신에게서 사라진 든든한 기둥처럼 느껴졌다. 노래가 끝나자 그는 용기를 내어 이런 느낌을 고백했다.

「흠, 고마워, 멋진 칭찬이네.」 페트라가 대답했다. 「그래, 형과 헤어진 지는 얼마나 됐어?」

요한은 손목시계를 들여다보았다. 그는 이래 봬도 아주 오래전부터 시계를 읽을 줄 아는 몸이었다.

「스물두 시간!」

페트라는 좀 더 오래되었으리라고 생각했다. 그녀는 〈네 형의 빈자리를 내가 채울 수 있을지는 모르겠어. 하지만 만일 내가 해낼 수 있다면, 둘 다 외로운 신세를 벗어났으니 그나마 기쁜 일이겠지〉라고 말했다. 그녀는 그녀의 구원자이자 개인 운전기사인 남자에 대해 좀 더 알고 싶었지만, 모든 것에는 때가 있는 법이었다. 그들에겐 아직 11일이나 남아 있는데, 그녀에게는 쭈글쭈글한 옷밖에 없었다. 따라서 약간의 생필품 구입을 해야 할 일 목록의 상단에 올려야 했다.

요한은 자기가 뭔가 말을 잘못 하여, 페트라의 사그라드는 자살 의욕에 다시 불을 지피게 될까 걱정이 되었지만, 확실히 알고 싶었다. 지금의 좋은 기분이 계속 유지될 것인지?

「물론이지!」 페트라가 대답했다. 「지구의 시간이 끝날 때까지! 약속할게!」

그거참 반가운 소리였다. 요한이 생각하기에, 말테가 현관에서 한 말이 어떤 역할을 한 것 같은데, 이 생각이 맞는 걸까? 만일 그렇다면, 그 관계를 좀 더 자세히 설명해 줄 수 있을까?

예언가는 고개를 끄덕였다. 말테, 빅토리아, 갈릴레오 갈릴레이, 골프채, 그리고 야구 방망이. 모든 것을 함께 설명했다. 이제는 그녀가 그에게 질문할 차례였지만, 괜찮았다. 그들에게는 아직 11일이나 남아 있으니까.

페트라가 좀 더 얘기하려는 듯이 보였기 때문에, 요한은 중간에 나오는 〈갈, 갈〉인지 뭔지 하는, 아리송한 것에 대한 질문은 그만두기로 했다.

그녀는 먼저, 자신의 새로운 감정 상태를 보다 과학적으로 분석해 보지는 못했다고 설명했다. 이 모든 게 너무나도 새롭단다. 하지만 말테의 정원에서 오간 대화가 자신이 갈릴레오 갈릴레이를 알게 된 10대 때를 떠오르게 했다는 것에는 의심의 여지가 없단다.

그 아리송한 〈갈, 갈〉이 또 나왔다.

「누구?」

「세계 최초이자 최고의 천문학자.」

「네가 그 사람을 안다고? 오, 굉장한데?」

하지만 그녀와 갈릴레이는 친구가 아니란다. 그녀에게는 어떠한 친구도 없었고, 그는 〈30년 전쟁〉 말엽에 죽은 사람이란다. 하지만 어린 그녀는 그의 고군분투에 대해 많은 것을 읽었단다. 그는 아무도 들으려 하지 않는 진실을 말했고, 아리스토텔레스가 틀렸다는 것을 증명했단다. 그 결과 그는 남작들과 백작들의 미움을 샀고, 결국 지구가 우주의 중심이 아니라고 주장한 것에 대해 교황에게 사과해야 했단다.

요한은 〈30년 전쟁〉이 얼마 동안 계속되었는지는 짐작이 갔지만, 그게 언제 일어났는지 전혀 알 수 없었다. 그는 지구가 우주의 중심이 아니라는 부분에 초점을 맞추기 위해 이 질문은 건너뛰기로 했다.

「뭐야? 지구가 우주의 중심이 아니라고?」

「응, 아니야.」

외로운 열세 살 페트라는 위대한 천문학자에게 동질감을 느꼈다. 그는 아무에게도 이해받지 못했다. 그녀 역시 아무에게도 이해받지 못했다. 이것은 스웨덴 왕립 과학원에 자리 잡고 앉은 작은 교황들이 그녀의 말에 귀 기울이기를 거부하고, 그녀를 문밖으로 쫓아내고 경찰을 부를 때까지 계속되었다.

「시대는 변해도 교황들은 남아 있지.」 페트라가 말했다.

그렇다면 누구에게도 이해받지 못하고, 누구에게도 사랑받지 못하는 이 세상에서 그녀에게 남은 것은 무엇이었던가?

바로 캠핑카 천장의 갈고리였다. 그리고 요한의 어마어마하게 형편없는 운전 실력이었다. 그리고 말테의 집 정원에까지 이어진 모든 일들이었다.

그런데 그곳의 풀밭에 자빠져 있을 때 말테의 말이 하늘에서 내려왔다. 그녀는 자신의 첫 번째…… 무언가였다는 말이었다.

결국 교회는 갈릴레오 갈릴레이에게 사과했다. 만일 갈릴레이가 350년 전부터 죽어 있지 않았더라면, 그는 더 이상 자신이 아무에게도 이해받지 못하는 외로운 존재라고 생각하지 않아도 되었으리라.[5]

하지만 페트라는 다른 경우였다! 그녀는 살아 있을 때 인정을 받은 것이다! 살아 있을 날이 11일밖에 남지 않았지만, 그래도 그게 어디인가! 알고 보니 그녀는 자신이 생각했던 것만큼 외롭지 않았다. 온 세상과 맞선 그녀 옆에 말테가 있었던 것이다! 모든 사람들이 이해하지 못하고, 사랑하지도 않았지만, 둘은 서로를 사랑하고 이해했다!

그녀는 그의 첫 번째 은밀한 사랑이었다! 다시 말해서 그는 그녀의 것이었다. 다만 그들의 수줍음과 몇몇 불행한 상황들, 그리고 어떤 핀볼 게임기가 10대였던 그들의 사랑을 막았다. 하지만 이제 그들을 방해하는 것은 아무것도 없었다. 종말의 날만 제외하고는.

「그날을 좀 뒤로 미룰 수는 없을까?」 요한이 조심스레 물었다.

없단다. 그리고 장담컨대 그날은 결코 평범한 날이 아닐 거란다. 그날 후에는 이 세상의 모든 고민이 사라질 거란다.

「흐음, 그렇군…….」 요한이 고개를 끄덕였다.

어쨌든 페트라가 만족했다면 자신도 만족스러웠다.

하지만 더 이상 갈고리를 구할 필요가 없게 된 이제, 그녀는 앞으로의 날들을 어떻게 보낼 생각인지?

5 교황 요한 바오로 2세는 1992년, 지동설을 주장한 갈릴레오 갈릴레이에게 1663년에 내린 이단 판결에 대해 실수를 인정하고 공개적으로 사과했다.

예언가는 잠시 망설였다.

그녀의 마음이 차분해진 것은 단순히 자신이 사랑받았다는 사실을 알게 되었기 때문만은 아니었다. 그녀는 학창 시절 전체를 다른 관점에서 볼 수 있게 된 것이다. 빅토리아의 볼기를 적당히 갈겨 준 것 역시 한몫을 했다. 말테는 단 한 명뿐인 반면, 세상에는 빅토리아 같은 인간이 수도 없이 많았다.

「그들 중 몇 명을 찾아내서, 잘못된 것들을 바로잡아야 하지 않을까?」

「좋은 생각이야!」 요한이 맞장구부터 쳤다. 「근데 무슨 얘기지?」

페트라는 계속해서 생각을 말했다.

「우리 모두에게는 다시 생각해 봐야 할 사건들, 만남들, 관계들이 있지 않아?」

「맞아.」 요한은 다시 맞장구부터 쳤다. 「근데, 우리 모두가 그렇다고?」

「해결하지 못한 일들 말이야. 오늘 있었던 일 같은 것. 15년이 걸렸지만, 빅토리아는 결국 내가 숙제를 도와준 것에 대해 감사를 표했어.」

이때 요한의 머릿속에 떠오른 것은 자격증으로 이어지지 못한 2백 회의 운전 강습이었다. 하지만 그렇다고 해서 10년이 지난 지금, 운전 강사의 자동차를 골프채로 박살 내야 할 것인가? 아니면 야구 방망이로 궁둥이를 한 대 갈겨야 하나? 아니면 찾아가서 그냥 따져야 하나? 로터리에서 두 번에 한 번꼴로 길을 착각했던 사람은 강사가 아니었다.

「난 오늘 느꼈던 감정을 너무 늦기 전에 최대한 많이 느껴

보고 싶어.」페트라가 말했다. 「삶을 거슬러 올라가서 해결해야 할 일을 해결하는 것 말이야. 그러고 나면 세상의 종말을 기꺼이 받아들일 수 있을 것 같아.」

그녀는 요한도 함께하고 싶으냐고 물었다.

물론이었다! 자, 어디부터 가는 거지?

예언가는 아직 거기까지는 생각하지 못했단다. 하지만 계획을 조금 세우고 효율적으로 움직이면 하루에 한 건씩 처리할 수 있지 않을까? 그러면 도합 열한 건이 되겠지.

「거기에다 빅토리아를 더해야지.」요한이 말했다.

「맞아, 빅토리아. 그러면 열두 건이나 돼.」

요한은 자신에게는 추가할 만한 미제 사건이 없다고 막 고백하려 하다가 차창 너머로 뭔가를 발견하고는 갑자기 대화를 중단했다.

「저기 괜찮을까?」그는 오른쪽으로 안내하는 화살표가 그려진 커다란 광고판을 가리켰다. 「90개의 매장이 한 군데 모여 있대.」

90개의 매장이면 충분했다. 페트라는 옷 몇 벌과 칫솔 하나가 필요했다. 요한은 자신도 이참에 캠핑카의 냉장고와 찬장을 채울 수 있겠다고 생각했다. 캠핑카 식구가 하루 사이에 두 배로 늘어난 것이다.

그는 캠핑카를 제대로 주차하는 법을 몰랐고, 페트라는 그걸 알고 있었기 때문에, 그냥 차를 매장 정문 앞에 세워 놓으라고 말했다. 쇼핑을 마치고 돌아와 보니, 14일 납부 기한의 주차 위반 벌금 9백 크로나가 그들을 기다리고 있었다.

「이 딱지 가지고 잘해 봐요!」페트라는 벌금 딱지를 구겨서 던져 버리며 주차장 직원에게 소리쳤다.

＊ ＊ ＊

〈모든 사람의 권리〉는 스웨덴이 자랑하는 매우 똑똑한 제도 중의 하나이다.[6] 다른 사람의 정원이나 목장이 아닌 한, 누구든 어디에서나 잠시 머물며 휴식을 취할 수 있는 것이다. 스톡홀름과 그 부근에는 어디든 물가가 있었기 때문에, 예언가와 자신을 쓸모없다고 생각하는 남자는 피스크세트라 캠핑카 주차장보다 훨씬 쾌적한 장소를 찾기 위해 멀리 갈 필요가 없었다.

이제 그들은 말라렌 호수의 물이 찰랑이는 어둑한 곳에서 늦은 오후의 햇살을 받으며 캠핑카 바깥에 앉아 있었다. 훈제 연어, 붉은양파피클, 그리고 레몬 향 크렘프레슈로 구성된 타르트플랑베 다음에, 요한은 해산물을 재료로 한 전채 요리를 두 개 더 내왔다. 그는 결코 전통의 굴레에 사로잡히는 법이 없었다. 그가 아껴 둔 칼릭스캐비어를 얹은 가리비에 이어, 그가 지금껏 내온 것 중 가장 맛이 풍부한 바닷가재크림스프가 나왔다. 프레드리크가 맛보았어도 거의 만족했으리라. 뭐, 아니면 할 수 없지만.

그들은 세 종류의 화이트와인으로 음식의 풍미를 더했다.

---

6 스웨덴에서는 사유 경작지, 정원을 제외한 국토 어디에서든 자유롭게 산책하거나 캠핑하는 등 자연을 누릴 수 있는 권리가 헌법에 명시되어 있다. 이러한 제도, 혹은 개념을 스웨덴어로는 알레만스레텐Allemansrätten이라고 한다.

첫 번째 코스 때는 샴페인을 곁들였다. 그다음에는 독일의 리슬링 화이트와인과 프랑스의 부르고뉴 화이트와인이었다.

페트라는 코스가 바뀔 때마다 열렬한 찬사를 쏟아냈다.

「아, 정말로 대단해! 이 모든 걸 캠핑카에서 만들다니! 우리에게 도움될 만한 다른 재능은 없어? 청소는 빼놓고.」

요한은 형이 외국으로 떠난 이후로 〈우리〉의 반쪽이라는 감정을 느껴 본 적이 없었다. 뭐, 이런 지금이 더 좋을 수도 있지만 말이다. 어쨌든 그녀가 자기와 함께 다니며 잘못들을 바로잡고, 세상의 부당함과 싸우고 싶다고 하니 놀라울 따름이었다.

하지만 그가 할 수 있는 것이 무엇이란 말인가? 그의 우체국 경력은 전혀 자랑스럽지 못했다. 여태까지 한 일들도 다 마찬가지였다. 그냥 진실을 말하는 게 나으리라.

「벌써 눈치채고 있겠지만, 솔직히 말할게. 사실, 나는 멍청한 놈이야. 아니, 천치라고나 할까? 아니면 구제 불능? 나는 이 모든 걸 다 합쳐 놓은 녀석이라고 할 수 있어.」

페트라가 뭔가 위로가 될 말을 해주려고 하는데, 요한의 머리에 뭔가가 떠올랐다.

「아, 그래! 난 미국 영화 80편의 대사를 다 외울 수 있어.」

예언가는 자신의 귀를 의심했다.

「뭐라고? 그게 가능해?」

자칭 〈천치〉는 서둘러 자신의 말을 증명해 보였다.

「You talking to me? Well, who the hell else are you talking to? Are you talking to me? Well, I'm the only one here(당신 나에게 말하는 거야? 아니면 대체 누구에게 말하는 거야? 나

에게 말하는 거야? 여기에 나 말고 다른 사람이 없잖아).」

극적인 효과를 위해 잠시 멈춘 후, 이렇게 덧붙였다.

「〈택시 드라이버〉야.」

페트라는 얼마나 웃었던지 입속의 와인이 흘러나올 정도였다. 요한은 그것을 가리키며 이렇게 말했다.

「That's a pretty fucking good milkshake. I don't know if it's worth five dollars, but it's pretty fucking good(이 밀크셰이크 되게 맛있네. 이게 5달러 가치가 있는지 모르겠지만, 되게 맛있어).」

페트라는 끼어들며 〈펄프 픽션〉이라고 외친 다음, 이제 그의 말이 믿기기 시작한다고 말했다. 하지만 요한은 아직 끝나지 않았다.

「Frankly, my dear, I don't give a damn(솔직히 말해서 자기야, 난 그것은 전혀 신경 안 써). 우리 시대보다 조금 전이긴 하지만, 〈바람과 함께 사라지다〉는 〈바람과 함께 사라지다〉야.」

「곧 우리는 모두 바람과 함께 사라지게 될 거야.」 페트라가 말했다.

그녀가 새로이 알게 된 남자와 〈구제 불능의 천치〉 사이에는 명확한 차이가 있었다. 그는 수없이 교습을 받았음에도 불구하고 운전을 제대로 할 줄 몰랐다. 그리고 지구가 태양 주위를 돈다는 사실도 몰랐다. 하지만 요리에 있어서 그를 이길 수 있는 사람은 없었다.

어떻게 이렇게 재능이 한쪽으로 몰릴 수 있단 말인가?

「학교 성적은 어땠는지 물어봐도 돼?」 페트라가 조심스럽게 물었다.

「응, 물어봐도 돼.」

「학교 성적은 어땠어?」

「영어는 A. 다른 과목은 모두 F. 목공만 빼놓고. 선생들이 나에게 목공을 못 하게 했어.」

페트라는 그 이유를 물으려다가, 영화 쪽 사연이 더 궁금해졌다. 요한이 영화 80편을 다 외운다는 게 이제 어처구니없는 말로 들리지 않았다.

「난 방과 후에 할 일이 별로 없었거든.」

「친구가 한 명도 없었어?」

요한은 머뭇거렸다. 물론 그에겐 급우들이 있었다. 그가 좋아하는 놀이를 같이 하려 하지 않는 급우들 말이다.

「그렇다면 그들은 무슨 놀이를 원했지?」

「달걀 던지기 놀이.」

「어떻게 하는 건데?」

「나만 빼놓고 모두가 집에서 달걀을 한 개씩 가져와. 그런 다음에 그걸 내게 던지지.」

페트라는 그것은 놀이보다는 괴롭힘에 가까운 것 같다고 말했다.

「아, 그렇게 생각해?」 요한이 되물었다.

그의 어린 시절은 그녀 자신의 어린 시절과 크게 다르지 않은 듯했다. 그 역시 알코올 의존자 아버지와 우울증 걸린 어머니와 함께 변두리의 비좁은 원룸 아파트에서 살았을까?

아니, 그와 그의 형은 스톡홀름의 스트란드베겐가에서 자랐단다.

「스트란드베겐가? 스웨덴에서 가장 비싼 거리 말이야?」

거리가 비쌀 수도 있나? 요한은 거기에 대해서는 아무것도 몰랐지만, 우편배달부로서의 짧은 경력은 이 이름을 가진 거리가 수도에 단 하나밖에 없다는 사실을 가르쳐 주었다. 어쩌면 교외에 더 있을지도?

「그리고 네가 살던 집에는 방이 두 칸 이상 있었겠지?」

「열두 칸 하고 반 칸이 더 있었어.」

페트라는 이번에 정말로 놀랐다. 스톡홀름의 스트란드베겐가의 12.5칸짜리 집에 누가 살았다고?

「나. 반 칸짜리 방은 내 방이었어. 엄마와 프레드리크 형은 공간을 좀 더 넓게 쓰고 싶어 했지. 그러니까, 엄마가 침대에서 일어날 수 없게 되었을 때까지.」

「너의 아버지는 어땠어?」

「아빠는 집에 계신 적이 거의 없었어. 엄마가 땅에 묻혔을 때만 빼놓고. 그리고 엄마가 땅에 묻힌 것은 딱 한 번뿐이었어.」

페트라는 어디부터 물어야 할지 알 수 없었다. 아버지는 어떤 사람이었으며, 왜 집에 없었는지?

요한은 대답하기를, 아빠는 〈대사〉인지 뭔지 하는 사람들 중의 하나였단다. 아주 많이 여행하고, 외국에서 살기도 하는 사람들 말이다. 지금은 은퇴하여 어디에 사느냐면…… 음, 하여튼 어딘가에 산단다. 아무튼 아빠는 엄마가 죽었을 때 두 아들에게 아파트를 줬단다.

「엄마는 일찍 돌아가셨어?」

「아니, 오후 늦게. 학교에서 돌아온 뒤에 청소를 하고 저녁을 지을 시간도 있었어.」

페트라는 요한과 대화할 때는 단어를 잘 선택해야 한다는 것을 깨달았다. 그런데 왜 열두 칸 하고도 반 칸이 더 있는 집이 달랑 캠핑카 한 대로 줄어들었는지의 문제가 남아 있었다. 또 왜 그 일이 바로 어제 일어났는지의 문제도.

「많은 사람이 네 처지가 나빠졌다고 생각할 것 같은데?」

「아니 왜?」 요한이 반문했다. 「프레드리크 형은 로마로 이사 갔어. 방이 열둘 하고도 반 칸이나 되는 집을 가지고 나 혼자서 뭐 하겠어? 형이 밤마다 잠자려고 스페인에서 돌아올 수도 없는 노릇이잖아.」

페트라는 로마는 이탈리아에 있다고 설명했지만, 스페인에서 그렇게 멀지는 않다는 것을 인정했다.

그녀는 열두 칸 하고도 반이나 되는 방들을 생각해 보았다. 프레드리크가 그것들을 다 팔아 치우고 동생에게는 돈 대신 캠핑카 한 대를 준 것일까? 만일 그렇다면, 한 대가 아니라 마흔 대를 사줬어야 옳다. 하지만 그들에게는 아직 일주일 반의 시간이 남아 있었기 때문에 한꺼번에 다 알려고 할 필요는 없었다. 그래서 그녀는 주제를 바꾸자고 부드럽게 말했다. 그는 아까 생각해 볼 시간이 있었기 때문에, 자신에게도 청산해야 할 미제 사건이 있는지에 대한 그녀의 질문에 답변하고 싶단다.

페트라는 호기심이 일었다. 그래, 있어?

「아니.」

하지만 요한은 자기가 그녀의 질문을 진지하게 받아들인다는 것을 보여 주고 싶었다. 그는 인생 전체를 되돌아보며, 살아오면서 만났던 사람들을 모두 생각해 봤단다. 사랑하는 프레드리크 형을. 그리고 운전 강사를. 그리고 그를 해고한 우체국의 상관을.

페트라는 우체국에서 쫓겨난 일에 대해서는, 직원이 직장까지 찾아오지도 못했다는 사실을 감안하면 깊이 알아볼 필요가 없다고 생각했다. 또 운전 강사도 요한을 교육하는 일이 쉽지는 않았으리라.

「그래, 프레드리크 형한테서 가장 좋았던 점은 뭐야?」 그녀가 음험하게 물었다.

요한은 대답하기가 쉽지 않았다. 글쎄, 그가 모든 것을 알고 있다는 점? 모든 것을 다 알아서 해준다는 점?

「예를 들면 방 열두 칸을 파는 일?」

「응, 그리고 나머지 반 칸도.」

「너희는 그 돈을 어떻게 나눴지?」

「무슨 말이야?」

페트라는 여기서 멈췄다. 보아하니 요한은 자기 형 프레드리크를 최고의 영웅으로 여기는 듯한데, 앞으로 살날이 11일밖에 남지 않은 시점에서 그 이미지를 깨버리는 것이 자기가 할 일은 아닐 듯했다. 다른 상황이었다면, 두 형제에게 있었던 일들을 다시 따져 보는 것도 나쁘지 않으리라. 페트라가 야구 방망이를 어깨에 걸치고 옆에서 지켜보는 가운데 말이다. 이 방법은 조금 전에도 통했었다.

요한은 그녀의 침묵을 알아채지 못했다. 그는 그녀의 다음 타깃은 누구냐고 물었다. 또 다른 빅토리아? 아니면 그녀의 친구에게 못되게 굴었다는 그 교황?

그래, 그 더러운 거름 더미에서 누구부터 끄집어낼까? 30년이 넘는 시간 동안, 페트라는 몸을 낮추거나, 아니면 다른 사람들에 의해 존재가 지워지면서 살아왔다. 어쩌다 가끔, 그녀에게 당연한 공간을 얻어 보려고 시도했을 때에도 마찬가지였다. 전날보다 좋게 시작되거나 끝난 날이 하루도 없었고, 전날은 전전날만큼이나 형편없었으며, 이 모든 것들은 독한 술 냄새를 풍기는 아버지가 여섯 살 먹은 딸에게 다음 날 유치원에 입고 갈 예쁜 옷을 버스에 두고 내렸다고 설명한 날에까지 거슬러 올라갔다. 그리고 그는 어린 딸의 얼굴에 폐엔진 오일을 묻히고, 발목까지 내려오는 더러운 검정 티셔츠를 입혀서는 공주가 아닌 굴뚝 청소부의 모습으로 유치원에 보냈다.

  그녀는 요한에게 자신의 아버지에 대해 얘기해 주었다.

  「그 양반부터 시작할 거야?」

  「애석하지만 아니야. 오래전에 술이 그를 데려갔어. 그는 갈릴레오의 교황만큼이나 오래전에 죽었다고.」

  그녀는 자신의 지난 삶을 돌아보았다. 학창 시절을 생각하면 빅토리아뿐 아니라 꽤 많은 선택지가 있었지만, 거기서는 더 찾아볼 필요가 없어 보였다. 그들 중 최악이었던 케이스가 다른 모두를 대신할 수 있지 않을까? 어쩌면 가장 적합한 후보자는 사범 대학 시절에 있을 수 있었다. 많은 세월이 흘렀지만, 학장이 자신을 어떻게 취급했는지를, 또 거기에 조금도 맞서지 못했다는 것을 생각하니 화가 치밀어 올랐다. 그때 자신은 너무나도 선한 의도에서, 다시 말해 동료 학생들을 염려하는 마음에서 2002 NT7 소행성이 지구에 충돌할 수 있다는 경고문을 교내에 게시했다. 그러자 카를스함레 학장이 그녀를 학장실에 불러서 난리를 쳤다.

「왜? 경고문 한 장 써 붙였다는 이유로?」

「한 장이 아니라 여든 장. 공유해야 할 중요한 메시지가 있을 때는 그것을 널리 퍼뜨릴 필요가 있어.」

「그런데 소행성이 지구를 향하고 있다고?」

요한은 근심스러운 얼굴이었다. 2019년까지는 그 일이 일어나지 않을 거라고 페트라는 설명해 주었다.

「그리고 10년 사이에 세상이 두 번 끝날 수는 없어.」

요한은 아닌 게 아니라 10년이 아니라 몇십 년이 됐든 세상이 두 번 끝날 수는 없을 것 같다는 생각이 들긴 했지만, 확실히는 알 수 없었다.

「학장이 뭐라고 하면서 야단쳤는데?」

「그는 그럴 위험성은 〈무시할 만하다〉고 했어.」

「정말 그래?」

「5백만 분의 1의 확률이야. 하지만 그런 방식으로 말하다니! 그리고 당장 경고문을 다 떼라고 명령하는 방식도 그래!」

그 일이 있은 지 얼마 후, 카를스함레는 닐 암스트롱을 학교 크리스마스 파티에 초청하기 위해 학장의 두서(頭書)가 찍힌 학교 양식지를 사용했다는 이유로 페트라를 거의 퇴학시킬 뻔했단다.

「닐 누구?」

「암스트롱. 유명한 우주 비행사야.」

「갈릴레오처럼?」

「아니, 갈릴레오는 천문학자고.」[7]

페트라는 프레드리크처럼 어려운 말을 많이 썼다. 프레드리크가 가장 최근에 한 어려운 말은 요한이 공항에서 차문을 제대로 열지 못하자 했던 말이었다.

「그런데 〈천치〉가 무슨 뜻이야?」

「바보란 뜻이야.」 페트라가 대답했다. 「그건 왜 물어?」

「그냥…… 자, 다시 카를스함레 얘기로 돌아오자고. 그래서 카를스함레가 널 학교에서 내쫓았어?」

아니, 페트라는 그 무렵에 학장이 직업을 바꾸는 바람에 퇴학을 면할 수 있었단다. 속물이었던 그는 왕실 의전관 자리를 받아들였단다.

우주 비행사, 천문학자, 왕실 의전관……. 정말이지 어려운 말들이 너무 많았다.

페트라는 카를스함레에 대해 할 말이 더 있었지만, 요한이 양해를 구했다. 이제 그만 주방에 가봐야겠단다. 세 코스에 걸쳐 먹은 전채 요리가 다 소화됐으므로, 이제 기어를 5단으로 올려야 할 때였다.

「저녁 식사는 두 시간 후야. 아페리티프[8]는 한 시간 40분 후고.」 그는 캠핑카 안으로 사라지며 소리쳤다.

혼자 남은 페트라는 생각에 잠겼다. 학장이 지은 가장 큰 죄는 아무 말도 못 하고 앉아 있는 그녀를 죽일 듯이 계속 몰아붙인 것이었다. 다음에 그들이 만났을 때 몰아붙이는 사람이 그녀가 된다면 어떻게 될까? 예를 들어 이런 식으로?

---

7 스웨덴어로 우주 비행사astronaut와 천문학자astronom, 두 단어가 비슷하기 때문에 요한이 혼동한 것이다.

8 식전에 식욕을 돋우기 위해 마시는 알코올 음료.

〈어이, 이봐요, 카를스함레 씨! 보아하니, 전에 봤을 때보다 살이 1킬로도 빠지지 않았네요. 또 키가 1센티도 크지 않았고. 오늘 내가 찾아온 것은 그때 내가 경고문을 일흔아홉 장밖에 떼지 않았다는 사실을 알려 주기 위해서예요. 여자 화장실에 붙인 여든 번째 경고문은 그대로 두었다고요.〉

그가 당신이 누군지, 그게 어떤 일이었지 잘 기억나지 않는다는 식으로 더듬거리기 시작하면, 그가 더 시끄러워지기 전에 입을 막아 버리리라.

〈한마디 더 하자면, 행성이 날아와 충돌할 위험성은 이제는 《무시할》 필요조차도 없게 됐어요. 약 일주일 후에 당신은 모든 이들과 함께 얼음덩어리가 돼버릴 테니까. 만일 도움이 되겠다고 생각한다면 두툼한 외투를 껴입든가. 자, 이게 내가 당신에게 할애할 수 있는 시간의 전부예요. 국왕에게 안부 전해 줘요.〉

이렇게 하면 너무 남의 불행에 신나 하는 걸까? 아니면 불쾌하고도 거만한 모습을 딱 적당할 정도만 보여 줘야 할까? 여기에 대해서는 좀 더 생각해 봐야 하리라. 물론 상황상 어쩔 수 없다면 어깨에 걸친 야구 방망이도 사용할 수 있고.

하지만 무엇보다도 **한 사람만 지껄인다**는 게 중요했다. 바로 저번처럼, 하지만 이번에는 역방향으로 말이다.

예언가는 최근에 일어난 일들이 너무 만족스러웠다. 학창 시절에 입은 상처는 아물었다. 그 우울하기만 했던 사범 학교 4년 동안의 상처들도 곧 치유될 거였다. 금상첨화로 요한이 약속한 아페리티프를 들고 돌아왔다.

「위스키사워[9]야. 밸런스가 그리 나쁘진 않아. 뭐, 이건 내 생각이지만.」

그가 페트라에게 잔 하나를 건네자, 그녀는 이게 음료보다는 예술 작품처럼 보인다고 칭찬했다.

「고마워. 잔 안에서 성분들이 층층이 나눠지게끔 했어. 왜 그랬는지는 나도 잘 모르겠지만 말이야. 주방에 있을 때는 일이 저절로 이뤄지곤 해. 자, 누구를 위해 건배할까?」

「왕실 의전관 카를스함레를 위하여!」 페트라가 잔을 들어 올리며 외쳤다.

요한이 보기에 의심의 여지가 없었다. 페트라는 다음 타깃을 정한 것이다. 물론 먼저 그를 찾아내야 하겠지만 말이다. 하지만 그녀는 그건 문제가 되지 않을 거라고 대답했다. 보통 왕실 의전관은 왕이 있는 곳에 있으니까.

「그럼 왕은 어디 있어?」 요한이 물었다.

「아마 왕궁에 있지 않겠어?」

이 말을 하면서 페트라는 자신이 왕립 과학원에서 얼마나 큰 모욕을 당했는지가 생각났다. 카를스함레를 만난 후에 거기도 한번 돌아볼 수 있으리라. 만일 그 늙은이들에게 아주 세심하게 고른 몇 마디를 쏴붙인다면? 그리고 모든 것이 끝나게 될 날과 시간을 보여 주는 그 계산 결과를 건네면서 〈자, 이걸 한번 읽어 보고 입 닥쳐!〉라고 말한다면?

「하지만 경비원이 우릴 입구 쪽으로 밀어내겠지.」 그녀가 덧붙였다. 「냉장고처럼 덩치가 크고, 도무지 말귀를 못 알아

9 위스키에 레몬주스나 라임주스를 섞은 칵테일.

73

듣는 친구 말이야. 그가 〈종말의 날〉이란 말을 제대로 발음할 줄이나 알까?」

「〈종〉이야, 〈정〉이야?」

「아, 됐어! 그 왕립 과학원 얘기를 다시 하자면, 거기서 우리는 왕도 보게 되겠지?」

물론 국왕 폐하가 직접 그녀의 이메일에 답변을 거부한 것은 아니었다. 그녀가 다시 한번 설명하려고 왕립 과학원에 찾아갔을 때 경찰을 부르고, 그녀를 쫓아낸 사람도 그가 아니었다.

「하지만 그는 그들이 자기 이름을 사용하도록 했어. 또 모든 수구 꼴통들을 뒤에서 밀어주고 있어. 갈릴레오 때의 그 남작들과 백작들처럼 말이야.」

페트라는 그들이 카를스함레를 찾아냈을 때 이 과학원의 최고 후원자가 근처에 어정댈 경우, 그에게 한두 마디 쏴붙이는 것도 괜찮지 않을까 생각해 봤다. 이 계획의 약점은 자신과 왕 사이에는 청산해야 할 빚이 전혀 없다는 사실이었다.

「음, 그래도 따귀를 한 대쯤 올려 줄 수 있지 않을까?」 요한이 말했다. 「그럼 그에게 가르쳐 줄 수 있지 않겠어?」

페트라는 놀라서 요한을 쳐다봤다.

「아니, 왜? 그에게 뭘 가르치는데?」

요한은 갑자기 멍해졌다. 하지만 그것은 이따금 프레드리크가 했던 행동이었다. 그다지 세게는 아니고, 동생의 귀 옆을 손바닥으로 딱 때리곤 했었다. 그때마다 요한은 형이 대체 왜 그러는지 알 수 없었지만, 그걸 이해하기에 그는 너무 멍청했던 것이다. 왕은 나보다는 말귀를 훨씬 빨리 알아듣지 않을

74

세상에서 가장 좋은 형이라는 인간이 어린 시절에 규칙적으로 요한의 따귀를 때렸다고? 페트라는 기회가 있을 때 여기에 대해 좀 더 깊이 알아봐야겠다고 생각했다. 하지만 일단은 그냥, 자신은 국가 원수와 주먹다짐하는 것을 원치 않으며, 깊이 숙고해 본 결과, 우선은 왕실 의전관에만 집중하는 편이 좋겠다는 생각이 든다고 말했다. 솔직히 국왕은 좋은 사람이고, 그가 다스리는 왕국이 꽝꽝 얼어붙게 될 테니 조금은 안쓰럽게 느껴진단다.

「그렇게 일을 많이 만들 필요는 없어.」 그녀가 말했다. 「자, 그럼 출발할까?」

하지만 요한은 고개를 저었다. 자신은 이미 캠핑카에서 발레프스카 넙치 요리[10]를 만들어 놨고, 이것을 감자볶음과 샴페인소스와 버섯조림을 곁들여 내올 참이란다.

페트라는 듣기만 해도 군침이 고였다.

「우린 내일 아침 일찍 떠날 거야. 아, 잠깐! 아침 식사로는 뭐가 좋을까?」

---

10 프랑스의 고급 요리 중 하나로 나폴레옹 황제의 연인인 마리 발레프스카의 이름을 따왔다고 알려져 있다.

6
2011년 8월 28일 일요일
종말까지 10일

1864년에 제정된 스웨덴 형법에 따르면, 왕족에 대한 공격은 불경죄에 해당하여, 사형이나 징역형에 처해질 수 있었다. 처벌 수위를 결정하는 사람은 왕 자신이었다.

이 법은 1948년에 다시 쓰였다. 〈불경죄〉라는 용어는 사라졌지만, 그렇다고 해서 행위 자체가 합법이 된 것은 아니었다. 따라서 카를 구스타프 16세[11]에게 손을 대지 않기로 한 것은 현명한 결정이었다. 그럼에도 불구하고 요한과 페트라는 드로트닝홀름궁을 향해 출발했다. 거기에 가면 그 비대한 전 사범 대학 학장 카를스함레를 만날 수 있으리라 생각했기 때문이었다.

도로 건설과 그로 인해 발생하는 교통 체증이 지닌 좋은 점 중의 하나는 아무리 바쁜 운전자라고 할지라도 차를 세우고, 잠시나마 생각에 잠길 수 있다는 점이다. 이것은 바로, 왕이 사는 곳으로 가던 그들이 브롬마플란 지하철역 바로 앞에 이

11 스웨덴의 국왕으로 1946년에 태어나 1973년에 즉위했다.

르렀을 때에 일어난 일이었다.

　아무도 움직이지 않는 가운데, 요한의 머릿속에서 톱니바퀴가 철컥철컥 움직이기 시작했다. 잠시 간의 침묵 후에 그가 입을 열었다.

「지금 뭔가를 생각했어.」

「와우!」

「열흘 후에 그 대기인가, 돼지인가 하는 게 무너져 내리면, 세상이 너무 추워져서 네가 죽는다고 했지?」

「너도 같이 죽어.」

「맞아, 그랬지. 그렇다면 우리 모두가 죽어 버리겠네?」

「그걸 이제야 생각한 거야?」

「응, 그런 것 같아.」

　요한은 잠시 말이 없었다. 페트라도 마찬가지였다. 그녀는 그가 말하기만을 기다렸다.

「만일 네가 다시 계산을 해보면 어떻게 될까?」

　페트라는 가슴이 따뜻한 감정으로 채워지는 것을 느꼈다. 어린 시절 내내 바보 취급을 당하고, 사람들이 달걀을 던져도 그들에게 악의가 있다는 사실을 이해하지 못했던 이 남자에게는 진정으로 호감 가는 뭔가가 있었다.

「요한, 난 우리가 만나게 되어 기뻐. 난 태어나서 처음으로 행복하고, 이것은 다 네 덕분이야. 동시에 이 모든 게 일주일 후에 끝난다는 사실이 너무 슬프기도 해. 여기에 대해서는 너도, 나도, 그리고 국왕과 그의 빌어먹을 과학원도 아무것도 할 수 없어. 넌 어떻게 생각할지 모르겠지만, 난 지구의 모든 사람이 처음으로 평등하게 취급받게 되리라는 사실이 위로가 돼. 그것도 같은 순간에.」

요한에게는 너무 어려운 얘기였다. 더구나 체증으로 막혔던 길이 뚫리기 시작했다. 차들이 다시 움직이고 있었다.

「난 우리 형을 생각하고 있어.」 그가 말했다.

「무슨 생각을 했지?」

「그는 외무부인지 뭔지 하는 곳에서 외교관 훈련 프로그램인가 뭔가를 하느라 오랫동안 고생했어. 언젠가 우리 아버지처럼 대사인지 뭔지가 되기 위해서 말이야. 이 모든 게 아무의미도 없다는 것을 모르고서.」

「그래서 그가 로마에 간 거야? 그곳의 대사관에서 일하러?」

요한은 고개를 끄덕였다. **맞아, 대사관이라는 거였어.**

✳ ✳ ✳

스웨덴의 국왕과 그의 아내는 수도 한복판에 사는 게 지겨웠다. 거기에 있는 왕궁이 특별히 비좁기 때문이 아니었다. 자녀 둘에, 곧 태어날 아기까지 하나가 더 있다 해도 방이 6백 칸이면 충분하지 않겠는가?

그들은 자연에 마음이 이끌렸다. 사실 어른과 아이를 막론하고, 사람에게는 녹색의 공간이 필요한 법이다. 그런데 드로트닝홀름섬에는 녹색의 공간이 많았고, 호수와 가까웠다. 더구나 외국 원수 접견이나 노벨상 시상식 연회처럼 국왕 부부의 참석이 필요한 경우에 시내까지 들어가는 데 시간이 그리많이 걸리지도 않았다.

드로트닝홀름궁의 건축은 16세기에 시작되어 수백 년 후에

78

완성되었다. 그 이후로 스웨덴의 통치자들은 왕궁과 부속 건물들, 그리고 바로크 양식의 정원과 영국 스타일의 공원을 다듬고 가꿔 왔다. 1991년에 왕궁과 정원들은 유네스코에 의해 인류 문화유산으로 지정되었다. 그러니 이곳을 구경하려고 해마다 70만 명의 사람들이 찾아오는 것이다.

하지만 왕과 왕비는 방문객 모두에게 커피 대접을 하지 않아도 되었다. 그들은 왕궁 남쪽의 한 곳에다 수백 제곱미터의 사적인 거처를 만들어 놓은 것이다. 그들만의 정원과 잔교(棧橋)가 있는 호젓한 공간이었다.

왕궁 주변의 경비는 은밀하면서도 삼엄했다. 노출된 감시 카메라와 숨겨진 감시 카메라. 보이는 경비원들과 보이지 않는 보안 요원들. 또 파란 제복과 베레모 때문에 매우 눈에 잘 띄며, 소총을 들고 너무나 멋진 자세로 서 있는 왕궁 근위대. 여기에다가 유사시 몇 분 만에 달려올 수 있는 거리에 일반 경찰도 있었다.

* * *

늦여름의 화창한 일요일 오전이었다. 70만 명에 달하는 연간 방문객들이 다 거기에 모여 있지는 않았지만 꽤 많은 사람들이 있었는데, 주차 위반 딱지를 걱정해야 할 이유가 전혀 없는 요한과 페트라는 캠핑카를 먼 곳에 주차시키지 않았다.

「여기다 세워.」 페트라가 지시했다. 「자, 이제 멈추고. 스톱! 멈추라고 했잖아!」

하지만 브레이크 페달과 액셀러레이터 페달이 똑같아 보이는 사람에게는 그리 간단한 일이 아니었다.

덜컥거리며 진행된 주차는 사람들의 이목을 끌었다. 거기서 몇 미터 떨어진 곳에 젊은 왕궁 근위병 하나가 초소 옆에 서 있었다. 심지어 그도 고개를 돌렸다. 원래는 엄숙한 표정으로 앞만 똑바로 노려보고 있어야 할 사람이었다.

요한은 만약의 경우를 대비하여 야구 방망이를 가져가야 하지 않을까, 하고 말해 봤지만, 그것은 아주 나쁜 생각이라는 대답이 돌아왔다. 왕궁 주변에서 폭력이라니! 절대로 안 돼!

페트라는 3분 후에 바로 이 〈폭력〉이 일어나게 될 줄은 꿈에도 몰랐다.

차에서 내린 그들은 근위병을 발견하고 그에게 다가갔다.

「안녕하세요, 젊은 분!」 페트라가 말을 건넸다.

요한도 끼어들고 싶었다.

「오늘, 날씨가 참 좋네요!」

왕궁 근위병은 솔레프테아 출신의 청년으로, 여기서 근위병으로 군 복무를 하고 있는 중이었다. 이름은 예스페르였고, 관광객들이 말을 걸어도 〈네〉 혹은 〈아니요〉로만 대답하라는 엄한 지시를 받은 터였다. 다시 말해서, 누가 사진을 찍어도 되느냐고 물으면 〈네〉라고 대답하고 말라는 것이었다.

「네.」 예스페르가 대답했다.

「젊은 분, 혹시 어디를 가야 카를스함레 제1 왕실 의전관을 만날 수 있을지 아시나요?」 페트라가 물었다.

「내가 이해한 바로는 마지막 왕실 의전관이기도 해요.」 요한이 끼어들었다. 「앞으로 열흘 동안 왕실 의전관을 바꾸는 일이 없는 한 말이에요. 우린 그를 때리거나 어떻게 하지는 않을 거예요. 그냥 얘기만 할 거예요. 야구 방망이도 차에다 놓고 왔어요.」

예스페르는 갑자기 솔레프테아의 고향 집이 너무나 그리워졌다.

「아니요.」 그가 대답했다.

페트라는 왕궁 근위병이 쓸데없이 무뚝뚝하게 군다고 느꼈다.

「그럼 그걸 알 만한 사람을 알아요?」

예스페르는 알고 있었다. 예컨대 그의 상관인 장교였다.

불행히도 그는 정직하게 대답했다.

「네.」

「그게 누구죠?」

아, 젠장! 이제 어떻게 대답해야 하나? 또 다른 〈네〉는 그것의 유일한 대안인 〈아니요〉보다도 멍청하게 들릴 터였다.

「아니요.」 예스페르가 대답했다.

요한은 페트라를 힐긋 쳐다봤다.

「이 친구, 뭔가 문제가 있는 것 같지 않아?」

「그럴 수 있겠지. 하지만 상관의 지시를 따르고 있을 수도 있겠지. 아주 불안해 보여. 그렇지 않아?」

「응.」 요한이 대답했다.

「네.」 예스페르도 대답했다.

불법 주차된 캠핑카와 왕궁 근위병을 괴롭히는 한 쌍의 모습은, 덜렁거리는 카메라를 목에 건 관광객으로 위장하고서 오늘도 단조로운 일요일을 보내리라 생각하고 있던 보안 요원 A의 호기심을 자극했다. 그는 역시 민간인으로 위장한 동료 B, C, D에게 무전 연락을 취하여, 사건으로 발전할 소지가 있는 상황에 자신이 접근하려 한다고 알렸다. 행동 절차에 따라, 이제부터 무선 통신은 상황 종료 시까지 연결되어 있을 것이었다.

A는 매우 〈자연스럽게〉 왕궁 근위병에게로 걸어가서는 사진 촬영을 해도 괜찮으냐고 물었다. 예스페르는 A가 누구인지 알고 있었으므로 이렇게 대답했다.

「네.」

솔레프테아는 5백 킬로미터 떨어져 있었지만, 지금은 5천 킬로미터처럼 느껴졌다.

요한과 페트라는 여전히 가까이에 서 있었다.

「좀 비켜 주실래요? 사진 좀 찍게요.」 보안 요원이 요한과 페트라에게 부탁했다.

「물론이죠.」 요한이 대답했다.

「하지만 아직 근위병하고 얘기가 안 끝났잖아.」 페트라가 말했다.

「내 말은, 물론 안 된다는 얘기였어.」 요한이 변명했다. 「저 말이죠, 우린 왕궁 제1 의전관 카를스함레를 찾고 있어요. 제1 의전관이자 마지막 의전관이기도 한 사람이죠. 아주 급한 용무가 있어서요.」

A는 뭔가가 이상하다고 느꼈다. 우선 왕실 의전관이 보통 시간을 보내는 곳은 스톡홀름 시내 중심부에 있는 왕궁이었다. 둘째, 지금은 일요일이었다. 대화를 계속 이어 갈 필요가

있었다.

「오, 미안해요. 그럼 내 순서를 기다리죠. 그런데 의전관님과는 약속을 정했나요? 오, 굉장해요! 그런데 저 차는 두 분 것인가요? 아, 좋은 차네요!」

「고마워요!」 요한이 대답했다.

하지만 페트라는 의심이 들었다. 이 관광객은 질문이 너무 많았다. 그리고 지나치게 알랑거렸다.

「당신은 누구죠? 그리고 원하는 게 뭐죠?」 그녀가 따져 물었다.

보안 요원 A는 두 사람의 인상착의를 체크했다. 여자, 170센티미터, 나이는 30세가량, 스웨덴인, 옅은 금발, 푸른 눈. 남자, 175센티미터, 나이는 30세가량, 스웨덴인, 옅은 금발, 청회색 눈. 둘 다 무장한 것 같지는 않음.

페트라는 그가 뚫어지게 쳐다보는 것을 알아챘다. 뭔가 느낌이 좋지 않았다. 이 남자가 원하는 게 무엇인지는 모르겠지만, 낌새가 좋지 않았다. 카를스함레를 붙잡아서 일방적으로 얼굴에 침을 튀겨 줄 수 없다면, 그것은 물론 유감스러운 일이었다. 하지만 별것도 아닌 일을 가지고 경찰 신문을 받고 있을 시간은 없었다.

요한도 나름대로 상황을 분석했다. 그는 관광객이 불안해하고 있다고 생각했다. 이 양반을 안심시켜 주는 게 좋으리라.

「이미 이 젊은 경비분에게 말씀드렸듯이, 우린 제1 의전관이자 마지막 의전관이신 카를스함레에게 해코지를 할 생각은 전혀 없습니다. 그리고 국왕의 뺨을 때릴 생각도 전혀 없고요. 따귀를 때린다고 해서 그 양반이 뭔가를 배울 수 있다고 생각하지 않으니까요.」

젠장, 이로써 경찰 신문 확정이군, 하는 생각이 페트라의 뇌리를 스쳤다. **만일 요한이 계속 떠들면 감옥행일 수도 있어.**

보안 요원 A는 자신의 신분을 밝힐 때가 되었다고 생각했다. 그는 재킷 안주머니에서 배지를 꺼내어 보여 주면서, 단순한 정보 수집 차원에서 몇 가지 질문을 하겠다고 말했다.

페트라는 인생에서 쥐꼬리만큼 남아 있는 며칠을 감옥에서 보내고 싶지는 않았다. 만일 간수들이 일을 제대로 하는 사람들이라면, 거기서는 목매달아 죽기도 쉽지 않으리라. 약간 공황감에 사로잡힌 그녀는 반사적이고도 신속한 행동에 들어갔다.

보안 요원 A는 다년간의 경험을 갖춘 남자였다. 그는 자기가 긴장된 상황을 요령 있게 진정시켰다고 생각했다. 하지만 갑자기 달려들어 머리로 가슴을 들이받는 여자에 대해서는 전혀 준비되어 있지 않았다. A는 매우 당황스럽게도 뒤로 튕겨져 나가 엉덩방아를 찧었다.

「아니요!」 당황한 예스페르가 외쳤다. 딱히 다른 할 말도 떠오르지 않았다.

「자, 빨리 와!」 페트라가 요한에게 소리쳤다.

A는 재빨리 몸을 일으켰다. 하지만 페트라는 한층 빨랐다. 그녀는 한 걸음 뒤에 붙은 요한과 맹렬히 캠핑카 쪽으로 뛰었다. 보안 요원 B와 C와 D가 A를 지원하기 위해 현장에 도착했을 때, 그들은 이미 차를 빼고 있었다.

「무슨 일이야?」 B가 물었다.

A는 대답하지 않았다. 그는 캠핑카가 뒤로 빠져서는 에셰뢰베옌 쪽으로 좌회전하는 것을 지켜보았다.

「차 번호 MLB490.」 그가 중얼대듯이 말했다. 「스웨덴인 커플. 연령은 30세 안팎. 둘 다 연한 금발. 여자는 170센티미터, 남자는 175.」

「알았어, 내가 기록을 조회해 보지.」 B가 말했다.

「난 순찰차를 요청하도록 할게.」 C도 말했다.

「그런데 저놈들, 바보 아냐? 저기서 좌회전을 하다니?」 D가 어리둥절해했다.

「아니, 왜 좌회전을 했어?」 페트라가 소리 질렀다.

「어, 내가 그랬어?」 요한이 말했다. 「내가 또 무슨 멍청한 짓을 한 거야?」

7
2011년 8월 28일 일요일
종말까지 10일

당신이 만일 스톡홀름에 가게 되어 아름다운 드로트닝홀름 궁과 그 주변을 방문하고 싶다면, 먼저 브롬마[12] 쪽으로 10킬로미터를 달려야 한다. 길이 너무 막히지 않는다면 20분이면 도착할 수 있다.

브롬마에 이르면 한 로터리에서 왼쪽으로 빠져나와서는 드로트닝홀름스베옌가를 따라 다시 4킬로미터를 달린다. 다리 하나를 건너면 셰르쇤섬이고, 다리를 또 하나 건너면 로뷘섬이 나온다. 왕궁은 거기서 왼쪽에 서 있는데, 뻔히 보이기 때문에 놓칠 리가 없다.

그래도 당신이 그걸 못 보고 계속 직진한다고 치자. 그 도로는 푀링쇠섬이나 에셰뢰섬으로 가는 길이다.

멜라렌 호수[13]에는 몇몇 크고 아름다운 섬들이 있다. 만일

12 스톡홀름 서쪽에 있는 자치구로, 스톡홀름 시내에서 드로트닝홀름궁으로 향하는 길목에 있다.
13 스톡홀름 서쪽에 있는 커다란 호수로, 여기에는 셰르쇤, 로뷘, 에셰뢰, 푀링쇠 같은 크고 작은 섬들이 있다.

당신이 제대로 길을 찾지 못한다면 헤맬 수도 있다. 하지만 더 심각한 일이 있으니, 그 섬들을 떠날 수 있는 유일한 선택지는 본토, 그러니까 수도의 남쪽 구역으로 가는 카페리를 타는 것이다.

아니면 유턴을 해야 한다.

그래서 드로트닝홀름궁으로 돌아가야 한다.

보안 요원 A, B, C, D는 이 용의자 커플이 멜라렌호의 섬들 중의 하나에 갇혀 버렸다는 것을 곧바로 깨달았다. 이제 그들이 할 일은 매우 간단했다. 에셰뢰섬에서 오는 카페리를 감시하거나, 더 쉽게는 드로트닝홀름궁 앞에 서서 MLB490 번호판을 단, 그리고 가급적이면 서른 살가량의 남자가 운전석에 앉아 있고, 역시 서른 살가량의 여자가 조수석에 앉아 있는 흰색 캠핑카가 올 때까지 기다리기만 하면 되었다. 하지만 쓸데없이 오래 기다리지 않기 위해 그들은 차량 한 대를 에셰뢰 쪽으로 보내고, 다른 한 대는 푀링쇠 쪽으로 보내기로 결정했다. 이 순찰차들이 찾는 것을 발견하면, 경찰들은 복잡하게 굴 것 없이 그냥 지원 요청만 하면 되리라.

커플의 혐의 리스트는 불법 주차에서 시작하여, 공무원 폭행(경미한 것이긴 했지만, 그래도……)을 거쳐, 차량 절도에까지 이어지고 있었다. 용의자들이 정말로 국왕 폐하의 따귀를 때리겠다고 위협했는지는 명확하지 않았다. 캠핑카는 로마 주재 스웨덴 대사관의 한 외교관의 소유로 밝혀졌다. 그가 이탈리아와 스웨덴에 동시에 존재한다는 혐의는 없었다.

✳ ✳ ✳

보안 요원 A, B, C, D와 마찬가지로 페트라는 자신이 어떤 상황에 처했는지를 깨달았다. 그녀는 요한에게 설명하면서, 지금 유일한 탈출로는 카페리인데, 자신과 동일한 결론에 도달하지 못할 경찰관은 세상에 단 한 명도 없을 거라고 말했다. 또 전화 한 통만 하면 카페리는 경찰이 도착할 때까지 거기에 얌전히 서 있을 거란다.

요한은 카페리를 납치하면 어떻겠느냐고 제안했다. 페트라는 그 아이디어는 그가 지금껏 내놓은 아이디어들 중에서 가장 멍청하다고 쏘아붙였다.

요한은 속이 상했다. 하는 일마다 엉망이 되는 게 너무나 피곤했다. 페트라가 뭔가 위로의 말을 해주려 하는데, 그는 백미러에 파란 섬광이 번쩍이는 것을 보았다. 설상가상이었다.

「자, 여기서 좌회전해!」 페트라가 안전한 쪽이라고 생각되는 방향을 가리키며 말했다.

요한은 지시에 따랐고, 순찰차의 시야에서 벗어난 틈을 타서 그들은 큰 도로를 벗어났다. 페트라는 그들이 어디로 가는지 정확히 알지 못했지만, 지금 가장 중요한 것은 즉각적인 위협에서 벗어나는 일이었다.

「바로 여기! 좌회전! 직진!」

요한은 앞뒤를 번갈아 쳐다보느라 정신이 없었다. 스트레스 지수가 갈수록 높아졌다. 액셀과 브레이크를 구별하는 것도 힘든데, 좌회전과 우회전까지 생각해야 한다니!

결국 일어날 일이 일어나고야 말았다.

「아, 좌회전이라고 했잖아!」 캠핑카가 오른쪽의 자갈길을 거의 통통 튀다시피 내려가서는, 길 옆에 있는 물가의 사유지로 들어갔을 때 페트라가 소리쳤다.

캠핑카가 보트 창고를 들이받을 듯이 돌진하자, 공황감에 사로잡힌 요한은 실수로 그가 **액셀러레이터 페달이라고 생각하는 것**을 밟고 말았고, 이 바람에 차는 창고 문 50센티미터 앞에서 간신히 멈춰 섰다.

「아, 브레이크 잘 밟네!」 페트라는 감탄하며 말했다.

때로는 일이 너무 잘못되어 잘될 수도 있는 법이다.

8
보라색 머리의 할머니

앙네스는 그녀의 목조 주택 안, 노트북 앞에 앉아 있었다. 손가락들이 키보드 위에서 민첩하게 움직였다. 인터넷을 능숙하게 다루는 그녀는 품위가 느껴지는 일흔다섯 살의 노부인이었다. 그녀의 허리는 그 어느 때보다도 날씬했다. 전에 금발이었던 머리칼은 이제 은은한 보랏빛 색조를 띠었다. 이 보랏빛 머리칼은 입은 옷과 잘 어울렸다. 어떤 옷을 입든지 말이다.

그녀가 인스타그램이라고 하는 새로운 발명품 속 자신의 계정에 오늘의 업데이트를 하고 있는데, 뜰에서 소리가 들려왔다. 어, 누구지? 그녀에게 손님이 찾아오는 일은 없었다.

주방 식탁 위로 몸을 기울이고, 제라늄 화분들을 옆으로 치우니, 창문 너머로 보트 창고까지 펼쳐진 뜰이 보였다.

아니, 웬 캠핑카?

✳ ✳ ✳

지금으로부터 56년 전, 앙네스는 반짝반짝 빛나는 개성 넘치는 미인이었다. 다른 시대에 태어났더라면, **파리의 패션모델** 정도는 쉽게 되었으리라. 만일 상황이 허락했다면 말이다.

하지만 때는 1954년이었고, 이야기의 무대는 스웨덴 남서부 지방인 스몰란드의 한 교구, 그중에서도 특히나 작아서 교회 두 개 — 1790년에 세워진 신(新)되데르셰 교회와 13세기부터 존재해 온 구(舊)되데르셰 교회 — 가 없었더라면 하느님마저도 까맣게 잊어버렸을 조그만 마을이었다.

43만 제곱미터에 이르는 땅에 수백 명에 불과한 주민이 살고 있었고, 집들은 시내를 제외하고는 드문드문 흩어져 있었다. 여기서 〈시내〉라 함은 아직 완전히 문을 닫지는 않은 콘숨 마트[14]가 있는 곳을 의미했다. 시내를 들르는 사람은 그 옆에 그랑크비스트네 잡화점에 들러 — 아직 재고가 남아 있다면 — 휘발유 한 통을 살 수 있었다. 되데르셰 주민들에겐 거기가 가장 가까운 주유소인 셈이었다.

앙네스는 공동묘지에서 그리 멀지 않은 곳의 섬유 시멘트 집에서 부모와 함께 살았다. 그녀는 혼인해야 할 나이가 되었는데, 당시에 부모는 자녀들에게 상당한 영향력을 행사하고 있었다. 적어도 딸들에게는 말이다.

어느 날, 나막신 제조업자 에클룬드가 꽃다발과 나막신을 가져다 바치며 앙네스에게 구애했다. 그녀의 부모는 입에 침

---

14 스웨덴의 소비자 조합 매장. 1920년에 창립되어 1930년에서 1970년 사이에는 스웨덴의 선도적인 슈퍼마켓 체인이었다. 여기서 콘숨 마트가 거의 문을 닫을 지경에 처했다는 것은, 당시에는 현대적 매장이었던 콘숨도 잘 이용하지 않을 정도로 낙후된 동네였다는 것을 의미한다.

이 마르게 에클룬드를 칭찬했다. 세상에, 공장 사장이라니! 우리 앙네스가 공장 사장 부인이 된다니! 에클룬드에게는 네 명의 직공과 거의 새것이나 다름없는 사브 92 승용차가 있었다. 공장 위에 있는 콧구멍만 한 아파트는 좀 비좁긴 했지만, 그들이 생각하기에 에클룬드의 검소함은 그저 미덕일 뿐이었다. 앙네스에게는 더 이상의 신랑감이 없었다.

〈싫어! 절대로 안 해!〉라고 앙네스는 버텼다. 그녀에겐 아직 젊음의 불꽃이 남아 있었던 것이다.

결혼식은 1년 후에 거행되었다. 공장 사장은 1790년에 만들어진 신교회에서 결혼을 하기로 했다. 그러면 뭔가 참신한 결혼식이 되리라 생각한 것이다.

그들은 아이를 갖지 못했다. 공장 사장도 부인도 무얼 해야 하는지 몰랐기 때문이었다. 그게 뭔지 대충 이해하게 되었을 때, 공장 사장 부인은 두 번 다시 하고 싶지 않았다. 어쨌든 공장 사장과는 아니었다. 또 달리 할 만한 사람도 없었지만 말이다.

진실을 말하자면, 에클룬드는 그의 나막신들만큼이나 따분한 사람이었다. 그리고 그는 소문대로 구두쇠였다. 그는 1960년대 중반까지도 TV를 들이지 않았다. 또 1975년이 되어서야 그의 사브 자동차를 (그리 많이 사용하지는 않은 또 다른 중고 사브로) 바꾸었다. 경기가 나빠지자, 네 직공 중 둘을 해고하고, 빈자리를 자기 아내로 채웠다. 25년의 결혼 생활 동안 아무것도 할 게 없었던 앙네스는 이제 하루에 열두 시간, 일주일에 6일씩 중노동을 하게 되었다. 이런 삶이 1980년

대 초반까지 계속되다가, 어느 날 에클룬드가 못을 밟아 패혈증에 걸렸을 때, 한참 뒤에야 벡셰에 있는 병원에 갔으니, 거기까지 갔다가 돌아오는 데 휘발유가 무려 7리터나 들어가기 때문이었다. 잡화점에서 통으로 파는 휘발유는 공짜가 아니었던 것이다.

장례식은 구교회에서 거행되었는데, 망자의 부인이 그렇게 결정했기 때문이었다.

앙네스는 졸지에 사장 부인이자, 사장이 되었다. 그녀는 잘해 나갔다. 나막신 생산을 최소한으로 줄이고, 대신 나무 보트 생산을 늘렸다. 사업 감각이 있었던 그녀는 얼마 지나지 않아 20명의 직원을 거느린 보스가 되어, 더 이상 공장에서 손수 고생하지 않아도 되었다.

이때 그녀는 예순이 훌쩍 넘은 나이였고, 평생을 되데르셰 교구 안에서 살았다. 유일한 예외는 유제품을 구입하러 이따금 렌흐브다의 낙농장에 갈 때였고, 벡셰까지 다녀온 적은 딱 두 번 있었다. 하지만 결혼한 뒤로는 여행도 끝이었으니, 남편은 35킬로미터 떨어진 곳을 다녀오는 것도 돈 낭비로 생각했던 것이다. 하기야 되데르셰에는 없고 벡셰에는 있는 게 뭘까? 어쩌면 〈삶〉이 아닐까? 이런 생각이 들었지만, 앙네스는 자리를 지켰다.

혼자 남은 그녀는 젊은 시절의 모든 것을 잃어버리지는 않았다는 것을 깨달았다. 빛나던 시절의 뭔가가 아직 남아 있었다. 그녀는 아직 무엇이 가능한지 알고 싶었다. 그녀는 바깥 세상에 어떤 새로운 현상이 일어나고 있다는 것을, 여기서 한 걸음도 움직이지 않고서 여행할 수 있는 공간이 있다는 것을 발견했다. 바로 인터넷이라고 하는 거였다.

세기가 바뀔 즈음, 그녀는 회사를 확장했다. 보트 제조 사업은 혼자서도 잘 굴러갔다. 앙네스는 나막신 세 켤레와 노 젓는 보트 한 척을 주고 되데르셰의 유일한 페이스트리 가게를 샀다. 그리고 어차피 아무도 사지 않는 페이스트리를 다 버린 다음, 가게를 인터넷 카페로 바꿨다. 5월의 어느 화창한 일요일, 그녀는 교회 앞 계단에 서서는 예배를 하러 온 마을 사람들에게 자신의 카페에서 무엇을 할 수 있는지 설명했다.

「친애하는 되데르셰 주민 여러분, 세상을 발견하세요! 바로 여기, 되데르셰에서요! 단돈 1크로나의 행사 가격에 한 시간 동안 인터넷을 사용할 수 있어요! 커피 한 잔과 번 한 개도 제공합니다! 잊을 수 없는 경험이 될 거예요!」

교회에 온 열일곱 명 모두가 이 말을 들었다. 하지만 다음 날 카페에 나타난 사람은 단 한 명도 없었다. 그다음 날들도 마찬가지였다.

그녀는 컴퓨터 세 대와 56킬로바이트 모뎀 앞에 혼자 앉아 있었다. 놔두면 눅눅해질 번 빵으로 스스로를 달래며 말이다. 되데르셰의 주민들이 무한히 실망스러웠다. 보트 공장을 운영하는 것도 이제는 너무나 피곤했다.

그것은 서핑이라고 하는 것이었다. 당신은 알타비스타[15]에서 여행을 시작하게 된다. 이른바 검색 엔진이라는 것이다. 거기서부터 당신은 당신이 원하는 어느 곳에든 갈 수 있다.

15 검색 엔진. 1995년에 개발된 후에 구글 등 다른 검색 엔진들에 밀려날 때까지 인터넷 초창기에 중요한 역할을 했다.

앙네스는 파리에 가고 싶었다. 런던과 밀라노에도 가고 싶었다. 하지만 뉴욕은 그다지 가고 싶지 않았다. 그녀는 겁쟁이는 아니었지만, 그 넓은 대서양을 날아서 건넌다고?

하지만 인터넷은 전혀 달랐다. 가상 세계에서 비행 공포증은 쓸데없는 것이었다. 게다가 미국, 일본, 혹은 호주로의 여행은 작고한 남편의 짠 내 나는 사브 자동차로 벡셰를 다녀오는 것보다도 돈이 덜 들었다.

앙네스는 지나온 삶이 지긋지긋했다. 그녀는 지금껏 알아온 삶과 절연하기로 했다. 나막신들과 작별을 고했다. 보트들도 안녕이었다. 그녀는 되데르셰와 그곳의 반쯤 죽어 있는 주민들을 떠났다. 그녀는 공장과 집을 팔고, 가구도 팔고, 모든 것을 다 팔았다. 사브는 폐차해 버렸다. 트럭만은 남겼는데, 그래도 도망치려면 뭔가 탈 게 필요했기 때문이었다.

모든 것을 판 돈으로 그녀는 수도 외곽의 호숫가에 조그만 빨간색 목조 주택을 샀다. 그리고 그 안에 들어가 살기 위해 침대 하나, 의자 하나, 책상 하나, 컴퓨터 한 대, 그리고 창가에 놓을 제라늄 화분들을 샀다. 평생 고향의 교구를 떠나 본 적이 없었던 여자는 이제 매일 버스와 지하철로 스톡홀름을 다녀왔다. 트럭은 차고로 개조한 보트 창고에 넣어 두니 안성맞춤이었다. 어차피 보트로는 아무것도 하고 싶지 않았다.

예순다섯 살의 그녀는 인생을 허비하며 살아왔다. 하지만 완전히 허비한 것은 아니었다. 스톡홀름에서 그녀는 영화관에 갔다. 윈도쇼핑도 했다. 회토리에트 시장에서 과일과 야채를 샀다. 비싼 선글라스도 샀고, 스투레플란 광장의 한 카페에서 저녁 햇살을 즐기며 와인도 한잔 들었다. 스웨덴 일간지

『다옌스 뉘헤테르』를 훑어보면서 말이다. 그런데 노키아 휴대폰에 코를 박고 있는 10대들의 모습이 눈에 들어왔다. 세상에, 인터넷 서핑을 하고 있었다! 휴대폰으로 말이다!

그녀는 미소를 지었다.

꺼졌던 불꽃이 되살아났다.

「좋아, 나도 저 빌어먹을 인터넷을 제대로 한번 배워 볼 테야!」

9
2011년 8월 28일 일요일
종말까지 10일

앙네스는 나이에 비해 몸이 꽤 민첩했다. 가벼운 동작으로 계단을 내려온 그녀는 자갈길을 따라가서는 보트 창고 옆에 서 있는 흰색 캠핑카에 이르렀다. 그리고 거기서 남자 하나와 여자 하나를 발견했다.

그녀는 벌써 10년째 이 오두막에 거주하면서 규칙적으로 스톡홀름을 오가며 생활하고 있었다. 처음에는 은퇴한 사람들을 대상으로 인터넷 사용법을 가르치는 수업을 취미 삼아 다녔다. 그러다 시간이 지나면서 프로그래밍이며 웹 디자인이며 마케팅 같은 상급 과정에서 큰 즐거움을 느끼게 되었다.

하지만 되데르셰 같은 벽촌에서 태어나고 자란 사람에게 누군가를 새로 만나고 사귀는 일은 결코 쉽지 않았다. 고향에서도 한마디 이상의 대화를 나눌 수 있는 사람은 늙은 비에르크룬드뿐이었다. 그는 공동묘지에서 무덤을 파는 인부였다. 앙네스가 보기에 그의 가장 훌륭한 점은 전에 나막신 공장 사장을 땅속에 묻어 주었다는 사실이었다. 되데르셰 주민들은 그를 감히 〈무덤 파는 영감〉이라고 부르지 못했다. 그런 말을

97

입에 담으면 자신이 무덤에 가까워진다고 믿기 때문이었다. 대신 그를 〈꽃 장수 비에르크룬드〉라고 불렀는데, 그가 화초를 잘 가꿨기 때문이었다. 그리고 그에게는 자신이 기르는 꽃들과 대화하는 습관이 있어서 말을 점잖게 잘하는 거라고 앙네스는 생각했다. 무엇이든 자꾸 연습하면 잘하게 되는 법이니까.

하지만 비에르크룬드는 죽었고, 자신의 무덤을 파야 했을 거였다(그게 가능했다면 말이다). 그 후로 앙네스는 인터넷 수업에서 나누는 몇 마디 외에는 누구와 대화를 해본 적이 없었다.

이제 그녀는 캠핑카에서 내린 두 불청객을 마주하고 있었다.

「셀뤼칸에 오신 걸 환영해.」 그녀가 인사했다.

요한은 할머니가 친절하게 느껴졌다. 셀뤼칸은 아마 이 집 이름이리라.

「야구 방망이는 차에 두고 내리는 편이 낫겠지?」 그가 페트라에게 물었다.

「고맙습니다.」 페트라는 요한의 말을 못 들은 척하며 앙네스에게 대답했다.

「무슨 일로 오셨는지 물어봐도 될까? 아니면…… 아 뭐, 괜찮아. 혹시 커피 한잔 하겠어?」

페트라는 그녀를 살펴보았다. 맵시 있는 옷차림. 친절한 미소. 야구 방망이의 타깃이 될 만한 사람은 절대 아니었다! 지금 종말 예언가에게 정말로 필요한 것은 요한이 만든 카푸치노 한잔이었지만, 간단한 드립 커피 한잔도 나쁘지 않을 터였다. 지금의 이 위급한 상황만 아니라면 말이다.

「네, 정말로 감사해요!」 페트라가 대답했다. 「그런데 저 차고 말예요…… 혹시 부인의 소유인가요? 혹시 저 안에 우리 캠핑카가 들어갈 수 있을까요?」

앙네스는 저것이 차고가 아니라 보트 창고라고 설명했다. 그렇지만 보트에 질려서 차고로 개조했단다. 아마 캠핑카가 충분히 들어갈 수 있겠지만, 먼저 트럭을 꺼내야 할 거란다.

「네, 그렇게 해주신다면 너무나 고맙겠어요.」

5분 후, 트럭과 캠핑카는 위치를 바꿨는데, 앙네스는 그 이유에 대해서는 한마디도 묻지 않았다. 하지만 저 위쪽, 섬의 보다 안쪽에 이웃집이 몇 채 있었는데, 경찰차 한 대가 경광등을 켜고 돌아다니고 있었다. 뭔가를, 혹은 누군가를 찾고 있는 걸까? 앙네스는 손님들의 눈빛이 불안한 것을 알아챘다.

「그리고 차고 문을 잠그는 게 낫지 않겠어?」

정말이지 이 할머니는 페트라의 마음을 읽고 있는 듯했다.

「참 좋은 생각이에요!」 페트라가 반색을 했다. 「문이 바람에 열렸다 닫혔다 할 수도 있으니까요.」

＊ ＊ ＊

커피는 질적으로 요한의 카푸치노에 비할 바가 못 되었지만, 나름의 풍미가 있었다. 게다가 계피 빵도 함께였다. 또 리필도 되었다. 빵도 마찬가지였다.

묘지기 비에르크룬드와 하던 식으로 한 시간 반 동안 대화를 나눈 뒤 앙네스와 요한과 페트라는 서로의 이름을 알게 되었을 뿐 아니라, 각자의 인생 스토리를 간략하게나마 들려줄 수 있었다.

「그래서, 이 세상이 열흘 후에 끝난다고?」 앙네스가 물었다.

그녀는 미심쩍어하는 기색이 역력했다.

「네, 우린 다 죽을 거예요. 우리 모두가요.」 요한이 대답했다. 「옷을 충분히 껴입지 않았거나, 어쩌다 집 밖에 있게 된 사람들만 죽는 게 아니라요.」

「요한 말이 맞아요.」 페트라가 고개를 끄덕였다. 「내 계산은 너무나 정확하고 확실해서, 합리적으로 볼 때 전혀 의심의 여지가 없어요.」

「그래도 내가 그 합리적인 의심을 조금 해볼 수 있지 않을까?」 보라색 머리의 집주인이 고개를 갸우뚱했다.

해볼 수는 있지만, 그것은 의미 없는 일이라고 페트라는 대답했다. 앞으로 일어나게 될 일은 우리가 원한다고 쫓아 버릴 수 있는 성질의 것은 아니란다.

「지난 수 세기 동안 수많은 종말 예언가들이 있지 않았나?」 앙네스가 항변했다.

「저를 그런 횡설수설했던 사람들과 비교하지는 말아 주세요.」

「하지만 왕실 의전관을 찾아가겠다는 네 계획 말이야, 그게 과연 신중한 생각이었을까?」

페트라는 그 계획에는 아무 문제가 없었다고 대답했다. 단지 만나서 조용히 대화를 나누고 싶었을 뿐이란다. 하지만 자신이 국왕 폐하의 존재에 대해, 또 그 존재가 그곳의 보안 수

준에 미치는 영향을 충분히 생각해 보지 않았다는 점은 인정
했다.

「그래서 이렇게 페인트칠하다가 스스로를 구석에 몰아넣은
게 아닐까?」[16]

「우리가 페인트칠을 했다고?」요한이 어리둥절해서 반문
했다.

「할머니 말은, 지금 우리가 섬 안에 갇혔고, 체포되지 않고
는 여길 빠져나갈 수 없다는 뜻이야.」페트라가 설명했다.

이 한 시간 동안, 앙네스는 자신이 오랜 세월을 얼마나 외롭
게 살아왔는지를 깨닫게 되었다. 그녀는 이 새 친구들을 그냥
보내기가 싫었다. 너무나 괴상하고, 혼란스럽고, 또 법도 제
대로 지키지 않는 사람들 같았지만, 상관없었다. 아니, 어쩌
면 바로 그 점 때문일 수도 있었다. 요한과 페트라는 되데르셰
공동체 전체가 지난 5백 년 동안 산 것보다 오늘 하루 동안 더
오래 살고 있는 것 같았다. 게다가 〈페인트칠하다가 자신을
구석에 몰아넣는다〉라는 은유적인 표현이 아이디어 하나를
떠오르게 했다.

「근데 말이야, 난 전에 보트 제조업을 했어.」앙네스가 말
했다.

「우리가 도망갈 수 있는 보트가 있나요?」페트라가 물었다.

「내 말뜻은 그게 아니야. 하지만 내 트럭 짐칸에는 10년 전
부터 온갖 잡동사니들이 쌓여 있어.」

16 스웨덴어에서 〈페인트칠하다가 자신을 구석에 몰아넣는다〉라는 표현은
방을 페인트칠하다가 칠하지 않은 부분이 점점 좁아져 결국 구석에 갇히게 되는
상황에 빗대 스스로를 궁지에 몰아넣는 행동을 하는 것을 이른다.

「그래서요?」

앙네스는 일부러 뜸을 들였다. 아, 사람들과 함께 있는 게 얼마나 즐거운지!

「내가 기억하기로는 사다리가 하나 있을 거야.」

「그리고요?」

「커다란 녹슨 낫도 하나 있어. 죽은 남편은 그걸 간직하는 게 좋다고 생각했지. 아주 싸게 샀거든. 결국엔 저승사자가 그를 베어 갔지만.」

「그리고요?」 페트라가 재촉했다.

그녀가 느끼기에 앙네스는 일부러 그들을 애태우고 있었다.

「페인트 도구가 잔뜩 있어. 롤러 같은 것들 말이야. 그리고 아마 블루마린색 페인트가 25리터가량 있을 거야. 아까 말했 듯이 10년은 묵었지만, 난 품질에 대해선 돈을 아끼지 않는 편이지.」

「그러니까 할머니 말뜻은…….」

그렇다, 앙네스의 말뜻은 바로 그거였다.

「대체 그게 뭔데?」 요한이 어리둥절해서 물었다.

늦여름의 저녁이 찾아왔을 때, 흰색 캠핑카는 파란색이 되 어 있었다. 또 그들은 앙네스의 제안에 따라 캠핑카와 트럭의 번호판을 서로 바꿨다. 페인트칠은 밤사이에 마를 거란다. 앙 네스는 그들에게 자기 집에서 하룻밤 〈체크인〉할 것을 권했 다. 들어와서 치킨캐서롤과 박스 와인[17]을 든 다음, 소파와 안

17 치킨캐서롤은 닭고기 요리의 일종이며 박스 와인은 병이 아닌 박스 용기 에 담긴 저렴한 와인이다.

락의자에서 조금 눈을 붙이고 가라는 거였다. 이게 자기가 제공할 수 있는 최상의 것이란다.

요한은 치킨캐서롤은 좋은 생각인 것 같다고 말하면서, 이 요리는 특히 레몬타임과 구운 사과, 그리고 약간의 칼바도스[18]를 곁들이면 아주 좋다고 덧붙였다. 하지만 와인에 대해서는 자기가 캠핑카에서 더 좋은 것을 가져오겠단다. 예를 들면 2006년산 라 마테오……[19]

「2006년산 뭐라고?」

저녁 식사 중에 요한의 재킷 주머니에서 휴대폰이 울렸다.

「프레드리크 형이야!」 그는 환성을 지르고는, 서툰 동작으로 주섬주섬 휴대폰을 꺼냈다.

「네 형인 줄 어떻게 알아?」

「내가 형 말고는 아는 사람이 없거든. 물론 너만 빼놓고. 하지만 왜 네가 전화를 걸겠어? 여기에 같이 앉아 있는데 말이야. 그리고 내 전화번호도 모르잖아……? 여보세요? 어이, 형!」

하지만 외교관은 지금 형제간의 우애를 나누고 있을 기분이 아니었다. 그가 얼마나 큰 소리로 말했던지, 식탁 주위의 사람들의 귀에 또렷이 들렸다. 그가 첫 번째로 알고 싶은 것은, 지금 요한과 캠핑카가 자신이 예약해 준 캠핑장 주차장에 있느냐란다.

18 프랑스 노르망디 지방에서 생산되는 사과 브랜디.
19 라 마테오는 스페인산 레드와인으로, 특히 2006년산은 훌륭한 빈티지로 정평이 나 있다.

「아니, 난 ―」

「좋아! 모든 게 개판이 됐지만, 그렇지만 좋아!」

요한은 뭔가를 말해 보려고 했다. 이를테면 사랑하는 형님이 어떻게 지내는지 물어보려고 했다. 하지만 프레드리크는 그의 말을 들으려고 전화한 게 아니었다. 그가 전화한 것은 요한에게 상황을 알려 주고, 지시하기 위해서였다. 그는 지금 머저리 같은 요한 때문에 그 어느 때보다도 화가 났고 짜증이 났다고 소리쳤다.

「그 머저리란 말은 바보란 뜻이지?」 요한이 물었다.

「그래, 맞아!」

왕궁 앞에서 소동을 벌이다니, 어떻게 인간이 그렇게 멍청할 수가 있냐고!

「우리가 거기에 간 줄 어떻게 알았어?」

「왜냐하면 대사님과 열일곱 명의 다른 사람들과 함께 미팅을 하던 중에 경찰이 전화를 했기 때문이야. 난 네가 또 멍청한 짓을 했다는 것을 바로 알아채고 그 자리에서 경찰에게 거짓말을 해야 했어. 지금 내 말 듣고 있어? 거짓말을 해야 했다고! 〈네? 제 캠핑카가 드로트닝홀름궁 앞에 있었다고요? 그럴 리가요! 그것은 피스크세트라의 캠핑카 주차장에 있을 텐데요? 만일 없다면 누군가가 훔쳐 간 게 분명해요…….〉」

그렇게 거짓말을 한 다음에, 그는 계속 미팅을 하느라 지옥 같은 네 시간을 견뎌야 했고, 또 그 후에는 회식에도 참석해야 했다. 그리고 이제야 겨우 틈이 나서 전화를 하는 거란다.

「제발 부탁하는데, 캠핑카 주차장에는 절대로 돌아가지 마. 거기 가면 경찰에게 체포될 거니까.」

「그런 걱정은 안 해도 돼. 지금 우리는 어떤 섬에 갇혀 있걸랑. 우린 ──」

프레드리크는 다시 그의 말을 끊었다.

「자, 내 말 잘 들어. 내가 지금 할 말은 딱 한 문장이야. 난, 아무것도, 알고, 싶지, 않아!」

「하지만 난 친구를 한 명 사귀었고, 그리고…….」

「내가 말하지 않았어? 난 아무것도 알고 싶지 않다고?」

「말했어. 형이 방금 말한 것을 벌써 까먹은 거야?」

프레드리크는 자기가 지금 누구와 대화하고 있는지를 기억했다.

「……그리고 한 가지, 더.」

「그럼 모두 두 가지네?」

「입 닥치고, 잘 듣기나 해. 만일 경찰에게 붙잡히면, 그들에게 말해. 네가 내 캠핑카를 훔쳤고, 네 형 프레드리크는 그에 대해 아무것도 모른다고.」

「하지만 그 차는 형이 나한테 줬잖아. 내가 어떻게 내 차를 훔쳐?」

「그 차는 내 이름으로 등록되어 있어. 넌 이해할 필요도 없고, 내가 시키는 대로만 하면 돼.」

「우리 또 〈주인과 하인〉 게임을 하고 있는 거야?」

「아니!」

「그럼 알았어. 거기 스페인에서는 어떻게 지내?」

「그리고 이 통화는 없었던 거야. 여기에 대해서도 동의하지?」

요한은 이게 무슨 뜻인지 이해하려고 얼마나 열심히 생각했던지 머리가 아플 정도였다.

「그러니까 형 말은, 만일 누군가가 물으면, 난 우리가 대화한 적이 없었던 것처럼 굴어야 한다는 거야?」

「바로 그거야.」

「지금 이것만? 아니면 살면서 한 번도 대화한 적이 없었다고 해?」

「지금 이것만, 이 대화만. 그래도 우린 같이 자랐고, 넌 내가 외교관이 된 게 자랑스럽잖아! 이탈리아에서 말이야, 빌어먹을!」

맞아, 이탈리아, 하고 요한은 생각했다. 나라 이름이 이탈리아였어. 도시 이름은 로마고. 스페인은 뭔가 다른 거였어.

「하지만 프레드리크 형, 이제 거기서 어떻게 지내는지…….」

제3 사무관은 작별 인사 없이 전화를 끊어 버렸다.

「원 세상에! 참 친절한 성격이군!」 앙네스가 혀를 찼다. 「평소에도 말투가 저래?」

요한은 평소에도 그런 편이었다는 생각이 들었다.

「그리고 〈주인과 하인〉이란 것은 대체 뭐야?」 페트라가 물었다.

요한은 풋, 하고 웃음을 터뜨렸다. 「그래, 얘기해 줄게. 그건 우리 형제가 가장 즐기는 게임이었어! 나와 프레드리크 형은 어렸을 때부터 아주 최근까지, 그러니까 형이 이탈리아로…… 이사 가던 날까지 이 게임을 했어. 게임 방법은, 먼저 우리를 주인과 머슴으로 나눠. 그리고 주인이 된 사람이 다른 사람을 종처럼 부려 먹으면, 머슴인 사람은 매일 시키는 대로 하면서 〈예, 주인님!〉이라고 힘차게 복창해야 하는데, 만일 복창하지 않으면 게임에 졌기 때문에 주인이 되어야 해…….」

「그럼 처음에는? 누가 주인이 되고 머슴이 될지, 처음에는 어떻게 정했지? 제비를 뽑았나?」

요한은 그게 어떻게 시작되었는지는 잘 생각나지 않지만, 어쨌든 프레드리크는 항상 지는 바람에, 주인으로 앉아 있기만 해야 됐단다. 요한이 이기면 화를 내지는 않았지만, 항상 지기만 하니 약간 짜증도 났을 것 같단다.

「그런데 한번은 내가 〈네, 주인님〉 하는 것을 깜빡했는데, 형은 전혀 알아채지 못했어.」

앙네스와 페트라는 힐긋 시선을 교환했다. 예언가는 주인이 어떤 종류의 일들을 머슴에게 시켰을지 궁금하다고 말했다.

「오, 네가 상상할 수 있는 모든 것이지!」 요한이 대답했다.

청소하기, 요리하기, 심부름하기, 그리고 주인이 안락의자에 앉아 있을 때 발이 시리면 얼른 뛰어가서 담요를 가져다주기, 위스키와 시가를 서빙하기, 등등. 늘 할 일이 있었단다.

「그렇다면 프레드리크는 요리를 안 했어?」

요한은 웃음을 터뜨렸다.

「형이 요리를 해? 너 바보 아냐?」

「그럼 누가 너한테 요리하는 법을 가르쳐 줬지? 네가 말했잖아. 프레드리크가 네가 아는 모든 것을 가르쳐 줬다고.」

「맞아, 형이 다 가르쳐 줬어! 엄마가 병이 들자, 우린 주방 일도 게임에 포함시키기로 결정했지.」

「둘이서 합의해서 결정했겠지?」 앙네스가 물었다.

「음, 사실은 형이 결정했다고 할 수 있어요. 어쨌든 내가 요리를 해 오면, 형은 못되게 굴었어요. 내가 다시 만들어 가면, 형은 더 못되게 굴었고요. 근데 형이 못되게 굴기를 너무나도 잘하는 바람에 내가 요리를 배우게 된 거죠. 조금이긴 하지만. 뭐, 아닐 수도 있고. 뭐, 그래도…….」

「그때도 조금 전 통화할 때처럼 굴었던 거야?」

「무슨 뜻이야?」

앙네스와 페트라는 두 가지를 깨달았다. 첫째, 프레드리크는 지난 세월 동안 동생을 착취해 왔다. 둘째, 요한은 이런 사실을 전혀 모른다. 이걸 알게 되니 페트라의 머릿속에 떠오르는 게 있었다.

「그 스트란드베겐가의 열두 칸 반짜리 아파트를 팔았을 때 말이야. 그때 넌 얼마나 받았어?」

「내가 어떻게 알겠어? 프레드리크 형이 다 알아서 했어. 형은 집을 파는 데 몹시 어려움을 겪었어. 중개인 수수료, 교통비, 그리고 기타 이상한 세금 같은 게 얼마나 많았는지 몰라. 그래도 캠핑카 살 돈은 남겼지.」

「그리고 조금 더 남았지 않았을까?」

「그건 우리 형한테 물어봐. 내가 아는 것은, 스페인인지 이탈리아인지 하는 나라는 물가가 아주 비싼데, 형은 쥐꼬리 같은 월급으로 살아간다는 사실이야.」

「그가 그렇게 말했어?」

「응.」

요한이 화장실을 사용하고 있을 때, 앙네스와 페트라는 잠시 대화를 나눴다. 보라색 머리의 할머니는 요한의 재능이 분야에 따라 다소 편차가 있다는 것을 이미 알고 있었다. 하지만 지금 느껴지는 것은, 프레드리크는 성장하는 내내 동생을 〈착취〉했을 뿐만 아니라, 실제 사기 행위까지 저질렀다는 사실이었다.

페트라는 이 문제에 〈지구의 종말〉 날짜를 끌어들였다. 요한은 30년이 넘게 자기 형을 우러러 왔다. 그런데 세상이 존재하는 날이 10일밖에 남지 않았는데, 그 환상을 깨뜨리는 게 과연 옳을까?

「만일 네 계산이 정확하다면 그 말이 맞겠지.」 앙네스가 말했다.

「또 시작이네요.」

이렇게 둘의 의견이 팽팽히 맞서는 가운데 앙네스는 페트라 역시도 세상의 종말이 ─ 그녀가 계산한 일정에 따르면 ─ 불과 11일밖에 남지 않은 상황에서 삶에 대한 태도를 완전히 바꿨다는 사실을 떠올렸다.

그렇다면 요한에게도 같은 기회가 주어져야 하지 않을까? 아니면, 페트라는 요한이 평생 동안 더러운 거짓말 속에서 살아가야 한다고 생각하는 건가?

이 논리는 효과가 있었다. 예언가와 보라색 머리 할머니는 합의를 봤다. 늑대가 쓰고 있는 양의 탈을 당장 벗겨 내기로.

* * *

그들은 요한의 마음에 의심의 씨앗을 뿌리기 시작했다. 그 〈주인과 하인〉 게임은 도대체 뭐야? 방은 어떻게 나눠 썼지? 그리고 형은 말투가 그게 뭐야? 따귀는 왜 때렸대?

비로소 그들이 아파트의 실제 가격을 따져 본 뒤에야 동생은 지난 세월 동안 형이 자기에게 무슨 짓을 했는지 분명히 깨닫게 되었다. 캠핑카 사는 데는 대략 70만 크로나가 들었을 거였다(앙네스가 인터넷으로 검색해 봤다). 반면 아파트는 대략 5천만 내지 6천만 크로나, 혹은 그 이상의 값어치가 있었다. 따라서 요한이 형에게서 받았어야 할 것은 간이 주방이 딸린 캠핑카가 아니라 약 3천만 크로나의 현금이었다.

요한은 흐느끼기 시작했다.

최대한 조용히 흐느꼈는데, 너무 부끄러웠기 때문이었다.

「난 정말 바보야!」 그가 훌쩍이며 한탄했다.

「그런 말 하지 마.」 페트라가 말했다. 「세상의 어떤 바보도 너처럼 요리할 수 없어. 넌 마스터 셰프야! 천재란 말이야!」

하지만 그가 스페인과 이탈리아, 왼쪽과 오른쪽, 그리고 액셀과 브레이크를 구별하지 못한다는 것은 말하지 않았다.

앙네스는 이런 상황에 도움이 될 거라고 생각하며 아콰비트[20] 한 병을 꺼내 왔다. 하지만 자칭 바보는 그녀와 페트라의 기대를 뛰어넘는 반응을 보여 주었다.

「아콰비트 말고요.」 그가 훌쩍거리며 손을 저었다. 「금방 갔다 올게요.」

앙네스와 페트라는 1996년산 파올로 베르타 그라파[21] 두

20 감자나 곡물을 재료로 한 스칸디나비아 지역의 전통적인 독주.

병을 가지고서 쉽게 위로하기 어려운 남자를 위로해 주려고 애썼다. 그들은 그의 요리 실력을 칭찬하고, 그의 영어 영화 대사가 완벽하다고 말했지만 어느 것도 통하지 않았다. 프레드리크는 동생을 너무 많이, 너무 오랫동안 괴롭혔던 모양이었다. 요한은 과거의 장면들을 하나하나 떠올려 봤다. 새로운 관점으로 말이다. 이를테면 자기가 항상 쓰레기를 치워야 했던 이유를 생각해 보았다.

「**정말 쓰레기 치우기 알레르기란 게 있단 말이야?**」 요한은 마치 형이 거기 어딘가에 있는 것처럼 멍하니 창밖을 쳐다보며 중얼거렸다.

앙네스는 요한을 좀 정신 차리게 하려고 이렇게 말했다.

「두 사람, 그 빅토리아를 찾아갔던 것처럼 프레드리크도 찾아가야 하지 않을까? 그리고 그에게 한마디 해줘야 하지 않겠어? 아니면 한바탕 따지든지.」

요한은 여전히 멍한 얼굴로 바깥의 어둠에 대고 말했다.

「……**형이 토요일마다 과자를 혼자서 먹어 치운 것은 내 치아 건강을 위해서가 아니었어.**」

페트라도 끼어들었다.

「요한, 앙네스 할머니의 아이디어에 대해 어떻게 생각해? 심지어는 야구 방망이도 꺼낼 필요가 있을 것 같은데?」

하지만 그는 여전히 정신이 없었다.

「……**내 방은 그 벽장 하나였어. 다른 방 열두 개는 형 것이었고. 내가 그 방들을 전부 청소했어. 근데 형, 단 한 번이라도 내게 고마**

21 포도 찌꺼기로 만드는 증류주의 일종으로 파올로 베르타 그라파는 이탈리아 베네토 지역의 대표적인 술이다.

워한 적 있어?」

페트라는 착한 요한이 너무나 측은하게 느껴졌다. 앙네스 말이 맞았다! 이제 프레드리크가 자기 자신을 포함한 모든 것에 대한 진실을 들어야 할 차례였다. 요한이 멍하니 창밖을 쳐다보는 가운데, 예언가의 가슴속에 불길이 치솟았다. 이제 그들은 요한의 형을 찾아가야 하리라! 말테를 찾아갔던 것처럼! 그리고 덤으로 빅토리아까지 찾아갔던 것처럼!

「맞아! 그렇게 해야 돼!」 그녀는 고래고래 외쳤다.

하늘에서 내려온 15년 묵은 그라파 한 병이 사람을 이렇게 바꿔 놓을 수 있다는 게, 정말 놀랍지 않은가?

10
2011년 8월 29일 월요일
종말까지 9일

그날 밤, 가장 깊이 잠든 사람은 요한이었다. 그는 지난밤 마땅한 이유로 해치운 상당량의 그라파 덕분에 안락의자에서 정신없이 잠을 잘 수 있었다. 두 번째로 깊이 잠든 사람은 소파에서 잔 페트라였는데, 무엇보다도 하루 동안 많은 일이 있었기 때문이었다.

하지만 앙네스는 위층의 침실에서 좀처럼 잠을 이루지 못했다.

소녀 시절 이후로 처음 그녀가 다시 태어난 기분을 느꼈던 것은 못을 밟은 남편이 패혈증에 걸려 죽었을 때였다. 두 번째는 되데르셰를 영원히 뒤로하고 떠나왔을 때였다. 이어진 것들, 그러니까 스톡홀름에서의 삶, 인터넷 수업, 온라인 활동 등은 엄청나게 짜릿하지는 않았지만 그래도 삶에 어떤 목적과 의미가 있다는 느낌을 주었다. 삶이 계속 앞으로 나아간다는 느낌 말이다.

그런데 어느 날, 요한과 페트라와 캠핑카가 갑자기 나타났다. 경찰에 쫓기는 종말 예언가와 형한테 사기당한 동생이었다. 나이 일흔다섯 살에 앙네스는 세 번째로, 그리고 어쩌면 마지막으로 다시 태어난 느낌을 맛보았다. 그런데 이제 그들이 떠나려 하고 있었다. 지금 느껴지는 감정은…… 글쎄, 어떻게 표현해야 할까? 허전함?

보라색 머리의 집주인은 아침 식사로 달걀프라이와 토스트를 내왔다. 요한이 만든 것에는 비교할 수 없었지만, 커피를 홀짝이는 종말 예언가에게 빵이나 달걀은 관심 밖이었다.

어젯밤 내가 다음 행선지는 로마라고 소리친 것 맞아? 저녁 내내 멍하니 앉아 있었던 요한에다 대고서?

거기까지 가려면 검문 바리케이드를 몇 개나 통과해야 하지? 첫 번째 것은 불과 몇 킬로미터 떨어진 곳에 있을 텐데.

물론 흰 캠핑카는 이제 파란색이 되었다. 그리고 — 왕궁 앞에 있었던 몇 분 동안 분명히 감시 카메라에 포착되었을 — 번호판도 다른 것으로 교체되었다. 하지만 요한은 여전히 요한이고, 페트라는 여전히 페트라였다. 분명히 그들을 기다리고 있을 경찰 검문소를 통과하기 위해서는 다른 사람이 핸들을 잡고, 그들은 뒤에 숨어 있어야 했다.

두 번째로 우려되는 것은 특히 요한이었다. 그는 잘 닦인 포장도로를 달릴 때도 진땀을 흘렸다. 우회전을 한다면서 좌회전을 했고, 브레이크를 밟아야 할 때 액셀을 밟았으며, 무엇보다도 그녀의 캐러밴을 비탈길로 밀어 박살 내버렸다. 그래도 그때는 정신은 말짱했지만, 지금은 달랐다. 설사 그들이 드로트닝홀름궁 앞의 검문소를 어찌저찌 통과한다 해도, 무면허 운전자 요한이 운전대를 잡고서 어디까지 갈 수 있단 말인가?

아, 빌어먹을 그라파! 너무나 맛있는 그놈의 술이 정신을 뒤죽박죽으로 만들어 버렸다.

맞아, 어쩌면 그게 해결책일 수도! 사실 요한은 그녀보다 두 배나 마셨다. 운이 좋다면, 그는 어젯밤 페트라가 선언한 것을 한마디도 기억하지 못할 수도 있었다.

「요한, 차와 커피 중에서 어느 것 마실래?」 앙네스가 물었다.

「여기서 로마까지 거리가 얼마나 되지?」 요한이 물었다. 「그리고 언제 출발할 거야?」

자, 이제 어쩔 수 없었다. 페트라는 문제를 하나씩 해결하기로 마음먹었다. 가장 시급한 문제를 해결하는 데 있어 앙네스 할머니가 도움을 줄 수 있다면? 앙네스, 혹시 캠핑카 운전할 줄 아세요?

「아니.」 앙네스가 대답했다. 「한 번도 시도해 본 적이 없어. 하지만 트럭은 평생 몰았지. 캠핑카 운전이라고 다를 게 있을까?」

두 번째 질문은, 그들이 드로트닝홀름궁 앞에서 혹시 모를 경찰 검문을 통과할 때, 혹시 그녀가 대신 운전석에 앉아 있어 줄 수 있냐는 거였다. 첫째는 페트라와 요한이 경찰의 눈에 띄고 싶지 않기 때문이고, 둘째는 요한이 운전을 하면 또다시 페달을 혼동할 수 있기 때문이란다. 만약 그 일이 잘못된 순간에 일어난다면, 모든 노력이 수포로 돌아갈 거였다. 그리고 요한의 형은 마땅히 들어야 할 훈계를 피할 수 있게 될 거였다. 하지만 페트라는 앙네스가 거절한다 해도 이해하겠다고 덧붙였다.

이 제안이 앙네스의 인생에서 가장 행복한 순간으로 이어질 수 있을까? 음, 아직은 아니었다.

「두 사람이 드로트닝홀름궁 앞에서 경찰 검문을 통과하는 것을 도와줄 수는 있어.」 앙네스가 대답했다. 「하지만 조건이 하나 있어.」

돈을 요구하려는 걸까?

「내가 계속 운전대를 잡아야 한다는 거야.」

「무슨 말이죠? 이탈리아까지 쭉요?」

「난 한 번도 외국에 나가 본 적이 없어. 5년마다 여권을 갱신했지만, 항상 거기까지였지.」

페트라는 자신의 귀를 의심했다. 하지만 겹겹이 쌓인 먹구름 사이로 한 줄기 서광이 비치고 있었다. 캠핑카를 몰고 유럽을 종단하기 위해서는 트럭을 운전할 수 있는 사람이 운전을 전혀 못 하는 사람보다 수천 배 낫지 않겠는가?

요한은 주스를 벌써 네 잔째 들이켜고 있었다. 덕분에 정신이 조금 돌아오기 시작했다. 그리고 대화에 나름 기여하고자, 한 번도 외국에 가보지 못했다는 앙네스의 고백에 동을 달았다.

「난 순스발에 가본 적이 있어요!」

두 여자는 침묵으로 대답했고, 그는 이 침묵의 의미를 정확히 이해하고는 말했다.

「맞아, 순스발은 스웨덴에 있지…….」

캠핑카는 다른 색이었고, 다른 번호판을 달고 있었다. 운전석에는 다른 나이와 다른 성별의 운전자가 앉아 있었는데, 머리 색깔도 달랐다. 또 탑승자의 수도 경찰이 아는 숫자와는 달랐다. 그리고 환경도 그녀에게 유리했다. 여름철이라 도로는 캠핑카 천지였던 것이다.

요약하자면, 경찰은 자세한 조사를 위해 앙네스에게 차를 갓길에 세우라고 지시할 이유가 전혀 없었다. 삼인조는 유유히 경찰의 그물을 빠져나갔다. 이제는 로마 주재 스웨덴 대사관까지의 2천5백 킬로미터를 달리기만 하면 되었다. 형에게 짓밟힌 요한의 명예를 회복하기 위하여. 아니, 그가 한 번도 누려 보지 못한 명예를 찾아 주기 위하여.

페트라는 운전석에 진짜 운전자가 있다는 게 너무 좋았다. 일주일 후에 예정된 삶의 마지막 순간까지 매 순간에, 교통사고를 당해 먼저 세상을 뜰 수도 있다는 공포에 떨지 않아도 되었다.

술에서 깨어난 요한에게도 이 새로운 체제를 환영할 만한 이유가 있었다. 앙네스와 페트라가 앞자리에 앉아 있는 동안, 그는 뒤쪽의 주방에서 부산을 떨었다. 그는 차가 달리는 동안 교통 법규에 따라 안전벨트를 매야 한다는 사실을 모르고 있었다. 페트라는 그에게 이 사실을 알려 줄 이유가 없었고, 특히나 무엇을 만드는지는 몰라도 구수한 냄새가 앞자리까지 흘러 들어오기에 더욱 그랬다. 앙네스도 여기에 대해 아무 의견이 없었으니, 안전벨트 의무 시대 이전에 성장했던 것이다.

✳ ✳ ✳

캠핑카는 스웨덴 수도에서 점점 멀어져 갔다. 남쪽으로 네 시간을 달린 후에, 페트라는 이제 스톡홀름의 법망으로부터 충분히 벗어났다고 느꼈다. 이제 조금 생각해 볼 수 있는 여유가 생긴 것이다.

사흘 전, 그녀는 목매달아 죽으려고 했었다. 그러다 이틀 전에는 지금까지 의미가 없던 삶에서 의미를 찾았다. 그리고 다음 날, 만취한 상태에서 이 삶의 의미는 다시 바뀌었다. 그 결과, 지금 개인적으로 청산할 게 남은 사람이 있는 곳도 아닌 외국으로 향하고 있었다.

다시 말해서 카를스함레와 과학원의 작은 교황들, 그리고 이웃집의 개 주인은 그냥 넘어간다는 얘기였다. 그 집과는 몇 가지 따져 봐야 할 것들이 분명히 있는데 말이다. 뭐, 아닐 수도 있겠지만······. 따져야 할 대상은 털이 뻣뻣하고 조울증 증상이 있는 그 닥스훈트인데, 어떻게 개하고 입씨름을 벌인단 말인가?

앙네스는 조수석에 앉은 예언가가 뭔가 골똘한 생각에 빠져 있는 것을 보았다.

「뭐, 고민거리라도 있어?」 그녀가 물었다.

어쩌면 아무것도 없을 수도 있었다. 어쨌든 모든 게 너무 빨리 진행되었다. 이제 그녀는 찾아가 따끔하게 훈계하려 했던 모든 이들을 뒤로하고 달리고 있었다.

「그렇다면 나한테 할 말이라도 있어?」 운전사가 다시 물었다. 「여기 나 말고는 말할 사람이 없는 것 같은데 말이야.」

예언가는 고개를 저었다. 굳이 따질 게 있다면, 자신의 계산을 불신하는 태도이리라. 하지만 천문학자가 아닌 사람들의 일반적인 무지에 대해 화를 낼 이유는 없었다. 만일 그렇다면 항상 화난 상태로 있어야 할 테니 말이다.

그냥 털어 버리는 게 나으리라. 너무나 간단한 일 아닌가. 요한은 자신이 말테를 찾을 수 있도록 도와주었고, 덕분에 삶이 바뀌었다. 그러니 이제는 자기가 요한이 형을 찾을 수 있도록 도와줘야 할 차례인 것이다. 그래, 간밤에 그라파를 마시며 한 생각이 옳았다.

하지만 요한의 형을 늦지 않게 잡으려면 서둘러야 했다. 이탈리아까지는 갈 길이 멀었고, 그들에게 남은 날들은 점점 줄어들고 있었다. 도중에 꾸물댈 여유가 없었다.

✳ ✳ ✳

요한은 다만 자신이 원망스러울 뿐이었다. 앙네스의 집에서 너무나도 평범한 아침 식사(여기에 대해서는 자신은 죄가 없었다!)를 한 후에, 대충 간식을 만들어 달리는 차 안에서 운전사와 예언가에게 제공한 것이다. 이렇게 함으로써 자신의 신성한 원칙을 깨버린 것이다. 무릇 음식이란 사랑과 정성으로 만들어야 하고, 가장 소박한 요리라도 깨끗하게 세팅된 테이블에 차려야 하는데 말이다.

간식은 매우 간단한 것으로, 해바라기씨와 페타치즈와 햇

119

볕에 말린 토마토가 들어간 통밀머핀이었다. 오븐에 갓 구운 것을 내놓아 아주 따끈따끈했다. 페트라는 조금씩 떼어 앙네스에게 주면서, 자신도 틈틈이 한 입씩 즐겼다. 차를 세우지 않아도 되고, 시간도 절약할 수 있는 게 사뭇 만족스러웠다.

E4 고속도로를 달리는 캠핑카가 외데스회리에 가까워지고 있을 때 점심시간이 되었고, 페트라는 이번에도 머핀으로 점심을 때우자고 했다. 요한은 새끼손가락 하나 내줬더니 손을 몽땅 내놓으라고 하는 거나 진배없다고 꿍얼거렸다. 하지만 종말의 날이 얼마 남지 않았기 때문에 1분 1초가 소중하다는 페트라의 논리가 다음과 같은 타협을 이끌어 냈다.

리코타치즈, 시금치, 그리고 구운 헤이즐넛이 들어간 라비올리로 구성된 점심을 도시락에 담아 포크 하나로 먹는 것을 용인하겠지만, 여기에는 두 가지 조건이 따른다. 첫째, 운전사와 승객은 이 음식을 요한이 직접 골라 미리 마개를 따서 공기를 쐬어 둔, 다크체리와 자두와 바닐라와 볶은 커피 원두의 풍미가 느껴지는 이탈리아 레드와인과 함께 즐긴다. 둘째, 저녁 식사로는 차를 세워 놓고 정식으로 차려진 테이블에서, 요한이 계획했으며 벌써 준비하기 시작한 다섯 코스의 정식 만찬을 전통적인 방식으로 즐긴다. 그러고 나서 모두가 함께 밤새도록 잠을 잔다. 요한은 로마가 이탈리아에 있든, 스페인에 있든 간에, 분명히 늦지 않게 도착할 수 있을 거라고 장담했다.

페트라는 셰프의 조건들을 받아들였지만 앙네스가 운전하면서 술을 마실 수는 없다는 단서를 덧붙였다.

하지만 보라색 머리 운전사는 요한의 편을 들고 나섰다. 우선, 운전하면서 술을 소처럼 들이켜는 건 아니지 않느냐는 거였다. 알코올 몇 모금 마신다고 해서 누가 죽는 건 아니란다. 일흔다섯 살이나 되었으니 이제 스웨덴 법이 세워 놓은 쩨쩨한 규칙들은 정말이지 참을 필요도 없다. 또 만일 경찰 검문에 걸린다면, 꼭 술 때문이 아니더라도 어차피 이 모든 것은 끝장 아니던가? 차 번호판도 다른 차량의 것이고, 앙네스는 괜찮은 드라이버이긴 하지만 운전면허증을 꼭 따야 한다고 생각해 본 적이 없었다.

운전면허증도 없는 세 사람이 유럽을 가로질러 달리고 있다는 얘기였다. 결국 페트라는 굴복했다. 와인 한잔을 마시며 운전대를 돌린다 해서 지금보다 상황이 더 나빠질 것은 없었다. 하지만 그녀는 보다 정확히 하기 위해, 지난 수년간 알코올이 여기저기에서 꽤 많은 사람들을 죽였다는 사실을 지적했다. 그게 전부 나쁜 일만은 아니었지만 말이다.

＊ ＊ ＊

옌셰핑 북쪽에 이른 그들은 급유를 위해 잠시 차를 세웠다.

「잠시 다리 스트레칭 할 시간을 가져도 될까?」 요한이 물었다.

「아니, 지금 9일밖에 남지 않았어.」 페트라가 고개를 저었다.

「그렇지 않을 수도 있고.」 앙네스가 토를 달았다. 「자, 난 안에 들어가 계산을 하고 올게.」

다시 차가 남쪽을 향해 달리기 시작했을 때, 페트라는 재정 문제 쪽으로 화제를 돌렸다. 지금 우리에게 연료와 음식과 음료, 그리고 여행 중에 발생할 수 있는 모든 것에 대한 비용이 있긴 한 걸까? 자신에겐 흔들어 보여 줄 만한 돈다발 같은 건 없단다. 지금 자기에게 신용 카드와 여권이 있는 것은 단지, 목매달아 죽으려 했을 때 입고 있던 청바지 뒷주머니에 어쩌다 그것들이 들어 있었기 때문이란다.

요한은 자신에게 현금이 있지만, 그리 많지는 않다고 대답했다.

「전에 나의 〈사랑하는 형님〉이었던 사람이 먹고살라고 5만 크로나를 던져 주고 갔어. 캠핑카는 별도고 말이야. 아마 그 돈에서 절반 정도가 남았을 거야. 거기에다 넉넉히 채워진 와인 저장고와 남부럽지 않은 주류 장(欌)이 하나씩 있긴 해. 어쨌든 앞으로는 요리할 때 돈이 덜 들어가는 메뉴를 선택해야할 것 같아.」

「젠장!」 페트라가 자신도 모르게 내뱉었다.

생각만 해도 끔찍했다!

「돈이라면 내게 충분히 있어.」 앙네스가 말했다.

일흔다섯 살 먹은 운전사는 두 손으로 운전대를 꼭 잡고 앞을 똑바로 쳐다보며, 자신의 경제적 상황에 대해 설명해 주었다. 그녀는 보트 공장을 처분하여 꽤 많은 돈을 벌었지만, 나막신들로는 별로 벌지 못했으며, 되데르셰의 아파트는 거저 주다시피 했단다. 어쨌든 그 돈은 에셰뢰의 집과 보트 창고를 사기에 충분했고, 그러고도 얼마가 남았다. 그리고 한동안 인터넷으로 취미 생활을 하다가, 인스타그램이라는 새로운 현상을 발견하게 되었다. 재미 삼아 〈여행하는 에클룬드〉라는 계정을 만든 그녀는 막 열아홉 살이 된 자신의 옛날 사진을 스캔하여 포토숍으로 약간 손질한 뒤, 여기저기서 떼어 온 신체 각 부위를 잘 이어 붙여서는, 자신을 푸릇푸릇한 젊은 여자로 재창조했다.

「나 같으면 팔로 안 할 것 같은데요.」요한이 회의적인 반응을 보였다.

「아, 시끄러워!」페트라가 짜증스럽게 말했다. 「자, 계속하세요, 앙네스.」

앙네스가 에셰뢰에 있는 빨간 오두막의 주방에 편안히 앉아 있는 가운데, 〈여행하는 에클룬드〉는 첫 번째 여행을 떠났다. 첫 번째 목적지는 당연히 에펠 탑이었다.

「런던에 있는 거군요.」요한이 아는 척을 했다.

파리를 둘러본 열아홉 살 앙네스는 베를린으로 향했다. 그리고 모스크바, 밀라노, 부다페스트…… 이렇게 흐름을 탄 그녀는 세계 곳곳을 돌아다녔다. 할리우드, 하와이, 도쿄, 서울, 홍콩…… 또 뉴질랜드, 호주를 거쳐 중국까지 갔다가 인도네시아로 돌아왔다. 아프리카에서는 주로 도시에 머물렀는데, 그곳의 야생 세계는 포토숍상에서도 위험하게 느껴졌기 때문이었다. 그렇게 나이로비에서 요하네스버그까지 갔다가, 카이로로 돌아왔다. 최소한 일주일에 한 번은 업데이트를 했으며, 하루에 몇 번씩 하는 때도 있었다. 하지만 결코 자신의 판타지를 현실과 너무 동떨어지게 하지는 않았다. 아침에 남아프리카 공화국에 있다가, 같은 날 저녁에는 이집트의 피라미드 앞에서 포즈를 취할 수는 없지 않은가?

앙네스는 이 럭셔리한 여행의 삶에 깊이 빠져들었다. 그녀는 항상 비즈니스석을 타고 비행을 했으며, 명품 옷만을 골라 입었다(매우 도발적으로 입는 때도 있었다). 포토숍을 써서 왼쪽 손목을 시계로 장식할 필요가 있을 때에는, 굳이 싸구려를 선택할 이유가 없었다.

그녀는 모든 것이 만족스러웠다. 세계 각지에서 수천 명의 팔로어들이 생긴 것이니 기분이 좋을 수밖에 없었다. 그녀는 캡션을 간단한 영어로 작성했다. 뭐, 대충 영어와 비슷한 말로 말이다. 스웨덴 되데르셰 교구의 은퇴한 나막신 공장 사장이 쓰는 영어에서 유창함을 기대할 수는 없지 않겠는가?

「I can help you(내가 도와드릴 수 있어요).」 요한이 영어로 말했다. 「내 생각에, 난 요리를 그렇게 못하는 것 같지는 않아요. 청소도 마찬가지고요. 이것들 말고는 잘하는 게 하나도 없지만, 영화를 하도 많이 본 덕에 스웨덴 단어보다 영어 단어를 더 많이 알 정도예요.」

페트라는 요한의 자신감이 점차 커져 가고 있다는 것을 느꼈다. 말테와 야구 방망이 덕분에 처음으로 자신감을 갖게 된 자신처럼 말이다.

「고마워.」 앙네스가 대답했다. 「하지만 나중엔 어느 정도 할 수 있게 되더라고.」

그녀의 팔로어 가운데 지금은 이름이 기억나지 않는 미국인이 하나 있었다. 어쨌든 그는 〈블로그〉인가 뭔가 하는 것에서 〈여행하는 에클룬드〉의 대해 친절한 말들을 해줬다. 그는 이 블로그라는 영역에서 선구자 격인 듯했으며, 좋은 얘기는 거의 하지 않는 것으로 유명했다. 어쨌든 그가 쓰는 — 가끔 호의적이나 대체로는 심술궂은 — 글들은 매일 8백만 명의 방문자를 그의 블로그로 끌어들였다. 이 사실은 앙네스에게 아이디어를 주었다. 그녀는 〈여행하는 에클룬드〉 계정을 인스타그램 말고도 트위터와 페이스북에도 만들었고, 이 모든 것을 자신의 블로그에 링크했다. 그 미국 사람이 하는데, 자기라고 못 하라는 법이 있는가?

인스타그램, 트위터, 페이스북, 블로그……. 이것들은 「바람과 함께 사라지다」에는 나오지 않는 말들이었다. 요한은 어쩌면 자신은 생각만큼 영어를 잘하는 게 아닐지도 모른다는 생각이 들었다. 하지만 청소는 잘했다. 그리고 페트라는 자신의 요리에 대해 칭찬을 많이 했다. 그녀의 말과 프레드리크의 말은 서로 다른데, 누구의 말을 믿어야 할까?

그는 페트라의 말을 믿기로 했다.

블로그에서 앙네스의 재능은 만개했다. 그녀의 사진 캡션들은 갈수록 내용이 풍부해졌다. 〈여행하는 에클룬드〉는 자신이 입고 있는 옷을 어디서 샀는지 팔로어들에게 알려 주었다. 또 럭셔리한 손목시계를 고를 때 핑크색과 파란색 사이에서 얼마나 고심했는지도 설명했다. 또 귀걸이, 가볼 만한 여행지, 음식, 지갑, 등 여행에 관한 모든 것에 대해 팁을 아끼지 않았다. 항상 서툴지만 매력적인 영어로 말이다.

「인스타그램이라고 했나요?」 페트라가 물었다.

그녀는 이것에 대해 들은 적이 있었다.

「인스타그램은 시작이었고, 블로그를 하면서 본격적으로 대박이 났지.」

125

「방문한 사람이 많았나요?」

「이름이 생각 안 나는 그 미국 사람만큼은 아니야. 그래도 내가 되데르셰 교회 앞 계단에서 사람들의 관심을 끌려고 했던 때보다는 많았지.」

「몇 명이나 되는데요?」

「교회 앞에서? 아마 열일곱 명이었을 거야.」

「아니, 전 세계적으로요.」

「하루에 4백만 명.」

「와우! 그 사람들이 다 돈을 냈나요?」 요한이 놀라며 물었다.

「아니, 그들은 그럴 필요가 없어.」 앙네스는 고개를 저었다.

왜냐하면 갑자기 회사들이 그녀에게 접촉해 왔기 때문이었다. 유명 브랜드는 아니고, 유명 브랜드가 되려고 애쓰는 회사들이었다. 첫 번째로 연락한 것은 구치의 한 경쟁사였다.

「그들은 기쁜 마음으로 내게 손목시계를 보내 줄 테니, 그걸 제발 착용해 달라고 했어.」

「손목시계를 보낸다고요? 비싼 건가요?」

「하지만 내게 그게 무슨 소용이 있겠어? 난 대신에 5만 크로나를 보내라고 했지. 손목시계라면 인터넷에서 얼마든지 공짜로 얻을 수 있으니까.」

「그렇게 해서 지금까지 얼마나 벌었어요?」 페트라가 궁금해서 물었다.

앙네스는 미소를 지으며 두루뭉술하게 대답했다.

「요한, 자녠 앞으로 남은 9일 동안 음식과 음료에 대해 무한정한 예산이 있어. 세상의 종말 후에는 다시 얘기해 볼 거고.」

「천만에, 그런 일은 없을 거예요!」 페트라가 쏘아붙였다.

「아, 정말 잘됐어요!」 요한이 신이 나서 외쳤다. 「그렇다면 우리, 물건이 제대로 갖춰진 슈퍼마켓에 들를까요? 그리고 주류 판매점도 들러야죠! 아, 영감이 막 떠오르는군!」

좋은 벗들과 함께 있으니 저녁 식사는 다섯 코스 정도는 돼야 하지 않을까?

* * *

오후가 되고, 초저녁이 되었다. 캠핑카는 외레순드 해협과, 21세기가 시작될 때부터 스웨덴과 덴마크를 이어 온 총 15킬로미터의 다리와 터널에 가까워지고 있었다.

일흔다섯 살의 여자는 태어나서 처음으로 조국 땅을 벗어나려 하고 있었는데, 만일 그녀의 인터넷 아바타 〈여행하는 에클룬드〉가 이 사실을 알았다면 배꼽을 잡고 웃었을 것이다.

스웨덴 땅의 마지막 몇 킬로미터를 지나는 동안, 요한은 어머니 셰르스틴이 병에 걸려 세상을 떠나기 전에 형 프레드리크와 있었던 일들을 몇 가지 들려주었다. 그때 있었던 어떤 일들이 이제는 다른 시각에서 보이기 시작한단다. 어머니의 처방 약을 받으러 약국에 가야 할 일이 있으면, 1백이면 1백 번을 — 날씨가 어떻든 간에 — 자기가 가야 했으니, 흰 가운을 입은 사람만 보면 프레드리크는 공황 발작을 일으키기 때문이란다.

어쨌든 그는 그렇게 설명했단다.

요한도 프레드리크도 설명할 수 없었던 것은 어떻게 그들의 어머니와 아버지가 결혼하게 되었는지, 왜 아버지는 항상 집에 없었는지, 그리고 ─ 무엇보다도 ─ 어머니의 비밀이었다!

11
뢰벤홀트 집안의 비밀

벵트 뢰벤홀트와 셰르스틴 뢰벤홀트의 결혼 생활은 행복하지 못했다. 그들 중 적어도 한 사람은 이를 예상할 수 있었으리라. 그들을 변호하여 말하자면, 행복의 추구는 그들의 암묵적 혼전 합의의 핵심은 아니었다. 여자는 귀족 가문 출신이었고, 남자는 아버지의 돈으로 빵빵하게 채워진 은행 계좌를 가지고 외교관으로서 빛나는 커리어를 시작하고 있었다. 간단히 말해 벵트와 셰르스틴은 서로에게 유용한 결혼 상대일 뿐이었다.

하지만 침대에서는 그렇지 않았다. 그들은 첫날밤을 성공적으로 치렀지만, 그 후에는 관계가 그리 많지 않았다. 사실은, 전혀 없었다! 셰르스틴은 프레드리크를 임신하기 전부터 뭔가 수상쩍은 낌새를 눈치채고 있었다.

어느 날 오후, 친구들과 쇼핑을 하고 귀가한 그녀는 자신의 의심이 사실이었음을 알게 되었다. 셰르스틴은 집에 돌아오는 기차를 예정보다 일찍 탔고, 그 결과 남편이 부부의 침대에 남자 비서와 함께 누워 있는 것을 발견했다.

「여보, 이건 당신이 생각하는 그런 게 아니야!」 벵트가 황급히 말했다.

「뢰벤홀트 부인, 안녕하세요?」 비서 군나르가 인사했다.

벵트와 군나르는 알몸이었고, 그곳은 한껏 발기되어 있었다. 다시 말해서, 그들은 셰르스틴이 생각하는 바로 그 일을 꽤 오랫동안 즐겼다는 뜻이었다.

「둘 다 빨리 옷 좀 입을래?」 그녀가 외쳤다. 「내가 토하기 전에 말이야!」

이어 협상이 벌어졌는데, 그것은 이혼은 서로에게 득 될 게 없다는 가정에서 출발했다. 그에게는 지켜야 할 돈과 커리어가 있었고, 그녀에게는 고려해야 할 고귀한 출신과 평판이 있었던 것이다.

일단 상황이 정리되자, 벵트는 외무부의 우두머리와 어려운 대화를 나눠야 했다. 일이 이렇게 된 이상 솔직하게 털어놓는 편이 나았다. 그는 여자와 같이 사는 삶에 결코 익숙해질 수 없다고, 아니, 군나르가 아닌 그 어떤 사람과 같이 사는 삶도 상상할 수 없다고 말했다. 군나르에 대한 자신의 사랑은 영원하다고 말이다!

「자네가 동성애자라는 것은 내가 오래전부터 의심해 왔어.」 외무부 장관이 고개를 끄덕였다. 「솔직히 말해 줘서 고맙네.」

실용적인 머리를 가진 장관에게 이것은 간단한 문제였다. 당연히 그는 가장 재능 있는 외교관 중의 하나를 잃고 싶지 않았다. 벵트가 스스로 커밍아웃을 한 마당에 이제 그런 걱정은 필요가 없어졌다. 그들은 이 소식을 뢰벤홀트가 활동하는 외교계에 퍼뜨리기만 하면 되었다. 이리하면 외국 정보기관들은 그를 포섭하려는 시도가 무의미한 일임을 깨달을 것이었다. 협박은 감춰야 할 비밀이 있을 때만 통하는 법이니까.

한마디로 벵트는 매우 유능했고, 외교 전선에서 누구보다도 능숙하게 관계를 맺을 줄 알았다. 대사가 되기 전부터도 이미 리처드 닉슨과 함께 셰익스피어를 암송하거나, 레오니드 브레즈네프와 함께 하이힐에 보드카를 부어 마시며 저녁 시간을 보낼 수 있는 사람이었다.

곧 그의 커리어는 수직 상승했다. 젊은 뢰벤홀트에게 세계 각지에 끊임없이 임무가 주어졌다. 언제나 그의 비서를 대동하고서 말이다. 아내와 함께 간 적은 한 번도 없었다.

하지만 외교부로서는 미묘한 상황이었다. 부부 관계가 깨지도록 조장하는 것은 정부가 할 일 중의 하나는 아니니까. 해결책은 뢰벤홀트와 그의 비서가 외국 어딘가에 머무는 동안, 뢰벤홀트 부인을 스톡홀름에서 열리는 다양한 외교 행사에 규칙적으로 초대하는 것이었다. 그 방식 역시 다분히 외교적이었는데, 뢰벤홀트 부인에게는 다소 검소한 자리가 배정되었으며 내수용으로 약간 바꾼 외국 사치품이 제공되었다. 이에 화답하여 그녀는 남편의 근무지에 따라 가겠다고 요구하지 않았다. 심지어는 그가 파리에 발령받았을 때에도 마찬가지였다.

벵트 뢰벤홀트를 해고한다는 것은 생각할 수 없는 일이었다. 언제나 쾌활한 러시아 초대 대통령 보리스 옐친에게 브레즈네프와 하이힐의 일화를 들려주었을 때, 러시아 대통령은 즉석에서 비서의 하이힐을 1백 루블에 사더니 벵트로 하여금

131

그 장면을 재연하게 했다. 이 신발 외교의 결과로 스웨덴과 러시아 사이에 4억 달러 규모의 쌍방 협정이 성사되었다. 신발 한 짝만을 신은 러시아 비서가 발을 질질 끌며 귀가하고 있을 때 말이다.

스웨덴 국왕에게 봉사하는 세월 동안, 벵트 뢰벤홀트는 자그마치 열여덟 나라에서 근무했고, 네 번이나 대사직을 맡았다. 그에게는 너무 어려운 임무도 없었고, 너무 하찮은 임무도 없었다. 어떤 임무가 주어지든 동일한 열정으로 임했다. 그리고 언제나, 언제나 사랑하는 비서가 그의 곁에 있었다.

이 외교 천재는 집에 있는 적이 거의, 아니 전혀 없었다. 스톡홀름에서 프레드리크가 태어났을 때, 벵트는 이집트에서 〈6일 전쟁〉 발발 8년 후 재개통한 수에즈 운하 상황을 모니터링하느라 바빴다. 운하는 어쨌든 열릴 것이긴 했지만, 모름지기 외교의 기본은 사건들이 일어나는 현장에 있는 것이다. 다시 말해 중대한 정치적 사건들이 일어나는 현장에 말이다. 이에 비하면 아이가 태어나는 일은 개인적이고 사소한 것이었다.

2년 후 셰르스틴이 요한을 임신했을 때, 두 번째 아이의 아버지가 될 벵트와 그의 비서는 오래전부터 부에노스아이레스에 머물며, 군사 정권에게 인권 존중을 호소하는 부질없는 일에 매달리고 있었다. 11개월 후, 외교관이 콘퍼런스에 참석하기 위해 모처럼 스웨덴에 돌아왔을 때, 둘째 아들은 이미 태어나 있었다. 남편이 아르헨티나에 있는데 스웨덴에서 혼자 임신한다는 것은 결코 쉬운 일이 아니었지만, 뢰벤홀트 씨도 뢰벤홀트 부인도 시시콜콜히 따지지 않았다. 벵트는 아기를 자기 아들로 받아들이고 다시 떠났다.

이런 일이 일어난 것은 셰르스틴도 어쩔 수 없는 인간이기 때문이었다. 따뜻한 체온에 대한 갈망을 채우지 못한 지 거의 2년이 지났을 때, 외무부가 주최한 연회에서 그녀는 먼 나라에서 온 한 젊은 외교관을 만나게 되었다. 창백한 피부에 검은 눈동자, 그리고 하얀 치아의 소유자였다. 엄청나게 매력적인 남자라고는 할 수 없었지만, 프랑스 억양이 섞인 영어로 말했고, 흔치 않은 상황에 있었던 셰르스틴은 그것만으로도 충분했다. 세 시간 후에 그들은 마지막 한 잔을 위해 호텔 바로 갔다. 그런 다음, 외교관의 방에서 멋진 전망을 감상하고자 엘리베이터를 탔다. 창문이 호텔 안뜰 쪽으로 나 있다는 사실은 그들 중 누구도 알아차리지 못했다.

벵트는 한 번도 친부가 누구냐고 묻지 않았다. 어쨌든 요한은 그의 이부형제를 닮았고, 그날의 불장난은 어떤 흔적도 남기지 않았다. 아들들이 뭔가를 눈치챌 나이가 되었을 때에도, 셰르스틴은 누가 누구의 아버지인지 자세히 밝히지 않는 게 최선이라 생각했다.

그리고 벵트는 이 모든 것을 이미 잊어버린 터였다. 눈부신 커리어를 마친 그는 일찍 은퇴하여 따스한 날씨와 탱고, 사랑을 찾아 우루과이로 이주했다. 두 남자는 날아오는 돌멩이와 욕설을 걱정할 필요 없이 손을 잡고 플라야카라스코 해변을 거닐 수 있었다.

이제 진실을 아는 사람은 그 젊은 외교관밖에 없었다. 지갑에서 그의 명함을 발견한 셰르스틴은 편지를 써서는, 그날 호텔에서 보낸 하룻밤의 결과로 남자아이가 태어났고, 요한이라고 이름 붙인 이 아이는 남편을 전혀 닮지 않았지만, 더 이상 자기에게 연락할 필요는 없다고 말했다.

외교관은 연락하지 않았다. 그에게는 신경 써야 할 자신의 삶이 있었던 것이다. 하지만 편지를 읽으며 흡족한 미소를 지었고 — 자신의 기능에 문제가 없음을 확인하였으므로 — 그 증거는 불태워 버렸다.

이리하여 아이들은 아버지 없이, 아니 아버지들 없이 성장하게 되었다. 어머니 셰르스틴은 최선을 다해 그들을 키웠다. 그녀는 검은 눈과 흰 치아를 가진, 프랑스 억양의 영어를 구사하는 젊은 외교관과의 하룻밤을 통해 생긴 둘째보다 첫째가 훨씬 가진 게 많다는 사실을 일찌감치 알게 되었다. 열두 살 먹은 형이 원주율을 줄줄이 외우고 있을 때, 열 살 먹은 동생은 화장실 변기 의자가 어떻게 작동하는지 이해하려고 끙끙댔다. 형이 원주율 숫자를 여든다섯째 자리까지 외울 수 있게 되었고, 동생은 꽤 시간이 지나서야 변기 의자의 신비를 겨우 깨우쳤다.

하지만 어머니가 느끼기에 요한에게는 뭔가 특별한 것이 있었다. 그녀는 아들이 어색하게 표현하는 배려가 좋았다. 어떻게 이렇게 아둔하면서도 사랑스러울 수가 있을까! 반면 프레드리크는 그녀의 손길이 전혀 필요치 않았다. 그는 모든 것을 혼자 척척 해냈고, 일찍이 장래 계획을 세우고 있는 아이였다. 그 아비에 그 아들이었다. 이런 점에서 셰르스틴은 그의 곁에 아버지가 없는 것을 안타깝게 생각했다.

그러다 그녀는 병이 들었다. 그리고 병이 깊어졌다. 요한은 학교에 가거나 주방에 있지 않을 때면 항상 그녀의 곁을 지켰다. 그는 왜 엄마가 죽어야 하는지 이해할 수 없었다. 프레드리크는 엄마가 췌장암에 걸렸다고 설명해 주었다. 하지만 동생은 여전히 이해할 수 없었다.

장례식 날, 그들의 아버지 벵트가 집에 왔다. 그는 프레드리크의 머리칼을 부드럽게 헝클어뜨리면서 이렇게 말했다. 〈얘야, 이따금 삶은 어렵고도 부당하게 느껴질 수 있단다. 앞으로 도움이 필요하면 조금도 망설이지 말고 내게 연락하렴. 내가 어디 있는지는 장관님께 물어보면 돼.〉

「자, 잘 지내!」

요한은 자기도 잘 지내야 하느냐고 물었다.

「오, 너도 그래야겠지.」 벵트가 대답했다.

＊＊＊

벵트 뢰벤훌트는 아버지로서 너무나 부적절한 사람이었다. 그에게 필요한 것은 세상의 인정이었고, 탁월한 외교적 성과를 통해 그것을 얻을 수 있었다. 또 그에게는 군나르가 필요했다.

물론 아들 프레드리크도 필요했지만, 그들의 관계는 첫 단추가 잘못 꿰였고, 그의 동생이 등장하자 더욱 악화되었다. 이름이 요한인가 뭔가 하는 그 아이에 대해서는 자기가 개입할 이유가 전혀 없었다.

그리고 프레드리크에게도, 이렇게 멀리 떨어져 있는데 자기가 무얼 해줄 수 있단 말인가? 벵트는 물론 가만히 있지는 않았다. 뒤에서 힘을 써서 아들을 외교관 양성 과정에 넣어 준 것이다. 그렇게 아버지의 도움을 받아 뒷문으로 들어간 학생이 정식으로 들어간 친구들에 못지않은, 아니 그들보다 더 나은 성적을 얻었다는 보고서를 받았을 때, 그는 자랑스럽기도 하고 기쁘기도 했다.

그 후에 그는 다시 한번 생각해 보았다. 아마도 지금쯤이면 외교계에서 떠도는 자신의 성적 지향에 대한 소문이 아들의 귀에까지 들어갔으리라. 프레드리크는 아마 그러려니 하고 말았을 터지만, 요한이라는 아이가 있었다. 그는 지적인 면에서 말하자면 그의 아내와, 누군지 알 수 없는 작자의 혼합물인 걸로 밝혀졌다. 만일 프레드리크가 의문을 품기 시작했다면?

스타 외교관은 자신이 형제 사이에 갈등을 일으킬 권리가 없다고 느꼈다. 따라서 아들은 아들의 운명에 맡기기로 마음먹었다. 그러지 않으면 미래의 외교관인 프레드리크와 아무 짝에도 쓸모없는 요한 둘 다를 지원해야 하는데, 자신의 능력을 벗어나는 일이었다.

＊ ＊ ＊

벵트와 셰르스틴은 아들을 하나 낳았다. 청년이 된 이 아들은 먼저는 자기 어머니에게, 그다음에는 아버지에게 자신의 가치를 증명하고 싶었다. 그런데 어머니는 돌아가시고, 아버지는 소원한 태도를 유지했다. 남은 것이라곤 거지 같은 동생 녀석 하나뿐인데, 아버지가 그의 탄생에 관여했는지조차도 불분명했다. 어쨌든 요한이 자기 앞길을 방해하는 것은 결코 용납할 수 없었다. 다른 그 누구라도 말이다.

원하는 것을 얻기 위해 다른 사람들을 밟고 간다? 물론이었다. 요한도 밟고 간다? 기꺼이 그러리라!

12
2011년 8월 29일 월요일
종말까지 9일

E47 고속도로를 따라 뢰드뷔로 향하던[22] 중에 들른 휴게소
는 국토부에서도 손을 놓은 듯 음산한 모습으로 방치되어 있
었다.

그날 저녁, 거기에는 대형 트럭 여섯 대와 거름 탱크가 달린
트럭 한 대가 밤을 보내기 위해 주차되어 있었다. 후자의 엔진
은 아직도 돌아가고 있었는데, 덕분에 디젤의 냄새가 바로 옆
에 있는 두 개의 지저분한 화장실에서 흘러나오는 악취를 덮
어 버리고 있었다. 화장실이 얼마나 방치되어 있었던지, 운전
사들은 밤이면 근처의 누렇게 말라붙은 황갈색 풀밭에서 볼
일을 해결할 지경이었다.

회색 아스팔트는 여기저기 번진 엔진 오일로 시커메져 있
었다. 쓰레기들은 쓸려 가 양쪽에 조그만 둑을 이루었고, 담

---

22 E47은 유럽 도로 네트워크(E-road network)의 일부로 스웨덴의 헬싱보
리에서 출발하여 덴마크의 코펜하겐을 거쳐 독일의 뤼베크에 이르는 도로이다.
이 도로는 각 국경을 건널 때 해협을 통과하는데, 뢰드뷔는 독일로 들어가는 해
협 바로 전에 위치한 덴마크의 롤란드섬에 있는 도시이다.

배꽁초들은 떨어진 자리에 납작하게 달라붙어 있었다.

페트라는 밤을 보내기에 더 나은 장소를 찾아보는 게 좋겠다고 생각했지만, 요한은 저녁 식사가 벌써 준비되었다고 주방에서 외쳤다. 어쩔 수가 없었다. 그는 날씨에 상관없이 야외 식사가 그들의 유일한 옵션인 것에 대해 사과를 했다. 캠핑카 안에서 식사 공간으로 설계된 부분은 와인 저장고, 불판, 튀김기, 식기 보온기 등이 차지하고 있었다.

「프레드리크 형은 이 주방을 설치하기 위해 5만 크로나가 들었고, 그 돈은 내가 내야 한다고 말했어.」

「그 인간이 주지 않은 3천만 크로나에서 낼 수도 있었지.」 페트라가 내뱉었다.

하루 종일 운전을 한 앙네스는 이제 캠핑카 밖에서 무릎에 태블릿을 올려놓은 채 접이식 의자에 앉아 있었다. 그녀는 블로그를 어떻게 업데이트해야 좋을까, 생각하고 있었다. 못 말리는 여행가 에클룬드 씨는 지금 스발바르[23]에 와 있었다. 거기서 대체 무얼 해야 한단 말인가?

「앙네스, 그녀가 이 행선지를 선택한 것에 대해 당신이 어느 정도 책임이 있다고 느끼지 않나요?」 페트라가 핀잔했다.

「넌 이해 못 해.」 앙네스가 대답했다.

「그냥 나이트클럽에 보내면 어때요? 좀 즐기게 말이에요.」

「사람은 2천 명에, 북극곰이 1천 마리가 있는데, 나이트클럽은 없어.」

페트라는 기온이 영하 273.15도로 떨어지면 북극곰들은 스

23 노르웨이령의 군도(群島)로, 북극권에 위치한 매우 추운 지역이다.

발바르의 인간들보다 몇백 분의 1초 정도는 더 살 수 있지 않을까, 하는 생각이 잠시 들었지만, 이것은 중요한 문제가 아니었다. 그녀는 요한의 지시에 따라 자기(瓷器) 그릇이며 잔들을 가져와 테이블을 세팅했고, 세팅을 막 끝내자 요한이 양손에 음식을 들고 오며 두 여자에게 자리에 앉을 것을 권했다.

「먼저 달걀과 곰치어란으로 속을 채운 바삭한 새우콘부터 시작하겠어요. 구스타브 로렌츠 리슬링 와인을 곁들여서요.」 그가 메뉴를 소개했다.

와인은 10여 미터 떨어진 곳에서 덴마크 거름 탱크 트럭 운전사가 수풀에 갈겨 대고 있는 액체와 우연히도 같은 색깔이었다.

「벨베코메!」[24] 운전사는 용무를 채 마치기도 전에 물건을 바지 속에 거둬들이며 덴마크어로 그들에게 인사를 했다.

앙네스는 눈살을 찌푸렸고, 페트라는 야구 방망이를 꺼낼 것을 고려했지만, 그걸 가지고 무얼 할지는 정확히 알 수 없었다.

「와서 같이 드실래요?」 요한이 외쳤다. 「양이 많아서 선생님 것도 있어요!」

＊ ＊ ＊

이름이 프레벤이라는 남자는 씻지도 않은 손으로 새우콘 하나를 집어 들었다.

「와, 이건 내가 먹어 본 음식 중에서 맛이 최고네!」 프레벤

24 Velbekomme! 덴마크어로 〈맛있게 드세요!〉라는 뜻.

이 감탄했다. 하지만 덴마크어로였다.

「이분이 뭐라고 했어요?」요한이 물었다.

「우리에게 뭔가 손을 닦을 만한 게 없는지 궁금하대.」앙네스가 대답했다.

즉시 일어난 요한은 신속하게 물에 적신 수건 한 장과 액체 비누 몇 방울을 가지고 돌아왔다.

「원하신다면 물티슈도 있어요.」

프레벤은 보다 확실한 의사소통을 위해 덴마크어에서 스웨덴어로 언어를 바꿨다. 그는 성인이 된 이후로 스웨덴 남부의 란스크로나에서 쭉 지내 왔다고 했다. 거기서 카이사라는 이름의 여자 친구, 그리고 아마도 자신의 소생일 딸 하나와 함께 최근까지 살았다. 딸은 프레벤과 카이사가 사귀기 시작했던 무렵에 태어났다. 친부가 누구인지는 그렇게 중요하지 않았다. 카이사는 아마 다른 남자일 거라고 생각했지만, 프레벤은 이제는 독립해서 나간 딸이 자신과 많이 닮았다고 느꼈다. 어쨌든 둘 다 못생긴 것은 똑같았단다.

요한과 친구들은 이 덴마크 사내가 매우 솔직하다고 느꼈다. 그리고 이제 모두의 손이 깨끗해졌으므로, 애피타이저와 메인 코스의 서빙이 별 탈 없이 진행되었다. 프레벤에게서 영감을 받아, 디저트가 나오기 전까지 요한과 앙네스와 페트라도 저마다의 이야기를 들려주었다. 프레벤은 이야기를 들으며 계속 코멘트를 늘어놓았다. 그는 요한에게, 흔들리는 형제애에 대해선 할 말이 별로 없지만 자기는 형을 보지 않은 지 오래인데, 그렇게 살아도 큰 문제가 없었다고 말했다. 또 〈여행하는 에클룬드〉의 월드 투어도 그의 취향에 맞는 화제는 아니었다. 인터넷은 가끔 포르노를 감상하는 데나 쓸 만하며, 운송장 같은 것을 이메일로 받을 수 있어 일을 좀 편하게 해줄 뿐이란다. 요즘은 10년 전에 비해 보관해야 할 서류가 훨씬 줄어들었단다.

반면, 세상의 종말이 임박했다는 얘기는 너무나 흥미로웠다.

「9일밖에 남지 않았다고요? 그럼 어떤 일이 일어나죠?」

「대기가 사라지고 나면요? 그러고 나면 아무 일도 일어나지 않아요.」 페트라가 잘라 말했다.

프레벤 뤼케고르는 거의 덴마크 사람이긴 했지만, 조금은 스웨덴 사람이기도 했다. 덴마크의 헬싱외르에서 태어나고 자란 그는 사랑을 찾아 스웨덴의 란스크로나로 이사했고, 일 때문에 매일 고국으로 통근하며 20년을 살아왔는데, 어느 날 갑자기 여자가 그를 차버렸다. 카이사 말로는, 그에게서 지독한 냄새가 나며, 그 냄새에 질려 버렸다는 거였다.

덴마크 사내는 자신이 소똥 거름 업계에서 일하며, 일터에서 좋지 않은 냄새를 묻힌 채 귀가한다는 사실을 잘 알고 있었다. 하지만 프레벤은 여기에 뭔가 다른 게 있다는 의심이 들었다. 헬싱외르로 돌아온 그는 예전만큼 자주 샤워하지는 않았지만(무슨 소용이 있겠는가?), 이따금 해협을 건너가서는 전에 살던 스웨덴의 집을 염탐했다. 진실을 알고 싶었던 것이다.

세 번째 염탐을 갔을 때, 그의 의심은 사실로 확인되었다. 다른 남자가 그의 자리를 차지하고 있었던 것이다. 자동차 번호판으로 판단컨대 독일 사람인 듯했다.

어느 스웨덴 주택가에서 거름 탱크가 달린 덴마크 대형 트럭을 숨기기란 쉽지 않은 일이다. 프레벤이 독일인의 검은색 아우디 승용차를 촬영하고 있는데, 카이사가 그를 발견했다. 그녀는 폭발했고, 그가 남의 사생활을 염탐하고 있으며 곧 자기 남자 친구가 조깅에서 돌아올 터인데 당장 꺼지지 않으면 그때에는 인정사정없을 거라고 고함쳤다. 그리고 디트마어와 만난 것은 운명이었다고 소리쳤다. 자신은 겨울이고 그는 여름인데, 그들이 처음 만난 것은 은방울꽃이 만개한 봄날이었으며, 이번 가을에는 결혼할 거란다.

「전혀 이해가 안 되네요.」요한이 말했다. 「뭐, 이해가 안 되는 게 이번이 처음은 아니지만요.」

「나도 처음엔 이해가 안 됐어요.」프레벤이 말했다. 「하지만 그녀가 설명하더군요. 은방울꽃에게서는 나오는 정반대의 냄새가 난다고요.」

「당신이 그렇게 냄새가 나는지 잘 모르겠는데요?」페트라가 고개를 갸우뚱했다.

「자, 어쨌든.」앙네스가 이야기를 계속하게 했다.

프레벤은 그 남자를 기다리지 않았다. 그는 거름 탱크 트럭에 올라타 쓰라린 가슴과 자꾸 더 알고 싶은 마음을 안고 덴마크로 돌아왔다. 프레벤은 이야기를 이어 갔다. 그에 대해서는 이런저런 얘기를 할 수 있겠지만, 적어도 그는 바보는 아니었다. 아우디 번호판과 카이사가 제공한 정보 덕에, 그는 곧 자기 자리를 차지한 남자에 대해 쓸모 있는 정보들은 모두 알게 되었다. 카이사의 성은 빈테르(스웨덴 말로 겨울이라는 뜻)였다. 그렇다면 디트마어는 솜마르[25]라는 성을 가졌을 터인데,

독일에서는 약간 다른 형태의 언어로 존재할 가능성이 있었다. 검정색 아우디는 빌레펠트의 한 산업 포장재 제조 회사 명의로 등록되어 있었다. 회사는 스칸디나비아 담당 영업팀장으로 디트마어 조머Dietmar Sommer라는 사람을 고용했다. 좀 더 깊이 파보니, 이 조머 씨에게는 아내와 두 자녀가 있었다. 다시 말해서 프레벤의 사랑하는 카이사는 고약한 의도를 가진 독일 세일즈맨의 노리개라는 얘기였다.

「빌어먹을 은방울꽃!」 프레벤은 이렇게 외치며, 즉시 독일로 향했다. 빌레펠트에 있는 그 흉악한 독일 놈을 찾아내어, 면상에 한 방 먹일 생각으로 말이다. 아니면 두 방도 좋았다.

그는 계획을 세웠다. 우선 라이트 스트레이트를 날린다. 그다음에는 레프트 훅을 날린다. 물론 이것은 디트마어가 아직 두 발로 서 있느냐, 아니면 땅바닥에 쓰러지느냐에 따라 달라지겠지만.

「그렇게 해서 그에게 무얼 가르치려고요?」 페트라가 궁금해했다. 「남에게 얻어맞으면 아프다는 사실 말고요.」

요한이 덴마크 남자를 대신하여 대답했다. 자신은 수년 동안 프레드리크에게 헤아릴 수도 없을 만큼 얻어맞았지만, 이를 통해 배운 것은 아무것도 없었단다. 물론 요리하는 법을 배우긴 했지만, 귀싸대기와 요리법 사이에 무슨 관계가 있는지는 정말 모르겠단다. 어쨌든 지난 며칠 동안은 자신의 요리에 대해 너무나 많은 칭찬을 들었단다. 마스터 셰프! 천재! 거기에다 프레벤이 알아들을 수 없는 덴마크어로 한 말들까지.

「조금 있으면 당신들이 하는 말들을 믿게 될지도 모르겠

25 Sommar. 스웨덴어로 〈여름〉이라는 뜻.

어.」 그가 덧붙였다.

「믿어도 돼.」 페트라가 말했다.

페트라는 다시 하던 얘기로 돌아오면서, 빅토리아의 엉덩이를 야구 방망이로 갈긴 것도 그렇게 나쁘진 않았지만, 모든 것을 바꿔 놓은 것은 그다음에 비키에게 했던 말들이었다고 고백했다. 자신을 괴롭혔던 그 여자는 지금쯤 손톱에 매니큐어를 바르며 공포에 떨고 있을 거란다.

페트라의 반론에 프레벤은 풋 하고 웃음을 터뜨렸다. 그건 해협 건너편 사람들이 노상 하는 소리란다! 만일 말로 상대를 죽이는 게 가능하다면, 지금 스웨덴 사람은 한 명도 남아 있지 않을 거란다. 거름업자는 자신의 주먹이 〈덴마크 다이너마이트〉라고 했다. 그는 두 주먹을 서로 비비면서, 이 주먹으로 그 독일 놈을 늘씬하게 패주겠다고 장담했다.

요한은 디트마어가 반격할 것이 무섭지 않으냐고 물었다.

「뭐, 무서워? 내가?」

프레벤은 다시 장담하기를, 사람들이 이 프레벤에 대해 여러 가지 말을 할 수 있지만, 적어도 그가 멍청하다거나, 겁쟁이라는 말은 절대로 할 수 없단다. 젊었을 때 자신은 펀치 연습을 하며, 다시 말해서 술꾼들과 주먹을 주고받으며 토요일 저녁 시간을 보내곤 했단다. 입씨름 같은 건 생략하고서 말이다.

이야기를 듣고 있는 앙네스는 너무나 즐거웠다. 어느 덴마크 고속 도로 주차장에서의 이 우연한 만남이 지난 5백 년 동

145

안 되데르셰 주민들이 주고받은 말들을 모두 합친 것보다 훨씬 재미있을 줄 누가 알았겠는가? 그녀는 대화가 너무 일찍 끝나는 것을 막기 위해 약간의 연료를 첨가했다.

「독일에서 폭행죄는 어떤 처벌을 받는지 궁금한데?」

「무슨 말이죠?」 프레벤이 되물었다.

그녀가 하고 싶은 말은, 독일 사람들은 사고 친 사람들을 잡아 가두는 일을 아주 잘한다는 — 그렇지 않아? — 얘기란다. 프레벤의 거름 탱크 트럭은 여러 가지 쓰임새가 많은 게 사실이지만, 도주용 차량으로는 최적화되었다고 보기는 힘들었다.

프레벤은 거기까지는 생각해 보지 않았다. 이번 주에는 윌란에서 거름 살포 일정이 잡혀 있었고, 그다음 주들에는 덴마크 전역에서 작업을 해야 했다. 독일 경찰에게 붙잡히면 곤란했다. 하지만 정말 이 일로 그가 벌금형 이상을 받을까?

앙네스는 즉시 태블릿으로 검색에 들어갔다. 그리고 독일 연방 공화국에서 폭행에 대한 처벌로 어떤 것들이 있는지 알려 주는 사이트를 찾아냈다.

「가장 다행인 경우는 벌금형인데, 액수는 얼마나 세게 때리느냐에 따라 달라진대. 조금 더 세게 때리면 6개월 징역형인데, 만약 주먹에 당신이 말한 만큼의 〈다이너마이트〉가 있다면 최대 10년까지 올라갈 수도 있고. 한두 대 정도로 그치는 게 좋지 않을까?」

세상에, 스웨덴 사람들은 왜 이렇게 복잡한지! 그냥 도와주기만 하면 안 되는 걸까? 인류애의 이름으로 말이다.

「어떻게 도와 달란 말이죠?」 페트라가 물었다. 「때릴 때 디트마어를 뒤에서 붙잡고 있어요?」

아니, 덴마크 사내는 거기까지는 바랄 수 없었다. 그는 면상에 펀치를 날리자마자 실행할 수 있는 도주 계획이 필요하다는 걸 깨달았다. 프레벤의 말에 따르면, 사람들은 그에 대해 여러 가지 얘기를 할 수 있지만 그가 멍청하다는 소리는 할 수 없었다. 겁쟁이라는 소리를 할 수도 없었다. 또 도주 계획을 잘 세운다는 소리도 할 수 없었다. 지금까지 그가 생각한 것은 디트마어 조머의 직장으로 뚜벅뚜벅 걸어 들어가서는, 그가 어디 있느냐고 물은 다음, 그가 나타자마자 빡! 하고 한 방 날려 주는 거였다.

무수한 증인들이 보는 앞에서, 그리고 회사 정문 앞에 거름 탱크 트럭을 보란 듯이 세워 놓고서 말이다. 이제 그는 상황을 이해하기 시작했다.

페트라는 덴마크 사내에게 꿈 깨라고 말했다. 자신과 자신의 친구들은 중요한 용무를 위해 로마에 가는 중인데, 이제는 당신도 이해했듯 시간이 얼마 남지 않았단다. 동일한 이유로, 설사 그가 체포되어 유치장에 갇힌다 해도 크게 문제 될 게 없단다. 지구 전체가 종말을 맞이하기 전에 판사 앞에 서게 될 시간이나 있을까? 그리고 얼마나 주먹을 많이 휘둘렀든 간에 모든 사람에게 똑같은 벌이 내려질 것이니 그리 신경 쓰지 않아도 된다.

한편 앙네스는 페트라의 종말의 날 이론에 대해 확신이 없었고, 그저 이번 여행 동안 최대한 재미있게 즐기고 싶을 뿐이었다.

「잠깐, 우리가 빌레펠트에 들른다 해도 많이 돌아가는 게 아니잖아?」 그녀가 말했다.

그녀에게 무시무시한 생각이 떠오른 것이다. 그녀는 페트라에게 고개를 돌렸다.

「어쩌면 너도 디트마어에게 그의 지저분한 삶의 방식에 대해 따끔하게 한마디 해줄 수 있지 않을까? 프레벤이 덴마크제(製) 다이너마이트 주먹을 날리기 전에 말이야. 그러고는 우리가 그의 도주를 돕는 거지. 내 생각으로는 이렇게 하면 네게도 좋을 것 같고, 프레벤에게도 좋을 것 같고, 디트마어 본인에게도 좋을 것 같아.」

「그리고 난 모두에게 식사를 대접할 수 있어요.」 요한이 말했다.

「디트마어는 빼야겠지.」 앙네스가 고개를 저었다.

페트라는 그들에게 남은 얼마 안 되는 시간 동안에 삶에 조금 더 의미를 부여해 볼 수 있지 않을까 하는 생각이 갑자기 들었다. 자신과 말테 사이의 일은 깨끗이 청산되었고, 빅토리아도 마땅히 들어야 할 소리를 들었으며, 이제는 요한의 형 프레드리크를 혼내 줄 차례였다. 하지만 로마까지는 아직 먼 길이 남아 있는데, 도중에 또 다른 부당한 일을 바로잡을 수 있다면 이것은 보너스가 아니겠는가? 물론 시간은 많지 않았다. 요한이 차 안에서 저녁 식사 하는 것을 거부한 탓에, 여기서 밤을 보내야 할 것이기 때문이었다. 하지만 고속 도로를 빠져나와 독일인 영업 팀장을 찾아내어 그에게 윤리적 차원에서 몇 가지 진실을 가르쳐 주기 위해서는 한 시간 정도면 충분했다. 그러고 나서 이 덴마크 거름 배달 업자가 독일의 어느 감

148

방에서 늙어 죽지 않도록 도와줄 수 있다면, 이 또한 좋은 일이 아니겠는가?

「자, 디저트 시간이에요!」 요한이 서둘러 캠핑카 안으로 들어가며 외쳤다.

좋았어, 페트라는 생각했다. 디저트를 들면서 좀 생각해 보자고.

＊ ＊ ＊

세심하게 꾸며서 유리잔에 담겨 나온 디저트는, 덴마크산 유기농 소똥 거름의 최고 등급 평가 기준에 대한 프레벤의 강의와는 그리 어울리지 않았다. 초콜릿무스와 산자나무열매마멀레이드, 그리고 블랙베리가 층층이 깔린 유리잔에서 크게 한 스푼 퍼낸 프레벤은 거름에서의 보다 딱딱한 부분과 이 디저트 사이의 시각적 유사성에 대해 큰 소리로 설명했다. 그가 샘플을 보여 주려고 하자 모두가 일제히 항의했다.

커피와 코냑이 나오자, 프레벤은 술잔을 빙빙 돌리며 내용물을 검토했다. 앙네스는 그의 입에서 무슨 말이 나올지 눈치챘다.

「친애하는 프레벤, 그 코냑을 지금 당신이 비교하려 하는 것과 제발 비교하지 말아 달라고 정중히 부탁해도 될까?」

프레벤은 기분이 상했다. 그는 사람들은 소똥이 생태계의 순환에 얼마나 큰 중요성을 지니는지 모른다고 투덜거렸다. 하지만 소똥 거름 대신 종말의 날에 대해 얘기해 보는 것도 나쁘지 않겠단다. 페트라는 정말로 그게 빌레펠트시에도 닥칠 거라고 생각하는지? 만일 그렇다면 아주 고소하겠단다.

페트라는 대기가 아주 조금만, 그리고 몇 군데에서만 사라질 수는 없다는 사실을 사람들이 잘 이해하지 못하는 게 너무나 피곤했다. 0.1초 만에 온 세상이 영하 273.15도로 얼어붙게 될 거라는 설명을 들었을 때 프레벤이 가장 걱정한 것은, 탱크 안의 거름이 트럭의 브레이크 패드와 함께 얼어 버리지 않을까 하는 것이었다.

「프레벤, 대기가 사라진다는 것의 의미를 다시 한번 설명해 줄 테니까, 제발 5분만 음식을 조용히 즐기면서 잘 들어 줬으면 고맙겠어요. 그리고 내일 빌레펠트에서 우리가 당신을 도와줄 수 있을 거예요. 내게 계획이 있어요.」

13
2011년 8월 30일 화요일
종말까지 8일

덴마크 사내는 아침 용변을 파킹장의 반대쪽, 그러니까 캠핑카 바깥에 차려진 아침 식사 테이블에서 상당히 멀리 떨어진 수풀 속에서 보았는데, 스웨덴 사람들이 이런 자신의 행동을 고마워하리라 생각했기 때문이었다. 그는 이 깊은 배려를 사람들이 알아차리도록 요한에게 물티슈를 좀 가져다 달라고 모든 사람이 듣게끔 소리쳤다.

아침 식사로 에그베네딕트와 딜이 든 머스터드소스를 곁들인 연어구이를 먹은 그들은 프레벤과 함께 남쪽으로 가기로 결정했다. 그런데 거름 탱크 트럭의 속도가 워낙 느린 데다가, 뢰드뷔와 푸트가르덴을 잇는 페리선도 타야 했기 때문에 저녁이 되어서도 빌레펠트에 도착하지 못했다. 디트마어와의 면담은 다음 날 아침으로 연기되어야 했다.

「일단 저녁 식사부터 하고, 혼내 주기는 그다음에 하자고요.」 요한이 말했다. 「그 중간에 훈계를 하든 말든 알아서 하시고요. 속이 빈 상태로 싸우는 것은 좋은 생각이 아니에요. 속이 비었을 때는 아무것도 안 하는 게 상책이죠. 저녁 메뉴에 대해 특별한 요청이라도 있나요?」

「햄버거는 어떨까요?」 프레벤이 제안했다.

「음, 그건 아니고요.」 요한이 고개를 저었다. 「내가 뭔가 다른 것을 생각해 볼게요.」

＊ ＊ ＊

운전석에 앉아 있는 앙네스는 그녀의 인터넷 아바타 때문에 아직도 고민 중이었다. 물론 스발바르는 둘도 없는 체험의 장소이긴 했지만, 다른 이들이 잠시 선잠에 들어 있을 때에도 보라색 머리의 할머니는 뭔가 그럴듯해 보이는 이미지들을 만들기 위해 이렇게 앉아 끙끙대고 있었던 것이다. 그곳의 평균 온도는 8월에도 영상 3도밖에 되지 않는다. 눈이 있어야 할까? 얼마나 많이? 게다가 사방에 어슬렁거리는 북극곰들까지 있다. 아주 위험한 녀석들 말이다. 이런 상황에서 어떻게 제품을 노출하여 돈을 번단 말인가?

그녀는 예언가에게 고민을 털어놓았다.

페트라는 언쟁을 벌이고 싶은 생각은 없었지만, 지금 앙네스가 스발바르를 〈둘도 없는 체험의 장소〉라고 묘사하는 게 어이가 없었다. 네? 상상으로 말고는 한 번도 가보지 않은 곳을 〈둘도 없는 체험의 장소〉라고요? 현실과 상상을 정말로 구별하고 계신가요?

앙네스는 말도 안 되는 소리를 하는 종말 예언가가 할 소리는 아니라고 맞받았다.

이렇게 캠핑카 앞자리의 분위기가 약간 굳어 있는데, 구수한 냄새가 주방에서 흘러나왔다. 페트라는 무엇을 만들고 있느냐고 묻지 않을 수 없었다. 요한은 애피타이저로 지금 한창 조리 중인 감자팬케이크를 기대해도 좋으며, 메인 코스도 역시 소박한 뭔가로 준비하고 있다고 설명했다. 프레벤이 햄버거를 제안하는 것을 보고, 뭔가 간단한 것을 만들기로 했다는 것이다.

「너의 그 특별한 머리가 생각하는 그 소박하고 간단한 메인 코스가 대체 뭔데?」 페트라가 궁금해서 물었다.

「피자.」 요한이 대답했다.

「세상에나!」

「토핑은 러시아 캐비어야.」

✳ ✳ ✳

스웨덴에서는 어디나 원하는 곳에 캠핑카를 세우고 얼마 동안 지낼 수 있지만, 다른 나라에서는 밤을 새울 주차 자리를 찾는 게 그리 쉬운 일이 아니다. 특히나 초대형 거름 탱크 트럭과 함께 있다면 더욱 치밀한 계획이 필요하다.

페트라가 바로 그 일을 처리했다. 그녀는 프레벤과 앙네스에게 각자의 차를 운전하여 프리드리히하게만가 7번지에 위치한 키파 산업 포장재 회사로 갈 것을 지시했고, 거기서 그녀가 원하는 것을 찾아냈다. 즉 회사에 속한 공장 주차장으로, 이날은 문을 닫았기 때문에 그들이 차를 세우고 저녁 식사 테이블을 마련하기에 충분한 공간이 있었다.

애피타이저와 메인 코스 사이에 페트라는 덴마크 남자를 한쪽으로 데려가서는 자신이 구상한 행동 계획을 설명했다. 이 계획을 짤 수 있었던 것은 이제 회사 주변을 자세히 살펴볼 수 있었기 때문이었다.

「우린 캠핑카와 트럭을 이쪽에다 세울 거예요. 저쪽을 향하게 하고요. 내가 로비로 들어가 디트마어 조머를 만나고 싶다고 하면, 그가 나올 거예요. 내가 그에게 당신과 얘기하고 싶은 사람이 있다고 하면, 그는 나를 따라 밖으로 나오겠죠.」

「하지만 난 그자와 말하고 싶지 않아요!」

「나한테도 말하지 말아요. 지금은 말하지 말고 내 얘기를 듣기만 해요.」

페트라는 프레벤의 전 애인을 이 일에 끌어들일 생각이었다. 독일인에게, 스웨덴에 있는 카이사로부터 온 메시지가 있으니 함께 밖으로 나가 줄 수 없겠냐고 말할 거였다. 논리적으로 볼 때, 이 말은 틀림없이 이 불성실한 가장의 불안감과 호기심을 자극할 터였다. 그리고 페트라는 그를 인도하여 회사 건물의 어느 모퉁이까지 60~70미터를 걸을 거였다. 만일 그들이 적당한 속도로 걷는다면, 그녀는 몇 분 동안 얘기할 기회가 있을 거였다. 그녀는 이 시간을 이용하여 가족과 함께 지내고, 자녀의 롤 모델이 되고, 자기가 한 약속들을 지키는 것의 중요성에 대해 설명해 줄 생각이었다. 만일 이런 말들이 먹힌다면, 일주일 후에 얼음덩어리가 되는 순간에 그는 보다 나은 사람이 되어 있을 거였다. 그렇다면 건물 모퉁이를 돌기도 전에 페트라에게 감사를 표할 수도 있을 것이다.

「우리가 모퉁이를 돌면, 당신이 거기서 기다리고 있는 거예요. 증인이 아무도 없는 곳에서요. 내가 이해한 바로는, 당신은 길게 얘기하지 않고 다짜고짜 〈빡〉 한 대 날리겠죠. 그러고 나서 15초 동안 차 있는 데까지 죽어라 뛰는 거예요.」

프레벤은 미소를 지었다. 그는 이제 계획을 이해했다! 그는 사실 디트마어를 갈기면서 몇 마디 할 생각이었다. 라이트 스트레이트를 날리면서 이렇게 소리칠 거란다. 〈자, 이것은 카이사가 보내는 거다!〉 그리고 레프트 훅을 날리면서 〈이것은 내가 주는 거고!〉라고 말이다.

요한은 사람들에게 식탁에 모이라고 말했다. 피자 타임이었다.

「어떤 이들은 화요일부터 샴페인을 마시는 것은 과하다고 말할 수도 있겠지만, 난 캐비어에 예의를 갖추고 싶어. 1996년산 동 페리뇽 외노테크야. 서늘한 한 해를 거치며 뛰어난 산미를 지니게 된 샴페인이지.」

「오, 피자라니!」 프레벤이 좋아서 큭큭거렸다. 「정말 멋진데!」

보다 자세한 계획은 내일 아침에 세워도 되리라.

「이 찐득거리는 시커먼 것은 떼어 내도 괜찮아요?[26] 혹시 여기 맥주 없소?」

* * *

공장 주차장에 어둠이 깔렸다. 커피와 디제스티프[27]까지 마

---

26 〈찐득거리는 시커먼 것〉은 캐비어를 가리킨다.
27 식후에 소화를 위해 마시는 술.

셨고, 내일 아침을 위한 계획도 마련되었다.

이제 잠자리에 들 시간이었다. 모든 게 완벽했다.

바로 이때부터 모든 게 틀어지기 시작했다. 사실 일이 계획대로 진행되는 경우는 매우 드물다.

14
사탕무 농부의 아들
5부 중 1부

세 명의 스웨덴인과 한 명의 덴마크인이 중부 독일의 어느 산업 단지 주차장에서 러시아 캐비어로 토핑된 피자를 먹고 있을 때, 알렉산드르 코발추크라는 이름의 러시아 남자가 지구의 다른 쪽에서 유리잔에 가득 담긴 보드카를 들이켜고 있었다. 종종 긴 하루를 보낸 후에 그가 하는 일이었다.

얼마 후에 운명은 그가 앙네스와 요한과 페트라와 마주치도록 이끌 것이었지만, 지금 별이 총총한 밤하늘 아래, 살랑살랑 불어오는 바닷바람을 받으며 대저택의 테라스에 앉아 있는 알렉산드르 — 아니, 어느 누구라도 — 가 이 사실을 알아서 좋을 것은 하나도 없었다. 그는 하인들에게 들어가 자라고 말했다. 이 기분 좋은 밤 시간을 혼자서 즐기고 싶었던 것이다.

알렉산드르는 55년 전에 지금과는 사뭇 다른 환경에서 태어났다. 그의 부모는 소비에트 연방의 어느 외딴 시골 구석의 사탕무 농장에서 뼈 빠지게 일했다. 〈위대한 애국 전쟁〉[28] 후

몇 년은 모두에게 어려운 시간이었다. 비가 너무 많이 오지 않으면, 너무 적게 왔다. 땅은 쩍쩍 갈라지고, 우물은 말라붙었다. 이곳에서부터 1천2백 킬로미터 떨어진 곳에 있는 소련 국가 위원회가 설정한 생산 수준에 도달하는 것은 불가능했다. 스탈린이 국가 위원회를 채찍질하기 위해 일곱 위원 중 두 명을 처형해 버리자, 겁에 질린 위원회는 작성 중인 5개년 계획 문안에 앞으로 기후 조건이 60퍼센트 개선될 것이라는 조항을 삽입했다.

알렉산드르가 아직 태어나지 않았을 때, 그의 부모는 이 절망적인 시골을 버리고 떠났다. 그들은 생존이 날씨의 좋고 나쁨에 결정되지 않을 도시 세바스토폴로 이주했다.

이사와 더불어 그들의 운명도 변했다. 알렉산드르의 아버지는 남들 귀를 피해 스탈린을 욕할 정도로 배짱이 있는 청년들과 어울리기 시작했다. 그들 중 하나는 프리볼노예에서 함께 자란 불알친구였다. 이름은 미하일 세르게예비치였는데, 모두가 미샤라고 불렀던 그는 꼬마들이 가지고 놀 수 있는 낡은 타이어의 주인이었기 때문에 마을에서 가장 인기가 있었다.

미하일 세르게예비치는 누구보다도 영리하고 추진력 있는 친구였다. 그는 공산당에 들어갔고, 청년 공산주의자 동맹에서 활동했으며, 상당히 부패한 세바스토폴의 정치계에 자리를 잡았다. 그는 지하실들을 전전하며 비밀 토론회를 이끌었는데, 당시 지하 세계의 주인이던 쥐 떼들 말고는 누구에게도

28 제2차 대전 시기인 1941년 6월 22일부터 1945년 5월 9일까지 있었던 나치 독일과 소련 사이의 전쟁.

목격되지 않았었다.

모스크바에서 커리어를 이어 가기 전에, 그는 알렉산드르의 아버지가 세바스토폴시 전체의 청소 책임자 자리를 맡을 수 있도록 힘을 써주었다. 친구끼리는 서로 도와야 하니 말이다. 알렉산드르의 아버지는 감사의 의미로 미샤에게 빨간 리본으로 장식한 새 타이어를 선물로 주면서, 이제 수도에서 보내게 될 외로운 밤마다 가지고 놀 장난감이 생겼다고 농담했다.

미래의 대통령 알렉산드르 코발추크는 걷기 시작했고, 성장했고, 10대를 거쳐 성인이 되었다. 그러고 있는 동안 알렉산드르의 아버지는 그에게 도움이 될 수 있는 사람들이 거주하는 구역을 깨끗하게 관리했다. 아무 희망 없는 사탕무밭에서 허리가 휘어지도록 일하는 농사꾼이었던 그가 세바스토폴의 영향력 있는 인물로 거듭난 것이다. 그의 바람은 오직 하나, 장남이 자신과 같은 길을 걷는 거였다. 이를 위해 그는 아들에게 프랑스어로 쓰인 철학서들과 정치 이론서들을 읽게 했다. 당시 지하실 토론 클럽의 일반적인 의견은, 프랑스 공산주의자들이 중부 유럽을 장악하는 것은 시간문제이며, 따라서 모스크바의 스탈린과 파리의 새 지도부 사이에서 교량 역할을 할 인재들이 필요하다는 것이었다. 그는 아들이 바로 이런 사람이 되기를 바랐던 것이다.

알렉산드르는 20세기 초에 나왔을 법한 낡은 사전을 참고해 가며 부지런히 읽었다. 읽는 것의 반도 이해할 수 없었지만, 그래도 계속 열심히 읽어 조금씩 이해하게 되었고, 결국 프랑스의 스탈린주의자들은 스탈린만큼이나 미치광이라는 결론에 이르렀다. 반면, 프랑스어 자체는 역시 그가 배우는 혀 꼬부라진 소리의 영어에 비하면 훨씬 아름다웠다. 그가 느끼기에 영어는 R을 제대로 발음하지 않는다는 원칙하에 만들어진 괴상한 언어였다.

한편, 아버지의 불알친구 미샤는 쥐들이 없는 땅 위에서 활동하는 반(反)스탈린 진영에 합류했다. 이게 가능해진 까닭은 스탈린이 고맙게도 죽어 주었기 때문이었다.

미하일 세르게예비치의 성은 고르바초프였는데, 그가 권력의 중심부에 너무나 강한 인상을 남긴 나머지, 당 서기장 흐루쇼프는 그를 농업 담당 당 서기로 임명했고 후에 그가 당 정치국 최연소 위원으로 발탁될 수 있는 발판을 마련해 주었다.

미래의 대통령 코발추크는 이 무렵 20대 초반에 불과했는데, 아버지는 그에게 진짜 대학교 경제학 학위증을 생일 선물로 사주었다(⟨이거 아주 비싼 거야, 대학 총장이란 놈이 얼마나 욕심이 많던지!⟩). 이 새로 산 졸업장과 아버지의 불알친구의 연락처를 가지고 버스에 오른 알렉산드르는 모스크바에 도착했고, 미하일 세르게예비치의 휘하에 들어갔다. 그는 수출입 분야의 고문관이 되었는데, 직원들 중에서 러시아 외의 다른 언어를 할 줄 아는 사람이 그밖에 없었기 때문이었다.

알렉산드르는 외국어 공부 덕분에 정신이 열리기도 했지만, 세상에 대한 그의 관념은 무엇보다도 아버지의 영향을 받았다. 다시 말해 아버지가 프리볼노예에서, 그러니까 마을 전체의 재산이라고는 곡괭이 여덟 자루, 닭 열두 마리, 말 없는 마차 세 대, 그리고 낡은 자동차 타이어 하나가 전부였던 깡촌의 사탕무 농장에서 일하던 시절에 대해 들려준 이야기들이 그의 세계관을 형성했던 것이다.

그의 아버지는 그가 지닌 공산주의적 지식 중에서도 최상의 것에 의거하여 아들을 길렀다. 그는 자신이 배우며 자란 이데올로기가 영원히 존속하리라고 믿어 의심치 않았다. 여기에는 쓰레기 수거 책임자가 정치적 힘을 이용하여, 엉성하게 조직한 지역 조폭들, 말하자면 모범적 소련 사회에 모든 것이 부족한 탓에 존재하던 인간들을 충분히 통제할 수 있다는 믿음까지 포함되어 있었다.

그가 아들에게 준 조언은 마피아와 거리를 두라는 것이었다. 만일 알렉산드르가 아버지의 이 말을 흘려들었더라면 모스크바에서의 삶이 좀 더 순탄해졌을지도 모른다.

왜냐하면 마피아의 세력이 부상하고 있었기 때문이었다.

15
2011년 8월 31일 수요일
종말까지 7일

처음에는 모든 게 너무나 순조로웠다. 프레벤은 직원 전용 주차장에서 디트마어의 아우디를 찾아냈다. 모델과 색깔과 번호판이 그가 아는 것과 일치했다. 불륜남이 부지 내에 있다는 얘기였다.

캠핑카와 트럭이 위치를 잡았다. 프레벤은 건물 모퉁이 뒤로 가서 섰다. 페트라는 뚜벅뚜벅 걸어가 산업 포장재 회사의 문을 통과해서는 프런트 직원에게 말했다. 조머 씨에게 전할 중요한 메시지가 있는데, 혹시 그분이 건물 안에 계신지요?

그는 건물 안에 있단다. 하지만 누가 찾는다고 말해야 하나요?

페트라는 이 점은 생각해 보지 않았다.

「그냥 내가 왔다고 하세요. 난 스웨덴에서 온 아주 중요한 사람이에요. 업무상의 비밀이 있어요. 이런 일은 은밀히 처리하는 게 좋겠죠. 무슨 말인지 아시죠?」

프런트 직원은 마지못해 그녀의 요청을 받아들였다. 그리고 조머 씨에게 그 방법이 먹힌 모양인지, 곧 내려오겠다고 했

162

다는 것이다.

엘리베이터 문이 열렸을 때, 기대했던 재미는 시작하기도 전에 끝나 버렸다. 알고 보니 디트마어 조머는 2미터가 넘는 거구에, 어느 회사 영업 팀장이라기보다는 투포환 선수에 가까워 보이는 사내였다. 척 봐도 체중이 130킬로그램은 넘어 보였다. 몸 전체가 근육 덩어리였다.

「그래, 무슨 일이죠?」

게다가 그는 동굴 같은 깊은 목소리의 소유자였다.

음, 원래대로라면 그는 예절 교육을 좀 받은 후에 늘씬하게 얻어맞을 거였다. 계획에 따르자면 말이다. 하지만 지금 페트라 앞에 서 있는 거인은 프레벤이 말테의 야구 방망이로 (만일 그걸 가지고 나왔다면) 머리통을 후려친다 해도 거의 느끼지도 못할 것 같았다.

물론 그녀는 투포환 선수를 건물 모퉁이 뒤쪽으로 데려가는 임무를 완수할 수는 있겠지만, 그게 학살에 일조하는 것 말고 어떤 결과에 이를 수 있겠는가? 그리고 그 학살의 희생자는 다름 아닌 프레벤이 될 가능성이 농후했다. 그리고 페트라 자신일 가능성도 배제할 수 없었다.

「자, 이게 무엇에 관한 일이냐고요?」 그녀가 머리를 재빨리 굴리며 입을 열었다.

「뭔데요?」 디트마어가 굵직한 목소리로 물었다.

「이분은 스웨덴에서 오셨대요.」 프런트 직원은 자기가 바보같이 디트마어를 부른 것을 부끄러워하며 설명했다.

디트마어 조머는 이 이상한 방문과 자신과 카이사와의 관계를 연결 짓는 모양이었으니, 스웨덴이라는 말을 듣자 흠칫 당황하는 기색이었기 때문이다.

「네, 스웨덴이요!」 페트라는 이 거대한 인간이 제대로 유추를 했을까 걱정하며 말했다.

그래서 그녀는 이렇게 덧붙였다.

「덴마크, 독일, 네덜란드, 호주, 베트남⋯⋯. 우리 모두는 무엇보다도 세계의 시민들이에요, 그렇지 않은가요?」

씨알도 먹히지 않는 소리였다.

「당신, 정신이 어떻게 됐소?」 디트마어 조머가 물었다.

맞아, 바로 그거야!

「네! 난 정신이 이상해졌어요! 지금처럼 정신이 이상했던 적은 한 번도 없는 것 같아요! 사실은 내가 빌레펠트와 비알리스토크를 혼동했던 게 아닌가 싶어요.」

어떻게 독일 서부에 있는 도시와 폴란드 동부에 있는 도시를 혼동할 수 있지? 하며 거대한 디트마어 조머가 잠시 멍해진 동안, 페트라는 사과했다.

「더 이상 바쁜 시간 빼앗지 않겠어요. 자, 조머 씨, 안녕! 할렐루야!」

뜬금없이 할렐루야는 왜 나왔지?

문밖으로 나온 페트라는 기다리고 있는 프레벤에게로 황급히 달려갔다. 투포환 선수는 너무나 놀라서 이상한 여자를 쫓아갈 생각도 못 했다.

페트라는 오른쪽으로 갔고, 60여 미터를 내달린 후 다시 오른쪽으로 꺾어 건물을 한 바퀴 빙 돌아서는 프레벤과의 약속 장소에 이르렀다.

「왜 혼자죠? 그 인간은 안 와요?」

164

페트라는 대답 대신 이렇게 반문했다.

「프레벤, 당신 죽고 싶어요?」

그는 죽고 싶지 않았다. 적어도 당분간은.

「무슨 말이죠?」

「나중에 설명할게요. 자, 가요! 빨리 여기를 뜨자고!」

✳ ✳ ✳

페트라가 디트마어 조머의 해부학적 특성에 대해 설명해
주자, 프레벤은 사람들이 자신에 대해 여러 가지 얘기를 할 수
는 있지만, 적어도 멍청하다는 소리는 할 수 없다고 말했다.
잠깐, 이 말은 벌써 했던가……? 아무튼, 얻어맞고도 끄떡없을
누군가를 선제공격한다? 아니, 이 프레벤은 그 정도까지 멍청
한 놈은 아니었다. 그는 페트라의 사려 깊음에 대해 감사를 표
했다. 정말이지 페트라는 생명의 은인이었다!

「별말씀을요!」페트라는 대답하면서, 이제는 이 덴마크 사
내와 헤어져야 할 시간이 되었다고 생각했다.

하지만 앙네스는 프레벤과 좀 더 시간을 보내고 싶었다. 그
녀는 디트마어 조머의 집 주소를 찾아낸 터였다. 지금 투포환
선수는 분명히 직장에 있을 텐데, 퇴근하여 귀가했을 때 그를
맞이할 수 있는 뭔가 고약한 것을 생각해 낼 수 있지 않을까?

하지만 페트라는 본래의 목적으로 돌아와 있었다. 자신과
앙네스와 요한은 로마에 볼일이 있었고, 시간은 얼마 없었다.
그녀는 덴마크 사내의 사랑이 잘되기를 바라는 마음이었지만,
이제는 각자의 길을 갈 시간이었다.

프레벤은 낙담한 얼굴이 되었다. 앙네스는 그를 위로하면서, 자기가 카이사인 척하는 메시지를 하나 써줄 테니, 당신이 그걸 투포환 선수의 집 우편함에 가져다 넣으면 어떻겠느냐고 말했다. 하면 그가 좀 골치 아파 하지 않겠어? 어때, 프레벤?

＊＊＊

남쪽을 향해 달리는 캠핑카가 독일을 벗어나고, 거름 탱크 트럭이 국경을 넘어 덴마크 땅으로 들어가고 있을 때, 영업 팀장은 하루 일과를 끝내고 집으로 돌아왔다. 프레벤은 당연히 앙네스가 작성한 카이사의 안부 편지를 조머네 집의 우편함에 집어넣은 터였다. 하지만 그는 이것으로 만족하지 않았다. 디트마어의 멋진 고급 저택에 아무도 없는 것을 본 덴마크 사내의 머릿속에, 지금 거의 완성된 저 풀장을 채우는 일을 내가 도와줄 수 있지 않을까, 하는 생각이 떠올랐다.

거름으로 말이다.

디트마어의 아내 크리스티아네가 집 앞에서 남편을 기다리고 있었다.

「이게 우편함 속에 있었어.」 그녀는 편지 봉투 하나를 흔들어 보이며 말했다. 「스웨덴의 카이사라고 하는 여자가 아주 따뜻한 안부의 말을 전했더군.」

디트마어는 등골이 서늘해졌다. 어디선가 가까운 곳에서 지독한 냄새가 난다는 사실은 이 당혹스러운 상황을 이해하는 데 전혀 도움이 되지 못했다.

「그녀가 뭐라고 했는데?」 그가 최악의 상황을 두려워하며 물었다.

「자기의 사랑스러운 곰돌이가 그립다고 썼더군.」

아, 빌어먹을⋯⋯!

「뭐, 곰돌이?」 그가 되물었다.

크리스티아네는 멍청한 여자가 아니었다.

「네가 바로 곰돌이잖아!」

디트마어 조머는 다음과 같이 묻는 것 외에는 다른 말을 할 수 없었다.

「근데⋯⋯ 무슨 냄새가 이렇게 지독하지?」

그녀는 곧바로 쏘아붙였다.

「네 냄새지, 무슨 냄새야!」

16
2011년 8월 31일 수요일
종말까지 7일

캠핑카의 친구들은 투포환 선수에게 가한 거름 폭격에 대해서는 전혀 듣지 못했지만, 앙네스는 자신이 덴마크 사내를 위해 써준 편지의 내용에 대해 얘기해 주었다. 요한이 상황을 이해하기 위해서는 약간의 시간이 필요했다. 편지를 쓴 사람은 앙네스인데, 어떻게 카이사가 안부 인사를 할 수 있다는 거지?

페트라는 곧바로 이해했다. 하지만 그녀는 디트마어의 운명에 대해 고소함을 느끼는 자신이 약간 부끄러웠다. 남은 삶의 의미는 잘못된 것을 바로잡는 거지, 불화를 일으키는 게 아닌데 말이다.

＊ ＊ ＊

보라색 머리 운전사는 지도를 검토한 후에 로마에 이르기 전에 적어도 한 번은, 아니 그보다는 두 번일 가능성이 더 많은데, 차를 세우고 밤을 보내야 할 거라고 설명했다. 그러고 나면 하늘이 머리 위로 무너져 내릴 때까지(그럴 리야 없겠지만) 4, 5일이 남을 거란다. 페트라는 정신적으로 좀 불안해 보이긴 했지만, 이 점만 빼놓고 앙네스는 크게 불평할 게 없었다. 덴마크인과의 모험은 너무나 즐거웠다. 게다가 〈여행하는 에클룬드〉는 마침내 비행기를 타고 스발바르를 빠져나왔다. 지금은 오슬로에 있는데, 티퍼니[29]에서 가진 돈을 탕진하는 중이었다. 3만 크로나 정도 되었는데, 티퍼니에 죽고 못 사는 여자에게는 별것 아닌 액수였다.

돈 얘기가 나왔으니 말인데, 그게 지금 쌓이기 시작하고 있었다. 스웨덴 계좌에 말이다. 뭔가 다른 해결책이 있다면 좋을 거였다.

「내게 생각이 하나 떠올랐어.」 앙네스가 말했다.

「무슨 생각이요?」 페트라가 물었다.

이때 요한이 차 안 저쪽에서 소리쳤다.

「마늘이 다 떨어졌어! 어딘가에서 잠시 설 수 있을까? 아니면 그냥 메뉴를 바꿀까?」

앙네스가 하던 말을 이었다.

「기왕 돌아다니는 김에 다른 나라도 구경하면 재미있지 않겠어?」

「어느 나라냐에 따라 달렸죠.」

「스위스. 스위스는 이탈리아 바로 옆 나라야.」

「지금 내 말 듣고 있어? 마늘 말이야!」

「구해다 줄게.」 앙네스가 요한에게 대답했다.

「스위스엔 왜 가죠?」 페트라가 물었다.

29 세계적인 럭셔리 귀금속 브랜드.

「취리히에 볼일이 있어. 스웨덴 계좌에 몇백만 크로나가 있는데, 이게 발견될 수 없는 어딘가에서 사라져 버렸으면 좋겠어. 예를 들면 세무국에서 이 돈을 발견하기 전에 말이야.」

「여사님은 우리에게 남은 7일 안에 그런 일이 일어날 수 있다고 생각하세요?」

앙네스는 다시 언쟁을 시작하고 싶지 않았다. 그냥 거짓말을 해서 넘어가는 편이 훨씬 나았다.

「운이 없으면 당장 내일 아침에 그런 일이 일어날 수도 있어. 그럼 우리는 마늘 한 조각만 빨고 있는 신세가 되겠지.」

「지금 마늘이라고 했어요?」 요한이 물었다.

취리히에 간다고 엄청나게 우회하는 것은 아니었다. 하지만 하룻밤 보내기 위해 가는 곳으로는 꽤나 먼 게 사실이었다. 어쨌든 페트라는 앙네스의 제안을 받아들었다. 삶의 마지막 한 주를 한정된 예산으로 만드는 음식만 먹고 살아야 한다는 게 달갑지 않았기 때문이었다.

사실 세무 당국이 내일 당장 한델스방켄 은행 브롬마 지점에 쳐들어가 앙네스의 자산을 동결시킬 위험은 없었다. 그런 식으로 일 처리를 하지는 않으니까. 하지만 페트라가 이런 사실을 알 필요는 없었다. 앙네스의 거짓말은 예언가가 한 종말의 날 계산을 다시 문제 삼는 것을 피하기 위한 방법이었을 뿐이다. 문제 삼는 것은 속으로 하면 되었다. 만일 앙네스의 생각이 옳다면, 페트라의 오류를 지적할 수 있는 시간이 얼마든지 있을 거였다. 반대로 그녀의 생각이 틀렸다면, 둘 다 아무것도 알아채지 못하는 가운데 모든 게 끝나 버릴 거였다.

지금까지 〈여행하는 에클룬드〉는 수입의 단 1크로나도 신고하지 않았다. 다시 말해서 세금을 한 푼도 내지 않았다. 이것은 문제가 될 터였다. 수입을 스웨덴 은행법을 따르는 스웨덴 계좌에 계속 들어가게 놔두는 것은 위태로웠다. 앙네스는 이 위험을 최소화하고 싶었다.

그래서 취리히에 들르려 하는 것이다.

✳ ✳ ✳

요한은 필요한 마늘을 구했고, 이제 세 가지 코스로 구성된 저녁 식사를 준비할 수 있게 되었다. 양파절임과 송어캐비어를 곁들인 훈제연어회, 프로방스스테이크, 그리고 파리식 레몬무스…… 레몬무스는 사실은 그가 발명한 요리로, 〈파리식〉이라는 말을 붙인 것은 맛이 그렇게 느껴졌기 때문이었다.

그들은 취리히와 지적인 디틀리콘의 한 이케아 주차장에서 캠핑 테이블에 둘러앉아 기가 막힌 요리를 즐겼다.

「주방 기구 중에 필요한 게 있으면 이 이케아에 얼마든지 구할 수 있어.」 페트라가 알려 주었다. 「여긴 늦게까지 열려 있으니까.」

「고맙지만 사양하겠어.」 요한이 대답했다.

이케아에서 파는 9크로나짜리 뒤집개에는 믿음이 가지 않았던 것이다.

17
2011년 9월 1일 목요일
종말까지 6일

   헤르베르트 폰 톨은 아버지의 은행을 물려받기 위해 무려 40년을 기다렸다. 하지만 노인네는 여전히 행장실의 행장 의자에 버티고 앉아 있었다.

   왜 오래전에 죽어 땅에 묻혔어야 옳을 그가 아직도 팔팔하게 살아 있는지 통계학적으로는 설명하기 힘들었다. 올해 아흔여섯 살인 그는 여전히 시가를 피우고, 오전 9시에 그날의 첫 번째 위스키 잔을 비웠다. 그리고 10시에는 두 번째 잔을 비웠다. 그는 이렇게 하면 자신의 혈액과 정신의 활동이 활발해진다고 설명했는데, 일흔여섯 살 먹은 아들에게 절망스러운 일이었지만, 이것은 맞는 말이었다. 이 노인네는 심지어 치매도 아니었다.

   보라색 머리를 한 아주 맵시 있는 노부인이 조그만 은행 사무실에 들어서자, 96세의 콘라트는 즉각 자기가 직접 그녀를 맞겠다고 말했다. 하지만 이런 관심은 그녀에게 겨우 5백만 스웨덴 크로나밖에 없다는 사실을 알게 되자 시들어 버렸다.

   「어이, 헤르베르트!」 노인이 아들을 불렀다. 「쓰레기통 비우는 중이면 당장 멈추고, 이 고객님 일을 처리해 드려!」

드디어 아들에게도 고객을 맞을 기회가 생긴 것이다! 지금까지 한 번도 없었던 일이었다.

그녀는 스웨덴에서 온 앙네스 에클룬드라고 자신을 소개했다. 그리고 자신은 스톡홀름 외곽의 한델스방켄 은행 브롬마 지점에 약간의 돈을 예치하고 있는데, 그 돈이 즉시 그 계좌에서 사라져서는 스웨덴 세무 당국이 찾을 수 없는 곳에서 다시 나타나기를 원한다고 말했다.

헤르베르트 폰 톨은 에클룬드 여사가 가진 액수에 아버지보다 강한 인상을 받은 것은 아니었지만, 단박에 그녀에게 매료되었다. 어느 은행 사무실이 아름다운 여성으로 환해지는 경우는 매우 드문 법이다. 은행과 금융 분야는 아직도 남성들만이 득시글거렸다. 96세 영감을 포함해서 말이다.

더욱이 에클룬드 여사는 저항하기 힘든 오라의 소유자였고, 촉도 좋았다.

「저기 건포도처럼 쪼글쪼글하게 생긴 분이 혹시 부친이신가요?」

「어…… 네, 그걸 어떻게 아셨죠, 에클룬드 여사님?」

「한때는, 에클룬드 여사였죠.」 앙네스가 보다 정확히 신원을 밝혔다. 「제 남편은 아주 센스 있게도 오래전에 작고했답니다.」

「아, 정말 축하드립니다.」 헤르베르트는 자신도 모르게 이렇게 외쳤다. 「전 아버지란 영원히 죽지 않는 존재인가, 하는 생각을 오래전부터 해오고 있답니다.」

〈그러지 않기를 바라야겠죠〉라고 대꾸한 앙네스는 저 노인네는 바로 엿새 후면 죽을 거라는 미확인 정보를 알려 줌으로써, 이 호감 가는 헤르베르트 폰 톨을 위로해 주고 싶은 마음을 꾹 참았다. 「제 이름은 앙네스예요. 우리 스웨덴에선 너무 격식을 차리지 않죠.」

아, 세상에, 만난 지 몇 분 만에 이렇게 허물없이 대하다니! 「전 헤르베르트입니다!」 헤르베르트가 대답했다. 「만나게 되어 매우, 매우, 매우 기쁩니다, 과부이신 앙네스 여사!」

「그냥 앙네스라고 부르세요.」

헤르베르트와 앙네스는 곧바로 그러기로 합의했다. 그는 이어 말하기를, 그녀가 한델스방켄 은행의 고객이라니 아주 잘된 일이라며, 제1 단계는 예치금 전체를 스톡홀름 외곽에 있는 한델스방켄 은행의 지점에서 계열사의 취리히 지점으로 옮기는 것이란다. 헤르베르트가 스웨덴 지점의 매니저에게 연락하여, 앙네스의 해외 대출의 조건들에 대해 알려 준다는 거였다. 그러면 스웨덴에 있는 친구가 문제를 일으킬 이유가 전혀 없단다.

「그 해외 대출에 대해선 금시초문인데요?」 앙네스가 말했다.

헤르베르트는 당황한 표정을 지었다. 그는 진실이란 상대적인 것이며, 목적이 수단을 정당화한다고 대답했다. 돈이 취리히에 오게 하기 위해서는 그들 두 사람이 뢰벤스트라세가에 있는 스벤스카 한델스방켄 은행에 잠시 다녀오면 된단다. 그곳은 멀지 않아서 걸어가도 되며, 위험하게 다니는 전차들만 조심하면 된단다.

「제가 보호해 드리겠습니다!」

이리하여 점심시간이 끝날 무렵에 모든 게 정리되었다. 익명의 스위스 계좌, 콘도르스[30]에 있는 유령 회사, 그리고 헤르베르트와 앙네스 간의 재회 약속…….

「부친의 장례식에 날 초대하는 건 어때요?」 그녀가 제안했다.

「그게 그렇게 오래 걸리지 않기를 빌겠습니다.」 헤르베르트가 작별 인사를 대신하여 그녀의 손등에 키스하며 대답했다.

＊ ＊ ＊

「일이 잘됐나요?」 페트라가 물었다.

「아주 잘됐어.」 앙네스가 대답했다. 「돈이 스웨덴에서 빠져나왔어. 심지어 나는 회사까지 하나 갖게 됐지. 그 회사가 있는 나라의 이름은 잊어버렸지만.」

「회사를 만들었다고요? 아니, 왜요?」

「그런 건 나한테 묻지 마.」

요한은 그들의 재정이 튼튼해진 것이 너무나 기뻤으니, 로마 도착을 자축하기 위한 특별 메뉴를 준비하고 있었기 때문이었다. 그는 재료를 구하기 위해 취리히를 뒤지기 시작했다.

「이 나라 사람들은 말을 아주 희한하게 해. 그리고 마치 병원 표시같이 생긴 깃발이 사방에 있더라고. 하지만 식품점들만큼은 제대로야.」

30 작가가 꾸며 낸 허구의 국가이다.

18
사탕무 농부의 아들
5부 중 2부

고르바초프가 소련의 농업을 재건하는 데 실패를 거듭하며 충분히 오랜 시간을 보냈을 때, 사람들은 그가 이제 나라 전체에 대해서도 같은 일을 할 준비가 되었다고 생각했다. 사실을 말하자면 그만큼 적게 실패한 사람도 없었던 것이다. 게다가 그에게는 운도 조금 따랐다. 흐루쇼프가 물러나고 브레즈네프가 등장했다. 물론 브레즈네프도 죽었고, 안드로포프와 체르넨코도 마찬가지였다.

셔츠나 속옷을 갈아입듯이 지도자를 뻔질나게 바꿀 수는 없는 노릇이었다. 고르바초프는 젊고, 건강했으며, 술을 삼갔다. 그는 체르넨코의 몸이 채 식기도 전에 신임 최고 회의 주석으로 만장일치로 선출되었다.

그리고 고르바초프 옆에는 언제나 미래의 대통령 알렉산드르 코발추크가 있었다. 그는 수석 고문관으로 승진했다.

수석 고문관이 된 그는 새 명함에다 열여덟 가지의 전문 분야를 새겨 넣었다. 그는 내해(內海) 산소 공급 문제 전문가에서 금속 공학 박사에 이르기까지, 그야말로 모르는 게 없는 만

176

물박사였다. 이런 식으로 그는 다양한 세미나와 연회와 외교 행사들에 초대받아, 공짜로 서유럽 각지를 돌아다닐 수 있었다. 알렉산드르는 이제 자기 힘으로(그리고 아버지 불알친구의 도움을 받아) 새로운 소련을 건설해야 했기 때문에 지식에 목말라 있었다.

헬싱키, 스톡홀름, 베를린, 브뤼셀, 더블린도 물론 훌륭했지만, 그가 가장 많이 배우고, 또 가장 깊은 인상을 받은 곳은 파리였다. 공항에 도착하자마자 깨달은 것은, 공산주의가 번성하지 않았음에도 불구하고 프랑스인들이 꽤 잘해 가고 있다는 사실이었다. 소비자들을 위한 온갖 물품이 쌓여 있었다. 알렉산드르가 보기에 스탈린의 약점은 바로 이것이었다. 그의 체제가 낳은 5백만 명의 희생자들을 제외하면 말이다. 아니, 1천만 명이었던가……?

아무튼 이 프랑스의 수도에서 지내는 동안, 그는 토스터, 휴대용 계산기, 빵 굽는 기계, 쥐약 맛이 나지 않는 담배, 고양이 오줌 맛이 나지 않는 와인, 그리고 서로 들이받는 걸 좋아하는지 여기저기 우그러지긴 했지만, 시동이 곧바로 걸리고 꺼지는 자동차들에 눈이 휘둥그레졌다. 상점 매대에는 식품들이, 정육점 카운터에는 고기가 그득했다. 게다가 태양은 눈부시게 빛났다.

하지만 가장 놀라웠던 것은 샹젤리제의 한 고급 레스토랑에 갔을 때, 웨이터 호주머니에 지폐를 찔러 넣지 않아도 창가 자리를 얻을 수 있었다는 사실이었다.

한마디로, 어디에서든 느껴지는 마늘 냄새 같은 것만 아니었다면 알렉산드르는 파리를 공산주의자의 꿈으로 여겼을 거였다. 모스크바로 돌아온 그는 이 모든 것을 주석에게 얘기했다.

고르바초프는 묵묵히 고개를 끄덕였다. 그 역시 외국 여행을 해본 경험이 있었고, 이런저런 것들에 대해 생각해 볼 시간이 있었다. 하지만 여보게, 코발추크, 자네가 얘기하는 게 모두 사실인가? 정말로 그들이 떡고물을 요구하지 않으면서 창가 자리를 내주었단 말인가?

그랬다, 그것은 그가 지금 살아 있고 숨 쉬고 있는 것만큼이나 사실이었다.

「그런데 말이죠, 그들은 제게 마늘 양념을 한 달팽이를 내놨어요. 혹시 제가 뇌물을 주지 않아, 복수하려 한 것은 아닐까요?」

고르바초프는 그럴 리는 없다고 생각했다. 하지만 그 어느 때보다도 분명해진 것은, 스탈린은 처음부터 끝까지, 그리고 모든 영역에서 잘못했다는 사실이었다. 그는 오로지 중공업에만 초점을 맞췄고, 그 결과 토스터나 그 안에 집어넣을 식빵을 원하는 시민들은 수 킬로미터의 줄을 서거나, 성업 중인 암시장에 눈을 돌려야 하는 처지가 되었다.

알렉산드르는 소련도 프랑스의 체제를 그대로 받아들이면 어떻겠느냐고 슬쩍 물었다. 물론 우그러진 차들과 마늘과 달팽이는 빼놓고.

고르바초프는 농업 정책에 대한 수석 고문관의 조언 덕분에 생산량 목표 달성율이 전임자 시절의 19퍼센트에서 38퍼센트로 뛴 이후로 그를 깊이 신뢰해 왔다. 하지만 소련이 하루아침에 프랑스 쪽으로 방향을 선회한다? 그것은 너무 멀리 나

178

가는 게 아닐까? 이런 급격한 변화를 제의하면 대부분의 정치국 위원들은 난리를 칠 거였다.

주석은 망설였다. 사회주의와 다른 요소들을 적당히 섞는 은근한 변화를 생각해 볼 수는 없을까?

알렉산드르는 그의 상관이 시작해 보기도 전에 주눅이 드는 게 아닌가 걱정이 들었다. 그가 올바른 방향으로 나아가도록 용기를 북돋아 줄 필요가 있었다. 수석 고문관은 여행 중에 — 일테면 프랑스에서 — 흥미로운 것을 보았다고 말했다. 거기서 사람들은 무엇이든 하고 싶은 말을 할 수 있었다. 심지어는 무리 지어 말할 수도 있었고, 또 그들이 싫어하는 누군가를, 혹은 무언가를 모욕하는 말들이 적힌 플래카드나 피켓을 흔들면서 할 수도 있었다. 이른바 〈시위〉라고 하는 거였다.

고르바초프는 다시 고개를 끄덕였다. 수석 고문관과는 달리 그는 이런 전통에 익숙했다. 하지만 고문관은 무슨 얘기를 하려는 걸까?

그러니까, 만일 우리가 소련 사회에 새로운 개방 정책을 시행한다면? 그리하면 우리 인민들도 프랑스 사람들과 비슷한 행동을 하지 않을 텐가? 다시 말해서 플래카드를 들었든 들지 않았든 가두로 쏟아져 나오지 않겠느냔 말이다.

알렉산드르의 보스는 요점이 뭔가 싶었다.

수석 고문관은 미소를 지었다. 주석은 그를 향한 인민의 사랑을 과소평가하고 있었다. 이런 시위는 당연히 주석에게 유리하게 작용할 거였다. 알렉산드르는 끝없이 이어지는 군중들이 지도자가 제안하는 용기 있는 개혁안을 지지하며 〈고르-바-초프! 고르-바-초프!〉라고 연호하며 나아가는 장면을 묘사했다.

「그리하면 정치국의 저 늙은 퇴물들도 누그러들지 않겠습
니까?」 그가 물었다.

〈퇴물들〉이라고 한 건 좀 아슬아슬한 시도였지만, 그의 도
박은 적중했다.

사실 주석에게는 젊은 코발추크가 그리는 비전을 따르는
것 외에는 다른 선택안이 없었다. 그리하여 소련 공산주의의
마지막 지도자는 〈글라스노스트〉라는 단어를 만인에게 목청
껏 외쳤다. 이 말을 대충 번역하자면, 이제부터는 자기가 하
고 싶은 말을 해도 처형될 위험이 없고, 심지어는 구금될 위험
도 없다는 뜻이었다.

이것은 소련이 묻히게 된 관을 닫는 마지막에서 두 번째의
못이었으니, 인민들이 지도자의 말을 정말로 믿었기 때문이
었다.

불쌍한 고르바초프는 양방향에서 공격을 받았는데, 한쪽은
그가 너무 멀리 나간다고 생각하는 사람들이었고, 다른 한쪽
은 그가 개혁을 너무 조금 한다고, 일을 너무 느리게 진행한다
고 불만을 갖는 사람들이었다. 중도가 최선이라고 외치는 시
위대가 끝없이 이어진 적은 없었다. 이러한 와중에 교활한 마
피아, 보리[31]는 상황을 예의 주시하며, 그들의 장기말들을 움

---

31 구소련 시대부터 존재했던 전국적 규모의 범죄 조직. 1920년경 강제 노동
수용소 굴라그의 열악한 환경에서 생존하기 위해 발전한 범죄 조직으로, 소련이
해체되고 러시아 공화국이 세워지자 마피아 조직들로 진화했다. 〈도둑〉을 의미
하는 Воры에서 나온 말이다.

직이고 있었다.

소련이 묻히게 된 관의 마지막 못에는 〈페레스트로이카〉라는 이름이 붙여졌는데, 이 말은 〈개혁〉 혹은 〈쇄신〉이라는 뜻이었다. 물론 여기에 〈사유화〉라는 이름을 붙일 수는 없었으니, 이 〈사유화〉는 입에 담아서는 안 될, 러시아어 중에서 가장 더러운 단어였기 때문이었다. 이 개혁 가운데는 각급 공무원은 자율적으로 결정을 내릴 수 있다는 내용도 포함되어 있었다.

「음, 정말로 고마워…….」 보리는 미소를 지었다.

고르바초프의 이름으로 시행된 알렉산드르 코발추크의 정책은 소련이 극단적인 양 진영으로 쪼개지는 결과를 가져왔다. 그리고 이러한 분열은 그때까지 비교적 지방 조직에 불과했던 소련 마피아가 확장되어 국제적으로 활동하는 합법적인 기업들로 변신하는 결과를 초래할 거였다. 하지만 이들이 법을 전혀 존중하지 않는다는 점에는 조금도 변함이 없었다.

19
2011년 9월 1일 목요일
종말까지 6일

　재정 문제 해결을 위해 하루를 보낸 탓에, 캠핑카가 저녁 전에 로마에 도착하는 건 어렵게 되었다.

　앙네스와 페트라와 요한은 여러 개의 짧은 터널들과 하나의 긴 터널을 통과하여 알프스산맥의 반대편으로 빠져나왔다.

　루가노 북쪽의 벨린초나 부근에 이르렀을 때,[32] 다시 말해 밤을 보내기 위해 차를 세우기로 계획한 곳까지 아직 한 시간이 남았을 때, 앙네스의 눈꺼풀은 계속 무겁게 내려앉았다. 도로는 넓었지만, 이탈리아 국경까지는 줄곧 내리막길이었다. 어쨌든 요한은 앙네스가 휴식이 필요하다면 자기가 잠시 운전대를 잡겠다고 제의했고, 그녀는 받아들였다. 나중에 앙네스는 자신의 행동을 깊이 후회했고, 페트라는 어떻게 그녀가 이런 일을 받아들였는지 이해할 수 없었다.

　어쨌든 세 사람이 코모 외곽에서 밤을 보낼 적당한 곳을 찾기 시작했을 즈음에는 최악의 인간이 차를 운전하고 있었다.

---

32 벨린초나는 스위스 티치노주의 주도이며, 루가노는 티치노주의 최대 도시이다.

당연히 요한은 버벅대기 시작했다. 처음에는 조금 버벅댔고, 그러다가 좀 더 버벅댔다. 페트라는 〈여기서 좌회전! 아니, 저 길이야! 여기서 우회전! 아니, 우회전!〉이라고 소리치며 그를 인도하려 해봤다. 하지만 이날 하루는 요한이 어느 자전거 라이더와 부딪치는 것으로 마감되었다. 고속으로 달리지 않아 세게 부딪치지는 않았지만, 사고는 사고였다. 비탈길에 서 있는 캠핑카를 민 사고가 재연되었다고 할 수 있었다.

어쨌든 요한은 캠핑카를 간신히 세웠다. 페트라는 그들이 살인을 저지르지 않았는지 보려고 급히 달려갔다. 꾸벅꾸벅 졸고 있던 앙네스는 이제 눈이 휘둥그레져 있었다.

자전거 라이더는 머리를 땅에 부딪쳐 정신을 못 차렸다. 또 이게 무슨 상황인지도 이해하지 못했다.

「What happened(이게 무슨 일이죠)?」 그가 완벽한 영어로 물었다.

「〈붉은 10월〉[33]의 한 장면에서 이와 똑같은 대사가 나와!」 요한이 말했다. 「내가 영화를 혼동한 게 아니라면 말이야. 이 따금 혼동하기도 하거든.」

「그래, 저 사람이 네가 이해할 수 있는 언어로 말해서 참 다행이다!」 페트라가 화를 내며 쏘아붙였다. 「그러니 저 사람에게 설명도 할 수 있겠지? 대체 왜 멀쩡한 사람을 차로 치어 반쯤 죽여 버리기로 마음먹었는지 말이야.」

요한은 그런 일을 하기로 마음먹은 적은 없었다. 어쩌다 이렇게 되었을 뿐이었다. 영국인으로 보이는 남자는 도로 위에 벌렁 드러누워 있었다. 그는 질문을 반복했다.

33 존 맥티어넌이 감독하고, 숀 코너리가 주연을 맡은 스릴러 영화.

「무슨 일이긴요. 그냥 차에 치인 거죠.」 요한이 설명했다.

「내가 차에 치였다고? 누가 치었죠?」

페트라는 재빨리 머리를 굴렸다. 이 남자는 무슨 일이 일어났는지 잘 모르는 게 확실했다.

「독일 번호판을 단 검정 아우디예요.」 그녀가 설명했다.

그러고 나서 그녀는 어리벙벙해진 요한에게 고개를 돌리고는 스웨덴어로 명령했다.

「당신은 지금부터 입 꾹 닫고 있어.」

누워 있던 영국인은 끙끙대며 일어나 앉았고, 또 일어서려고 애썼다. 좀 비틀거리긴 했지만 어쨌든 해냈다. 그런 다음 그는 자신의 자전거를 발견했다. 앞바퀴가 완전히 찌그러져 있었다.

「아, 나의 비앙키!」[34] 그는 발밑에 뒹굴고 있는 고철이 마치 자신의 사망한 애인인 것처럼 신음했다.

「오, 끔찍하군요.」 페트라가 얼굴을 찌그렸다. 「난 독일 사람들이 운전하는 방식을 이해하지 못하겠어요. 그런데 병원에 가셔야 하지 않겠어요? 우리가 거기까지 모셔다 드릴까요?」

「운전은 내가 할게요.」 앙네스가 끼어들었다.

아니, 입원까지는 할 필요가 없을 것 같단다. 하지만 차는 타고 싶단다. 영국인은 설명하기를, 자신은 여기서 몇 킬로미터 떨어진 곳에 사는데, 지금 느낌이 이상하기 때문에 집까지 걸어가는 것은 무리일 거란다. 자신의 찌그러진 자전거와 기타 등등을 가지고서 말이다.

「혹시 그 사람 차 번호판 못 봤나요?」 멍투성이의 남자가

---

34 오랜 제조 역사와 탁월한 성능으로 인정받는 이탈리아의 자전거 브랜드.

물었다.

「오, 미안해요.」페트라가 고개를 저었다.

「아, 지금 네가 무슨 생각하는지 알 것 같아!」요한이 스웨덴어로 끼어들었다. 「우리, 프레벤에게 전화를 걸까? 어쩌면 아직도 그 번호판을 기억하고 있을지도 몰라.」

만일 요한이 어느 정도로 바보인지 여태껏 몰랐더라면, 페트라는 자신의 귀를 의심했을 것이다. 그녀는 답답해서 쏘아붙였다.

「요한, 이 사람을 친 게 당신이라는 거 알고 있지? 아우디를 탄 디트마어가 아니고 말이야. 그는 지금 빌레펠트에 있다고!」

「그래, 알고 있어. 하지만 내가 무슨 생각을 했냐면······.」

요한은 말을 뚝 멈췄다.

「음, 아무 생각도 안 했네······. 그래, 조용히 있을게.」

알고 보니 그 사람은 영국인이 아니라 웨일스인이었지만, 뭐, 그게 그거였다. 이름은 고든이고 직업은 변호사인데, 고객 중에는 영어를 하는 유명 인사가 몇 명 있단다. 특히 고객 중에 조지와 아말 클루니도 있다는 게 자랑스럽단다. 여기까지 말한 고든은 자신의 입이 너무 가벼운 게 아닌가 하는 생각이 들었다. 모름지기 변호사는 고객의 비밀을 지켜야 하는데 말이다.

「저 약간 뇌진탕 기운이 있는 것 같아요.」

「그럴 수 있어요.」앙네스가 말했다. 「뇌진탕에 걸리면 말을 많이 하게 되죠. 하지만 좀 더 얘기를 듣고 싶네요.」

그녀는 코모호 주변 상류 사회의 삶에 대해 알고 싶어 죽을 지경이었다. 여행하는 에클룬드는 이곳에 몇 번 와보았지만, 앙네스는 처음이었다.

「우리가 아는 그 조지 클루니 말인가요?」 페트라도 놀라며 물었다.

「Congratulations, you're a dead man(축하해, 넌 죽은 사람이야)!」 요한이 다시 끼어들었다.

「뭐라고요?」 웨일스인 고든이 어리둥절해서 되물었다.

「〈오션스 일레븐〉[35]이죠. 난 꽤 많은 영화의 대사를 외우고 있어요. 또 요리도 할 줄 알고요. 사고 치는 것도 잘하지만요.」

세 명의 스웨덴인은 웨일스 사내를 부축하여 호수가 보이는 테라스와 방 다섯 개가 있는 그의 집으로 들어갔다. 사람들이 테라스에 자리를 잡고 있을 때, 요한은 주방을 접수했다. 그는 캠핑카로 가서 식재료를 가지고 왔다.

「여러분은 모두 사려가 깊으시네요.」 아페리티프로 나온 위스키를 받아 들며 고든이 말했다. 「마음도 따뜻하시고요. 나를 친 그 독일 놈하고는 달리요. 그자가 오늘 밤에 악몽이나 꿨으면 좋겠어요.」

그들은 알 수 없었지만, 디트마어 조머는 아내에게 쫓겨나서 들어간 호텔에서 실제로 악몽을 꾸고 있었다. 그의 아내는 카이사에게 전화를 걸어 대화를 나눴던 것이다.

요한은 필요한 재료를 구하기 위해 고든의 주방과 캠핑카

35 조지 클루니가 출연한 범죄 오락 영화.

의 찬장과 냉장고 사이를 부지런히 왕복해야 했다. 세 코스로 구성된 식사는 고든이 평생 잊지 못할 추억이 되었을 거였다. 다음 날 아침에 거의 아무것도 기억하지 못하게 되지만 않았더라도 말이다.

어제 무슨 일이 있었더라? 어떤 캠핑카가 날 치지 않았나? 그 사람들이 아우디라고 말했던 차가? 그리고 그 사람들은 나를 아우디에, 아니 캠핑카에 태우고 집으로 데려왔어. 그러고 나서 내가 어떻게 저녁을 먹었지? 캠핑카처럼 생긴 아우디를 몰던 사람이 요리를 하지 않았나? 내 주방에서? 통조림 몇 개 외에는 아무것도 없었던 내 주방에서? 그런데 어떻게 그렇게 맛있을 수가 있지? 아니, 이 모든 일들이 실제로 일어났었나?

고든은 자기가 꿈을 꾼 게 분명하다고 생각했다. 그는 담배를 한 대 피우며 마음을 가라앉히려고 테라스로 나갔다.

거기에는 그의 사랑하는 비앙키가 세워져 있었다. 앞바퀴가 심하게 찌그러진 모습으로.

20
2011년 9월 2일 금요일
종말까지 5일

담배를 짓눌러 끈 웨일스 변호사가 오전에 잡았던 조지 클루니와의 약속을 취소하고 다시 자러 들어갔을 때, 앙네스와 페트라와 요한은 벌써 거기서 수 킬로미터를 벗어나 로마로 향하고 있었다.

「괜찮은 사람이었어.」 페트라가 말했다. 「그리고 정말 흥미로운 이야기들이 많았어. 클루니 부부가 전 세계의 부패에 맞서 싸우기 위해 비영리 재단을 운영한다는 얘기는 정말 감동적이야. 앞으로 남은 5일 동안 많은 것을 할 수는 없겠지만 말이야.」

앙네스는 아직 설립되지 않은 〈정의 구현을 위한 클루니 재단〉이 초점을 맞추게 될 나라는 남수단, 콩고, 중앙아프리카공화국, 그리고 콘도르스라는 사실을 기억했다.

「가만, 내 전 재산이 있는 곳이 거기 아니었나?」 그녀가 고개를 갸우뚱했다.

「어디에 있든 상관없어요. 여사님 신용 카드가 긁히기만 한다면.」 페트라가 말했다.

「고든은 동유럽도 언급했어.」 요한이 기억을 더듬으며 말했다. 「근데 동유럽이 어디야?」

「어디긴 어디야, 서유럽의 동쪽이지.」 페트라가 대꾸했다.

요한은 더 물어보고 싶었지만 꾹 참았다.

＊ ＊ ＊

최종 목적지까지는 아직 6백 킬로미터나 남아 있었다. 앙네스는 로마에서 캠핑카를 주차할 만한 장소를 구글에서 찾아보며 저녁 시간을 마무리할 생각이었다. 그런데 예언가로부터 내일이면 살날이 5일밖에 남지 않을 것이므로 아침 일찍 출발해야 한다는 말을 들었을 때, 이런 반복되는 잔소리가 너무나 지겹게 느껴졌다. 그 답답한 세월을 보낸 끝에 삶이 겨우 미소 짓고 있는데, 이제 좀 느긋하게 즐기고 싶은 나를 가만히 놔둘 수 없단 말인가? 세상이 존재한 이래로 종말 예언가들의 변함없는 공통점이 하나 있었다면, 그것은 그들의 예언이 모두 빗나갔다는 사실이었다.

보라색 머리의 회의론자는 주위에 떠다니는 어처구니없는 말들을 순진하게 믿기에는 너무나 오래 살았다. 그녀가 서른 살이 안 되었을 때, 그녀의 남편은 스웨덴이 좌측통행에서 우측통행으로 바뀐 것을 가지고 푸념을 해댔다. 그의 주장에 따르면, 다른 곳은 몰라도 적어도 되데르셰만은 그 정책이 면제되어야 한다는 거였다. 가장 큰 이유는 자신이 모는 사브 승용차가 농부 파예르룬드의 트랙터와 외길에서 마주치면 정면충돌할 위험이 있다는 것이었다. 좌측통행만 하던 농부가 하루

아침에 우측통행을 배울 수 있다고 누가 장담하겠는가? 그에게 세상이 어떻게 돌아가는지 알려 줄 수 있는 라디오도 없지 않은가?

하지만 진실은 딴 데 있었다. 나막신 공장 사장은 생활 방식이 갑자기 달라지면 스트레스와 관련된 암 발병의 위험이 커진다는 풍문을 들었던 것이다. 그는 암에 걸릴까 봐 좌측통행에서 우측통행으로 바꾸고 싶지 않았다. 그러던 중에 못을 밟아 패혈증으로 죽었던 것이다.

현실로 돌아온 앙네스는 페트라의 주장과 관련하여 인터넷 검색을 해보기로 마음먹었다. 검색을 하면서 핵심적인 내용은 기억해 두었고, 나머지 부분은 포스트잇에 적어 놓았다.

이탈리아의 수도까지는 아직 시간이 많이 남아 있었기 때문에, 앙네스는 마음속에 담고 있는 바를 털어놓는 게 좋겠다고 생각했다. 캠핑카 앞좌석에 길게 침묵이 이어지고 있을 때, 그녀는 불쑥 말을 꺼냈다.

「근데…… 세상의 종말이라고? 솔직히 페트라, 내가 인터넷을 찾아보니까, 그게 2011년 9월 7일, 오후 9시 20분이 일어난다고 말하는 사람은 한 명도 없었어.」

예언가는 상체를 곧추세우면서 자세를 바로잡았다. 마치 이 대화를 기다리고 있었던 것처럼 말이다.

「네, 앞뒤로 몇 분의 오차가 있겠지만요.」 그녀가 대답했다. 「하지만 이런 얘기를 누가 하겠어요? 여사님은 내가 광고라도 내기를 기대하셨나요?」

「그게 아니고, 난 어쩌면 다른 사람들도 같은 계산을 해봤을 거라는 생각을 했어. 하지만 그들 중의 누구도 너와 같은 결론에 이르지 못했기 때문에 이처럼 조용한 게 아닐까?」

페트라는 다시 과학원에 돌아온 듯한 느낌이었다. 어떻게 사람들은 이다지도 어리석은지! 뭐, 적어도 앙네스는 그녀와 대화를 하고 있었다. 그래, 이 점만큼은 인정해야겠지.

「친애하는 앙네스 여사님,」 그녀가 말을 이었다. 「대기란 그렇게 쉽게 이해할 수 있는 게 아니에요. 지구에서 가장 가까운 곳에는 대류권이 있고, 그 위에는 성층권, 그다음에는 중간권, 그리고 거기보다 더 높은 곳에는 열권이 있어요.」

「그래서?」

「각 층의 두께는 유동적이지만, 무엇보다도 지금 우리가 위치한 곳에 따라서 달라져요.」

「우린 지금 볼로냐 근처에 있는데, 여긴 두께가 어떻지?」

「특별히 볼로냐에 대해 알아보진 않았어요. 하지만 대략적으로 말해서, 대류권은 우리의 머리 위로 대략 12킬로미터 높이까지 뻗어 있어요. 극지방은 약간 다르죠. 난 전 세계가 동시에 끝날 거라고 말했지만, 이게 완전히 맞는 말은 아니에요. 장소에 따라 다르죠. 하지만 그 차이는 10분의 몇 초밖에 안 될 거예요. 아니, 1백 분의 몇 초일 가능성이 더 크죠.」

「그렇다면 우리도 지구가 좀 더 오래 버틸 곳으로 가면 안 될까?」 주방에서 대화를 듣고 있던 요한이 물었다.

「그래, 넌 1백 분의 1초 더 살고 싶은 거야?」

「음, 1백 분의 수십 초면 더 좋겠지.」

「혹시 1백 분의 1초가 얼마나 되는지 알고 있어?」

요한은 1백 분의 1초는 상당히 긴 시간일 거라고 생각했지만, 페트라의 어조를 통해 그게 아주 짧은 시간일 수도 있겠다고 느꼈다. 그는 이제 냅킨을 접어야 하기 때문에 얘기할 시간이 없다고 우물거렸다.

페트라는 설명을 계속했다.

「아무튼 대류권에는 문제가 없어요.」

「그거 반가운 소리군.」 앙네스가 말했다.

「문제는 열권이에요. 이곳은 태양 자외선으로 인한 전리 현상으로 뜨거워져요. 〈열권thermosphere〉이라는 말은 〈열(熱)〉을 뜻하는 그리스어 〈테르모스thermos〉라는 말에서 왔죠.」

「요전에는 추워서 얼어 죽는다고 하지 않았어?」 요한이 다시 참견했다. 「난 따뜻하면 더 좋을 것 같은데?」

「그래, 섭씨 2천 도가 더 낫니?」

페트라는 한숨을 내쉬었다. 앙네스와 요한에게 말하는 것은 우유 잔과 종이 접시와 대화하는 것과 마찬가지였다.

「너무 전문적인 얘기는 하지 말자고.」 앙네스가 말했다. 「내가 계속 얘기하지만, 어느 날 갑자기 모든 게 끝난다고 말한 사람은 네가 처음이 아니라는 사실이야. 인류는 〈모든 것의 마지막 날〉을 여러 번 겪었지만, 우리는 여전히 숨 쉬고 얘기하면서 이렇게 앉아 있다고.」

「난 서 있어요.」 요한이 말했다.

「앉고 싶으면 앉아도 돼.」

페트라는 앙네스가 정확히 어떤 경우를 말하고 있는지 알고 싶다고 말했다.

「여러 가지 예가 있지.」

「그중에서 하나를 들어 보세요.」

앙네스는 캠핑카의 운전대에 붙여 놓은 포스트잇 한 장을 두 손가락으로 조심스럽게 집어 들었다.

「그러니까 말이야, 어떤 스페인 수도승의 주장에 따르면, 793년 4월 6일에 세상의 종말이 온다고 했는데, 그런 일은 일어나지 않았어.」

「지금 여사님은 나의 과학적인 지식을 8세기 스페인 수도승의 지식과 비교하는 건가요? 내가 장담하는데, 그 사람은 자기 주장에 예수님도 끌어들였을 거예요. 아닌가요?」

앙네스는 그렇다고 인정했다. 그날에 메시아께서 다시 나타나셔서는, 모든 사람을 데리고 돌아가시기로 되어 있었단다. 하지만 크리스토퍼 콜럼버스는 어떤가? 그는 1656년의 어느 날에 최후의 심판일이 온다고 말하지 않았던가?

「혹시 아메리카와 인도도 구별하지 못했던 그 한심한 친구를 말하는 건가요?」

앙네스는 물러서지 않았다. 그녀의 기억력은 견고했다. 게다가 포스트잇까지 있었다.

「또 야코브 베르누이도 있어!」

「누구요?」

「저명한 수학자! 그리고 이번에는 종교는 개입하지 않아. 〈이건 그냥 느낌적인 느낌이다〉가 아닌 거지. 순수한 분석에 따른 거였어!」

「그래, 그 분석이 뭔데요?」

「1719년 4월에 모든 게 막을 내린다고. 어떤 혜성이 지구를 들이받는다는 거야. 〈쾅〉 하고!」

「혜성은 예측이 쉽지 않아요. 산 토끼를 잡지도 못하고서 요리부터 하려 하면 되겠어요? 다가오는 혜성에 지구의 중력이 작용하기 시작하는 순간부터, 우리는 계산을 다시 해야 해요. 그리고 그 계산이 끝나기도 전에 혜성은 획 하고 지나가 버리죠. 사람들에게 혜성에 대해 경고하는 것은 좋은 생각이긴 하지만, 오직 바보만이 그것을 철석같이 믿을 거예요.」

「지금 누가 날 불렀어?」 요한이 물었다.

「아니. 오늘 저녁 메뉴는 뭐야?」

「그건 비밀이야.」

앙네스가 포스트잇에 적어 놓은 내용은 그뿐만이 아니었다. 「진 딕슨. 1962년. 내가 알기로는 유명한 천문학자야.」

「아니, 맛이 간 점성술사죠.」 페트라는 고개를 저었다. 「또 없나요? 어디, 가지고 있는 것 다 내놔 보세요.」

앙네스는 지난 세기 동안 적어도 스무 번은 세상의 종말을 예측해야 했던 불쌍한 여호와의 증인들을 생각해 봤다. 여호와 자신이 〈증인〉들의 귀에 대고 속삭였는지는 모르겠지만, 스무 번이나 연달아서 틀린다는 것은…….

그녀는 페트라가 이들도 종교적 이유로 무시해 버리라고 할 것을 알았기 때문에 거론하지는 않았다. 하지만 유명한 수비(數秘)학자 해럴드 캠핑은 괜찮을 수도?

「그는 지금까지 네 번 중 세 번을 틀렸어. 네 번째 예언은 올해 10월에 확인될 거고.」

「그렇다면 이번 9월 7일에 그는 — 뭐, 그럴 시간이 있을지는 모르겠지만 — 몹시 실망하겠네요.」 페트라가 말했다. 「자, 이제는 마야와 2012년 얘기를 할 건가요?」

아닌 게 아니라 앙네스는 그럴 생각이었지만 그만두었다.

대신 그녀는 쿠즈네초프라는 러시아 사람이 십여 명의 불쌍한 사람들을 설득하여 2008년 8월에 닥칠 세상의 종말을 피하기 위해 동굴에 틀어박혔다는 사실을 상기시켰다. 그들은 6개월 치의 식량을 가지고 들어갔다. 앙네스는 그들이 종말 후에 무엇을 할 계획이었는지 궁금하다고 말했다.

「어떤 종류의 식량이었죠?」 요한이 물었다.

앙네스로서는 전혀 알 수 없었다.

「내가 과학적으로 예측한, 바로 그 시각에 열권 공기 분자의 전하(電荷)에 어떤 일이 일어나게 될지, 그리고 그것이 어떤 일을 초래하게 될지, 설명드릴까요?」 페트라가 물었다.

「고맙지만 사양할게.」 앙네스가 대답했다. 「난 아무 문제 없을 거라고 확신해.」

21
2011년 9월 2일 금요일
종말까지 5일

보라색 머리의 운전사는 좋고 나쁜 것을 다 받아들이기로 마음먹었다. 페트라의 말에 따르면, 인류의 미래는 조금이라도 상식이 있는 사람이라면 도저히 이해가 안 되는 64단계의 방정식에 달려 있었다. 그리고 요한은…… 음, 이렇게 둔하면서도, 동시에 재능이 넘치는 사람이 있다는 게 믿기지 않았다.

하지만 이 두 친구는 자기에게 짜릿한 삶을 제공하고 있는 것이다. 가만, 요즘 젊은 애들이 뭐라고 하더라? 욜로?[36]

이탈리아 수도까지 한 시간 반이 남았을 때, 보라색 머리의 운전사는 다리를 좀 뻗고 싶었다. 더구나 차에 연료도 넣어야 했다.

오르비에토 근처에서 주유소에 들어간 그녀는 연료 탱크를 채운 다음 주차를 했다. 그리고 나니 배가 출출했다.

「요한, 혹시 샌드위치 있어? 아니면 다른 것도 좋고.」

「솔잎으로 훈연한 셀러리를 통째로 구워 푸아그라와 사과

---

36 YOLO. You only live once의 준말로 〈인생은 한 번뿐이니, 이 순간을 즐겨라〉라는 의미.

를 곁들인 요리는 어때요? 베름란드의 특별 요리예요. 그런데 베름란드가 어디죠?」

정말로 둔하면서도 재능이 넘치는 사람다운 말이네, 앙네스는 생각했다.

「베름란드는 달슬란드에서 멀지 않아. 달슬란드는 고센버 그에서 멀지 않은 보후슬렌에서 멀지 않고. 어쨌든 그냥 샌드 위치 하나면 충분하겠어.」

한편, 페트라는 캠핑카 옆에서 야구 방망이를 휘두르며 스 트레칭을 하고 있었다. 온종일 차 안에 앉아 있었더니 몸이 굳 은 터였다.

이때 포르셰를 타고 지나가던 한 이탈리아 남자가 그녀가 길을 막고 있다고 생각하고는 경적을 울렸다. 그러고는 차창 유리를 내리고는 뭔가 욕설을 지껄이는 실수를 범했다. 예언 가가 이해할 수 있는 말은 아니었지만, 어조를 통해 무슨 말을 하는지 알 수 있었다.

페트라는 이제는 익숙해진 정의 구현의 욕구가 불같이 치 미는 걸 느꼈다. 이탈리아 남자에게 다가간 그녀는 길을 막은 것에 대해 사과한 후, 혹시 뭔가 속에 쌓인 거라도 있는지 물 었다. 그런데, 이 남자가 영어로 말했던가? 아니라면, 그냥 무 시하면 되는 거였다.

포르셰 운전자의 외국어 지식은 한정되어 있었지만, 전혀 없는 것은 아니었다. 그는 치과 보철물 세일즈맨이었는데, 영 국과도 일을 일했다. 따라서 그는 〈complete dentures(전체 틀 니)〉, 〈fixed bridge(고정 브리지)〉, 〈implant consultation(임 플란트 상담)〉 같은 영어 표현들을 알고 있었다. 반면 다른 어휘가 나오면 헤매기 일쑤였다. 더욱이 지금은 기분이 좋지 않은 상태였다. 방금 전에 아내에게 한바탕 퍼붓고 나온 참이었다. 아니, 정확히 말하자면 아내가 그에게 퍼부었다. 벌써 1천 번은 당한 일이었다. 그는 그녀의 치아를 부숴 버리고 싶었다. 만일 배짱만 있었다면, 그로 인해 얼마나 비싼 대가를 치러야 하는지 몰랐다면, 그렇게 했을 것이다.

「운동은 다른 데서 할 수 없소?」 그가 퉁명스럽게 내뱉었다. 「지금 난 바쁘단 말이오.」

페트라는 야구 방망이의 굵은 부분을 어깨에 걸치고는 미소를 지었다.

「생각 없이 굴어서 미안해요.」 그녀가 사과했다. 「네, 캠핑카의 반대편에서 몸을 푸는 게 맞겠죠. 하지만 당신 자신의 공격적인 행동은 어떻게 생각하는지 궁금하네요. 그리고 만일 당신에게 살날이 얼마 남지 않았다는 사실을 알았다면, 이런 상황에서 어떻게 했을까요?」

예언가는 운전석 차창 옆에 서 있었는데, 성마른 포르셰 운전자의 좌석은 쑥 내려가 있어 그녀보다 훨씬 아래에 있었다. 그는 이런 위치가 매우 불편하게 느껴졌다. 게다가 이 여자는 야구 방망이를 어깨에 걸머지고서 사람을 위협하고 있지 않은가? **뭐, 내가 살날이 얼마 안 남았다고?**

이 치과 보철물 세일즈맨은 아내와의 관계를 제외한 모든 상황에 있어서, 최선의 공격은 최선의 방어라는 신조를 가지고 있었다. 따라서 그는 〈카초!〉[37]라고 외치며 차문을 왈칵 열어젖혔는데, 얼마나 거세게 열었던지 여자는 야구 방망이와

37 Cazzo는 이탈리아어로 남자의 성기를 뜻하는 비어로, 욕설로도 사용된다.

함께 땅바닥에 나뒹굴고 말았다. 그리고 잠시 후, 남자는 제거된 위협 요소를 내려다보고 있었다. 그리고 안전을 기하기 위해 여자의 무기를 압수했다.

그가 여자에게 영어로 할 말을 찾고 있는데, 어디선가 팽글팽글 날아온 프라이팬이 그의 머리를 강타했다. 솔잎으로 훈연된 셀러리구이를 만드느라 분주하던 요한이 차창을 통해 낯선 사내의 모습을 발견한 것이다. 낯선 사내는 손에 야구 방망이를 들고서, 쓰러져 있는 요한의 친구이자 보호자인 여자를 내려다보고 있었다. 잠시 후, 이번에는 프라이팬에 맞은 이탈리아인이 땅에 엎어져 있었고, 페트라는 흙을 툭툭 털고 일어섰다.

「고마워.」 그녀는 요한에게 엄지를 치켜들었다. 「그리고 이게 바로 제대로 된 프라이팬이지!」

「주철 제품이야.」 요한이 설명했다. 「로네뷔 브루크 브랜드지. 좀 비싸지만 제값을 해.」

차에서 내린 앙네스는 이 모든 난장판을 발견했다. 지금 이 장소, 지금 이 순간이야말로 살아온 인생 중에서 가장 짜릿한 순간이라는 생각이 들었다. 하지만 차 번호판이 가짜고, 자신에게 운전면허증이 없다는 점을 감안할 때, 지금은 저 또라이 1과 또라이 2가 무슨 짓을 했느냐가 문제가 아니라, 당장 이곳을 벗어나는 게 급선무였다.

「**전원 탑승!**」 그녀가 외쳤다. 「10초 후에 출발!」

✳ ✳ ✳

페트라는 이탈리아 사내가 포르셰를 붙잡고 다시 일어선 것을 백미러를 통해 확인하고는 안도의 한숨을 내쉬었다. 물론 그는 며칠 후면 모든 사람들과 마찬가지로 세상을 하직하겠지만, 그녀와 요한이 그날을 앞당겨 줄 이유는 전혀 없었다.

〈여행하는 에클룬드〉는 이탈리아의 수도를 이미 세 번이나 경험한 바 있었지만, 앙네스로서는 처음이었다. 운전대를 잡은 그녀는 백미러를 통해 이탈리아 경찰이 쫓아오지 않는지 연신 불안스레 확인하고 있었다. 무슨 일이 있었는지에 대한 페트라의 설명은 흘려들었다. 페트라 주장으로는, 자신의 운동을 중단시킨 남자와 매우 부드럽게 대화를 나누고 있는데, 그가 느닷없이 자신을 공격했다는 거였다.

앙네스는 지난 며칠 동안의 일들을 요약했다. 페트라와 요한의 평화를 위한답시고 유럽 투어를 시작했다. 그런데 그 결과는 무엇인가? 차 한 대가 부서지고, 보안 요원 한 명이 박치기당하고, 웨일스 변호사 한 명이 차에 치이고, 이탈리아 남자 한 명이 주차장에서 K.O.되었다. 그들이 정말로 붙잡고 따져야 할 사람은 아직 얼굴도 보지 못했는데 말이다. 앙네스는 필요하다면 세상이 곧 끝난다는 페트라의 주장을 받아들일 수도 있고, 또 만일 그리된다면 별로 나쁠 것이 없다고 말했다. 하지만 그 일이 일어나기도 전에 세상을 박살 내야 할 필요가 있을까?

페트라는 빌레펠트의 디트마어와 있던 일은 벌써 잊었다고 했다. 그 문제는 더없이 평화로운 방식으로 해결하지 않았던가? 요한에게선 아무 말이 없었다. 로네뷔 브루크 주철 프라이 팬을 — 그것에게 미안하다고 해가면서 — 시즈닝하느라[38] 여념이 없었던 것이다.

백미러에 이탈리아 경찰차가 보이지 않자 앙네스의 마음은 점차 가라앉았다. 그녀는 페트라와 요한을 만난 이후로, 매일 이 흥미진진한 사건들로 채워졌다는 사실은 감사하지만, 64단계의 방정식을 풀 수 있는 사람이라면 다음에 인류의 다른 구성원과 마주치게 될 때를 대비해 올바른 단어들을 올바른 순서로 내뱉는 법도 찾아내야 하지 않겠느냐고 물었다. 목적지에 닿기도 전에 감옥에 들어가고 싶지 않다면 말이다.

페트라는 주차장에서 자기가 잘못한 게 없다고 생각했다. 하지만 지금 앙네스가 한 얘기는 상당히 흥미롭게 느껴졌다. 맞아, 숫자 대신 글자로 이뤄진 완벽한 방정식!

「좋아요, 내가 플로 차트[39] 같은 것을 한번 만들어 보겠어요.」페트라가 눈을 빛내며 대답했다. 「단어들이 올바른 위치에 놓일 수 있도록 말이에요. 요한이 형을 만났을 때 도움이 될 수 있는 종류의 것이 되어야 하겠죠. 스웨덴 대사관 앞에서 프라이팬이 날아다니는 상황은 아무도 원하지 않잖아요?」

앙네스로서는 자기가 상황을 개선했는지, 아니면 악화시켰는지 알 수 없었다. 어쨌든 뒤에 이탈리아 경찰이 쫓아오는 기미는 전혀 없었으므로, 그녀는 〈욜로〉를 계속해 가기로 마음먹었다. 지금 캠핑카 뒤쪽에서 무슨 일이 일어나고 있는지 생각해 본다면 더욱 그럴 필요가 있었다. 요한은 조금 전에 일어

38 프라이팬의 표면을 보호하거나 강화하기 위해 기름 막을 입힌 후 고온으로 달구는 작업을 말한다.
39 작업의 절차나 순서를 도식화한 표. 〈순서도〉 혹은 〈흐름도〉라고도 한다.

난 일은 까맣게 잊어버리고서 저녁 식사를 준비하느라 정신이 없었다.

＊ ＊ ＊

조수석에 앉은 페트라가 운전대를 대신 움직여 주는 가운데, 앙네스는 태블릿을 켜고는 로마에서 적당히 주차할 만한 장소를 찾았다. 그리고 비교적 중심부에 위치한 캠핑장 하나를 찾아냈다.

캠핑장에는 캠핑카를 위한 주차 공간도 있었지만, 그곳은 비좁고 빽빽했다. 페트라는, 적어도 플로 차트가 완성되기 전까지는, 이웃과 언쟁하지 않겠다고 약속했다.

「항상 〈선생님, 그런데요……〉라는 말로 시작하면 어떨까? 혹은 〈여사님, 그런데요……〉라는 말로? 아냐, 이건 별로야. 더 생각해 봐야겠어.」

요한은 여전히 주방에서 부산을 떨었다. 내일은 중요한 날이며, 따라서 식탁에 특별한 뭔가를 올릴 만한 가치가 있다고 그는 말했다.

페트라는 요한을 만난 이후로 식사 때마다 〈특별한 뭔가〉를 제공받는다는 느낌이 들었지만, 이번에는 완전히 새로운 차원에 도달해 있었다. 태어나서 이렇게 많은 식기가 놓인 테이블을 본 적이 있었나 싶었다.

「절대로 적당히 할 수는 없었어.」 요한은 손으로 직접 쓴 메뉴를 친구들에게 건네며 설명했다. 「이걸 쓰느라고 15분이나 걸렸으니 한번 읽어 봐주면 고맙겠어.」

캠핑카 레스토랑의
오늘 저녁 메뉴

러시아 캐비어와 신선한 호두를 얹은
냉압착 유채씨기름 아이스크림

아삭한 배를 채 썰어 콜라비절임과 서양고추냉이와
버무린 샐러드

훈제 대구와 곰치어란으로 채운 바삭한 감자콘

음료: 1995년산 샤를 에드시크 블랑 데 밀레네르 백포도주

기름에 볶은 푸아그라, 레몬타임,
그리고 구운 회향 씨를 곁들인 토끼고기찜

구워서 숙성시킨 토마토, 발효 마늘, 아마리요고추[40]
그리고 냉압착 유채씨기름이 들어간 맑은 수프
구운 토마토, 절인 양파, 오이, 완두콩, 그리고 아몬드를
재료로 한 걸쭉한 채소스튜

40 남미산 매운 고추의 일종.

허브와 토마토가 들어간 얇고 바삭한 쿠키

음료: 2008년산 뷔르츠부르거 슈타인 질바너 에르스터
라거 율리우슈피탈 백포도주

살짝 볶은 바닷가재꼬리와 갓 따온 딜을 얹은
회향샐러드

음료: 2001년산 도멘 랑글루아샤토,
소뮈르 블랑 비에유 비뉴 백포도주

캐비어를 얹은 물냉이소스로 맛을 낸 골수 훈연한
농어필레와 무조림

음료: 2004년산 조제프 드루엥 샤사뉴몽트라셰 백포도주

블러드오렌지로 코팅하고 구운 회향과 고수씨로 문질러
풍미를 더한 비둘기통구이

마늘을 채워 넣고 사과즙, 꿀, 레몬을 발라 구운
꽃상추 요리

살짝 캐러멜화한 붉은 사과잼

마늘, 블러드오렌지, 월계잎으로 향을 낸 닭육수소스

야생마늘을 주재료로 한 샐러드

음료: 1998년산 브루넬로 디 몬탈치노 피안로소
키안치 피콜로미니 적포도주

레몬머랭과 통조림 복숭아를 곁들이고,
샴페인과 레몬버베나로 풍미를 더한 허브셔벗

음료: 2002년산 샤또 쉬뒤로 백포도주

　독학으로 요리를 배운 셰프는 각 사람에게 메뉴를 한 부씩
주지 못하는 것을 사과하고는, 모두가 식탁에 앉기 전에 자신
은 아직 몇 가지 할 일이 남았다고 말했다.
　「아직 할 일이 남았다고?」 페트라가 놀라며 물었다. 「대체
이걸 언제부터 시작한 거야? 일주일 전부터?」
　요한은 요리들을 자세히 들여다보면, 여기저기 임시방편으
로 처리한 것들을 발견하게 될 거라고 설명했다. 그리고 솔직
히 말하자면, 약간 속인 부분도 있단다. 적어도 한 가지는 정

직하게 인정하겠단다.

「사실 딜은 그렇게 신선하지가 못해. 내가 이틀 전에 사다 놓은 거거든.」

하지만 전체적으로는 그렇게 낯 뜨거울 정도는 아닌 것 같단다. 나중에 기회가 있으면 주방에 대한 자신의 장기적 계획에 대해 소개하고 싶지만, 지금은 바로 그 주방이 자기를 부르고 있단다.

「15분 후에 돌아올게. 내가 없는 동안 와인을 너무 많이 마시지 마.」

＊ ＊ ＊

세 사람이 아직 토끼고기찜도 못 끝냈을 때, 페트라는 다시 한번 감탄하지 않을 수 없었다.

「도대체 어떻게 이런 걸 만들었는지 모르겠어! 어떻게 이런 맛을 낼 수 있지? 어떻게 이 모든 재료들을 이렇게 완벽하게 조화시킬 수 있는 거야?」

앙네스도 고개를 끄덕였다.

「난 지금까지 내 치킨캐서롤을 자랑해 왔지만, 솔직히 이것은…… 다른 차원이야.」

어, 정말요? 하고 되묻던 요한은 표현은 다르지만 전에도 똑같은 찬사를 들었다는 사실을 깨달았다.

이제 그는 그들의 칭찬이 빈말이 아니라는 것을 분명히 알게 되었다. 그들은 정말로 그렇게 생각하고 있는 것이다!

「맞아요, 난 일류 요리사이고 천재예요!」 그는 와인 잔을 번쩍 들어 올리며 자랑스럽게 말했다.

「아, 세상에!」앙네스는 와인을 맛보며 탄성을 발했다.

「과일 맛이 나면서, 꽃향기도 약간 느껴질 거예요.」요한이
설명했다.「다시 한번 음미해 보시면, 노란 배와 참외, 그리고
몇 가지 다른 것들도 느낄 수 있을 거예요. 토끼도 이 식탁에
우리와 함께하는 것을 자랑스러워할 거예요. 녀석이…… 음,
죽지만 않았다면요.」

걸음마를 뗄 때부터 형의 무시 속에 자란 그는, 자신은 아무
것도 배울 수 없다고 확신하여 무언가를 배울 시도조차도 하
지 못했었다. 대신 그는 맛과 냄새에만 — 그것들 하나하나
에, 그리고 다양한 결합에 — 빠져 살아왔다.

하지만 페트라를 만난 이후로, 한 번도 바보, 멍청이, 천치
같은 소리를 듣지 않았다. 앙네스의 주방 식탁에 앉아 있는데
프레드리크에게서 전화가 왔을 때를 제외하고 말이다. 요한
의 자신감은 나날이 커지고 있었다.

아직도 그의 지식엔 여기저기 커다란 구멍들이 있긴 했
지만.

요한이 가져온 허브셔벗과 레몬머랭을 맛보며, 친구들은
다음 날의 전략을 논의하기 시작했다. 지난 한 주 동안 일어난
모든 일들의 원인이라 할 수 있는, 프레드리크와의 만남에 어
떻게 대비할 것인가에 대해서 말이다. 그 일은 스웨덴 대사관
에서 이뤄져야 했다. 그가 어디 사는지 아무도 모르기 때문이
었다. 거기서 동생은 형에게 따끔하게 한마디 해줘야 할 거였

다. 하지만 어떻게?

「이제 눈이 뜨이고 나니까 형에게 할 말이 너무 많아. 먼저 그 토요일 간식 얘기부터 하고 싶어. 엄마가 살아 계셨을 때, 토요일마다 쥐 모양 젤리와 보트 모양의 산딸기젤리를 간식으로 주셨어. 그런데 프레드리크 형이 독차지했지. 난 아직까지도 그 쥐 모양 젤리가 무슨 맛인지 모르지만, 그 보트 모양 산딸기젤리는 청소를 하다가 마룻바닥에서 한 개 주운 적이 있었어.」

「그걸 먹었어?」 앙네스가 물었다.

요한은 고개를 끄덕였다.

「옥수수시럽을 너무 많이 넣었더라고요.」

요한의 요점은, 이제 와 생각해 보니 그것들이 아이들이 좋아할 만한 과자였다는 거였다. 또 프레드리크가 마치 동생의 치아 건강을 위하는 양 혼자서 그것들을 다 먹어 치우며 자기를 속여 먹었다는 깨달았단다.

하지만 이 농락당한 동생은 이 과자들에 대해 말로는 도저히 형을 이길 수 없을 것 같단다. 그러기에는 형이 말을 너무 매끄럽게 잘한단다. 뭐, 그는 아는 게 너무 많은 사람이니까.

이렇게 요한이 토요일 간식에 대해 얘기하고 있을 때, 앙네스와 페트라는 디저트를 맛보고 있었다.

「오, 하느님 맙소사!」 페트라가 감탄했다.

「아주 적절한 표현이야.」 앙네스가 맞장구쳤다.

「배경을 이루는 맛은 샴페인과 레몬버베나예요.」 요한이 설명했다.

「완전히 미쳤어!」 앙네스가 외쳤다.

요한은 그녀를 슬픈 눈으로 쳐다보았다. 페트라는 급히 앙네스의 말뜻을 설명해 주었다. 아니, 여사님 말은 네가 미쳤다는 게 아니고, 네 음식이 미쳤다는 뜻이야. 그래, 네가 마스터 셰프요, 천재라는 뜻이라고.

요한은 미소를 되찾았다. 그에게서 볼 수 없었던 미소, 자신감이 넘치는 미소였다.

그들은 다시 현안으로 돌아왔다. 페트라는 지난 일들을 가지고 시시콜콜 따지느니 그냥 요한의 천재성을 밀고 나가면 어떨까 하는 생각이 들었다. 프레드리크는 살아오는 내내 요한을 〈천치〉로 여겨 왔다. 그런데 동생이 뚜벅뚜벅 걸어가서 어떤 눈부신 레시피로 그를 기절초풍하게 만든다면?

앙네스는 무슨 생각인지 알 것 같다고 고개를 끄덕였다.

「난 모르겠어.」 요한은 고개를 저었다.

페트라는 자신의 아이디어를 거둬들이며 좀 더 깊이 생각해보았다. 아닌 게 아니라 프레드리크의 코앞에 메뉴를 들이밀어 봤자 별로 효과가 없을 거였다. 효과가 있기 위해서는 메뉴와 더불어 온갖 요리들이 차려진 캠핑 테이블도 가져가야 하지 않겠는가? 그리고 그 요리들이 아무리 향기롭고 맛있다 하여 프레드리크가 항복한다는 보장이 있을까? 수년 동안 최고급 요리들을 대접받아 왔지만, 불평하고 심지어는 따귀를 때린 그가 아니었던가?

그들은 벽에 부딪혀 있었다.

페트라는 요한과 프레드리크의 만남을 성공으로 이끄는 게 자신의 책임이라고 느꼈다. 그러려면 형에게 몇 가지를 깨우쳐 주어야 했다. 하지만 그들이 아직 스톡홀름 변두리의 섬에 갇혀 있었을 때 프레드리크가 통화 중에 〈천치〉를 어떻게 대했는지를 생각해 보면, 그들의 다음번 대화에 딱히 진전이 있을 것 같지는 않았다. 게다가 요한은 과거의 청산이 오직 자신의 일이라는 점을 강조했다. 따라서 페트라가 한 걸음 뒤에서 야구 방망이를 어깨에 걸치고 뻐딱한 미소를 짓고 서 있는 일은 제발 없었으면 한다.

그녀는 거름업자 프레벤에게 고상한 척, 잘난 척했던 게 부끄럽고 후회가 되었다. 그는 디트마어의 면상을 박살 내려 했던 반면, 자신은 말로 타이르겠다고 했었다. 어쨌든 현실에 닥쳤을 때 어느 것도 성공하지 못했지만, 적어도 프레드리크는 투포환 선수가 아니었다. 그리고 요한이 그를 말로 K.O.시키는 것은 불가능해 보였다.

알고 보니 앙네스의 생각도 그녀와 비슷했다. 앙네스가 말하길, 어찌 보면 수년간 귀싸대기를 얻어맞으면서도 요한은 아무것도 배우지 못했다. 그 사실을 생각하면 사람은 주먹보다는 말을 써야 한다는 페트라의 이론이 맞을 것 같단다.

또 다른 한편으로는, 자신의 작고한 남편의 경우를 생각하지 않을 수 없단다. 그는 지독하게 노랑이짓을 하면서 수십 년 동안 자신을 불행하게 만들었단다. 그에게 제발 소처럼 일만 하지 말고 사람답게 살자고 아무리 얘기해 봐도 소용이 없었단다.

「난 정말로 애써 봤지만, 아무 소용이 없더라고.」

「그래서, 그의 따귀를 갈기지 않은 게 지금 와서 후회가 된다는 얘긴가요? 아니면 무슨 말을 하고 싶은 거죠?」

페트라는 이렇게 묻는 자신에 스스로 놀랐다.

앙네스의 입가에 살짝 미소가 떠올랐다.

「음, 그보다는 그 인간이 자신의 따귀를 갈겼다고 할 수 있 겠지. 발바닥에 푹 박히도록 대못을 밟았을 때 말이야. 바로 그 순간에는 교훈을 얻지 못했지만, 선명히 기억나. 그가 고 열에 시달리며 헛소리를 할 때, 휘발유 3리터를 아끼려고 백 셰 병원에 가지 않은 것을 후회하고 있었어.」

이 마지막 부분은 전혀 사실이 아니었다. 사실 나막신 공장 사장은 그의 인색함을 무덤에까지 들고 갔다. 하지만 사랑과 전쟁이 그러하듯, 수단을 가리지 않고 원하는 것을 얻는 게 지 금은 중요했다. 왜냐하면 앙네스는 이 논의를 통해 자신이 무 엇을 얻기 원하는지 깨달았기 때문이었다. 결과를 얻을 수만 있다면 진실을 좀 부풀려도 상관없었다. 심지어는 페트라의 예언을 믿는 척하는 것도 나쁘지 않았다.

앙네스는 말을 이었다.

「페트라, 과학적으로 증명된 너의 종말의 날 계산 덕분에, 우리는 프레드리크가 최대 6년의 징역형을 — 아파트를 판 돈 에서 요한의 몫을 빼돌린 절도죄를 가중한 것이지 — 면하리 라는 것을 잘 알고 있어. 그렇다면 우리는 프레벤식의 해결책 을 따라야 할 필요가 있지 않을까?」

페트라는 건설적 제안을 해준 보라색 머리의 동맹군에게 감사를 표했다. 더불어 세상의 임박한 종말에 대한 이의의 여 지 없는 진실을 간접적으로나마 받아들여 준 것도 고맙다고 말했다. 그녀는 상황도 그렇고 하므로 앙네스의 의견에 동의

211

하는 쪽이었다. 하지만 먼저 당사자의 의견을 들어 보고 싶었다.

요한은 프레드리크에게 무수히 따귀를 맞았던 일을 생각하면서 조용히 앉아 있었다.

「15년 내지 20년 동안 매주 두세 번씩 얻어맞았어.」그가 말했다. 「그걸 다 합하면 몇 번이지?」

그가 이렇게 물으며 예언가에게 고개를 돌리자, 그녀는 요한이 제공한 입력값으로는 정확한 답을 주기는 어렵지만, 프레드리크는 그의 동생을 대략 2천 번은 폭행한 것 같다고 대답했다.

「그런데 요한, 이걸 묻는 의도가 뭐야? 물론 그게 얼마나 끔찍했는지 말하고 싶은 거겠지?」

이렇게 묻고 나서 앙네스와 페트라는 귀를 쫑긋 세웠다.

요한은 프레드리크의 귀싸대기를 때리는 것을 상상해 봤지만, 심지어는 상상 속에서도 잘 되지 않았다고 대답했다. 프레드리크의 손바닥은 약간 위에서 날아왔는데, 그의 키가 몇 센티 더 컸기 때문이었다. 역할을 바꾼다면 아마도 턱에나 닿을 거란다.

「그래서 넌 그럴 수 없다는 말이지?」

페트라는 자신의 목소리에 실망감이 배어 있는 걸 느꼈다.

「아니, 그런 말은 아니야. 둘이서 발바닥을 꿰뚫은 못 이야기를 하는 건 나도 들었어. 근데 내가 못을 어디서 구해서 어떻게 형이 그것을 밟게 만들겠어? 대신 내가 주먹을 꼭 쥐고서 코를 한 대 쥐어박으면 어떨까?」

22
사탕무 농부의 아들
5부 중 3부

알렉산드르 코발추크는 고르바초프를 제때에 저버리고, 더 많은 양의 보드카를 들이켜는 법을 재빨리 훈련함으로써 새 러시아의 초대 대통령 보리스 옐친의 마음을 사로잡을 수 있었다.

옐친은 젊은 코발추크의 음주 능력에 너무나 감명을 받은 나머지 이 나라의 개혁을 위해 고르바초프가 했던 일보다도 막중한 책임을 그에게 부여했다. 어느 날, 아침부터 대통령과 보드카를 즐기던 알렉산드르는 엉성하게 급조된 러시아 헌법의 구멍들을 최대한 메우는 임무를 부여받았다. 아직 준비되지 않은 법과 규정 들에 결합된 자유 시장 경제가 의미하는 바는, 충분히 능숙한 변호사의 도움을 받아도 불법을 저지르는 게 거의 불가능하다는 것이었다. 그럼에도 누군가가 해냈다면 그 뒤에 뇌물이 있었다는 얘기였다. 점점 더 많은 서구의 고급 승용차가 러시아의 거리에 모습을 드러내고 있었다. 이들 중 상당수는 사법부 고위 관리들의 소유였다. 그런데 이 고위 관리들의 대부분은 문제의 고급 승용차에 연료를 한 번 채울 정도밖에 되지 않는 급료를 수령했고, 그나마도 제때에 받으면 다행인 사람들이었다.

이에 비한다면 개척 시대의 미국 서부는 법과 질서의 보루였다고 할 수 있으리라.

민영화의 열정에 사로잡힌 국가가 수십만 개의 공장들과 업체들을 아주 똑똑하고 영악한 사람들만 이해할 수 있었던 복잡한 바우처 시스템을 통해 팔아 치우고 있을 때[41] 알렉산드르는 러시아의 세제 개혁에 착수했다. 그는 열심히 고치고 수선했지만, 서로 견줘 봐야 할 숫자들이 너무 많았다. 그는 처음으로 자신의 경제학 학위가 가짜인 것을 후회했다.

그 결과, 알렉산드르의 세제 개혁의 결과로 시행된 새 규정을 문자 그대로 따른다면, 다시 말해 알렉산드르가 개정한 세법이 규정하는 모든 감면액과 가산액을 고려하면, 벌어들인 돈의 118퍼센트를 세금으로 내야 했다.

물론 그렇게 멍청한 사람은 아무도 없었다. 가장 부유한 사람들은 아예 세금을 한 푼도 내지 않았다. 대신 그 돈을 새 변호사들을 고용하는 데 썼다. 또 마피아의 일부가 아니라면, 자신의 안위를 위해 보리와 그 일당의 비위를 맞추는 일도 잊지 말아야 했다.

〈어머니 러시아〉[42]는 점점 시들어 갔다. 이제 사람들은 파

---

41 러시아는 구소련 시대의 공영 기업들을 민영화하기 위해, 국민들에게 바우처를 지급하여 그것으로 기업의 주식을 사게 했지만, 그것의 가치를 잘 모르는 사람들은 바우처를 영악한 사업가들에게 헐값에 넘기곤 했다.
42 러시아 애국자들이 조국을 어머니에 빗대 부르는 말.

리에서처럼 무엇이든 살 수 있지만, 파리에서만큼은 아니었다. 1992년, 물가가 무려 스물다섯 배나 뛰었다. 그 전부터 이미 삶이 힘들었던 사람들은 불과 열 달 만에 삶이 스물다섯 배나 더 힘들어졌다.

보리의 최상위 보스들은 자신들이 곧 이 나라의 거대한 부분을 접수하게 되리라는 것을 깨달았다. 하지만 이를 위해서는 지방 조직 두목들을 같은 편으로 끌어들이는 게 필요했는데, 이 두목들은 요란하게 불평을 늘어놓았다. 이발 가격이 보름마다 두 배씩 뛰면, 동네 이발소를 보호하기 위해 얼마를 요구할 수 있겠는가? 그리고 서민들은 이발할 돈조차 없는데, 이발사들에게 무슨 돈을 요구한단 말인가?

마피아 보스들은 전략 회의를 열었다. 이대로는 계속할 수 없었다.

얼마간의 숙의 끝에, 그들은 옐친은 건들지 않기로 결정했다. 이 나라가 무너져 가고 있을지 모르겠지만, 아무리 상처를 입었어도 호랑이는 호랑이였다. 늙은 공산주의자들에게는 마피아를 다루어 온 오랜 경험이 있는 것이다. 그런데 지금 피를 좀 흘리고 있다고 하여 그들을 얕볼 수 있겠는가? 아니, 그것은 어리석은 짓이었다.

하지만 옐친의 그 빌어먹을 고문관! 118퍼센트의 세금을 내게 만든 그 녀석! 모든 것을 엉망진창으로 만들어 놓아 얼마 후면 더 이상 부패로 돈을 벌 수도 없을 상황을 만들어 놓은 녀석! 보리가 얼굴 좀 한번 보자고 해도 건방지게 응하지 않는 녀석!

이 멍청한 개자식은 자기가 누굴 상대하는지도 모르고 있

215

었다.

그리고 바로 그 이유 때문에, 그 멍청함 때문에 곧 죽어야
마땅했다.

이 결정은 만장일치로 채택되었다.

옐친의 수석 고문관에 대한 보리의 증오가 잘못된 것이라
고 생각할 수도 있을 것이다. 왜냐하면 새로운 자본주의 러시
아의 80퍼센트가 보리와 그 협력자들의 손아귀에 들어갈 수
있었던 것은 바로 이 고문관의 페레스트로이카에 대한 열정
적인 조언 덕분이었기 때문이었다. 이제 세상은 〈글라스노스
트〉와 〈페레스트로이카〉 다음에 〈올리가르히〉[43]라는 말을 듣
게 될 거였다.

어쨌거나 사형 선고는 내려졌다. 그리고 그들이 내린 사형
선고 중 열에 아홉은 집행되었다.

그런데 우연히도 알렉산드르 코발추크는 이 열 번 중 한 번
에 속했다.

그리고 바로 그 때문에, 세월이 흐른 후에 앙네스와 요한과
페트라에게 특별한 일들이 닥치게 되었다.

43 국영 기업들을 헐값에 인수하는 등의 방식으로 부를 축적한 러시아의 신
흥 재벌 세력을 일컫는 말. 거대 자본과 사유 재산에 부정적인 민중과 정부 관료
등으로부터 자신의 이권을 보호하기 위해 마피아와 결탁하기도 했다.

23
2011년 9월 3일 토요일
종말까지 4일

　요한은 프레드리크의 코에 주먹을 날리는 것을 포기하려고 했다. 프레벤이 빌레펠트에서 유사한 행동을 했다면 그가 받았을 형벌에 대해 앙네스가 한 말이 떠올랐기 때문이었다.

　자신의 구두쇠 남편이 임종의 침상에서 후회했다고 말하면서 진실을 약간 부풀린 바 있는 보라색 머리의 할머니는 진실을 좀 더 부풀리면 세 사람 모두에게 좋을 거라는 생각이 들었다.

　요한의 음식 솜씨는 최고였다(영화 대사 외우기도 마찬가지였지만). 페트라는 수학과 화학에 재능이 있었다. 앙네스 자신은 인터넷의 힘에 대해 잘 알고 있었다. 스웨덴 형법을 대충 한번 훑어본 그녀는, 만일 코에 날린 주먹이 약간의 코피와 경미한 골절밖에 초래하지 않는다면 정당 방어로 간주된다고 두 사람에게 설명했다.

　「형법 제24장 1절에 아주 명확히 규정되어 있어.」 그녀는 거짓말을 했다.

　「정당 방어요?」 요한이 되물었다.

〈자기가 정당화한 거짓말이겠지〉라고 페트라는 생각했지만, 시치미를 떼며 앙네스에게 고개를 끄덕여 보였다.

「정당 방어란, 궁지에 몰린 상황일 때 맞서 싸워서 빠져나가는 것 외에는 다른 길이 없다면 그렇게 빠져나가는 중에 누군가가 코피를 흘리게 되어도 무죄가 된다는 뜻이야.」

요한의 눈이 반짝 빛났다.

「흠, 정당 방어라…….」 그가 말했다. 「좋아요, 아주 큼지막한 정당 방어 하나를 코에다 박아서 코피와 기타 등등이 생기게 해줄 거예요! 자, 그럼 그렇게 하자고요!」

* * *

로마 주재 스웨덴 대사관은 수도 중심부의 동쪽, 멋진 건물들이 우뚝우뚝 서 있는 조용한 구역에 위치해 있었다. 그들은 입구가 한눈에 들어오는 주차 장소를 쉽게 찾아냈다.

대사관은 전면을 주황색 회반죽으로 칠한 4층 건물이었다. 불행히도 이 모든 것은 높직하고 날카로운 철책으로 둘러싸여 있었다. 이것을 넘어 프레드리크에게까지 몰래 접근한다는 것은 불가능했다.

철책 가운데에 있는 철제 대문도 통과하기 힘들어 보였다. 그게 잠겨 있는지는 확실치 않았다. 아마도 잠겨 있는 듯했는데, 철제 문짝이 달려 있는 두 벽돌 기둥 중 하나에서 페트라가 인터폰을 발견했기 때문이었다.

통화를 해서 들어가는 게 가능할 수도 있었지만, 그 말인즉슨 요한이 프레드리크를 건물 안에서 만나야 한다는 얘기였다. 그리하면 모두가 합의한 바 있는 필수적인 〈코에 주먹 날리기〉를 시행한 후에 도망치기가 힘들 수 있었다. 즉, 디트마어 조머 때 그들의 고민거리였던 기술적 문제였다. 그가 투포환 선수라는 사실을 알게 되기 전까지 말이다.

「그냥 내가 때리고 나서 정당 방어법 제24절을 내세우면 안 될까?」 요한이 말했다.

「제24장 1절이야.」 앙네스가 정정했다. 「그리고 정당 방어법이 아니라 형법이고. 이건 좀 연습해서 외워 둬야 할 것 같아. 가급적 이탈리아어로. 내 생각에는, 일단 도망치고, 해명은 나중에 하는 편이 나을 것 같아. 가장 좋은 것은 그를 길거리에서 만나는 거고. 도주용 차량 근처에서.」

「형은 어디에 살까?」 요한이 궁금해했다.

「분명 캠핑카는 아니겠지.」 페트라가 대답했다. 「여기가 아무리 로마라 해도, 6천만 크로나가 있으면 그보단 좋은 데 살지 않겠어?」

오전 11시였다. 철책 사이로 보이는 대사관 경내에는 사람이 별로 보이지 않았다. 아니, 전혀 보이지 않았다. 갑자기 어떤 끔찍한 깨달음이 페트라의 뇌리를 엄습했다. 그리고 훨씬 더 끔찍한 깨달음이 뒤를 이었다.

「빌어먹을, 오늘은 토요일이잖아!」 그녀가 외쳤다.

「그래서?」

요한은 페트라가 욕설을 내뱉는 것을 들은 적이 없었다.

「그리고 내일은 일요일이고!」

앙네스가 좀 더 자세히 설명해 주었다.

「페트라 말은, 지금 대사관이 닫혀 있을 거란 얘기야. 오늘 뿐 아니라 내일도.」

따라서 그들은 빨라야 월요일 오전에야 프레드리크와 대면할 수 있었다. 그렇다면 다른 일들을 할 시간이 이틀 밖에 남지 않을 터, 페트라에게는 너무 짧은 시간이었다. 그녀는 로마 시내를 돌아다니며 프레드리크를 찾아내는 방법을 고려해봤지만, 이내 포기했다. 여기에는 250만의 시민들, 그리고 하느님과 교황만이 숫자를 알겠지만 무수한 관광객이 우글대고 있었다.

그들이 내린 끔찍하게 슬픈 결정은 토요일의 남은 시간과 일요일 전체를 대사관 앞에서 죽치고 기다린다는 거였다. 지금 프레드리크 뢰벤홀트가 어디 있는지 아는 누군가가 들를 수도 있는 일이므로.

저녁 7시가 가까워지자, 요한은 지금 그들이 있는 장소가 그가 계획한 너무나도 중요한 저녁 식사에 과연 적합한지에 대해 의문을 제기했다. 앙네스는 잠자코 있는 편을 택했다. 페트라는 조금 더 거기에 있고 싶었으나, 결국 이것은 요한이 스스로 내릴 결정이었다.

「오케이. 그럼 오늘은 여기서 끝내기로 해. 하지만 내일 새벽 일찍 일어나는 게 어때?」

요한은 캠핑카 뒤쪽의 주방으로 돌아갔다. 앙네스는 캠핑장으로 돌아가기 위해 운전대를 돌리기 시작했다. 페트라의 얼굴에는 실망의 빛이 역력했다.

늦여름의 토요일 저녁이었고, 휴가철이었다. 캠핑장에서는 이웃들 간에 떠들썩한 파티가 벌어지려 하고 있었다. 전날 밤만 해도 페트라는 그들 중 한둘이 가서 한마디 해줘야 한다고 투덜댄 바 있었다. 그리고 지금은 기분도 좋지 않았다. 앙네스는 포르셰 사건 같은 일이 재연될까 걱정이 되었다. 정말이지 그런 일은 딱 질색이었다.

「혹시 또 누구와 싸우려는 것은 아니겠지?」 그녀가 페트라에게 물었다.

「난 절대로 사람들과 싸우지 않아요. 더구나 내 플로 차트도 완성되었고요. 한번 읽어 드릴까요?」

「아유, 사양할게.」

대사관에서 돌아오는 길에 그들은 필요한 것들을 구입했다. 가벼운 옷들을 사고, 식재료를 조금 더 사고(식재료는 이미 있었지만), 야외용 바비큐 판을 사는 데 앙네스 자산의 상당 부분을 탕진했다. 이 바비큐 판은 나중에 두고 갈 수도 있고, 파티를 벌이는 이웃에게 줄 수도 있었다.

지구에서의 마지막에서 네 번째 날 밤은 아주 늦게까지 계속되었다. 페트라의 좌절감을 달래 주기 위한 바비큐와 상당량의 마취제로 밤은 마무리되었다. 이 마취제를 요한은 이렇게 소개했다.

「라 리오하 알타, 그란 레세르바 904야.」[44]

---

44 스페인 북부 리오하 지방에서 생산되는 와인으로, 그란 레세르바는 이들 중 최고 등급이다.

24
2011년 9월 4일 일요일
종말까지 3일

일반적으로 이탈리아 사람은 스웨덴 사람보다 늦게 잠자리에 든다. 또 일요일이기도 해서, 아침 6시 5분 전에 로마시 순환 도로에서 달리는 차는 앙네스가 운전하는 캠핑카뿐이었다. 세 사람은 15분 만에 대사관에 도착했다. 프레드리크나 다른 사람이 그들보다 먼저 왔을 가능성은 거의 없었다.

6시 15분이 7시 15분이 되었지만 여전히 개미 새끼 한 마리 보이지 않았다. 페트라가 점점 더 짜증을 내고 있는데, 놀랍게도 8시 반이 되자 직원 하나가 간밤에 술을 마셨는지 비틀거리며 나타났다. 그리고 얼마 후에 또 하나가 나타났고, 다시 두 명이 더 왔다.

「아니, 일요일에?」 페트라는 놀라기도 하고, 일말의 희망도 느끼면서 이렇게 물었다.

앙네스는 이 직원들 중 하나를 붙잡고서 프레드리크에 대해 물어보면 어떻겠느냐고 제안했지만, 페트라는 고개를 저었다. 네 명이 나타난 것을 보면 더 올 수도 있다는 거였다. 만일 더 오지 않는다면, 그때 인터폰을 누르고 문의해도 늦지 않았다.

캠핑카 안에서는 거리 건너편의 철제문이 아주 잘 보였다. 하지만 요한만이 사람을 제대로 알아보았다.

「저기!」 8시 56분에 그가 갑자기 외쳤다.

「어디?」

「저 빨간 차 옆에서 보도로 걸어오고 있어.」

프레드리크는 1백 미터 떨어진 곳에 있었다. 90미터⋯⋯ 85미터⋯⋯.

「자, 어떻게 하지?」 그의 동생이 물었다.

페트라는 간밤에 오늘의 일을 자세히 의논했어야 했다는 것을 깨달았다. 대신 그들은 누가 와인을 가장 많이 마시는지를 겨뤘다. 그리고 우승자는 분명히 자신인 듯했다.

이제 50미터. 곧 요한의 형은 철문 안으로 사라지고, 그들은 새로운 문제에 봉착할 거였다. 이 중요한 순간에 페트라는 재빨리 결정을 내렸다.

「자, 요한, 차에서 내려! 그리고 저기로 가서 한 방 시원하게 먹여 줘! 코 한가운데다 말이야. 자, 빨리! 그리고 나서 재빨리 차로 돌아와.」

요한은 휘청거리며 차에서 내려서는 거리를 가로질렀다. 그리고 형과 거의 동시에 대사관의 철문 앞에 이르렀다.

「어이, 프레드리크 형!」 그가 형을 불렀다.

프레드리크는 기겁을 했다.

「아니, 〈바보〉잖아? 도대체 여기서 뭐 하고 있어?」

결의에 차 있던 요한은 약간 움츠러들었다. 프레드리크가

223

전에 항상 불렀던 방식으로 그를 부르는 순간, 둘 다 옛날로 되돌아간 것이다.

「여기 돈 달라고 온 거야, 뭐야? 그리고 여기까지는 어떻게 왔어? 전에는 중부 유럽 지도에서 독일이 어디 있는지도 몰랐 잖아?」

「난 빌레펠트가 어디 있는지 알아.」 요한이 대꾸했다. 「서 유럽은 동유럽의 서쪽이라는 것도 알고.」

그는 오른손을 동그랗게 오므려 주먹을 만들었다. **가만, 먼 저 주먹을 날리고, 그다음에 설명해야 하나?** 아니면 먼저 설명한 다음에 주먹을 날려야 하나? 아니면 설명 없이 주먹을 두 번 날려? 페트라라면 어떻게 했을까?

이들 중 어느 것도 일어나지 않았다. 형제의 대화는 제3의 인물에 의해 끊어졌다.

「여어, 프레드리크, 좋은 아침일세! 지금 누구와 대화하고 있는지 물어봐도 되겠나?」

순간 프레드리크는 언어 능력을 상실했다…….

「그래, 우리를 서로 소개시켜 주지 않을 텐가?」

하지만 언어 능력을 회복하는 수밖에 없었다.

「아, 물론이죠……. 여기는 제 동생…… 요한입니다. 스웨덴 에서부터 여기까지 왔답니다. 그리고 이분은 내 상관이신 로 뉘 굴덴 대사님이셔.」

「오, 반갑네, 요한.」 쾌활한 성격이라 사람들에게 인기가 많은 대사가 손을 내밀어 악수를 청하며 말했다. 「그런데 로 마에는 무슨 용무로 왔나? 단순히 우애 때문인가, 아니면 약 간의 관광도 겸해서 왔나?」

요한은 사실대로 말했다. 어쨌든 거짓말하는 것은 좋지 않으니까.

「우리 형 코를 주먹으로 때려 주려고 왔어요. 한 방 아니면 두 방일 텐데, 어떤 게 좋을지 대사님이 오시는 동안 생각하고 있었어요.」

「뭐야?」 프레드리크가 깜짝 놀라며 외쳤다.

굴덴 대사는 너무나 즐거워했다.

「아, 이런 우애라니! 하하하, 두 사람 정말 멋지군! 나한테도 사랑하는 동생이 하나 있다네. 내가 항상 〈이 빌어먹을 자식〉이라고 부르지만 말이야.」

로뉘 굴덴은 자신의 이야기에 킥킥 웃었다. 그러고는 무언가를 생각해 냈다.

「프레드리크와 나는 오전 9시에 대사관에서 아직 잠이 덜 깬 동료들과 회의가 있다네. 오늘은 좀 특별한 날이거든. 하지만 요한, 이따 오후 4시에 다시 와줄 수 있겠나? 이따 저녁에 대사들 간의 연례 칵테일파티가 있어. 오늘은 일요일이지만, 우리 전통이 그렇다네. 온다면 약간의 오르되브르와 샴페인이 있고, 저녁 시간의 반 동안, 아니 최악의 경우에는 저녁 내내 이어질 따분한 외교적 대화들이 있을 걸세. 자네도 오지 않겠나? 지루한 시간을 좀 즐기고 싶다면 말일세.」

대사는 자기가 한 말에 킥킥댔다.

「아뇨, 이 친구는 절대 오고 싶지 않을 겁니다!」 프레드리크가 가슴이 서늘해지는 걸 느끼며 급히 끼어들었다.

스웨덴에서 가장 멍청한 인간 중의 하나가 대사님과 로마의 외교관들 전체가 모이는 곳에 끼겠다고? 이건 프레드리크의 커리어 전체를 위협하는 심각한 상황이었다.

「네, 기꺼이 가겠어요!」 이렇게 대답한 요한은 다음과 같이 덧붙였는데, 얼마나 진지하게 말했던지 마치 농담처럼 들릴 정도였다. 「형 코를 부수는 일은 오르되브르 먹으면서 해도 되니까요. 그런데 대사님, 혹시 오르되브르로는 무얼 준비하셨나요?」

「하하하, 자네 정말 너무 웃기는군!」 굴덴 대사가 말했다. 「정말 만나서 반갑고, 오늘 저녁에 좀 더 얘기하세. 그래, 4시에 다시 오게나. 자네를 초대객 목록에 올리겠네. 성은 아마 자네 형과 같겠지? 복장 규정은 비즈니스 캐주얼일세. 자, 제3 사무관, 이제 가세. 나는 회의를 주관해야 하고, 자넨 복사기를 돌려야 하니까.」

✳ ✳ ✳

「어떻게 된 거야?」 페트라가 물었다. 「갑자기 나타나서 모든 것을 망쳐 버린 저 남자는 누구야?」

「근데 제3 사무관이 뭐야?」 요한이 되물었다.

「아마 외교관 직급의 하나겠지.」

「그럼 〈비즈니스 캐주얼〉은 무슨 뜻이야?」

「그건 네가 적어도 재킷은 입어야 한다는 뜻이야. 위아래 정장을 입으면 더 좋고. 그건 왜 묻지?」

25
2011년 9월 4일 일요일
종말까지 3일

페트라는 앙네스가 결정하도록 했다.

결국 그들이 고른 것은 진회색의 카날리 정장, 무늬가 있는 실버 넥타이, 그리고 브란키니 송아지 가죽 구두였는데, 이 구두는 코 부분은 진청색이고 발목 쪽으로 가면서 하늘색, 회색, 보라, 빨강, 검정, 연노랑으로 변하는 대담한 디자인으로 되어 있었다.

「이 줄무늬 구두를 신으라고요?」 요한이 물었다.

「넌 설명해도 이해 못 해.」 앙네스가 대답했다.

〈여행하는 에클룬드〉가 남자였다면 가지고 있었을 돈벌이용 브랜드 옷을 요한에게 막 입혀 놓은 참이었다. 앙네스는 자신의 아바타에게 형제를 한 명 만들어 주는 것도 고려해 봤지만, 곧 이 생각을 접었다. 지금도 할 일이 너무나 많았다.

페트라는 갈수록 마음이 불안해지고 있었다. 시간이 화살처럼 지나가고 있었다. 그나마 대사관에는 들어갈 수 있게 되었으니 다행이었다. 오늘 저녁 요한의 주요 임무는 프레드리크가 어디에 사는지 알아내는 거였다. 왜냐하면 프레벤처럼 감방에서 하늘나라로 직행하고 싶지는 않았기 때문이었다. 프레드리크의 코피를 터뜨리는 일은 그의 집 문 앞에서 하는 편이 훨씬 안전했다.

「내가 설명한 것 분명히 이해했어?」 그녀가 요한에게 물었다.

「뭐를?」

「정당 방어는 대사관 내에서는 효력이 없다는 것 말이야.」

요한은 고개를 끄덕였다.

* * *

이번에는 캠핑카를 조금 더 멀리 떨어진 곳에 세워 놓았다. 이미 여기저기에서 세련된 옷차림의 초청객들이 모여들고 있었다. 이들 중 누구도 인터폰에 대고 싸울 필요가 없었다. 철문은 활짝 열려 있고, 대사관 직원이 손님들을 맞이하고 있었다. 페트라는 이번 일을 위해 특별히 구입한 쌍안경을 통해 그들을 관찰했다.

「제3 사무관이라고 했어? 그냥 수위처럼 보이는데?」

요한은 이 일을 앙네스와 페트라와 야구 방망이의 도움 없이 혼자서 처리하고 싶었다. 하지만 조금 떨리는 것은 사실이었다.

「그냥 자연스럽게 행동하면 돼.」 앙네스가 충고했다.

「너무 흥분하지는 마.」 페트라가 말했다. 「그냥 눈에 띄지 않게 조용히 있어. 이게 내가 해줄 수 있는 최선의 조언이야.」

「두 사람은 여기서 기다릴 거야?」

「필요하다면 밤새도록이라도 기다릴게.」

요한이 다가오는 모습을 지켜보는 프레드리크만큼 불행해 보이는 사람이 대사관 직원들 중에 또 있을까?

「형, 안녕?」 동생이 인사했다.

그냥 수위일 뿐이야, 하고 생각하니, 자신감이 느껴졌다.

「너, 얌전히 있어야 해!」 프레드리크가 으르렁댔다.

「아무에게도 말 걸지 말고, 아무것도 하지 마. 그냥 조용히 앉아 있다가 10분 후에 떠나, 알겠어?」

더 이상 지시할 시간은 없었으니, 뉴질랜드 대사가 아내와 팔짱을 끼고 다가오고 있었기 때문이다. 그들은 리무진을 타고 올 필요조차 없었다. 레소토 대사관과 에스토니아 대사관과 마찬가지로, 뉴질랜드 대사관은 바로 길모퉁이를 돌면 나왔다.

프레드리크는 수위 임무를 열심히 수행했다. 이를 위해 그는 참석할 가능성이 있는 대사들의 사진을 죄다 검토한 터였다. 또 그들을 올바른 칭호로 부르는 것도 중요했다.

「매더슨 박사님, 그리고 매더슨 부인, 어서 오십시오.」

뉴질랜드 대사 부부는 형식적으로 목례를 하고는 안으로 들어갔다. 그리고 프레드리크는 요한이 이미 그들처럼 안으로 들어갔다는 것을 깨달았다.

「아, 제발 아무 문제가 없기를…….」 그가 이렇게 한숨을 내쉬고 있을 때 레소토 대사관의 제1 사무관이 다가왔다.

「메이블 말리마베 씨, 스웨덴에 오신 걸 환영합니다.」

26
오바마, 반기문,
그리고 한심한 세상

반기문은 가끔 자신이 처한 상황이 너무 힘들게 느껴지곤
했다.

아직 일제 강점기의 상처가 아물지 않은 한반도의 한가운
데에서 한국 전쟁이 일어났을 때, 어린아이였던 그는 가족과
함께 산속에 들어가 전쟁이 끝날 때까지 숨어 지냈다.

남과 북이 다시 삼팔선의 양쪽으로 물러나자, 그의 부모는
결단력 있게 그들의 고향 충주로 돌아왔고, 아홉 살배기 아들
은 마침내 학교에 다닐 수 있게 되었다.

그는 이 기회를 십분 이용하여 최고의 우등생이 되었다. 서
울에서 대학을 나온 뒤 장학금을 받아 미국으로 건너갔으며,
하버드 대학에서 석사 학위를 땄다. 그 후 한국의 외무부 장관
이 되었고, 마침내는 ─ 조금 뜻밖이었지만 ─ UN 전체를 이
끄는 사무총장 자리에 이르렀다.

지금 그는 손 미국 대사와 오바마 미국 대통령과 함께 미국
대사관에 앉아 있었다. 일요일이었지만, 대통령들과 사무총
장들에게는 주말을 즐길 시간이 없는 것이었다.

젊은 유학생으로 미국에 머물던 시절, 그는 존 F. 케네디와 악수를 나눈 적이 있었다. 이제 그는 케네디의 후계자의 후계자의 후계자, 그러니까 여덟 번째나 아홉 번째쯤 되는 후계자와 함께 앉아 있었다. 완전히 동등한 위치에서 말이다. 그리고 옆에서 부지런히 커피를 끓이고 또 리필해 주는 이는 다름아닌 손 미국 대사였다. 아니, 차까지 끓여다 바치고 있었다.

대통령과 사무총장이 수다를 떨 때면 자주 그렇듯이, 부패와 국제적 동향, 그리고 경제 발전과 민주주의와 환경에 대한 끊임없는 위협이 화제에 올랐다. 이런 문제들에 대해 오바마와 반기문은 의견이 완전히 일치했다.

미국 대통령은 앙겔라 메르켈과의 회담을 막 끝내고 온 참이었고, 바로 다음 날에는 바르샤바로 날아가 도날트 투스크 총리를 만날 예정이었다. 폴란드는 이번 가을에 EU의 의장국이었다. 오바마의 말에 따르면, 메르켈과 투스크는 세상에 긍정적 변화를 가져오려고 노력하는, 요즘 점점 보기 힘들어지는 정치인 중의 하나였다. 그들의 의견이 항상 일치하는 것은 아니었지만 말이다.

한편 반기문은 시리아 위기를 마주해야 했다. 이 문제가 시작된 것은 올해 초였다. 좀 더 철학적인 관점을 취한다면, 7세기의 어느 시점에서 시작되었다고 할 수도 있었다. 혹은 무자비한 프랑스 식민 정부가 이 나라에 분쟁의 씨앗을 뿌린 1920년대라고 할 수도 있었다. 아니, 어쩌면 그것은 소련의 책임일 수도 있었다. 왜냐하면 하페즈 알아사드가 소련의 지원을 받아 이 나라를 접수할 수 있었고, 그가 죽은 후에는 그의 아들이 권좌에 올랐기 때문이었다.

아들 바샤르 알아사드는 인권이 인권이라고 생각하지 않았다. 그는 미국에 침을 뱉고, 이스라엘은 저주했다. 또 이슬람주의자들에게는 가운데 손가락을 치켜올리고 — 많은 이들이 보기에는 이게 최악이었는데 — 여성 역시 사람이라는 주장을 선전용으로 내세웠다.[45] 또 그가 도입한 소련식 사회주의의 시리아 버전은 전혀 작동하지 않았다. 부패와는 달리 말이다.

이제 그는 사방팔방에서 공격을 받고 있었다. 뭐, **공격받을 만도 하지**, 사무총장은 생각했다. 하지만 유엔은 개입하지 않을 수 없었다. 왜냐하면 모든 정치적, 종교적, 지리적 분쟁에는, 정직하게 하루 일과를 마치고 나서 다음 날 아침에 따뜻한 밥 한 끼를 먹으면 부족할 게 없겠다는 아주 단순한 생각을 가진 수천, 수만, 아니 수백만의 사람들이 휩쓸리기 때문이었다. 점심때 수류탄 세례를 받지 않고 평화롭게 살 수 있기만을 바라는 평범한 사람들 말이다.

아주 간단히 말하자면 시리아에서의 분쟁은, 인간에게는 아무런 권리가 없다고 생각하는 어느 세속적인 지도자와, 인간에게는 무슨 짓이라도 할 권리가 있다고 믿는 일단의 이슬람주의자들 간의 싸움이라 할 수 있었다. 평범한 시민들이 진정으로 원하는 것에는 이들 중 누구도 신경 쓰지 않았다.

오바마와 반기문은 10월 말과 11월 초에 프랑스 칸에서 열릴 G20 정상 회담에서 진정한 변화를 가져오겠다는 야심을

---

45 바샤르 알아사드는 여성의 인권을 인정하는 듯이 말하면서 실제로는 여성을 억압하고, 이용하는 정책을 펼치는 이중적인 모습을 보였다.

품고 있었다. 이것은 역사상 가장 중요한 회의가 되어야 했다! 시리아 내전이 곧 진정될 것이라는 데에는 의심의 여지가 없었다. 하지만 그들에게는 소매를 걷어붙일 또 다른 이유가 있었다. 그들은 세계 통화 시스템 개혁의 필요성을 설득하기 위해서는 회의 시작 15분 전에 도착하는 정도로는 안 된다는 것을 알고 있었다. 금융 거래에 대한 더 엄격한 규정들을 통과시키거나 부패 퇴치를 위한 새로운 방안들을 마련하기 위해서도 마찬가지였다. 그들이 일련의 예비 회담을 계획한 것은 바로 이 때문이었다.

이번 주 일요일과 다음번 G20 정상 회담 사이에 아프리카 연합 회원국들의 특별 회의가 있을 예정이었다. 여기에 오바마와 반기문은 옵서버와 귀빈 자격으로 초대되었다.

아프리카의 부패는 곧 러시아 수준에 이를 만큼 만연해 있었다. 하지만 그것은 이 회의의 우선순위가 아니었다. 심지어 의제에도 없었다. 의제에 포함된 것은 글로벌 금융 위기(가장 책임이 없는 대륙에 가장 큰 타격을 주었다), 리비아의 혼란 상황(이 나라 지도자의 탐욕과 이기심은 도를 넘었다), 그리고 환경 문제(미국인과 한국인이 이 주제에 관심이 있다는 것을 회의 참가자들이 알고 있었기 때문에) 등이었다.

이날 오후, 버락 오바마와 반기문의 대화는 어느 나라의 지도자들이 더 큰 책임을 져야 하며, 어느 지도자들의 머리 위로 벼락이 떨어졌으면 좋겠는지 등의 — 이런 소망이 적절한지는 모르겠지만 — 문제에 관해 놀라울 만큼 솔직하게 이루어졌다.

「한마디로 지도자들 사이에 여론을 일으키자는 말씀이시군요.」 반기문이 결론을 내렸다. 「세계의 모든 조세 피난처를 반대하는 여론 말입니다.」

오바마는 고개를 끄덕였다.

세계 각지의 부패한 돈이 유입되는 곳이 바로 이런 조세 피난처들이었다. 이렇게 들어온 돈은 최악의 경우에는 테러리즘을 지원할 수 있었다. 최선의 경우라 해도 부패한 대기업가가 프로 축구팀 같은 개인적인 장난감을 사는 데 사용될 뿐이었다. 이러는 사이에 돈이 유출되는 국가는 갈수록 빈곤해졌다. 각 시민이 살아남기 위해서 모두가 서로의 돈을 가로채야 하는 상황이 곧 도래할 것이었다.

오바마와 반기문은 인도양의 작은 섬나라, 콘도르스의 대통령인 알레코를 언급하지 않을 수 없었다. 곧 열릴 아프리카 연합 특별 회의에서 이 빌어먹을 인간과 마주치게 될 가능성이 매우 컸다.

OECD, WTO, 그리고 유럽 연합 등이 조세 피난처들과 맞서 싸우는 동안, 알레코는 콘도르스를 최악의 조세 피난처로 만들기 위해 최선을 다하고 있었다. 국제 금융 거래에 있어서 이 나라가 고수하려는 유일한 규칙은 〈규칙은 나쁘다〉인 듯했다.

＊ ＊ ＊

콘도르스가 조세 피난처가 되기 전부터도 아프리카 대륙 전체는 알레코를 싫어했다. 7년 동안 그가 한 일이라곤 아프리카 연합 회의가 열릴 때마다 사사건건 딴지를 거는 것뿐이기 때문이었다. 그를 회의에서 제외시키는 것을 불가능했다. 불행히도 콘도르스 역시 아프리카에 속했기 때문이었다. 연합의 규약에 따라 아프리카 각국의 국가 원수 또는 정부 수반에게는 투표권이 부여되었던 것이다.

아프리카 연합은 아프리카 전체에 대한 정책을 수립했다. 평화 유지, 안보, 경제 및 환경 분야에 있어서 어떤 조치를 취해야 하는지를 결정하는 것이다. 그리고 각각의 결의안은 만장일치로 결정하는 게 원칙이었다.

그런데 콘도르스 대통령이 하루아침에 바뀐 2004년 이후로는 만장일치는 없었다.

처음에 다른 멤버들은 이 신참을 달래려고 해보았다.

「이보시오, 알레코, 〈우리는 에이즈를 근절하기 위한 노력을 아끼지 않을 것이다〉라는 표현에 반대하는 이유가 대체 뭐요?」

「싫소, 말하지 않을 거요.」

마치 토라진 아홉 살배기 꼬마 같았다.

몇 번의 회의를 거친 후, 아프리카 연합의 새 의장은 전략을 바꾸었다.

「자, 이제 남은 것은 선언문뿐입니다. 알레코 대통령, 당신에게도 의견이 있습니까?」

「어업이 과소평가되었소.」

「하지만 지금 우리는 대륙 간 불가침 조약에 대해 논의하고 있지 않소?」

「하지만 모든 사람이 생선을 먹으면, 싸우는 일도 줄어들

235

거란 말이오!」

　「제발, 알레코…….」

　「알레코 대통령, 좀…….」

　알레코가 등장하기 전 수십 년 동안 일치단결한 모습을 보여 왔던 아프리카 연합은 이 콘도르스의 새 지도자를 어떻게 불러야 할지에 대한 의견 역시 금방 통일했다. 공식적으로는 물론 대통령이었다. 그러나 비공식적으로는 좀 더 생생하고 좀 덜 정중한 표현이 필요했다. 54개국의 지도자들은, 55번째 나라의 동료는 〈똥구멍〉이라고 선언했다.

＊ ＊ ＊

　반기문과 오바마는 서로 반대 방향에서 이탈리아 수도로 오는 긴 비행 동안 준비를 다 마쳤다(그들이 특별히 로마에서 만난 이유는 사무총장이 다음 날 아침에 있을 교황 베네딕트와의 차 모임 초대를 1년 전 수락했었기 때문이었다). 바로 이것이 대사관에서의 회담이 일찍 끝난 이유 중의 하나였다. 둘 다 피차 원하는 것을 알고 있었고, 모든 면에서 같은 것을 원하고 있었던 것이다.

　두 사람은 합의하고 악수를 나눴다. 그런데 시간이 아직 오후 4시도 안 되었다.

　「함께 저녁 식사나 하면 어떻겠습니까?」 반기문이 물었다.

　「아, 좋습니다.」 버락 오바마가 흔쾌히 대답했다.

　「아니면 스웨덴 대사관에 가서 즐기시면 어떻겠습니까?」 손 대사가 제안했다. 「오늘 각국 대사 연례 교류 행사가 있는

데, 곧 시작됩니다. 저도 초대받았는데, 두 분이 함께 가셔도 괜찮을 것 같네요.」

대통령과 사무총장은 미소를 지었다. 각국 대사 교류 행사라……. 괜찮을 것 같았다.

「차로 7분이면 됩니다.」 손 대사가 설명했다.

경호실에게는 반대할 이유가 전혀 없었다.

27
2011년 9월 4일 일요일
종말까지 3일

굴덴 대사는 아침에 길거리에서 요한을 만난 이후로 계속 기분이 좋았다.

「오, 어서 오게나, 즐거운 친구! 이리 와서 자네의 우애에 대해 얘기해 주게. 내가 보기에 두 사람은 아주 특별한 관계인 것 같은데?」

굴덴과 요한의 대화는 여기에서 끝났다. 비서가 와서 대사의 귀에 대고 속삭인 것이다.

「뭐? 반기문? 오바마? 이런 젠장!」

요한은 무슨 일이 일어났는지 알지 못했지만, 그가 상관할 바가 아니었다. 그는 한 웨이터가 오르되브르 쟁반을 들고 있는 것을 발견했다.

「미안한데요, 이게 뭐죠?」 그가 물었다.

「연어카나페입니다.」

「그건 알겠어요. 하지만 이건 뭐죠?」

요한은 한 카나페 위에 얹힌 연어 아래에 보일락 말락 하게 숨어 있는 뭔가를 가리켰다.

「아마 신선한 치즈에 와사비를 섞은 것 같은데요? 내 생각이 맞나요?」

웨이터는 얼굴이 어두워졌다.

「모르겠어요. 이걸 만든 사람은 제가 아니에요. 전 그저 웨이터일 뿐이에요. 하지만 가서 주방장에게 물어볼 수는 있어요……」

「그것도 나쁜 생각은 아닌 것 같아요. 하지만 만일 디종머스터드와 사과와 호두와 고추냉이를 섞는다면…… 어떻게 생각하세요?」

「가서 주방장님을 데려올게요.」

캐나다 대사 폭스는 미국 동료 손의 모습을 발견하자 그를 불렀다.

「오, 데이브! 이리 오게! 와서 내 얘기 좀 들어 봐!」

반기문은 도착하자마자 벨라루스 대통령의 비공식 애인이기도 했던 벨라루스 대사[46]와 어쩔 수 없이 팔짱을 껴야 했다.

「대사님 안녕하십니까. 여기서 이렇게 뵙게 되어 너무나 좋습니다.」 사무총장이 거짓말을 했다.

한편 버락 오바마는 아무와도 같이 있지 않았다. 그는 곧바로 가장 가까이에 있는 오르되브르 쟁반을 향해 걸어갔다. 사람들은 그를 혼자 놔뒀는데, 누구와 함께 왔는지 알 수 없기 때문이었다. 스웨덴 대사는 맹렬히 머리를 굴렸다. 미국 대사

---

46 벨라루스 대통령 알렉산드르 루카셴코는 1990년대 초반부터 현재까지 장기 집권 중으로, 실제 미스 벨라루스 출신인 44세 연하의 애인 마리아 바실리예비치를 국회 의원에 당선시키는 등 요직에 중용해 왔다.

는 한쪽 방향으로 사라졌다. 반기문은 다른 쪽 방향으로 가버렸다. 이제 어떻게 해야 하나?

기다리며 지켜보기로 그는 결정했다. 너무 성급하게 굴지 말자.

「자, 저 갑니다, 대통령님!」 스웨덴 대사관 주방장이 내빈 중 하나에게 카나페 레시피에 대해 설명해 주기 위해 사람들 사이를 헤치고 오면서 말했다.

「와사비예요.」 요한이 버락 오바마에게 설명했다.

「오바마입니다.」 오바마 대통령이 자신을 소개했다.

「아니, 이 카나페에는 오바마가 아니라 와사비가 들어 있어요. 지금 생각해 보니 제게도 와사비가 들어 있지만요. 카나페 네 개를 배 속에 집어넣었거든요. 내 이름은 요한이에요.」

버락 오바마는 벌써부터 이 친구와 같이 있는 게 즐거웠다. 주방장은 재빨리 뒤로 물러섰다. 내빈들과 필요 이상으로 말을 섞는 것은 그의 본분이 아니었다. 특히 그들 중 하나가 미합중국 대통령일 때는 더욱 그랬다.

「이 와사비는 나쁘지 않아요. 하지만 난 디종머스터드를 더 좋아하는 편이죠.」

「오, 당신도 그래요? 하지만 디종머스터드는 다루기가 까다로워요. 조금만 많이 넣으면 음식을 다 망쳐 버리죠.」

「디종머스터드에 사과잼을 곁들이면 괜찮죠.」 오바마가 말했다.

「그리고 물냉이도 좋고요.」 요한이 덧붙였다. (그는 자신이 재미있는 영어 단어를 이렇게 많이 알고 있다는 사실에 놀랐다.)

홀 건너편의 한구석에 스웨덴 대사관의 제3 사무관이 답답한 마음으로 서 있었다. 멍청하기 그지없는 동생 녀석이 미합중국 대통령과 활기찬 대화를 나누는 걸 지켜보면서 말이다.

프레드리크가 이렇게 구석에 숨어 있는 데는 이유가 있었다. 누구와도 담소를 나누고 싶지 않으니, 저 바보가 무슨 짓을 하는지 감시하고 있어야 했기 때문이다.

그러나 이 전략은 통하지 않았다. 상황을 잘못 파악한 핀란드 대사관의 제2 사무관이 프레드리크가 혼자 외로울 거라 생각하고는 구해 주려고 마음먹은 것이다. 스웨덴 남자는 물론 스웨덴 남자이고, 핀란드 남자도 물론 핀란드 남자였기에 그들은 언제나 아이스하키로 이야기꽃을 피울 수 있었다.

연어에서부터 그가 가장 좋아하는 소고기카르파초 요리법으로 화제를 옮긴 요한은 앞에 있는 남자가 베스테르보텐치즈[47]를 들어 본 적도 없다는 얘기를 듣고 깜짝 놀랐다. 그런데 이 사람은 누구일까? 직접 물어보는 것은 실례일 터였다. 그냥 자신부터 소개하는 편이 나았다.

「아까도 말했지만 난 요한이라고 해요. 요한 뢰벤훌트요. 마스터 셰프이자 천재이죠. 내가 잘 이해한 게 맞는다면 말이에요. 이곳 대사관 직원 중 하나의 동생이에요. 형 코에다 주먹 한 방을 날려 주려고 여기 왔는데, 대신 이렇게 오르되브르를 먹고 있네요. 그리고 이제는 베스테르보텐치즈에 대해 얘기하고 있고요.」

47 스웨덴 베스테르보텐 지방에서 생산되는 치즈로, 스웨덴의 대표적 치즈 중의 하나이다.

오바마는 아까 스웨덴 대사가 웃은 것처럼 웃었다.

「그런데 당신은 무슨 일을 하나요?」 요한이 물었다.

이 말에 미국 대통령은 곧바로 심각해졌다. 그는 이 질문을 철학적으로 받아들였던 것이다.

「음, 그러니까 말이오, 요한……. 나도 매일 나 자신에게 그 질문을 하고 있다오.」

「아니, 그걸 모른다고요?」

「전에는 훨씬 더 간단했던 것 같소. 〈Yes, we can!〉 등등을 외쳤지. 물론 난 여전히 의욕이 넘치지만, 그게 문제가 아니라오. 그래, 당신이 말했듯이, **난 지금 뭘 하고 있는 걸까……?**」

이 **오브라마**인가 뭔가 하는 사람은 정말 재미있는 사람이었다. 음식에 대해서는 좀 알았다. 하지만 자기가 뭘 하는지도 모른다고? 참 희한한 사람이었다.

오바마는 목소리를 낮췄다. 사실 그럴 필요는 없었다. 아무도 감히 그에게 다가오지 못했고, 홀 안은 매우 시끄러웠다.

「예를 들어 AU 얘기를 한번 해봅시다.」

요한은 EU가 무엇인지는 최근에 들어서 알고 있었다. 그들이 스위스에 들어갈 때 페트라가 열심히 설명해 주었던 것이다. 스위스는 EU이고 스위스를 둘러싼 나라들은 아니라고 했다. **아니, 그 반대였던가……?** 어쨌든 교양이 있는 사람으로 보일 수 있는 흔치 않은 기회였고, 이 기회를 잡아야 했다.

「아, 네, 유럽 연합 말이죠?」 그는 아는 척하며 고개를 끄덕거렸다.

「아니, 아프리카 연합. 지금 이 대륙은 엄청난 도전들에 직면해 있소. 사무총장과 나는 아프리카 연합이 뭔가를 하려고 할 때마다 방해를 놓는 어떤 뻐딱한 인간 때문에 한숨을 쉬면서 반나절을 보냈다오. 우리가 철부지 같은 대통령을 다뤄야 한다는 걸 생각해 보시오. 정말이지 난 무얼 하고 있는 걸까?」

「그 철부지가 누군가요?」 요한이 물었다.

「알레코라오.」

그는 마치 〈알레코〉가 모든 사람이 다 아는 사람인 것처럼 말하고 있었다. 또 〈사무총장〉도 마찬가지였다. 요한은 이들에 대해서도 아는 척해야 하나, 하는 생각이 들었다. 하지만 모르는 것은 모르는 거였다. 그냥 전자가 누구인지부터 물어보는 게 나았다.

「알레코가 누구예요?」

「자, 보라고! 이 인간이 누구인지도 모르잖소. 대체 어디서 튀어나온 인간인지 아는 사람이 거의 없다오. 그런데 이런 인간이 지금 세계의 절반과 아프리카 전체를 볼모로 잡고 있는 거요. 그는 콘도르스의 대통령이오. 26만 명의 콘도르스인들이 10억 명의 다른 아프리카인들의 앞길을 가로막고 있는 형국이지. 그는 〈똥구멍〉으로 널리 알려져 있다오. 내 생각을 말하자면, 그에게 딱 어울리는 별명인 것 같소.」

오바마 대통령은 자기가 너무 솔직한 게 아닌가 하는 생각이 들었다. 하지만 오늘의 공식 일과는 끝났다 할 수 있었고, 일요일이었으며, 새로운 지인, 다시 말해서 앞에 있는 이 마스터 셰프이자 천재인 친구는 너무 편안하게 느껴졌다. 그가 허물없이 다가왔으니, 이쪽도 그렇게 대해 주는 게 마땅했다.

약 20미터 떨어진 곳에서 스웨덴 대사관 제3 사무관은 우쭐

거리며 아이스하키에 대해 떠들고 있는 핀란드 대사관 제2 사무관의 어깨 너머로 요한을 보려고 애쓰고 있었다. 핀란드 사내는 핀란드가 아이스하키 세계 챔피언이라고 떠들어 댔지만, 프레드리크로서는 아무 상관 없었다. 신경은 온통 저쪽에 쏠려 있었다. 대체 저기서 무슨 일이 벌어지고 있는 거지?

더 이상 나빠질 수 없는 상황이 더 나빠지고 말았다. UN 사무총장 반기문이 뚜벅뚜벅 걸어와 미합중국 대통령과 프레드리크의 무뇌아 동생에게 합류한 것이다. 외교관 커리어는 이걸로 끝장이었다. 그냥 체념하고 아이스하키 얘기나 하는 게 나으리라.

「네, 올해의 세계 선수권 대회는 정말 흥미진진했어요! 특히 당신 나라의 첫 번째 시합이요. 손에 땀을 쥐게 하는 경기였죠.」

「아, 덴마크전? 우리가 5 대 1로 이겼죠.」

「내가 첫 번째 시합을 말했나요? 마지막 시합을 말하는 거예요.」

「아, 6 대 1이었어요. 스웨덴을 상대로.」

「오, 사무총장님! 여기 내 새 친구 요한을 소개합니다. 마스터 셰프이자 천재요, 또 내가 감히 말하거니와 철학자이기도 한 청년이죠.」

「만나서 반가워요, 요한. 난 반기문이에요.」

방금 전에 오브라마가 말한 이가 바로 이 사람인가? 사무총장? 그렇다면 사무관인 프레드리크를 알까? 둘 다 사무직이니까 같은 편일 수도…….

요한이 이런 생각을 하고 있을 때, 반기문은 오바마에게 자신은 지금 벨라루스 대사와 담소하고 오는 길이라고 말했다.

「실례지만, 혹시 그녀가 무슨 애기를 하던가요?」

「메시지는 그리 명확하지 않았는데, 만일 자기의 전 애인과 자기 나라가 UN 안전 보장 이사회에서 한자리를 얻게 된다면 내가 드네프르강 가의 다차[48]를 한 채 얻게 될 거라는 내용이었던 것 같아요. 그렇지 않을 경우엔 내가 7년 동안 재수가 없을 거고요.」

버락 오바마는 한숨을 내쉬었다.

「대체 우리 주위엔 알레코 같은 인간이 몇 명이나 있는 걸까요?」

요한이 아는 이름이었다.

「아, 똥구멍이요?」 그가 아는 척을 했다.

반기문은 미소를 지었다. 그는 개인적으로는 이런 언어를 사용하지 않았지만, 그리 부적절한 별명은 아니었다. 여러 해 전부터 알레코 대통령은 아프리카 연합 내에 불화를 일으킴으로써 중요한 자리를 차지하려 애를 써왔다. 형편없을 뿐 아니라 불가능한 야심이었다.

「이 별명은 내가 지어낸 게 아니에요.」 요한이 솔직하게 고백했다. 「이 별명을 알려 준 사람은 자기가 무얼 하는지도 모르는 이분이에요.」

반기문은 좀 더 설명을 듣고 싶다는 표정을 지었다. 버락 오

---

48 구소련 지역의 도시 근교 별장을 일컫는 말. 드네프르강은 유럽에서 세 번째로 큰 강으로 러시아의 스몰렌스크주에서 발원하여 벨라루스, 우크라이나를 거쳐 흑해로 흘러 들어간다.

바마가 대신 나섰다.

「여기 있는 우리 친구 요한은 아주 단순하고도 솔직한 사람이에요. 사실 그의 말이 맞아요. 난 내가 무얼 하고 있는지 항상 아는 것은 아니지만, 그래도 한 가지는 알고 있어요. 이 세상에 알레코 같은 말썽꾼들은 필요가 없다는 사실이죠.」

이 청년이 가진 특별한 무언가와 스웨덴적인 신선함이 오바마는 너무 마음에 들었다. 이 대사 교류 행사는 아주 좋은 선택이었다.

웨이터가 은쟁반을 들고 와서 세 사람에게 샴페인을 제공했다. 요한은 프레드리크가 멀리서 자신을 노려보고 있다는 사실을 곁눈으로 알아챘다. 아마도 동생이 새 친구들을 사귀는 게 달갑지 않은 모양이었다. 모든 사람이 보는 앞에서 그 얼굴에 주먹을 한 방 날려 주면 아주 기분이 좋겠지만, 이것은 페트라가 금지한 바였다. 물론 그를 약 올리는 것은 가능했다.

요한은 보란 듯이 샴페인 잔을 오브라마와…… 그 다른 사람에게 들어 올렸다.

「자, 친구들, 우리 건배해요! 알레코를 위해서도 건배하죠. 아니, 그의 타도를 위해 건배할까요?」

버락 오바마와 반기문은 큼지막한 미소를 지으며 역시 잔을 들어 올렸다.

이때, 오바마는 미합중국 대통령으로서의 자신의 의무들을 상기했다.

「요한, 난 여기 남아서 좀 더 대화를 나누고 싶지만, 우리나라를 대표하기 위해 한 바퀴 돌아봐야 할 것 같소.」

그게 대체 어떤 나라일까? 요한은 궁금했다

「잠깐, 한 가지만 더.」 오바마가 다시 말했다. 「아직 잘 알지도 못하는 사이에 이런 부탁을 해도 괜찮을지 모르겠군.」

「괜찮아요, 얘기해 보세요.」 요한이 대답했다.

친구가 또 한 명 생기는 걸까? 이번 주에만 벌써 세 명째였다. 프레벤까지 더하면 네 명이고.

「그 베스테르보텐치즈 말이오.」

「네?」

「나에게 조금 보내 줄 수 있소?」

＊ ＊ ＊

마침내 핀란드인과의 대화에서 빠져나온 프레드리크는, 버락 오바마와 반기문이 막 저쪽으로 걸어가고 있을 때 요한에게로 허겁지겁 달려왔다.

「야! 아무하고도 얘기하지 말라고 했지? 그리고 10분만 있다가 꺼지라고 했어. 이번에는 대체 무슨 짓을 한 거야? 도대체 무슨 얘기를 한 거냐고, 어?」

요한은 하마터면 옛날의 습관으로 돌아갈 뻔했다. 〈네, 주인님! 죄송합니다, 주인님!〉이라고 복창한 뒤, 그의 지시에 따르는 습관 말이다.

다음 순간, 그는 형이 어떤 인간이었는지를 기억했다. 무엇보다도 프레드리크의 눈에서 두려움을 읽었다. 세상에, 겁을 내고 있다니! 그는 동생을 겁내고 있었다! 요한의 가슴에 지금까지 한 번도 느껴 보지 못한 자신감이 차올랐다.

「우린 여기가 얼마나 구린 곳인지 얘기하고 있었어. 형편없는 카나페에 싸구려 샴페인.」

「아, 빌어먹을…….」 프레드리크가 신음했다.

그래, 겁을 내고 있어!

「그리고 우린 아프리카에 대해서도 이야기를 나눴어. 〈아메리카 연합〉의…… 문제들이 〈다육이〉 전체의 몰락을 가져올 위험이 있다고 말이야.」

「맙소사!」

사용한 단어들이 다소 부정확한 것 같았지만, 오히려 잘된 일이었다. 프레드리크의 얼굴이 일그러졌다.

이때 굴덴 대사가 다가왔다.

「요한, 이렇게 적극적으로 활동하는 걸 보니까 정말 기쁘네. 미국 대통령께서 우리 스웨덴 사람들과 그렇게나 즐기시다니, 정말 굉장한 일이야.」

「누구요?」 요한이 반문했다.

자신도 모르게 튀어나왔다. 지금 대사는 그 오브라마에 대해 얘기하고 있는 듯했다.

「하지만 프레드리크, 자넨 도대체 무슨 생각을 하고 있었나? 그 구석에 쥐새끼처럼 숨어서 말이야. 그리고 자네만큼이나 형편없는 그 핀란드 사무관 녀석하고 아이스하키 얘기에 열을 올리고 있더군. 그래, 내가 다 들었어! 게다가 핀란드는 세계 선수권 대회 결승전에서 우리를 박살 낸 나라 아닌가? 대체 무슨 생각을 하고 있냔 말이야?」

프레드리크는 너무나 당황했지만 한마디도 할 수 없었다.

만일 대사가 조금만 일찍 도착했더라도 요한이 아프리카와 〈아메리카〉, 그리고 대륙과 〈다육이〉를 혼동하는 소리를 들었을 거였다. 하지만 조금 전에 이 돌대가리가 자신이 누구와 얘기했는지도 모른다는 사실을 분명히 알아챘을 텐데? 아니, 대사는 눈도 없단 말인가? 귀도 없단 말인가?

「난 자네의 부친을 잘 기억하고 있어. 이스탄불에 있을 때 그분 밑에서 봉직하게 되어 너무나 영광이었지. 아, 얼마나 놀라운 분이었던지! 모든 상황을 십분 이용할 줄 아는 그 능력이라니! 그분이 밤새도록 닉슨과 함께 앉아 셰익스피어를 암송하던 그 시절은 아직도 사람들 사이에 회자되고 있어. 전 세계가 화염과 피로 덮여 있던 그 시대에 너무나 소중한 분이었지. 그래, 요한, 자넨 오바마와 무슨 얘기를 나눴나? 그분도 셰익스피어를 잘 아시던가?」

요한은 셰익스피어가 누구인지 몰랐다.

「우린 주로 연어카나페에 대해 얘기했어요. 와사비를 넣은 것과 안 넣은 것의 차이에 대해서요. 그러고 나서 똥구멍 알레코 얘기로 넘어갔죠.」

「브라보! 음식 문화, 진솔한 대화, 국제적 책무까지! 핀란드 루저와 함께 서서 우리 나라가 얼마나 하키를 형편없이 하는지에 대해 떠드는 것과는 정반대군! 프레드리크, 자넨 자네 형한테 많이 배워야 할 것 같아.」

이 모든 것이 갈수록 초현실적으로 느껴졌다.

「얘는 제 형이 아니라 동생이에요.」 프레드리크가 가련하게 말했다.

「자, 어쨌든 잘했네!」 대사는 이렇게 말하며 요한의 어깨를

249

툭툭 두드렸고, 빈 샴페인 잔은 프레드리크의 손에 넘겨졌다.

「자넨 이따가 남아서 여기 청소하는 것 좀 도와주게. 하루가 끝나기 전에 국가에 조금이라도 보탬이 되고 싶다면 말이야.」

이렇게 말하고 그는 총총히 떠났다.

프레드리크와 요한은 뒤에 남았다.

「오브라마가 미국의 대통령이라고?」 동생이 중얼거렸다.

28
사탕무 농부의 아들
5부 중 4부

고르바초프가 아직 농업 담당 당 서기장이었을 때, 그의 고 문관은 베를린을 방문할 기회가 있었다. 그는 독일 민주 공화 국의 수도 베를린에 여러 번 다녀왔다. 그러던 중에 알렉산드 르는 동년배이자 앞을 내다보는 눈이 있는 귄터라는 역동적 인 사내를 만났다. 아무 문제 없이 대화할 수 있을 만큼 러시 아어에도 능통한 친구였다. 즐거운 저녁 시간을 몇 번 함께 보 낸 후, 그들은 서로의 비전을 나누기 시작했다. 특히 귄터는 누군가에게 속마음을 털어놓고 싶은 욕구가 너무나 강했다. 동포인 동독인들에게는 그렇게 할 수 없었다. 9만 명에 달하 는 국가 보안부 직원들 외에도, 수십만 명의 등록된 정보원들 이 친구와 동료와 이웃 들을 염탐하고 있었던 것이다.

알렉산드르(줄여서 〈사샤〉라고 했다)와는 달랐다. 그는 러 시아인이었기 때문이었다.

귄터는 고백하기를, 자신은 한 국영 물류 회사에서 일하는 데, 슈타지[49]의 다양한 자료들에 접근할 수 있는 바람에 무고

49 동독의 국가 보안부. 1950년에서 1990년까지 존재했다.

할 뿐 아니라 죽기도 한 사람들을 고발하여 이득을 취한다는 거였다. 사실 사망 증명서는 슈타지가 아닌 다른 기관에 있었는데, 귄터는 거기에도 접근할 수 있었던 것이다.

그런 이유로, 슈타지는 귄터가 넘긴 정보에 따라 적어도 서른 명의 국가 반역자를 수배했지만 한 명도 찾아내지 못했다. 그들 모두가 땅에 묻혀 있었던 것이다.

「나한테는 이익이고, 손해 보는 사람은 없는 거지.」 귄터는 설명했다. 「자, 친구, 건배하자고!」

이 방법은 몇 년 동안 아무 문제가 없었다. 그 주된 이유 중 하나는 슈타지가 신문할 수 있는 가족이 한 명도 없는 사람만을 귄터가 국가 반역자로 골랐기 때문이었다. 하지만 어느 날, 그는 친구 사샤가 맥주를 마시며 기다리고 있는 술집에 가느라 너무 서둘렀다. 그러다가 서류를 뒤섞는 바람에, 드레스덴에 있는 엉뚱한 여자를 아주 질 나쁜 분자라며 잘못 넘겨주게 되었다. 지금 여자는 라이프치히로 이사하여 어느 유곽의 마담 일을 하고 있을 가능성이 있지만, 확실치는 않다고 보고서에 썼다.

하지만 확실히 아는 사람이 하나 있었으니, 얼마 전에 아내를 여의고 깊은 슬픔에 잠겨 있는 슈타지 국장이었다. 이제 그는 귄터의 보고서, 그러니까 그의 사랑하는 백설 공주 하이트룬이 부활하여 라이프치히로 가 매춘업을 한다는 보고서를 앞에 두고 있었다.

아무도 찾아낼 수 없는 서른 명에 대한 사냥은 즉각 취소되었고, 대신 모든 요원이 귄터를 찾기 시작했다. 귄터는 사샤의 차 트렁크에 숨은 채 모스크바에 밀입국하여 겨우 목숨을 건질 수 있었다.

소련의 수도에 무사히 안착한 그는 사업을 시작했다. 다시 말해 한 택시의 뒷좌석에서 가짜 배급 카드[50]를 팔기 시작한 것이다. 그러나 소련이 분열되기 직전, 조직이 절정에 달했을 때는 택시는 한 대가 아니라 무려 일흔 대에 달했다. 이렇게 귄터는 살아남았고, 또 보리 내에서도 존중받는 인물이 되었으니, 번 돈을 나눌 줄 알았기 때문이었다. 또 크렘린의 내부자인 절친에 대해 한마디도 하지 않았기 때문이었다.

✳ ✳ ✳

이런 상황 때문에, 귄터는 마피아 내부에서 옐친의 수석 고문관에 대한 사형 선고가 내려졌다는 사실을 20분 만에 알게 되었다. 1분 후 소식을 전해 들은 당사자 알렉산드르는 지체 없이 짐을 쌌다. 두 개의 커다란 가방을 꽉꽉 채웠는데, 속옷 세 벌, 간직하고 싶은 편지 몇 장, 그리고 칫솔(치약은 빼고)을 넣은 다음, 나머지 공간은 1백 달러짜리 지폐 뭉치들로 채웠다. 물론 신고도 않고, 과세도 안 된 돈이었다. 아무도 안 하는데 왜 혼자서 옳은 일을 한단 말인가? 그는 안전을 기하기 위해 도망갈 때 절친도 함께 데리고 갔다.

이날까지 사탕무 농부의 아들의 이름은 알렉산드르 코발추크였다. 그가 러시아 마피아의 손이 닿지 못할 나라에 도착해

50 배급제를 시행하는 공산주의 사회에서 식량을 사거나, 음식점을 이용할 수 있는 쿠폰.

서 처음 한 일은 이름을 바꾸는 것이었다. 이를 위해 1백 달러가 들었다. 다른 1백 달러는 이름은 없고 성만 있는 〈알레코〉가 콘도르스의 시민이 되는 데 사용되었다. 알렉산드르에서 〈알레〉를, 코발추크에서 〈코〉를 따온 것이다.

이렇게 그는 새 이름과 새 시민권을 가지고 새 나라에서 살게 되었다. 돈으로 가득 채워진 가방과, 어느 곳, 어떤 사회에서든 자리 잡을 수 있는 방법에 대한 확실한 지식으로 무장하고서 말이다. 알레코는 다시 정상을 향해 오르기 시작했다. 이번에는 끝까지 가볼 생각이었다.

29
2011년 9월 4일 일요일
종말까지 3일

　요한은 앙네스와 페트라와 함께 돌아왔다. 대사관에서 모든 일이 잘되었지만, 그가 가장 편한 곳은 역시 캠핑카였다.

　물론 다른 이들은 모든 것을 듣고 싶어 했다. 무엇보다도 그들이 여길 급히 떠야 하는지 알고 싶었다.

　「아니, 서둘 필요 없어.」

　「그래서 그 인간을 가만히 놔뒀군?」

　「응…… 아니, 가만히 생각해 보니까 좀 혼내 주기도 한 것 같아. 이 기분을 조용히 만끽하고 싶은데, 나 좀 내버려둬 줄 수 있겠어?」

＊ ＊ ＊

　세 친구는 캠핑장 뜰에서 저녁 시간을 보냈다. 요한은 여전히 카날리 재킷과 무지개색의 수제 송아지 가죽 구두 차림이었다. 그의 이런 모습은 주변 배경과 너무 어울리지 않아 이웃 텐트의 아이들이 몰려와 사인을 부탁할 정도였다.

잠시 후, 페트라의 인내심이 한계에 달했다. 그녀는 사인회를 중단시키고는, 당장 꺼지지 않으면 커뮤니케이션 플로 차트의 다음 단계를 적용하겠다고 으름장을 놓아 아이들을 쫓아 보낸 다음, 대사관에서 무슨 일이 있었는지 얘기해 달라고 요한에게 말했다.

그는 파티에 많은 사람이 있었지만 거의 누구와도 얘기하지 않았다고 설명했다. 오브라마라는 사람과 그의 비서인 반기 뭐라는 사람과 대화를 나눴단다.

「뭐? 오바마와 반기문?」 페트라가 되물었다.

「그런 것 같아.」

「지금 날 놀리는 거야?」

요한은 호주머니에서 명함 한 장을 꺼내어 그녀에게 건넸다.

「뭐라고 쓰여 있어?」 앙네스가 옆에서 물었다.

「확실하지는 않은데요,」 페트라가 대답했다. 「지금 내가 보고 있는 게 미국 대통령의 개인 휴대폰 번호인 것 같아요.」

요한은, 이 오브라마라는 사람이 아마 미국 대통령이 맞을 거라고 했다.

＊ ＊ ＊

앙네스와 페트라는 요한의 두서없는 설명을 거의 반 시간이나 들은 후에야 상황을 조금 이해하게 되었다. 요한은 연어 카나페 덕분에 벼락 오바마와 친구가 되고, 또 UN 사무총장 반기문과도 친해진 듯했다. 이들이 어떤 사람들인지 전혀 모르는 채로 말이다.

「이 UN이란 게 뭔지 다시 한번 설명해 줄래?」 요한이 물었다.

또 그는 손대지 않고도 형을 상당히 괴롭힐 수 있었다고 말했다.

「굳이 주먹이나 야구 방망이나 로네뷔 브루크 프라이팬을 쓸 필요가 없었어. 오브라마 하나로 충분했어.」

「오브라마가 아니라 오바마!」 페트라가 정정했다.

「맞아. 하지만 철자에 R 자가 있어.」

「아니, 없어.」

「있다니까!」 요한은 대통령의 명함을 다시 꺼내며 말했다. 「어, 정말 없네? R 자가 없는 오브라마였어…… . 자, 봐!」

앙네스는 빨리 화제를 바꾸는 편을 택했다.

「자, 이제 우리 어떻게 하지?」 그녀가 물었다.

「모르겠어요.」 페트라가 대답했다.

「나는 알아!」 마스터 셰프가 말했다.

다음 날 아침 모두가 캠핑카를 타고 콘도르스라는 나라로 가야 한다고 요한은 혼자서 결정했다. 거기 가서 알레코인지 뭔지 하는 사람에게 따끔하게 한마디 해줄 필요가 있다는 거였다. 프레드리크를 응징하는 일은 해결했다고 할 수 있었다. 원래의 계획대로 되지는 않았지만, 그가 받아야 할 것을 받았기 때문이었다. 하지만 주먹으로 코 때리기를 포기했다는 뜻은 아니었다. 다만 미래를 위해 남겨 두었을 뿐이었다.

「R 자가 없는 오브라마도 말했지만, 내가 생각해도 이 알레코는 정말 〈똥구멍〉인 것 같아.」

좀 더 자세한 설명이 필요했다. 이 콘도르스 대통령은 아메리카 연합 내에서 중요한 결정들을 계속 막아 왔단다. 마치 못된 짓을 즐기듯이 말이다.

「아프리카 연합이겠지.」 페트라가 다시금 정정했다.

「아, 거기서도 그랬어?」

「거기서만 그랬겠지.」

어쨌든 UN의 비서도 같은 의견인 것 같단다.

「비서가 아니라 사무총장.」 다시 페트라가 정정했다.

앙네스는 콘도르스가 유쾌한 헤르베르트 폰 톨이 그녀를 위해 페이퍼 컴퍼니를 만들어 준 곳이자, 조지 클루니가 부패를 척결하려는 바로 그 나라라는 것을 깨달았다. 거기를 캠핑카로 가는 것은 어렵지 않을까?

「콘도르스는 인도양에 있는 섬이야.」

요한이 뭔가를 물어보려는 듯 입술을 움찔거리자, 앙네스는 미리 대답했다.

「아니, 거기엔 다리가 없어. 그리고 아주 멀어. 하지만 재미는 있을 것 같아. 그렇지 않아, 페트라?」

지금 예언가는 어느 때보다도 삶이 즐거웠다. 이게 곧 끝난다는 게 너무 아쉬웠다.

「자, 언제 출발할 거야?」

30
2011년 9월 5일 월요일
종말까지 2일

　페트라와 요한이 캠핑카 뒤의 양쪽 구석에서 자고 있을 때 앙네스는 비행기표를 구했다. 아침 식사 시간에 그녀는 두 가지의 나쁜 소식을 전했다.

　콘도르스행 여객기는 이날 밤 자정 조금 전에야 이륙한다는 거였다. 환승이 두 번 있는데, 첫 번째는 아디스아바바에서, 두 번째는 다르에스살람[51]에서 한단다. 따라서 그들은 다음 날 오후에야 그곳에 도착할 수 있단다.

　「그때 우리에게 남은 시간은 단 하루뿐이야.」 페트라가 말했다.

　너무 과한 목표일까? 모든 것이 얼어붙기 전에 콘도르스 대통령 앞에 도달할 수나 있을까?

　「좀 더 가까운 곳에 다른 똥구멍들도 있지 않을까?」 앙네스가 혼잣말을 하듯이 말했다. 「그러니까, 표는 이미 예약하고 값도 지불하긴 했지만 그냥 날려 버려도 상관없다는 얘기야.」

---

51 아디스아바바와 다르에스살람은 각각 에티오피아와 탄자니아에 있는 도시들이다.

페트라는 잠시 생각해 본 뒤 안 된다고 결정을 내렸다. 요한에게 너무 많은 빚을 지고 있었기 때문이었다.

「시간이 얼마 남지 않은 것은 사실이에요. 하지만 콘도르스에 가겠다고 했으니, 콘도르스에 가야죠.」

「뭐, 좋아.」 앙네스가 동의했다. 「또 혹시 모르잖아? 대기가 생각을 바꾸게 될지.」

「대기에겐 자기 의지가 없어요.」

앙네스는 여기에 대해선 논쟁하고 싶지 않았다. 대신, 자신에게는 처리해야 할 다른 문제가 있다고 말했다.

듣고 있던 요한은 그녀의 어조가 왠지 심각하다고 느꼈다.

「세상의 종말보다도 나쁜 거예요?」

「아직은 아니야.」

사실인즉슨, 그녀보다 쉰다섯 살이 젊은 그녀의 아바타가 지금 곤란한 상황에 처해 있었던 것이다. 이 아바타는 상업적으로는 빙하 시대라 할 수 있는 스발바르와 오슬로를 방문한 후에 그녀가 가장 사랑하는 도시인 파리로 이동했었다. 거름 탱크 트럭, 투포환 선수, 스위스 은행 방문 등 물리적 세계에서 있었던 일들로 스트레스가 심했던 모양으로, 앙네스는 여기서 계산 착오를 범하고 말았다. 여행 스케줄 짜는 일에는 항상 꼼꼼했던 그녀였지만 실수로 여행하는 에클룬드가 파리에서 이륙하기도 전에 인천 공항에 착륙하게 하는 바보짓을 하고 만 것이다.

당연히 그 반대로 했어야 했는데 말이다. 비행 시간 자체도 더해야 했고, 거기에다 지구가 둥글기 때문에 생기는 거의 반나절에 달하는 시차까지 더했어야 했다.

「우리는 모두 실수를 하지요.」이 말의 의미를 너무나 잘 아는 요한이 위로했다.

물론 맞는 말이지만 인터넷에는 아마추어 탐정들이 득실댔다. 20분도 안 되어 여행하는 에클룬드의 블로그와 인스타그램에 폭풍이 몰아닥쳤다. 많은 이들이 1년 전 그녀가 블로그를 시작했을 때 올린 사진들 하나하나를 자세히 들여다보았다. 처음에는, 그러니까 포토숍 프로그램의 달인이 되기 전 앙네스의 작업은 약간 허술했다. 별것은 아니었지만, 눈에 불을 켜고 찾는 사람에게는 뻔히 보였다.

이 숨은 실수 찾기는 네티즌들 사이에 폭발적으로 확산되었다. 8백 퍼센트로 확대해 보면, 여행하는 에클룬드의 첫 번째 럭셔리 손목시계는 잘라 붙인 이미지라는 것을 분명히 알 수 있었다. 사실은 팔 전체도 마찬가지였다. 이뿐만이 아니었다. 런던에서 찍었다는 사진을 보면, 어떻게 그림자가 한쪽에서는 남서쪽으로 떨어지고 다른 한쪽에서는 남동쪽으로 떨어진단 말인가? 왜 피사의 사탑 뒤에 편백나무 하나가 빠져 있는가? 그리고 원경에 일본의 최고봉이 보이도록 도쿄를 찍은 이 사랑스러운 사진도 이상했다. 어떻게 7월의 후지산에 이렇게 많은 눈이 쌓였단 말인가? 오히려 3월에 찍은 사진 같지 않은가? 최소 4월은 되어 보였다.

로마의 캠핑장에서 밤이 깊어 가고 있을 때, 여행하는 에클룬드가 실은 완전히 사기꾼이라는 증거들이 계속 쌓여 갔다. 그리고 마침내, 세계적 명성의 럭셔리 브랜드들이 이 계정의 배후에 있을 거라는 결론이 내려졌다. 그리고 한 브랜드가 특정되었다.

＊＊

　LVMH의 첫 두 글자는 루이 뷔통Louis Vuitton에서 가져온 것이다. 마지막 두 글자는 모에트 에네시Moët Hennessy를 의미한다. 여행하는 에클룬드의 스캔들이 터지기 몇 달 전, LVMH는 불가리의 지분을 매입했고, 이를 통해 럭셔리 분야의 세계적 선두 기업 중 하나로서 위치를 공고히 했다. 그런데 판매를 늘리기 위해 특정 인플루언서를 후원한다는 것은 진지하게 사업을 운영하는 그룹에게는 매우 기괴한 전략이 아닐 수 없었다. 따라서 앙네스 에클룬드의 은행 계좌에 돈을 채워 주는 것은 LVMH가 아니었다. 그 돈은 자신을 알리기 위해 발버둥 치는 작은 브랜드들, 즉 오리지널과 같은 성공을 거두기 위해서라면 무슨 짓이라도 할 준비가 되어 있는 따라쟁이 브랜드들로부터 온 것이었다.

　시간이 지나며 앙네스는 돈 되는 메시지들을 만드는 데 전문가가 되었다. 그녀가 자주 사용하는 방법은 〈내가 방금 무엇을 발견했는지 보세요!〉라고 말하면서, 세련되면서도 잘 알려지지 않은 상품을 보여 주는 거였다. 뜨려고 발버둥 치는 회사들 입장에서 이 익명의 인플루언서에게 3만, 5만, 혹은 10만 크로나의 사례비를 보내는 것은 조금도 문제가 되지 않았다. LVMH가 브랜드 이미지 구축을 위해 사용하는 3천만, 5천만, 혹은 1억 유로에 비하면 껌값에 불과했으니까.

　하지만 앙네스는 여행하는 에클룬드가 싸구려처럼 보이게

놔둘 수는 없었다. 그녀의 게시물 대부분은 베르사체, 구치, 롤렉스, 그리고 앙네스의 최애 브랜드인 불가리 같은 최고 중의 최고에 대한 간접적인 오마주였다.

특히 불가리에는 도저히 저항할 수 없는 뭔가가 있었다. 손목시계든, 보석이든, 안경이든, 핸드백이든 간에, 모든 제품이 너무나 세련되어서 앙네스는 깊은 열정을 느꼈다. 〈불가리〉라고 쓰인 향수병만 보아도 그윽한 향기를 느낄 수 있을 정도였다.

여행하는 에클룬드는 이 모든 것을 세상과 공유했다. 그런데 하룻밤 새 — 인민 재판으로 사진들과 캡션들을 하나하나 검토하는 가운데 — 네티즌들 사이에 막연한 의심이 확고한 진실로 변했다. 즉 여행하는 에클룬드는 사실은 불가리가 만들어 낸 허구적 인물이라는 결론이 내려진 것이다.

앙네스가 잠에서 깨어나기도 전에 #boycottbvlgari(불가리를 보이콧하라)라는 해시태그가 출현했다. 그녀가 아침 커피를 마시는 동안, 그것은 10만 배로 증식되었다.

지금 그녀는 요한이 차린 기막힌 아침 식사 테이블에 앉아 태블릿을 들여다보고 있었다. 죄 없는 불가리가 점점 수렁으로 빠져들고 있을 때, 뜨려고 발버둥 치는 브랜드들로부터 메시지가 날아들기 시작했다. 〈여행하는 에클룬드가 정말 허구였어요?〉 〈당장 후원금을 환불해 주시오!〉 〈우리 제품들이 나온 사진들을 다 삭제하시오!〉 〈당신과는 더 이상 아무것도 하고 싶지 않소!〉

수십만 명의 소녀들과 젊은 여성들이 여행하는 에클룬드의 느긋하고도 럭셔리한 세계 여행을 팔로해 왔다. 남자들도 있

었다. 보라색 머리 스웨덴 할머니의 젊은 아바타는 이들 모두
의 롤 모델이었다. 꿈이었다.

그리고 지금은, 사기극이 되었다.

페트라는 앙네스가 깊은 근심에 잠긴 것을 보고는 나름대
로 위로했다. 그녀는 여행하는 에클룬드가 이제 여행도 못 하
게 되고, 돈도 못 벌게 되었으니 유감이라고 말했다. 하지만
살날이 이틀밖에 남지 않았다는 사실을 잊지 말라고 덧붙였
다. 계좌에 아직 5백만 크로나나 되는 돈이 남았으니, 하루에
250만 크로나를 쓸 수 있지 않을까?

앙네스는 이 친절한 말에 감사를 표했다. 그래, 자신의 아
바타는 이제 서울에서 살 거란다. 멋진 도시란다. 이 모든 일
이 터졌을 때 에클룬드가 스발바르에 있지 않았던 게 다행이
란다. 하루에 쓸 돈이 250만 크로나나 된다는 것은 멋진 일이
지만, 그러기 위해서는 세상의 종말이 자신의 아바타와는 다
르게 허구가 아니어야 할 거란다.

「오, 앙네스, 그 점에 대해선 조금도 걱정할 필요가 없어
요.」 페트라가 장담했다.

「이 망고빵에 대해 어떻게 생각해?」 요한이 끼어들며 물었
다. 「내 특별 레시피로 만든 거야. 호두, 생강, 그리고 두 사람
을 절대 알아맞히지 못할 몇 가지 다른 재료가 들어갔지.」

이 두 사람은 밥 먹으면서 말이 너무 많다고 요한은 생각했
다. 아침 식사도 좀 존중해 주면 안 되나?

31
2011년 9월 6일 화요일
종말까지 하루

레오나르도 다빈치 공항[52]에서 대기 시간이 길어졌다. 아디스아바바로 향하는 에티오피아 항공 703편은 25분 지연된 밤 12시 5분에야 출발했다. 앙네스는 길었던 오후와 국제공항에서 보낸 저녁 시간으로 기진맥진했다. 새로운 폭로와 비난이 계속 쏟아져 나왔다. 무엇보다도 불가리 경영진이 앞으로 나와서 그들이 인정할 이유가 없는 모든 것들을 인정해야 한다는 압력이 거세지고 있었다.

게다가 앙네스는 페트라도 감시해야 했다. 그녀가 아무나 붙잡고 완성된 플로 차트를 실험해 볼 기회를 노리고 있었기 때문이었다. 예언가는 몇 마디만 나누면 된다고 말했다. 그러면 사흘 전 포르셰를 탄 성마른 이탈리아 사내의 경우처럼 분쟁이 시작될 것인데, 물론 그때보다는 훨씬 평화로운 해결책을 찾게 될 거란다. 이게 바로 이 플로 차트의 근본적인 목적이란다.

앙네스는 공항보다 싸움을 벌이기에 나쁜 장소는 없다는

52 이탈리아 로마의 국제공항으로, 피우미치노 공항이라고도 한다.

사실을 지적했다. 그저 열띤 말싸움만으로도 탑승이 거부될 수 있는 것이다.

여권 심사 대기열에서 그녀는 페트라에게 이렇게 분명히 얘기할 수밖에 없었다.

「저 남자 얼굴이 슬퍼 보이든 말든 제발 상관하지 마! 그냥 네 여권을 들여다보고, 널 통과시키게 놔두라고. 인생을 점검해야 한다는 소리는 하지 말란 말이야.」

페트라는 시키는 대로 했다. 앙네스의 말에도 일리가 있다는 게 어렴풋이 느껴졌기 때문이었다.

사실 페트라에게는 더 시급한 문제가 있었다. 탑승 시간이 다가오고 있을 때, 그녀는 요한을 찾느라 한참을 헤매야 했다. 겨우 그를 발견한 곳은 스타 얼라이언스 라운지의 주방 안이었는데, 거기서 그는 마스터 셰프이자 천재답게 주방 스태프들에게 스프링롤 만드는 법을 강의하고 있었다. 놀랍게도 요리사들은 그를 붙들어 두고 싶어 했다.

「고마워요. 저도 그러고 싶어요.」 요한이 대답했다.

페트라는 비행기를 타면서 동시에 땅에도 붙어 있기는 불가능하다고 요한에게 설명했다. 둘 중에서 하나를 선택해야 하는데, 서로 이미 합의한 옵션을 선택하면 더 좋겠단다.

「물론이지.」 요한은 한참을 생각해 본 후에 대답했다.

페트라는 앙네스에게 문제를 일으키고, 요한은 페트라에게 문제를 일으키고 있었다. 그리고 인터넷은 그들 모두에게 문제를 일으키고 있었다. 점차 격해지는 네티즌들의 어조는 불길한 느낌을 주었다. 따라서 대륙을 바꾸는 것은 좋은 선택이었다. 상황이 이렇게 전개되는 마당에 불가리의 고향인 이탈리아에서 너무 오래 꾸물대는 것은 결코 좋게 끝날 수 없었다.

결국 그들은 모두 탑승했다. 일흔다섯 살의 할머니는 기내식이 나오기도 전에 좌석에 앉은 채로 잠이 들었고, 착륙 한 시간 전, 수단 상공에서 조식이 나오기 전까지 깨어나지 않았다.

그다음 항공편인 다르에스살람행 여객기는 9시 45분에 이륙했다. 그곳에서 콘도르스의 수도 몬로비까지 가는 마지막 여정인 비교적 짧은 50분의 비행은 별일 없이 지나갔다.

그들의 마지막 항공편의 이륙 예정 시간은 13시 25분이었다.

이탈리아 시간으로는 오전 11시 25분이었다.

32
2011년 9월 6일 화요일
종말까지 하루

　　인터폴이라는 이름으로 더 잘 알려진 국제 형사 경찰 기구는 프랑스 리옹에 본부를 두고 있다. 2011년 9월 기준으로 이 정부 간 기구는 무려 187개국의 회원국을 보유하고 있었다. 또 퀴라소, 신트마르턴, 남수단, 세 나라도 가입 절차 중에 있었다.

　　인터폴은 국경을 넘어 발생하는 범죄들을 전문으로 취급한다. 하지만 이 기구에 속했다 하더라도 각 국가는 저마다의 주권을 지니며, 나쁜 사람이 나타났다고 그를 체포하기 위해 리옹에서 파견하는 슈퍼 경찰이 있는 것은 아니다.

　　예를 들어 용의자 한 명이 로마에서 나타났다고 해보자. 그러면 리옹은 이탈리아 경찰에 속한 동시에 인터폴의 지시를 따르는 특수 팀에게 경보를 내린다. 이 팀은 NCB, 혹은 〈국가 중앙국〉이라고 불린다. 〈코드 레드〉는 〈가능하면 문제의 인물을 체포하라〉를 뜻한다. 〈코드 옐로〉는 〈문제의 인물을 찾아내라〉이다. 〈코드 블루〉는 〈무슨 일이 일어나고 있는지 알아내라〉이다. 〈코드 그린〉은 〈이 악당이 너희 나라에서 문제를 일으킬 수도 있다〉이다. 〈코드 오렌지〉는 〈폭탄, 수류탄 및 파괴와 해를 끼칠 의도로 제작된 여타의 것들을 주의하라〉이다. 마지막으로 〈코드 블랙〉은 〈이 범죄자는 이미 죽었지만, 우리는 더 알고 싶다. 너희는 어떤 정보를 가지고 있는가?〉이다.

세상이 참 좁았던 것이, 파리의 LVMH 부회장은 원래 리옹 출신이었을 뿐만 아니라 인터폴 총재의 오른팔과 테니스 클럽 친구이기도 했다. 불가리의 피해를 최소화하기 위해서는 가짜 에클룬드 계정 뒤에 숨어 있는 인물을 찾아내고, 그녀를 법정에 세워야 했다. 그래서 테니스 친구 1호는 세 가지 색깔의(파랑, 노랑, 빨강) 경보를 발령할 수 있는 테니스 친구 2호에게 압력을 가했다. 여기서 〈압력〉이란 〈무슨 일이 일어났는지 알아내고, 그 망할 여자의 정체를 밝혀내어 체포해 주게!〉를 의미했다.

때로 세상은 생각했던 것보다도 훨씬 더 좁다. 이탈리아 수도에 있는 불가리의 CFO는 또한 이 대도시에서 으뜸가는 플라이 낚시 클럽의 회장이기도 했다. 그리고 이 클럽 멤버십 대기 리스트의 세 번째 순위에 올라 있는 사람은 다름 아닌 인터폴의 로마 지부, 그러니까 로마 NCB의 특수 요원 세르조 콘테였던 것이다.

이런 우연의 일치들이 중첩된 결과, 콘테는 무시해 버릴 수 없는 어떤 엿같은 삼중색의 사건(그의 관점에서는)을 마주하게 되었다. 그는 양방향에서 압력을 받고 있었으니, 하나는 리옹의 테니스 동호인이었고, 다른 하나는 어떤 플라이 낚시

꾼인데, 이 낚시꾼은 보통 낚시꾼이 아니라, 그가 1순위로 들어가고 싶은 클럽의 문을 열어 줄 수도 있고, 반대로 영원히 잠가 버릴 수도 있는 사람이었다.

시곗바늘이 정확히 11시를 가리켰을 때, 특수 요원 콘테는 NCB 본부에서 꼴 보기 싫은 보스와 몇몇 동료들 앞에서 브리핑을 시작했다. 관심 대상은 1936년에 태어난 스웨덴 국적의 앙네스 에클룬드라는 여자였다. 스웨덴의 스벤스카 한델스방켄 은행과 관련된 동시에 이 앙네스 여사와 간접적으로 연결되는 한 인스타그램 계정은 그녀가 지금 로마에 있음을 암시하고 있었다. 적어도 27시간 전에는 여기 있었으니, 문제의 인스타그램 계정이 마지막으로 로그인된 게 27시간 전이기 때문이었다(리옹의 인터폴과 NCB가 피차의 자원을 공유함으로써 알아낸 사실이었다. 그들이 주시하는 대상이 부주의하게 노트북이나 태블릿을 켠다면, 그 위치를 알아낼 수 있었다).

특수 요원 콘테는 이게 하찮은 사건으로 보일 수도 있다는 점을 솔직히 인정했다. 그는 리옹 쪽의 압력에 대해서는 별로 언급하지 않았고, 가입하고 싶은 플라이 낚시 클럽에 대해서는 한마디도 하지 않았다. 대신 그는 이론적 차원에서 얘기를 풀어 나갔다. 인스타그램은 새로운 현상이었다. 사실 인터넷 전체가 그랬다. NCB는 앞으로 유사한 사건들, 다시 말해서 국경을 넘어서는 이런 사건들이 계속 나타날 것이라 예상할 수 있다는 얘기였다. 왜냐하면 국경을 넘어서는 것이야말로 인터넷의 목적이자, 본질이기 때문이었다.

「지금까지 설명한 내용을 고려하여, 제가 할 수 있는 제안은 리옹에서 온 경고에 귀를 기울이고, 이 사건에 우리 자원을 투입하자는 것입니다. 사건 레벨은 블루, 옐로, 레드입니다.」

세르조 콘테의 상관은 안경을 내려 코끝에 걸쳤다. 그리고는 안경테 위로 부하를 쳐다보았다.

「홈, 콘테 특수 요원, 솔직히 자네에게 좀 놀랐네.」 그가 말했다. 「하지만 물론, 만일 자네가 이 스웨덴 사기꾼을 추격하고 싶은 열망이 있다면, 얼마든지 그렇게 하게나. 하지만 우리가 할애할 수 있는 유일한 자원은 자네 한 사람뿐이야. 나머지는 밀거래, 테러리즘, 민주주의에 대한 위협, 그리고 수십억 달러의 통화 사기 같은 그보다 덜 중요한 일들을 가지고 계속 고생할 걸세.」

콘테는 자신이 바보처럼 느껴졌다.

「감사합니다.」 그가 말했다. 「팀장님께서 허락하신다면 즉시 시작하겠습니다. 오늘 내로 용의자를 체포할 수 있지 않을까 싶네요.」

20분 만에 사안이 제기되고, 논의되고, 결정되었다. 그리고 1분 후, 사람들은 각자의 길로 나섰다. 그리고 또 4분 후, 콘테는 그의 최신 검색 엔진을 가동시켰다.

그때가 11시 25분이었다. 11시 26분에는 용의자가 아디스아바바와 다르에스살람을 경유하여 최종 목적지 몬로비로 가기 위해 로마를 떠났다는 사실이 분명해졌다.

인도양에 있는 허울뿐인 민주주의 공화국 콘도르스는 인터폴의 187개 가입국 중의 하나였지만, 그것은 단지 서류상의 애기일 뿐이었다. 따라서 에클룬드 부인은 늦어도 다르에스살람에서 체포되어야 했다.

콘테 특수 요원이 이 결론을 내린 것은, 865편 항공기가 극도로 접근하기 어려운 콘도르스를 향해 줄리어스 니에레레 국제공항[53]에서 이륙한 지 딱 2분 후였다.

「에잇, 줄리어스 니에레레, 엿이나 처먹어라!」 그는 욕설을 내뱉었다.

초장부터 일이 꼬여 버린 것이다.

---

53 탄자니아의 다르에스살람의 국제공항으로, 탄자니아 초대 대통령이자 아프리카의 저명한 지도자 중의 하나였던 줄리어스 니에레레의 이름을 땄다.

33
2011년 9월 6일 화요일
종말까지 하루

알레코 국제공항(최근에 이 나라 대통령의 이름으로 개명되었는데, 그걸 직접 명한 이는 대통령 자신이었다)에는 활주로가 하나밖에 없었다. 그 표면은 아스팔트가 아닌, 붉은색의 철분이 풍부한 맨땅이었다.

다르에스살람발 865편 항공기는 정확히 정시에 착륙했다. 시간뿐 아니라, 분 단위까지 정확히 맞춰서 착륙했다. 질서와 체계가 이곳의 주요 특징은 아니었지만 말이다.

비행기는 A 터미널 바깥의 활주로에 세워졌다. 터미널 B, C, D는 없었지만 어쨌든 이게 명칭이었다. 트랩을 내려온 승객들은 터미널 건물까지의 짧은 거리를 도보로 이동하도록 안내되었다. 보안 검색대까지 가는 동안 잡상인들이 달라붙었다. 하지만 그렇게 많지는 않았으니, 호주머니에 콘도르스 프랑을 찔러주는 상인들만이 이름에 걸맞지 않은 보안 검색대 저편으로 갈 수 있었기 때문이었다.

금방이라도 허물어질 듯한 공항을 빠져나온 요한은 캠핑카를 찾아 주위를 둘러봤지만, 그것은 이미 과거가 되었다는 사

실을 깨달았다. 반면 그와 앙네스와 페트라의 얼마 안 되는 짐
은 카트에 실려 기다리고 있었고, 이 공항의 가방 도둑들까지
훤히 꿰고 있는 경비원이 그 옆에 서 있었다.

「자, 이제 뭐 하지?」 페트라가 물었다. 「우리에게는 약 서른
한 시간이 남았어.」

「내 주방이 그리워.」 요한이 힘없이 말했다.

「내 기억으로는, 네가 알레코 대통령의 코를 납작하게 해주
자고 말한 것 같은데?」 앙네스가 말했다.

「빈속으로는 못 하죠. 그런데 어디를 가야 그를 볼 수 있을
까요?」

「왕들은 주로 궁에서 살고, 대통령들은 대통령 관저에서 살
지.」 페트라가 대답했다. 「거기서 가까운 호텔을 찾아가서 체
크인부터 하는 게 어때?」

「호텔 주방은 어떻게 생겼을까?」 요한이 궁금해했다.

「조금만 기다려. 우리가 묵을 곳을 찾으면 대답해 줄 테니
까.」 앙네스가 손가락으로 태블릿을 두드리며 말했다.

한편 로마의 콘테 특수 요원은 검색 엔진을 통하여 노부인
이 그녀의 목적지에 도착한 것을 확인했다.

＊ ＊ ＊

〈로텔 뒤 팔레〉[54]는 이름이 암시하는 것만큼 으리으리하지
는 않았다. 그들이 묵는 세 싱글 룸에서 보이는 경치는 여행하
는 에클룬드가 — 지금 서울에 은신 중이긴 하지만 — 인스타

54 l'Hôtel du Palais. 〈궁전 호텔〉이라는 뜻이다.

그램으로 소개할 만한 것은 아니었다.

앙네스 방의 창문 아래에는 아마도 어떤 타이어 회사의 것인 듯한 마당이 있었다. 거기에는 폐타이어들이 구불구불한 양철 판들로 반쯤 덮여 무더기로 쌓여 있었다.

한 층 위에 있는 페트라의 방에서는 타이어 회사 너머의 풍경까지 보였는데, 어째선지 타이어 회사보다 더 많은 타이어가 보였다. 좁다란 길의 건너편에는 지붕이 날아가 버린 상태로 방치된 3층 건물이 서 있었다. 저런 상태에서도 그 안에서 사는 게 가능한 모양이었다.

주변 풍경에는 별로 관심이 없는 요한은 호텔 주방을 찾아 복도들을 헤맸다. 그는 호텔 리셉션에 물어보려 했지만, 데스크 뒤의 노인은 약간의 프랑스어와 존재하는지도 몰랐던 어떤 언어를 구사할 뿐이었다.

「Excuse me(실례합니다).」

요한 뒤에서 누군가가 말했다. 영어로 말이다! 요한이 외우고 있는 영화들 중 적어도 열두 편에 이 문장이 들어 있었다. 몸을 돌린 요한은 머릿속에 저장된 파일에서 기계적으로 한 문장을 꺼냈다.

「⟨Excuse me, excuse me. Excuse you for what(실례합니다, 실례합니다. 무엇을 실례한다는 말인가)?⟩ 1946년 작 ⟨멋진 인생It's a Wonderful Life⟩[55]에 나오는 말이에요.」

요한은 어떤 제복을 입은 중년 남자와 눈이 딱 마주쳤다. 남자는 지체 없이 튀어나온 요한의 대답에 잠시 말문이 막혔다.

---

55 프랭크 캐프라 감독이 연출하고 제임스 스튜어트, 도로시 캠벨, 헨드 트레버 등이 주연을 맡은 미국의 판타지 영화.

따라서 먼저 입을 열고 말을 이어 간 사람은 요한이었다.

「아, 영어를 하시네요, 정말 잘됐어요. 혹시 호텔 주방이 어디 있는지 아세요? 주방 분들께서 도움이 필요한지 잠깐 들러 보려고요.」

제복의 사내는 곧바로 멍한 상태에서 벗어났다.

「아뇨. 하지만 이번에는 내가 물어보고 싶은데, 혹시 앙네스 에클룬드가 어디 있는지 압니까?」

요한의 얼굴이 밝아졌다.

「물론이죠! 서로 아는 사이인가요?」

「전혀. 난 그녀를 체포하려고 왔소.」

＊＊＊

콘도르스 경찰청장은 알레코 대통령의 가장 친한 친구이자 유일한 친구였다.

자신을 〈특수 요원〉이라고 밝히는 이가 로마에서 전화를 걸어, 당장 찾아내 다르에스살람으로 돌려보내야 한다는 어떤 여자에 대해 떠들어 대자, 그는 대통령에게 전화하여 사실을 알렸다.

「NCB인가?」 알레코가 물었다.

「그런 것 같아. 인터폴.」 귄터가 대답했다.

「아, 별거 아니네. 무시해 버려. 근데 그 할머니는 찾아내서 여기에 뭘 하러 왔는지 알아보게.」

콘테 특수 요원이 이미 예상했던 바였다. 다시 말해서 콘도

276

르스인들의 도움은 없을 거였다. 공식적으로는 리옹의 인터폴 본부가 수배 일을 인도양의 한 인터폴 가입국에 위임해 버리면 그만이었다. 더 이상 이탈리아의 책임이 아니었다. 하지만 이 경우, 아무 일도 일어나지 않을 거였다. 체포하는 일뿐만 아니라, 그토록 갈망하는 플라이 낚시 클럽에 입회하는 일도 말이다.

콘도르스 제도의 면적은 이탈리아의 어느 작은 지방보다도 더 작았으므로 앙네스 에클룬드가 여기서 여생을 보낼 리는 없다고 봐야 했다. 물론 일흔다섯 살이나 되긴 했지만, 건강 상태가 좋다면 조만간 문명 세계로 돌아갈 거였다. 이를 위해 콘테는 마푸토와 다르에스살람과 나이로비[56]의 공항을 감시하도록 조치해 놓았다. 그녀가 대륙으로 가려 한다면 배를 타지 않는 이상 다른 선택이 없었다. 알레코 국제공항에 그녀의 행선지를 미리 알려 줄 수 있는, 신뢰할 만한 시스템이 없듯이 말이다.

요한의 도움 덕분에 경찰청장은 앙네스와 페트라뿐 아니라 정보 제공자까지 체포할 수 있었다. 후속 지시가 내려올 때까지 그들은 특별 손님으로 간주되었고, 이에 따른 숙소도 제공되었다. 바로 경찰서 구치소였는데, 그나마 침상 세 개가 있어서 서거나 바닥에 누울 필요가 없었다. 용변을 위한 양동이는 커튼으로 가려져 있었다. 그리고 한쪽 구석에는 세면대도 있었다. 벌겋게 녹이 슬었지만 그래도 그게 어디인가.

「수돗물은 마시지 마시오.」 경찰청장이 경고했다. 「장염 환

---

56 이 세 도시는 각각 모잠비크, 탄자니아, 케냐의 수도이다.

자를 떠안고 싶지는 않으니까. 내 부하에게 말해서 물병을 가져오라고 하겠소.」

「네 번째로 묻겠는데요.」페트라가 물었다. 「이게, 대체, 무슨, 일이죠?」

「우리도 알아내려 하고 있소. 하지만 오늘은 아니오. 오늘은 내 딸 생일 파티가 있어서 말이오.」

「오늘은 아니라니, 그게 무슨 말이죠? 우린 여기에 있을 시간이 없어요. 우리에겐 중요한 일이 있어서 서둘러야 한다고요! 제발 여기서 나가게 해줘요!」

그녀는 요한의 과제 때문에 요한보다도 훨씬 더 답답해하고 있었다.

「자, 일에는 순서가 있는 법.」경찰청장이 단호히 말했다. 「내일 아침에 잠이 깨는 대로 다시 오겠소. 그렇게 늦지는 않을 거요. 뭐, 이브라힘 녀석이 파티에 오지만 않는다면…… 위험한 친구지. 도대체가 적당히 멈출 줄을 모르거든.」

페트라가 좌절감을 억누르려 애를 쓰고 있을 때, 앙네스는 어떻게 불가리와 농락당한 광고주들이 자신들을 찾아낼 수 있었을까 생각해 보았다.

그리고 요한은 여전히 요한이었다.

「따님의 이름이 뭐죠?」그가 물었다. 「나이는 몇 살이고요?」

경찰청장은 미소를 지었다.

「안젤리카라고 하오. 눈에 넣어도 아프지 않은 아이지. 오늘로 여섯 살이 된다오. 그 귀여운 모습이 상상이 가오?」

「이름이 참 예쁘네요. 그리고 경찰청장님 이름도 물어봐도 될까요?」

「요한, 집어치워!」 페트라가 소리쳤다.

「맞아, 집어치워!」 앙네스도 소리쳤다.

뭐야? 이렇게 방해를 놓고 있는 사내와 친구 하겠다고?

「귄터라고 하오.」 경찰청장이 대답했다.

＊ ＊ ＊

콘도르스 시간으로 밤 11시 30분, 세 친구는 이 감옥의 가장 좋은 감방에서 각자의 침대에 앉아 있었다. 이제 종말을 향한 카운트다운이 본격적으로 진행되고 있었다. 페트라는 1분 동안 이 사실에 대해 생각해 본 다음, 이렇게 말문을 열었다.

「자, 이제 23시간 59분이 남았어. 분명히 우린 대통령을 만날 수 없을 거야. 그렇다면 대신 경찰청장의 코를 박살 내버리면 어떨까?」

요한은 동의할 수 없었다.

「안젤리카의 아빠를?」

페트라는 짜증이 났다. 왜 이 상황을 이해하는 사람은 자기뿐이란 말인가?

「부녀가 저승에서 재회하기 전까지 안젤리카는 자기 아빠 코가 부서진 것을 알아차리지 못할 거야. 도대체 왜 이걸 이해 못 하지?」

「만일 네 계산이 정확하다면 그렇겠지.」 앙네스가 말했다.

「어휴, 천치!」

「앙네스 말이야? 아니면 나 말이야?」 요한이 되물었다.

아차! 그것은 꺼내지 말아야 할 표현이었다.

팽팽한 분위기가 감돌았다. 하지만 분노보다도 슬픔과 체념의 감정이 더 컸다.

* * *

안젤리카의 여섯 번째 생일 파티는 그 성대함에 있어서 아이가 상상할 수 있는 모든 것을 넘어설 정도로 성대했다. 파티는 삼면이 녹색의 바다로 둘러싸인 곳 위에 있는 알레코 삼촌의 정원에서 열렸다.

이 저택은 대통령에게 안성맞춤이었다. 여덟 채의 건물, 승마장, 수영장, 그리고 축구장 세 개 면적의 넓은 잔디밭이 있었고, 여기저기 심긴 야자나무와 미옴보나무들은 아늑한 분위기를 자아내고 있었다.

110명에 달하는 손님들 중에는 불청객도 하나 끼어 있었다. 바로 왈패 이브라힘으로, 그가 즉흥적으로 시작한 가라오케 대회는 무대 위에서 새벽 2시까지 계속되었다.

우승자는 「더 위너 테이크스 잇 올The Winner Takes It All」을 부른 알레코 대통령이었다. 어린 안젤리카는 선물로 받은 조랑말 꿈을 꾸면서 잠든 지 오래였다. 그녀는 녀석에게 〈포카혼타스〉라는 이름을 붙였다.

알레코는 친구 귄터와 보드카를 마시며 우승을 자축했다.

「그런데 인터폴이 잡으려고 하는 그 할머니는 어떻게 된 거야?」 그가 물었다.

「아직은 나도 모르겠어. 안젤리카의 조랑말을 끌고 오기 전에 구치소에 가둬 놓았어. 로마에서 친구가 전화를 했는데, 어떤 사기 건인가 봐.」

알레코는 미소를 지었다.

「아직 힘이 넘치는 사람인 모양이군. 내일 여기로 데려와서 같이 신문해 보자고.」

「그렇게 하지. 나머지 둘은 어떻게 할까?」

「뭐, 나중에 쓸모가 있겠지. 하지만 너무 아침 일찍 오지는 말게나. 잠 좀 자야 할 테니까. 그런데 저 미친 이브라힘은 누가 초대했어?」

「저 혼자 왔어.」

알레코 대통령은 한숨을 내쉬었다. 죽은 아내의 사촌들은 너무 제멋대로였다.

34
사탕무 농부의 아들
5부 중 5부

적보다는 친구를 만드는 게 낫다. 만일 반드시 누군가의 적이 되어야 한다면, 러시아 마피아는 최악의 선택이라 할 수 있다. 그들은 결코 잊지도, 용서하지도, 포기하지도 않는다.

118퍼센트의 사내에 대한 사형 선고는 집행되지 못했다. 선고가 내려진 바로 그날, 옐친 대통령의 빌어먹을 수석 고문관이 크렘린궁에 출근하지 않았던 것이다. 다음 날, 대통령은 그의 실종 뒤에 어떤 조직 범죄가 숨어 있을 거라는 의혹을 제기했다. 그의 추측이 방향은 맞지만 완전히 옳지는 않다는 것은 오직 보리만이 알고 있었다. 그런데 문제가 시작되었다. 옐친은 만취하기 전 오전에 마피아의 일련의 활동들에 대한 처벌을 지시했다. 그리고 술로 떡이 된 오후에는 한층 대담해졌다. 자산보다 세금을 더 많이 내야 할 때 가장 큰 손실을 보게 될 사람은 누구일까? 그는 생각해 보았다. 누구보다도 많은 자산을 보유한 사람이 아니겠는가? 예를 들어 가스 및 석유 송유관 관련 국영 기업을 1억 8천만 달러에 매입한 후, 3주 만에 65억 달러의 돈방석에 앉게 된 어떤 올리가르히가 그런 사람일 것이다.

이 운 좋은 사업가는 과속 운전 혐의로 잡혔다가 폭력 행사와 법정 모독까지 저질렀는데, 설상가상으로 마약까지 소지하고 있었다. 어떻게 정제된 헤로인 0.5킬로그램이 감방의 그의 베개 밑에 들어가게 되었는지, 그를 포함하여 아무도 이해할 수 없었다. 어쨌든 이 올리가르히는 평소처럼 생트로페[57]에서 여름 휴가를 보내는 대신에 16년 징역형을 기다리는 신세가 되었다.

이에 옐친은 만족했지만, 마피아는 속이 부글거렸다. 물론 옐친 때문이기도 했지만, 무엇보다도 흔적 없이 사라져 버린 그 알렉산드로 코발추크 때문이었다.

＊ ＊ ＊

러시아어로 〈보르vor〉는 〈도둑〉을 뜻한다. 좀 더 좁은 의미에서 〈보르〉는 러시아의 조직범죄 연합체의 일원을 의미한다. 그 복수형은 〈보리vory〉로 〈도둑들〉이라는 뜻이지만, 러시아 조폭을 말하기도 한다.

러시아 조직범죄의 모든 경우들을 〈보리〉의 범주하에 집어넣는 것은 역사를 지나치게 단순화하는 것이다. 지난 세기 동안 러시아의 여러 지역에서 다양한 범죄 네트워크들이 발달해 왔는데, 엄격한 조직과 위계가 특징인 이탈리아 마피아와는 달리 느슨히 연결되어 있는 형태였다. 그런데 보리의 한 가지 흥미로운 면은 오랫동안 자신들은 경찰이나 공산당 관리

57 프랑스 남부 지중해 연안의 코트다쥐르 지방에 위치한 세계적인 휴양지.

와는 섞일 수 없다고 생각했다는 점이다. 하지만 이런 생각은 시간이 지나면서 변했다. 스탈린이 그들을 정치범들과 함께 강제 노동 수용소로 보냈기 때문이었다. 7년 동안 함께 돌을 깨고 있으면 모종의 유대감이 형성되기 마련이다. 요컨대 도둑들과 공산주의자들은 수용소에서 서로를 알게 되고 이해하게 된 것이다.

1953년 초 스탈린이 사망하자 공포의 대상이었던 비밀경찰의 우두머리 라브렌티 베리아는 삶이 너무 외롭게 느껴졌다. 그는 굴라그의 1백만 명이 넘는 도둑들을 사면함으로써 새 친구들을 만들고자 했다. 이렇게 친구들이 생기긴 했지만 그는 결국 흐루쇼프에 의해 3백여 선의 싱폭헹괴 조금 더 많은 수의 다른 범죄 혐의로 기소되어 처형되었다. 이 혐의 중 일부는 조작된 것이었지만, 대부분은 진짜였다.

하지만 새롭게 풀려난 도둑들을 다시 가둘 수는 없었다. 이에 대해 도둑들은 모두 모자를 벗어 감사를 표했고, 소련 공산주의 지도자들 및 각급 관리들과 새롭고 강력하고도 영원한 결탁 관계를 맺기 시작했다.

이렇게 흐루쇼프 시대에 이르러 권력과 범죄가 손에 손을 잡고 걸어가는 새로운 유형의 부패가 시작되었다. 그리고 이것은 브레즈네프 시대에 이르러 만개했다. 그 뒤를 이은 안드로포프는 부패에 대한 헛된 투쟁을 시도했지만, 시작하자마자 신부전으로 사망했다. 소련의 핵심부는 체르넨코에게 기회를 주기로 결정했지만, 그 또한 진행성 간경화를 비롯한 온갖 질병으로 고통받는 일흔세 살의 노인이었다. 1년이 조금 지나 그가 사망하고 나서는 고르바초프의 차례가 왔다. 더불어 그것은 알렉산드르 코발추크의 차례이기도 했다. 하지만 그는 보리가 무엇인지, 또 앞으로 보리가 이 나라에서 어떤 존재가 될 것인지에 대해 거의 아는 바가 없었다.

마피아에게는 짜증 나는 일이었지만, 그 고약한 인간 코발추크는 고르바초프와 함께 없어져 버리지 않았다. 없어지는 대신, 다음 직책으로 옮겨 간 것이다.

옐친의 수석 고문관이 된 그는 어처구니없는 세율을 만들어 내어 자신도 모르는 사이에 마피아의 적이 되었다. 보리의 맹렬한 분노를 아슬아슬하게 알게 된 그는 삶을 하직하는 대신에 고국을 등지는 편을 택했다. 그리고 은밀한 이름하에 은밀한 장소에 착륙하게 되었다. 거기서 새로운 커리어를 시작할 수 있었는데, 무엇보다도 달러로 채워진 두 개의 가방 덕분이었다. 알렉산드르는 불과 몇 년 만에 또 다른 대통령의 수석 고문의 위치에 오르게 되었다. 기회만 잘 잡는다면 옆자리의 대통령을 손쉽게 제거할 수도 있는 나라에서 말이다.

그는 영원히 행복하게 살 수 있었을 것이다.

결코 잊지도, 용서하지도, 포기하지도 않는 보리만 없었더라면 말이다.

35
2011년 9월 7일 수요일
더 이상 남은 날이 없음

권터라는 전혀 콘도르스인 같지 않은 이름을 가진 경찰청장이 탄 지프차가 3미터 높이의 담벼락으로 둘러싸인 대통령궁의 경내로 진입했다.

지프의 뒷좌석에는 수배자 앙네스와 그녀의 친구들이 앉아 있었다. 세 명 다 수갑을 차고 있었으니, 예전에 슈타지 정보원이었으며, 약간 마피아적 성향이 있는 이 경찰청장의 뒤통수에까지 눈이 달려 있지는 않았기 때문이었다.

건물 안으로 들어간 권터는 그들을 서재로 데려가서는 하나씩 의자에 앉혔다. 천장 높이가 거의 10미터나 되는 커다란 방이었다. 하지만 알레코 대통령의 전임자가 나라의 모든 책을 태워 버리기로 결정한 이후로 서가는 텅텅 비어 있었는데, 글을 읽을 줄 모르는 사람이기도 했고, 다른 한편으로는 취임 후 뭔가 새로운 일을 추진하는 것처럼 보이고 싶었기 때문이었다. 그는 자신의 서재부터 시작했는데, 책들이 하도 많아 전소하는 데 14일이나 걸렸다.

그때 알레코는 여러 해를 지나며 권력의 중심부에 가까워진 상태였다. 하지만 책을 불태우는 남자가 나라의 우두머리가 되자, 이 남자와 너무 가까운 것은 아닌지 조금 불안해지기 시작했다. 그는 부통령이자, 외무부 장관이자, 경호실장이었다. 다시 말해, 잘못하다가는 그의 커리어가 대통령과 함께 끝나 버릴 위험이 있었다.

그는 그래서 이렇게 했다. 경호실장 자격으로, 경호실 전체를 자신에게 흔들림 없는 충성심을 보이는 사람들로 교체한다는 내용의 대통령 지시문을 작성했다. 글을 읽지 못하는 대통령은 아내의 50번째 생일 선물인 피아노를 구매하기 위한 서류인 줄 알고 지시문에 서명했다.

이렇게 하여 알레코는 아주 편안하게 쿠데타를 성공시킬 수 있었다. 아무도 죽지 않고, 생채기 하나 나지 않은 가운데, 대통령은 고기잡이배에 태워져 해안에서 50킬로미터 떨어진 조그만 섬으로 보내졌다. 처형되지는 않았지만, 거기를 떠날 수는 없었다. 대통령 자신의 책들 외에 다른 책들은 아직 불타 없어지기 전이었다. 그리고 전 대통령의 아내는 피아노를 받았다.

＊ ＊ ＊

알레코 대통령이 죽은 아내의 사촌인 무장한 두 남자의 호위를 받으며 책 없는 서재에 들어왔다. 그는 경찰청장 귄터에게 고개를 끄떡한 다음, 나란히 앉아 있는 세 사람을 쳐다보았다.

「수갑을 채워 놨나? 당장 풀어 주게. 이들은 동물이 아니지 않은가!」

경찰청장은 지시에 따랐다.

알레코는 더 가까이 다가갔다. 그는 앙네스와 페트라와 요한을 차례로 훑어봤다. 그들의 여권이 건네졌다. 그는 첫 번째 것을 펼쳤다.

「앙네스 에클룬드.」그가 말했다.

앙네스는 대답하지 않았다. 페트라가 대신 따지고 들었다. 불같이 화를 내면서.

「왜 우릴 체포했죠? 우린 아무 짓도 안 했다고요!」

「적어도 지금까지는 아무 짓도 안 했어요!」요한이 덧붙였다.

알레코 대통령은 지금은 넘버 1에게 얘기하고 있으니, 넘버 2와 넘버 3는 입 다물고 있으라고 명했다.

〈똥구멍〉은 앙네스에게서 1미터도 떨어지지 않은 곳에 있었다. 다음 차례는 페트라이고 그다음은 자기 차례임을 요한은 깨달았다. 그때 주먹으로 코를 쥐어박으리라. 그다음에 무슨 일이 일어날지 알 수 없었지만, 휴대폰을 하나 얻게 되면 오브라마에게 전화하여 어떤 일이 있었는지 알려 주리라.

「자, 앙네스 에클룬드.」알레코가 다시 말했다.「인터폴 수배 중. 사기 혐의를 받고 계시고……. 호기심에서 묻는 건데, 어떤 종류의 사기인지 말해 줄 수 있겠소?」

앙네스는 자신도 그게 궁금하다고 대답했다. 자신은 그저 인스타그램이라고 하는 것과 블로그를 꾸준히 업데이트하고 있었을 뿐인데, 여기저기서 럭셔리 브랜드들이 돈을 보내기 시작했단다.

「그래서 그걸 감사히 받았군요?」

「대통령님, 그뿐이 아니에요. 난 그 돈을 여기 콘도르스로 옮겼어요. 솔직히 말하자면 그게 어떤 식으로 이뤄졌는지는 나도 잘 몰라요. 나와 거래하는 취리히의 은행원이 해줬죠.」

알레코는 곧바로 이 할머니에게 반해 버렸다.

「오, 아주 현명하게 처리하셨군요.」 그가 칭찬했다. 「아주 현명해요. 잠시 후에 여사님의 활동에 대해 좀 더 자세히 알아보겠습니다만, 그에 앞서 친구분들에 대해서도 알아보고 싶군요.」

대통령은 다음 여권을 펼쳤다.

「페트라 로클룬드.」 그가 불렀다.

대통령과 보라색 머리 할머니가 얘기하고 있는 동안, 페트라는 지금 어떻게 하는 게 최선의 전략일까를 생각하고 있었다. 조금 전에 요한이 한 말로 미루어 보아, 그는 그의 계획대로 행동하고 싶은 듯했다. 하지만 그러고 나서 도망갈 수 있는 가능성이 거의 없지 않은가? 혹시 〈정당 방어〉를 내세울 생각은 아니겠지?

어차피 살날이 오늘밖에 남지 않았기 때문에, 그녀는 팀을 위해 자신이 희생하는 게 최선이라고 생각했다. 그러면 요한은 죄를 짓지 않아도 된다. 앙네스는 인터폴에 넘겨지고, 자신은 감옥에 갇히게 되겠지만, 마스터 셰프가 미국 대통령에게 전화하여 자신을 대신하여 페트라가 한 일을 알릴 시간은 있는 것이다.

「페트라 로클룬드.」 알레코가 다시 불렀다. 「부르면 대답을 하시오!」

페트라는 대답을 했는데, 넘치게 했다. 자리에서 벌떡 일어서서는 라이트 훅을 날린 후, 다시 레프트 훅을 날렸다. 대통령은 바닥에 나뒹굴었고, 그 위를 페트라가 덮쳤다.

「페트라! 코를 때려!」 요한이 외쳤다. 「코를 때리라고!」

하지만 그럴 시간이 없었다. 곧바로 경찰청장과 두 경호원에게 제압당한 것이다. 귄터는 그녀의 두 팔을 붙잡았고, 대통령 부인의 사촌 중의 하나는 그녀의 머리에 권총을 들이댔다.

비록 여덟 시간 후면 모든 게 끝날 터였지만, 페트라는 저항하지 않았다. 머리에 총을 맞으면 왠지 엄청나게 불쾌할 것 같았다. 차라리 대기가 증발하여 얼어 죽는 편이 나으리라. 또 코를 때리지는 못했지만, 그래도 주먹 두 방을 멋지게 적중시켰다. 이것만 해도 기분이 꽤 좋았다.

대통령은 놀라울 정도로 차분했다. 다시 일어선 그는 자신의 뺨을 어루만졌다.

「페트라 로클룬드, 지금 콘도르스 법을 어겼다는 것을 본인도 잘 알고 있겠지?」

「난 이 나라 법을 잘은 모르지만, 아마도 그중 한두 조항은 위반했으리라 생각해요. 그래, 좀 아팠나요?」

대통령은 아직도 아프다고 대답했다. 하지만 문명인을 자부하는 사람으로서, 똑같은 방식으로 응수할 생각은 없단다. 로클룬드 씨는 입헌 국가의 원칙에 따라 재판을 받게 될 거란다. 그리고 이런 종류의 일을 재판하는 사람은 대통령 본인이란다. 지금 당장. 페트라 로클룬드는 자신의 변호를 위해 할 말이라도 있는지?

예언가는 요한을 보호할 수 있는 가장 좋은 방법이 무엇일까를 생각했다. 그녀는 이미 자기 팀을 위해 한 가지를 했으나 거기서 한 발 더 나아간다면 더더욱 그들 셋이 벌인 일이 아닌 그녀 혼자 한 일처럼 보일 것이었다. 그래, 그렇다면 좋아.

「그래요! 할 말 있어요. 당신의 넥타이가 꼴불견이라고 말해 주고 싶네요. 내가 생각하기에 이게 어울릴 수 있는 것은 단 하나, 당신의 얼굴뿐이에요.」

「잘 기록해 두겠소.」 알레코 대통령이 대답했다. 「7년.」

「뭐가 7년이죠?」 페트라가 물었다.

「징역형.」

페트라는 풋 하고 웃음을 터뜨렸다. 연기를 하는 게 아니라, 정말로 웃겨서 웃는 거였다. 7분은 괴로울 수도 있겠지만, 7년은 정말이지 아무 의미가 없었다.

36
2011년 9월 7일 수요일
더 이상 남은 날이 없음

대통령은 자신이 내린 선고에 페트라가 웃으리라고는 예상하지 못했다. 어쨌든 그는 그녀에게서 눈을 돌려 조금 전까지 나란히 앉아 있던 세 사람 중 마지막 사람 앞으로 왔다.

요한은 페트라의 행동을 보고 가슴이 뭉클했다. 그녀가 자신을 얼마나 생각하는지 알 수 있었다. 그녀는 코를 때리지는 못했지만, 그것은 대수가 아니었다. 하지만 권총이 그녀의 관자놀이를 누르고 있는 모습은 보기만 해도 숨이 막혔다. 어떻게 해서라도 오브라마에게 알려야 했다.

대통령은 요한의 여권을 펼쳤다.

「요한 발데마르 뢰벤홀트.」 그가 읽었다.

「맞아요. 그냥 요한이라고 부르세요. 마스터 셰프이자 천재이죠. 근데 혹시 휴대폰 좀 빌릴 수 없나요?」

대통령은 이 친구는 넘버 2보다도 괴상하다고 생각했다. 대통령은 대답 대신 이렇게 물었다.

「이 뢰벤홀트는 당신 나라에서 흔한 성이오?」

요한은 생각해 보았다. 자신이 배달한 우편물의 수신자 중에 뢰벤홀트라는 성을 가진 사람은 한 명도 없었다. 만일 있었다면 기억이 날 거였다. 금방 해고되었기 때문에 배달할 것들도 별로 없었기 때문이었다.

「잘 모르겠어요. 우리 집안에선 정말 흔한 성이긴 한데……. 그런데 이게 중요한 일인가요?」

「스톡홀름 출생…….」 대통령이 다시 읽었다.

「네, 맞아요.」 요한이 대답했다.

「30년 전에.」

알레코 대통령의 얼굴이 갑자기 심각해졌다. 「혹시 〈셰르스틴〉 뢰벤홀트가 당신의 모친이오?」 그가 물었다.

「모친이셨죠.」 요한이 대답했다. 「하지만 돌아가셨어요. 만일 인구 조사를 하는 거라면, 뢰벤홀트들 중에서 한 명이 줄어든 거죠.」

「유감이오.」 알레코 대통령이 말했다. 「진심으로 유감이오.」

페트라는 더 이상 싸우지 않겠다는 것을 표시한 후에 경찰청장에게서 풀려날 수 있었다. 그녀는 두 손바닥을 펼친 모습으로 대통령에게 다가갔다.

「그런데 당신 말이야!」 그녀가 소리쳤다.

「일국의 대통령을 그런 식으로 부르면 안 되지.」 알레코가 말했다. 「하지만 얘기해 보시오. 대체 무슨 말을 하고 싶은데? 내 넥타이에 대해 더 할 말이 있는 건가? 아니면 내 얼굴에 대해서?」

「이 사람의 어머니 이름을 어떻게 알았죠? 그건 그의 여권에 나와 있지 않잖아?」

알레코는 이런 질문이 나오리라고 예상했다. 이 성질 더러운 여자의 입에서 나오리라고는 생각하지 않았지만, 결국은 마찬가지였다.

그는 숨을 깊게 들이마신 후에 이렇게 대답했다.

「여기 있는 마스터 셰프이자 천재…… 요한 발데마르가…… 내 아들이란 걸 알게 되었소.」

37
2011년 9월 7일 수요일
더 이상 남은 날이 없음

  먼 나라에서 온 젊은 외교관과 하룻밤을 보내고 원치 않은 임신을 하게 된 셰르스틴 뢰벤홀트는 모스크바에 있는 요한의 생부에게 수년에 걸쳐 여러 통의 편지를 보냈다. 알렉산드르는 첫 번째 편지는 태워 버렸지만, 그다음부터는 보관했다. 그렇게 하는 이유에 대해서는 자신도 정확히 이해할 수 없었다. 하지만 시간이 지난 후에, 그러니까 새 이름으로 콘도르스에 살게 되었을 때, 자신의 씨앗에 이상이 없음을 증거로 남겨 놓으려는 무의식적 욕구가 아니었을까, 하는 생각을 하게 되었다. 그와 콘도르스의 아내 사이에는 아이가 없었다. 그녀는 이게 그의 탓이라 생각했다. 그는 그 반대가 진실이라는 것을 분명히 알고 있었지만, 굳이 말하지는 않았다.

  그의 아내는 55세가 되기 전에 셰르스틴의 뒤를 따랐다. 그녀는 오랫동안 병약했었다. 콘도르스에는 의사가 단 네 명뿐이었다. 하나는 귀 전문의이고, 다른 둘은 내과 의사였으며, 나머지 하나는 가짜 의사 면허증을 자신에게 팩스로 보내면 인생이 나아진다는 사실을 어느 날 깨달은 탄자니아의 팩스기 수리공이었다.

불행히도, 알레코의 아내를 치료한 것은 이들 중 마지막 사람이었다. 늦게서야 비밀이 드러난 그는 콘도르스의 유일한 교도소에서 12년 동안 의사로 일하는 형벌을 선고받았다. 그는 여전히 사기꾼이었지만, 그래도 여러 해 동안 가짜 의사로 일했으니만큼 의학에 대해 뭔가를 배웠을 거였고, 수인들에게 의학 실력은 그의 아내에게만큼은 중요한 게 아니었다. 가짜 의사는 아직 8년 더 복역해야 했다.

대통령은 셰르스틴에게서 온 편지를 꺼내어 읽어 주었다. 결국 요한은 대통령이 한 말을 이해하고 또 믿게 되었다. 그의 아버지 알레코는 고르바초프의 고문관으로서 다양한 행사에 참석하기 위해 유럽 전역을 돌아다니다가, 스톡홀름의 한 콘퍼런스와 외교 연회에 참석하게 되었다. 그래서 그렇게 된 거였다.

또 요한은 어머니의 편지들을 통해, 자신의 진짜 아버지라고 생각했던 벵트 뢰벤홀트는 사실은 동성애자로, 은퇴하기 전까지 비서였던 남자 친구와 외교관 일에만 빠져 살았다는 사실도 알게 되었다.

요한은 너무나 기뻤다. 벵트는 자신의 친아들 프레드리크는 내팽개쳤지만, 요한은 아니었다. 그가 둘에게 한 일은 의미가 달랐다. 왜냐하면 자신은 그의 아들이 아니었기 때문이었다.

상황 파악이 가장 힘들었던 사람은 대통령의 독일인 친구였다. 알레코는 젊은 시절에 저지른 실수에 대해 한마디도 한 적이 없었다. 굳이 할 필요가 없지 않은가? 그 일이 이런 식으로 수면에 떠오르게 될지 어떻게 알았겠는가? 30년이라는 세월이 지난 후에 말이다!

그래도 대통령은 사과가 필요하다고 느꼈다.

「귄터, 미안하네.」 그가 말했다. 「하지만 내가 이렇게 아들을 얻게 되었으니…… 자네는 내 형제가 돼줄 수 있겠나? 진짜 형제 말이야. 행정적인 부분은 내가 알아서 처리하겠네.」

귄터는 미소를 지었다. 그는 새 형제를 포옹한 후에, 행정 절차 같은 것은 생략해도 된다고 말했다. 베를린에서 그 거친 밤들을 함께 보내던 시절부터 우린 형제가 아니었나?

그런 다음 귄터는 요한에게 몸을 돌렸다.

「우리 가족이 된 것을 환영하네.」

「고마워요.」 요한이 대답했다.

「이건 별로 중요한 문제는 아닌데요,」 페트라가 끼어들었다. 「그리고 호기심에서 묻는 건데요, 저는 여전히 7년 징역형을 받게 되나요?」

「선고는 선고요.」 알레코가 대답했다. 「철회할 수는 없소. 하지만 난 대통령 자격으로 이 사건을 최고 법원에 올릴 권한이 있소. 그리고 대법원 재판은 곧바로 열릴 것이오. 자, 이제 대법원 재판이 열렸고, 당신은 사면되었소!」

페트라는 마음이 편안해졌다. 이제 평온한 마음으로 하늘나라에 임할 수 있는 것이다. 게다가 할 일도 다 했으니, 〈똥구멍〉 알레코는 마땅히 받아야 할 것을 받은 것이다. 코는 때리지 못했지만, 전개되는 상황상 더 이상 그를 응징하고 싶지 않았다. 가능하다면 한 일을 거두고 싶을 정도였다.

앙네스는 요 며칠 동안 삶이 전개되는 속도에 놀라며 자리에 앉아 있었다.

「분위기 깨서 죄송한데요.」 그녀가 대통령에게 말했다. 「인터폴이 아직 나를 찾아내지 못한 것 같은데, 내 생각이 맞나요?」

「인터폴은 먼저 나에게 물어보기 전에는 이 나라에서 아무것도 찾아낼 수 없소.」 알레코가 단언했다.

「나한테도 마찬가지죠.」 경찰청장 귄터가 덧붙였다. 「어쨌든 내일부터 난 여사님을 찾는 척해야 할 것 같아요. 로마의 어떤 특수 요원이 계속 전화를 걸어서 어떻게 돼가느냐고 물어보거든요.」

이로써 모든 게 정리되었다. 하지만 한 가지는 남아 있었다.

「아빠?」 요한이 불렀다.

「왜, 아들?」

「주방이 어디에요?」

38
2011년 9월 7일 수요일
종말까지 다섯 시간

앙네스와 페트라와 요한에게 각자 하나씩 대통령궁 동관 2층의 우아한 스위트룸이 주어졌다. 종말 예언가는 방의 벽지를 보고 기겁을 했다. 꽃들이 요란하게 그려져 있었다. 잎사귀도 무성했다. 작은 새들과 빨간 베리들과 노란 과일들로 가득했다. 원숭이도 한 마리 있었다. 기린 대가리도 보였다. 사방에 이런 패턴들이 끝없이 반복되고 있었다. 심지어는 문까지 이 벽지로 도배되어 있었다. **이런 방에서 어떻게 자지?**

음, 사실 큰 문제는 아니었다. 이곳 시간으로 오늘 밤 11시 20분에, 1, 2분의 오차가 있겠지만 모든 게 끝날 것이기 때문이었다. 이제 다섯 시간밖에 남지 않은 것이다.

페트라의 배에서 꾸르륵 소리가 났다. 파파야칵테일을 마시기 위해 모두가 테라스에 모였을 때, 그녀는 대통령에게 식사 시간에 대해 물어보았다. 알레코는 8시에 저녁 식사를 하며, 자정 무렵에는 보다 세련된 야식이 제공된다고 설명했다.

「아, 그건 못 먹겠네요.」페트라가 말했다. 「하지만 저녁 식사는 기대돼요. 오늘 메뉴가 뭔지 알 수 있을까요?」

대통령은 몰랐지만, 요한은 알았다. 방금 주방을 다녀온 길이었고, 거기서 대통령궁 주방장과 손짓발짓으로 대화를 나눴던 것이다.

「생선이야.」 그가 대답했다.

「어떤 종류의 생선이지?」 알레코가 물었다.

「잘 모르겠어요. 주방장이 〈프랑스어〉라고 하는 말로 설명을 해서 잘 알아들을 수 없었거든요. 참고로 프랑스어란 프랑스에서 사용하는 언어를 뜻해요……. 어쨌든 그가 보여 준 것은 내 신발하고 상당히 비슷했어요.」

대통령은 다시 찾은 아들의 브란키니 송아지 가죽 구두를 내려다보았다. 코 부분은 진청색이고, 하늘색, 보라, 빨강, 검정으로 이어지다가 연노랑으로 끝나는 신발이었다.

「쥐치복이군.」 그가 말했다. 「프랑스어로는 발리스트baliste라고 하고. 프랑스어는 우리 콘도르스에서도 사용되고 있지. 여기 말고도 세계 도처에서 사용되고 있지만.」

요한은 고개를 끄덕였다. 자기가 연어 좀 달라고 할 때마다 주방장이 계속 대답한 말이 바로 이 〈발리스트〉였던 것 같았기 때문이다. 그는 또 베스테르보텐치즈가 프랑스어로 뭔지 알고 싶었다.

「아마 〈프로마주 드 베스테르보텐fromage de Västerbotten〉일 거야.」 앙네스가 대답했다.

요한은 그녀의 도움에 감사를 표한 뒤, 혹시 아빠 알레코에게 와인 저장고가 있는지 물었다. 지금 생각해 보니까, 자기도 프랑스어를 상당히 많이 알고 있었다.

「맞다, 보르도!」 그가 말했다. 「부르고뉴. 샹파뉴 루아르.

그리고 제라르 드파르디외. 〈You don't like me, do you(당신은 나를 좋아하지 않아요, 그렇죠)? We don't have to like each other, we just have to be married(우리는 좋아할 필요가 없어요, 우린 결혼만 하면 될 뿐이에요).〉」

알레코 대통령은 어리벙벙한 얼굴이 되었다.

「대통령님의 아드님은 전 세계 모든 영화의 대사를 외우고 있어요.」 페트라가 설명했다. 「제라르 드파르디외라는 이름이 뭔가를 떠오르게 한 거죠. 아마도 〈그린 카드〉에 나오는 대사일 거예요.」

「1990년에 나온 영화야.」 요한이 말했다. 「1991년일 수도 있고. 그래서, 와인 저장고는 있나요?」

알레코는 와인 저장고는 없지만, 보드카는 얼마든지 있다고 대답했다.

「와인 저장고도 없으면 대통령이 되는 게 무슨 소용이죠?」

대통령은 마스터 셰프인 아들을 얻게 될 줄은 꿈에도 몰랐으며, 만일 알았다면 더 잘 준비해 놓았을 거라고 말했다. 그러고는 손가락을 딱 튕기자, 보이지 않던 비서가 나타났다. 알레코는 그녀에게 이 나라 최고 호텔에 있는 최고의 와인을 가져오라고 지시했다.

「레드와인이요, 아니면 화이트와인이요?」 비서가 물었다.

「있는 와인은 색깔 불문하고 다 가져와! 최대한 많이 말이야. 그리고 호텔에다 말해. 내가 나중에 기억이 나면 들러서 값을 치르겠다고.」

39
2011년 9월 7일
종말까지 네 시간

만찬이 나오기를 기다리는 동안, 대통령은 지금의 분위기상 파파야주스에 약간의 알코올을 넣는 게 좋겠다고 생각했다. 아니, 아주 많이 넣어야 했다. 이 알레코가 쉰다섯 살의 나이에 아버지가 되었으니, 축하해야 하지 않겠는가?

「모두에게 파파야보드카사워[58]를 한 잔씩 돌려!」 그는 가까이에 있는 웨이트리스에게 지시했다. 「파파야와 레몬 맛을 너무 강하게 하지 말고!」

손목시계를 들여다본 페트라는 우울한 낯으로 하늘나라에 오를 이유는 없다고 생각했다. 웨이트리스가 잔들로 가득한 쟁반을 들고 돌아오자 그녀는 잔 하나를 잡아서는 번쩍 들어올렸다.

「건배!」 그녀가 외쳤다. 「지금까지 우리가 겪은 모든 것을 위해 건배!」

「그리고 앞으로 겪게 될 모든 것을 위해서도!」 알레코가 덧붙였다.

58 보드카와 파파야주스와 레몬을 혼합한 칵테일.

페트라가 그에게 몇 가지를 설명해 주려는 기색을 보이자, 앙네스는 그러지 말라고 속삭였다.

「저 양반이 마지막 순간까지 행복한 상태로 있게 놔둬.」그녀가 속삭였다. 「아버지가 되었으니 얼마나 좋겠어? 그냥 놔두라고.」

그녀는 더 이상 말하지는 않았지만, 페트라의 미친 생각들을 다음 날 아침에 알레코에게 설명해 주리라 생각했다. 반면, 종말 예언자의 말이 실현될 가능성에 대해서는 생각하려 하지 않았다. 그게 실현된다면 실망이 이만저만이 아닐 테니까.

알레코 혼자서만 약하다고 느낀 칵테일을 다들 몇 잔씩 들이켰을 때, 비서가 와인과 샴페인을 280병이나 가지고 돌아왔다. 호텔 지배인은 나중에 75만 콘도르스 프랑을 지불해 주십사, 공손히 부탁했단다. 그리고 이제 손님들에게 제공할 게 코카콜라와 물밖에 남지 않았다는 점을 감안하여 좀 더 주시면 감사하겠단다.

「오케이, 오케이.」알레코가 건성으로 대답했다.

궤짝들을 살피던 요한은 그중에서 보물 몇 개를 찾아냈다.

「자, 이것은 앙트레에 곁들이면 되겠어요. 그리고 이것은 이름을 잊어버린 그 생선 요리와 어울릴 것 같고요. 그리고 이것은 지금 당장 맛보죠.」

그는 2002년산 샤블리 그랑 크뤼 레 클로 와인 열두 병이 든 박스를 가리켰다.

「노란 사과 맛이 살짝 나는 느껴지는, 과일 향이 나면서 상큼한 와인이에요.」요한이 설명했다.

「뭐, 포도주에서 사과 맛이 난다고?」 차와 보드카만 마시며 자란 아버지가 반문했다.

40
2011년 9월 7일 수요일
종말까지 세 시간

페스토소스에 베스테르보텐치즈가 들어가지는 않았지만, 마스터 셰프는 생선 요리를 그럭저럭 받아들였다. 하지만 디저트로 나온 핫퍼지소스 아이스크림은? 이것은 도저히 용납할 수 없었다.

「아빠, 주방장의 이름의 뭐죠?」

「아마, 말리크일 게다. 왜?」

「그 사람과 얘기 좀 해야겠어요.」

「왜, 그 친구를 해고할까? 말만 해!」

「이 문제는 내일 처리하기로 하죠. 그런데 난 그가 무슨 말을 하는지 모르겠고, 그도 내가 무슨 말을 하는지 몰라요. 와인에 관한 것 빼고는 내가 아는 프랑스어 단어는 두 개뿐이에요. 하나는 〈제라르〉고, 다른 하나는 〈드파르디외〉예요. 어떻게 하죠?」

「그래서 통역사가 필요한 거야.」 알레코가 대답했다.

파파야칵테일, 샤블리 와인, 생선 요리, 이에 곁들인 샤르도네 와인, 그리고 괴이할 정도로 단순한 디저트를 차례로 맛본 후, 손님들은 자연스럽게 널찍한 테라스에 흩어져 자리를 잡았다. 앙네스는 태블릿을 켰고, 요한은 좀 더 멀찍이서 프랄린초콜릿을 우물거리며 다양한 맛들을 분석했다. 그리고 페트라는 뒷덜미에 손깍지를 하고, 입가에 미소를 머금은 채 긴 의자에 앉아 있었다.

예언가가 바라는 것은 64단계로 이뤄진 복잡한 방정식이 증명되는 순간이 왔을 때, 자신이 옳았다는 사실을 음미할 수 있도록 극히 짧은 순간이라도 의식이 남아 있는 거였다. 그 짧은 순간 동안, 세상에서 오직 자신만이 지금 무슨 일이 일어나고 있는지 이해할 거였다. 어쩌면 앙네스까지도 포함해서. 물론 요한은 아니고.

아들이 건네준 토카이 에스젠시아 와인 잔을 받아 든 알레코는 보드카가 아닌 다른 술에 이렇게 기분이 좋아질 수 있다는 사실에 자못 놀라고 있었다. 특히 오늘 같은 날에 마시는 이 술은 그의 가슴을 따뜻한 감정으로 가득 채웠다.

손님들과 좀 섞이기로 마음먹은 그는 잠시 어정거리다가 페트라 옆으로 오게 되었다.

「음, 기분이 꽤 좋아 보이는군요.」 알레코는 얼마 전에 자신의 얼굴에 두 번이나 주먹질을 한 여자의 미소에 미소로 화답하려 애쓰며 말했다.

「네, 좋아요.」 페트라가 대답했다. 「세상이 시작되고 나서 처음으로 우리 모두가 공평하게 취급될 테니까요. 여기서 〈모두〉라 함은 이 세상 모든 사람을 말하는 거예요.」

이 사람이 대체 무슨 말을 하는 거지?

「당신 혹시 공산주의자요?」 소련의 마지막 지도자의 수석 고문관이었던 남자가 물었다.

예언가는 한층 큼지막한 미소를 지었다.

「아뇨, 난 이 세상에 존재하게 될 마지막 현실주의자예요. 하지만 앙네스가 조용히 있으라고 했기 때문에, 더 이상은 말하지 않겠어요. 우린 이 대화를 내일 아침 식사 때 이어서 할 수 있겠죠. 만일 모든 게 그대로 남아 있다면 말이에요.」

알레코는 그녀에게서 나사가 하나 빠졌을지 모른다는 것 외에는 아무것도 이해할 수 없었다. 느닷없이 달려들어 대통령의 얼굴에 주먹질을 했던 여자가, 지금은 아무 일도 없었다는 듯이 그 대통령의 정원 테라스에 앉아 최고급 와인을 홀짝이고 있는 것이다. 콘도르스 역사상 7년 징역형에 가장 근접했던 사람이 있다면, 그것은 바로 이 사람일 텐데 말이다.

대통령은 다음 손님에게로 자리를 옮겼다. 그는 헝가리 와인을 손에 들고 앙네스 옆에 앉았다. 그녀 역시 좋은 시간을 보내고 있는지 확인하고 싶었던 것이다.

페트라와 마찬가지로, 보라색 머리의 할머니도 정말로 만족하고 있었다. 하지만 이유는 달랐다. 그녀는 오랜 세월 동안 정체되어 있던 삶이 매일 180도로 변하는 것을 즐기고 있었다. 또 오랜만에 모든 것이 잠잠해져서 이렇게 휴식을 취할 수 있게 된 것도 좋았다. 그녀는 더 이상 이팔청춘이 아니었다.

귄터는 그녀에게 자신의 태블릿을 빌려주었다. 경찰청장이 된 이후로 경찰 일에 대해 좀 알게 된 그는 로마의 특수 요원도 일을 제대로 하는 친구일 거라 생각하고 있었다. 따라서 귄터는 앙네스의 어깨를 툭툭 두드리면서, 추적할 수 없게끔 태블릿은 꺼두는 게 현명할 거라고 조언했다. 그리고 귄터가 있으니까. 그 특수 요원은 앞으로도 콘도르스에 볼일이 없을 것이었다. 이곳 경찰청장이 알아서 할 거니까.

귄터가 안젤리카와 포카혼타스를 돌보려고 사라지자, 앙네스는 태블릿을 켰다. 그녀는 먼저 이 나라와 이 나라에 있는 수백만의 사람들에 대해 읽기 시작했다. 썩 유쾌한 내용은 아니었다. 그리고 거기에 책임이 있는 사람이 지금 앞에 서서 기분이 어떠냐고 묻고 있었다.

「대통령님, 물어봐 줘서 고마워요. 와인은 맛있고, 저녁 바람은 훈훈하고, 전 대통령님의 나라에 대해 알아보고 있는 중이죠. 읽어 보니까 대통령님께서 이곳의 모든 것을 다스리고 있는 것 같군요. 왠지 제 전 재산을 대통령님의 무릎 위에 올려놓은 느낌이 드네요.」

「아, 이제는 〈대통령님〉이라고 부르지 말아 주세요. 내 이름은 알레코입니다……. 적어도 몇 년 전부터는 말이죠.」

「이름을 바꿨나요? 전에는 뭐였죠?」

「얘기하자면 깁니다. 나중에 말씀드리죠.」

「그럼 내 돈 얘기나 좀 해요. 왜 취리히의 컨설턴트가 내게 돈을 여기로 옮기라고 했을까요? 참고로 그는 아주 괜찮은 남자였답니다.」

알레코는 토카이 와인을 한 모금 더 마셨다. 그런 다음 냅킨으로 입술을 훔치고는 그것은 축하할 만한 일이라고 말했다.

지금 그녀의 재산은 더 이상 안전할 수 없는 무릎 위에 있단다. 콘도르스의 국민성에는 호기심이라는 특성이 눈곱만큼도 포함되어 있지 않기 때문에, 아무도 그녀의 돈이 어디서 왔으며 어디로 갈 것인지 묻지 않을 거란다. 다른 나라나 단체 혹은 기관이 와서 질문을 한다 해도, 아무런 대답을 얻지 못할 거란다. 콘도르스 인민 공화국은 누구와도 협력하지 않으며, 누구에게도 굴복하지 않는단다. 이 믿을 수 없을 만큼 무거운 입의 대가로 이 나라는 수수료를 아주 조금만 떼어 갈 뿐이란다. 아마 이 낮은 수수료 때문에 그 스위스 컨설턴트께서는 콘도르스 은행을 추천한 모양인데, 마침 이 알레코가 이 은행의 지배인이란다. 아니, CEO라고 해야 하나? 간단히 말해서 자기가 보스란다.

이제는 은퇴한 아바타 덕분에 보라색 머리의 할머니는 대부분의 사람들보다 많은 곳을 여행할 수 있었다. 그래서 그녀는 어떤 나라가 형편없는지 아닌지 알아볼 수 있었다. 돈은 안전할지 모르겠지만, 그것 말고는 콘도르스에는 자랑할 만한 게 별로 없었다.

「제가 읽은 바에 의하면, 콘도르스에서 성인 두 명 중의 한 명은 글을 읽지도 쓰지도 못한다는데요?」 그녀가 물었다.

그녀의 어조가 의도했던 것 이상으로 힐난조였던 모양인지, 대통령의 표정도 바뀌었다.

「좋지 않습니까? 지금 세상에는 말도 안 되는 내용을 써놓은 글들이 너무나 많아요. 이 나라 국민이 그걸 읽어서 무슨 소용입니까?」

앙네스는 계속 따지고 들었다.

「그리고 유아 사망률도 끔찍하게 높더군요.」

대통령은 이번에는 정말로 역정이 났다.

「그렇다면 여사님에겐 더 기분 좋은 일 아닙니까? 문맹자의 수가 그만큼 줄어들 테니 말이에요.」

되데르셰에서 태어나고 자라난 그녀였지만, 이렇게 엿같은 소리는 지금껏 들어 본 적이 없었다. 하지만 오늘 저녁은 요한 부자가 수십 년 만에 상봉한 애틋한 시간이었다. 내가 뭐라고 별다른 이유도 없이 이 양반을 도발한단 말인가?

그녀의 생각이 이러했기에, 이때 요한이 끼어들지 않았다면 더 이상 언쟁은 이어지지 않았을 것이다. 가까운 곳에 앉아 프랄린초콜릿을 우물거리고 있던 요한은 앙네스와 알레코 사이의 냉기가 흐르는 것을 느꼈다.

「무슨 얘기를 하고 있어요?」 그가 물었다.

「오, 아무것도 아니다.」 대통령이 대답했다. 「다만 네 친구 앙네스 여사께서 수 세기 동안 제국주의의 폭정에 신음해야 했던 나라를 통치하는 일이 얼마나 힘든 것인지 잘 이해하지 못하시는 것 같구나.」

도대체 무슨 말도 안 되는 헛소리야? 앙네스는 속으로 욕설을 퍼부었다. 좋아, 정 한판 붙어 보고 싶다면, 내 기꺼이 응해 주지!

「하지만 에티오피아와 라이베리아와 콘도르스는 아프리카에서 유일하게 식민화되지 않았던 세 나라 아닌가요?」 그녀는 태블릿을 빌려준 귄터에게 속으로 감사하며 반문했다.

알레코도 이 사실을 알고 있었다. 비록 순전한 우연으로 이 코딱지만 한 나라의 우두머리가 되긴 했지만 말이다. 하지만 이 할머니는 그걸 어떻게 알았을까?

「바로 그겁니다!」 그가 말했다. 「내가 바로 그 얘기를 하려고 했어요. 식민주의의 난폭한 물결이 아프리카를 온통 집어삼키고 있을 때, 오직 이 세 나라만이 저항을 했어요. 그래서 내가 항상 외치는 것입니다. 〈우리 콘도르스의 일에 끼어들지 말라!〉라고요. 사실은 이 나라의 국민들이 모두 같은 말을 하고 있어요.」

「저항 때문이라기보다는 에티오피아와 라이베리아는 안정성과 경제적 가능성을 보여 주었는 데 반해, 대서양 한가운데 떠 있는 이 조그만 섬은 아무도 신경 쓰지 않았기 때문이 아닐까요?」

알레코는 이 보라색 머리의 할머니가 논쟁을 벌이기에는 너무나 뛰어난 논객이라는 것을 깨달았다. 그렇다면 더 이상 길게 얘기할 필요가 없었다.

「대답을 이미 알고 있으면서 왜 물어보는 겁니까?」

요한은 무슨 얘기인지 알 수 없었지만, 아빠와 앙네스의 사이가 좋지 않다는 게 분명했다.

「지금 두 분 말다툼하세요? 무엇 때문에요?」

「여기 계신 앙네스 여사께서 알고 보니 나라를 다스리는 일에 전문가시구나.」 알레코가 비꼬았다. 「그래서 지금 그 방법에 대해 날 가르치고 계신다.」

다시 한번 말하거니와, 요한은 빈정거리는 말은 전혀 이해하지 못했다.

「오, 앙네스, 정말이에요? 난 여사님의 전문 분야가 나무로 배 만드는 일이라고 생각했어요. 아니, 나막신이었던가?」

은퇴한 공장 여사장은 생선 요리의 맛을 한 단계 높였던 미국산 샤르도네 와인을 한 모금 꿀꺽 마셔 힘을 낸 다음, 이렇게 대답했다.

「아니, 난 방금 인터넷으로 뭔가를 좀 알아봤을 뿐이야. 네아버지께서 다스리는 나라는 세계에서 가장 빈곤한 국가로, 기대 수명이 겨우 18살이고, 유아 사망률이 엄청나게 높으며, 문맹률이 50퍼센트나 돼. 과거에 이 섬의 주요 산업은 임업이었는데, 숲 전체가 벌거숭이가 되었지만 아무도 다시 나무를 심을 생각을 하지 않고 있어. 지금 국민들은 고기잡이와 농업으로 연명하고 있는데, 붙잡아 줄 나무들이 없어 토양은 침식중이고, 시냇물은 말라 가고, 산호초는 파괴되었어. 심지어는 보트 만드는 사람들, 혹은 나막신 만드는 사람들도 이보다는 잘할 거야. 내 남편은 예외일지 모르겠지만, 다행히도 그 인간은 못을 밟았고, 너무 짠돌이라 병원에도 가지 않았지.」

그녀는 마구 퍼부었다. 알레코는 말문이 막혀 제대로 대꾸도 하지 못했다.

「〈침식〉이 뭐예요?」 요한이 물었다.

이때 안젤리카를 재우고 포카혼타스를 마구간에 데려다 놓은 경찰청장 귄터가 돌아왔다. 그는 분위기가 냉각되어 있는 것을 금방 알아챘다.

「무슨 일이지?」 그가 물었다. 「지금 파티하는 것 아닌가?」

「아무것도 아냐.」 알레코가 뚱하게 대답했다. 「다만 나막신 제조 기술이 매우 뛰어나신 여사께서 이 나라를 인계받아 다스리고 싶으신 모양이야.」

312

권터는 친구이자 의형제인 이 남자를 잘 알고 있었다.

「아하, 그것 잘됐군!」 그가 웃으며 대답했다. 「난 언제 이 나라에 새로운 쿠데타 시도가 있을까, 오래전부터 궁금해하고 있었어. 마지막으로 일어난 것은 7년 전이었지, 아마? 내 기억이 맞는다면 그 주역은 자네와 나였고, 그렇지 않은가? 자, 와인 시음은 그만하고, 이제 우리의 보드카로 돌아오자고. 그럼 기분이 다시 좋아질 걸세.」

그러자 세상에, 기적이 일어났다! 권터의 말에 대통령이 씩 웃은 것이다. 상 위에 보드카가 있는데 고집부릴 이유가 없지 않은가?

「권터, 자네 말이 옳아. 항상 그렇듯이 말이야.」

알레코는 잔에 보드카를 콸콸 부은 다음, 그 잔을 앙네스를 향해 들어 올렸다.

「그래요, 오늘 저녁은 그냥 즐깁시다. 자, 나막신 여사님, 우리 건배하자고요!」

앙네스는 사소한 일로 원한을 품는 사람이 아니었다.

「좋아요, 독재자님도 건배!」

＊ ＊ ＊

페트라는 모두가 둘러앉은 테이블을 일찍 떠나, 이번에는 레드와인 잔을 들고서(다양하게 즐기면 좋지 아니한가) 테라스 아래의 정원에 있는 더 편안한 데크 체어에 몸을 묻었다. 그녀의 입술에 영원한 미소가 떠올랐다. 그렇게 앉은 채로 밤하늘의 별들을 헤아렸다. 남은 시간은 3시간에서 2시간 45분으로 줄어들었다. 이마저 잠시 후면 2시간 반이 되리라. 웨이터가 다가와 와인 리필을 원하느냐고 물었다. 페트라는 그렇다고 대답하고는, 잔이 빌 때마다 다시 채워 주면 고맙겠다고 말했다.

「시간이 끝날 때까지요.」

웨이터는 무슨 말인지 이해한 척하며 고개를 끄덕였다.

41
2011년 9월 7일 수요일
종말까지 두 시간

디저트로 달랑 아이스크림 한 가지를 내놓았던 말리크는 결국 테라스로 나와 커피와 상당량의 아베크[59]를 직접 서빙했다. 그 모습을 보면서 요한은 자신이 프랑스 말로 〈제라르〉와 〈드파르디외〉 말고도 〈코냑〉도 안다는 생각이 들었다.

테이블 주위의 분위기는 다시 부드러워졌고, 페트라는 여전히 조금 떨어진 곳에 앉아 「왓 어 원더풀 월드What a Wonderful World」[60]를 흥얼거렸다. 그들 가까이에는 웨이트리스 한 명이 손에 와인병을 들고 서 있었다.

대통령은 다시 언쟁을 벌이고 싶지는 않았지만, 앙네스의 공공연한 비판에 대해 자신을 변호하고 싶은 마음이 있었다. 신중하게 접근한다면 가능하지 않을까?

「내가 어떻게 7년이라는 긴 시간 동안 권력을 유지할 수 있었는지 얘기해 드릴까요?」 그가 말문을 열었다. 「그건 폭력적

---

59 식후에 커피와 함께 마시는 코냑이나 브랜디 같은 독주.
60 재즈 음악가 루이 암스트롱이 1967년에 발표한 노래로, 그의 대표곡 중의 하나이다.

인 방법이 아니었어요.」

「그럼 주위에 친구들을 뒀던 모양이죠?」앙네스가 귄터에게 목례를 하며 물었다.

「부분적으로는 맞아요.」

아닌 게 아니라 그의 작고한 콘도르스인 아내의 형제자매들뿐 아니라 사촌들까지 이 나라의 모든 요직(늘 제복을 선망했던 귄터에게 맡긴 경찰청장 자리만 빼놓고)을 차지하고 있었다. 또 알레코는 이 나라의 헌법도 조금 손봤다. 이제 헌법에는 5년간 재임한 대통령은 대법원이 달리 결정하지 않는 한 자동으로 임기가 갱신된다는 조항이 포함되어 있었다.

「그렇다면 대법원을 구성하는 사람은……?」

「나예요. 왜요?」

「오, 참 편리하군요. 나막신 공장 사장이 더 이상 나막신을 못 팔게 될 때까지 사장 노릇을 한다는 얘기네요. 아니면 못을 밟을 때까지요. 아니면 둘 다거나요.」

「음, 부분적으로는 맞는 얘기예요.」

가정의 평화를 위하여 알레코는 이 나막신 얘기에 대해 논평을 삼갔다. 다만 자기가 7년 동안 권좌에 있을 수 있었던 가장 큰 이유는 인기가 많기 때문이라고 말했다.

「당신은 사람들이 높은 유아 사망률과 문맹률, 그리고 의료 시스템의 부재를 좋아한다고 생각하나요?」

알레코는 보라색 머리 할머니가 마음대로 지껄이게 놔두었다. 더 이상은 감정적으로 대응하고 싶지 않았다.

「국민들이 날 좋아하는 것은 내가 외부 세계에 저항하기 때문이에요. 아프리카 연합의 그 모든 돼지 새끼들에게 말이

316

에요.」

「응? 돼지 새끼들?」 요한이 반문했다.

「요한, 비유적인 표현이야.」 앙네스가 설명했다.

「아무 때나 TV를 켜봐요. 이 대륙의 가장 작은 나라를 무릎 꿇리려는 아프리카 연합의 시도들과, 긍지 높은 콘도르스인들을 대표하여 싸우는 이 나라 대통령에 대한 뉴스들이 끊임없이 이어질 거니까.」

「와, 굉장해요!」 요한이 외쳤다. 「그래서 사람들이 아빠를 똥구멍이라고 부르는 거예요?」

「이 섬에는 TV 채널이 몇 개나 있나요?」 앙네스가 물었다.

「하나요.」 알레코가 대답했다. 「여사님이 무슨 생각을 하는지 알고 있어요.」

이 사람은 그렇게 멍청하지가 않았다. 사실 이 나라의 유일한 TV 방송국의 국장은 대통령의 작고한 부인의 쌍둥이 여동생 파리바였다. 그녀는 확실한 리더십의 소유자였다. 취임 첫날, 그녀는 별다른 이유 없이 처음 마주친 세 사람을 해고해버렸다. 자리에 붙어 있는 사람들은 그녀에게 충성을 다했다.

「또 사람들은 내가 아주 현대적이라고 입을 모으죠.」 알레코가 말했다.

자기가 최근에 이룬 업적은 콘도르스를 나라에 세금을 내야 할 이유를 느끼지 못하는 전 세계 모든 이들을 위한 천국으로 만든 것이란다. 바로 앙네스 같은 사람들, 세금을 내고 싶어도 낼 수 없는 종류의 수입이 있는 사람들 말이다. 검은돈의 불편한 점은 그게 검다는 점이었다. 전에는 모든 게 훨씬 간단했다. 현찰로 채워진 사과 상자가 골칫거리가 아니라 모두가

317

탐내는 것이었을 때에는.

처음으로 앙네스의 입에서 신랄한 논평이 나오지 않았다.

「요컨대 내 리더십 아래서 이곳 사람들의 삶이 훨씬 나아진 겁니다.」 알레코가 말을 이었다. 「많이는 아니지만 조금은 말이에요. 우린 크나큰 자부심을 느끼고 있어요. 3년 후에 있을 축구 월드컵 유치를 위해 후보 신청까지 했었죠.」

「그래서 성공했나요?」

「아니, 유치권은 브라질이 가져갔어요. 나는 세상에 국제 축구 연맹만큼 썩어 빠진 것은 없다고 생각해요.」

「여기에 축구 경기장이라도 있나요?」 앙네스가 물었다.

「자, 우리 가라오케나 히러 갈까요?」 귄터가 재빨리 제안했다.

42
2011년 9월 7일 수요일
정말로 모든 것의 마지막 시간

　파파야칵테일 두 잔, 샤블리 와인 두 잔, 샤르도네 와인 여러 잔, 그리고 코냑 세 잔까지 마셨음에도 불구하고, 앙네스는 벽시계가 23시 20분에 가까워지고 있다는 것과 이것이 오늘 밤에 가져올 수 있는 결과를 의식하고 있을 만큼 정신이 또렷했다. 한편 요한은 즉석 노래 자랑 대회를 한다는 소리에 마음이 들떠 페트라도 참가시키려고 했다. 그녀는 두어 시간 동안 앉아서 멍하니 하늘만 쳐다보고 있었다.

　「조금 움직이는 게 좋지 않겠어?」 그가 그녀의 팔을 잡아끌며 부드럽게 말했다.

　페트라는 그렇게 대통령궁의 야외 무대로 끌려갔다. 바닥을 보이는 법이 없는 술잔을 든 그녀는 다른 손으로 마이크를 잡았다. 발밑의 땅이 파도처럼 일렁였다. 여기가 바다 한가운데인가? 한 모금 더 마시면 균형이 잡힐지도…….

　그녀는 「호텔 캘리포니아」가 어떻겠냐는 귄터의 제안에 고개를 저었고, 수백 곡이 수록된 노래책을 훑어보라는 권유도 거절했다. 그러기에는 별들이 빛나는 하늘 아래의 이 순간은 너무나 엄숙했다.

「여러분께 시를 한 편 들려주고 싶어요.」그녀가 말했다. 「에밀리 디킨슨이에요.」

이제 종말까지 15분밖에 남지 않았으리라. 페트라는 가장 좋아하는 이 시를 생각했다. 마지막 인사로 이보다 더 적합한 게 없으리라. 그런데 주위가 끔찍할 정도로 빙빙 돌았다. 가만, 시가 어떻게 시작되더라?

갑자기 생각이 나지 않았다.

페트라는 술을 한 모금 더 마셨다. 하지만 도움이 되지 않았다. 또 한 모금 마셨다. 그래도 아무 소용 없었다. 무대 위에 정적이 감돌았다.

모두가 에밀리 디킨슨의 시를 기다리고 있었다. 이제 와서 「호텔 캘리포니아」로 바꿀 수는 없는 노릇이었다. 그래서 그녀는 이렇게 읊조렸다.

반짝반짝 작은 별 아름답게 비추네
동쪽 하늘에서도 서쪽 하늘에서도
반짝반짝 작은 별 아름답게 비추네

오직 앙네스만이 지금 예언가가 암송하는 것이 에밀리 디킨슨과는 아무 상관 없다는 것을 알고 있었다. 요한은 열렬히 박수를 쳤다. 그는 페트라를 너무나 좋아했기 때문에, 세상의 종말 — 그게 언제가 됐든 — 에 대한 그녀의 주장이 꼭 실현되기를 바랐다. 만일 그 일이 정말로 일어난다면 그녀를 꽉 껴안아 축하해 주리라.

귄터는 페트라가 몸을 가누지 못한다는 것을 알아챘다. 에밀리 디킨슨의 아름다운 시를 낭독하느라 남은 힘을 다 쓴 모양이었다.

작고한 알레코 아내의 휠체어가 망혼의 상징인 양 4년 전부터 무대의 한쪽 구석에 놓여 있었다. 귄터가 그의 의형제를 쳐다보자, 알레코는 고개를 끄덕였다. 팩스 수리공이 암에 걸린 아내를 비타민 결핍으로 진단하고 치료했던 3주 동안 그녀는 거기에 앉아 마지막 시간을 보냈다. 그리고 지금 다시 이게 필요해졌다.

밤 11시 15분, 페트라는 휠체어에 실려 그녀의 방으로 인도되었다. 여전히 한 손에 와인 잔을, 다른 손에 마이크를 든 채였다. 이 마이크는 무대의 앰프와 연결이 끊긴 지 오래였지만, 예언가는 귄터가 애초에 제안한 노래를 흥얼거렸다.

캘리포니아 호텔에 온 것을 환영해요
얼마나 멋진 곳인지 얼마나 멋진 곳인지

23시 17분, 앙네스는 종말 예언가의 옷을 그럭저럭 벗긴 뒤 침대에 눕혔다. 23시 17분 30초, 페트라는 잠이 들었다. 23시 19분, 앙네스는 모두가 있는 바깥으로 돌아왔다. 그녀는 여전히 시계에서 눈을 떼지 않은 채로 요한을 옆으로 끌어당겨서는 조그맣게 말했다.

「23시 20분이야. 1, 2분 정도 오차가 있겠지만.」

「아, 그래요?」 요한이 대답했다. 「페트라를 위해 기도하고 싶어요.」

「난 가끔 널 이해할 수가 없어.」 앙네스가 말했다.

「나도 그래요.」

제2부

종말 이후

43
2011년 9월 8일 목요일

페트라는 잠에서 깨어났다. 머릿속이 윙윙거렸다. 저 벽지 때문일까? 어지러운 꽃무늬. 무수한 잎사귀. 작은 새. 빨간 장과, 노란 과일, 원숭이. 기린 대가리.

어쩌면 벽지가 문제가 아닐지도. 이 윙윙거리는 소리는 술 때문일지도 몰라. 짧은 시간 동안 너무 많은 일들이 있었다. 그들은 체포되었고, 감방에서 잤고, 대통령궁에 끌려와 대통령과 대면했다.

그리고 대통령에게 시원하게 주먹을 두 방을 날렸다.

〈잘했어, 페트라!〉 그녀는 속으로 외쳤다.

그러고 나서…… 맞아, 그들은 부자지간이었다! 그녀는 **요한의 아버지**를 때려눕힌 것이다! 결국 그렇게 잘한 일은 아니었다.

파티와 화해의 시간. 계속 잔이 채워졌다. 그게 한없이 이어졌다. 그러고 나서 가라오케가 있었던가? 아니면 누군가가 그걸 제안하기만 했던가?

기억이 나지 않았다.

어쨌든 〈인류〉라고 불리는 이 영겁의 한 조각에게는 괜찮은 엔딩이었다.

잠시 후면 모든 게 끝나리라.

「안녕, 우주여!」 그녀는 저 정신 사나운 벽지를 영원에까지 가져가지 않기 위해 눈을 감았다.

근데, 잠깐만!

지금이 몇 시지?

페트라는 다시 눈을 떴다.

바깥이 환했다.

진실이 머릿속으로 스멀스멀 기어들어 왔다. 그녀는 눈을 질끈 감았다. 만일 이게…… **아냐, 그럴 리가 없어**…….

눈은 여전히 감겨 있었다. 뜨고 싶지 않았다. 다시는 뜨고 싶지 않았다.

하지만 그녀는 다시 눈을 떴다.

꽃무늬가 있는 벽지. 빛. 벽지가 아닌 바깥 정원에서 들리는 새들의 지저귐.

지구는 여전히 돌아가고 있었다.

페트라가 틀린 것이다.

＊ ＊ ＊

요한이 아침을 먹으려고 응접실에 들어섰을 때, 아빠 알레코와 앙네스가 벌써 와서 앉아 있었다.

「잘 잤니, 아들?」 대통령이 그를 맞았다. 「여사님과 나는 정치에 대해 얘기하고 있는 중이다. 이분 말로는 콘도르스는 노

326

인층을 위한 프로그램을 마련해야 할 것 같다는군. 어떻게 이렇게 우리 나라에 대해 모르실 수 있을까! 여기서는 나이 들 때까지 사는 사람이 없어. 나이 쉰이 넘으면 대부분 꼴까닥 죽는단 말이야.」

「그렇다면 제대로 된 의료 시스템을 마련해야 하지 않겠어요?」앙네스가 맞받았다. 「그럼 사람들이 더 오래 살 거고, 내가 말하는 요양원을 사용할 수 있겠죠.」

「돈이 많이 들 것 같은데요?」알레코는 눈썹을 찌푸렸다.

요한은 이들의 대화가 귀에 들어오지 않았다. 그가 제대로 이해했다면, 어제저녁, 시간은 몇 분의 오차가 있는 21시 20분, 혹은 23시 20분이었다. 파장 무렵에 가라오케와 휠체어 같은 얘기가 나왔다. 그러고 나서 앙네스는 〈때〉가 되었다고 말했는데, 〈때〉는 오지 않았다. 결국 요한은 무지개색 신발을 신은 채로 그에게 제공된 침대에 누워 잠이 들었다. 이때에는 더 이상 아무 생각도 없었다.

하지만 지금은……

이제는 알아야 했다.

「여기가 어디죠?」

「어제와 같은 곳이지. 대통령궁. 왜?」

「세상이 무너지지 않았나요?」

「지금 무슨 말을 하는 거야?」알레코가 놀라며 되물었다.

「내가 이따가 설명해 줄게요.」앙네스가 말했다. 「요한, 아니야. 세상은 어제만큼이나 정정하고, 내일도 마찬가지일 거야. 페트라는 아주 좋은 사람이긴 하지만, 그녀의 생각은 틀렸어. 솔직히 말해서 난 알고 있었지.」

「아이고, 불쌍한 페트라.」 요한이 한숨을 내쉬었다.「실망이 크겠네요.」

바로 이때, 문제의 예언가가 나타났다.

그런데 기분이 아주 좋아 보였다.

「좋은 아침이에요, 친구들!」

「날씨가 정말 좋지?」 앙네스가 말했다.「〈어떤〉 날씨가 됐든 우리 중 누군가가 예언한 것보다는 낫지만 말이야.」

「내가 틀렸어요.」 페트라가 말했다.

「오, 진심이야?」

「얼마든지 놀리세요! 잠에서 깨어나고 몇 분 동안은 아주 힘들었지만, 내가 어디서 계산을 헤맸는지 벌써 알아냈어요. 대략 말이에요.」

「그렇다면 지구가 다음번에는 언제 파괴되지? 계획들을 세우기 위해 좀 알고 싶네.」

「그 질문에 답하기 전에 시간을 좀 달라고 부탁하고 싶어요. 변수를 하나 바꾸면 아주 복잡한 연쇄 작용에 의해 다른 변수들도 바뀌거든요. 여러분들이 이해하기에는 좀 벅차겠지만.」

「도대체 무슨 얘긴지 누군가가 설명해 줄 수 있겠소?」 알레코가 짜증을 냈다.「난 대통령이라고, 빌어먹을!」

종말 예언가가 분부에 따랐다. 그녀가 설명을 끝내자 알레코는 자기가 7년 징역형에 처했을 때 그녀가 웃은 것은 그 때문이냐고 물었다.

페트라는 미소를 지으며 고개를 끄덕였다.

뭔가 속은 듯한 기분이 든 알레코는 자기가 사면을 철회하더라도 계속 그렇게 미소 지을 수 있겠느냐고 물었다. 하지만 페트라는 그리 만만하지 않았다. 대통령님께서 말씀하지 않았나요? 〈선고는 선고〉라고?

44
2011년 9월 8일 목요일

대통령궁에 평화가 깃들었다. 페트라와 앙네스는 풀장 한쪽 끝에 있는 파라솔 아래의 긴 데크 체어에 앉아 있었다. 백지와 볼펜을 구해 온 예언가는 계산하고, 지우고, 밑줄을 긋고, 다시 계산하기를 반복했다.

「이게 얼마나 복잡한지 모를 거예요.」 그녀는 옆에 있는 회의론자에게 설명했다. 「모든 게 서로 연결되어 있어요.」

「오, 그래?」

「이것 좀 보세요. 이 변수에 7이라는 값을 대입하면…… 그러면 지구는 지금부터…… 자, 보자……. 212년 후에 파괴될 거예요.」

「잘됐군. 그렇다면 우리의 삶이 먼저 끝나고 나서도 시간이 한참 남겠네.」

「하지만 만일 내가 여기에 6이라는 값을 대입하면…… 지구가 언제 파괴되느냐면…… 지난봄이네요.」

「그럼 6으로 가. 더 이상 이런 대화를 하지 않아도 되게.」

「하지만 변수와 값을 내 멋대로 선택할 수는 없다고요. 어떻게 사람이 그렇게 어리석을 수가 있죠?」

알레코는 풀장의 반대편 끝에서 두 발을 물에 담그고 앉아 있었다. 옆에서는 되찾은 아들이 아버지를 따라 하고 있었다. 아버지는 옆에 있는 친구가 아직은 한참 남은, 거의 민주적인 대통령 선거에서 자신의 뒤를 이을 잠재적 후계자로 느껴졌다. 그렇다면 이 녀석의 황태자 수업을 시작하는 것도 나쁘지 않으리라.

그는 먼저 콘도르스의 외교와 국내 정치는 서로 연결되어 있다고 설명했다. 대통령 자리에 오래 앉아 있을 수 있는 가장 좋은 방법은 국민의 지지를 얻는 거란다.

「그 말인즉슨, 콘도르스 국민들의 식탁에 먹을 게 있어야 한다는 뜻인가요?」

「아냐, 빌어먹을! 그들에게 나쁜 버릇을 들이면 안 돼. 손가락 하나를 주면 팔을 내놓으라고 요구할 인간들이라고. 이 사람들에게 무엇보다도 필요한 것은 긍지와 자부심이야.」

지난 한 주 동안 많이 발전하긴 했지만, 요한에게는 이 〈긍지〉와 〈자부심〉이란 것이 없었다. 어쨌거나 그는 더 알아보고 싶었다.

아프리카에서 가장 작은 나라인 콘도르스의 인구는, 지난번 인구 조사 이후에 발생한 사망자 수에 따라 약간의 차이가 있긴 하겠지만, 대략 25만 명 정도란다.

「이것을 나이지리아의 1억 8천만 명에 비교해 보렴. 또 에티오피아, 이집트, 콩고의 1억 명과 비교해 보고. 또 각각 인구가 5천만 명인 탄자니아, 남아프리카 공화국, 케냐와도 비교해 봐. 국토에 모래밖에 없는 그 개떡 같은 나라 수단에 사는 사람도 자그마치 4천만 명이나 돼.」

요한은 이해가 되면서도 되지 않았다. 사실은 거의 다 이해가 되지 않았다. 지금 인구 얘기는 왜 나온 거지?

알레코는 각 나라의 중요성을 이렇게 계산한다고 설명했다. 다시 말해 아프리카 연합이 기구를 구성하는 중요한 자리들을 채울 때 콘도르스인은 한 번도 거론되지 않았단다.

「일테면요?」

「위원, 조사관, 특사…….」

「그 위……언이란 게 뭘 하는 거예요?」 요한이 더듬거리며 물었다.

「여러 가지가 있어. 평화와 안전을 책임질 수도 있고, 경제 문제를 맡을 수도 있고, 인프라나 에너지에 관련된 일을 할 수도 있지.」

어려운 말이 한꺼번에 너무 많이 쏟아져 나왔다. 요한은 굴하지 않고 다시 물었다.

「그럼 아빠에게 가장 알맞은 자리는 뭐예요?」

대통령은 여기에 대해서는 깊이 생각해 본 적이 없었다. 평화와 안전을 책임지려면 전쟁 지역을 방문해야 할 수도 있는데, 그것은 평화롭지도 안전하지도 않은 일이었다. 또 경제 분야에는 경험이 꽤 있는 편이었지만, 이곳의 현실과는 동떨어진 경험이었다. 그는 고르바초프의 지시에 따라 북한과의 무역 관계를 발전시키려 해본 적이 있었다. 이를 위해 평양에 털모자 5천 개를 보냈는데, 갓 받은 털모자 절반을 농축 우라늄 8킬로그램과 바꾸자는 요청이 날아왔다.

그리고 인프라와 에너지…… 어쩌면 이게 답일 수도 있었다. 며칠 전 그는 공항의 책임자인 죽은 아내의 사촌과 공항과 시내를 잇는 도로를 아스팔트로 포장하는 문제에 대해 토론했었다. 또 말이 나온 김에 공항 활주로 포장에 대해서도 토론했다.

「……잘 모르겠다.」 결국 알레코는 이렇게 대답했다.

하지만 중요한 것은 그게 아니었다. 중요한 것은 콘도르스인들은 다른 아프리카 국가들로부터 존중받을 자격이 있다는 사실이었다! 아프리카 연합에서 중요한 직책을 맡는다면 이 나라의 국제적 위상을 높이는 동시에 국민들에게 자부심을 심어 줄 거였다. 그리고 알레코는 대통령궁에서 오래오래 걱정 없이 지내게 될 거였다. 요컨대 모든 것이 서로 연결되어 있는 것이다.

그런데 그가 이런 요구를 가지고 아프리카 연합의 동료들에게 접근했을 때 그들은 콧방귀도 뀌지 않았다. 그래서 알레코는 전략을 바꾸어 소모전에 돌입했다. 그는 누구에게나, 어떤 일이든, 사사건건 반대만 했다. 저들이 굴복할 때까지 계속할 작정이었다.

아프리카 연합 특별 회의가 몇 주 후로 예정되어 있었다. 귄터는 나머지 아프리카인들의 신경을 긁는 일에 있어서 일급 전략가였다. 지금 그는 아디스아바바에서 있을 이 특별 회의를 위한 지침을 준비하고 있었다.

요한은 지금 아버지가 한 말을 자기가 제대로 이해했는지 알고 싶었다.

「그래서 아빠 말씀은, 다른 사람들이 아빠를 좋아할 수 있도록 아프리카 연합에서 최대한 못되게 굴겠다는 얘긴가요?」

질문이 왠지 함정처럼 느껴졌다. 아들 녀석은 이 분쟁을 너무 단순화하고 있었다. 그렇다고 해서 꼭 틀렸다고는 할 수는 없지만.

「뭐, 대충 그렇다.」 알레코는 인정했다.

「그럼 지금까지 효과가 있었나요?」

이런 빌어먹을 녀석 같으니! 사실 전혀 효과가 없었다. 하지만 알레코는 뭔가 자신을 정당화해야 할 것 같았다. 그래서 자신의 요구에 대한 아프리카 연합의 거부는 기분 좋은 부수 효과를 가져왔다고 대답했다.

「그래, 그럴듯한 위원 자리를 하나 얻는다면 나쁘지 않겠지. 하지만 아프리카 연합이 더 내게 성을 낼수록, 이 나라에서는 내 인기가 더 올라가. 이른바 〈분극화(分極化)〉라고 하는 거지. 외부의 적이 많아질수록, 그룹 내의 결속력이 강해지거든. 심지어는 이디 아민¹도 이걸 이해하고 있었지.」

「누구요?」

아들에게 이디 아민이 누구인지를 설명하려면 시간이 너무 많이 걸릴 거였다. 요한은 아주 유쾌한 녀석이긴 했지만, 천재보다는 마스터 셰프가 더 어울렸다. 알레코는 곧바로 요점으로 들어갔다.

「그는 인도계 우간다인들에게 모든 죄를 뒤집어씌웠어. 그래서 그들에게 며칠 내로 보따리를 싸서 꺼지라고 명했지.」

「그래서, 모든 게 해결됐나요?」

---

1 우간다의 전 대통령. 1971년부터 1979년까지 재임했으며 독재로 악명이 높았다.

요한은 너무나 진지하게 물었다.

「천만에. 인도인들은 그 나라의 모든 사업을 도맡고 있었어. 그들이 떠나니까 모든 게 멈춰 버렸지. 하지만 이디 아민은 아주 인기가 좋았어. 사람들이 상황을 깨닫게 되기까지는 말이야. 시간이 좀 걸렸지.」

요한은 지금 어떤 나라를 얘기하고 있는지도 모르면서 고개를 끄덕였다. 세상에는 나라가 너무 많았다. 하지만 자신과 페트라도 공동의 적과 함께 싸우면서 사이가 가까워졌다는 것은 알고 있었다.

그럼에도 불구하고 그는 그 괜찮은 남자 오브라마가 아버지를 〈똥구멍〉이라고 부르고 다니는 게 속상했다.

「타협점을 찾을 수 있지 않을까요?」

「무슨 말이야?」

「에, 그러니까, 아빠가 오브라마와 이도민과 기타 등등에게 조금만 덜 똥구멍이면 안 될까요?」

「그렇게 해서 내게 무슨 이득이 있지? 그리고 이도민이 아니라 이디 아민이야. 그 인간은 10년 전에 죽었어.」

알레코는 아들이 고르바초프와 비슷한 소리를 한다고 덧붙였다. 그 양반은 자기 국민을 행복하게 해주려 했으나, 결국에는 모든 사람을 적으로 만들었다고 말이다. 하지만 이 모든 일들 가운데 고문관이었던 자신의 역할에 대해서는 언급하지 않았다.

이때, 앙네스가 다가와서는 자신도 대화에 낄 수 있느냐고 물었다. 그녀는 페트라에게서 떨어져 잠시 쉬고 싶었던 것이다.

「난 그녀를 무척 좋아하고, 여러 가지로 감사해. 하지만 같이 있으면 다음번에는 세상이 어떻게 끝날지에 대한 그 복잡한 얘기들을 듣고 있어야 되는데, 지금은 그럴 힘이 없어.」

「그래서, 그녀의 결론이 뭔가요?」 알레코가 물었다.

「아직도 계산 중이에요. 내가 마지막으로 들은 날짜는 지난봄과 2백 년 후 사이에 위치해요. 그런데 두 분은 무슨 얘기를 하고 있죠?」

「아빠는 정치란 것이 어떤 식으로 작동하는지 설명해 주셨어요. 대통령의 역할은 국민의 식탁에 먹을 것을 올려 주는 것이 아니라, 가능한 한 많은 다른 나라 사람들과 싸우는 거래요. 이것이 가장 좋은 결과를 얻는 방법이래요.」

앙네스는 콘도르스의 보건 정책에 대해 알레코와 나눈 대화를 떠올렸다. 그는 의료 시스템이 없으면 사람들은 늙기 전에 죽을 것이고, 그러면 대통령은 노인 요양을 위해 돈을 쓰지 않아도 된다고 말했다.

「요한, 너의 아버지는 정말로 똑똑하시구나.」 그녀는 퉁명스럽게 말했다. 「하지만 이 양반이 최후의 심판일에 천국에 가게 될지는 잘 모르겠네.」

〈최후의 심판일〉은 요한이 최근에 익숙해진 개념이었다.

「그게 어제 아니었나요?」

45
2011년 9월 8일 목요일

알레코는 사방에서 압박을 느끼고 있었다. 앙네스 할머니와 아들 요한은 말할 것도 없고, 내면의 소리도 점점 커져 갔다. 지금까지는 모든 게 너무나 간단했다. 최대한 오랫동안 호주머니를 채우다가, 때가 되면 자리를 바꾸어 더 채우기만 하면 되었다. 고르바초프 밑에 있을 때처럼 말이다. 배가 침몰하자 그는 보스와 함께 물속으로 들어가는 대신에 옐친 진영으로 튀었다. 그리고 그 평화로운 시절은 마피아가 더 이상참을 수 없다고 생각했을 때까지 계속되었다. 그는 허겁지겁 도망쳤고 — 이디 아민처럼 지금은 죽어 있는 — 흐루쇼프 외에는 아무도 존재를 몰랐던 나라까지 오게 되었다.

크렘린에서 수석 고문관으로 일하던 시절, 알레코는 역대 지도자들의 실책을 통해 교훈을 얻고자 건국 초기까지 거슬러 올라가는 비밀문서들을 뒤적이곤 했었다. 그렇게 그는 아프리카에 대한 소련의 생각을 이해하고, 훗날 자신이 이끌게 될 나라의 이름도 알게 된 것이다.

소련은 1922년이 돼서야 출현한 탓에 벨기에, 영국, 프랑스, 독일, 이탈리아, 포르투갈, 스페인처럼 아프리카 대륙을 나눠 먹을 수 있는 기회를 놓쳤다. 그러다 냉전 시대에 앙골라, 모잠비크, 기니비사우의 독립 운동을 지원함으로써 약간의 발판을 마련할 수 있었다. 수천 명의 아프리카 청년들이 소련의 대학교에서 무상으로 공부할 수 있는 기회를 얻었는데, 이들은 축복받은 사회주의의 교리도 함께 교육받은 뒤 저마다 고국으로 돌아갔다. 그중 일부는 바리케이드 위에서 총에 맞아 죽었다. 하지만 습득력이 빨랐던 이들은 올바른 이념뿐 아니라, 공산주의의 뒷골목을 누빌 수 있는 방법도 배웠다. 적설한 타이밍에 누군가의 호주머니에 지폐 한 장을 찔러주기, 줄을 잘 서기, 그리고 조용히 기다리고 있다가 적당한 타이밍에 등짝에 비수를 꽂기 등등.

알레코는 며칠을 연달아 이 비밀 자료들에 파묻혀 지내기도 했는데, 특히 옆에 수석 고문이, 아니 그 누가 없어져도 알아차리지 못할 정도로 옐친이 술에 취해 있을 때를 이용했다. 예를 들면 한밤중에 피자를 찾기 위해 팬티 차림으로 백악관을 온통 뒤지고 다닌 옐친의 비밀을 클린턴 대통령이 매우 우아하게 쉬쉬해 주었던 워싱턴 DC 방문 이후가 그런 때였다.

크렘린의 비밀 파일들 가운데는, 다양한 요원들의 현장 보고서부터 흐루쇼프가 정치국에서 읽은 빛나는 연설문들에 이르기까지, 그야말로 없는 것이 없었다. 이 연설문들은 놀라울 정도로 상세한 역사적 사실들로 가득했다.

흐루쇼프의 글들을 통해 알레코는 콘도르스는 국토가 좁고, 대양 한가운데 고립되어 있는 탓에 지난 세기 동안 식민 제국들의 관심을 끌지 못했다는 사실을 알게 되었다. 물론 20세기

초에 어떤 이들이 풍문을 확인하기 위해 잠시 들른 적은 있었다. 하지만 수천 명의 원주민들을 학살하고, 여기에 황금 같은 것은 없다고 선언한 영국인들이 먼저 떠났고, 프랑스인들도 그 뒤를 따랐다. 그래도 프랑스인들은 학교는 하나 남기고 떠났다. 그리고 몇 종류의 성병(性病)도 함께.

세계 최빈국 중의 하나인 이 나라는 오랜 세월 동안 그럭저럭 입에 풀칠을 하며 살아왔는데, 어느 날 소련 공산당 서기장이 이곳의 숨겨진 가능성을 발견하게 된 것이다. 너무나 다루기가 쉽고, 인구는 얼마 안 되고, 정부라고 할 만한 것도 없었다.

서쪽의 아프리카 대륙, 북쪽의 아라비아반도, 그리고 동쪽 멀리에 있는 인도로 에워싸인 입지로 인해 콘도르스로 수 세기에 걸쳐 다양한 인종이 유입되었고, 이 다양한 주민들은 서로 섞여 살았다. 어떤 이들은 아프리카 노예들의 후손이었고, 장거리 항해를 하다가 몇 달 동안 계속된 태풍 때문에 섬에 발이 묶여 잡일로 생계를 꾸려야 했던 선원의 자손들도 있었다.

흐루쇼프는 적당한 인물을 하나 세워서는, 그를 도와 반대파들을 제거하고, 아프리카 전체에 영감을 줄 수 있는 사회주의의 모델을 건설하리라 마음먹었다. 이를테면 거기서 그리 멀지 않은 아라비아반도의 예멘에 영향을 줄 수 있지 않겠는가?

비밀문서에 따르면, 그는 이 나라와 공산주의의 미래를 준비하기 위해 섬에서 가장 유능한 인재 넷을 선발했다. 그리고 그들을 모스크바로 불러 올바른 이론을 배우게 했다. 흐루쇼프는 2년 후에 그중에서 최우등 인재를 선택할 생각이었다.

하지만 그렇게 할 필요가 없어졌다. 모스크바에 도착한 지

사흘 만에 유학생 중 하나가 길을 건너다 전차에 치여 죽어 세 사람만 남게 되었다. 또 이들 중 둘은 보드카의 놀라운 효능을 발견하게 되었고, 어느 날 두 병을 깨끗이 비운 후에 서로에게 칼을 휘둘렀다. 결국 둘 다 죽음을 맞았고, 흐루쇼프에게는 단 한 명의 후보만 남게 되었다.

이 네 번째 친구는 마르크스주의 교리에 따른 공식적 훈련과, 다른 이들을 밟고 나아가는 방법에 대한 조금 덜 공식적인 훈련으로 구성된 2년간의 교육 과정을 이수했다. 그런 다음 소련의 지원과 자신만의 계략을 토대로 나라를 접수하기 위해 콘도르스로 보내졌다. 흐루쇼프는 흡족했다.

하지만 모든 게 엉망이 되었다.

넘버 4는 정당을 하나 만들었고, 열 달도 못 되어 민주적으로 선출된 최초의 대통령이 되었다. 사실 그가 목적을 이룰 수 있었던 것은 선거 일자를 공지하지 않고, 어디서, 어떻게 투표하는지를 알려 주지 않았기 때문이었다. 따라서 선거한 사람은 단 한 명뿐으로, 넘버 4 자신이었다.

새로 선출된 대통령이 처음 한 일은 거의 모든 사람이 사용하는, 아랍어의 한 갈래인 토착어와 함께 프랑스어를 나라의 공식어로 채택한 것이었다. 프랑스어는 폼이 나는 언어이기도 했고, 또 대통령 자신이 프랑스인들이 버리고 간 학교를 2년 다닌 덕에 제법 구사할 수 있었기 때문이었다. 그가 내린 두 번째 결정은 공산당 기관지 『콘도르스의 진실』을 창간하는 것이었다. 이 신문은 문맹이 거의 대부분인 이 나라에서 오직 그만이 읽을 수 있는 언어로 쓰여 있었고, 그 내용은 신문의 이름에 전혀 걸맞지 않았다.

그는 내친김에 국고의 절반을 거덜 내다가 결국 그의 오른 팔의 쿠데타로 축출되었는데, 이 오른팔은 전임자가 간 길을 그대로 답습했다.

흐루쇼프는 콘도르스에 대체 무슨 문제가 있는 건지 알 수 없었지만, 그렇다고 포기하지는 않았다. 더 많은 학생들이 소련의 대학에서 교육을 받았다. 또 섬 자체에도 소련의 지원을 받는 대학들이 세워졌고, 두 자매국 사이에 경제 협정이 체결되었다(하나는 다른 하나보다 덩치가 수천 배 컸지만, 하여튼).

하지만 그는 더 이상 아프리카를 공산화하려는 꿈을 품지는 않았다. 제1차 쿠바 미사일 사태가 발등에 떨어진 것이다. 그러고 나서 그는 모든 것과, 그리고 모든 사람과 사이가 틀어져 모스크바의 한 아파트에 가택 연금 되었고, 그곳의 흔들의자에 앉아 삶의 의미는 대체 무엇일까, 자문하면서 나날을 보냈다. 마침내 심장 마비가 찾아올 때까지.

흐루쇼프와는 달리 알레코는 한 번도 공산주의를 신봉한 적이 없었다. 사실은 자기 자신 외에는 아무것도 믿지 않았다. 물론 귄터는 예외였다. 훗날에는 그의 아내도 마찬가지였고.

그런데 갑자기 아들이 하나 생긴 것이다! 순수해 보이는 녀석이었다. 또 정직했다. 호기심도 많았다. 게다가 일류 요리사였다. 아주 명백하진 않지만, 천재이기도 했다.

그리고 이곳의 대장은 알레코이며 따라서 그의 말이 항상 옳고 설령 틀렸다 해도 권력은 그의 것이라는 사실을 모른다는 듯 구는 보라색 머리의 할머니도 있었다. 그리고 혹시나 그가 틀렸다고 해도, 언제든 무엇이 옳고 그른지는 그가 정할 수 있었으므로 결국엔 어찌 됐든 옳을 수밖에 없었다.

또 무엄하게도 그에게 달려들어 주먹을 휘두른 종말 예언가도 있었다. 그리고 대법원은 그녀를 사면해 주었다! 속이 뒤집어질 만한 판결이었으나, 알레코 본인이 내린 결정이니 어쩔 수 없었다.

요컨대 콘도르스 대통령은 지금 존재론적 위기에 처해 있었다. 죽는 날까지, 그리고 마지막 한 방울까지 이 나라를 탈탈 털어먹을 생각이었으나 더 이상 그럴 수 없게 되었으니, 요한이 자신의 뒤를 이어 물려받을 나라가 있어야 하기 때문이었다. 솔직히 콘도르스의 14대 대통령은 열세 명의 전임자들보다 잘한 게 별로 없었다.

정말 아무것도 없단 말인가?

아니, 그건 좀 심한 말이고, 알레코에게는 명백히 두 가지 잘한 일이 있었다. 하나는 자부심을 심어 준 거였다. 콘도르스인보다 자부심이 강한 국민은 없었고, 이것은 바로 알레코 덕분이었다!

다른 하나는 「왕좌의 게임」[2]이었다. 이 미국 TV 시리즈를 인터넷을 통해 훔쳐 올 수 있게 되자마자, 알레코는 처제 파리바에게 이 방송을 일주일에 한 회씩 황금 시간대에 송출하라고 했다. 아직 에피소드가 열 편밖에 없었지만, 파리바는 10회까지 방영하고 나면 첫 회부터 다시 틀었다. 마르크스가

2 조지 R. R. 마틴의 소설 시리즈 〈얼음과 불의 노래〉를 원작으로 하는 TV 시리즈로, 선풍적인 인기를 끔과 동시에 수위 높은 폭력성과 선정성으로도 화제가 되었다.

종교를 민중의 아편으로 여긴 것을 알레코는 잘 알고 있었다. 그가 관찰한 바에 의하면, 「왕좌의 게임」은 종교보다 나은 마약이었다. 여기서 〈마약〉은 결코 나쁜 표현이 아니었으니, 마약에 중독된 국민은 얌전한 국민이기 때문이었다. 어떤 콘도르스인도 침실 바깥에서 그렇게 많은 알몸을 본 적이 없었다!

식탁에 먹을 것을 올려놓으라고? 그건 그의 국민을 잘 몰라서 하는 말이었다. 그들이 원하는 것은 오직 자부심과, 매주 수요일 저녁 8시에 보는 TV 화면 속 섹스뿐이었다.

하지만 다른 한편으로는 이런 질문이 떠올랐다. 왜 대통령 자리에 집착해야 한단 말인가? 그런다고 요한이 어느 날 대통령 자리를 이어받을 수 있겠는가? 부정 선거에 대한 불평불만으로 계속 골치 썩는 일 없이?

아마도 어려우리라……

아아! 지금 자기는 하나밖에 없는 아들에게 엄청난 해를 끼치려 하고 있었다! 아들도 그걸 느끼고 있는 듯했다. 보라색 머리 할머니는 대놓고 비판적으로 나왔다.

아아, 빌어먹을!

이렇게 마음이 복잡해져 있는데, 종말 예언가가 다가왔다. 그녀는 전날의 계산 착오에 대해 사과한 뒤, 곧 새로운 결과물을 만들어 오겠다고 약속했다. 그리고 그때까지 아들을 위해서라도 통치 방식을 재고해 볼 수 없겠냐고 물었다. 왜냐하면 지구가 아직 몇 년 더 존재할 수도 있기 때문이란다. 자신도 그를 도와 국정에 참여하고 싶지만, 64단계 방정식 버전 2에 집중하는 게 인류에 더 크게 봉사하는 길이라고 느껴진단다.

「이게 끝나는 대로 대통령님께 시간을 모두 내드리겠어요. 원하신다면 제가 만든 플로 차트로 시작할 수도 있어요. 그때까지 제가 할 수 있는 최상의 조언은 저 보라색 머리 할머니의 말에 귀를 기울이라는 거예요. 종말의 날 얘기에 대해 회의적이긴 하지만, 그 점만 빼놓으면 꽤 똑똑한 분이라 할 수 있죠.」

페트라는 앙네스의 의심이 틀리지 않았다는 사실을 받아들일 준비가 되어 있지 않았던 것이다.

알레코는 곰곰이 생각해 보았다. 그러고는 의료 시스템, 노인 복지, 그리고 기타 등등에 대해 불쾌한 생각을 가진 노부인의 말을 들어야 한다고 생각하는 예언가의 충고에 따르기로 마음먹었다.

집권하고 첫 3년 동안, 대통령은 재능이라고는 눈곱만큼도 없는 아내의 친척들에게 각 부처의 장관직을 나누어 주었다. 하지만 그녀가 죽었을 때, 그들 모두를 파면하지 않을 이유가 전혀 없었다. 사실 그동안에도 모든 일이 결국은 그의 결정을 통해 이뤄졌기 때문이었다.

아내의 장례식 때 그는 고인을 추모하는 연설을 한 뒤에, 자신을 제외한 정부의 해체를 선언했다. 그 장례식은 너무나 좋은 기회였다. 거기에 일가족 전체가, 즉 장관들 모두가 모여 있었기 때문이었다.

숙부들, 숙모들, 조카들, 사촌들, 그리고 사돈의 팔촌들까지 곧바로 다른 자리들에 배속되었고, 불평을 막기 위해 봉급을 올려 주었다. 한 명은 공항 책임자가, 다른 한 명은 관광 공사 사장이 되었고, 또 한 명은 콘도르스 여권국 국장 자리를 받았다.

그리고 이 여권국 국장(죽은 아내의 둘째 사촌)은 오랜만에 쓸모가 생겼다. 알레코가 정부를 다시 예전처럼 확대하리라 마음먹었기 때문이었다. 하지만 외국인에게 장관직을 맡길 수 없는 노릇이었으니, 국가 안보에 직접적인 위협이 될 수 있기 때문이었다.

대통령의 아내의 둘째 사촌은 대통령궁에 직원을 보내 세 사람의 사진과 서명을 받아 왔다. 그리고 저녁에는 자신이 직접 궁으로 와서 세 사람에게 아직 잉크 냄새도 마르지 않은 외교 여권을 나눠 주었다.

요한과 페트라는 전에 불리던 이름 그대로였지만, 앙네스는 마소드 모하지라는 새 이름을 부여받았다.

「이 이름은 대체 어디서 나온 거죠?」 그녀가 물었다.

알레코는 인터폴에 쫓기는 사람이니만큼 이름을 바꾸는 게 낫다고 설명했다. 하지만 일을 좀 급하게 처리한 것은 사실이라고 인정했다. 게다가 러시아 교육을 받은 그는 상상력에 한계가 있었다. 그래서 정원사가 애인과 함께 풀장을 청소하는 것을 본 그는 그들의 이름을 물었다. 하나는 마소드고, 다른 하나는 모하지였다.

「앙네스 마소드 모하지라……」 보라색 머리 할머니는 중얼거렸다. 「뭐, 안 될 것도 없지! 네, 새 이름과 새 국적을 줘서 정말 고마워요. 이제는 체포될 걱정 없이 마음대로 돌아다닐 수 있겠네. 하지만 이 〈외교〉 여권이 꼭 필요한가요?」

「물론이죠! 이제부터 여사님은 보건부 장관이에요.」

「오, 정말요?」

46
2011년 9월 8일에서 14일까지

　알레코에게는 〈공정(公正)〉에 대한 나름의 개념이 있었다. 어떤 일이 부당하다 해도, 그것이 모든 사람에게 적용되면 더 이상 부당한 게 아니었다. 이 때문에 그는 마음에 안 드는 장관 한둘을 파면하는 대신에 정부 전체를 파면했던 것이다. 그리고 앙네스에게 장관직을 내준 지금, 원칙상 페트라와 요한을 소홀히 할 수는 없었다.

　그는 둘 중 더 골치 아픈 사람부터 시작했다. 자신을 폭행하고 욕을 하는 것도 모자라 충고까지 한 패거리의 리더 말이다. 일을 제대로 하기 위해서는 우선 면접부터 봐야 했다.

　페트라는 예상했던 곳에 있었다. 풀장의 파라솔 아래에서 종이에다 뭔가를 끼적이고 있었다.

　「혹시 일거리 필요하오?」 그가 불쑥 물었다.

　「이미 있어요.」 페트라는 방정식의 숫자들을 가리키며 대답했다.

　그 일을 폄하할 생각은 없지만, 알레코가 염두에 두고 있는 것은 정부 직책이었다.

「IT 기술부 장관을 하면 어떻겠소?」

「고맙지만 사양하겠어요.」

「미래부 장관은?」

「역시 사양하겠어요.」

알레코는 슬슬 부아가 치밀었다. 장관을 시켜 주겠다는데 거부하겠다고?

「그렇다면 다른 자리는 어떻겠소? 기상 및 수자원 관리국 국장 자리는?」

「여기에 그런 게 있나요?」

「내가 만들면 되오.」

「사양할게요.」

「콘도르스 우주 연구 센터는?」

「그것도 아마 없는 거겠죠?」

결국 알레코는 한숨을 내쉬며 포기했다.

「좋소, 그럼 그냥 거기에 혼자 앉아서 계산이나 하고 계시오. 하지만 대기가 머리 위로 무너져 내리기 전에 제발 몇 달만 우리에게 허락해 주면 고맙겠소. 지금 앙네스 여사께서 의료 시스템을 개혁 중인데, 개혁이 시행되기 전에 모두가 죽어 버리면 유감스러운 일이 아니겠소?」

페트라는 대꾸하지 않고, 이렇게 물었다.

「할 말이 또 남으셨나요, 아니면 계산을 계속해도 될까요?」

요한과는 일이 훨씬 쉬웠다.

「너, 콘도르스 외무부 장관 일을 해볼래?」

언젠가 자신을 승계할 수 있도록 아들을 훈련시킬 수 있는 가장 좋은 방법은 일단 현장에 투입하고 보는 거였다.

「아, 좋죠!」 요한이 외쳤다. 「근데 외무부 장관은 무슨 일을 하죠?」

외무부는 즉 외국, 자국을 제외한 다른 모든 나라와 관련된 일을 하는 곳이었다. 뢰벤홀트 외무부 장관이 취임 후 주저 없이 내린 첫 번째 결정은 노르웨이의 연어, 그리고 역시 스웨덴의 베스테르보텐치즈와 가재 꼬리를 주문하는 것이었다. 둘 다 외교의 일환이니 말이다.

한편 보건부 장관 앙네스 마소드 모하지는 의료 인력을 스카우트하기 위해 케냐와 나이지리아를 방문했다. 콘도르스 보건부 장관은 착륙하고 이륙할 때마다 눈을 부릅뜨고 지켜보는 인터폴 앞을 유유히 통과할 수 있었다. 그녀의 이름은 이제 더 이상 그녀의 이름이 아니었으니까.

나흘 후에 그녀는 열여섯 명의 의사와 2백 명의 간호사를 데리고 귀국했다. 모두가 영어를 구사했는데, 그러지 않는다면 장관이 그들과 대화할 수 없을 거였다. 하지만 장관은 이 의료진이 환자들과도 소통해야 한다는 점을 너무 늦게 깨달았다. 그녀는 이 실수를 아침 커피 시간에 대통령과 동료 장관에게 고백했다.

「통역사를 열 명 정도 데려오기 위해 아프리카 대륙을 한 바퀴 돌고 와야겠어요.」 그녀가 덧붙였다.

「난 통역사가 뭐 하는 사람인지 알아요.」 요한이 말했다.

매끼 식사가 먹을 만해진 것은 통역사 덕분이었던 것이다.

✳ ✳ ✳

　종말 예언가는 방해받지 않고 혼자만의 시간을 보내고 있었다. 떡갈나무 아래에 앉아 꽃 냄새를 맡는 황소 페르디난드[3]처럼, 그녀는 대통령궁 풀장 옆 파라솔 아래에서 계산에 열중했다. 여기에 자신의 명예가 걸려 있는 만큼, 절대로 실수해서는 안 되었다.

　그 와중에도 그녀는 대통령에게 이따금 조언하는 것을 잊지 않았다. 특히 보라색 머리 할머니의 창의력과 삶에 대한 신선한 열정을 적극 활용할 것을 권유했다.

　「비용을 아끼지 마세요. 그분에게 백지 수표를 주세요!」

　알레코는 자신의 본성과 싸워야 했다. 국민들을 오래 살게 해주는 것은 결코 공짜로 되는 일이 아니었다. 하지만 만일 앙네스가 이걸 이뤄 낸다면, 그는 그 공을 요한 쪽으로 돌릴 생각이었다. 만일 아들이 어느 날 사기 치지 않고 대통령 선거에서 승리한다면 아비로서 얼마나 뿌듯하겠는가?

　「백지 수표? 그럼 요한에게도?」

　페트라는 거짓말을 할 만큼 얼굴이 두껍지도 않았지만, 진실을 말할 용기도 없었다.

　「죄송하지만 계산을 계속해야 해서요.」

　대통령은 물러갔고, 예언가는 다시 계산을 시작하기 전에 잠시 상념에 잠겼다.

　사실 지금 그녀는 영하 273도에서 굳어 버린 얼음덩어리가

───

3 그림책 『꽃을 좋아하는 소 페르디난드』의 주인공으로, 다른 황소들과는 달리 스페인의 목초지에서 꽃향기를 마시며 평화를 즐기는 것을 좋아한다.

되어 있어야 했다. 그리고 지구는 인간 형상을 한 70억 개의 얼음덩어리로 덮여 있어야 했다. 대기가 머리 위로 무너져 내릴 때 취하고 있던 바로 그 자세, 서거나, 앉거나, 누워 있는 모습들로 말이다.

본 것을 얘기할 수 있는 사람이 한 명도 살아 있어서는 안 되었다. 그 얘기를 들을 사람도 있어서는 안 되었다.

하지만 그렇게 되지 않았다. 갑자기 70억 명의 살아 있는 증인들이 생겼다. 하지만 무엇에 대한 증인인가? 페트라가 실수했다는 것을 아는 사람은 사실 아무도 없다. 그녀는 그런 수학적 실수를 범한 데에 대한 자괴감과, 그 실수 덕분에 세계의 진정한 종말의 계산을 계속할 수 있게 된 것에 대한 만족감 사이에서 마음이 착잡했다.

하지만 너무 복잡하게 생각할 필요는 없어, 하고 그녀는 중얼거리며 이런 생각들을 털어 버렸다. 젊은 시절, 방황하던 그녀는 우주의 비밀과 삶의 덧없음에 대해 고민하며 시간을 보냈지만, 그 시간은 아무것에도 이르지 못했다. 아니, 교탁 뒤에 자리 하나를 마련해 주긴 했다.

그녀는 너무 복잡하게 생각하는 대신에, 그런 고민을 한 사람들을 역사 속에서 찾아보았다. 예를 들면 르네 데카르트가 그런 사람이었다. 〈나는 생각한다, 고로 나는 존재한다〉라는 유명한 말을 했던 그 양반 말이다. 사실 그 말 때문에 그는 스톡홀름에 있는 크리스티나 여왕의 웃풍이 씽씽 도는 성에서 얼어 죽게 되었는데,[4] 만일 자신과 요한이 이 프랑스 철학자

4 스웨덴의 크리스티나 여왕(1626~1689)은 데카르트를 궁으로 초청해 철학 강의를 요청한 적이 있다. 데카르트는 그 후 1년 만에 건강이 악화되어 사망한 것

에게도 찾아가 잘못을 바로잡아 주었다면 어땠을까? 페트라는 이런 생각을 하며 미소를 머금었다. 그 대화는 어떻게 시작되었을까? 아마도 이렇게 시작되었겠지.

「이봐요, 르네, 난 당신을 생각하고 있고, 고로 나는 존재해요. 하지만 당신은 전혀 생각이 없는 것 같은데, 이에 대해 어떻게 생각하죠?」

＊ ＊ ＊

이렇게 모두가 역할을 하나씩 부여받았다. 그리고 에티오피아에서 열릴 아프리카 연합 특별 회의가 코앞에 다가와 있었다. 회의에는 미국 대통령과 UN 사무총장이 내빈으로 참석할 예정이었다.

알레코에게 이 특별 회의를 이용하여 대륙의 나머지를 엿먹일 수 있는 방법에 대해 의논할 수 있는 사람은 형제나 다름없는 귄터뿐이었다. 요한은 아직 풋내기에 불과했으므로, 이번에도 귄터가 이 전술적인 부분을 맡도록 하는 편이 나았다.

「요한, 너도 우리와 함께 회의에 참석하면 어떻겠냐? 널 사람들에게 소개해 주고 싶다.」

아들은 고개를 끄덕였다. R 자가 없다는 오브라마, 베스테르보텐치즈를 먹고 싶어 하는 오브라마도 온다니 말이다.

으로 알려져 있다.

47
2011년 9월 15일에서 25일까지

특수 요원 세르조 콘테는 플라이 낚시 클럽 회장으로부터 매일같이 전화를 받아야 했다. 그뿐만 아니라 죄 없는 다국적 거대 기업의 여덟 변호사 중 두 명 정도가 전화를 했다. 하나는 불가리의 로마 지사에서 일하는 사람이고 또 하나는 파리에 있는 본사를 대표하는 사람이었다. 돈을 벌기 위해 땀 흘려 일하는 보통 사람들을 속여 먹는 불가리의 후안무치한 행동을 고발하는 인스타그램과 페이스북과 블로그의 움직임은 매일 수위를 높여 가고 있었다. 젊은이들을 겨냥한 가짜 롤 모델을 만든 것은 너무나 역겨운 짓이었다. 여행하는 에클룬드는 수십만 명의 10대 소녀들을 인도하는 별이 아니었던가?

그런데 그 인물은 사실 존재하지 않았다! 한 번도 존재한 적이 없었다!

이 탐욕스러운 기업의 모든 제품에 대한 세계적인 불매 운동을 TV 뉴스와 토론 프로그램 들까지 다루기 시작했다. 신문 칼럼니스트들은 거대 기업들의 탐욕이 극에 달한 나머지 사기 행각마저 마다하지 않았다고 개탄했다. 물론 이 사기 행각이 아직 증명된 것은 아니었지만, 아니 땐 굴뚝에 연기가 나겠는가?

불가리와 LVMH는 기자 회견을 열었고, 두 기업의 회장은 결백을 외쳤다. 하지만 둘에게 야유가 쏟아졌다. 둘 중 한 사람은 어리석게도 리무진을 타고 도착했는데, 그는 차창이 그리크 요구르트 범벅이 된 채로 떠나야 했다. 이 모든 것은 진범인 여자가 붙잡혀 TV 카메라 앞에서 불가리의 명예를 회복시켜 주기 전까지는 끝나지 않을 거였다.

먼저 그 여자를 찾아내야 했다.

콘테 요원은 변호사들에게 설명했다. 현재 앙네스 에클룬드는 콘도르스에 있으며, 187번째 인터폴 가입국인 이 섬나라의 경찰국장은 그녀를 수배 중이다. 또 — 다들 알다시피 콘도르스는 콘도르스이므로 — 그 사람들을 신뢰할 수가 없기 때문에, 에클룬드가 다시 아프리카 땅을 밟는 순간 체포될 수 있도록 필요한 조처를 취해 놨으니 걱정할 필요가 없다.

〈콘도르스는 콘도르스다〉라는 변명은 변호사들에게는 먹히지 않았다. 중압감을 이기지 못한 세르조 콘테는 콘도르스 경찰청장에게 다시 전화를 걸지 않을 수 없었다.

「오, 특수 요원님! 누구신가 했네.」 귄터가 대답했다. 「정말 오랜만이네요. 가만, 어제도 전화하셨지?」

콘테는 갈수록 이 작자가 마음에 들지 않았다.

「앙네스 에클룬드에 대한 소식은 없습니까?」

「특수 요원님, 여긴 아주 큰 섬이에요.」 알레코의 절친이자 최근에 수배된 여자의 친구의 정신적 삼촌이 된 남자가 말했다.

「전혀 그런 것 같지 않은데요.」 콘테가 내뱉었다.

귄터는 끈질기게 나오는 인터폴이 슬슬 지겨워지기 시작했다. 그는 대통령궁에 가서는 수배 중인 여자와 마주 앉았다.

「그냥 당신을 죽여 버리는 편이 더 간단하지 않겠어요?」

「누굴요? 앙네스요, 아니면 여행하는 에클룬드요?」

✻ ✻ ✻

이날, 자동차 한 대와 마차 한 대가 충돌한 비극적인 사건이 콘도르스 TV 저녁 뉴스에서 첫 번째로 보도되었다. 뉴스는 사진만 보여 주었지만, 끔찍하기 이를 데 없었다. 앙네스는 이 사진을 만들기 위해 포토숍으로 몇 시간을 작업해야 했다.

인터폴에 쫓기는 보라색 머리의 백인 여성이 훔친 자동차를 운전하고 가다가 마차를 정면으로 들이받았다. 말은 즉사했고, 여자도 심한 출혈로 현장에서 숨을 거뒀다. 마부(귄터의 콘도르스인 아내의 절친의 오빠)는 어떻게 자신의 동물을, 그리고 여자를 구하려 애썼는지를 생생한 묘사를 곁들여 설명했다. 그러나 그 모든 노력이 허사였단다.

「결국 그녀를 찾아낸 겁니다.」 경찰청장이 콘테 요원에게 설명했다.

「사망자의 신원이 정말 확실한가요?」

「이 나라에는 보라색 머리를 한 72세의 백인 여성이 그리

많지 않습니다. 그리고 고인의 유해는 시신에서 발견된 여권의 내용과 일치하고 있어요.」

「우리가 확인해 보게 유해를 보내 줄 수 있나요?」

제길! 예상치 못했던 말이었다. 빨리 핑계를 꾸며 내야 했다.

「……아, 미안하지만 그건 어렵겠네요. 여기엔 시체 안치소가 없어서 시신은 즉각 화장했어요. 원하신다면 피 묻은 여권을 보내 드릴 수는 있어요.」

콘테 요원은 여기서 만족해야 했다. 빌어먹을 변호사들은 길길이 뛸 거고, 플라이 낚시 클럽 가입에 문제가 생길 수 있었다. 하지만 죽은 것은 죽은 거였다.

48
2011년 9월 15일에서 25일까지

　사실 귄터는 로마에서 걸려 오는 전화를 받는 게 재미있었다. 그는 앙네스에게 말했다. 이제 부인이 죽었으니 특수 요원은 더 이상 전화를 걸지 않을 텐데, 난 그게 유감입니다.

　경찰청장은 아프리카 대륙의 지도자들을 끊임없이 방해하기 위한 전략을 세우면서 아쉬운 마음을 달래야 했다. 그는 동독 슈타지의 정보원 시절에, 그다음에는 배급 카드 위조 범죄의 주 용의자 중 하나로 활동한 소련 시절과 러시아 공화국 초기에 많은 것을 배웠다. 그는 사람들을 엿 먹이는 데 있어서 대가로 통했다.

　예를 들면 그는 옐친의 수석 고문이 낸 아이디어에 따라 벨라루스 쪽으로 16개의 소형 열기구를 띄워 보냈는데, 민스크에 20만 장의 배급 카드를 떨어뜨려 루카셴코를 열받게 하기 위해서였다. 하지만 불행히도 풍향이 바뀌어 배급 카드들은 벨라루스 국경 근처의 한 소도시에 떨어졌고, 졸지에 이 소도시는 배급 카드가 주민 수보다 열 배나 더 많고, 식량보다는 1백 배나 더 많은 곳이 되어 버렸다. 결국 대혼란이 일어났지만, 그렇다고 170킬로미터 떨어진 곳에 있는 루카셴코가 저녁 식사를 중단할 정도는 아니었다.

귄터는 아프리카 연합을 상대로는 소란을 피울 만반의 준비가 되어 있었지만, 미국 대통령과 UN 사무총장은 어떻게 다뤄야 할지 알 수 없었다. 아프리카 연합과 싸우는 데에는 명확한 목표가 있었다. 하지만 알레코가 세계에서 가장 힘센 두 사람 앞에서 바보짓을 한다면, 그 결과는 장담할 수 없었다.

하지만 꼭 필요한 상황 앞에서는 장사 없었다. 최근에 경찰서장은 절친을 설득하여 아프리카 연합 회의에서 말을 못 알아듣는 시늉을 하게 했다. 그의 의형제는 잘못 듣거나 전혀 듣지 못한 것처럼 굴었는데, 이 전략은 대성공을 거뒀다(귄터가 생각하기에는).

「따라서 튀니지에서 일어날 수 있는 소요 사태에 대비하여 특사를 보내기로 합시다. 물론 알레코 대통령 외에는 모두 찬성이겠죠?」 말라위 대통령은 야채 수레를 타당한 사유 없이 압수당한 일에 항의해 분신 자살을 한 시디 부지드의 한 상인을 언급하며 이와 같이 제안했다.

「뭐라고요? 튀라고요?」 알레코가 되물었다.

「튀니지, 이 양반아!」 의장이 소리쳤다. 「그래 알레코, 당신은 찬성이요, 반대요?」

콘도르스 대통령은 묵묵부답이었다.

「알레코!」

「예, 왜 그러오?」

계속 이런 식이었다. 이틀 내내.

하지만 이번에는? 귄터는 자신의 자존심을 위해서라도 뭔가 신선한 것을 생각해 내야 한다고 생각했다. 그는 대통령이 회의 참석자들에게 사람들에게 엉덩이를 보여 주는 방안에 마음이 끌렸지만, 이를 위한 구체적인 방법은 아직 찾아내지 못했다. 무턱대고 바지를 내려 엉덩이를 깐다는 것은 있을 수 없는 일이었다. 아니, 그렇게 해볼 수도……?

좋은 생각이 떠오르기를 기다리는 동안, 귄터는 콘도르스 대통령을 회의의 마지막 연설자로 등록시켰다. 무슨 얘기를 할 것인지는 생각해 봐야 하리라. 엉덩이 노출 아이디어가 중도에 포기되지 않는다면.

49
2011년 9월 26일 월요일

　아프리카 연합 제16차 정기 총회와 제17차 정기 총회 사이의 2011년 9월 말에 특별 총회가 예정되어 있었다. 의제 가운데는 리비아 문제와 기후 문제가 포함되어 있었다. 그리고 세계 경제 위기도 있었다.

　아프리카 55개국의 국가 원수와 정부 수반, 그리고 그들의 비서들이 참석했다. 그리고 UN 사무총장과 미국 대통령도 그들의 팀과 함께 참석했다.

　총회는 에티오피아의 아디스아바바에서 열렸다.

　총회 장소는 99.9미터 높이의 건물이었는데, 지은 지 얼마 되지 않아 준공식도 채 하지 못한 곳이었다. 이 건물은 중국 정부의 아낌없는 지원과 중국 인력의 부분적인 참여 덕분에 세울 수 있었다. 그런데 어떤 사람이 일을 서두르다가 본의 아니게 첨단 도청 장치를 어느 한구석에 남겨 놓은 것이다. 정확히 말하자면 세 군데였으니, 하나는 벽 속이고, 하나는 중국제 가구 속이고, 다른 하나는 전산 시스템 속이었다. 그리하여 건물 안의 모든 대화와 기록이 매일 밤 상하이의 어느 서버로 전송되었다. 이 모든 것은 새벽 2시에서 4시 사이에 데이터 통신량이 급격히 증가한다는 사실을 건물의 전산 팀이 발견하면서 밝혀졌다. 이 정도의 통신량은 야간 당직자가 포르노를 감상한다는 사실만으로는 설명될 수 없을 만큼 많은 양이었다. 물론 그는 꾸준히 포르노를 감상하긴 했지만, 한 번에 한 편을 봤을 뿐, 225편은 결코 아니었다.

이 발견은 프랑스 일간지 『르 몽드』를 통해 보도되었다. 사람들은 중국의 후원자들을 의심했다. 중국인들은 몹시 분개했고, 전산 시스템을 그들의 비용으로 다시 구축해 주겠다는 제안을 에티오피아 정부가 정중히 거절하자 성을 냈다.

아프리카 연합 본부 건물과 벽을 맞대고 있는 것은 아프리카 연합 그랜드 호텔로, 이곳의 주 고객은 각국의 통치자들이었다. UN 사무총장이 방문하면, 그를 콘티넨털 스위트룸으로 모셨다. 미국 대통령이 투숙할 경우에는 층 전체를 내주었다. 보안 작업은 귀빈의 주변에서부터 호텔 입구, 로비, 레스토랑에 이르기까지 최대한으로 행해졌다. 중국산 가구는 하나도 없었다.

특별 총회가 열리는 이틀 동안, 오직 합당한 자격을 갖춘 사람만이(예를 들면 어느 아프리카 국가의 외무부 장관) 엘리베이터에 접근하고, 그 안에 들어가고, 엘리베이터 안내원에게 점잖게 고개를 끄덕일 수 있었다.

만일 안내원이 몇 층을 원하느냐고 물었을 때 〈16층에 가주세요〉라고 대답하면, 더 많은 자격이 요구되었다. 엘리베이터

문이 열리면 비밀 첩보 기관에서 일하는 남자 하나와 여자 하나를 다시 거쳐야 했다.

「무슨 용무로 오셨죠? 누구를 찾으십니까?」

「전 오브라마를 찾고 있어요.」 요한이 대답했다. 「그는 미국 대통령이에요.」

두 요원은 미국 대통령이 누구인지 알고 그의 이름도 똑바로 발음할 수 있었다.

＊ ＊ ＊

월초에 앙겔라 메르켈, 반기문, 그리고 도날트 투스크를 만난 후, 잠시 집에서 시간을 보낸 미국 대통령은 런던으로 돌아와 영국 수상 제임스 캐머런과 회담을 가졌다. 젊은 수상은 오바마에게 자신은 유럽 연합에서의 탈퇴 여부를 묻는 국민 투표를 계획하고 있다고 비밀스레 속삭이며 털어놓았다. 이렇게 함으로써 극우 정당 UKIP[5]의 준동을 미연에 방지할 생각이란다.

「싸우는 것보다는 예방하는 게 낫죠.」 그는 미소를 지으며 덧붙였다.

오바마는 고개를 끄덕였다. 그 역시 시끄러운 선동가들의 입을 막기 위해서는 어떤 선제적 조치가 필요하다는 생각을 가지고 있었다. UKIP는 지난 선거에서 3퍼센트 남짓한 표를

---

5 영국 독립당United Kingdom Independant Party. 1993년에 창당된 영국의 정당으로 주권 회복과 자결권에 초점을 맞추어, 영국의 EU 탈퇴를 위한 브렉시트 국민 투표에서 큰 역할을 했다.

361

얻었다. 이런 무리가 어떠한 방식으로든 한 나라의 진로를 결정하게 놔둬서는 안 될 터였다.

런던과 아디스아바바 간에 시차가 거의 없어 미국 대통령이 시차 적응을 해야 하는 부담이 줄어든다는 점은 다우닝가에서 열린 이 회담의 무시할 수 없는 장점이었다. 그가 지금 기분이 매우 좋은 것은 바로 이 때문이었다. 하지만 이 좋은 기분이 얼마나 오래 지속될지는 알 수 없었다. 그 빌어먹을 콘도르스 대통령이 내일의 연설자 명단에 마지막으로 등록했다는 사실을 방금 알게 되었기 때문이었다.

대통령이 나갈 준비를 하고 있는데 누군가가 노크를 했다. 비밀 첩보 기관으로 부터 뭔가를 전해 들은 비서실장이 대통령을 직접 찾아온 것이다.

「그래, 빌, 무슨 일인가?」 오바마가 물었다.

윌리엄 데일리의 얼굴에서 뭔가 근심이 느껴졌다.

「대통령님, 대통령님께 방문객이 하나 찾아왔습니다.」

「나한테? 그게 누군가?」

「콘도르스 외무부 장관입니다.」

「말도 안 돼!」 오바마가 외쳤다.

「그의 말로는, 자기 이름은 요한 뢰벤홀트인데, **베스터-보텐스-오스트**[6] ─ 제가 발음을 제대로 했는지 모르겠습니다만 ─ 4킬로그램을 가져다주려고 왔답니다. 어쨌든 요원들이 치즈의 성분을 확인했는데, 위험성은 전혀 없는 듯합니다.」

비서실장이 깜짝 놀랄 일이 벌어졌으니, 대통령의 입꼬리

6 베스테르보텐치즈의 스웨덴식 발음을 따라 하려 하고 있다.

가 턱에 걸린 것이다.

「그 방문객은 치즈와 마찬가지로 안전하다네.」 오바마가 말했다. 「요한 뢰벤홀트와 치즈는 둘 다 환영일세. 그런데 자네가 무슨 콘도르스니, 외무부 장관이니 한 것 같은데?」

「뢰벤홀트 씨는 자신을 그렇게 소개했습니다.」

오바마는 다시 미소를 지었다.

「빌, 자네한테 장난을 친 거야. 자, 어서 데려오게. 그리고 치즈 칼도 하나 가져다주고.」

＊ ＊ ＊

「자, 난 이제 당신이 무슨 일을 하는지 알아요!」 요한은 대통령을 보자마자 말했다.

「이게 웬일이오, 요한! 다시 보게 되어 반갑소. 그런데 지금 한 말은 무슨 뜻이오?」

「전에 우리가 만났을 때, 당신이 말했죠. 자신이 무슨 일을 하는지 모르겠다고. 오늘 당신이 여기 온 것은 환경과 경제를 구하기 위해서예요. 적어도 난 그렇게 들었어요.」

오바마가 스웨덴 대사관에서 봤던 요한의 모습 그대로였다. 마스터 셰프요 천재이며, 솔직하고도 직설적인 친구 말이다.

「그건 어떻게 될지 두고 봐야지. 그보다는 뜸 들이지 마시오! 빨리 당신의 베스테르보텐치즈를 맛보고 싶단 말이야.」

「내 치즈가 아니라 당신 치즈예요. 하지만 그냥 먹을 수는 없어요. 곁들여 먹을 게 있어야죠.」 이렇게 말하고 요한은 보안 요원들의 검색을 거친 배낭에서 식재료를 꺼냈다.

✳ ✳ ✳

적도 기니Republic of Equatorial Guinea의 대통령은 자신
이 다스리는 나라의 영문 이름보다도 더 긴 이름을 가지고 있
었다. 테오도로 오비앙 응궤마 음바소고는 콘도르스 대통령
알레코 때문에 아프리카 대륙의 다른 지도자들과 마찬가지로
짜증이 나 있었다. 그런데 이 〈똥구멍〉이 이번 특별 총회에 연
설자로 등록했다는 것이다. 아프리카 연합 의장인 그는 그 연
설을 막고 싶은 마음이 굴뚝같았지만, 총회의 규칙상 그럴 수
는 없었다. 테오도로 오비앙이 32년 전 쿠데타로 자신의 미친
삼촌을 퇴위시킨 자국에서처럼 기분 내키는 대로 행동했다면
쉬웠을 텐데 말이다.

모든 국가 원수는 연단에서 20분 동안 연설할 권리가 있었
다. 단 1분도 더 지껄이지 못하게 하겠어, 의장은 다짐했으나
자신의 개회사에 대해서는 그 규칙을 적용할 생각이 조금도
없었다.

그는 장장 47분에 걸쳐 국가 간의 선린 관계, 공동의 노력,
힘의 집중, 터널 끝에 보이는 빛 등에 대한 글을 읽어 내려갔
다. 기후, 국제 경제, 그리고 부패 문제는 아쉽게도 시간이 없
어 언급하지 못했다.

한편, 맨 앞줄에 앉은 미국 대통령 오바마는 생각이 딴 데에
가 있었다. 특히 연어카나페와 가재 꼬리와 베스테르보텐치
즈가 눈앞에 아른거렸다. 그로부터 열네 줄 뒤에는 콘도르스
대통령 알레코가 꾸벅꾸벅 졸고 있었다. 그가 마이크를 잡기
까지는, 또 경우에 따라서 엉덩이를 까 보이기까지는, 아직

스무 시간이나 남아 있었다. 올해의 연설이 어떤 방향을 택하게 될지 아직은 알지 못했지만, 알레코는 그의 절친이자 의형제인 경찰청장을 전적으로 신뢰하고 있었다.

권터는 발언할 내용을 늦지 않게 이메일로 보내 주겠다고 약속했다. 그는 항상 약속을 지키는 친구였다.

50
2011년 9월 26일 월요일

앙네스는 보건부 장관직을 진지하게 수행하고 있었다. 취임 첫날부터 상당한 발전이 이뤄졌는데, 이는 전혀 놀라운 일이 아니었다. 한심하기 그지없는 이 나라의 의료 시스템이 더 나빠질 수는 없었기 때문이었다.

노후 시설들이 철거된 후의 일 처리는 시간이 멈춘 것 같은 촌락에서 나고 자란 할머니가 느끼기에도 너무 느리게 진척되었다. 대통령이 GDP에서 자기 몫으로 떼 가던 돈의 일부를 포기하기로 한 이후로, 예산은 어느 정도 확보되어 있었다. 겨우 공사를 시작한 건물들도 있었지만, 그마저도 아주 천천히 올라갔다(아직 몇 주밖에 되지 않았지만, 그래도). 결의에 찬 장관은 신축 공사장 옆에 여덟 개의 텐트를 세워서 디젤 발전기 몇 대에서 나오는 전기를 가지고 의료 팀이 진료를 시작할 수 있게 해주었다.

지금의 삶도 체험할 만한 가치가 충분했지만, 그래도 앙네스는 여행하는 에클룬드와의 여행이 그리웠다. 그녀는 이 그리움을 치유하기 위해 저녁마다 이미지 편집 프로그램으로 기분을 전환했다. 그녀는 제대로 된 노인 요양원이 딸린 이상적인 병원을 지었다. 내친김에 마을마다 학교를 하나씩 추가하고, 새 공항과 증권 거래소도 만들었다. 또 쇼핑센터를 하나 지은 다음, 수도 중심가의 대부분을 헐어 버리고는 신도시를 건설했다. 비용은 이 나라가 가진 총 자산을 몇 배나 초과했다. 모든 게 다 가상의 공사인데 돈을 아낄 필요가 있겠는가?

경찰청장 귄터는 매주 적어도 세 번씩 딸과 함께 대통령궁을 방문했는데, 그럴 만한 이유가 있었다. 거기에 딸의 조랑말 포카혼타스가 있었던 것이다. 안젤리카가 조랑말과 승마 조교와 노느라 정신이 없는 동안, 귄터는 기꺼이 앙네스 옆에 앉아 시간을 보냈다. 항상 같은 파라솔 밑에 앉아 숫자와 씨름하며 세월을 보내는 종말 예언가는 별로였다. 그녀의 웅얼대는 소리와 얼굴 표정으로 판단컨대, 진척이 있는 듯했다.

「보아하니, 저분 계산이 종말의 날에 다가가고 있는 것 같네요.」귄터가 앙네스에게 말을 건넸다.

「난 계산 결과가 나오기 전에 그냥 종말이 와버리면 좋겠어요.」보건부 장관이 고개를 절레절레 흔들며 말했다. 「또 카운트다운하고 있는 소리를 어떻게 견디죠?」

「근데 이게 뭐죠?」귄터는 병원에서 공항에 이르는, 보라색 머리 할머니의 가상 현실 건물 이미지들을 발견하고는 물었다.

앙네스는 만일 대통령께서 돈에 너무 집착하지 않는다면, 20~30년 안에 콘도르스가 이런 모습이 될 거라고 설명했다. 하지만 불행히도 돈을 놓으려 하지 않는단다.

순간, 권터의 머릿속이 환해졌다.

그는 몇 시간 내로 대통령에게 총회 연설을 위한 원고를 보내야 했다. 지금까지 글에 진척이 없었다. 어떻게 해서든 엉덩이 까 보이기를 시나리오에 넣고 싶은데, 적당한 방법이 떠오르지 않았다. 어느 순간에는 다시 바지를 추어올려야 할 터인데, 동작이라든가 타이밍이 조금만 잘못되면 항복의 표시로 해석될 수도 있는 것이다.

그런데 해결책이 생겼다! 보건부 장관의 상상이 빚어낸 이 환상적인 이미지들! 사실 상상이 좀 지나친 감도 없지 않았지만, 잘 고르면 쓸 만하리라. 권터는 어떻게 하면 알레코가 총회를 — 이번에도! — 난장판으로 만들어 놓을 수 있을지 불현듯 깨달은 것이다.

그는 곧바로 오랜 전우, 대통령에게 전화를 걸었다. 알레코는 휴대폰에 권터의 이름이 뜨자 곧바로 전화를 받았다.

「그래, 방법을 찾아냈나?」

권터는 대답했다.

「총회에 참석한 돼지들 중 적어도 열 명은 최악의 상황이라고 생각할 만한 것은 무엇일 것 같나?」

「에이즈?」

「아니, 자유롭고 민주적인 선거야.」

물론이었다. 이것은 맞는 말이었다. 에이즈는 이제 치료제까지도 나왔다. 하지만 정직한 대통령 선거는 그들이 골탕 먹이고 싶은 자들 중 상당수가 은퇴해야 한다는 것을 의미했다. 하지만 권터는 무슨 말을 하고 싶은 걸까? 이 돼지들과 마찬가지로 알레코와 권터도 민주주의가 그 정도까지 가서는 안 된다고 생각하고 있지 않는가……?

그들은 당연히 그렇게 생각했다. 그렇지만 총회의 작자들이 이런 사실을 알 리가 없었다.

51
2011년 9월 27일 화요일

아프리카 연합 의장이 알레코를 연설자 리스트의 맨 마지막에 놓은 것은 실수였다. 그는 이때쯤이면 대부분의 참석자들이 이미 귀국길에 올라서 똥구멍은 텅 빈 좌석들에 대고 지껄이게 되리라 기대했었다. 하지만 모두가 가지 않고 끝까지 남았다. 우선은 특별한 두 내빈이 아직 자리를 지키고 있었기 때문이었지만, 무엇보다도 똥구멍이 이번에는 또 무슨 짓을 할지 다들 몹시 궁금했기 때문이었다. UN 사무총장과 미국 대통령이 있다는 점을 생각했을 때 잘못하면 아프리카 역사에 길이 남을 치욕스러운 일이 벌어질 수 있었다.

총회 기술 팀은 알레코의 노트북을 대형 스크린에 연결했다. 이번에는 헛소리에 시각 자료까지 곁들일 모양이었다.

「존경하는 총회 참석자 여러분!」 알레코는 연설을 시작했다. 「그리고 존경하는 내빈 여러분!」

아직 창피스러운 소리는 나오지 않았지만, 곧 시작될 거였다.

알레코는 첫 번째 자료 이미지를 펼쳤다.

「이것은 우리 건축가가 계획하고 있는 우리의 미래의 의료 센터와 노인 요양원의 모습입니다. 아직 완성되지는 않았지만, 동시에 2천 명의 환자를 치료하고, 5백 명의 환자가 입원할 수 있는 시설을 갖추게 될 것입니다.」

건물은 바닷가에 우뚝 서 있었다. 앙네스는 디테일 묘사에 있는 솜씨를 다 발휘했다.

「하지만 의료진 자체는 이미 오래전에 구성되었습니다. 의사, 간호사, 치료사, 심리 상담사, 이 모든 사람들이 효율적으로 조직되어 원활하게 작업하고 있지요. 아직 이 계획이 완성되지는 않았지만, 지난 12개월 동안 우리는 괄목할 만한 의학적 성과를 거두었습니다.」

알레코는 두 번째 이미지를 열었다.

「자, 이것은 우리의 미래의 마을 학교들 중의 하나입니다. 초등 교육 계획이 완성되면, 마을마다 하나씩, 모두 18개의 학교가 문을 열 것입니다. 교육은 우리의 미래예요! 이렇게 우리는 미래 세대를 위해 강한 콘도르스를 건설할 것입니다.」

알레코는 이어지는 다른 이미지들을 쳐다보지도 않고서 진행 중인 프로젝트들을 언급했다. 대학교, 쇼핑센터, 담수 정화 센터……

「……왜냐하면 우리의 자연을 보존하는 것보다 더 중요한 일은 없기 때문입니다!」

알레코는 아직 참석자들에게 충분히 충격을 주지 못했다고 느꼈다. 귄터가 써준 스크립트는 너무 먼 미래의 얘기를 하고 있었다. 꿈은 누구나 꿀 수 있는 것이다. 하여 그는 마지막 두 이미지가 화면에 나타나자 작은 보너스를 하나 첨가했다.

「또한 자랑스러운 우리 나라는 곧 금융 단지도 개발할 예정입니다. 인도양 한가운데 고립되어 있는 입지에도 불구하고 말이죠.」

그러고는 콘도르스 최초의 증권 거래소가 완공을 목전에 두고 있다고 즉흥적으로 말해 버렸다.

「그리고 존경하는 참석자 및 내빈 여러분, 이것은 콘도르스의 새 공항, 알레코 국제공항입니다. 최근에 준공되어 문을 열었지요! 여러분도 아시다시피 고립된 섬나라인 우리는 주로 항공 교통에 의존하고 있어요. 이제 우리는 콘도르스를 방문하실 모든 분들을 뜨겁게 환영하는 바입니다!」

이 마지막 이야기는 효과가 있었다. 증권 거래소와 아프리카에서 가장 현대적인 공항이 한갓 꿈과 망상만은 아닌 것이다! 알레코는 참석자들 사이에 웅성거림이 이는 것을 들었다. 이 즉흥적인 발언이 끝나고 그는 다시 스크립트로 돌아왔다. 이제는 클라이맥스로 가야 했다.

「존경하는 참석자 및 내빈 여러분, 지금 여러분은 놀라고 계십니다. 어떻게 저 조그만 콘도르스가 이 모든 것을 실현할 수 있었단 말인가? 그럴 만한 능력이 되는가? 네, 그 대답은 바로 반(反)부패 운동입니다.」

귄터가 구상한 총회 엿 먹이기 작전은 과녁의 중앙에 적중했다. 모두의 입이 딱 벌어졌다.

「그렇습니다! 사회 전체가 각종 무료 서비스의 혜택을 받을 수 있기 위해, 뇌물 수수, 권력 남용, 정부 관리들과 범죄자들 간의 시커먼 결탁 관계, 밀거래 등을 근절시키기 위한 우리의 진지한 노력으로 이룰 것입니다. 부패에 대한 불관용 정책 덕분에 우리 콘도르스는 지난 한 해 동안 GDP가 무려 세 배나 증가했습니다. 그리고 같은 기간에 식자율은 22퍼센트, 기대 수명은 18퍼센트가 증가했으며, 유아 사망률은 절반으로 줄 어들었어요.」

알레코는 웅변의 효과를 위해 잠시 뜸을 들인 후 이렇게 말했다.

「그리고 이것은 시작에 불과합니다!」

테오도로 오비앙 응궤마 음바소고는 손목시계를 들여다보았다. 지금 똥구멍이 재앙 같은 연설을 하고 있는데, 그에게 주어진 20분에서 아직 14분이나 남아 있었다. 누군가에게 뇌물을 주어 전기를 끊어 버릴 수는 없을까?

「존경하는 참석자 및 내빈 여러분, 부패는 아프리카의 암과 같습니다. 그리고 세계 전체의 암이라고도 할 수 있지요. 콘도르스 민주 공화국은 어쩌면 인류 최악의 질병이라 할 수 있는 부패를 척결하는 운동에 앞장설 준비가 되어 있습니다. 물론 우리 총회가 원한다면 말이죠. 총회는 우리와 우리의 야심에 대해 깊은 신뢰를 보여 주진 않았었죠.」

참석자 중 일곱 명은 속이 불편하여 몸을 비비 꼬았다. 다른 이들 중에서도 적어도 세 사람은 같은 기분이었을 것이다. 그래도 몇 사람은 고개를 끄덕였다. 그들은 이제껏 똥구멍이라고 불리던 이가 세계에서 가장 힘이 센 두 사람 앞에서 행하는 이 연설의 폭발적인 잠재력을 이해하고 있었다.

알레코 대통령은 요한에게 손을 뻗어 연단 위에 오르게 했다.

「여기, 본국의 외무부 장관, 요한 뢰벤홀트를 소개합니다. 실로, 바로 이 사람이 콘도르스의 놀라운 발전 뒤에 숨어 있는 브레인입니다.」

요한은 아버지의 말도 안 되는 소리를 잠자코 듣고만 있었다. 그는 무슨 상황인지 이해가 되지 않았지만, 같이 연극을 하겠다고 약속한 터였다. 사실, 상황이야 늘 이해하지 못했다.

마스터 셰프는 맨 앞줄의 반응을 보고 몹시 기뻤다. R 자가 없는 오브라마의 눈이 빛나고 있었던 것이다. 그런데 아빠 알레코는 이상하게 얼굴이 창백해져 있었다.

「아빠, 왜 그래요?」 요한이 속삭이는 소리로 물었다. 「어디가 안 좋아요?」

「잘 모르겠어.」 알레코도 속삭이며 대답했다.

「뭘 모르겠다는 거예요?」

「왜 내가 공항에 대해 그런 바보 같은 소리를 했는지를.」

요한은 고개를 끄덕이며, 사실 자신도 그 얘기를 듣고 놀랐다고 말했다. 그는 공항을 개축하기 위해선 시간이 보통 얼마나 걸리는지 몰랐지만, 전날 아버지와 함께 비행기에 올랐을 때 아직 공사가 시작되지 않았다는 점을 감안하면, 아직은 할 일이 좀 남아 있을 것 같았기 때문이었다.

요한에게 좋은 생각이 하나 떠올랐다. 아빠, 거의 완성된 증권 거래소 공사장에서 일하는 인부들에게 빨리 공항으로 달려가 일손을 보태라고 하면 어떨까요?

빌어먹을, 증권 거래소라니! 그것도 역시 존재하지 않았다.

* * *

귄터의 아이디어는 단순하면서도 매력적이었다. 불쾌한 얘기들로 청중을 화나게 하지 않고 앙네스가 만든 사진들의 도움을 받아 정반대로 행동했던 것이다.

오바마와 반기문이 지켜보는 앞에서 민주주의라는 카드를 내밀고, 콘도르스를 모범적인 나라로 묘사하는 것. 정말이지 천재적인 발상이었다!

적어도 알레코가 스크립트에서 벗어나, 계획했던 것보다 조금 더 약속하기 전까지는 그랬다. 아니, 훨씬 더 많이 약속하기 전까지는 말이다.

아프리카의 두 영웅이 마음을 추스를 수 있는 시간은 몇 초밖에 되지 않았으니, 그들의 속삭이는 대화가 끝나기가 무섭게 미국 대통령이 콘도르스 대통령에게 뚜벅뚜벅 걸어와서는 악수를 청한 것이다.

「축하드립니다. 전부 다요.」 오바마는 이렇게 말한 다음 요한에게 고개를 돌렸다. 「이런 못된 사람 같으니, 날 감쪽같이 속였구려! 그래, 마스터 셰프요, 천재인 줄만 알았는데, **외무부 장관**이기도 하셨다고? 우리가 로마에서 만났을 때, 왜 내게 아무 말도 하지 않았소?」

요한은 아버지가 꾸민 너무나 재미있는 연극을 계속했다.

「음, 음식 얘기를 하느라 너무 바빠서 다른 얘기를 할 시간이 없었어요.」

미국 대통령은 스웨덴 대사관에서 자신이 했던 심한 말들에 대해 요한과 알레코에게 용서를 구했다. 소문을 쉽게 믿어서는 안 되었다는 것이다. 요한이 연어카나페와 가재 꼬리 요리와 치즈 방면의 전문가일 뿐 아니라, 정부의 고위 관리이기도 하다니!

외무부 장관은 자신이 이렇게나 빨리 출세한 것이 스스로도 놀랍다고 대답했다. 자기가 우편배달부 일을 하며 길을 헤매고 다녔을 때, 이렇게 될 줄은 꿈에도 꾸지 못했단다.

오바마는 너털웃음을 터뜨렸다. 콘도르스 대통령 알레코도 그의 옆에서 헤헤헤 웃었다. 짧은 순간이나마 공항 때문에 가슴이 답답했던 것도 잊어버렸다. 생각해 보라! 지금 그는 온 아프리카가 보고 있는 앞에서, 그리고 CNN 카메라 앞에서 태양처럼 빛나고 있는 것이다.

상황은 더 좋아졌다. 아니, 관점에 따라서는 나빠졌다고 할 수도 있었다. 반기문이 세 사람 옆으로 와서는 콘도르스 대통령에게 찬사를 쏟아부었다.

「방금 대통령님께서 행하신 연설은 전 세계에 새로운 희망을 주었어요!」

「고맙습니다.」 알레코가 대답했다. 「우린 최선을 다하고 있어요.」

반기문은 매우 즉흥적인 사람이라고는 할 수 없었지만, 지금의 분위기에는 뭔가 특별한 것이 있었다.

「알레코 대통령님, 저희끼리 얘기인데 말이죠, 제게는 이미 UN이 진행 중인 반부패 운동을 활성화하기 위한 꽤 진척된 계획들이 있어요. 하지만 이 순간 생각하지 않을 수 없는 것은…….」

그는 잠시 뜸을 들였다.

「……이를 위한 감독관 역할이 귀국의 신임 외무부 장관에

376

게 딱 맞을 것 같네요.」

요한은 근처에 서서 자기가 뭘로 맞아야 한다는 것인지 궁금해하고 있었다.

52
2011년 9월 27일 화요일

대통령과 그의 아들이 짜증 날 정도로 번쩍번쩍한 아디스
아바바의 새 국제공항에 돌아가기 위해 리무진에 오르기 전,
그 잠깐 동안 상황은 한층 악화되었다. 왜냐하면 요한이 콘도
르스의 거의 완공된 증권 거래소를 UN의 반부패 노력을 위한
본부로 사용하면 어떻겠느냐고 제안한 것이다. 반기문은 흡
족한 얼굴로 고개를 끄덕이면서, 곧 보좌관을 한 명 보내어 장
소를 둘러보게 하겠다고 약속했다.

「야, 그 건물은 없단 말이야, 빌어먹을!」 리무진의 뒷자리
에 털썩 앉은 알레코는 아들에게 소리쳤다. 「아니, 그 생각도
못 했어?」

요한은 생각을 해야 할 때 필요한 만큼 한 적이 거의 없다고
대답했다. 어쨌든 생각이란 것을 제대로 한 적이 거의 없단다.

「그럼 이제 어떻게 하죠?」

대통령은 포기할 생각이 없었다. 아직은 말이다. 아주 긴
〈해야 할 일 리스트〉의 첫 번째 항목은 **피해를 최소화하기**였다.

20분간의 이동 시간 동안 알레코는 전화를 두 통 걸었다.

하나는 거의 완공된 동시에 존재하지 않는 증권 거래소의 문제를 해결하기 위해서였다.

콘도르스에는 완전히 쓰러지지는 않은 건물이 두 채가 있었다. 하나는 대통령궁이었고, 다른 하나는 시내 중심가에 위치한 국세청 건물이었다. 알레코는 이곳의 정문을 새로 칠하고, 간판을 바꾸고, 내부를 다시 꾸미면 쓸 만하겠다고 생각했다. 물론 국세청 직원들도 다른 곳으로 이동시켜야 했다. 몇 년 전, 국세청장이 그를 찾아와 새 사무실의 필요성을 역설했었다. 국민의 납세 의식을 일깨우는 것이 얼마나 어려운지, 그리고 이를 위하여 얼마나 많은 세무 직원이 필요한지에 대해 설명하고 있을 때, 알레코는 한 귀로 흘려들었다. 하지만 국세청장이 새 사무소가 생기면 세금이 쏟아져 들어와 몇 달 후에는 건물 신축 비용을 뽑고도 남을 거라고 장담하자 곧바로 통과시켜 주었었다.

하지만 그때는 그때고 지금은 지금이었다. 알레코는 리무진 안에 앉아 국세청장에게 짐을 싸서 수도 변두리의 들판에 세운 천막으로 가라고 지시했다. 그리고 별도의 지시가 있을 때까지 거기서 사무를 보란다.

「뭐라고요?」 국세청장은 놀랐다기보다는 울컥하여 외쳤다. 하지만 크게 놀란 것도 사실이었다.

알레코는 진정하라고 말했다. 이사는 당장 오늘 저녁에 하지 않아도 된단다. 내일 오후까지 시간을 주겠단다. 그리고 천막은 보건부 장관에게 빌리면 된단다. 그녀는 병원 신축 공사장 옆에 의료 캠프를 차려 놓았던 것이다.

「의사들은 수술이며 온갖 필요한 것들을 텐트 안에서 잘만

하고 있소. 그렇다면 세금 계산도 천막에서 할 수 있는 것 아니오?」

국세청장은 항변했다. 「이번 연말에 우리 국세청은 11만 건에 달하는 세금 신고를 검토해야 합니다. 어떻게 90여 명의 우리 직원들이 들판에 달랑 하나 세워진 텐트 안에서 그 일을 할 수 있다고 생각하십니까?」

하지만 알레코는 이 성깔 있는(더구나 인척 관계도 아닌) 국세청장과 허비할 시간이 없었기 때문에 징징거리는 소리는 당장 그치라고 말했다. 그리고 그건 또 무슨 바보 같은 소리요? 뭐, 시민이 세금 신고를 자기가 한다고?

국세청장은 약간 거만한 어조로 설명했다.

「부과액이며 공제며 하는 것들은 아주 복잡합니다. 이것들은 가구당 인원, 유예 기간, 수입액 등에 따라 달라지죠……. 이 모든 것을 잘 계산하는 것이 중요해요.」

「천만에, 전혀 그렇지 않소!」 복잡한 세제가 나라를 어떻게 만들어 놓을 수 있는지, 누구보다도 잘 아는 알레코가 대꾸했다.

아디스아바바 공항까지 가려면 아직 12분이 남았으므로, 대통령은 세제 개정을 단행하여 다음 날 아침 9시부터 시행하기로 마음먹었다. 오래전에 사망한 소련에서 그가 시행했던 것과는 완전히 다른 종류의 것이었다.

「이제부터 모든 것에 세금을 딱 절반씩 부과하시오.」

국세청장의 입이 떡 벌어졌다.

「하지만 기업에 부과하는 세금은 7퍼센트밖에 되지 않습니다. 그리고 신설된 가족 수당에는 세금이 면제되고요. 그리고 비영리 단체들은…… 또 고소득자들은…… 이 모든 게 너무나 복잡한데…… 우리가 어떻게…….」

「고소득자? 콘도르스에 고소득자가 몇 사람이나 되오? 난 절반이라고 말했소. 당신은 절반이 무엇인지 모르오? 어떤 것을 가운데서 딱 반으로 자르시오. 그 양쪽 부분 중 하나가 절반이오. 나머지 부분도 마찬가지고. 자, 그냥 내가 시키는 대로 하시오! 그리고 직원들을 잘라 버리시오. 당신 아내와 당신, 둘만으로도 이 50퍼센트 세법을 시행할 수 있소. 그리고 직원들을 내보낼 때, 마지막 월급에서 절반을 떼는 걸 잊지 말고!」

알레코는 인사도 하지 않고 전화를 끊었다.

처리해야 할 일이 또 있었던 것이다. 반기문의 보좌관이 증권 거래소를 조사하러 올 때 모종의 활동을 보여 주어야 했다. 일테면 금융 거래 같은 것 말이다. 대통령은 몇 개의 회사를 만들어 그들 간에 주식을 사고팔게 하는 방안을 고려해 봤다. 운이 좀 따른다면 지수도 올라가리라. 증시라는 게 이런 식으로 돌아가는 것 아닌가……?

이 정도 해결하는 것은 누워서 떡 먹기였다. 두 번째 전화는 죽은 아내의 사촌에게 걸었다. 그 한심한 콘도르스 공항의 책임자로 일하는 사내였다.

「TV로 연설하시는 것을 보았습니다.」 처사촌이 말했다.

「좋아. 그렇다면 지금 우리가 어떤 문제를 해결해야 하는지 잘 알고 있겠군.」

공항 책임자는 여기까지는 잘 이해했다. 하지만 어떻게?

「나도 아직 해결책을 찾아내지 못했어.」 알레코가 털어놓

왔다. 「하지만 먼저 공항부터 폐쇄하게.」

「사실 그렇게 될까 봐 걱정했습니다. 어떤 이유를 대야 할까요?」

「어떤 새가 둥지를 짓는다는 핑계를 대든지, 아무 얘기나 해. 한두 시간 후에 거기 착륙할 건데, 그때까지 이유를 하나 생각해 놓으라고.」

아버지 대통령 옆자리에 앉은 요한은 옆에서 대화를 들으며 배우려고 열심이었다. 세무서에 관한 아이디어는 괜찮아 보였다. 반면, 만일 알레코 국제공항을 폐쇄한다면 그들이 어떻게 차륙할 수 있는지 알 수 없었다.

「우리한테는 폐쇄되지 않아.」 알레코가 참을성 있게 설명했다.

「그러면 둥지 만드는 새한테는요?」

✻ ✻ ✻

「드디어 찾아냈다!」 페트라가 외쳤다.

알레코와 요한 뢰벤홀트가 그들이 아프리카 전체를 들쑤셔 놓은 아디스아바바에서 귀국을 준비하고 있을 때, 예언가는 마침내 계산을 끝냈다.

「뭘 찾아냈다는 거지?」 앙네스가 물었다. 「다음번 지구 종말의 일자?」

「네!」

「흥미롭군. 그런데 내가 양치질할 시간은 있을까?」

「충분히요.」

페트라는 64단계 방정식의 뒷부분에서 아주 작은 오류를 발견했던 것이다. 이 부정확한 매개 변수는 다른 단계들에 파급 효과를 일으켜 방정식 전체를 오염시켰다. 혹은, 페트라의 말에 따르면 이랬다.

「작동값의 변화율은 물론 작동값 자체에 비례하죠.」

대충 번역하자면, 이 말은 세상은 더 이상 2011년 9월 7일에 끝나지 않는다는 뜻이었다.

「나도 그렇게 생각했어.」 앙네스가 말했다. 「그런데 내가 양치질할 수 있는 시간은 얼마나 남은 거야?」

페트라는 손목시계를 들여다보았다. 그녀는 최대한 정확하게 알려 주고 싶었다.

「5년 42일 12시간 20분이요. 1, 2분의 오차가 있겠지만.」

＊ ＊ ＊

앙네스는 얼마든지 이 엉터리 예언가를 놀릴 수 있었지만, 페트라에게는 다른 재능이 더 있다는 사실을 생각하며 삼갔다.

근데 지구의 나이가 몇 살이더라? 앙네스는 태블릿으로 검색해 봤다.

결과는 분석에 신을 개입시키느냐 아니냐에 따라 달랐지만, 앙네스가 보기에 가장 신뢰할 만한 수치는 45억 년이었다. 그녀의 나이 일흔다섯 살보다 훨씬 많은 나이였다. 여기에 비하면 자신에게 남은 햇수는 헤아릴 가치도 없었다. 페트라는 그 말도 안 되는 소리들을 하면서, 모든 게 언젠간 끝나며 그녀

혼자서 먼저 죽든 아니면 인류가 다 함께 죽든 별 차이가 없다는 사실을 일깨워 준 것이다.

그렇다면 기회가 있을 때 삶을 온전히 즐길 필요가 있었다. 그녀는 캠핑카의 운전석에 앉아 미지의 목적지를 향해 출발할 때부터 한 번도 자신이 실수했다고 생각한 적이 없었다. 하지만 이 선택이 얼마나 올바른 것이었는지는 이제야 깨달을 수 있었다. 그리고 훗날 다른 캠핑카를 또 만나게 된다면, 1초도 망설이지 않을 거라는 것도.

한편 페트라는 새로운 계산 결과 덕분에 기분이 너무나 좋았다. 첫째, 과학적으로 볼 때 이것은 바위처럼 견고했다. 둘째, 그녀는 축제가 곧 끝난다고 끊임없이 경고하는 불길한 역할을 맡았던 것이 썩 즐겁지 않았었다.

알고 보니 삶이 바로 축제였다. 이 축제는 어느 착한 마스터 셰프에게 밀려 비탈길을 굴러갔을 때부터 시작되었다. 이제 페트라는 친구 요한과 그의 아버지에게 아직도 꽤 많은 시간이 그들에게 남아 있다는 사실을 알려 주기 위해, 그들이 아디스아바바에서 돌아오기만을 기다리고 있었다.

이렇게 들뜬 상태로 그녀는 페이스북을 통해 말테에게 약간 떠보는 분위기의 메시지도 보냈다. 이제 그들 앞에 5년의 시간이 남아 있기 때문에 사정이 달라진 것이다. 말테가 그녀는 자신의 첫 번째 무언가였다고 고백했을 때, 그들에게는 채 2주도 남아 있지 않았다.

그동안 잘 있었어? 여기는 인도양의 어느 외딴섬이야. 비키와는 잘 지내? 그녀는 아직도 손톱에 색칠하느라 정신이

384

없니? 매니큐어를 좀 바꾸는 게 좋겠다고 전해 줘. 걔 머리 색깔하고 전혀 어울리지 않거든. 뭐, 아니면 그냥 두든지. 그냥 네 야구 방망이를 잘 보관하고 있다고 말해 주려고 이 글을 썼어.

너의 첫 번째 무언가가.

야구 방망이에 대한 얘기는 거짓말이었다. 그것은 로마 공항 앞에 세워 놓은 캠핑카에 있었다. 그런데 이게 웬일? 곧바로 말테의 답신이 오는 게 아닌가? 말테는 언젠가 그것을 돌려받을 수 있다면 너무 기쁘겠단다. 대신 그녀가 직접 돌려줘야 하며, 그렇지 않다면 의미가 없단다.

그리고 메시지 끝에다 하트까지 하나 붙여 놓았다!

흠, 빅토리아는 차버린 걸까?

예언가의 이런 감상적인 상념은 남은 5년 42일을 무얼 하며 보낼 거냐는 앙네스의 질문에 중단되었다. 이어 할머니는 일단 와인 한 병을 따는 것부터 시작하면 어떻겠느냐고 제안했다. 페트라는 그것도 좋은 생각이지만, 더 좋은 방법이 있고 대답했다.

「우린 5년간의 유예를 얻었잖아요, 그러니 와인보다는 샴페인이 더 어울리지 않을까요?」

앙네스는 이 새로운 종말이 당장 일어나지 않는다는 사실이 너무 기뻤다. 이로써 그들 모두에게 다른 것들을 얘기할 시간이 생긴 것이다. 하지만 일단은 샴페인부터!

그녀는 이름이 마소드인가, 모하진가 하는 풀장 매니저를 발견했다.

385

「매니저님! 여기 샴페인 한 병 가져다줄래요? 두 병이면 더
좋고요.」

「딸기도요!」 페트라도 외쳤다.

53

2011년 9월 27일 화요일

아디스아바바발 알레코 에어라인스 884 항공편은 오후 6시 40분에 이륙할 예정이었으나, 아직 오지 않은 두 승객을 기다리고 있었다. 이는 승객 중의 하나가 항공사와 이름이 같고, 다른 하나가 그 사람의 아들일 경우에 종종 일어나는 일이었다. 모두가 이들을 기다리는 수밖에 없는 것이다.

그런데 탑승할 때가 되자, 공항의 대형 화면에 비행이 취소되었다는 표시가 떴다. 더 이상의 설명은 없었다.

알레코는 처사촌이 꾸물대지 않은 게 만족스러웠다. 게다가 처사촌은 대통령과 외무부 장관을 위해 개인용 제트 비행기를 임대했다고 휴대폰 문자로 알려 왔다. 만일 정상적인 항공편을 이용했다면 80명의 승객과 승무원으로 비행기가 꽉 찼겠지만, 이제는 기장, 부기장, 그리고 승무원 한 명과만 비행하게 되었고, 이들은 돈으로 입을 막으면 되었다. 왜냐하면 알레코 국제공항에 접근하면 이들이 여전히 황폐한 공항을 볼 것이기 때문이었다. 흙먼지 풀풀 날리는 맨땅 활주로, 금방이라도 쓰러질 듯한 낡은 터미널, 그리고 누가 탱크를 밀수

해도 눈치채지 못할 보안 검색대…… 알레코의 구라가 탄로 나면 그는 최근까지 붙들려 있던 수치의 광장으로 다시 끌려올 거였다.

여전히 성공 가능성보다 위험 요소가 훨씬 많은 상황이었다. 하지만 알레코는 지금은 포기할 때가 아니라고 속으로 되뇌었다. 아직은 말이다. 〈똥구멍〉 소리를 듣지 않는 게 너무 좋다는 것을 깨닫게 된 그는 이 좋은 기분을 최대한 오래 유지하고 싶었다.

✳ ✳ ✳

알레코 국제공항에서 귄터와 공항 책임자가 아버지와 아들을 기다리고 있었다.

「돌아와서 기쁘네.」 귄터가 말했다. 「두 사람은 지금 아프리카 전체와 지구 절반의 영웅이야! 지금 전 세계 모든 사람이 콘도르스에 대해 얘기하고 있어. 다만 좀 과했다네!」

「그래, 알아.」 알레코는 인정했다.

경찰청장은 자신이 해야 할 일을 알고 있었다. 그의 손에는 승무원들에게 건넬 달러로 채워진 서류 가방이 들려 있었고, 입속에는 공항의 상태에 대해 한마디라도 뻥긋하면 영원한 형벌이 따를 거라는 무시무시한 협박의 말이 준비되어 있었다.

「자, 알겠소? 좋아. 그렇다면 당신들 나라로 돌아갈 수 있소. 활주로에 팬 웅덩이들을 조심하시오. 잘못하면 타이어 펑크 나니까.」

그런 다음, 이제부터 어떤 콘도르스인 또한 공항을 보지도, 언급하지도 못하게끔, 공항 주변 반경 2킬로미터 내의 모든 도로를 폐쇄하라고 지시했다. 휴대폰을 가지고 있고, 절대로 알아서는 안 될 사람에게 절대로 공유해서는 안 될 정보를 전할 가능성이 있는 50~60명의 사람들을 전국에 수배하는 것보다 이 방법이 훨씬 간단해 보였던 것이다.

자기 차례가 되자 알레코 국제공항의 책임자는 활주로 끝부분에서 멸종 위기에 처한 **키아놀라니우스 콘도렌시스**라는 새를 발견한 탓에 어쩔 수 없이 공항을 폐쇄해야 했노라고 대통령에게 보고했다.

「이 새의 번식 기간이 끝날 때까지는 아무도 착륙하거나 이륙할 수 없습니다.」 그는 단호한 어조로 말했다.

대통령은 인간과 자연의 관계에 대해 좀 더 실용적인 관점을 가지고 있었다. 그는 국가 재정에 여유가 생기는 대로, 석탄 채굴을 위해 이 나라에서 세 번째로 높은 산봉우리를 다이너마이트로 날려 버릴 생각이었다. 그런데 그가 엔지니어들을 파견했을 때 이 계획이 누설되었다. 곧바로 산촌의 촌장이 대통령에게 달려와서는, 자신은 산에 사는 염소들을 대신해 여기 왔다고 했다. 염소들과 녀석들의 풀밭을 대신해서 말이다. 산봉우리를 부수면 풀밭의 뭐가 어떻게 된다고 떠들어 댔는데, 알레코는 정확히 기억나지 않았다.

그런데 이건 또 뭔가? 콘도르스인들은 공항 책임자의 상상력이 낳은 그 파랗고 흰, 콩알만 한 새 같은 것에는 눈곱만큼도 관심이 없을 것이었다.

「에이……. 그 빌어먹을 새 새끼보다 괜찮은 이유를 찾아낼 수 없었나?」그는 투덜거렸지만, 자기 말이 너무 심하다는 생각은 들었다. 하물며 그게 실은 자신이 내놓은 아이디어가 아니던가?

「녀석은 아주 희귀한 종이라고요!」공항 책임자가 말했다.

뭐, 동물들을 신경 쓰는 척하는 것은 이미지 제고에 도움이 될 수 있었다. 알레코는 고개를 끄덕였다. 할 일을 다 한 처사촌과 입씨름을 벌일 필요는 없었다.

「좋아, 잘했네. 그 새, 아주 좋아! 그런데 그게 혹시 식용인가?」

그러고는 활주로 아스팔트 포장 작업을 최대한 빨리 시작하라고 지시했다. 다음 주까지 마쳐야 한다는 거였다.

「그게 다입니까?」공항 책임자가 비꼬듯이 물었다.

「아니, 또 새 터미널도 필요해. 사진을 보내 주겠네.」

54
2011년 9월 27일 화요일

　알레코 대통령은 도착하자마자 대통령궁에 위기 대응 전략 회의를 소집했다. 귄터, 요한, 앙네스, 페트라로부터 최대한 도움을 받아야 했다. 하지만 두 여자가 샴페인에 얼근히 취해 있는 모습을 볼 줄은 몰랐다.

　「5년이에요!」 페트라는 세 남자를 보자마자 외쳤다.

　「세계의 종말까지 말이오?」 대통령이 물었다. 「난 차라리 5분이었으면 좋겠소.」

　그는 모두에게 상황의 심각성을 설명했다. 그들에게는 즉시 터미널을 포함한 새 공항이 필요하단다. 단기적으로는 수도의 국세청 건물을 개수하고 간판을 바꿔 달아야 한단다. 좀 더 길게 보자면, 대통령의 명예를 보전하기 위해 앙네스는 의료 센터 건설을 완성하고, 다른 누군가는 학교 여덟 개를 짓고, 마지막 사람은 대학교를 하나 지어야 한단다.

　앙네스는 불난 집에 부채질하고 싶지는 않지만, 거기다 교사, 교재, 강사, 그리고 대학교수 한두 명을 추가하는 것을 잊어서는 안 된다고 말했다. 게다가 잠재적 대학생들의 대부분이 아직 글도 못 읽는다는 복잡한 문제도 있단다.

「에……. 그림책을 보면 되지 않나요?」 요한이 물었다. 「하지만 두 가지가 같은 것은 아니겠죠?」

알레코는 사람들에게 글 읽기를 가르치는 것은 멍청한 짓이라고 투덜댔다.

「어차피 신문에는 엿같은 얘기들밖에 없어요. 내가 통제하는 신문들은 빼놓고 말이오. 음, 지금 생각해 보니까, 모든 신문이 통제되고 있군.」

＊ ＊ ＊

대충 계산을 해보니까, 이 모든 것을 위해 콘도르스는 약 4억 달러의 추가 재원이 필요했다. 다시 말해서 상황이 다소 절망적이었다. 알레코는 그냥 종말이 빨리 왔으면 좋겠다고 농담 반 진담 반으로 말했다.

「그놈의 종말 얘기를 가지고 돈을 벌 방법은 없나?」 알레코가 한탄하듯 말했다.

「돈을 번다 해도 도둑질이라고 할 수는 없을 거야. 내가 거기다 바친 시간을 생각하면 말이야.」 페트라는 앙네스가 한 번도 들어 보지 못한 어조로 중얼거렸다.

지금 이 친구가 진심으로 하는 소리인가?

＊ ＊ ＊

페트라는 지금 진심으로 말하고 있을 뿐만 아니라, 사실 이 문제에 대해 수도 없이 생각해 왔다.

9년간의 연구는 9년간의 무료 봉사나 마찬가지였다. 누구에게서 감사의 말 한마디 듣지 못했다. 심지어 왕립 과학원은 그녀를 응대하지도 않았고, 무슨 일이 일어날지 설명할 기회도 주지 않았다. 아니, 그들은 마치 그녀가 무슨 돌팔이 사기꾼인 것처럼 수위를 한 명 보냈을 뿐이었다.

페트라는 이런 어두운 생각들을 더 이상 숨길 수 없었다. 앙네스는 〈돌팔이〉가 그렇게 틀린 표현은 아닌 것 같다고 말하고 싶었지만 입을 다물고 있었다. 페트라의 말이 아직 끝나지 않았기 때문이었다.

「내가 생각해 봤어요.」

「나는 안 했어.」 요한이 말했다.

「그래, 한번 얘기해 봐.」 앙네스가 격려했다.

페트라는 알레코에게 고개를 돌렸다.

「만일 지구가 3주 후에 없어질 거라고 내가 주장하면 당신은 뭐라고 할 거예요?」

「조금 전에 5년이라고 하지 않았소?」

「상관없어요. 난 지금 이론적으로 설명하는 거예요. 그냥 묻는 말에나 대답해요.」

알레코는 시키는 대로 하지 않을 수 없었다.

「아마 난 당신의 말을 못 믿는다고 대답하겠지.」

「그리고 만일 내가 이의의 여지가 없는 증거로 64단계 방정식을 제시한다면요?」

알레코는 잠시 생각해 보았다.

「그렇다면 아마 난 당신의 말을 못 믿으며, 당신의 방정식은 대체 무슨 소리를 하는 건지 모르겠다고 덧붙이겠지.」

예언가는 만족스러운 표정으로 고개를 끄덕였다.

「당신은 1백 달러를 벌고 싶죠?」 그녀가 불쑥 물었다.

1백 달러? 지금 알레코에게 필요한 것은 1백 달러보다는 4억 달러였지만, 뭐 어쨌든.

「벌고 싶소.」

「좋아요. 그럼 우리 내기할까요? 당신이 지금 내게 1백 달러를 주고, 3주 후에 지구가 계속 돌아가고 있으면 내가 2백 달러를 돌려줄게요.」

「대체 무슨 말이오?」

앙네스는 페트라가 무슨 얘기를 하고 싶은 건지 마침내 이해가 되었다. 그래서 그녀는 페트라를 대신하여 대통령에게 설명해 주었다. 이 내기는 어느 경우든 돈을 거는 사람한테는 좋은 거예요. 지구가 파괴되지 않으면 건 돈의 두 배를 벌고, 반대로 지구가 파괴되면 1백 달러가 더 있든 덜 있든 상관없으니까요.

페트라는 고개를 끄덕였다. 정말이지 이 보라색 머리 할머니는 아직 머리가 쌩쌩했다. 그들에게는 필요한 것은 오직 하나, 이 방정식을 세상에 내놓을 어떤 신뢰성 있는 인물이었다. 가급적 페트라 자신 말고 다른 사람이면 좋은데, 왜냐하면 자신은 남은 생을 감옥에서 보내고 싶지 않기 때문이란다.

「고작 1백 달러 때문에 무기형을 받아?」

「거기다 몇백만을 곱하세요.」

판돈이 이 정도 액수에 이르자, 알레코는 비로소 감을 잡기 시작했다. 하지만 그 〈신뢰성 있는 인물〉을 어떻게 신뢰할 수 있단 말인가? 그리고 들어온 돈을 어디론가 사라지게 하는 일은 누구에게 맡길 것인가?

페트라는 그것도 벌써 생각해 뒀단다.

「이 중개인 외에도, 우리는 이 콘도르스에 소재한 후안무치한 은행 하나가 필요해요.」

「그런 거라면 내게 있지.」

「누가 그걸 운영하죠?」 앙네스가 물었다. 「사촌? 의형제?」

「내 죽은 아내의 먼 친척이오. 그는 내가 시키는 대로 할 거요. 모두가 그러는 것처럼.」

「그다음에는 스위스 은행 하나가 필요해요.」 예언가가 말을 이었다. 「역시 신뢰성을 위한 거죠. 앙네스 씨가 거기에 애인이 하나 있어요.」

보라색 머리의 할머니의 얼굴이 새빨개졌다. 완전히 틀린 말은 아니었다. 그녀는 친절하고 세련된 헤르베르트 폰 톨과 스위스에서 처음 만난 이후로 쭉 서신 교환을 이어 오고 있었다. 하지만 화제를 바꾸는 게 좋았다.

「다수의 대중에게 접근하려면, SNS를 잘 다루는 사람도 한 명 필요할 거야.」 앙네스가 보충해서 말했다. 「하지만 굳이 찾을 필요는 없겠지. 여기 내가 있으니까.」

「또 희생양도 하나 필요해요.」 페트라가 말했다.

「뭐, 양이 필요하다고?」 요한이 깜짝 놀랐다.

예언가는 이야기의 템포를 끊고 싶지 않았다.

「요한, 나중에 다 설명해 줄게.」

$$* * *$$

가까운 시일에 상당한 수입이 들어온다고 생각하자, 알레코는 힘이 불끈 솟았다. 좋아, 내 처사촌 중에서 가장 똑똑한 녀석을 시켜서 며칠 내로 활주로 아스팔트 포장 작업을 시작하게 하겠어!

남은 것은 터미널 문제였다. 여기서도 알레코는 해결책을 찾아냈으니, 바로 비극적인 화재 사건이었다. 출발 및 도착 터미널이 사용되기도 전에 기둥뿌리도 안 남고 홀딱 타버렸다는데 누가 무슨 말을 하겠는가? 이제 아프리카의 희망으로 떠오른 똥구멍은 하루아침에 전 세계의 동정의 대상이 되리라. 그리고 이 연민은 아름다웠던 공항의 잿더미 가운데서 눈물을 그렁거리는 대통령의 모습을 보여 주는 콘도르스TV의 이미지들로 최대한 증폭되리라. 호주머니 속에 앙네스와 페트라가 약속하는 거금이 들어 있는 그는 느긋하게 터미널을 개수할 수 있으리라. 아니, 이제 처음으로 지을 수 있으리라.

이렇게 모든 문제가 기적적으로 해결되었다. 적어도 알레코는 그렇게 믿었다. 그의 아들 요한에게 로마에 사는 의붓형이 있다는 불행한 사실에 대해서는 전혀 생각도 못 한 채 말이다.

55
제3 사무관의 악몽

알레코와 페트라가 찬란한 미래를 위한 계획을 다듬고 있을 때, 요한은 대통령궁 조리실에서 말리크와 함께 구슬땀을 흘렸다. 이제 콘도르스 주방장은 스웨덴 단어 두 개를 알아듣게 되었으니, 하나는 ⟨lax(연어)⟩이고, 하나는 ⟨Västerbottensost (베스테르보텐치즈)⟩였다.

이즈음, 로마 주재 스웨덴 대사 로뉘 굴덴은 개인적인 대화를 나누기 위해 프레드리크 뢰벤홀트를 자신의 집으로 불렀다.

제3 사무관은 몇 주 전에 대사관에서 핀란드 제2 사무관, 오바마 대통령, 그리고 자신의 천치 같은 동생 요한 때문에 망해 버렸던 것을 생각하면 이것은 괜찮은 전개라고 생각했다. 역시 시간이 약인 것인가?

그리고 오늘, 그에게 기회가 찾아왔다. 제1 사무관 비에르크안데르가 베이징으로 전근을 간 것이다. 논리적으로 본다면, 제2 사무관 한나 베스테르가 한 직급 올라가고, 프레드리크는 그 뒤를 따르는 게 옳았다.

하지만 이 한나 베스테르는 그렇게 빠릿빠릿한 사람이 아니었다. 더욱이 프레드리크는 그녀가 자신보다 더 빛나지 못하게끔 몇 가지 조치를 취해 놓았다. 뭐, 별것은 아니고, 여기저기 자잘하게 좀 신경을 썼다. 기회가 있을 때마다 그녀의 펀치를 숨겨 놓고, 볼펜이며 다양한 문방구들을 다른 곳에 옮겨 놓았다. 다른 사람들은 벌써 일과를 시작하고 있을 때, 한나 베스테르는 복도를 헤매고 다녔다. 그녀는 부주의한 사람으로 보일까 봐 사라진 자기 물건들을 본 사람이 없는지 감히 묻지도 못했다. 그 결과 그녀는 그저 게으른 사람으로 보이게 되었다.

자주 있는 일은 아니지만, 제3 사무관이 직속 상관을 건너뛰고 승진하는 경우도 가끔 있었다. 이제 곧 진실이 밝혀지리라. 프레드리크는 예상과는 달리 한나가 계속 상관 자리를 지킨다 해도 실망감을 표출하지 않으리라 마음먹었다.

「오, 와줘서 고맙네.」

「영광입니다, 대사님.」

「이번에 제1 사무관 브리기타 비에르크안데르가 베이징에서 근무하기 위해 우리를 떠나게 됐네.」

「저도 들었습니다.」

「다시 말해서, 이곳 로마에 자리가 하나 빈다는 뜻이지.」

「저도 그렇게 이해했습니다.」

「내가 보기에 이 공석을 메울 남자가 하나 있는 것 같은데, 우선 자네의 의견을 들어 보고 싶네.」

아, 남자라고 했어! 여자가 아니고! 한나 베스테르, 바이바이.

「내가 만일 제1 사무관이라는 보잘것없는 자리를 제안한다면, 자네 생각으로는 자네 형제 요한이 수락할 거라고 생각하나?」

프레드리크는 인생 최악의 충격을 받았다. 그는 뉴스를 보지 않아 전날 아디스아바바에서 무슨 일이 있었는지 모르고 있었다.

「네? 요한이요?」

대사는 마치 공모를 하듯이 목소리를 지그시 낮추었다.

「그래, 자네가 무슨 생각을 하는지 알고 있네. 그럼 한나는 어떻게 하느냐는 생각이겠지. 하지만, 우리끼리 얘긴데, 그녀는 아직은 거의 자네만큼이나 햇병아리 아닌가?」

거의 나만큼이나 햇병아리라고? 프레드리크는 조금 전에 느꼈던 인생 최악의 충격보다도 한층 더 거대한 충격을 느꼈다.

「저…… 저는 어떻게 대답해야 할지 모르겠습니다.」

대사의 말은 아직 끝나지 않았다. 지금 CNN 기사에서는 요한에 대해 끝없는 칭찬을 늘어놓고 있단다. 프레드리크는 그의 형님이 어떤 일을 이뤄 냈는지 아직 모르는지?

「제 동생입니다.」 프레드리크가 명칭을 고쳤다.

「아, 물론 그렇지. 하지만 그 못된 알레코의 마음을 움직이고, 나라 전체를 일으켜 세우고…… 물론 아프리카에서 가장 작은 나라이긴 하지만, 그래도! 부패는 아프리카 대륙의, 아니 세계 전체의 가장 큰 질병이란 말이야! 우리는 요한이 기여한 일에 대해 아무리 감사해도 지나치지 않네.」

「저…… 저는 어떻게 대답해야 할지 모르겠습니다.」

이 말은 아까 하지 않았던가?

「솔직히 대답해 보게. 자네보다 자네 형제를 더 잘 아는 사

람이 없지 않은가? 우리 스웨덴에 대한 그의 애국심이 그에게
는 좌천에 가까운 이 자리를 받아들일 만큼 크다고 생각하
는가?」

＊ ＊ ＊

프레드리크는 어떻게 자신이 대사와의 대화에서 살아서 돌
아올 수 있었는지 알 수 없었다. 우주에서 가장 덜떨어진 인간
이 아직 채 이륙도 못 한 자신의 커리어를 박살 내려 하고 있었
다. 요한은 〈대륙〉과 〈다육이〉도 구별 못 하고, 〈아프리카〉와
〈아메리카〉가 어떻게 다른지도 모르고, 중부 유럽 지도에서
독일의 위치를 짚을 줄도 모르는 녀석이었다. 하지만 엄마는
녀석을 더 좋아했었다! 세상을 떠나기 전에 엄마가 붙잡은 것
은 자기 손이 아니라, 그 천치의 손이었다. 그녀가 마지막으
로 한 말은 〈요한〉이었다. 그리고 이제 그녀의 귀염둥이는 세
계 외교계의 영웅이 되려 하고 있었다. 이 프레드리크를 바보
로 만들고서 말이다.

요한의 실체가 밝혀져야 했다. 시급히! 그 이유는 두 가지
였다. 첫째는 자신의 커리어를 위해서였다. 둘째는 이렇게 가
다가는 결국 자신이 미쳐 버릴 거였기 때문이었다.

제3 사무관은 핑계를 꾸며 냈다. 그의 환상적인 아버지, 그
유명한 뢰벤홀트 대사가 중병에 걸렸다고 했다. 그러니 아버
지에게 마지막 작별 인사를 하기 위해 몬테비데오에 다녀올
수 있게끔 며칠간 휴가를 얻을 수 있을지?

물론! 굴덴 대사는 곧바로 제3 사무관에게 1주간의 휴가를 허락하면서, 옛 상관께서 아직 의식이 남아 있다면 자신의 따뜻한 안부의 말을 전해 달라고 부탁했다. 그나저나, 대사관 업무에 지장이 없도록 프레드리크가 하던 복사 업무를 한나에게 정중히 부탁하고 떠나는 것이 좋지 않겠는지?

✳ ✳ ✳

그에게는 어떤 구체적인 계획도 없었지만, 적어도 한 가지는 분명했다. 공식적으로 그는 이른바 〈죽어 가는 부친〉이 계신 우루과이로 가는 걸로 되어 있었지만, 사실은 흥분에 사로잡혀 콘도르스로 향하고 있었다. 현지에 도착하면 뭐가 됐든 확실한 아이디어가 떠오르리라. 요한의 실체가 밝혀지는 순간, 모든 게 정상으로 돌아오리라.

몸바사로 가는 비행기 안에서, 요한의 형은 아디스아바바 사건의 TV 뉴스 동영상을 계속 돌려 보았다. 먼저 콘도르스 대통령의 연설이 있었다. 요한도 뒤따라 연단에 올라갔다. 그러고 나서 그의 동생과 세계에서 가장 영향력이 큰 두 사람이 화기애애한 대화를 나눴다. 도대체 무슨 얘기를 하는 걸까? 어떻게 미국 대통령과 UN 사무총장이라는 사람이 저놈이 어떤 놈인지도 모를 수 있단 말인가?

뭔가가 이상했다. 아니, 모든 게 이상했다! 이 세계에서 가장 멍청한 바보가 세계에서 가장 엿같은 나라의, 세계에서 가장 부패한 대통령과 한편이 됐다고? 그리고 이제는 이 천치가 UN 부패 방지 위원회를 이끌게 되었다고?

지금 사람들은 요한이 민물 농어의 IQ를 가지고 있다는 사실을 받아들이려 하지 않았다. 그래, 그건 그렇다 치자. 하지만 〈콘도르스의 기적〉? 민물 농어는 플랑크톤과 벌레 유충과 작은 물고기를 잡아먹지만, 똑똑한 생각은 하지 못한다. 그리고 기적을 일으키지도 못하는 것은 당연하다.

프레드리크는 잘못된 것(혹은 잘못된 것들)을 발견해 내는 임무를 스스로 부여했다. 이를 위해 그는 현장에 가야 할 필요가 있었다. 혹시 각종 공사를 위해 노예를 부리는 것은 아닐까? 그 사진들은 진짜일까?

그런데 문제가 생겼다. 이제 몸바사에서 한 번만 더 환승하면 되는데, 항공편이 취소됐단다! 뭐, 앞의 항공편도 취소되었다고? 그리고 다음 항공편도? 하지만 그는 반드시 콘도르스에 가야 했다! 뭐, **불가능**하다고?

56
근심에 잠긴 대통령

아프리카 전체와 소통하는 것은 알레코에게는 너무나 쉬운 일이었다. 그저 전하고 싶은 메시지를 TV 방송국 국장이며, 프로그램 편성 책임자인 파리바의 무릎 위에 휙 던져 놓기만 하면 되었다. 죽은 아내의 쌍둥이 자매인 파리바는 아내와 달리 알레코가 시키는 대로 일을 처리했다.

오늘의 톱뉴스는 공항의 급작스러운 폐쇄에 대한 거였다. 파리바는 보기 드문 아름다움을 지닌 멸종 위기종 새의 둥지가 활주로 주변에서 발견되었다고 설명했다. 그런데 ─ 대통령께서 항상 말씀하시듯이 ─ 〈어머니 자연〉의 보존보다 더 중요한 것은 없단다. 현재 콘도르스 환경 보호청은 키아놀라니우스 콘도렌시스의 상황을 분석 중이란다. 그리고 새로운 지시가 있을 때까지 모든 항공편은 취소되었으며, 안전상의 이유로 헬리콥터 이착륙도 금지되었단다.

「크르, 크르륵, 크르륵, 크르르륵, 크륵, 크륵 하는 이 새의 특이한 울음소리를 들으신 분은 즉각 122 237번으로 연락 주시기 바랍니다.」

첫 번째 뉴스를 전한 후, 파리바는 곧바로 매부에게 전화를 걸었다. 방금 그녀는 귄터가 써준 그대로 뉴스를 전했다. 그녀는 마음이 좀 불편해서, 이 나라에 환경 보호청이 존재하지 않는다는 사실이 문제가 되지 않겠느냐고 물었다.

「그게 있어 봤자 뭘 하는데?」 알레코가 되물었다.

새 이야기는 삽시간에 전 세계에 퍼졌다. UN 사무총장이 알레코 대통령에게 연락해 왔다. 그는 증권 거래소 방문이 연기되어 유감이긴 하지만, 동물들에 그렇게 사려 깊은 모습을 보이는 것은 정말 훌륭하다고 칭찬했다. 섬 전체를 보호하려는 콘도르스인들의 노력은 전 세계에 상한 메시지가 될 거란다.

알레코는 생물 다양성 문제에 깊은 이해심을 보여 주는 UN 사무총장에게 감사를 표했다. 하지만 숲의 나무들을 깡그리 베어 버린 지금, 그 어느 때보다도 시급한 석탄 채굴 계획에 대해서는 언급하지 않았다. 특히 콘도르스 산지 염소들의 대변인인 촌장에 대해서는 입도 뻥긋하지 않았다.

반기문은 아직 부탁할 게 남아 있었다. 할리우드의 유명 배우 조지 클루니 역시 부패 척결을 위한 전 세계적 투쟁에 그의 아름다운 아내 아말과 함께 동참하고 있단다. 이 클루니 씨로부터 전화가 왔는데, 알레코에게 칭찬과 격려의 말을 해주고 싶다는 소망을 피력했단다. 이 미국 분에게 알레코 대통령의 전화번호를 줘도 괜찮을지?

알레코는 클루니가 몇 년 전 개봉된 어느 할리우드 영화에서 배트맨으로 나온 배우라는 사실을 잘 알고 있었다. 시궁창

이 되어 버린 이 섬에서, 양심을 지닌 세계적 유명 인사는 지금 그들에게 가장 쓸데없는 것이었다.

「아뇨. 하지만 혹시 가지고 계시다면, 그분 전화번호는 적어 놓을 수 있습니다. 여름이 오기 전에 내가 직접 전화드리죠.」

그리고 실례가 안 된다면, 너무 바빠서 이만 전화를 끊어야겠단다.

아닌 게 아니라 지금 해결해야 할 일이 산더미였다. 그중에서도 돈이 큰 문젯거리였다. 만일 앙네스와 페트라의 도박 프로젝트가 계획대로 되지 않는다면? 그럴듯한 공항을 짓기 위해서는 그가 한 번도 시행해 본 적이 없는 실업자 구제 프로젝트 비용들을 다 합친 것보다 더 많은 돈이 들어갈 터였다. 이것 외에도 돈 들어갈 곳이 한두 군데가 아니었다.

이번에 얻은 명성을 지키기 위해 돈을 얼마까지 쓰는 게 좋을까? 많이 써야겠지, 알레코는 생각했다. 그는 똥구멍 소리를 듣는 게 지겨웠다. 특히 그와 정반대의 기분 맛보고, 아들에게 미래를 열어 주고 싶은 지금은 더욱 그랬다. 하지만 국고가 정말로 바닥이 나버린다면?

물론 돈을 찍어 낼 수는 있었다. 하지만 그의 마음속 무언가가 이러한 조처에는 부작용이 따른다고 말하고 있었다. 심지어는 귄터조차 이 해결책에 대해 경고했다. 국민을 자기편으로 만들기 위해서는 무작정 배급 카드를 찍어 내기만 하면 안 된다는 것을 경험을 통하여 그는 알고 있었다. 배급 카드와 바꿀 수 있는 양식도 필요한 것이다.

의형제가 이렇게 근심하는 모습을 보니, 귄터는 기분이 좋지 않았다.

　「그냥 할머니와 예언가가 어떻게든 해낼 거라고 생각하면 되지 않겠나? 전에도 그랬잖아?」

57
2011년 9월 30일 금요일

「혹시 여기 헬리콥터 있어요?」 몸바사 헬리콥터 서비스사 프런트에 앉아 있는 남자에게 프레드리크가 물었다.

사장이자, 조종사이자, 유일한 직원인 사내는 고개를 끄덕였다. 헬리콥터가 있으니까, 회사 이름이 이렇단다.

「어디를 가고 싶소?」

「콘도르스.」

용역 계약은 체결되기도 전에 해지되어 버렸다.

「비행 요금은 원래는 2천 달러였어요. 하지만 지금은 착륙 허가를 받지 못해요. 거기서 모든 사람이 불쌍히 여기는 새 한 마리를 발견했거든.」

프레드리크는 의자에 앉았다. 잠시 생각할 필요가 있었다.

「새알들이 부화할 때까지 거기 그렇게 우두커니 앉아 있을 거요? 이런 종류의 일은 오래 계속될 수 있어요.」

어떤 새 한 마리가, 설사 그게 멸종 위기종이라 하더라도, 갓 준공된 국제공항을 닫아 버렸다는 것은 어처구니없는 얘기였다. 또 착륙 금지 조치는 프레드리크의 의심을 확인시켜 주는 새로운 단서였다. 정말이지 여기에는 뭔가 아주 큰 문제가 있었다. 평생 자기에게 문제였던 요한만큼이나 큰 문제가.

「만일 내가 원하는 곳에 나를 착륙시켜 주면 7천 달러를 주겠소.」제3 사무관이 불쑥 제안했다.

헬리콥터 회사 사장은 돈이 필요했다. 그는 몸바사에서 가장 흥미로운 여자와 결혼해 살고 있었다. 분기마다 집안 재산을 두 배씩 불리는 외환 투자자였던 이 여자는 더럽게 돈이 많은 한 마다가스카르 낙농장주[7]에 매료되었고, 이 남자야말로 그들 가정의 경제적 독립을 영원히 보장해 줄 사람이라는 굳은 확신을 갖게 되었다. 말솜씨가 좋았던 낙농장주는 투자자들과 국민들에게 금빛 찬란한 미래를 약속했고, 인기가 높아져 어느 날 마다가스카르의 대통령까지 되었다. 이때까지는 외환 투자자나 그녀의 남편이나 그저 행복하기만 했다.

그런데 일반 국민들은 하루에 1달러도 못 버는 이 나라에서, 전(前) 낙농장주가 취임 후 처음 한 일이 나랏돈을 가지고 개인 제트 비행기를 산 것이었다. 국민들 사이에 원성이 퍼졌다. 그리고 전 낙농장주는 곧바로 전 대통령이 되었다. 그는 나라에서 쫓겨났고, 혼란이 뒤를 이었다. 마다가스카르의 통화는 수직으로 급락했다. 1아리아리는 5이라임빌란자인데, 그 가치가 알아볼 수 없을 만큼 줄어든 끝에 불과 0.005달러에 해당하게 되었다. 거기서 수백 킬로미터 떨어진 곳에서, 전에 40만 달러에 상당했던 돈이 하루아침에 휴지 조각으로, 하지만 흡수력은 전혀 없는 휴지 조각으로 변하는 것을 몸바

7 마다가스카르 대통령을 역임한 마르크 라발로마나나(재임 2002~2009)를 말함.

사에서 가장 흥미로운 여인은 지켜봐야만 했다. 그들은 파산해 버린 것이다.

이제 그녀에게 남은 것은 남편에 대한 사랑과 그녀의 저항할 수 없는 매력뿐이었다. 그녀는 긴 손가락으로 사랑하는 남편의 머리칼을 어루만지면서, 이제는 당신이 구름 위에서 가급적 오랜 시간을 보내는 게 좋겠다고 슬픈 미소를 지으며 말했다. 그걸로 돈을 벌 수 있는 한 말이다. 그것도 안정된 화폐로.

따라서 7천 달러는 그에게는 아주 큰 돈이었다. 그런데 이 고객은 더 큰 돈도 지불할 용의가 있는 것처럼 보였다.

「글쎄올시다.」 조종사는 머뭇거렸다. 「금지를 어기고 착륙하는 것은 상당한 위험을 수반하지요. 물론 내가 그 섬을 좀 알긴 하지만…… 하지만 7천은…….」

「8천.」 제3 사무관이 가격을 높였다.

조종사는 협상을 오래 끌 배짱은 없었다.

「1만 프랑 주면 가겠습니다. 원하신다면 새 둥지 위에 착륙할 수도 있습니다.」

「자, 5분 후에 출발합시다.」 프레드리크가 말했다.

＊ ＊ ＊

콘도르스에는 국경 수비대가 없었으므로, 조종사는 헬리콥터를 격추시킬 사람이 없다는 것을 알고 있었다. 반면, 현명하게 착륙하는 게 중요했다. 경찰들만큼은 부지런히 일하고 있었다.

이것은 프레드리크에게도 중요한 문제였다. 그는 콘도르스 교도소를 경험하고 싶은 소망이 전혀 없었다. 그게 예상 외로 갓 지어진 신축 건물이라 할지라도 말이다. 지금까지 그는 치솟은 아드레날린의 힘으로 정신없이 달려왔다. 이제 그와 조종사가 섬에 가까워짐에 따라, 갑자기 모든 것이 현실이 되고 있었다. 그냥 거기에 내려 주기만 해달라고 해야 하나? 아니면 조종사에게 기다리라고 해야 하나? 만일 그렇다면, 뭘 하려고? 번드르르한 겉모습에서 균열을 찾아내려면 시간이 좀 걸릴 거였다.

아아! 모든 일이 너무나 빨리 일어났다. 프레드리크는 자신이 바보처럼 느껴졌다. 아니, 바보는 너무 심한 말이고……. 어쨌든 너무 허술하게 행동한 게 사실이었다. 너무 급하게 일을 벌였다.

아니, 아니, 그렇지 않아!

「내 이럴 줄 알았어!」 헬리콥터가 알레코 국제공항에 충분히 근접했을 때, 그는 외쳤다.

공항은 그가 예상했던 대로 형편없는 상태였다. 활주로는 맨땅에 그어져 있고, 터미널 건물은 〈제발 내 숨통을 끊어 주세요〉라고 애원하는 듯한 몰골이었다. 아디스아바바에서 대통령이 이미지로 보여 주었던 건물과 비슷한 점은 아무것도 ─ 정말로 아무것도 ─ 없었다.

조종사는 승객이 무엇을 안다는 것인지 궁금했지만, 굳이 묻지는 않았다. 그저 시키는 대로만 했다. 그것도 매우 기꺼이 했으니, 이제는 구태여 착륙할 필요가 없는 듯했기 때문이었다.

프레드리크는 공항 위를 여러 차례 아주 낮게 저공비행해 달라고 부탁했다. 이렇게 사진을 몇 장 찍은 그는 더 이상 필요한 게 없었으므로, 다시 떠날 것을 지시했다. 미래의 대사요, 천재인 프레드리크 뢰벤홀트는 이제 알레코 대통령이 사기를 치고 있다는 확실한 증거를 확보한 것이다. 그리고 여기에 공범이 하나 있었으니, 바로 그 빌어먹을 동생 놈이었다.

「놈은 내 〈동생〉이란 말입니다!」 그는 거기서 수천 킬로미터 떨어진 곳에 있는 굴덴 대사에게 소리쳤다.

58
헤베와 자기

우리의 친구들은 지금 어떤 재앙이 다가오는지 전혀 모르고 있었다. 알레코 국제공항의 진실을 절대로 알아서는 안 될 인물 셋을 꼽으라면, 그중의 하나가 프레드리크 뢰벤홀트일 거였다.

제3 사무관은 공식적으로는 지금 우루과이의 몬테비데오에 있었으므로, 알레코와 자신의 얼간이 동생을 곧바로 박살 내버릴 수는 없었다. 일단은 대사관으로 돌아가야 했다. 그러고는 〈아이고, 세상에! 대사님, 이것 좀 보세요! 누군가가 인터넷에 이걸 올렸는데요……〉라는 식으로 말을 꺼내리라. 굴덴은 이제 요한을 더러운 벌레 보듯 할 거고, 똥구멍 알레코는 그 어느 때보다도 거대한 똥구멍이 되리라.

✳ ✳ ✳

퍼즐 조각들이 하나하나 제자리를 찾아가고 있었다. 앙네스는 처음에는 확신하지 못했지만, 취리히의 그 호감 가는 헤

412

르베르트가 자신들의 계획에 합류하리라 생각했었다. 그리고 그 생각이 옳았다! 이 70대의 남자를 90대의 아버지에게 아직도 매어 놓고 있는 탯줄을 잘라 버릴 때가 온 것이다.

앙네스와 헤르베르트는 스카이프을 통해 오랫동안, 그리고 여러 차례 대화해 오면서, 일의 진행 방식에 대해 합의했을 뿐 아니라, 달달한 별명까지 서로에게 지어 주었다. 그는 〈헤베〉가 되었고, 그녀는 〈자기〉가 되었다. 헤베는 앙네스가 늦은 나이임에도 불구하고 삶을 적극적으로 대하는 모습에 너무나 감명을 받은 나머지, 자신도 그녀처럼 하기로 마음먹었다. 그것도 아주 화끈하게 말이다. 〈자기〉는 자신이 성장한 그 화석처럼 굳어 버린 마을에 대해 얘기해 주었다. 〈되데르셰〉를 〈폰 톨 은행〉이라는 말로 바꾸면, 그들의 삶은 놀라울 정도로 흡사했다. 하지만 큰 차이점이 하나 있었으니, 앙네스의 배우자는 못을 밟고 세상을 떠났지만, 헤르베르트의 아버지는 아무리 세월이 흘러도 갈수록 젊어지고 원기 왕성해진다는 점이었다. 요컨대 일흔일곱 살이 다 된 나이에 아직도 아버지의 사환 노릇이나 하고 있다는 것은 결코 정상이 아니었다.

헤르베르트는 만남을 앙네스만큼이나 목 빠지게 기다리고 있었지만 아직 며칠 더 참아야 했다. 〈종말의 날 프로젝트〉를 위해 취리히에서 처리해야 할 일이 몇 가지 있었기 때문이었다.

59
퍼즐의 마지막 조각

콘도르스의 후안무치한 은행 문제는 이미 해결되었고, 신뢰할 만한 스위스 보증인 문제도 해결되었다. 웹사이트, 인스타그램, 트위터, 그리고 페이스북에 필요한 계정들도 만들어 놓았다. 하지만 누구도 (목숨 말고는) 무엇 하나 잃을 것 없는 이 기가 막힌 도박 서비스의 대변인 역할을 해줄 사람은 아직 구하지 못했다.

그런 사람을 어디서 구해야 하나? 물론 앙네스는 가짜 프로필을 만드는 데 있어 경험이 매우 풍부했지만, 문제는 그들이 전부 가짜라는 사실이었다. 또 실제로 존재하는 사람은 이런 일에 자원할 이유가 전혀 없었다.

그들의 낙담해 있을 때, 귄터가 나타났다. 할머니와 예언가의 고민을 들은 그는 그들에게 다음과 같은 사람이 필요하다고 결론을 내렸다. 첫째, 신뢰할 만한 프로필을 가진 실제 인물이어야 한다. 둘째, 아무도 모르는 사이에 죽어 버린 사람이어야 한다. 다시 말해, 이 지구상에서 깨끗이 지워져 버린 사람이어야 한다.

「전에 러시아에 그런 사람이 상당히 많았죠.」 귄터가 말했다. 「음, 잠시만 생각해 봅시다⋯⋯.」

＊ ＊ ＊

귄터는 과거를 더듬은 끝에, 천체 물리학자이자 모스크바 대학 교수였으며, 지나치게 나라에 필요 불가결해진 나머지 오히려 신세를 망쳐 버린 사람을 떠올렸다. 그는 러시아 우주 왕복선이 대기의 여러 층을 뚫고 우주 공간으로 갔다가 다시 귀환할 수 있는 가장 확실한 방법을 찾아내는 일에 특출난 재능을 지니고 있었다. 이 교수는 여러 해 동안 매우 위험한 삶을 영위했는데, 계산 결과를 대가로 갈수록 많은 돈과 더 큰 다차와 더 고분고분한 매춘부들을 요구하며 배짱을 부렸기 때문이었다. 한번은 새 차를 사주지 않으면 결정적인 매개 변수를 알려 주지 않겠다고 우주선 발사 이틀 전까지 버텼다. 러시아에 예산이 부족하지는 않았다. 또 매춘부나 자동차가 없는 것도 아니었다. 하지만 러시아 우주 프로그램에 이런 것들을 끌어들인다? 정말이지 추잡한 착취 행위가 아닌가!

귄터는 크렘린과 연결된 어떤 인물이, 이 불쾌한 교수를 제거해 버릴 수 있는지 보리에게 문의했다는 사실을 알고 있었다. 또한 최고 권력에 봉사할 기회가 생기면 그들은 주저하는 법이 없다는 것 역시 귄터는 잘 알고 있었다. 특히 이로 인해 그들이 피해 입을 일이 없으면 더욱 그랬다.

하지만 당장은 과학자의 재능이 너무나 필요했다. 하지만 몇 년 후, 귄터는 문제의 교수가 아무 흔적도 없이 사라졌다는 신문 기사를 읽었다. 런던의 『가디언』지는 그가 서방으로 망명했을 거라고 추측했다. 귄터가 생각하기로는, 그는 멍청하게도 제자에게 그가 아는 지식을 충분히 전수했고, 보리는 그에게 마땅한 처분을 내렸던 거였다. 그에게 마땅한, 마지막 처분을 말이다.

　해결책을 찾아낸 경찰청장은 씩 웃었다.
　「그래, 생각이 끝났어요?」 그의 표정을 살피던 앙네스가 물었다.
　「스미르노프.」
　「아니, 이 벌건 대낮부터?」[8]
　「스미르노프 교수.」 귄터가 다시 말했다.
　「우리에게 필요한 사람?」
　「내가 장담하는데, 그가 쳐들어와서 항의하는 일은 절대 없을 겁니다.」

　이 마지막 퍼즐 조각 덕분에, 앙네스는 마침내 웹사이트를 완성할 수 있었다. 여기서 스미르노프 교수는 매우 중요한 수학 및 천체 물리학적 방정식을 작업하기 위해 몇 년 동안 속세를 떠나 있었노라고 발표했다. 지금 어디에 있는지는 밝힐 수 없지만, 티베트 부근의 어느 산중 마을일 수도 있다고 넌지시 암시했다. 또 이 기회를 통해 가족에게 일이 이렇게 된 데에 대한 유감의 뜻을 전했다. 하지만 한번 천문학자는 영원히 천문학자이며, 자신에게 중요한 것은 자신의 일이라는 거였다.

8 스미르노프는 유명한 러시아 보드카 브랜드의 이름이기도 하다.

심지어는 〈가장〉 중요한 것이란다. 자신의 계산이 비판받는 것은 용납할 수가 없단다.

교수는 한 걸음 더 나아가, 자신의 계산이 옳다는 것에 대해 전 세계와 내기를 하고 싶다고 선언했다. 그는 이게 진심임을 보여 주기 위해, 취리히의 한 유명한 은행을 보증인으로 끌어들였다. 그의 주장은, 대기는 증발할 것이고 따라서 중앙 유럽 표준시로 2011년 10월 18일 21시 20분에 세상은 종말을 맞이한다는 거였다. 웹사이트에 실린 내기 제안 공고는 다음과 같았다.

자, 건 돈의 두 배를 가져가십시오!
내 말이 틀리다는 데에 1백 달러를 거십시오. 만일 내 말이 틀리다면, 당신은 중앙 유럽 표준시로 10월 19일 16시 정각에 2백 달러를 돌려받을 것입니다. 만일 내 말이 맞는다면, 세상이 없어진 마당에 1백 달러를 잃는다 해도 무슨 상관이겠습니까?

교수는 웹사이트에 계산의 세부적인 내용을 발표했다. 그것은 보조 수치, 줄, 화살표, 이론적 설명, 그리고 피할 수 있었던 함정 등이 포함된 무지하게 복잡한 방정식이었다. 내기 액수 1백 달러는 하나의 예일 뿐, 누구나 원하는 액수를 걸 수 있었다.

이 모든 것은 이름 있는 폰 톨 은행이 보증인으로 나섰기 때문에 굉장히 신뢰성 있게 느껴졌다. 게다가 64단계나 되는 방정식은 너무나도 복잡해서 어떤 농간을 발견하려면 아인슈타

417

인이 검토해도 적어도 두 달은 걸릴 거였다.

그리고 그때는 너무 늦을 거였다.

60
증인을 무력화시키기

헬리콥터를 탄 요한의 이부 형이 알레코 국제공항 상공에서 충격적인 발견을 하고 있을 때, 앙네스와 알레코와 요한과 페트라는 조그만 리셉션 홀에 둘러앉아 차와 스콘을 들면서, 종말 사기극 준비를 마친 것을 자축했다. 곧 불길한 전화 한 통이 걸려 올 것도 모른 채 말이다.

✳ ✳ ✳

공항 책임자는 중요한 임무를 부여받았다. 그는 이미 2백 명의 유능한 인부를 모아 놓고 있었다. 활주로 포장 작업은 다음 날 아침 7시 정각에 시작될 거였다. 지금까지는 전혀 의식하지 못했는데, 오늘 새삼스레 다시 보니 공항은 안쓰러울 정도로 형편없는 상태였다.

어, 근데 저게 뭐야? 헬리콥터? 몸바사 헬리콥터 서비스라고 쓰인 기체가 대통령 처사촌의 눈에 들어왔다. 하지만 그는 대통령으로부터 누가 방문한다는 얘기를 전혀 듣지 못했다. 콘

419

도르스는 모든 게 대통령을 통해서 이뤄지는데 말이다.

조종사는 공항 위를 몇 차례 오간 후에 왔던 방향으로 되돌아갔다.

이상했다.

알레코의 처사촌은 곧바로 이 사실을 친구들과 모여 차와 스콘을 들며 즐거운 시간을 보내고 있는 대통령에게 보고했다.

「요한, 혹시 널 찾아올 사람이 있니?」 알레코가 물었다.

「난 여기 있는 사람들 말고는 아는 사람이 없어요. 아 참, 그리고 보니 우리 형도 아네요. 또 프레벤이라고 하는 덴마크 사람도 알고요. 또 R 자가 없는 오브라마도요. 또 반기 뭔가 하는 사무총장도요. 또 로마에 있는 스웨덴 대사도 조금 알긴 하지만, 그분이 여기 올 이유는 없을 것 같아요.」

알레코는 자신의 별 뜻 없는 질문에 그냥 〈없어요〉라고 대답하면 안 되나, 하는 생각이 들었다.

「나의 경우를 말하자면, 그보다는 좀 더 많은 사람을 알지만, 그 목록을 줄줄이 읊어 댈 시간은 없어. 그리고 날 찾아올 사람도 없어. 만일 공항을 개수하기 전에 누군가가 그곳 상태를 본다면, 그건 좋지가 않아. 전혀 좋지 않아.」

알레코는 앙네스에게 쥐리히로 가기 전 얼마나 시간이 더 필요하느냐고 물었다. 노부인은 지금 그들은 모든 준비가 끝난 것을 축하하는 중이 아니냐고 반문했다. 이제 문안을 한 번만 더 점검하면 되는데, 넉넉잡아 내일 아침이면 마칠 수 있단다.

「그것을 지금 할 수는 없소?」

「그러니까 지금 당장이요?」

「그렇소.」

「뭐, 그렇다면 가면서 하죠.」

요한과 그의 아버지, 그리고 앙네스와 페트라는 공항으로 향했다. 앙네스는 태블릿을 들여다보며 작업을 진행했다. 운전대를 잡은 요한은 운전이 너무 잘돼서 놀랐다.

「아들아, 난 너처럼 운전 못하는 사람은 처음 봤다.」 대통령이 투덜댔다.

「대통령님만 그런 게 아니에요.」 페트라도 한마디 했다.

알레코는 요한에게 휴대폰 번호를 제대로 누를 수 있도록 속도 좀 늦춰 달라고 부탁했다. 그러고는 몸바사 헬리콥터 서비스사에 전화를 걸었다. 내일 아침에 직접 대통령궁 정원으로 와서 그들을 태워 갈 수 있도록 헬기를 예약해 놓은 회사였다.

「여보세요. 나 알레코 대통령이오. 조금 전에 우리 영공을 비행해 준 대가로 돈을 얼마나 받았소?」

「죄송합니다만, 무슨 말인지 잘 모르겠는데요?」

「1만 5천?」

조종사는 어차피 자기 말을 믿지 않을 대통령에게 계속 모른다고 우길 힘이 없었다.

「1만입니다.」

「당장 이곳으로 돌아오시오. 그리고 이번에는 착륙하시오. 공항에 말이오.」

「절 체포하실 건가요?」

「천만에. 하지만 1만 달러는 다른 나라 영공을 불법 침입하는 대가로는 너무 싸군.」

「저도 압니다. 게다가 계약 조건에는 착륙까지 포함되어 있었어요. 적어도 그가 처음 제시한 7천보다는 올려 받을 수 있었죠.」

「그래서 착륙했소?」

「아뇨, 그가 생각을 바꿨어요.」

「거기에 대해선 이따 얘기합시다. 서두르시오. 기다리고 있겠소.」

「먼저 연료를 넣어야 해요. 방금 그 짠돌이를 내려 주고 오는 길이거든요.」

그로부터 한 시간 10분 후, EC155 헬기가 시뻘건 흙먼지를 일으키며 땅에 내려앉았다. 활주로를 따라 둥지를 튼 모든 멸종 위기종 새들이 기절초풍하며 도망쳤을 것이었다. 만일 그런 녀석들이 존재했다면 말이다.

조종사는 감속하는 회전 날개를 허리를 굽혀 피하며 빠른 걸음으로 낡고 황폐한 공항 터미널로 들어왔다.

「어서 오시오.」 알레코 대통령이 인사했다.

「이하 동문.」 요한도 인사했다.

「감사합니다.」 조종사가 대답했다.

하나는 나이 들고, 하나는 젊은 두 여자가 조금 떨어진 곳의 테이블에 앉아 있었다. 그 외에는 홀에 아무도 보이지 않았다. 조종사가 보기에 체포되지는 않을 것 같았다. 적어도 지금은.

「난 역사를 조금 수정할 필요성을 느끼고 있소. 아니, 역사보다는 현재를.」 알레코가 말문을 열었다.

조종사는 고분고분한 모습을 보이는 게 좋다는 것 외에는 아무것도 알 수 없었다.

「저는 모든 종류의 수정에 대해 상당히 강한 편입니다. 어떻게 도와드릴 수 있을지 말씀만 하십쇼.」

대통령은 대답 대신 이렇게 물었다.

「당신, 여기보다 더 멋진 공항 터미널을 본 적이 있소?」

활주로의 흙먼지가 벽에 난 틈들을 통해 들어와 실내에 뿌옇게 쌓여 있었다. 보안 검색대의 시뻘겋게 녹이 슨 엑스레이 스캐너는 여러 해 전부터 사용되지 않은 듯했다. 천장은 쩍쩍 금이 가 있고, 여기저기에 부서진 창문들이 보였다.

조종사는 이유는 몰랐지만, 무슨 대답을 해야 하는지는 알고 있었다.

「아마도 아프리카 전체에서 가장 멋진 공항 터미널이 아닌가 합니다.」

알레코는 만족한 얼굴로 고개를 끄덕였다.

「그리고 저 아스팔트 포장 된 활주로에 대해선 어떻게 생각하시오?」

「아주 편평하고, 똑바르고, 반짝반짝 빛이 납니다.」

「맞았소. 우리, 얘기가 통하는구먼.」

요한은 서류 가방을 열었다. 아버지로부터 이미 지침을 받은 터였다.

「당신은 내일 2천 달러에 우릴 데리러 오기로 되어 있었어요. 그런데 만일 보수를 3만 달러로 올려 드리면 어떨까요?」

조종사가 헤헤 웃었다.

423

「3만이면 제 눈에 터미널이 한 군데 더 보이게 될 겁니다.」

「하나면 충분하오.」 알레코가 손을 내저었다. 「우린 작은 나라니까.」

그런데 요한을 유심히 쳐다보던 조종사는 그가 자기 집 주방에서 TV로 봤던 그 젊은이라는 것을 깨달았다.

「근데…… 혹시 이번에 새로 임명된 UN 반부패 운동 감독관님이 아니신지?」

요한에게 이 〈반부패 운동〉이란 말은 〈별난〉 혹은 〈천치〉 같은 말들만큼이나 어려운 말이었다. 하지만 실패한 우편 배달부와 농락당한 전업주부에서 출발하여, 마스터 셰프와 천재를 거쳐 저명한 외무부 징관에까지 이르는 동안, 그는 줏대와 자신감을 얻게 되었다. 이제 자신이 완전히 형편없는 존재는 아니라는 것을 알고 있었다. 또 다른 이들처럼 배울 능력이 있다는 것도 알고 있었다. 이제 그는 〈어떻게 아무런 가치도 없는 사람이 맛과 향에 대해 나처럼 좋은 감각을 지닐 수 있단 말이야?〉 같은 생각들도 할 수 있게 되었다. 이것은 꽤 어려운 수사적인 문장이었다. 비록 요한은 이 〈수사적인〉이라는 단어도 몰랐지만 말이다.

그는 대통령 아버지와 여러 번, 그리고 오랫동안 대화를 나눠 오면서, 이제 자신이 대표하게 된 문화를 조금이나마 이해하려고 애썼다. 또한 원하는 것을 손에 넣기 위해 상대를 살살 구슬려야 하는 있는 상황을 구별해 내는 일의 중요성도 배우려고 나름대로 열심히 노력해 왔다.

지금 그는 테스트를 받고 있는 기분이었다. 아버지가 지켜보는 가운데 치르는 테스트 말이다.

지금 조종사는 존재하지 않는 공항을 봤다고 증언하는 대가로 3만 달러를 제안받았다. 여기까지는 요한도 이해했다. 이렇게 피차 합의가 이뤄진 것 같았는데, 갑자기 조종사의 입에서 어려운 말들이 튀어나왔다. 마치 이의를 제기하는 것처럼 말이다. 아버지가 뭐라고 말씀하셨더라? 맞아, 각 상황을 파악하고, 상대가 자신이 유리한 조건임을 알아채기 전에 선수를 치라고 하셨지.

「맞아요, 내가 반부패 감독관이에요.」 요한은 일부러 태연한 표정을 지으며 대답했다. 「근데 말이죠, 지금 당신을 보니까, 이 서류 가방 안에 1만 달러가 더 들어 있다는 사실이 생각나는데요?」

조종사의 얼굴이 해처럼 밝아졌다.

「오오, 1만 달러가 더 있으면 제 아내가 너무 좋아할 것 같네요! 네, 아무 걱정 마세요! 전 약속을 반드시 지키는 사람이라는 것을 몸바사 전체가 압니다. 그저 제가 무엇을 더 해드리면 좋을지 말씀만 하세요.」

알레코는 아들이 자랑스러웠다. 이 일로 돈이 좀 들어가긴 하겠지만.

「이분에게 돈을 내드려라.」 그는 이렇게 말한 뒤, 조종사에게 고개를 돌렸다. 「자, 당신이 알고 있는 것을 다 말해 보시오.」

헬리콥터 회사 사장은 이야기를 시작했으나, 대통령이 원하는 것만큼 알려 줄 수는 없었다. 35세에서 40세 사이의 백인 남자. 영어를 구사. 무슨 수를 써서라도 콘도르스에 가려고 했음. 그리고 이미 말했듯, 착륙할 계획이었지만 다 쓰러져 가는 공항을 보고는 고객이 생각을 바꿨음.

「앗, 죄송합니다. 멋지게 지은 새 공항을 보고요.」

그 미지의 남자는 공항 위를 몇 차례 선회하라고 지시하고는, 휴대폰으로 사진을 몇 장 찍었단다. 그런 다음, 만족한 얼굴로 다시 몸바사로 돌아가자고 말했단다.

「그러고 나서는?」

「택시를 타고 사라졌어요. 왼쪽 국도로 들어갔죠. 공항 방향이에요. 어쨌든 시내 방향은 아니었죠. 바로 그즈음에 대통령님께서 전화를 거신 거예요.」

이제 확인된 두 증인 중 하나는 무력화되었다. 하나가 더 남았다. 미지의 사내 말이다. 사진을 찍어 갔다고 했다. 대체 어떤 놈일까?

「자, 우리 모두 가는 거야!」 대통령이 결정을 내렸다.

「어디를요?」 조종사가 물었다. 「주제넘게 질문을 드려서 죄송합니다만, 어차피 여러분을 데려다줄 사람은 저니까요.」

「취리히로. 하지만 당신 헬리콥터로는 몸바사까지만 갈거요.」

61
콘도르스식 사기

프레드리크는 휴가 기간을 다 채우지도 않고 로마에 돌아왔다. 그는 굴덴 대사의 뚱딴지같은 생각을 식힐 수 있는 물증을 지니고 있었다. 아니, 그 망상을 꽁꽁 얼려 버려야 했다. 아니, 완전히 죽여 버려야 했다.

정신없이 보낸 며칠이었다. 모든 게 너무 빠르게 진행되었다. 그는 굴덴 대사가 임의로 요한에게 직위를 줄 수 없다는 것을 알고 있었다. 이런 종류의 일은 스톡홀름의 상부에서 논의를 거쳐 결정되었다. 불행히도 프레드리크의 상관은 대사직을 네 번째로 연임 중이고, 외무부에서 큰 신망을 누리는 인물이었다. 만일 굴덴이 결정자들에게 요한이 모든 문제의 해결책이라고 설명한다면, 누구도 반대하지 않을 거였다. 하지만 그 머저리 같은 동생 녀석이 자기 상관이 된다는 것은 프레드리크로서는 결코 용납할 수 없는 일이었다.

객관적인 관찰자라면 요한의 지적 능력은 로마 주재 스웨덴 대사가 상상하는 것과는 전혀 다르며, 로뉘 굴덴은 — 일반적으로는 예리한 판단력의 소유자로 알려져 있지만 — 이 번만큼은 상황과 인물을 잘못 판단했다는 의견을 내놓을 거였다. 하지만 지금 프레드리크가 화가 나는 것은 단지 이런 생각 때문만은 아니었다. 설사 요한이 인류를 구원할 수 있는 유일한 해결책이라 하더라도, 프레드리크는 그가 없어져 버려야 한다고 말했을 것이다. 그곳이 세계의 어디가 됐든, 요한 놈이 개입하여 — 자신은 빠진 채로! — 평화를 되찾는다고 생각하면 프레드리크는 숨이 막힐 것 같았다.

하지만 만일 프레드리크가 지금 대사의 방에 달려가 사진들을 코앞에 들이민다면, 굴덴은 아프리카에는 왜 갔느냐고 물어볼 거였다. 그가 휴가를 내준 것은 몬테비데오에서 죽어가는 부친을 보러 간다고 했기 때문이 아니었나?

프레드리크는 굴덴에게 증거를 직접 제시할 수도 없었고, 예정보다 빨리 대사관에 돌아갈 수도 없었다. 우루과이로 날아가 죽어 가는 아버지에게 후다닥 작별을 고한 후, 곧바로 비행기를 타고 돌아왔다? 누가 들어도 수상쩍은 말이었다.

그런데 이 프레드리크 뢰벤홀트는 공감 능력은 병아리 눈물만큼도 없지만, 자신의 평판에는 목숨을 거는 사람이었다. 그래서 그는 로마에 있는 자신의 아파트에 블라인드를 내린 채 며칠 동안 숨어 있었다. 그렇다고 해서 누워서 빈둥대지는 않았다. 인스타그램 계정을 하나 만든 그는 거기에 〈콘도르스식 사기〉라는 이름을 붙였다.

그는 몬로비의 낡아 빠진 공항의 사진들을 차례로 게시한 후, 이것들을 콘도르스 대통령이 아프리카 연합과 UN 사무총장과 미국 대통령에게 제시한 이미지들과 비교했다. 그러고

428

나서 각 사진 밑에다 코멘트를 달 때의 기분은 정말이지 하늘을 나는 듯했다.

알레코는 아프리카 연합 내에서 항상 어릿광대 같은 인간으로 여겨져 왔다. 이런 상황은 그가 요한 뢰벤홀트라는 인물을 외무부 장관으로 임명한 순간 더 악화되었다. 믿을 만한 소식통에 의하면, 요한은 여물을 먹는 짐승처럼 멍청한 인간이라고 한다. 대통령과 이 천치는 한 팀을 이루어 아프리카 대륙 전체를 속여 먹으려 했다. 아니, 전 세계를 농락하려 했다!

너덧 개의 포스트와, 비슷한 내용을 담은 같은 수의 캡션을 게시한 후에, 제3 사무관의 익명의 인스타그램 계정은 최대한 많은 신문들과 TV 채널들과 정치 평론가들과 일반인들을 팔로했다. 이들 중 수백 계정은 그냥 예의상으로, 혹은 단순한 호기심에, 혹은 습관에 따라 그를 〈맞팔〉했다. 이렇게 프레드리크의 메시지는 세상에 나왔고, 전혀 자랑스럽지 못한 콘도르스 공항의 진실은 급속도로 퍼져 나갔다.

✳ ✳ ✳

취리히의 거리 위로 따스한 가을 햇살이 내리쬐고 있었다. 모든 게 준비되어 있었다.

앙네스, 알레코, 요한, 페트라, 그리고 헤르베르트 폰 톨은 반호프슈트라세가의 어느 레스토랑 테라스에 앉아 있었다. 앙네스와 헤르베르트는 다시 만나게 되어 행복했다. 삶이 너무나도 달콤한 그들은 화이트와인을 한 잔씩 주문했고, 나머지 사람들은 커피로 만족했다. 앙네스는 태블릿을 거치대에 올려놓았다.

「자, 시작 버튼을 클릭할까?」 그녀가 물었다.

다른 이들은 고개를 끄덕였다.

사실, 시작 버튼을 여러 번 클릭해야 했다. 〈종말의 날 프로젝트〉는 세 개의 소셜 미디어 플랫폼에서 동시에 출범했고, 각 플랫폼에서는 신뢰감을 주는 디자인으로 꾸며진 웹사이트와 연결되었다. 그리고 각각의 웹사이트는 1백 달러의 여유 자금이 있는 사람들에게 도저히 거부할 수 없는 제안을 하고 있었다. 1백 달러 이상이면 더 좋았다.

앙네스는 숨을 깊이 들이쉰 뒤 프로젝트를 시작하는 버튼을 클릭한 후, 와인 잔을 헤르베르트 쪽으로 들어 올렸다.

「May the force be with us(포스가 우리와 함께하길).」

「〈스타 워스〉.」 요한이 이 대사가 나온 영화 제목을 말했다. 「첫 번째 영화는 1977년에, 두 번째는 1980년에, 세 번째는 1983년에 개봉했죠. 그런데 〈us〉가 아니라 〈you〉예요. 하지만 눈감아 줄게요.」

앙네스는 요한이 음식과 음료와 미국 영화에 대해서는 그렇게 박식하면서도, 나머지 다른 것들에 대해서는 그렇게 깡통일 수 있는지, 다시 한번 놀라움을 금치 못했다. 하지만 지금은 이런 생각에 잠길 틈이 없었다. 그녀는 머리를 숙여 태블릿를 들여다봤고, 옆에 앉은 헤르베르트는 은행에 직접 연결해 봤다.

「벌써 5백이나 들어왔어.」 그가 알렸다.

「몇 분 사이에 5백 달러를 벌었군!」 대통령은 입을 딱 벌리며 고개를 끄덕였다.

「그게 아니고, 내기에 응한 사람이 5백 명이란 뜻이에요. 액수로 말하자면, 이제 9만 5천 달러. 12만. 18만…….」

이렇게 돈이 쏟아져 들어오는 가운데, 요한은 그의 휴대폰을 두드렸다. 조금만 솜씨가 있으면 이 기계로 뉴스를 확인할 수 있다는 사실을 알고 있었다. **아버지가 뭐라고 했더라?** 맞아, 실시간 뉴스를 계속 체크하라고 하셨지. 〈종말의 날 프로젝트〉에 가장 좋은 일은 이게 『USA투데이』나 CNN에서 언급되는 거라고 하셨어.

알레코는 세계의 다른 곳, 그러니까 일본이나 인도 같은 곳에도 거대 미디어 그룹들이 있다는 사실을 알고 있었지만, 미국만큼 달러가 많은 곳은 없었다. 매체들이 벌써 이 종말의 날에 대한 공고를 발견했을 가능성은 희박했지만…….

「이것 봐요!」 요한이 갑자기 말했다. 「야, 이것 참 재미있는데?」

그는 요하네스버그의 『데일리 선』이 최근에 게재한 — 그것도 사진과 함께! — 기사 하나를 그들에게 보여 주었다. 응? 〈콘도르스식 사기〉?

사진들은 알레코 국제공항 위를 저공비행하며 헬리콥터의 번들거리는 유리창을 통해 촬영한 거였다. 기사를 쓴 이 신문사의 해외 통신원은 자신은 불과 며칠 전에 아디스아바바에서 알레코 대통령이 재건된 자기 나라를 묘사하고, 알레코 국제공항을 이 사진들과는 완전히 다른 모습으로 소개하는 것을 직접 보고 들었다고 했다. 이어 리포터는 콘도르스 대통령이 또다시 아프리카 전체를 농락했는가 하는 의문을 제기했다. 그러면서 인스타그램을 통한 한 익명의 고발을 언급했던 것이다.

그들의 수입이 2백만 달러를 돌파하고 있을 즈음, 알레코는 공포가 밀려드는 것을 느꼈다.

요한이 이걸 뭐라고 했더라? 뭐, 〈참 재미있다〉고?

「야, 이놈아, 여기서 뭐가 그렇게 재미있는지 한번 말해 봐.」 다시금 〈똥구멍〉으로 돌아갈 위기에 처한 사내가 으르렁 댔다.

이번에는 다시 오명에서 벗어날 길이 없을 것이었다.

그런데 요한이 사진에서 다른 이들이 주의해서 보지 않았던 디테일 하나를 발견했다.

「유리창에 어른거리는 이 녹색 그림자 보여요?」

「그런데?」

좀 더 자세히 들여다보니, 사진을 찍은 사람의 손과 손목이 어렴풋이 보였다. 흐릿하게 어른거리는 청록색은 롤렉스 오이스터 퍼페추얼 손목시계의 문자판이었다.

「우리 프레드리크 형에게도 똑같은 시계가 있어.」

「다 네 돈으로 산 거지.」 페트라가 덧붙였다.

＊＊＊

와인과 커피 한잔의 여유를 맛보고, 〈종말의 날 프로젝트〉

개시로 이어졌던 유쾌한 시간은 졸지에 위기 대응 비상 회의로 바뀌었다. 그래도 정상적으로 사고하는 이들 가운데 가장 힘을 얻는 의견은 그들을 노리는 사람은 다름 아닌 요한의 형, 프레드리크라는 거였다. 그리고 지금 그는 1 대 0으로 게임을 리드하고 있었다.

현실에서만큼이나 SNS에서 자유롭게 움직이는 앙네스는 이것은 전혀 문제가 되지 않으며, 또 앞으로도 문제가 될 하등의 이유가 없다고 선언했다.

「어떻게 이게 문제가 되지 않을 수 있소!」 알레코가 벌컥 화를 내며 말했다. 「우리 공항은 끔찍한 상태란 말이오!」

「프레드리크의 사진상에서는 그렇죠. 하지만 우리의 사진에서는 그렇지 않아요.」

「문제는 그자의 사진이 진짜라는 거요. 안 그렇소?」

앙네스는 웃음을 터뜨렸다.

「그게 무슨 상관이죠?」

한편, 헤르베르트는 폰 톨 은행 전산 시스템의 깊은 곳에서 분주히 움직이고 있었다.

「지금 뭐 하고 계세요?」 페트라가 물었다.

「우리 은행 고객 데이터베이스를 체크하고 있었어. 프레드리크 뢰벤홀트라는 이름을 들으니 뭔가 귀에 익은 느낌이었거든. 그는 우리 은행에 올해 여름에 계좌를 하나 개설했고, 6천4백만 크로나의 관리를 맡겼어. 이 돈은 벌써 6천7백만 크로나로 불어났지. 우리 아빠는 그냥 심술쟁이 영감만은 아니야. 매우 똑똑하기도 하시지.」

「6천4백만이라⋯⋯.」 페트라는 생각해 봤다. 「우리가 산정했던 아파트값보다 약간 더 많아.」

　「분위기를 보니, 우리의 희생양을 찾아낸 것 같은데, 내 생각이 맞아?」헤르베르트가 물었다.

　「양이라고요?」요한이 되물었다.

　「쉿!」앙네스가 입술에 검지를 댔다.

62
전 세계가 내기를 받아들이다

더 이상 똥구멍으로 돌아가고 싶지 않은 알레코 대통령 위로 하늘이 무너져 내리고 있을 때, 헤르베르트 폰 톨의 부친의 긍지 높은 취리히 은행의 한 계좌 — 아들 폰 톨이 잠가 놓고 통제하는 — 에는 돈이 계속 쏟아져 들어왔다. 입금액의 증가율은 논리적이면서도 인상적이었다. 인터넷 방문자의 수는 어떤 조건이 갖춰지면 천문학적으로 증가할 수 있다. 두 명의 방문자는 네 명이 되고, 네 명은 여덟 명이, 여덟 명은 열여섯 명이 되는 것이다. 이렇게 스물세 번을 두 배씩 점프하니 얼마 안 되어 방문자의 수는 무려 134,217,728명이나 되었다. 이게 또다시 여섯 번이 반복되었다면, 사이트에는 지구의 전체 인구보다 많은 방문자들이 북적이게 되었을 거였다. 만일 그게 가능했다면 말이다.

아무리 맹렬히 확대되는 사기극이라 할지라도 결국에는 사그라들게 마련이다. 하지만 이 경우는 그렇지 않았으니, 스미르노프 교수가 내기꾼들에게 그의 주장을 믿든지 말든지에 대한 선택권을 주었기 때문이었다. 사람들이 잃을 수 있는 것은 목숨뿐으로, 그것도 온 세상과 함께 없어지는 것이니 큰 문제가 아니었다. 그 반대의 경우에는 건 돈의 두 배를 받을 거였다. 이 사기극의 확산을 막을 수 있는 유일한 방법은 이 도박의 보증인으로 나선 은행의 신뢰성에 대해 의혹을 제기할 수 있는 구체적인 이유들을 찾아내는 것일 터였다. 많은 사람들이 이것을 시도했지만, 아무도 성공하지 못했다.

폰 톨 은행. 1935년 창립. 어떠한 특이 사항도 없음.

만일 세계적인 권위를 누리는 어떤 사람이 의혹을 제기했다면, 어쩌면 — 단지 〈어쩌면〉일 뿐이다 — 가능했을지도 모른다. 예를 들어 2011년에 가장 인기 있는 가수 중의 하나였던 브리트니 스피어스 같은 사람이 말이다. 하지만 그녀의 남자 친구 제이슨 트래윅이 곧 발표한 것은 이런 의혹이 아니었다. 오히려 그들이 계획 중인 결혼식의 피로연 비용에 좀 보태고자 10만 달러를 이 내기에 걸었단다…….

혹은 빌 게이츠 같은 이도 있었는데, 끊임없이 이어지는 종말 예언가들 중 가장 최신 버전에 호기심을 느낀 그는 내기 조건들을 자세히 살핀 후에, 자신이 방금 1백만 달러를 내기에 걸었다고 밝히고는, 몇 주 후에 들어올 수익금은 기후 문제 연구 단체에 기부하겠다고 약속했다.

이들의 뒤를 이은 사람은 목소리 큰 사업가 도널드 트럼프였다. 그는 일련의 트위터 게시글을 통해, 종말 이야기는 다 쓰레기이고, 그런 것들을 더 이상 연구해야 할 이유가 전혀 없다, 또 요즘은 쓸데없는 연구가 너무 많으며, 자신이 언젠가 미국 대통령이 되면, 기후 문제에 대한 쓸데없는 소리들뿐 아니라, 이런 종말 예언들을 모조리 금지하는 일부터 할 것이다,

공언했다. 어쨌든 그는 일단 110만 달러를 내기에 걸었다. 하지만 빌 게이츠와는 달리 번 돈을 아무에게도 기부하지 않을 생각이었다. 그는 공산주의자가 아니었던 것이다.

✳ ✳ ✳

8백만 달러가 어떻게 하룻밤 사이에 3억 달러로 불어날 수 있었는지, 헤르베르트는 도저히 이해가 되지 않았다. 세계에서 가장 파워 있는 몇 사람이 ― 상당수의 유명 인사들과 마찬가지로 ― 〈내 알통이 더 굵어〉 게임을 시작했다는 것을 깨닫기 전까지는 말이다.

앙네스는 돈이 한 푼도 안 들어올지 모른다고 걱정했지만, 지금은 결과가 자신의 모든 예상을 뛰어넘으리라는 것이 갈수록 확실해지고 있었다. 만일 사람들이 지금 얼마만큼의 금액이 들어오고 있는지를 알았다면, 누구라도 스미르노프 교수가 쌓여 가는 막대한 빚을 도저히 갚지 못하리라는 논리적 결론을 내릴 거였다. 어쩌면 빌 게이츠 같은 사람은 예외일 수도 있겠지만, 이 지구에서 누가 그 정도의 여윳돈을 가지고 있단 말인가?

바로 이 때문에 그녀는, 교수가 자신의 내기에 도전한 사람이 극히 적은 것에 놀라는 내용의 글을 모든 플랫폼에 동시에 올렸다.

페트라는 지금 일어나고 있는 일들 뒤에 숨은 사람들의 심리를 좀 더 이해해 보고 싶었다. 그녀는 보라색 머리의 공모자에게 설명을 구했다.

10년에 걸친 부지런한 인터넷 사용은 앙네스에게 많은 것을 가르쳐 주었다. 그중의 하나는 이렇다. 어떤 진실을 세상에 내놓으면 이 진실은 항상 이해관계가 다른 사람 때문에 여기저기 저항에 부딪힌다. 그래서 인터넷에서는 사실과 허구가 서로 구별될 수 없을 정도로 뒤섞인다. 결국 사람들은 그냥 자신이 좋아하는 버전, 과학적이지도 않고 심지어는 개연성도 없는 버전을 고수하게 된다. 그리하여 대략 다음과 같은 식의 대화가 오가게 된다.

A : 따라서 과학적으로 보자면…….

B : 시끄러, 거지 같은 자식아!

이것을 현 상황에 적용해 보면, 세상에는 죽기를 원하는 사람은 거의 없기 때문에, 페트라가 꾸며 낸 가짜 진실을 믿으려는 사람도 없다는 뜻이었다.

따라서 그들이 내기에서 한 선택은 지성이 아닌 운에 기댄 것이다.

내기에 관한 전 지구적 논쟁 가운데서 가장 널리 퍼진 의견은 이 예언은 말도 안 되는 헛소리에 불과하며, 따라서 관심을 기울일 필요가 없다는 것이었다. 물론 그렇게 말한 사람에게는 다음과 같은 대꾸가 돌아왔다. 〈네 말에 그렇게 자신이 있다면, 왜 지구가 망하지 않는다는 데에 네 전 재산을 걸지 않는 거야?〉

다음으로 가장 일반적인 것은 해당 주장을 입증하는 방정식의 유효성에 대한 소셜 미디어에서의 끝없는 논쟁이었다. 어떤 이들은 자신이 64단계를 모두 진행했다고 주장했지만 (새빨간 거짓말이었다), 누구도 동일한 결과에 이르지 못했다. 그렇다, 세상은 끝날 것이다. 그들은 이 점에는 동의했다. 하지만 언제? 한 사람은 그것이 6천 년 후라고 주장했고, 다른 사람은 2천 년 후라고 주장했다. 세 번째 사람은 세계의 종말이 1882년에 일어났다고 주장했는데, 한 번 더 계산해 보고 싶으니 시간을 달라고 요청했다. 이렇게 자칭 권위자들의 주장은 서로 상쇄되었고, 교수에게나 그들에게나 귀를 기울이는 사람은 아무도 없었다.

페트라는 이 종말의 날 사기극이 전 세계적인 공황 사태를 일으키거나, 각종 일탈 행위를 유발할 가능성을 우려했었다. 그러나 그녀의 염려에 가장 근접한 사건은 한 페이스북 그룹이 하이드파크 공원에서 지금 바로 시작한다는 난교 파티에 네티즌들을 초대한 일이었다. 몇 시간 후에 런던 경찰은 문제의 공원에서 낯 뜨거운 행위를 벌이고 있는 한 부부를 체포했으며, 구경꾼들은 쫓아 버렸다는 성명을 발표했다. 그 이상 뭐가 더 있지는 않았다.

페트라는 인터넷과 인간의 작동 방식에 대한 앙네스의 논리에 동의했다. 하지만 그녀가 자신의 방정식을 엉터리 방정식이라고 부르는 것은 받아들일 수 없었다. 자신은 방정식에서 매개 변수 하나만을 고의로 7.32에서 3.72로 바꿨을 뿐이었다. 따라서 방정식의 각 단계를 차근차근 진행한다면 누구나 스미르노프 교수와 동일한 결론에 도달하게 되어 있었다. 그렇게 되면 올해 10월 18일 저녁에 모든 것이 종말을 맞이할 거였다. 뉴욕에 산다면 점심 식사 직후일 거고, 또 시드니에서라면 그다음 날 아침이 될 터였다. 페트라는 직업적 자존심 때문에 완전히 말도 안 되는 엉터리 방정식은 내놓을 수 없었던 것이다.

「그리고 말이죠,」 그녀가 말을 이었다. 「거지 같은 공항은 인터넷상에서도 거지 같은 공항 아니던가요?」

「뭐, 그렇긴 해.」 앙네스는 씩 웃었다.

63
앙네스, 프로젝트의 조타수가 되다

〈종말의 날 그룹〉은 일흔다섯 살 먹은 잠재적 여자 친구를 위해 아버지와 기꺼이 절연한 일흔여섯 살 먹은 남자와 함께 콘도르스로 돌아왔다.

프레드리크 뢰벤홀트의 공격 이후로 알레코는 긍정적인 마음을 지닐 수 없었다. 『데일리 선』의 기사 때문에 불거진 위기를 벗어날 수 있는 유일한 방법은 신문 통신원에게 현대적인 터미널을 보여 주며 〈자, 보시오! 인스타그램의 그 친구는 순전히 거짓말쟁이요!〉라고 말하는 것일 터였다.

문제는 그 친구가 거짓말쟁이가 아니라는 점이었다.

하지만 앙네스는 포기할 생각이 전혀 없었다. 그녀는 곧바로 3단계의 〈홍보 작전〉을 수립했다.

   1. 헬리콥터 조종사가 TV 프로그램 「우리의 콘도르스」에서 인터뷰를 하도록 만든다.
   2. 임시 터미널을 만든다.

3. 〈유용한 바보〉를 하나 찾아낸다.

그녀는 알레코에게 모든 게 잘 해결될 거라고 약속했다.

그녀의 계획은 거의 성공할 뻔했다.

64
앙네스의 홍보 작전
제1부

보라색 머리 할머니의 요청에 따라, 탐사 프로그램 〈우리의 콘도르스〉는 갑자기 아프리카인 절반의 입에 오르내리기 시작한 사진들과 관련하여 몸바사 헬리콥터 조종사와의 독점 인터뷰를 방영했다.

「난 도무지 이해를 못 하겠어요.」 조종사는 능청스럽게 말했다.

며칠 전, 처음 보는 어떤 낯선 남자가 헬리콥터에 자기를 태워서 콘도르스까지 갔다가 다시 돌아와 달라고 부탁했다는 거였다.

「난 그에게 말했죠. 어떤 멸종 위기 새 때문에 거기 착륙하는 것은 불가능하다고요.」

「그랬더니 그 낯선 남자는 뭐라고 대답했죠?」

「자기는 착륙할 생각은 없으니, 그냥 콘도르스의 국경까지만 갔다가 다시 돌아와 달라고요. 그러면서 두둑한 보수를 제안했고, 난 여기에 불법적인 점이 전혀 없었기 때문에 승낙했어요.」

알레코 대통령의 처제는 보통 방송국 국장실에 앉아 있었지만, 중요한 상황에는 스튜디오에 직접 등장했다. 바로 지금처럼 말이다. 그녀는 엄한 목소리로 물었다.

「하지만 사진들은 콘도르스 영공에서 촬영되지 않았나요?」

헬리콥터 조종사는 당황한 표정을 지었다.

「……네, 맞아요.」 마침내 그가 대답했다. 「국경 부근에 도착하자, 낯선 사내는 2천 달러를 더 줄 테니 몇 분 동안 더 진입해 달라고 부탁했어요. 내가 다시 한번 허가 없이는 섬에 착륙할 수 없다고 대답하자, 그는 착륙할 필요는 없고, 그냥 공항 위를 몇 번 빙빙 돌기만 한 다음 돌아가면 된다고 했어요. 난 새한테 해를 끼칠 일은 없겠구나, 생각했죠.」

「자신이 법을 위반한다는 의식은 있었나요?」

조종사는 몸을 비비 꼬았다.

「죄송합니다.」

「나한테 사과할 필요는 없고, 콘도르스 국민들에게 사과하세요. 자, 그러고 나서 무슨 일이 있었는지 말해 보세요.」

「네, 말씀하신 대로 난 법을 어겼어요. 난 재빨리 공항 위를 통과했고, 낯선 사내는 사진을 찍고는 이제는 다시 출발해도 된다고 말했어요. 우린 콘도르스 영공에 불과 몇 분밖에 머물지 않았어요. 하지만 잘못은 잘못이죠.」

「조금 전에, 〈난 도무지 이해를 못 하겠다〉라고 하셨는데, 그게 무슨 뜻이죠?」

「에 그러니까, 간단히 말해서…… 공항은 너무나 멋졌거든요!」

「사진에 찍힌 모습과는 달랐나요?」

「완전히 달랐죠! 낯선 사내는 사진을 변조했든지, 아니면 몇 달 전에 찍었을 거예요. 난 정말 이해할 수가 없어요…….」

「그 남자는 우리 나라의 자랑스러운 증권 거래소 건물도 촬영했나요? 새 병원의 신축 공사장도요? 건설 중인 학교들도요?」

「아뇨, 아뇨. 맹세컨대 공항만 찍어 갔어요.」

65
앙네스의 홍보 작전
제2부

자갈투성이 맨땅은 기록적으로 짧은 시간 안에 검고, 반들반들하고, 똑바른 활주로가 되었다.

「잘했어요!」 앙네스는 기진맥진한 공항 책임자의 어깨를 두드리며 치하했다. 「이젠 터미널만 만들면 되겠네요.」

「네? 농담이십니까?」

「나흘 주겠어요.」

「농담이 지나치시네요!」

하지만 앙네스는 농담이 아니었다. 옛 터미널을 불태워 버린 다음, 신축 터미널이 잿더미가 되어 버렸다고 주장한다는 알레코의 기막힌 아이디어는 전면 포기되었다. 프레드리크 뢰벤홀트의 폭로 때문에 더 이상 누구도 그런 말을 믿지 않을 것이기 때문이었다.

앙네스는 그녀가 구상한 것의 스케치를 꺼냈다. 그것은 활주로 쪽을 향해 있는 터미널 전면을 따라 세워질 길이 110미터에, 높이 8미터의 거대한 구조물이었다. 재료는 모두 나무지만, 연회색으로 칠하여 콘크리트처럼 보이게 할 거였다. 계획에 따르면 이 목재 구조물은 안쪽의 무수한 받침대들로 지탱될 거였다. 어느 정도의 거리에 떨어져 적당한 각도에서 보면, 여전히 거지 같은 진짜 터미널의 모습은 완전히 가려질 거였다. 그 각도에서 보면 공항은 알레코가 약 일주일 전에 거짓으로 묘사한 것의 완벽한 실사판이 될 거였다.

우뚝 선 가짜 전면의 가호 아래, 상상 속의 새는 아무 걱정 없이 새끼 새들을 돌볼 수 있고, 공항 책임자는 건물 안의 오래된 잡동사니를 죄다 뜯어내고 폐기하는 고된 작업을 시작할 수 있을 거였다. (알레코는 이 폐기물들을 산 염소들의 대변인의 계곡에 가져다 버리기를 원했는데, 노인네에게 잠시나마 집중할 수 있는 뭔가를 주고 싶었기 때문이었다.)

책임자는 앙네스에게, 여행객이 가짜 전면에 뚫린 입구를 통과하는 순간 이 사기극이 탄로 날 거라고 생각하지 않느냐고 물었다. 그녀는 걱정할 필요 없다고 답했다.

「자, 나흘이라고 했죠?」

66
앙네스의 홍보 작전
제3부

　잘 구슬려 놓은 헬리콥터 조종사는 뜻밖의 연기 재능을 보여 주었다.「우리의 콘도르스」인터뷰는 대륙 선역에 퍼졌다. 신문사 편집국들이 갑자기 바빠졌다. 이 똥구멍은 진짜 똥구멍인 건가, 아닌 건가?

　남아프리카 공화국의『데일리 선』은 인스타그램에 문제의 사진들이 공개된 후 가장 먼저 알레코의 신뢰성에 문제를 제기했던 매체였다. 이 신문의 해외 통신원 새뮤얼 두마는 아디스아바바의 총회에 참석했었고, 거기서 알레코 대통령이 콘도르스의 기적에 대해 묘사하는 것을 듣고, 알레코가 제시한 이미지들을 눈으로 직접 본 바 있었다.

　그 후, 그 익명의 인스타그램 계정이 출현했다.

　그리고 이제는 어느 헬기 조종사가 울먹거리며 인스타그램의 사진들은 변조된 것이라고 주장하고 있는 것이다.

　미운 오리 새끼가 백조가 되었다가, 더 못생긴 미운 오리 새끼로 돌아왔는데…… 이제 다시…… 뭐라고 해야 하나? 새뮤얼 두마는 무고한 사람을 진흙탕에 끌어내렸단 말인가?

대통령의 다음과 같은 발표 이후로 그의 양심은 편치 못했다.

저는 지구상에서 멸종 위기에 처한 한 생물종을 보호하기 위해 콘도르스 국제공항을 폐쇄한 바 있습니다. 그리고 지금, 유해한 세력들이 아프리카 전체를 부패의 영원한 어둠 속으로 다시 끌고 가려 하고 있습니다. 그들은 구역질 나는 목적을 위해 한 마리의 불쌍한 새, 단지 두 날개를 뻗고 싶을 뿐인 가냘픈 새 한 마리를 이용하고 있는 것입니다. 저는 키아놀라니우스 콘도렌시스가 둥지를 떠날 때까지 우리의 자랑스러운 공항을 다시 여는 것보다는 저의 국제적 명성을 희생하는 편을 택하겠습니다.

새뮤얼 두마는 이 일의 진상을 규명하는 것이 누구보다도 자신의 의무라고 느꼈다. 그래서 해외 통신원은 콘도르스 대통령궁에 연락해 배로 가도 좋으니 섬을 방문할 수 있게 해달라고 요청했다. 물론 자신이 생각하기에 합리적인 방식으로, 멸종 위기에 처한 새로부터 충분히 떨어진 거리에 착륙할 수 있는 헬리콥터를 탈 거란다. 《데일리 선》은 이를 통해 온갖 어지러운 소문들을 완전히 끝내고, 콘도르스 대통령의 명예를 회복할 수 있기를 바랍니다.〉

이렇게 함으로써 새뮤얼 두마는 자신도 모르는 사이에 앙네스에게 시간을 벌어 주었다. 그녀는 〈유용한 바보〉를 찾느라 고생할 필요도 없었으니, 그중 하나가 제 발로 나타난 것이다. 그들은 곧바로 통신원에게 몸바사에서 콘도르스로 오는 헬리콥터 편을 제공했다. 하지만 대통령궁 대변인은(바로 대통령 자신이었는데, 새뮤얼 두마는 이 사실을 알 턱이 없었다) 유감스럽지만 모종의 〈괴랄한〉 이유들로 나흘 안으로는 방문이 불가능하다고 알렸다.

보라색 머리 할머니는 알레코가 작성한 답신을 검토했다.

「4일로 정한 것은 아주 좋아요! 그런데 이 〈괴랄한〉이라는 표현은 대체 어디서 나온 거죠?」

「모스크바에서 사람들의 말문을 막아 버릴 필요가 있을 때 이 요상한 단어를 사용하곤 했어요. 언어는 무기가 될 수 있거든.」

「이게 무슨 뜻인지나 알아요?」

「내가 얼마나 알아보려고 애썼는지 모를 겁니다. 하지만 결국 알아낼 수 없었죠.」

「괴상하고 지랄 같은…….」

「뭐요? 내가 뭐가 그렇게 괴상하고 지랄 같다는 거요?」

「〈괴랄한〉은 〈괴상하고 지랄 같다〉라는 뜻이라고요.」

「아하, 그렇구먼!」

정말이지 부전자전이군, 앙네스는 생각했다. 〈괴랄한〉이라는 말을 사용하여 대통령의 초대가 다소 〈괴랄해〉지긴 했지만, 어쨌든 통할 것은 같았다.

67
이보다 나쁠 수는 없다

알레코가 아프리카 연합보다 더 싫어하는 것이 하나 있다면, 그것은 바로 기자들이었다. 대통령으로서 첫발을 내딛었을 때, 그는 감비아에서 가진 한 기자 회견에서 곤욕을 치른바 있었다. 기자들은 온갖 주제에 대해 해괴망측한 질문들을 쏟아냈는데, 그중에는 인권에 대해 어떻게 생각하느냐고 묻는 질문도 있었다. 마치 인권이 모든 사람이 지닌 권리라는 듯이 말이다!

당시 그는 그들로부터 간신히 벗어날 수 있었고, 그 후로는 역병 보듯 그들을 피했다. 따라서 앙네스가 모두의 유익을 위해 어떤 기자와 우연을 가장한 만남을 가지라고 제안했을 때, 그가 망설인 것은 놀라운 일이 아니었다. 하지만 그녀는 그 제안에 자신이 있어 보였고, 왜 그래야 하는지에 대한 설명도 설득력이 있었다.

몸바사 헬리콥터 서비스사의 대기실에서 사장이 새뮤얼 두마 통신원을 맞이하고 있을 때, 알레코는 안쪽 사무실에 숨어 숨을 죽이고 있었다.

통신원은 섬에 착륙하여, 자부심 넘치는 공항 책임자와 인터뷰를 하게 될 것이라 생각하고 있었다. 하지만 조종사가 은밀히 받은 지시는 다른 것으로, 적당한 타이밍에 연료가 충분치 않다는 걸 깨달은 척하면서, 즉시 몸바사로 돌아가야 한다고 말하라는 것이었다. 그런 다음, 갓 지은 새 활주로 위를 크게 돌아 유턴을 하란다. 콘크리트 벽으로 분장한 터미널의 나무 전면을 촬영할 수 있는 완벽한 앵글이 나오게끔 말이다. 몸바사에 돌아와서는 카이로(혹은 어디든 상관없었다)의 어떤 중요한 회의에서 막 돌아오는 길인 알레코 대통령과 우연히 마주치고, 대통령은 마지못해 인터뷰에 응할 거였다.

그리하여 똥구멍은 이달 들어 두 번째로 아프리카의 태양이 될 거였다.

이게 계획이었다.

왜 세상에는 계획대로 되는 일이 하나도 없단 말인가?

✳ ✳ ✳

아빠 일은 잘 해결되고 있는 것 같았다. 요한은 자세한 내용은 몰랐지만, 어쨌든 어떤 중요한 사람이 공항 위를 비행하면서 콘도르스 대통령이 똥구멍이 아님을 증명할 사진들을 찍기로 되어 있다는 것을 알고 있었다. 그런 다음, 아빠는 이 중요한 사람을 몸바사에서 만나, 아주 많은 칭찬을 들은 후에 콘도르스로 돌아오고, 이 중요한 사람은 콘도르스 대통령이 얼마나 멋진 사람인지 온 세상에 알릴 거란다.

요한은 자신도 뭔가 기여를 하고 싶었다. 알레코 아빠는 늘 말씀하셨다. 애야, 앞서가야 한다, 진취적이어야 한다, 치료하기보다는 예방해야 한다……. 그래서 요한은 한 가지 생각을 했다. 그래, 바로 이거야! 그는 방송 한 시간 전에 연락을 하여, 콘도르스 TV에 출연했다.

그는 대통령의 치열한 노력을 지원코자, 외무부 장관의 자격으로 오늘부터 이 나라에서 모든 부정부패 행위를 금지한다고 선언했다.

그는 자신이 무척 자랑스러웠다.

✳ ✳ ✳

콘도르스의 기후는 5월과 10월 사이의 건기, 그리고 폭풍과 태풍과 습한 날씨가 이어지는 11월과 4월 사이의 우기로 특징지어진다. 하지만 건기에서 우기로 넘어갈 때에는 이 패턴조차 믿을 게 못된다. 2011년에는 우기가 10월 10일 오후에 시작하기로 마음먹은 듯했다.

갑자기 굵은 빗방울이 헬기 유리창을 세차게 때리자 헬리콥터 조종사는 적잖이 놀랐다. 곧이어 강풍이 불기 시작하자 나아가는 게 더 어려워졌다. 하지만 조종사는 수만 킬로미터의 비행 경력을 자랑하는 베테랑이었다. 초속 10 내지 15미터 정도의 바람은 그를 겁나게 할 수 없었다. 돌풍의 경우 초속 20미터까지는 문제가 아니었다.

비행은 계획했던 대로 진행되었다. 기체가 콘도르스 영공에 진입하는 바로 그 순간, 조종사는 열심히 반복해서 연습한 그 욕설을 헬멧 마이크에 대고 내뱉었다.

「에이, 젠장!」

새뮤얼 두마는 무슨 문제라도 있느냐고 물었다.

「연료를 가득 채우는 걸 잊었어요. 에이, 바보 같으니!」

남아프리카 공화국 통신원은 자신의 특종이 위협받는 것을 느꼈다.

「거의 다 도착했잖아요! 콘도르스에서 기름을 넣으면 되지 않아요?」

조종사가 이미 예상했던 말이었다.

「아, 절대로 안 됩니다! 그들의 거지 같은 휘발유는 어떤 엔진이라도 숨을 거두게 할 거예요. 돌아가는 길에 인도양 한복판에 비상 착수(着水)하기 원하신다면 또 모르겠지만.」

새뮤얼 두마는 그러고 싶지 않다고 대답했다. 자신은 제시간에 아내 곁으로 돌아가 그들의 두 번째 결혼 기념일을 축하하고 싶단다. 그들은 월터 시술루 식물 공원[9]에서 손을 잡고 산책할 계획이란다.

「그럼 그냥 돌아갑시다.」 조종사는 결론을 내리고는, 공항 북쪽 하늘에서 커다란 원을 그리기 시작했다.

가짜 터미널의 전면 사진을 망치지 않게끔 저공 비행으로 말이다.

두마는 여기서 즉시 유턴하여 돌아가든, 아니면 잠시 착륙했다가 가든, 소모되는 연료량에 별 차이가 없으리라는 점을 생각할 틈이 없었다. 공항이 눈에 들어오자 사진과 동영상부터 찍기 시작했다. 특종을 건진 것이다! 공항은 번쩍거리는

---

9 남아프리카 공화국 요하네스버그에 있는 공원. 이 나라 최초의 흑인 국무 총리 월터 시술루를 기리기 위해 1997년에 개장했다.

신축 건물이었다! 반들반들한 검정색 아스팔트 활주로, 그리고 그 뒤에 서 있는 웅장한 콘크리트 터미널이 제대로 포착된 항공 사진들은 너무나 훌륭했다.

바로 이 순간, 바람이 한층 거세지고, 빗줄기가 더욱 세차게 유리창을 때렸다.

열네 개의 굵은 버팀목들이 하나씩 우지끈 부러지는 소리는 헬리콥터 조종석에까지 미치지는 못했다. 게다가 조종사와 승객은 둘 다 헤드셋을 착용하고 있었다.

반면, 눈으로 보는 데에는 아무런 문제가 없었다. 사진과 동영상은 강풍에 허물어지는 가짜 공항 터미널이 그 뒤에 숨겨진 실체를 드러내는 광경을 최상의 화질로 보여 주고 있었다.

68
끔찍한 기자

EC155 헬기는 몸바사에 돌아왔다. 갈수록 심해지는 비바람으로 헬기 안이 심하게 요동쳤었다. 그럼에도 불구하고 해외 통신원 새뮤얼 두마는 비행 중에 기사의 첫머리를 쓸 수 있었다.

(몸바사-몬로비=데일리 선) 콘도르스 대통령 알레코는 16일 전 아디스아바바에서 그의 나라는 부패와의 전쟁을 시작했다고 선언하며 대대적인 이목을 끌었다.

아주 잠시 동안이나마 그는 아프리카 대륙 전체에 새로운 희망을 불어넣었다. 이로 인해 UN 사무총장과 미국 대통령으로부터 뜨거운 포옹을 받기도 했다.

하지만 알레코는 우리 모두를 농락한 거였다. 그는 부패하고, 뻔뻔하고, 교활한 인물로 악명이 높았다.

오늘 『데일리 선』은 이 악명이 조금도 틀리지 않았음을 밝히려 한다……

기사의 나머지 부분은 일단은 숙소에 체크인하고, 몸바사로 돌아갈 항공편 예약을 마칠 때까지 기다려야 했다. 마음이 급하긴 했다. 특종을 건졌으니 꾸물대고 싶지 않은 것이다. 그렇긴 해도 일단은 콘도르스에 이메일 한 통을 보내어 그 사기꾼 대통령 — ⟨똥구멍⟩이라는 매우 적절한 이름으로 알려진 자 — 에게 변명할 기회를 주는 게 옳았다. 두마는 답신을 받지 못하리라는 것을 알고 있었지만, 그에게는 기자 윤리라는 게 있었다. ⟨알레코 대통령은 논평을 요청한 『데일리 선』의 요청에 결코 응하지 않았다⟩라는 식으로 쓰리라.

통신원은 헬리콥터가 착륙하자마자 휴대폰으로 택시를 부른 후에, 장대비가 퍼붓는 바깥에서 기다리지 않기 위해 일단은 헬리콥터 회사의 좁다란 대기실로 뛰어갔다.

그런데 놀랍게도 대기실은 비어 있지 않았다. 한쪽 구석에 어떤 남자가 서 있는데, 모습을 보아 하니 어딘가로 가기 위해 헬기를 기다리고 있는 것 같았다. 뭐, 이런 날씨에? 가만, 왠지 낯이 익은데?

「아이고머니나! 세상에, 이런 변이 있나! 난 인터뷰라면 딱 질색인 사람인데!」

모든 것이 계획대로 진행되고 있었다. 그는 끔찍한 날씨에도 불구하고 너무나 기분이 좋았다. 정말이지 앙네스의 위기 관리 능력은 너무나 탁월했다.

「오, 그래, 그래! 당신을 기억하오! 아디스아바바에서 돌아오는 통신원 선생 아니오! 우리가 이렇게 우연히 마주치게 되었으니, 당신은 당연히 내게 한두 가지 질문을 던지겠지?」

새뮤얼 두마가 상대가 누구인지 알아보기 위해서는 몇 초의 시간이 필요했다. 하지만 그는 곧바로 충격에서 벗어났다.

「아, 대통령님! 이것 참 잘됐습니다! 거두절미하고 질문부터 하겠습니다. 왜 당신은 온 세상을 속여 사실이 아닌 것을 믿게 만들려고 하는 거죠?」

이것은 결코 알레코가 예상했던 서두가 아니었다.

「……무슨 말인지 잘 모르겠소.」 그가 대답했다. 「난 당신이 취재차 콘도르스에 갔다가 방금 돌아온 걸로 알고 있소만…… 내가 뭐 놓친 거라도 있소? 혹시 코스를 벗어나셨나?」

「대통령님, 지금 내게 사진 몇 장과 동영상이 있는데, 이것들은 당신의 불쌍한 가짜 건물이 바람에 날아가 아프리카에서 가장 거지 같은 공항 터미널이 드러나는 장면을 보여 주고 있어요. 당신은 나를 당신의 심부름꾼으로 이용해 먹으려 했던 겁니다. 자, 그럼 묻겠습니다. 왜 그러셨죠?」

알레코는 그가 받게 될 찬사들이 물거품이 되는 것을 보았다. 아, 빌어먹을 날씨! 아, 모든 게 엿같아! 머릿속에 생각들이 시속 1백 킬로미터의 속도로 팽팽 날아다녔다. 지금 당장 이놈의 통신원에게 달려들어 때려죽이는 것도 하나의 선택안일 수 있었다.

두마는 대통령의 얼굴에서 동요의 빛을 보았다.

「또 그럴듯한 변명을 찾아내려 하고 계신가요? 아, 천만에, 절대로 통하지 않을 겁니다! 난 이 두 눈이 본 것을 봤어요! 그 증거로 사진도 여러 장 찍었고, 기사의 앞부분까지 벌써 써놨단 말입니다. 자, 대통령님, 지금 당신이 할 수 있는 최선의 행동은 솔직히 모든 것을 인정 —」

새뮤얼 두마의 말이 끊어지지 않고 이어질 수 있었던 것은 여기까지였다.

「2만 5천.」 대통령이 조용히 말했다. 「물론 달러로.」

「네? 뭐에 대해서요?」 두마가 깜짝 놀라며 반문했다.

「음, 지금 내가 2만 5천이라고 했나? 아니 5만이오. 대략 3년 치 봉급으로 알고 있는데, 안 그렇소?」

알레코는 뇌물을 먹이는데 있어서는 자신을 따를 자가 없다고 자부하고 있었다.

「내 생각으로는 5년 치 봉급에 맞먹을 것 같군요, 대통령님. 아니, 만일 내가 콘도르스의 농부라면 50년 치 봉급일 거고요.」

「콘도르스에서 농사를 짓는 것은 바보들뿐이오. 그리고 난 당신이 바보라고 생각하지 않소. 난 오늘이 당신 인생에서 최고의 날이 될 수 있다고 생각하오만. 자, 10만 줄 테니까, 이걸로 합의 봅시다. 고국에서 참석해야 할 자리들이 있으니 날씨가 더 나빠지기 전에 출발하고 싶소. 자, 내가 원하는 것은 그저 이 불행한 얘기가 지구상에서 깨끗이 사라져 버리는 것뿐이오.」

새뮤얼 두마는 자신도 같은 마음이라고 대답했다. 그리고 대통령께는 죄송한 말씀이지만, 자신은 먼저 기사 작성부터 끝내고 싶단다.

「아, 그리고 저기 택시가 오네요. 인터뷰해 주셔서 감사합니다. 그리고 행운을 빌어요, 안녕!」

이렇게 말한 새뮤얼 두마는 빗속을 뚜벅뚜벅 걸어가 택시를 타고는 사라져 버렸다. 남아프리카 공화국의 어느 해외 통신원에게도 10만 달러는 엄청난 금액이었다. 하지만 새뮤얼 두마의 절개는 돈으로 살 수 없는 것이었다.

조종사는 엔진을 끄고 헬기를 격납고에 넣기 위해 늘 하는 일들을 마쳤다. 체크리스트의 모든 항목에 표시를 한 그는 이제 사무실로 돌아오고 있었다. 그런데 대기실에 알레코 대통령이 서 있었다.

「안녕하세요, 대통령님!」 조종사가 인사했다. 「어떻게, 잘 됐나요?」

「입 닥쳐!」 알레코가 버럭 소리쳤다. 「어떻게 인간이 그렇게 멍청할 수가 있나! 왜 그 통신원 놈이 그걸 봤는데 그냥 돌아오게 놔뒀냐고!」

「그럼 제가 어떻게 할 수 있었겠습니까?」 조종사가 우는소리를 했다.

「우선, 당신은 헬기를 바다에 그대로 박아 버릴 수 있었어. 그게 아니면, 적어도 1천5백 미터 고도에서 당신의 승객을 헬기 밖으로 밀어냈어야지! 이 중의 하나가 방법이었다고!」

헬리콥터 조종사의 뇌에는 상황에 맞는 뇌물 금액을 산정할 수 있는 계산기가 탑재되어 있었다. 그는 지금까지 자기가 받은 것은 자신과 자신의 헬리콥터와 자신의 승객을 죽일 수 있을 만큼의 금액은 아닌 것 같다고 대답했다. 또 강풍 속에서 승객을 밖으로 밀어내기 위해 단 몇 초 동안이라도 조종간을 놓을 정도도 아니란다. 아니, 만일 그리했으면 승객뿐 아니라 자신과 헬리콥터도 불행한 결말을 맞았을 거란다.

「적어도 난 아니야.」 알레코가 내뱉었다. 「자, 이제 당신의 빌어먹을 기계에 시동을 걸어 날 집으로 데려다줘.」

「대통령님, 이런 날씨에는 안 됩니다.」조종사는 버텼다. 「너무 위험해요.」

하지만 알레코는 이 퀴퀴한 대기실에서 밤을 보낼 생각은 전혀 없었다. 그가 한번 슥 노려보자 조종사는 꼬랑지를 내렸다.

「뭐, 날씨가 갤 수도 있겠고, 운이 따를 수도 있겠죠. 그럼 3분 후에 출발하겠습니다.」

「2분 후에 출발해!」알레코가 소리쳤다.

(몸바사-몬로비=데일리 선) 콘도르스 대통령 알레코는 16일 전 아디스아바바에서 자신의 나라는 부패와의 전쟁을 시작했다고 선언하며 대대적인 이목을 끌었다.

아주 잠시 동안이나마 그는 아프리카 대륙 전체에 새로운 희망을 불어넣어 주었다. 이로 인해 UN 사무총장과 미국 대통령으로부터 뜨거운 포옹을 받기도 했다.

하지만 알레코는 우리 모두를 농락한 거였다. 그는 부패하고, 뻔뻔하고, 음흉한 인물로 악명이 높았다.

오늘『데일리 선』은 이 악명이 조금도 틀리지 않았음을 밝히고자 한다.

다음의 사진들은 모든 것을 말해 주고 있다. 불과 3주 전, 알레코는 많은 이들 사이에 회자된 반부패 연설 중 빛나는 새 공항 터미널을 공개했었다. 이것은 아프리카 지도자들뿐만 아니라, 오바마 미국 대통령과 반기문 UN 사무총장도 보는 앞에서 행해졌다.

하지만 터미널은 판자때기들로 지은 껍데기에 불과했다.

바람이 한번 세차게 불자 와르르 무너져 버린 껍데기 말이다.

『데일리 선』은 알레코 대통령과 단독 인터뷰를 가졌다. 대통령은 굳이 설명하려 애쓰지도 않았다. 대신 그는 본 통신원을 매수하려 했다. 그가 뇌물로 제시한 금액이 정직한 콘도르스 시민이 벌 수 있는 돈에 비하면 충격적일 정도로 많다고 말하자, 그는 자신의 국민들을 조롱하며 그들을 바보라고 불렀다.

보다 상세한 리포트는 『데일리 선』의 내일 아침 판에서 이어질 것이다.

새뮤얼 두마

일찍 찾아온 우기는 아직 마음을 정하지 못한 듯이 다시 뒷걸음치고 있었다. 대통령궁 부근에 간신히 착륙한 헬리콥터 조종사는 승객을 내려 준 다음, 이제 알레코가 끝날 날도 멀지 않았구나 생각하며 잽싸게 떠나갔다. 하루라도 빨리 정산을 요청하는 게 좋을 것 같았다. 그리고 그 돈은 아내에게 주면서, 곧 콘도르스 프랑의 가치가 폭락할 테니 그 점을 투기에 활용하라고 조언하리라.

알레코가 이 나라의 내부자들이 평소 모이는 방에 들어섰을 때, 앙네스와 귄터와 헤르베르트와 요한과 페트라는 TV를 시청 중이었다. 지금 미국 TV 채널 CNN이 방영하는 것은 사진 네 장과 동영상 하나로, 이것들은 콘도르스의 가짜 공항 터미널이 무너지는 광경을 보여 주고 있었다. 이 보도에는 영상과 더불어, 남아프리카 공화국 일간지의 기사에서 가져온 인용문과, 대통령 자신과의 인터뷰도 ─ 더 정확히는 그가 자신의 국민들을 〈바보〉로 취급하는 장면 ─ 포함되어 있었다. 이 장면 뒤에는 몬로비행 항공편이 갑작스레 취소된 이후로 아디스아바바에 몇 주째 묶여 있는 콘도르스인들의 짤막한 영상 인터뷰가 이어졌다. 이들은 더 이상 자신들을 존중하지 않고, 공공연히 거짓말을 일삼는 사람이 자신들의 대표이길 원치 않는다고 이구동성으로 말했다. 다음 장면은 오늘부터 이 나라에서 부패 행위를 공식적으로 금지한다고 선언하는 콘도르스 외무부 장관의 모습을 보여 주었다.

머리에서 빗물이 뚝뚝 떨어지는 대통령은 이 재앙과도 같은 보도에 대해 한마디도 하지 않았다. 적어도 요한이 무슨 짓을 했는지 알기 전까지는.

「뇌물은 전부터도 금지되어 있었어, 안 그래? 아니, 이놈의 처제가 머리가 돌아 버렸나, 왜 너를 방송에 출연하게 해서 그따위 말을 하게 한 거야?」

요한은 아버지에게 감히 거짓말을 할 수 없었다.

「그녀에게 1백 달러를 찔러줬어요.」

알레코의 하루는 반기문에게서 걸려 온 전화로 마무리되었다. UN 사무총장이 전화를 한 것은, 요한 뢰벤홀트는 더 이상 반부패 운동 감독관이 아님을 통고하기 위해서였다. 그리고 대통령에게는 그의 증권 거래소를 **가장 으슥한 곳**으로 치워 버리라고 했다. 이는 그의 외교관 경력 수십 년 동안 한 번도 쓰지 않은 표현이었지만, 외교계의 일반적 어휘 중에는 지금 그의 기분을 표현할 수 있는 다른 말이 없었다.

사무총장으로부터 전화를 받고 요한은 아버지가 준 전화번호를 생각했다. 할리우드 배우의 그것 말이다.

「분위기가 좀 침울한 것 같아요.」 그가 말했다. 「조지 클루니에게 전화를 해볼까요? 그 사람이 우릴 칭찬해 줄 것 같은데요?」

「아주 좋은 생각이군.」 페트라가 비꼬았다.

요한의 얼굴이 환해졌다.

「정말?」

물론 아니었다.

69
내려놓을 때가 되었다

다음 날, 대통령궁 앞에서 시위가 일어났다. 2백여 명의 콘도르스인들이 철책 문 앞에서 〈사임하라!〉를 연호했다. 그들이 외치는 소리는 알레코가 앙네스, 귄터, 헤르베르트, 요한, 페트라 등과 함께 있는 방까지 들렸다. 날씨가 나쁘지 않았다면 몰려든 사람이 적어도 열 배는 되었을 거였다.

알레코는 국민들에게 수치심을 불어넣은 것이다. 그들이 쳐든 피켓들에는 그가 거짓말을 하고, 모든 사람을 매수하고, 국민들을 바보 취급했다는 글들이 적혀 있었다.

「쳇, 바보 취급 좀 당했다고 지구가 망하나?」 요한이 뿌루퉁하게 말했다.

페트라는 거짓말과 뇌물만으로도 충분히 나쁘다고 쏘아붙였다.

앙네스는 이미지 편집 프로그램을 제대로 다루고, SNS에 홍보하는 방법만 안다면 어떤 상황도 역전시킬 수 있다고 늘 말해 왔다. 따라서 지금 여론을 움직일 수 있는 사람이 있다

465

면, 그것은 바로 그녀였다. 그런데 친구들은 실망하지 않을 수 없었으니, 그녀가 처음으로 욕설을 내뱉은 것이다.

「에잇 제기랄, 난 못 해!」

「아, 당신은 욕을 할 때 더욱 아름다워!」 헤르베르트가 감탄했다.

귄터는 커다란 유리컵에 보드카를 콸콸 부은 다음, 그 절반을 단숨에 들이켰다. 동독 출신인 그였지만 단번에 밀려드는 러시아적인 우수를 느낄 수 있었다.

「아! 모두 내 잘못이야!」 그가 깊이 탄식했다.

무엇이 그의 잘못인지는 명확하지 않았다.

한편, 파란만장한 삶을 보낸 알레코에게는 때가 되었을 때 그것을 감지하는 안테나가 있었다.

예를 들면, 침몰해 가는 고르바초프호를 빠져나와야 했을 때, 빼돌린 돈으로 가득 채운 가방들을 집어 들고서 옐친과 러시아를 등지고 떠나야 했을 때, 그는 알아차렸다. 또 7년 동안 해 먹은 대통령직을 이제 포기해야 할 때가 왔다는 것도 알아차렸다.

「자, 이제 정신 차리고, 또 살길을 찾아야지!」

70
최대한 건지기 작전
제1부

알레코가 생각할 수 있는 계획이라고는 이제 다시 어딘가로 떠나야 한다는 것뿐이었다. 가방에 최대한 많은 돈을 넣어 가지고 말이다.

페트라는 취해야 할 조처들을 계산해 냈다. 방정식이 내놓은 결과는 이랬다.

시간 확보 + 재원 마련 + 해외 이민 = 평화

그녀는 시간 확보를 위한 작업은 알레코에게 맡겼다. 지금 무엇보다 시급한 일은 전국에 들끓는 혁명의 분위기를 가라앉히는 거였다. 만일 쿠데타라도 일어난다면 해결할 수 있는 시간도, 수단도 없었다.

대통령은 예언가의 리더로서의 역량을 높이 평가했다. 만일 그녀가 정부에 있었다면 큰 몫을 했을 거란다. 그는 파리바에게 전화를 해서는 오늘 저녁 8시 15분에 TV로 대국민 담화를 하겠다고 알렸다.

「하지만 이 시간은 〈왕좌의 게임〉이 한창일 시간인데요!」
방송국장이 놀라며 말했다.

「나도 알고 있어.」 알레코가 대꾸했다.

대중의 마음을 녹이려면 바로 이렇게 해야 하는 것이다.

＊＊＊

대통령은 담화문의 표현을 다듬으며 오후를 보냈다. 그는
귄터의 견해에 귀를 기울였다. 또 앙네스의 의견도 들었다.
그러고 나서 페트라가 최종적으로 결정하도록 했다. 방송 시
간이 얼마 남지 않자 대통령은 컨디션을 끌어올리기 위해 그
가 지닌 최고의 보드카를 한 모금 벌컥 마셨다. 방송국 스튜디
오의 조명들이 켜졌다. 카운트다운이 시작되었다. 3, 2, 1,
시작!

그는 결연한 시선으로 카메라를 응시했다.

「친애하는 국민 여러분, 저는 지난 7년 동안 여러분을 위하
여 밤낮을 가리지 않고 열심히 애써 왔습니다. 특히 우리를 짓
밟으려 하는 자들에 맞서 싸워 왔습니다. 하지만 저 역시 몇
가지 실수를 범했으며, 특히 지난주에 많은 이들을 실망시켰
다는 사실을 알고 있습니다. 이에 대해 여러분께 사과를 드릴
뿐만 아니라, 이제 제 행동에 대한 책임을 지기 위하여, 신임
대통령 선거가 있을 것임을 이 자리에서 엄숙히 알리는 바입
니다. 이 선거에 저는 출마하지 않을 것입니다. 투표는 일주
일 후에 진행될 것이며, 또 일주일 후에 저는 민주적으로 선출
된 차기 대통령에게 국가 경영의 책임을 넘길 것입니다. 민주

주의 만세! 콘도르스 만세! 자, 이제 마이크를 〈왕좌의 게임〉
으로 넘기겠습니다. 네드 스타크[10] 만세!」

이 네드 스타크에 대한 찬양은 스크립트에 없던 내용이었
다. 즉흥적으로 나온 말이었지만, 알레코로서는 꽤 적절한 멘
트로 느껴졌다. 사실 그는 모든 사람들이 좋아하는 것들을 잘
아는 사람인지도 몰랐다.

＊ ＊ ＊

이 전략은 효력을 발했다. 앞서 대통령궁 앞의 시위 인원은
3천 명까지 증가했었다. 그런데 매주 한 번씩 방영되는 미국
TV 시리즈가 시작되자, 그들 중 일곱 명을 제외하고는 모두
가 시위를 중단했었다.

그리고 알레코의 발표가 시작되자, 이 마지막 일곱 명마저
대통령의 담화가 진행됨에 따라 하나씩 피켓을 내려놓았다.

알레코는 이 발표를 대통령궁 깊숙한 곳에 특별히 마련된
스튜디오에서 행했다. 이제 궁 서관의 4층 창문에서 그는 마
지막 시위자를 쌍안경으로 관찰했다. 어떤 젊은 여자였는데,
아직도 분이 사그라진 것 같지 않아 보였다. 그녀는 거꾸로 든
피켓을 질질 끌면서 종종 걸음으로 멀어져 갔다.

음욜 에세라리
룰리케르!

---

10 「왕좌의 게임」 속 정의롭고 용감하며, 가족을 사랑하는 등장인물.

대통령은 글자를 읽어 보려고 고개를 올빼미처럼 계속 돌렸다.

「알았어, 알았다고, 빌어먹을!」 그가 창문에서 웅얼거렸다.

71
최대한 건지기 작전
제2부

이번 달 들어 벌써 두 번째로 찾아온 종말의 날이 겨우 사흘 남았을 때, 헤르베르트의 잠긴 계좌에 끝없이 밀려 들어오던 돈의 강물이 이제는 똑똑 떨어지는 낙숫물로 변했다. 오후면 그들이 늘 모이는 널찍한 테라스(거기서 요한은 항상 맛있는 무언가로 모두를 놀라게 했다)에서 앙네스는 이런 상황에 대해 유감을 표했다. 이제는 전 세계적으로 베팅할 만한 사람은 다 베팅한 것 같단다. 즉 시장이 포화되었다는 얘기였다.

「하긴 5억 1천4백만 달러가 그렇게 적은 돈은 아니지.」 앙네스가 입맛을 다셨다.

알레코는 보라색 머리 할머니가 실망하는 모습에 입을 딱 벌렸다.

「아니, 대체 얼마를 기대하셨우?」

「적어도 10억 달러는 넘을 줄 알았지.」

다른 사람들은 이 정도 금액이면 넘치도록 충분하다고 느꼈다. 페트라는 이제 스위스 계좌에 있는 돈을 다 빼내어, 그것을 콘도르스로 가져온 다음, 다시 다른 곳으로 옮겨야 할 때라고 말했다. 이를 위해서는 그 어느 때보다도 헤르베르트 폰 톨의 도움이 절실했다. 예언가는 알레코에게 콘도르스 은행의 모든 비밀번호를 취리히에서 온 은행가에게 맡기라고 지시했다. 폰 톨 은행의 비밀번호는 이미 그에게 있었다.

알레코는 시키는 대로 했지만, 그 전에 이렇게 묻지 않을 수 없었다.

「헤르베르트, 당신을 믿어도 되겠소?」

「물론이지!」 대신 대답한 것은 앙네스였다.

보라색 머리 할머니와 새 애인의 알콩달콩한 모습을 본 페트라는 미래 전략 수립 작업을 잠시 중단했다. 어쩌면 그녀 자신의 미래로 생각이 옮겨 간 것일 수도 있겠다. 어쨌든 스톡홀름에 있는 말테와의 문자 채팅에는 요즘 상당한 진전이 있었다. 그녀는 야구 방망이와 골프채 사건 이후로 빅토리아가 그의 마음에 어떤 자리를 차지하고 있는지 감히 물어보지는 못했지만, 적어도 그가 고등학교 때 자기가 생각했던 그 진실되고도 착한 애라는 것은 알게 되었다. 어쩌면 너무 착한 건지도? 또 우유부단한 건지도? 또 그 때문에 삶에 휘둘리며 사는 건지도? 말테는 새 야구 방망이를 샀는데 거기에 〈페트라〉라는 이름을 붙일 생각이라는 문자를 보내 왔다.

이게 꼬시는 게 아니면 대체 뭐겠어?

✳ ✳ ✳

헤르베르트는 노트북 화면 위로 눈을 돌리고는 그들의 514,226,000달러가 이제 콘도르스 은행에 안전하게 들어왔다고 알렸다. 내기의 기회는 아직 70시간 동안 열려 있으므로, 취리히 계좌로 수백 달러가 더 들어올 가능성이 있었다.

알레코는 그렇다고 헤르베르트가 뜬눈으로 밤을 지새울 필요는 없다고 말했다. 너무 돈을 밝히는 사람으로 보이기 싫어서였다.

하지만 헤르베르트는 이상한 점을 하나 발견했다.

「알레코, 이곳 콘도르스 은행의 당신 계좌에 5억 달러가 더 들어 있는 것 같은데, 이것은 어디서 난 거죠?」

「아, 맞다, 젠장!」 알레코가 외쳤다.

요 근래 하도 정신없는 일들이 이어지는 통에 깜빡 잊고 있었던 것이다.

＊ ＊ ＊

2년 전, 러시아의 한 여성 사업가가 이 나라에 거액을 투자하고 싶다며, 콘도르스 대통령에게 접견을 요청했다.

알레코로서는 면담을 거부할 수가 없었다. 자신의 지나온 길을 생각하면 약간 켕기는 것도 사실이었다. 하지만 알레코는 이름과 외모를 바꿨고, 세월도 많이 흘렀다. 사업가가 알렉산드르 코발추크를 알아볼 수 있는 위험은 그녀가 언급한 금액에 비하면 별것 아니었다.

대통령은 면담 자리에 귄터도 불렀다. 테이블 맞은편에 세련된 옷차림의 여자가 그녀의 충직한 통역사와 함께 앉아 있었다. 대화가 진행됨에 따라 알레코는 이 여자 뒤에 보리가 있다는 것을 눈치챘다. 이제 그들은 세련된 재킷과 넥타이 뒤에 숨어 활동했고, 지금의 경우에는 프라다 맞춤 정장과 루부탱 하이힐로 포장되어 있었다. 여자는 젊은 나이였고, 알레코가 달러로 채워진 가방을 들고 도망쳤을 때는 아직 아이였을 거였다. 이 사실은 그를 안심시켰다.

안전을 기하기 위해 협상은 프랑스어로 이루어졌다. 알렉산드르 코발추크를 잡으려 혈안이 된 마피아와 러시아어로 대화한다는 것은 잠든 불곰을 깨우는 거나 마찬가지였다.

한동안 형식적인 대화를 나누며 그들이 찾아온 진정한 목적을 파악하기 위한 조심스러운 탐색의 시간을 가진 후, 알레코는 단도직입적으로 말했다.

「우리는 어처구니없는 세상에 살고 있죠.」 그가 말했다. 「어디서 영수증 한 장을 잃어버리거나, 사업 파트너를 좀 도와주었을 뿐인데 갑자기 당국이 〈검은〉이라는 부당한 형용사를 붙이는 돈을 갖고 있게 되는 거지요. 나는 이런 말도 안 되는 상황에 맞서 싸우는 전위대의 일원임을 자랑스럽게 생각하는 바입니다. 자, 그러니 우리 한번 같이 실험을 해보겠어요? 만일 내가 너무 앞서간다고 생각하지 않는다면 말이죠.」

그렇게 그들은 먼저 출처가 의심스러운 돈 1천만 달러부터 시작해 보기로 했다. 콘도르스의 임무는 이 돈을 세탁하는 거였다. 이 방면에 대해 좀 알고 있는 귄터는 러시아 여자와 통역사가 떠나자마자 일을 착수했다.

아주 오래전, 그에게는 동업자가 하나 있었다. 홍콩에 거주하는 이 중국계 동업자가 그에게 만들어 준 가짜 소련 배급 카드는 얼마나 잘 만들었던지 진짜 배급 카드를 가진 사람들이 사기꾼으로 몰릴 정도였다. 이 홍콩인은 오래전 플로리다로 건너가서 미용실 체인을 하나 운영하는 동시에, 베트남에서 생산되고 포장되는 〈러시아〉 캐비어 수입 사업을 해오고 있었다. 귄터는 이 홍콩인 동업자에게 다시 연락을 취하여 함께 계획을 수립했다.

홍콩인은 고객들의 신용 카드 번호를 알아내서는 콘도르스에 보냈고, 콘도르스는 이 번호들로 위조 신용 카드를 만들어 홍콩인이 휴가를 보낸다는 명목으로 드나드는 도미니카 공화국에 우편으로 보냈다. 홍콩인은 다시 산토도밍고[11]의 한 아파트에서 2백 개의 신용 카드를 하나씩 봉투에 넣고 우표를 붙여서 세계 각지에 흩어져 사는 그의 중국인 친구들에게 보냈다. 귄터의 동업자에게는 확실한 네트워크가 있었던 것이다.

세계 각지의 중국인들은 이 신용 카드를 가지고 최신형 TV 같은 고급 전자 제품들을 사서 콘도르스에 발송했다. 이렇게 말레이시아, 노르웨이, 루마니아, 시에라리온, 멕시코, 리투아니아, 아일랜드, 모로코, 필리핀, 그리고 수많은 다른 나라에서 소포가 답지했다.

그런 뒤 알레코는 이 모든 물건을 하나의 화물로 묶어 모스크바에 보냈고, 모스크바에서 이 상품들은 겉으로 보기 번듯한 — 다시 말해서 세금을 꼬박꼬박 내고 회계상으로도 아무런 문제가 되지 않는 — 한 대형 마트 체인에서 다시 팔렸다.

최고급 TV들을 세금 한 푼 안 내고 시장가로 판다면 금방

11 도미니카 공화국의 수도.

큰 수익을 얻을 수 있다. 이렇게 대형 마트 체인의 소유주(물론 보리겠지?)는 수익을 챙겼고, 알레코와 귄터의 창의적인 도움 덕분에 돈을 세탁할 수 있었다. 당시 러시아에서는 첨단 전자 제품의 공급량이 부족했으므로 이 물건들의 판매가는 높았다. 즉 1천만 달러의 비세탁 자금이 불과 몇 주 사이에 950만 달러의 세탁된 돈으로 바뀌었다는 뜻이었다. 그 과정에서 알레코와 홍콩 출신 남자와 그의 모든 중국인 친구들, 그리고 러시아 세무 당국도 저마다의 몫을 챙겼음은 말할 것도 없었다.

물론 홍콩인의 미용실 체인 고객들을 너무 오랫동안 속여먹을 수는 없는 일이었지만, 귄터는 동일한 주제를 가지고 끊임없이 새로운 변주곡을 만들어 냈다. 2차 사업 때, 러시아인들은 그들에게 2천만 달러를 보냈고, 전과 같이 긍정적인 결과를 얻었다. 그다음 번에는 5천만, 그다음에는 1억 달러였다. 그리고 아주 최근, 그러니까 바로 어제는 5억 달러가 들어왔다. 콘도르스 대통령은 자신이 신뢰할 만한 사람임을 증명했던 것이다.

「어차피 모든 사람과 사이가 틀어졌으니, 여기에 마피아도 추가하지 뭐.」 다소 정직하지 못한 알레코가 말했다. 「헤르베르트, 우리 돈 5억을 러시아 놈들의 5억과 합치세요. 많아서 나쁠 것 없으니까. 앞으로 쓸데가 많을 거예요.」

목표했던 10억 달러에 도달했지만, 앙네스는 여전히 불만스러웠다. 원래 이 돈을 모은 목적은 알레코가 형편없이 다스리는 나라의 재건이 아니었나? 그런데 지금 대통령은 사임하고, 국고를 탈탈 털어 가방을 싸겠다는 건가? 지금 짓고 있는 병원을 내팽개치고서?

알레코는 제대로 대답도 못 하고 의자 위에서 몸을 비비 꼬았다. 왜냐하면 앙네스가 한 말은 정확한 진실이기 때문이었다. 이런 그를 살린 것은 커다란 은쟁반에 음식을 담아 들고 나타난 요한이었다.

「쪽파와 개암버터에멀전소스를 얹은 가리비 요리를 맛보고 싶으신 분?」

「오, 나 좀 부탁해!」 곧바로 알레코가 손을 들었다. 「그런데 이 요리를 혼자서 조용히 맛볼 수 있을까?」

* * *

헤르베르트는 자금 이동의 귀재였다. 클릭 몇 번 만에 콘도르스에 예치되었던 10억 달러는 다시 클릭 몇 번 만에 퀴라소로 날아갔다. 또 거기서 싱가포르로 옮겨졌다. 그리고 라트비아, 이스라엘, 영국령 버진 제도. 결국에는 최종 목적지 바베이도스에 안착했다.

적시에 도착한 가리비 일품요리를 맛나게 해치운 알레코는 경찰이 정말로 돈의 흐름을 추적할 수 없는지 알고 싶어 했다. 헤르베르트는 인터폴이 무시무시한 실력의 분석가들과 첨단 도구들을 가지고 있다고 대답했다. 그들은 언젠가 결국 찾아낼 거였다.

「그 언젠가가 대략 얼마 뒤죠?」 알레코가 물었다.

「약 수십억 년. 만일 그들이 24시간 내내 매일 작업한다면,

조금 가능성이 있어요.」

　「만일 그들이 5년 하고 몇 주일만 더 들일 생각이라면, 그냥
포기하는 게 낫겠군.」 페트라가 말했다.

　「그럼 내 병원은 어떻게 되는 거야?」 앙네스가 다시 물었다.

72
최대한 건지기 작전
제3부

알레코는 때로 뒤끝이 있었다. 대통령 선거 후보 등록 마감일이 하루밖에 남지 않고, 선거 당일이 이틀밖에 남지 않았을 때(콘도르스에서 모든 일정은 기한이 매우 짧다), 그는 등록한 후보가 단 한 사람뿐이라는 것을 발견했다. 다름 아닌 그 빌어먹을 산 염소들의 대변인이었다.

「이 인간에게 권력을 넘겨줄 생각은 전혀 없어!」 알레코가 그의 친구 귄터에게 소리쳤다.

「모든 일이 내가 생각한 대로 진행된다면 그러지 않아도 될 걸세.」 친구가 대답했다.

알레코는 상황이 악화될 때마다 귄터가 늘 그를 따라 도망쳤다는 사실을 당연하게 받아들였다. 그래서 그의 의형제가 콘도르스에 남겠다는 뜻을 밝히자 마음이 무거웠다. 하기야 귄터는 당연히 자기 아내와 딸을 생각해야 했다. 물론 그들을 데려갈 수 있지만, 안젤리카가 사랑하는 조랑말, 포카혼타스는 데려갈 수가 없고, 그러면 안젤리카는 너무나 상심할 거란다.

「귄터, 자네가 그리울 걸세. 한데 자넨 여기 남아서 어떻게 할 작정인가?」

그러니까 귄터 생각으로는, 누가 대통령이 되든 신임 대통령은 새 경찰청장을 임명하고 싶어 할 거란다. 따라서 귄터는 제복을 반납해야 하는데, 이걸 생각하면 상당히 불쾌하단다.

한 가지 해결책은 귄터 자신이 대통령이 되는 거란다. 그러면 스스로를 경찰청장으로 임명하여 제복을 보전할 수 있으니까. 가슴에 주렁주렁 달린 훈장들과 함께.

알레코의 눈에서 빛이 났다. 아, 정말 훌륭한 생각이야!

하지만 촌장이 여러 마을에서 꽤 지지를 받고 있다는 사실을 무시할 수는 없었다. 대통령은 귄터와의 공조하에 물밑 작업에 들어갔다. 다행히도 선거 관리 위원회 의장은 다름 아닌 알레코의 죽은 아내의 삼촌이었다. 그녀는 이 삼촌을 봉급이 두둑한 자리에 앉혀 달라고 남편에게 간청했었던 것이다. 봉급이 두둑하지만, 손가락 하나 까닥할 필요가 없는 자리가 좋은데, 왜냐하면 그 삼촌은 늙었을 뿐 아니라 게으름뱅이이고, ─ 솔직히 말하자면 ─ 머리가 약간 단순한 양반이기 때문이란다. 알레코에게는 선거를 치를 뜻이 전혀 없었기 때문에 선거 관리 위원회 의장은 이상적인 자리였다.

그런데 이제 이 양반에게 뭔가 할 일이 생긴 것이다. 대통령은 그에게 귄터가 실제로 얻게 될 득표수에 40퍼센트를 더하라는 지시를 내렸다. 다소 과한 감이 있었지만, 치료보다는 예방이 우선이었다. 또 파리바에게는 귄터를 띄우는 광고를 최대한 많이 방영하라는 임무를 부여했다. 이렇게 쏟아져 나

480

온 TV 광고들에서 귄터는 국민들에게 이렇게 말했다.

저는 귄터입니다. 저는 아프리카 전체에서 범죄 발생률이 가장 낮은 이 나라의 경찰청장입니다. 저는 여러분의 지도자가 되는 영광을 기꺼이 받아들일 준비가 되어 있습니다. 제가 대통령이 되면, 무엇보다도 세금을 낮추고, 봉급을 올리고, 일자리를 늘리고, 보다 화창한 날씨를 보장하겠습니다. 자, 우리 모두 예전처럼 번영하는 콘도르스를 만들어 갑시다!

이 연설은 귄터의 형편없는 프랑스어로 행해졌다. 여기에 파리바는 아랍어 자막을 달았다. 국민 중 극소수만이 프랑스어를 할 줄 안다는 게 유감이었다. 그리고 글을 읽을 줄 아는 사람은 더욱 적다는 것도 유감이었다.

이렇게 촌장을 처리해 버린 알레코에게 남은 적은(아프리카 지도자들 전체를 제외하고) 단 한 사람으로, 바로 요한의 이부형제였다.

이 프레드리크라는 놈은 어린 시절 내내 요한을 종처럼 부려 먹었고, 동생에게서 수백만 크로나를 횡령했으며, 그의 국제적 커리어를 망쳐 버렸다. 어디 그뿐인가. 놈은 이 알레코를 사임하게 만들고, 곧 이 나라를 떠야 하는 신세로 만들었다.

이 이부형제 녀석은 뼈저리게 후회하게 되리라. 지금 폰 톨 은행의 전산 시스템 내부에서 희생양으로 점찍어진 이놈은 곧 5억 달러를 횡령한 혐의를 뒤집어쓰게 될 거였다. 물론 놈은 결백을 주장하리라. 객관적으로 결백한 것이 사실이기 때문에 더욱 목청껏 주장하리라. 그렇다면 이쪽에서 내놓을 만한 패를 준비하는 게 좋을 거였다.

알레코는 갑자기 5억 달러를 손에 쥔 사람이라면 뭔가 좋은 것을 구입하는 것이 자연스럽다고 생각했다. 하지만 프레드리크는 — 알레코와 그의 친구들과는 달리 — 아직 부자가 아니었으므로, 대통령은 자신이 직접 골라서 뭔가를 그에게 선사하기로 마음먹었다. 정말로 좋은 무언가를 말이다. 특히 제3 사무관 봉급으로는 꿈도 꿀 수 없는 어떤 것이면 좋을 거였다.

그는 마이애미의 홍콩인에게 전화를 걸었고, 그가 원하던 답변을 얻었다. 이 홍콩인에게는 이탈리아의 수도에 적어도 세 명의 하청인이 있었는데, 모두가 돈에 목말라 있는 사람들이었다.

알레코는 이들 중 하나를 골랐고, 프레드리크 뢰벤홀트의 명의로 신용 카드 한 장과 각종 서류를 만들어서 그것들이 로마에 잘 도착해 제 역할을 하게끔 했다. 이 작업을 위해 몸바사의 매수된 헬리콥터 조종사와 한 국제 택배 회사의 도움을 받았다. 아이디어가 떠오르고 나서 택배가 도착하기까지는 불과 열아홉 시간 36분밖에 걸리지 않았다.

자, 이렇게 프레드리크 뢰벤홀트의 명의로 구입되고 등록된 빨간 페라리 한 대가 로마 주재 스웨덴 대사관에서 엎드리면 코 닿을 거리에 있는, 클리툰노가와 세르키오가가 만나는 모퉁이 부근의 한 횡단보도에 떡하니 주차되었다. 이 작전은 알레코에게 적잖은 출혈을 안겼지만, 동시에 엄청난 만족감도 안겨 주었다. 그는 다음 날 아침 커피 테이블에 모든 사람들에게 이 일을 요약해서 들려주었다.

어쩌면 좀 지나치게 요약한지도 몰랐다. 페트라는 대충의 뜻은 이해했지만, 여기저기 헷갈리는 부분들이 있었다.

「왜 당신의 웬수 리스트의 상단에 위치한 사람들 중 하나에게 페라리씩이나 사주었는지, 이유를 설명해 줄 수 있어요?」

「맞아, 그것도 빨간 페라리를.」 앙네스가 덧붙였다.

「거기에 혼다 시빅은 없었어요?」 요한이 물었다. 「그게 훨씬 쌀 텐데?」

알레코는 물론 혼다 시빅도 좋은 차이긴 하지만, 갑자기 5억 달러를 얻게 된 것을 자축하기 위해 사는 종류의 차는 아니라고 설명했다. 페라리는 프레드리크 뢰벤홀트에게 물 쓰듯 쓸 수 있는 거금이 있다는 인상을 주게 될 거란다.

「완전히 틀린 말도 아니죠.」 페트라가 말했다. 「요한에게서 훔쳤으니까요.」

「듣고 보니, 정말 한심한 짓을 하셨네.」 앙네스가 혀를 끌끌 찼다. 「내 생각을 솔직히 말하자면 말이에요.」

그녀는 이 돈이 공사 중인 병원으로 갔으면 훨씬 좋았을 거란다.

이탈리아 경찰의 눈을 끌기 위해 페라리가 횡단보도에 주차되었다고 알레코는 설명을 이어 갔지만, 다른 이들은 더 이상 듣고 있지 않았다.

73
콘도르스 대통령 선거

나이가 지긋하고, 게으름뱅이고, 생각이 약간 단순한 대통령 선거 관리 위원장은 그에게 떨어진 임무에 매우 진지하게 임했다. 어쩌면 2006년 이후로 손가락 하나 까딱할 필요가 없었던 탓에 충분히 휴식을 취했기 때문인지도 모른다.

주어진 시간은 스물네 시간밖에 되지 않았지만, 그는 콘도르스의 가장 외딴 지역을 포함한 모든 마을에 투표 용지를 배부하는 데 성공했다.

대선 후보는 두 명밖에 되지 않았으므로, 투표 용지는 특별히 복잡할 필요가 없었다. 각 후보의 프로필 사진과 이름, 그리고 기표해야 할 빈칸 두 개가 다였다.

첫 번째 후보의 사진(약간 더 컸다) 옆에는 이렇게 쓰여 있었다.

〈기호 1번: 귄터. 오래전부터 경험이 풍부한 경찰청장으로 존경받아 왔으며, 어떻게 하면 콘도르스를 위할 수 있을까 하는 생각뿐임.〉

두 번째 사진 옆에는 이렇게 쓰여 있었다.

〈기호 2번: 전 마을 촌장. 문맹이 아닐 수도 있음. 세금 인상을 원함.〉

투표가 진행되는 동안, 대선 관리 위원회 의장은 그의 여섯 자녀와 함께 탁자에 둘러앉아서는 추가적인 투표 용지들에 맹렬한 속도로 기표하기 시작했다. 귄터에게는 40퍼센트의 추가 표가 필요하다고 했는데, 이게 정확히 얼마나 되는지 어떻게 안단 말인가? 가장 확실한 방법은 무작정 열심히 기입하는 거였다. 정확한 퍼센티지는 나중에 가서 알게 되리라.

투표소들은 오후 6시에 문을 닫았다. 기표된 용지들은 스쿠터나 자전거로 몬로비 시내에 위치한 중앙 선관위 본부로 운반되었다. 투표 참여율이 그리 높지 않았기 때문에, 선관위 의장은 저녁 10시에 TV 생중계로 투표 결과를 발표할 수 있었다. 그는 개표 작업을 2백 명의 전 산림청 직원에게 맡겼다. 더 이상 관리할 산림이 없었기 때문에 그들에게는 시간이 넘쳐 났다.

하지만 — 다른 것들은 차치하고 — 수학은 늙은 선관위 의장의 특기가 아니었다. 게다가 그는 공식 결과와 그가 자식들과 함께 주방에서 만들어 낸 결과, 이 두 개의 결과를 함께 다뤄야 했다. 어찌해야 한단 말인가? 그냥 두 결과를 합쳐서 둘로 나눠? 아니면 안전을 기하기 위해 셋으로 나눠?

의장은 집안에서 가장 똑똑한 사람의 의견을 구하기로 했다. 바로 야트지 게임[12]에서 항상 우승하는 아홉 살 난 딸내미 카미유였다. 아이는 내일 아침에 학교에 가야 하므로 아마 자

12 밀턴 브레들리사가 1956년에 처음 출시한 주사위 게임.

고 있을 거였다. 아내는 못마땅했지만, 콘도르스의 민주주의를 위하여 5분 동안 딸을 아비에게 내주었다.

「자, 아빠, 정신 차리고 잘 봐!」꼬마 카미유가 말했다.

그녀는 최대한 알기 쉽게 설명하기 위해 종이에 숫자들과 글자들을 큼지막하게 써가며 설명했다.

실제로 투표에 참여한 사람은 모두 101,202명이었다. 그리고 44,665명의 가짜 콘도르스인이 귄터에게 표를 던졌다. 촌장은 진짜 표의 99.6퍼센트를, 귄터는 가짜 표의 100퍼센트를 얻었다.

「그렇다면 귄터가 이겼겠군!」늙은 의장은 기뻐하며 외쳤다. 「됐어!」

하지만 일이 그렇게 간단치가 않았다. 진짜 표가 더 많았기 때문이었다. 표들을 모두 합해 보니, 촌장은 69.1퍼센트를 득표했고, 귄터는 30.9퍼센트를 득표했다.

카미유는 더 이상 도와줄 수 없었다. 엄마가 이제는 충분하다고 판단했기 때문이었다. 자, 빨리 들어가서 자!

카미유의 아버지는 앞에 놓인 숫자들을 들여다보았고, 이것들을 대충 합치는 게 최선이라는 결론을 내렸다.

이리하여 선관위 의장은 TV 생중계에서 기호 1번 귄터 후보가 130.9퍼센트의 득표를 했다고 엄숙히 발표했다.

이것은 알레코가 요구한 것보다 훨씬 높은 수치였다.

「와우, 세상에!」방송 진행자 파리바가 깜짝 놀라며 말했다. 「정말 높은 득표율이군요!」

지나치게 높은 득표율이기도 했지만, 파리바는 이 생각을 마이크에 대고 말할 수는 없었다. 대신 그녀는 밝은 목소리로 논평했다.

「이번에 나타난 높은 투표율은 민주적 권리를 행사하려는 콘도르스 국민의 열망을 반영했다고 할 수 있겠습니다!」

그러고 나서 파리바는 끔찍한 실수를 범했다. 그녀는 두 번째 질문을 던졌다.

「낙선자가 얻은 표는 얼마이죠?」

선관위의 최첨단 계표 시스템으로 계수한 결과 168.7퍼센트가 나왔단다.

「그렇다면 낙선자가 더 많은 표를 얻었다는…….」 경악한 파리바가 자신도 모르게 중얼거렸다.

「음, 그렇게 볼 수도 있겠네요…….」 뭔가 일이 잘못될 수도 있겠다는 불길한 예감에 사로잡힌 늙은 선관위 의장이 대답했다.

하여 그는 하지만 귄터 씨의 130.9퍼센트는 충분히 존중할 만한 득표율이라고 덧붙였다.

이 코멘트는 파리바에게 조금도 도움이 되지 못했다. 168은 130보다는 분명히 높은 숫자인 것이다. 그녀는 촌장의 당선을 축하하는 것 외에는 다른 수가 없었다. 하지만 선관위 의장에게 방송에 출연해 주셔서 감사하다고 말하지는 않았다.

아, 이제 그녀도 잘리는 것인가?

결국 귄터에게 표를 던진 사람은 거의 없었다는 얘기였다. 우선 이름부터가 이상했고, 콘도르스 말도 제대로 못 했으며, 퇴임하는 대통령과 매우 가까운 관계였다. 반면 촌장은 나흘 내내 오두막들을 일일이 찾아다니며 선거 운동을 펼쳤다.

알레코는 분통이 터졌다. 그는 늙은 선관위 의장에게 전화를 걸었다. 아니, 도대체 어떻게 득표율이 총 299.6퍼센트인 개표 결과를 발표할 수 있단 말이오?

늙은 삼촌은 그래도 자기가 요청받은 것보다 더 높은 득표율을 만들어 내지 않았느냐고 항변했다. 이보다 더 높은 표를 얻으려면 지금보다 두 배나 많은 식구가 주방 식탁에 둘러앉았어야 가능했을 거란다. 하지만 자신에게는 처와 여섯 자녀밖에 없는데, 가장 어린 것은 아직 다섯 살도 되지 않았단다. 하지만 그 어린것도 엄마가 침대에 보내기 전까지 콘도르스의 민주주의를 위해 적어도 2백 번은 고사리손으로 도장을 눌러야 했단다.

알레코는 굳이 수고스럽게 당신을 해고한다고 고함치지도 않았다. 그저 노인에게 아주 거지 같은 미래를 기원하고는 전화를 끊었다.

＊＊＊

공식적인 정권 이양은 적어도 일주일 내에 이뤄져야 했다. 보건부 장관 앙네스는 궁내에서 대통령을 졸졸 따라다녔다. 그들이 콘도르스를 뜬다는 이유만으로 병원 건축이 중단돼야 한다는 게 너무 언짢았던 것이다.

알레코가 국가 이미지 개조를 진행했던 동기는 단 하나, 아들 요한의 미래를 생각했기 때문이었다. 하지만 이 미래가 그 빌어먹을 의부형제 녀석에 의해 박살 나버린 지금, 그는 앙네스가 벌이고 있는 모든 것들에서 더 이상 의미를 발견할 수 없

488

었다.

아냐, 〈하나〉가 있을 수도…….

어쨌든 그는 앙네스가 계속 따라다니는 게 너무나 지겨웠다.

「알았어요, 알았어. 그 빌어먹을 병원을 완성하겠다고 약속하겠소. 어떤 식으로든 말이오. 하지만 그만 좀 귀찮게 굴어요.」

앙네스는 만족한 얼굴로 고개를 끄덕였다. 알레코 대통령은 약속하는 법이 거의 없었다. 하지만 일단 약속하면 지키는 사람이었다.

＊ ＊ ＊

시간이 촉박해지고 있었다. 새 대통령 취임식이 사흘 남았을 때, 알레코는 처음이자 마지막으로 국무 회의를 소집했다. 참석자는 요한 뢰벤홀트 외무부 장관, 마소드 모하지 보건부 장관, 그리고 아마 이름 정도는 있을 차기 대통령이었다.

「자, 모두들 환영하오.」 알레코는 엄숙한 목소리로 회의를 시작했다. 「오늘의 첫 번째이자 유일한 안건은 콘도르스 산 염소들에 관한 것이오. 본인은 녀석들을 멸종시키기로 결정했소.」

요한과 앙네스는 사전에 귀띔을 받은 터였다.

「현명한 결정이에요, 아빠! 아니…… 대통령님! 산 염소들은 우리 모두에게 심각한 위협이 되고 있어요.」

「매우 현명하신 결정입니다.」 앙네스도 맞장구쳤다. 「산 염

489

소들은 이 나라의 재앙이에요.」

그들이 예상했던 대로, 산 염소들의 대변인이자, 차기 대통령인 촌장은 깊은 충격을 받았다.

「아니 그게 무슨…… 어떻게 그렇게……. 당신은 그럴 권리가 없소……. 게다가 그럴 시간도 없을 텐데…….」 촌장이 더듬거리며 항의했다.

「시간?」 알레코가 대답했다. 「그 문제는 해결할 수 있소. 대통령 임기가 아직 하루 반이나 남았을 뿐만 아니라, 최악의 경우에는 네이팜탄을 사용할 수도 있소.」

「그건 인터넷에서 구할 수 있어요.」 앙네스가 알려 주었다.

촌장이 다시 항변하려는데 알레코가 말을 이었다.

「그걸 못 하게 막을 수 있는 사람은 귄터 경찰청장뿐이오. 듣자 하니 그는 얼마 전에 딸에게 조랑말 한 마리를 선물로 주었다더군. 동물들의 진정한 친구인 모양이야. 그런데 불행히도 그 양반이 오늘 오후 2시부로 사임하게 되었지. 촌장께서 신임 대통령이 되시는 바람에 말이야.」

더 이상 얘기할 필요도 없었다. 알레코는 서류 두 장을 준비해 왔다. 잠시 후 귄터의 향후 15년 임기를 보장하는 경찰청장직 연장 계약서가 퇴임 대통령과 그의 후임자에 의해 서명되었다.

앙네스 역시 유사한 협박의 말들을 준비했지만, 알레코는 할 일이 많았으므로 단도직입적으로 말했다.

「또한 촌장께선 병원 건설을 완성하셔야 하오, 그렇지 않으면 당신이 그곳의 응급실에 들어갈 수 있도록 내가 확실히 조치하겠소.」

촌장은 약속했고, 병원 옆에 조그만 동물 병원도 하나 지으면 안 되겠느냐고 공손히 물었다.

「안 되오. 어쨌든 병원 건축비로 당신에게 1천만 달러를 이체하겠소. 그걸 다른 데다 쓰는 일이 없도록 각별히 조심하시오.」

제3부

두 번째 지구 종말 이후

74
은행장의 마지막 날

친구들은 출발 준비에 너무 정신이 없었던 탓에 2011년 10월 18일 21시 20분(지구가 무너질 기회를 두 번째로 놓친 바로 그 순간)이 되고, 또 다음 날 16시가 될 때까지 단 한 명의 내기꾼도 보상을 받지 못했다는 사실을 알아차리지 못했다.

반면 세계 각지의 엄청나게 많은(정말로 엄청나게 많은!) 사람들이 계속 시계를 들여다보고 있었다. 얼마 후, 스미르노프 교수라는 인물이 언급된 경찰 보고서들이 오대양 육대주에서 쏟아져 들어왔는데, 그중에는 남극에서 온 두 건도 있었다.

리옹에 있는 인터폴 본부는 보고서들을 취합하여 평소처럼 사건 발생 지역의 NCB, 그러니까 베른에 있는 스위스 연방 경찰과 접촉했다. 이 희대의 사기극은 아직은 전모가 밝혀지지 않았지만, 들어온 신고만 해도 벌써 2만을 넘어 3만 건에 육박하고 있었다.

스위스 연방 경찰 특수 요원인 남자 한 명과 여자 한 명이 이 사기극에 가담한 것으로 밝혀진 은행을 방문하기 위해 취리히에 도착했다.

그들은 문을 두드렸다. 또 초인종을 눌렀다. 그리고 다시 문을 두드렸다.

잠시 후, 아주 고령으로 보이는 한 남자가 강화 유리 문의 저쪽에 모습을 드러냈다. 노인은 문을 열 의향이 없다고 고개를 도리도리 저었다.

「제 말 들리세요?」 두 특수 요원 중 하나가 큰 소리로 물었다.

「아니.」 콘라트 폰 톨이 유리문을 통해 대답했다.

요원은 목소리를 한층 높여 자신의 이름과 신분을 밝히고, 동료도 소개했다.

노인은 계속 거부했다. 요원은 안쪽 호주머니에서 서류를 한 장 꺼내어 유리문에 대고 흔들며 압수 수색 영장을 가져왔다는 걸 보여 주었다.

공식으로 발부된 영장마저도 효과가 없자, 두 요원은 한층 언성을 높이며, 이 은행의 영업 허가가 박탈될 수도 있다고 으름장을 놓았다.

이 말은 효력을 발했다. 노인네는 문을 빠끔히 열었다.

「뭐, 잘못된 거라도 있우?」

「어쩌면 모두 다요.」 요원이 대답했다. 「우리는 베른에서 온 연방 경찰 특수 요원들입니다. 우리에게 커피 한잔 대접해 주실 수 있습니까? 선생님과 얘기해야 할 것들이 아주 많습니다.」

콘라트 폰 톨은 그럴 수 없었다. 커피 머신을 담당하는 직원이 갑자기 증발해 버렸기 때문이었다.

「위스키도 괜찮겠우?」

IT 전문가인 여자 요원은 방화벽을 뚫는 일에는 천하제일이었다. 콘라트 폰 톨이 찌푸리며 지켜보는 가운데, 그녀는 이 은행의 가장 신성한 곳들까지 뒤지고 있었다. 콘라트는 자기 위스키 잔은 비워진 지 오래인데, 남자 요원은 위스키 잔에 손도 대지 않은 것을 알아챘다. 여자 요원에게는 위스키를 권하지 않았다. 콘라트 폰 톨의 세계에서 독주는 여자들을 위한 게 아니었기 때문이었다.

「특수 요원님은 위스키를 안 드시우?」 컴퓨터 화면에 코를 박고 있지 않은 요원에게 그가 물었다.

「아니, 괜찮습니다. 저 대신 드세요. 버리기 아깝잖아요?」

「제 것도 대신 마실 수 있었을 텐데요.」 여자 요원은 컴퓨터 화면에서 눈을 떼지 않은 채로 말했다. 「제게도 한잔 주셨다면 말이죠.」

폰 톨 은행 은행장은 냉큼 남자 요원의 잔을 집어 들었고, 여자에게는 전략적인 사과를 건네면서 위스키를 따라 주었다.

「고마워요.」 그녀가 말했다. 「아주 친절하시네요. 자, 난 이제 이 은행의 거래 내역을 한번 훑어보겠어요. 보고 있기 너무 힘드시다면 제 위스키를 마셔도 되고요.」

여자 요원은 지난 몇 주 동안 50만 달러가 넘는 금액이 폰 톨 은행의 한 보안 계좌에 들어왔다는 사실을 확인할 수 있었다. 그리고 현재 잔고는 320달러인 것도 볼 수 있었다.

「폰 톨 씨, 이 계좌 좀 열어 주실 수 있어요? 한번 내용을 들여다보게.」

96세 노인은 절망감에 사로잡혔다. 아무도 — 아무도! — 이런 식으로 자기 은행의 계좌들에 들어올 수 없다고, 온몸의 신경이 외치고 있었다. 사실은 그 자신도 들어갈 수 없었으니, 이 계좌를 만들고 보안 장치를 해놓은 녀석이 증발해 버렸기 때문이었다.

「안 되오!」 그가 소리쳤다. 「절대 허락할 수 없소! 다시 말해서, 난 할 수 없소! 다시 말해서, 난 모르오! 도대체 무슨 일이 일어나고 있는지 설명 좀 해주시오.」

「그것은 오히려 우리가 폰 톨 씨에게 해야 할 질문 같은데요?」 남자 요원이 말했다. 「은행장께서 어떤 사기극에 연루되었다는 것은 어린애라도 알 수 있습니다. 하지만 물론 은행장님도 뭔가 할 말이 있으시겠죠?」

94세 노인은 모처럼 한번 불장난을 즐긴 여자로부터 임신했다는 말을 들었던 1930년의 그 연말 이후로 이렇게 당황해본 적이 없었다. 그는 여자 요원의 위스키 잔을 들어 단숨에 비웠다. 평소 아침에 마시는 두 잔 외에 세 잔을 더 들이켠 것이다. 띵하니, 혈압이 올라오기 시작했다. 하지만 마지막 잔 덕분에 다시 용기를 낼 수 있었다.

「우리 폰 톨 은행에 고객의 신원을 보호하는 것만큼 중요한 일은 없소. 아시겠소, 특수 요원? 그리고 같이 오신 여자…….」

「여자도 얼마든지 특수 요원이 될 수 있어요.」 노인이 더듬거리자 IT 전문가가 쏘아붙였다. 「그리고 믿으실지 모르겠지만, 법률 전문가도 될 수 있고요.」

그녀는 여러 나라에서 제정된 관련 법규들을 거의 외울 정도로 잘 알고 있었기 때문에, 앞에 있는 노인을 흔들어 놓기 위해 무작위로 하나를 선택했다.

「〈누구든지 기만적 의도로 특정인이 특정 행위를 하거나 하지 못하게 함으로써 이득을 얻고, 피해자는 손실을 입는 결과를 낳는다면, 그는 사기죄로 징역형에 처해진다〉, 자, 알아먹겠어요, 폰 톨 행장님?」

폰 톨 행장은 그랬을 수도 있다. 즉, 그녀의 설명을 〈알아먹었을〉 수도 있다. 아니면, 그럴 시간이 없었을 수도 있었으니, 그의 심장이 96년 동안의 고된 봉사 끝에 마침내 쉬기로 결정했기 때문이었다. 혈액 순환이 멈추자, 뇌를 포함한 몸의 모든 기관들에 산소가 극도로 부족해졌다. 구순 노인은 책상 위에 털썩 쓰러지며 그가 오랫동안 사용했지만 지금은 지나간 시대의 유물처럼 거기 놓여 있는 미국제 계산기에 머리를 쿵 부딪혔다. 콘라트 폰 톨의 몸은 이미 기능을 멈췄기 때문에, 계산기와의 충돌로 인한 타격은 전혀 없었다.

「아, 빌어먹을!」 특수 요원이 외쳤다. 「여기 심장 제세동기 없나?」

「아이, 씨! 보안 해제부터 하고 쓰러질 수 없었나?」 이렇게 투덜거린 여자 요원은 좀 전에 사양한 위스키가 급격히 땡기는 기분이었다.

한 시간이 지나서야 의사가 달려와 이미 모두가 알고 있는 사실을 확인해 주었고, 그다음에 사람들이 시신을 가져갔다. 그러는 사이, 여자 특수 요원은 은행의 전산 시스템과 씨름을 했다. 다시 동료와 둘만 있게 되었을 때, 문제를 해결한 그녀는 드디어 계좌 안으로 들어갈 수 있었다. 며칠 전, 5억 1천 4백만 달러가 콘도르스로 이체되었다. 이것은 계좌의 명의자, 그러니까 로마에 거주하는 프레드리크 뢰벤홀트라는 사람과 아직은 정체가 밝혀지지 않은 어떤 인물 사이에 모종의 소통이 있은 후 이루어졌다.

「내가 이탈리아에 전화를 해볼게.」 그녀의 동료가 말했다.

✳ ✳ ✳

자동차와 마차의 충돌 사고로 앙네스 에클룬드가 사망하고 나서 얼마 후, 세르조 콘테 특수 요원은 시칠리아에서 주말을 보내며 다시 찾아온 평온한 시간을 즐겼다. 콘테는 에클룬드의 죽음을 확신했고, 무던히 애쓴 끝에 불가리와 LVMH의 변호사들도 어느 정도 만족시킬 수 있었다. 반면 플라이 낚시 클럽 회장의 불만은 여전했다.

하지만 이곳에도 빌어먹을 인터넷은 있었고, 이번에는 어떤 스위스 은행에서 일어난 수억 달러 규모의 사기극이 그의 손에 떨어졌다. 주요 용의자는 로마에 있는 어느 스웨덴 외교관이었다. 이자가 사기 쳐 얻은 돈을 어디에다 이체했냐면…….

세르조 콘테는 무겁게 한숨을 내쉬었다.

「아…… 왜 또 콘도르스야?」

✳ ✳ ✳

취리히에서 남쪽으로 약 1,600킬로미터 떨어진 곳에서, 헤르베르트 폰 톨은 어느 IT 전문가가 작업하는 과정을 노트북 화면을 통해 주시하고 있었다. 누구인지는 몰라도 이 IT 전문가는 일을 제대로 하는 친구였다.

「이 친구들이 우리의 희생양을 찾아낸 것 같아.」미지의 IT 전문가가 중요한 단계를 돌파하는 것을 보며 헤르베르트가 말했다. 「이쯤 되면 아빠는 분명히 심장 마비를 일으켰겠지.」

아버지를 모시고 일한 61년의 세월 중에서 첫 50년 동안, 헤르베르트가 주로 한 일은 사무실의 청결을 유지하고, 커피 머신이 제대로 작동하게끔 관리하고, 여송연 상자와 위스키 바가 잘 채워졌는지 점검하는 거였다. 디지털 시대가 본격화되면서 콘라트 폰 톨은 아들의 책임 영역을 조금 더 확장해 주지 않을 수 없었다. 이어진 10년 동안, 헤르베르트의 다양한 재능은 노인의 이해 범위를 훨씬 넘어서는 수준으로 발전했다.

앞서 준비 작업을 할 때, 그는 프레드리크 뢰벤홀트의 이름과 신분증 번호를 해독하기 거의 불가능한 매우 복잡한 암호 속에 숨겨 놓았었다. 그러나 헤르베르트는 그것이 지금 풀렸고, 인터폴이 한 짓이라는 확신이 들었다. 그리고 자신이 오랫동안 품어 온 이론이 옳았음을 확인할 수 있었다.

「디피 헬먼······.」그는 득의의 미소를 지으며 중얼거렸다.

「무슨 말인지 설명해 주실래요?」페트라가 물었다.

「간단히, 아니면 길게?」

「난 바쁘지 않아요.」

헤르베르트는 그의 부친 콘라트와 마찬가지로 유럽 연합과 OECD, 그리고 특히나 미국이 연합 전선을 펴는 것을 좋지 않게 생각해 왔다. 이들은 은행의 문을 박살 내면서 수십만 명의 거물급 탈세자들이 식은땀을 흘리도록 만들고 있었다.

헤르베르트는 스위스 은행들의 기밀성이 여러 방향에서 위협받고 있다는 사실을 깨달았다. 최근, 스위스 금융계 인사들 중 몇몇이 윤리 의식이 너그럽다면 어떤 스위스 은행이라도 할 수 있을 법한 일을 했다는 이유로, 최소 4년, 최대 15년의 징역형을 받았다. 헤르베르트는 왜 어떤 이들은 피할 수 있었던 것을 다른 이들은 피하지 못했는지 오랫동안 생각했다.

수개월 동안 이 문제를 검토한 그는 NSA(미국 국가 안보국)와 인터폴이 ─ 은행 쪽 사람들이 절대 알 수 없다고 믿는 ─ 무언가를 알고 있다는 결론에 이르렀다. 은행들은 그들의 시스템에 아무도(OECD까지를 포함하여) 침입할 수 없게 하기 위해 상당한 액수의 돈을 쓴다는 공통점을 가지고 있었다. 그리고 동시에 이 시스템에 들어오고 나갈 수 있는 모종의 방법이 있어야 했다. 그렇지 않다면 어떻게 은밀한 당사자 A가 마찬가지로 은밀한 당사자 B와 거래할 수 있겠는가? 해결책은 〈키 교환〉, 또는 〈정교한 암호화〉라고 불리는 것이었다. 은행들은 동일한 목적에 도달하기 위해 다양한 방법들을 사용해 왔다. 쓰레기통을 비우고 커피 머신을 돌리는 일이나 하던 헤르베르트가 누구보다도 먼저 깨달은 것은 이미 철창 신세가 된 금융인들은 모두가 동일한 키 교환 방법을 사용했다는 사실이었다.

바로 디피 헬먼 프로토콜[1] 말이다.

NSA와 인터폴이 이 디피 헬먼 프로토콜을 뚫었을 가능성은 매우 희박했다. 그 가능성은 미국이 그들의 금을 보관하는 포트 녹스[2]를 외부인이 제집처럼 드나들 가능성만큼이나 희박했다. 하지만 만에 하나, 그들이 그 방법을 찾아냈다면, 그들은 은행 시스템 안으로 들어와 스물다섯 혹은 그 이상의 기호로 이뤄진 비밀번호 뒤의 메시지들과 계약서들을 마음대로 읽을 수 있는 것이다.

오랫동안 수없이 따져 보고 또 확인해 온 끝에 헤르베르트는 두 개의 확실한 결론에 이르렀다.

1) 디피 헬먼의 키 교환 방식은 뚫기가 불가능하다.
2) 그런데 NSA와 인터폴은 불가능한 것을 가능케 하는 방법을 찾아냈다.

폰 톨 은행은 최근까지 디피 헬먼 방식을 사용한 적이 없었지만, 이번에 헤르베르트가 처음 시작했다. 그는 가공의 인물 X를 만들고 그를 이른바 접근 불가능한 장소 — 이 경우에는 콘도르스 은행 — 에 위치시켰다. Y는 따로 만들 필요가 없었다. 프레드리크 뢰벤홀트가 얼마 전에 스웨덴을 떠나 이탈리아로 오면서 수백만 크로나에 달하는 두둑한 거금을 관리해

---

1 Diffie-Hellman Protocol. 1976년 컴퓨터 공학자 휘트필드 디피와 마틴 헬먼이, 멀리 떨어진 두 당사자가 안전하게 비밀 키를 공유할 수 있도록 개발한 키 교환 방법. 암호화 알고리즘 개발에 기초가 되었고, 오늘날에도 디지털 보안 분야에서 핵심적 역할을 하고 있다.
2 미국 켄터키주에 위치한 미군 기지로, 미국 정부의 금 보관소로 알려져 있다.

줄 은행으로 폰 톨 은행을 선택했기 때문이었다. 그것은 매우 현명한 결정이었지만, 가공의 인물 X가 Y(다시 말해서 프레드리크)에게 누구도 침입할 수 없는 은행 계좌의 접속 코드를 보낸 순간 매우 멍청한 결정으로 바뀌고 말았다. 만일 충분한 수의 소수(素數)를 사용했다면 억만년이 걸려도 시스템을 뚫을 수 없었을 거였다. 하지만 용의자들은 바로 이 점을 소홀히 했고, NSA와 인터폴은 이 사실을 알아챘던 거였다.

75
콘테, 굴덴, 그리고 뢰벤훌트 형제 중 큰놈

「전 특수 요원 콘테라고 하고, 인터폴에서 나왔습니다.」

「오, 만나게 되어 반갑소!」 굴덴 대사가 대답했다.

「저도 그랬으면 좋겠습니다만……. 외교관 뢰벤훌트 씨 때문에 찾아왔습니다.」

「프레드리크? 그 친구가 또 무슨 바보 같은 짓을 했나요? 신호 위반을 했나요?」

「아닙니다. 하지만 신호 위반 얘기가 나왔으니 말인데, 그가 그의 페라리를 여기서 멀지 않은 어느 횡단보도 가운데다 세워 놨어요.」

「하지만 그 친구는 페라리가 없어요!」

「아마 여러 대 가지고 있을 가능성이 큽니다. 그럴 여력이 충분히 있을 거예요.」

「그게 무슨 말이오?」

「그는 사기 혐의를 받고 있습니다.」

「말도 안 돼! 피해자가 누구요?」

「한 명이 아니라, 여러 명입니다.」

「그 여러 명이 대체 누구냔 말이오?」믿을 수 없다는 표정의 대사가 급하게 다그쳤다.

너무 다그치는 통에 특수 요원은 역정이 났다.

「이름을 전부 알고 싶으신가요, 대사님?」

「그렇소.」

「우리 추산으로는 피해자가 대략 5백만 명 정도 될 것 같습니다. 그중에서 벌써 7만 7천 명이 그를 고소했다면 감이 좀 오시나요?」

＊ ＊ ＊

외교관 면책권은 다른 어떤 면책권보다 유용한 데가 있었다. 지금 프레드리크를 기다리는 것은 이탈리아 감옥에서 30년 이상을 썩는 게 아닌 단지 국외 추방과 아마도 본국에서의 재판 정도였다. 제3 사무관은 결백을 주장하고 기꺼이 심문에 응했다. 이 심문은 이날 조금 늦게서야 이루어졌다. 지폐 몇 장 챙기는 걸 마다하지 않는 입이 싼 경찰관이 여기도 있었는지, 당사자가 자신에게 무슨 혐의가 씌워졌는지 알게 되기도 전에 사기 혐의를 받는 외교관의 뉴스는 벌써 지구의 절반에 퍼져 있었다.

「그럼 스웨덴 외교관 프레드리크 뢰벤홀트에 대한 자발적 심문을 시작하겠습니다.」콘테 특수 요원이 말문을 열었다. 「이 대화를 녹취하고 싶은데, 동의하겠습니까?」

「아니, 내가 오히려 녹취를 요구하고 싶어요!」프레드리크가 소리쳤다. 「이미 말했지만, 난 결백하단 말이에요!」

그는 안전을 기하기 위해 대사까지 대동하고 나온 터였다.

「그렇다면 당신이 일주일 전 헬리콥터를 타고 콘도르스 상공을 비행한 이유부터 말해 보시오.」

프레드리크는 말문이 막혔다. 대사가 그를 대신하여 대답해 주었다.

「하하! 당신은 첫 번째 질문부터 헛다리를 짚으셨구먼! 일주일 전 내 조수는 우루과이에 있었소.」

〈조수〉라고? 프레드리크는 왠지 서운했다. 제3 사무관이라고 하면 더 그럴듯할 텐데 말이다. 제1 사무관이나, 제2 사무관만큼은 못하지만 그래도…….

「우리가 조금 전에 접촉한 몸바사의 헬기 조종사의 말과는 다른데요? 그리고 인터넷과 관련된 다른 요소들이 가리키는 바와도 다르고요. IT 용어로 〈IP 주소〉라는 것 말입니다.」

「그래, 몸바사는 우루과이에 있지 않지.」 지리에 관해서라면 척척박사인 대사가 고개를 끄덕였다.

프레드리크 뢰벤홀트는 머리를 최대한 빠르게 굴렸다. 세르조 콘테는 그가 수집한 증거들의 베스트 컬렉션을 아낌없이 방출했다.

콘테에 따르면, 콘도르스의 한 익명 계좌의 암호 뒤에서 뢰벤홀트의 이름이 발견된 것이 첫 번째 가중 사유이고 두 번째 가중 사유는 그의 새 페라리의 구입 비용의 출처란다.

「빌어먹을! 난 페라리가 없어요!」 프레드리크가 외쳤다.

「아뇨, 있어요.」 특수 요원이 차분하게 말했다. 「콘도르스에서 발행된 신용 카드도 있고.」

「대관절 무슨 말을 하는 거예요? 나는 콘도르스에 발을 디

딘 적도 없다고요!」

「오, 거기에 착륙한 적이 없다고?」

콘테는 자신이 피의자보다 우위에 있다고 느꼈다. 세 번째 증거는 몇 시간 전에 법에 따라 압수된 뢰벤홀트의 노트북에서 올린 일련의 인스타그램 게시물이었다.

「자네, 그걸 근무 시간에 올렸나?」 대사가 물었다.

「아뇨.」 프레드리크가 기어들어 가는 소리로 대답했다.

대사의 두 뺨이 약간 붉어져 있었다.

「그렇다면, 자네가 남미와 아프리카에 동시에 있을 때 올렸나? 팔꿈치가 감염되어 죽어 가신다는 자네 부친을 간호하면서? 그리고 자네 복사 업무를 한나에게 떠맡기고서?」

대사는 울화통이 치밀었다. 유죄건 무죄건 간에, 뢰벤홀트의 외교관 커리어는 이걸로 끝이었다. 이 로뉘 굴덴이 책임지고 끝내 주리라!

「그리고 또 유럽에도 있었죠.」 콘테가 덧붙였다. 「그가 로마에서 구입한 페라리를 잊지 마세요.」

「은행에 가서 확인해 보라고요, 빌어먹을!」 제3 사무관이 울부짖듯이 소리쳤다.

「그건 좀 어려울 겁니다.」 콘테가 대답했다.

대답해 줄 사람이 96세나 된 고령자일 뿐만 아니라, 이분이 조금 전에 별세하셨기 때문이란다.

76
최대한 건지기 작전
제4부

　종말 사기극 일당은 대통령궁 풀장 옆에서 차를 마시며, 다시금 온 천하에 악명을 떨치게 된 지금 누구의 이름이 돌아다니기 가장 껄끄러운지에 대해 토론을 벌였다. 알레코는 자기가 이 경기의 우승자라고 장담했다. 아프리카 대륙에서 가장 더러운 똥구멍이 되는 것보다 더 끔찍한 일이 있겠는가?

　헤르베르트 폰 톨이 그에게 도전장을 내밀었다. 그는 5백만 명의 고객으로부터 5억 달러를 등쳐 먹은 썩어 빠진 은행가와 같은 이름을 가지고 있었다. 스위스인들은 한번 원한을 품으면 오래가는 것으로 유명한 사람들이란다.

　「그건 나도 마찬가지오.」 알레코가 말했다.

　보리도 그렇고, 하고 그는 덧붙일 뻔했다.

　페트라는 친구들에게, 자신이 전 세계를 속여 먹은 종말 예언극 뒤에 숨은 주역이라는 점을 상기시켰다. 만일 그들 중 하나가 후안무치의 대표적 인물로 『타임』지의 표지에 실려야 한다면, 그것은 바로 자신이란다. 그렇지 않은가?

　앙네스는 자신도 여러 가지 결점이 많기는 하지만, 여기서는 명함도 못 내밀겠다는 결론을 내렸다. 요한이 따끈따끈한 스콘과 노르웨이에서 수입한 블랙베리(보름마다 수십 킬로그램의 연어와 함께 넘치도록 들여오고 있었다)로 만든 마멀레이드를 들고서 주방에서 돌아왔다. 그는 무슨 대화가 오가고 있는지 몰랐지만, 어쨌든 즐거이 끼어들었다. 그는 모두가 여행을 떠날 생각이라면, 자신은 R 자가 없는 오브라마를 보러 가고 싶다고 말했다.

「우리, 미국에 가서 살면 어때요? 내가 오브라마에게 전화를 걸어서 허가증을 내달라고 할 수 있어요. 그가 그 나라를 다스린다면서요?」

친구들은 미국 대통령에게 전화를 걸겠다는 요한을 뜯어 말렸다. 세상이 어떻게 돌아가는지에 대해 아버지에게서 충분히 배웠다고 자부하는 요한은 R 자 없는 오브라마가 베스테르보텐치즈를 너무나 좋아하기 때문에 치즈 몇 킬로그램만 가져가면 쌍수를 들고 환영할 거라고 설명했다.

「집어치워.」 페트라가 짧게 말했다.

「무슨 생각인지는 알겠다.」 요한의 아버지가 고개를 끄덕였다. 「하지만 나도 페트라의 편에 서고 싶구나. 집어치워라.」

사실 미국에 가는 것은 그렇게 형편없는 생각만은 아니었다. 치즈를 들고 간다는 생각도 그렇고 말이다. 우선 미국에서는 알아들을 수 있는 언어를 사용했다. 또 그곳은 알레코가 더 이상 얼굴을 들고 다닐 수 없는 아프리카에서 충분히 멀다. 또 5억 달러를 횡령당하기 전부터도 알레코를 쫓던 마피아가 있는 러시아에서도 멀어질 거였다.

요한의 따끈한 스콘과 달콤한 블랙베리마멀레이드를 즐기는 사이, 계획 하나가 서서히 윤곽을 드러냈다. 차를 두 번 더 끓여 온 후에는 모두가 그들의 가까운 미래를 분명히 그릴 수 있게 되었다.

「대담한 계획이긴 하지만 충분히 실현 가능해요.」 페트라가 요약했다.

「더구나 나도 대부분 이해할 수 있는 계획이야.」 마스터 셰프이자 천재인 남자가 덧붙였다.

＊ ＊ ＊

지구상에는 달러를 한 다발 흔들어 보이기만 하면 제꺼덕 시민권이 나오는 장소들이 존재한다. 카리브해의 여러 나라들이 이런 종류의 편의를 제공하고 있지만, 그레나다나 세인트키츠 네비스의 시민권은 그렇게 구미가 당기지 않는 게 사실이었다.

뉴질랜드는 괜찮은 편이었지만, 거리가 너무 멀기도 했고 처리 비용 역시 너무 확실하게 청구했다.

키프로스는 그보다 저렴했고 몰타는 더 저렴했다. 누구든지 돈을 보내거나 수백만 달러 상당의 부동산을 구입한 뒤 손을 잘 쓰기만 하면, 곧바로 키프로스 시민이나 몰타 시민이 되는 동시에, 무비자로 180여 국가를 돌아다닐 수 있는 EU 시민도 될 수 있었다.

앙네스, 알레코, 헤르베르트, 요한, 그리고 페트라의 문제점은 유럽, 특히 인터폴이 그들을 좋아하지 않는다는 사실이었다. 그들의 국적이 무엇이든 간에 말이다. 잘 생각해 보면, 지구 전체가 그들에게 원한을 품고 있다고 할 수 있었다.

해결책은 알레코가 자신이 모든 것을 결정하는 나라의 대통령 자리에 있는 마지막 날에 있었다.

알레코의 죽은 아내의 먼 친척인 사내를 대동하고 여권 사무국에 들어선 지 40분 만에, 그들 모두는 새 신분증을 얻게 되었다. 행정 절차에 들어가기에 앞서, 각자 갖고 싶은 새로운 이름에 대한 열띤 토론이 벌어졌다. 언젠가 〈윈스턴 처칠〉이라는 이름을 들은 적이 있는 — 어디서였는지는 기억나지 않았지만 — 요한은 이 이름을 갖겠다고 했다. 앙네스는 한숨을 푹 내쉬면서, 그건 이목을 끄는 것을 피하려 하는 사람에게는 〈칭기즈 칸〉이라는 이름을 고르는 것만큼이나 멍청한 선택이라고 논평했다. 대체 뭐가 문제인지 알 수 없는 요한은 계속 우겼다.

「난 윈스턴 처칠로 할래요. 칭기즈 뭐시기는 뭔가 폭력적으로 느껴져요.」

잠시 얘기가 오간 끝에 그들은 타협점에 이르렀다. 알레코와 요한은 각각 케빈 처치와 윈스턴 처치라는 이름을 가진 부자(父子)가 되었다.

앙네스, 헤르베르트, 그리고 페트라는 듣기에 좋고, 큰 문제도 없는 이름들을 골랐다. 운전 기사 노릇을 한 권터는 여권 사무국에 따라왔다. 그는 별다른 혐의가 없었으므로 콘도르스에 남기로 했지만, 대통령 선거에서의 패배가 가슴에 사무치던 터였다. 그는 이 원통한 패배가 위에 점이 두 개 달린 괴상한 Ü 자 탓이라고 여기고 있었다.[3] 이름을 새로 지으면 앞으로는 행운이 찾아오지 않을까?

「콘라트 아데나워는 어떨까?」

「왜, 윈스턴 처칠과 칭기즈 칸과 짝을 맞추려고요?」 페트라가 반문했다.

「아주 멋져요!」 요한은 엄지를 치켜들었다.

귄터는 자신의 근원과 연결되면서도 공산주의 냄새가 나지 않는 이름을 갖고 싶은 거라고 설명했다. 콘라트 아데나워는 서독의 초대 수상이었으니, 이름에서 뭔가 위엄이 느껴지지 않아?

페트라는 이 문제를 앙네스에게 넘겨 버렸고, 앙네스는 정 그렇다면 자신은 〈콘라트 G. 아데나워〉까지는 — U에 점 두 개가 붙었든 아니든 간에 — 받아들여 줄 수 있다고 말했다.

알레코, 일명 케빈 처치가 이 콘라트라는 이름이 다음 대선 때 귄터에게 도움이 될 수 있을지 잘 모르겠다고 말하자, 그의 의형제는 콧방귀를 뀌었다. 과거를 돌아볼 때, 콘도르스 대통령들 중에 자의로 차기 대선을 시행한 사람은 한 사람도 없었다는 거였다.

「아냐, 나 있잖아?」 케빈 처치가 이의를 제기했다.

「정말 자의로 했나?」

「꼭 그런 것은 아니었지만.」

3 독일인 귄터의 철자는 Günter이다.

77
최대한 건지기 작전
제5부

알레코와 친구들은 신임 대통령이 취임 선서를 하기 15분 전에 콘도르스를 떠났다. 그것은 헬리콥터 조종사의 마지막 임무였다.

「대통령님, 이번에는 현금으로 지불하시는 데에 동의하시죠?」

「원칙적으로 난 자네와 관련해서는 어떤 것에도 동의하지 않아. 우릴 당장 몸바사로 데려다주게. 착륙할 때 내 기분이 괜찮으면, 자넨 귀싸대기 한 대 대신에 보수를 받게 될 거야.」

몸바사에서 그들은 비행기에 올랐다. 나이로비와 프랑크푸르트에서 환승한 그들은 여행을 시작한 지 거의 스물네 시간 만에 몰타의 발레타 공항에 착륙했다.

몸은 파김치가 됐지만 마음은 기쁜 그들은 곧바로 몰타 출입국 관리소로 직행했는데, 그들의 신청이 처리되는 데에는 석 달이 걸린다는 대답을 듣게 되었다.

「석 달요?」 알레코가 되물었다.

담당 직원은 전직 대통령과 그의 아들이 이해할 수 있는 종류의 은근한 미소를 보냈다.

「요한, 네가 할래, 아니면 내가 할까?」

「내 이름은 더 이상 요한이 아니에요.」 요한이 대답했다. 「누가 내 여권을 가지고 있죠? 내 사진 옆에 이름이 쓰여 있을 거예요. 윈스턴이 맞죠?」

「네가 할래, 내가 할까?」

아들은 아버지를 실망시키고 싶지 않았다. 마스터 셰프요, 천재요, 외무부 장관인 자신이 뭔가를 보여 줘야 했다.

그는 출입국 관리소 직원에게 고개를 돌리고는, 2001년형 혼다 시빅 한 대를 구매하여 담당자님의 주소에 차 키와 함께 배송할 수 있게끔, 시민권 신청이 요청한 기일 내에 처리될 수 있다면 너무나 감사하겠다고 말했다.

언급된 차종은 얼마 전 골프채와 관련하여 일어난 사건에서 착안한 거였다.

「음, 무슨 방법이 있는지 알아 볼게요.」 여자가 대답했다. 「혹시 아우디 80도 고려해 볼 수 있나요?」

「아무렴요! 세상에 프랑스 차보다 좋은 것은 없어요!」[4]

아빠 알레코는 아들이 자랑스러웠다. 자신의 이름과 자동차 제조국을 기억하는 데 약간 어려움을 겪기는 했지만 말이다.

결국 아무 쓸데 없는 부동산 투자를 위한 3백만 달러에다 아우디 80 구입 비용까지 지불해야 했지만, 바로 다음 날 몰타에는 다섯 명의 새로운 시민이 탄생했다. 최근까지만 해도

4 아우디는 독일 차.

앙네스, 알레코, 헤르베르트, 요한, 그리고 페트라라고 불렸던 사람들이었다. 이들 중 넷은 벌써 새 이름이 익숙해지기 시작하고 있었다.[5]

다음 단계는, 과거에 알레코였던 이와 과거에 요한이었던 이가 치즈 문제를 처리하기 위해 스웨덴 북부로 가는 일이었다.

5 기억력이 나쁜 요한은 빼놓고.

78
추적해 오는 보리

21세기 초부터 러시아를 다스려 온 남자는 사임한 콘도르스 대통령과 공통점이 많았다. 두 사람 다 정권을 잡자마자 그 나라 TV 방송국을 장악했다. 푸틴은 러시아의 여론 조사 기관에 침투해 들어갔고, 알레코는 콘도르스에 단 하나 있는 동종 기관을 폐쇄해 버리고는 그 책임자를 어느 공원 없는 도시의 공원 및 휴양 시설 관리소장으로 임명했다. 이런 조치들이 의미하는 바는, 지도자가 원하는 의견을 결국 국민들도 따르게 된다는 것이었다. 아니면, 그냥 그렇게 보였던 것이거나.

또 콘도르스의 민주주의는 언제나 하나의 농담에 불과했고, 푸틴 역시 선임자에게서 물려받은 삐걱거리는 민주주의 체제를 해체해 버리려고 권좌에 앉은 10여 년의 세월 동안 열심히 애써 왔다는 공통점도 있었다.

알레코는 푸틴이 옐친 정권의 신임 수상으로 부상할 즈음에 러시아를 빠져나와야만 했다. 일테면 둘은 문턱에서 서로 엇갈린 셈이었다.

옐친은 민주주의에 대한 야심을 보여 주었다. 그는 서구 자

517

본주의에 정통한 경제학자들의 말을 들으려 했지만, 다른 한편으로는 러시아의 잃어버린 자존심과 그것을 되찾는 방법들에 대해 푸틴이 속삭이는 말에도 귀를 기울였다. 민주적으로 선출된 최초의 러시아 대통령이 술을 많이 마시게 된 것은 놀라운 일이 아니었다. 그는 계속 더 많은 술을 마셨다. 그러다 결국 임기 종료를 몇 달 남기고 자리에서 물러나야 했다.

그의 뒤를 이은 블라디미르 푸틴은 곧바로 〈이제 그만!〉을 외쳤다. 다른 나라들에서는 일어나고 있는지조차도 몰랐던 러시아의 민주주의 실험에 대고 말이다. 러시아인들 자신은 그들의 정치 체제가 어떤 이름으로 불리든 상관없었다. 그들에게 중요한 것은 질서였고, 새로 대통령이 된 푸틴은 그 일을 해낼 수 있는 사람처럼 보였다.

알레코과 푸틴은 적어도 한 가지 점에 있어서 구별되었다. 전자는 오직 자신의 호주머니만 채우려 했던 데 반해, 후자는 러시아의 마피아와 올리가르히에게도 수십억 달러를 퍼주었다. 이런 식으로 그는 두 개의 병행적인 시스템을 인정했는데, 하나는 자신이 운전대를 잡은 공식 시스템이요, 다른 하나는 이 나라의 바퀴를 굴러가게 하는 범죄 시스템이었다. 그는 안전을 기하기 위해 그 누구도 넘으면 안 되는 선을 그어 놓았는데, 그 대략적인 메시지는 다음과 같았다.

〈너희 영역에서는 무슨 짓을 해도 좋다. 하지만 정치 권력에 대해서는 이의를 제기하지 말라. 그러지 않으면 전쟁이다!〉

푸틴은 나름대로 러시아를 재건했다. 가짜 민주주의와 부패한 자본주의의 결합은 꽤 효과가 있었다. 그는 헌법을 주물러 자신이 영원히 사임할 필요가 없게 해놓았다. 머릿속에 어떤 다른 계획들이 들어 있는지는 알 길이 없었다. 한마디로 전 KGB 수장은 매우 영리한 악당이었다.

***

예카테리나 비코바가 이탈리아 출신인 것은 맞지만, 그녀를 〈카포 디 투티 카피〉[6]라고 부르는 것은 맞는 말은 아니다. 러시아 마피아의 조직은 이탈리아에 비하면 느슨하기 때문이다. 하지만 아버지로부터 아홉 달 전에 지휘봉을 물려받은 이후로, 그녀가 러시아 도둑들의 제국에서 최고위 인사 중 하나가 되었다는 사실에는 의심의 여지가 없었다. 세르게이는 늙고 지친 데다가, 뇌졸중으로 쇠약해지기까지 했다. 그녀는 젊고, 강하고, 똑똑했다. 그녀는 오랜 세월 동안 아버지를 보좌해 왔고, 그는 언젠가 딸이 자기 자리를 이어받으리라는 것을 늘 분명히 해왔다.

그의 딸은 아주 이른 나이부터 돈 관리를 맡았다. 여기에는 돈을 합법적인 것으로 보이게 만드는, 갈수록 힘들어지는 작업이 포함되었는데, 오직 합법적인 돈으로만 정말로 불법적인 일들을 할 수가 있었기 때문이었다.

UN, USA, EU, WTO, OECD, 그리고 약호(略號)를 쓰는 기타 단체들이 전 세계의 조세 도피처들에 대해 칼을 갈고 있을 때, 콘도르스라고 불리는 콩알만 한 나라는 정반대의 방향으로 나아가고 있었다. 이런 종류의 무모함을 높이 평가한 예

---

6 Capo di tutti capi. 이탈리아어로 〈모든 보스 중의 보스〉라는 뜻. 다양한 파벌과 조직이 있는 이탈리아 마피아에서 최고 지도자를 뜻한다.

카테리나는 러시아어, 프랑스어, 영어, 아랍어에다 페르시아어까지 구사하는 충직한 통역사를 대동하고 이 섬나라로 향했다. 이 언어들 중에 거기서 통하는 언어가 하나쯤은 있을 거였다.

콘도르스의 최고위층과의 면담은 제1차 〈세탁〉에 대한 합의로 귀결되었고, 이것은 제2차와 제3차 세탁으로 이어졌다.

5억 달러 규모의 마지막 거래 때까지는 모든 게 순조로웠다. 이 돈이 섬나라에 도착한 지 얼마 되지 않았을 때, 콘도르스 대통령이 느닷없이 사임을 선언했다. 그사이에 예카테리나는 아버지를 승계한 터였고, 수백억 달러를 굴리는 조직의 일인자가 CIA와 기타 성가신 기관들에 노출되며 여기저기 돌아다니는 것은 전문가답지 못 했다. 예카테리나는 돈을 보호하기 위해, 또 전임자만큼이나 썩어 빠졌을 신임 대통령을 운좋게 만난다면 축하의 말도 전할 수 있도록 즉각 심복 두 명을 콘도르스에 파견했다.

하지만 그들은 몸바사 너머로는 갈 수가 없었다. 배를 타지 않고서는 섬나라에 도달할 수 없었다. 게다가 막 우기가 시작된 때였다. 어떤 멸종 위기 새 때문이라고? 예카테리나는 뭔가 수상쩍은 것을 느꼈다. 그리고 그녀의 직감이 옳았다.

그녀는 여태껏 알레코라는 인물에 대해 좀 더 자세히 알아보지 않은 것을 후회했다. 그들이 만났을 때, 콘도르스 대통령은 프랑스어를 사용했다. 그에게는 아랍인의 억양이 없었다. 그리고 그녀가 아는 바로는, 심지어 이름도 없었다.

보리의 미래 보스는 프랑스어를 할 줄 몰랐으므로, 대화는 통역을 통해 이뤄졌다. 러시아어를 완벽하게 구사하는 그녀는 알레코의 프랑스어에서 왠지 슬라브 억양이 느껴진다는 생각을 언뜻 했던 것이 기억났다.

이자는 누구란 말인가?

또 있었던 일들을 하나하나 곰곰이 생각해 보니, 소개를 받지도 못했으며 한마디 말도 하지 않는 경찰 제복 차림의 사내가 알레코 옆에 서 있었다. 아마도 대통령의 오른팔이리라.

그로부터 2년 후, 콘도르스 대통령 선거에 역시 경찰 제복 차림의 어떤 남자가 출마했다. 그는 알레코의 심복과 매우 닮았고, 이름은 귄터라고 했다. 귄터…… . 콘도르스보다는 독일 냄새가 느껴지는 이름이었다.

보리의 조사 팀은 귄터에 대한 정보를 얻고자 정체를 숨기고 콘도르스 경찰 수뇌부와 접촉했다. 경찰청장 콘라트 G. 아데나워는 귄터가 자신의 전임자였다고 밝혔다. 그리고 전 경찰청장이 아주 좋은 사람이라는 것 외에는 별다른 얘기를 들을 수 없었다. 신임 경찰청장은 귄터라는 이가 대선에서 패배한 후, 어디에 숨어 있는지 전혀 모르겠다고 말했다.

알레코와 귄터는 연기처럼 사라져 버린 것이다. 예카테리나의 5억 달러와 함께.

「자, 너희들에게 행운을 빈다.」 그녀는 두 남자의 사진을 벽에 대고 압정을 박으면서 이를 갈았다.

그들이 살아 있는 한 사진은 거기 붙어 있을 거였다. 다시 말해서 얼마 붙어 있지 못할 거였다.

예카테리나의 아버지가 휠체어를 굴려 그녀의 사무실로 들어왔다. 함께 아침 식사를 하자고 말하려고 온 것이다. 딸은 아버지의 이마에 키스를 하고는 그러겠다고 대답했다.

　세르게이 비코프는 늙고, 지치고, 병이 들었지만, 누구보다도 딸을 잘 알고 있었고, 지금 뭔가 문제가 있음을 알아차렸다.

　「카튜샤, 뭐 고민이라도 있니? 내게 말해 줄 수 있겠어?」

　「아녜요, 아빠. 아무것도 아니에요.」 딸은 거짓말을 했다.

　바로 그때, 노인은 벽에 붙은 사진들을 보았다.

　「알렉산드르 코발추크…….」 그가 나지막하게 중얼거렸다. 「콧수염을 밀어 버리고, 안경을 쓰고, 머리 스타일을 바꿨군. 많이 늙었고 말이야. 하지만 그자가 맞아. 우리가 이 빌어먹을 자식을 잡으려고 그토록 찾아 헤맸는데 허사였지. 그리고 이 옆에 있는 놈은…… 맞아, 배급 카드를 위조하던 독일 놈이야. 이름이 뭐더라?」

79
특수 요원, 삶의 한 페이지를 넘기다

세르조 콘테는 오후 5시까지 상관의 책상 위에 보고서를 올려놓아야 했다.

「콘테, 이 모든 것을 시작한 것은 자네야. 자네가 우리에게 다른 사건들을 제쳐 놓고 온라인에서 몇 푼 해먹은 게 전부인 보라색 머리 할머니를 추적해야 한다고 했을 때부터 모든 게 시작된 거라고. 자, 그러니 이 일은 자네가 매듭짓도록 해.」

상관은 무엇보다도 스위스 은행에서 일어난 5억 달러 규모의 사기 사건과 이 할머니와의 연관 관계를 규명할 것을 요구했다. 갑자기 이게 긴급 사안이 되었기 때문이었다. 상관은 이렇게 된 게 콘테 덕분이 아니라는 점만큼은 분명히 했다.

콘테는 신속하게 앙네스 에클룬드와 비행기를 타고 로마에서 아디스아바바를 거쳐, 아무도 좋아하지 않는 나라 콘도르스까지 간 다른 두 스웨덴인과의 연결 고리를 찾아냈다.

특수 요원의 동료인 스웨덴 NCB 사람들은 이 세 용의자의 배경 정보를 수집하는 데 있어 인상적인 세심함을 보여 주었다. 이 삼인조 중 누구도 범죄 기록을 갖고 있지는 않았지만, 이 중 한 명인 페트라 로클룬드가 지구의 종말이 다가오고 있다는 애기로 스웨덴 과학원을 괴롭혔다는 경찰 기록이 있었다.

한편 앙네스 에클룬드는 스웨덴의 스벤스카 한델스방켄 은행에서 같은 은행의 취리히 지점으로 꽤 많은 재산을 옮겼다. 스위스의 은행원들은 콘테가 스위스 NCB 동료들을 그들에게 보낼 때까지 입을 굳게 다물었다. 다양한 협박과 회유 끝에, 그들은 신성한 비밀 유지 서약을 깨고 돈이 곧바로 거기서 멀지 않은 폰 톨 은행으로 이체된 사실을 알려 주었다.

폰 톨 은행은 세계적으로 유명해진 지구 종말 사기극에 보증을 선 탓에 이제 폐허가 되어 있었다. 첫 번째 용의자는 어느 스웨덴 외교관과 러시아 교수였다. 인터폴 모스크바 지부와의 전화 통화 후에 러시아 교수는 곧바로 혐의에서 벗어났다. 콘테의 러시아 동료들에 따르면, 스미르노프 교수는 전국적으로 신망을 잃었을 뿐만 아니라, 오래전에 사망한 것으로 추정되고 있단다.

두 번째 용의자인 스웨덴 외교관에게는 요한 뢰벤홀트라는 동생이 있는데, 이 동생은 스웨덴에서 로마까지 캠핑카로 이동한 후, 비행기를 타고 그 빌어먹을 콘도르스에 날아간 삼인조 중 하나란다.

스웨덴 동료들이 동생 뢰벤홀트에 대해 작성한 파일에 따르면, 그는 성인이 된 이후로 스웨덴 사회에서 한 번도 변변한 일을 해본 적이 없었다. 이런 사람이 9월 6일 오후에 콘도르스에 도착하고, 사흘 후에는 콘도르스 TV에서 신임 외무부 장관으로 소개되었다. 그로부터 17일 후에는 에티오피아에서 열린 아프리카 연합 특별 회의에 그의 새로운 조국을 대표하여 참석했다. TV 영상에서 그는 오바마 대통령의 절친으로 보였다.

아니, 어떻게 이런 일이 가능하지?

이 모든 정보들을 정리한 콘테 특수 요원은 잠시 멈출 필요가 있었다. 신참 경찰 시절의 어느 날, 그는 거리에서 은드랑게타[7]의 분노를 사서 망신창이가 되어 쓰러져 있는 남자를 발견한 적이 있었다. 그 남자는 무려 서른여덟 개의 총알을 맞았지만 기적적으로 살아남았다. 이것은 콘테가 22년의 경력 중에 경험한 가장 당황스러운 일이었다. 적어도 요한의 놀라운 커리어를 알기 전까지는 말이다.

하지만 이게 이 사건에서 그렇게 중요한 부분은 아니었다. 반면, 사망한 폰 톨 은행 은행장의 아들이 처음에는 실종된 것으로 신고되었다가, 얼마 후 비행기를 타고 — 어디로 갔는지 한번 맞혀 보시라! — 콘도르스로 날아갔다는 정보는 매우 중요했다.

요컨대 콘테 요원에게 다음의 사실들은 더 이상 의심의 여지가 없었다.

- 스미르노프 교수가 내놓았다는 지구 종말 예언은 사실은 종말 예언가 페트라 로클룬드의 작품이었다.

7 이탈리아의 거대 마피아 조직 중 하나로, 칼라브리아 지역에 거점을 두고 있다.

- 취리히에 있는 콘라트 폰 톨의 은행은 그의 아들 헤르베르트 폰 톨의 사기극에 이용되었다.
- 범죄자들은 콘도르스 대통령 알레코의 철저한 보호를 받고 있다.
- 그리고 요한의 형 프레드리크 뢰벤홀트는 실제로는 불쌍한 희생양일 뿐이다.

또한 보라색 머리 할머니가 교통사고로 사망했다는 콘도르스 경찰청장의 주장을 믿어야 할 필요도 없었다. 화가 치민 콘테가 그 빌어먹을 귄터에게 전화를 걸어 따져 보려 했지만, 콘도르스 대선 이후에 그가 콘라트 G. 뭐시기라는 사람으로 교체되었다는 사실을 알게 되었다. 게다가 후임자 역시 전임자만큼이나 이성적인 대화가 불가능한 인간이었다. 심지어 둘은 목소리까지 같았다.

콘테는 인터폴이 알레코 전 대통령과 앙네스 에클룬드, 요한 뢰벤홀트, 페트라 로클룬드, 헤르베르트 폰 톨 등에 대해 수사를 진행해야 할 충분한 이유가 있다고 느꼈다. 이들 모두는 수억 달러 규모의 사기 사건의 용의자들이었다. 콘도르스 경찰청장 콘라트 G. 아데나워는 수사에 협력하겠다고 약속했다. 하지만 콘테는 그를 신뢰할 수 없었다.

어쨌든 수사는 진척되지 않았다. 너무나 인간적이면서도 약간은 서글픈 이유 때문이었다. 콘테는 20년 넘게 법 집행 기관에서 근무했고, 그중 마지막 11년은 로마의 NCB에서 보냈다. 항상 그 견디기 힘든 상관 밑에서 일했는데, 그의 사무실은 콘테의 방 바로 건너편에 있었다. 오전 11시경, 콘테는 생리적 욕구 때문에 보고서 작성을 잠시 중단해야 했다. 사무실 밖으로 한 걸음 내딛는 순간, 건너편 방에서 끔찍한 목소리가 터져 나왔다.

「야, 어디 가?」

콘테가 이제 커피 한잔 정도는 마셔도 되겠지, 생각한 오후 2시에도 마찬가지였다.

「야, 어디 가?」

특수 요원은 상관에게 아주 불쾌한 일들이 일어나기를 진심으로 기원했다. 여기에다 그가 을씨년스러운 로마 외곽의 고층 아파트의 단칸방에 혼자 산다는 사실을 추가해 보라. 그가 정말로 좋아하는 것은 플라이 낚시인데, 로마에서 낚시를 좋아하는 여자를 어떻게 찾는단 말인가? 만일 그가 이탈리아 남부 지역에서 제일가는 낚시 클럽의 회원이 되었다면 모든 게 잘되었을지도 모른다. 그는 회원 후보 리스트에서 세 번째 순위에 있었지만, 일련의 불행한 상황들과 그 빌어먹을 앙네스 에클룬드 때문에 50계단이나 밀려 버렸다. 이제 남은 것은 시그리드라는 노르웨이 여성과의 채팅뿐이었다. 몇 년 전 데이트 웹사이트에서 만나 계속 연락을 해왔다. 이런 관계가 얼마나 비현실적인지 피차 알고 있었지만 말이다.

시그리드는 쉰드레 란드셰오센이라는 곳 출신이었다. 그리고 그녀만큼 플라이 낚시 미끼를 잘 묶는 사람은 없었다! 그들은 서로 팁과 조언을 주고받았다. 그녀는 그에게 노르웨이어 몇 마디를 가르쳐 주었고, 그도 간단한 이탈리아어 표현을 가르쳐 주었다. 그녀는 그를 노르웨이에 초대했지만, 그는 도저

히 갈 수가 없었다. 일에 파묻혀 꼼짝할 수가 없었기 때문이
었다.

또 여섯 살 난 앙고라 고양이 카이사르는 어떤가? 카이사르
를 혼자 아파트에 남겨 두고 다니면 안 될 일이었지만, 맡길
사람이 없으니 어쩔 수가 없었다.

그런데 일주일 전에 비극이 찾아왔다. 6년 만에 처음으로
카이사르는 발코니 난간 저편의 세상은 어떤지 한번 보고 싶
어졌다. 녀석은 펄쩍 뛰었고, 14층 아래의 포장도로로 추락
했다.

세르조 콘테의 유일한 벗은 비록 유연하기로 이름난 동물
이었지만, 즉사했다. 특수 요원은 어느 때보다도 외로운 신세
가 되어 버렸다.

오후 3시 15분에 보고서가 완성되었다. 콘테는 종이들을
가지런히 모아 책상 한쪽에 놓은 다음, 노트북에 로그인했다.
시그리드가 기분을 좋게 만들어 줄 메시지를 보냈을지도 모
르므로.

하지만 두 개의 유리문 반대편에 있는 상관은 귀신같이 이
것을 알아챘다. 벌떡 일어난 그는 뚜벅뚜벅 콘테의 방문 앞으
로 걸어와서는 고개를 쑥 내밀었다.

「야, 뭐 해? 보고서 아직도 못 끝냈어?」

보고서는 그들 사이에 놓여 있었지만, 이것은 원칙의 문제
였다.

「오후 5시까지 제출하라고 하셨잖아요?」

「그래, 하지만 좀 더 잘해 보면 어디가 덧나나?」

콘테가 대답하기도 전에 상관은 자기 방으로 돌아가 버렸다.

정말이지 이번에는 한도 초과였다. 특수 요원은 방금 끝낸 보고서를 꽉꽉 구겨서는 철제 휴지통에 던져 버렸고, 거기에 불을 붙였다. 그런 다음, 코트를 입고 방을 나왔다. 그러다 상관의 사무실 앞을 지나게 되었다.

「야, 어디 가?」 상관이 이날 들어 세 번째로 물었다.

그리고 처음으로 세르조 콘테는 대답했다.

「노르웨이에 갑니다.」

「그럼 보고서는……?」

「휴지통 안에 있어요. 물 한 바가지 가져가는 게 좋을 겁니다.」

80
1871년, 스웨덴 베스테르보텐

오래된 후문에 따르면 농장 머슴 안톤은 울리카 엘레오노라라는 감미로운 이름과 풍만한 가슴을 가진, 새로 들어온 유제품 만드는 아가씨에게 관심을 가졌다고 한다.

때는 1870년 초였다. 그녀를 곁눈질하는 것은 안톤만이 아니었지만, 대부분의 남자들은 선뜻 다가가지를 못했다. 그녀는 매우 독립적이고도 결단력이 있었는데, 어느 시대고 이런 성격은 남자들을 긴장하게 했던 것이다.

안톤은 다른 사람들과 달랐다. 자신이 하인이 된 것은 단지 역사적 이유 때문이며, 다른 일을 더 잘할 능력이 없기 때문은 아니라는 확신이 그에게는 있었다. 그는 부르트레스크에서 출발하여 오뷘, 예브트레른, 스크롬트레스크, 읍그로벤, 클루트마르크를 거쳐 셀레프테오에 이르는 역마차를 운행할 꿈을 가지고 있었다. 농장의 다른 머슴들과는 달리 그는 받은 주급을 술 마시는 데 쓰지 않고, 바지의 안감 안에다 바느질해 넣어 두었다. 7년도 되지 않아서 그는 수레 한 대를 살 수 있었다. 이제 그것을 끌 말만 한 마리 있으면 되었다.

더 좋은 날들이 올 때까지, 그는 돼지를 먹이거나, 건초를 쌓아 올렸고 유제품을 만드는 아가씨가 일하는 곳까지 심부름을 가지 않을 때면, 농장 뜰에 박힌 잡석들을 캐내며 시간을 보내곤 했다.

울리카 엘레오노라는 자신이 차갑고 무관심해 보일 수 있다는 것을 알고 있었다. 하지만 그녀는 별 상관이 없었다. 그건 한편으로는 그녀가 맡은 일의 막중한 책임이 집중력을 요하기 때문이기도 했고, 다른 한편으로는 이 차가운 인상 덕분에 토요일 밤에 술 취한 농장 일꾼들이 다른 곳에서 여자를 찾았기 때문이었다. 왜 이런 사람들을 신경 써야 한단 말인가? 그런데 그녀를 좋아하는 것은 일꾼들만이 아니었다. 십장 한두 명도 쿵쿵거리며 그녀 주위를 맴돌았다. 심지어 농장 주인도 이따금 그녀의 매력에 무관심하지 않다는 신호를 보냈다. 남자들은 그들의 신체의 특정 부분을 통해서만 생각하고, 머리로는 전혀 생각하지 않는 것 같았다.
하지만 모든 규칙에는 예외가 있는 법이다. 돼지 치는 남자 안톤…… 흠, 이 사람은 좀 달랐다. 대화할 때 그는 그녀의 가슴이 아니라 눈을 쳐다보았다. 그리고 그녀의 치즈 제조법에 대해 진심으로 궁금해하며 이것저것을 캐물었다. 그는 그녀를 단지 건초 더미 위에서 즐거운 한때를 보낼 수 있는 상대로만이 아니라, 하나의 인간으로 보는 것 같았다.
그는 일꾼들 중에서도 가장 가난했지만, 사려 깊고 유머러스했으며, 정직한 의도를 가지고 있는 것 같았다. 간단히 말해서 그녀는 그가 좋았다. 어느 날 그가 저녁 산책을 하자고 제안했을 때, 그녀는 정말 저녁 산책을 하는 것이라 믿었다. 그래서 그녀는 〈좋아〉라고 대답했다. 우유를 데우는 통은 45분 정도는 가만히 두어도 되었다.

어떻게 그런 일이 일어나게 되었는지 울리카 엘레오노라로서는 설명할 수 없었지만, 어느새 두 사람은 호숫가 바위 위에서 키스를 하고 있었다. 그러다 갑자기 그녀는 45분 넘게 거기에 있었다는 사실을 깨달았다. 그녀는 부랴부랴 유제품 가공장으로 돌아왔고, 안톤은 그 뒤를 쫓았다. 힘닿는 대로 그녀를 도와줄 생각이었지만, 아뿔싸, 너무 늦고 말았다. 치즈가 너무 빨리, 또 많이 굳어 버렸다. 농장 주인이 알게 되면 좋아할 리가 없었다.

그리고 불행은 한꺼번에 오는 법. 농장 주인이 갑자기 문 앞에 나타난 것이다.

「울리카 엘레오노라 양, 지금 뭐 하고 있는지 물어도 되겠소? 가열을 끝내고 이제는 치즈를 식혀야 할 때 아닌가?」

유제품 만드는 아가씨는 금방이라도 울음을 터뜨릴 듯한 얼굴이 되었다. 농장 머슴 안톤이 구조에 나섰다.

「참 재미있네요! 주인님도 일개 머슴에 불과한 저와 같은 생각을 하셨다니요! 방금 전에 울리카 양은 아무리 설명해 줘도 이해를 못 하는 저한테 뭐라고 하고 있었어요. 글쎄, 울리카 양이 주인님을 위해 우유를 37분 더 데우기로 결정했다지 뭡니까? 그러면 여태까지 보지 못했던 새로운 차원의 치즈가 나올 거라고 말이죠.」

「뭐, 37분?」 농장 주인이 깜짝 놀라며 반문했다. 게다가 그는 자신이 일개 머슴과 얘기하고 있는 상황이 당황스러웠다.

그것도 〈차원〉이라는 어려운 표현까지 쓰고 있는 머슴과.

울리카 엘레오노라는 재빨리 정신을 추슬렀다.

「주인님, 돼지 치는 저 사람 말에 신경 쓰지 마세요. 정확히는 36분이에요. 어떤 결과가 나올지 확신할 수는 없고, 제가 주제넘은 짓을 했을 수도 있지만, 유제품을 만드는 우리 같은 여성들은 언제나 더 완벽한 제품을 만들어 낼 생각만 하고 있답니다.」

그런 다음, 그녀는 대충 생각해서 이렇게 덧붙였다.

「이제 우리는 응고된 치즈를 8도로 맞추고 두 배 더 오래 숙성시킬 거예요. 지하실 안쪽, 깊숙한 곳에서요. 거기까지 나르려면 일손이 필요할 것 같아서, 이 돼지 치는 사람을 부른 거예요. 거기, 너, 이름이 뭐야?」

「안톤입니다.」 돼지치기는 대답했고, 바로 그 순간 울리카 엘레오노라에 열렬한 사랑에 빠졌다.

「야, 돼지치기!」 주인이 소리쳤다. 「그렇게 멍하니 서 있지 말고, 어서 이 아가씨가 시키는 대로 해! 지하실 안쪽 깊숙한 곳에다 가져다 놓으라고!」

그러고 나서 주인은 그녀가 설명한 것을 다시 생각해 봤다.

「두 배나 오래 둔다고?」

「네, 적어도 14개월이요. 결과는 장담할 수 없지만, 이 방법이 먹힐 것 같아요.」

이렇게 울리카 엘레오노라는 시간을 번 것이다. 열네 달 후에는 주인은 이 사건을 까맣게 잊어버릴 테니 말이다. 주인은 떠나갔고, 일을 끝낸 후에 울리카 엘레오노라와 돼지치기는 다시 키스를 나누기 시작했다. 지하실 안쪽 깊은 곳에서.

81
1872년, 스웨덴 베스테르보텐

유제품 가공장에서 실수가 있은 지 1년 2개월 후, 안톤과 울리카 엘레오노라에게 예쁜 딸이 생겼다. 울리카는 유제품 가공장에서 높은 평가를 받고 있는 덕에 출산 휴가를 사흘이나 받았다. 농장 주인이 어떻게 기억했는지는 아무도 알 수 없는 일이었지만, 어쨌든 그는 난처한 상황에 처한 울리카 엘레오노라와 돼지치기를 급습했던 그날부터 정확히 열네 달 후에 지하실 깊은 곳에 들어가 그 치즈를 맛보았다.

「오, 세상에!」 그가 부르짖었다.

이보다 맛있는 치즈는 상상할 수 없었다.

울리카 엘레오노라가 생각해 낸 부르트레스크치즈는 작은 구멍들이 뽕뽕 뚫렸고, 단단했으며, 그윽한 향을 발했다. 결과에 열광한 농장 주인은 치즈 이름을 다시 짓기로 했다.

「베스테르보텐!」 그가 선언했다.

어린 사라를 품에 안은 울리카 엘레오노라는 입을 딱 벌렸다. 부르트레스크치즈라고 부르는 것만도 좀 과하다 싶었는데, 주인은 이 지역 전체의 이름을 붙이겠다니!

「자, 우리 울리카 씨, 직접 한번 맛보시게나.」
울리카 엘레오노라는 맛을 보았다.
「오, 세상에!」

82

2011년 10월 31일 월요일, 스웨덴

그로부터 139년 하고도 3주가 지났을 때, 알레코와 요한은
사업에 대해 논의하기 위해 택시를 타고 공항에서 1백 킬로미
터 떨어진 부르트레스크에 갔다. 창고 책임자는 그들에게 베
스테르보텐치즈 본사가 오래전에 우메오로 이전했다는 사실
을 알려 주었다. 아마도 몇 시간 전에 두 신사가 비행기에서
내린 곳이었을 것이다.

　요한은 자신이 예전만큼이나 바보 같다는 느낌이 들었지만,
어쨌든 허겁지겁 뛰어가서는 떠나려는 택시에 붙잡고는 다시
한번 태워 줄 것을 부탁했다.

　「어디로요?」 택시기사가 물었다.

　「우메오요.」 요한이 대답했다.

　「우리가 출발했던 곳 아닌가요?」

　「아, 그럼 잘됐네요! 길을 잘 아시겠어요!」

　유제품 회사 노르메예리에르의 CEO, 그란룬드는 알레코
부자가 면담을 요청했을 때 마침 사무실에 있었다.

「무슨 일로 오셨습니까?」 회장이 스웨덴어로 물었다.

요한은 어떻게 대답해야 할지 몰랐고, 알레코는 질문 자체를 이해하지 못했다.

「My name is Kevin Church. This is my son Winston Church (내 이름은 케빈 처치고, 여기는 내 아들 윈스턴 처치입니다).」 알레코가 대답했다.

「ill이 없는 〈처치〉예요.」[8] 요한이 덧붙였다.

그란룬드 회장은 비서가 왜 이런 괴상한 인간들을 들여보냈나, 하는 생각이 들었다.

10분 후, 그는 훨씬 많은 것을 알게 되었다. 몰타 국적의 처치 씨는 미국에 베스테르보텐치즈 공장을 열고자 라이선스 구입을 원한다고 했다. 이에 대해 그란룬드 회장은 고개를 설레설레 저었다. 사실 베스테르보텐치즈의 독특한 맛은 1870년대부터 내려오는 비밀 제조법뿐 아니라, 우유를 생산하는 젖소들이 풀을 뜯는 땅과도 연관되어 있었다. 왜 이 치즈가 그렇게 특별한 맛이 나는지 그 이유를 정확히 아는 사람은 아무도 없었다. 한 이론에 따르면 2만 년 전에 떨어진 커다란 운석이 호수를 형성했고, 그 결과 칼슘이 풍부한 목초가 자라게 되었다는 거였다. 또 추운 겨울과, 6월에서 8월까지 이어지는 〈백야〉는 이 목초의 성장에 아주 적합하단다.

알레코, 다시 말해서 처치 씨는 〈백야〉가 무슨 말인지 전혀 알 수 없었다. 그란룬드 회장은 이것이 부르트레스크에 완전히 적용될 수 있는 개념은 아니라고 설명했다. 하지만 이곳에

8 요한이 처음 원했던 이름 〈처칠Churchill〉에서 ill이 빠졌다는 것.

서도 한여름에는 태양이 자정 직전에 지고, 한 시간 정도 후에 다시 떠올라서 사람이나 젖소들이 해가 사라졌는지 알아채지 못한단다. 좀 더 북쪽으로 올라가면 태양이 아예 지지 않는단 다. 그란룬드가 말하고자 하는 요점은 젖소들의 목초지가 거 의 24시간 내내 햇빛이 노출된다는 사실이었다. 적어도 여름 철에는 말이다. 게다가 부르트레스크에는 다른 곳에서는 배 양할 수 없는 독특한 박테리아가 존재한다는 거였다. 하지만 너무나 복잡한 내용이라서 그란룬드는 더 이상 설명하고 싶 지 않았다.

자신의 귀중한 시간을 허비하게 하고 있는 이 괴상한 몰타 인들을 쫓아 버리는 편이 나았다.

「간단히 말해서 그 구상을 미국에서 실현하기는 불가능합 니다.」

「라이선스 비용으로 1억 달러를 생각하고 있습니다만.」 알 레코 전 대통령이 불쑥 말했다.

우메오 대학에서 MBA 학위를 취득한 그란룬드 회장은 남 들보다 셈이 빨랐다.

「……말씀드렸다시피, 그 구상을 미국에 적용하는 것은 충 분히 가능합니다만, 세부적으로 주의를 기울여야 할 거예 요……. 얼마라고 하셨죠, 라이선스 비용이?」

83
2011년 10월 31일 월요일, 스웨덴

알레코와 요한이 베스테르보텐에서 치즈 협상에 열을 올리고 때, 새로이 몰타 시민이 된 다른 세 사람은 스톡홀름에서 기다리고 있었다. 앙네스와 헤르베르트는 손에 손을 잡고 너무 춥다고 느껴질 때까지 가을 길을 산책했다. 그러고 나서 그랜드 호텔에 있는 그의 방에, 혹은 그녀의 방에 돌아와 서로의 몸을 덥혀 주었다.

페트라는 유리창으로 막힌 베란다에 홀로 앉아 호수를 바라보며 시간을 보내는 것에 지쳐 버렸다. 게다가 앙네스와 헤르베르트의 다정한 모습은 그녀가 한 번도 경험해 보지 못한 모든 것들을 상기시켰다.

하지만 그녀는 페이스북을 통해 말테에게 또다시 메시지를 보내는 대신, 거리로 내려가 택시를 잡았다.

＊ ＊ ＊

이번에는 지난번처럼 떨리지 않았다. 이제 그녀는 말테가 정말로 자기에게 구애를 한 것인지, 아니면 이 모든 것은 자신의 상상 속에서만 일어난 일인지, 확실히 알게 될 거였다. 저녁이 되어 거리가 어두웠고, 집에는 불이 켜져 있었다. 집 앞에 혼다 시빅은 보이지 않았다.

페트라는 초인종을 누르고 귀를 기울였다. 손톱 관리 중이라며 소리 지르는 여자 목소리는 들리지 않았다. 어느 누구의 목소리도 들리지 않았다. 집에 아무도 없거나, 둘 중 하나만 있는 것이다.

그러다 발걸음 소리가 들렸다. 누군가가 문을 열었다.

문을 연 사람은 말테였다.

「걔 아직 여기 있어?」 페트라가 물었다.

그녀의 첫사랑이자, 가장 큰 사랑이자, 유일한 사랑이 깜짝 놀란 얼굴로 그녀를 쳐다봤다. 하지만 금세 정신을 차렸다.

「누구? 아, 걔? 아니, 나가라고 했어. 차도 가져가고.」

그들은 문턱의 양쪽에 서서 서로를 바라보았다. 페트라는 다음 할 말을 준비하지 않았다.

「난 여행을 다녀왔어.」 그녀가 말했다. 「네 야구 방망이는 로마에서 잃어버렸고. 미안해.」

말테는 자기 생각을 강하게 표현하는 법이 거의 없었다. 그리고 욕설은 전혀 하지 않았다. 하지만 그는 지금 아니면 다시는 그럴 기회가 없다는 것을 느꼈다.

「그 엿같은 야구 방망이는 어찌 되든 아무 상관 없어! 널 보게 되어 정말로 좋아! 자, 널 안아 봐도 돼?」

「물론이야.」

84
2011년 11월, 12월

말테와 페트라는 자신들이 생각했던 것보다 훨씬 더 잘 맞는다는 사실을 알게 되었다. 두 사람은 각기 다른 관점에서 출발했지만 지구의 미래에 대해 같은 결론에 이르고 있었다.

15년 동안 미뤄 왔던 사랑을 말테의 침실에서 마침내 이룬 후, 페트라는 그에게 진실을 말했다. 사랑하는 사람 사이에 비밀을 갖는다는 게 견딜 수 없었기 때문이었다.

나쁜 소식은, 그들이 함께할 수 있는 시간이 채 5년도 안 된다는 사실이었다. 좋은 소식은, 그들은 페트라의 약간의 계산 착오로 인해, 5년의 삶을 덤으로 얻게 되었다는 사실이었다.

말테는 페트라의 새 계산이 맞는다고 확신했다. 학창 시절에 그녀는 틀리는 법이 없었다. 교실에서 누군가와 강하게 맞서는 일이 있었다는 얘기는 아니지만, 언제나 맞는 것은 맞는다고 하고, 틀린 것은 틀리다고 했다. 반면, 과연 세상의 다른 모든 것들이 무너져 버리기 전에 지구 종말이 먼저 올지는 잘 모르겠단다.

페트라는 무슨 뜻이냐고 겸허하게 물었다.

골퍼이자 야구 선수이기도 한 말테는 사실 경제 전문가이
기도 했다. 그는 거지 같은 회사에서 아무런 즐거움도 느낄 수
없는 거지 같은 일들을 하며 살아가야 했다. 하지만 업무 시간
외에는 일과 거리를 두고, 비키도 쫓아내고 정신을 차리고 나
니 여러 가지 것들에 대해 깊이 생각해 볼 시간이 생겼다.

「그게 5년 안에 일어날지는 봐야 알겠지만, 확실한 것은 조
만간 모든 게 터져 버릴 거라는 사실이야.」

말테에 따르면, 자신이 항상 지지하고 또 의존해 온 자본주
의가 지구 전체를 파괴하려 하고 있다는 거였다. 미국의 임금
격차는 1929년 10월 월 스트리트가 붕괴했을 때와 같은 수준
이란다. 그는 마르크스와 엥겔스 같은 공산주의자들을 별로
좋아하지 않았지만, 적어도 그들은 사람들이 더 높은 이상을
추구하며 하나로 뭉치는 세상을 꿈꾸었단다. 하지만 지금은
모두가 모두에게 맞서고, 모든 것에 대해 모두가 모두를 탓하
는 상황이 되어 버렸단다.

「누가 누구에게 무엇을 탓한다는 거야?」 페트라는 자신의
이론이 옳았음을 증명할 수 있기 전에 세상이 끝날지도 모른
다는 생각에 불안감을 느끼며 물었다.

페트라의 남자 친구는 복잡하고 어려운 심리적, 경제적 설
명을 시작했다. 예를 들어 몇십 년 전, 남아프리카 공화국의
아파르트헤이트 정권은 점심 식사 때 흑인 수감자들에게는
미트볼 3개를, 비흑인 유색 인종 수감자들에게는 5개를 줌으
로써 그들 간에 불화를 야기했단다. 이런 방법으로 백인 우월
주의자들은 국민의 대다수를 차지하는 흑인과 비흑인 유색
인종이 하나로 뭉쳐 그들에게 반기를 드는 것을 막았다는 거

였다.

「미트볼?」 페트라가 되물었다.

왠지 이야기가 남아프리카보다는 스웨덴 냄새가 나는 것 같았기 때문이었다.[9]

「아니면 감자였나? 생각이 잘 안 나네.」

여튼 말테가 말하고자 하는 요점은 〈그것은 네 탓이야〉 사고방식이 급속도로 번지고 있다는 거였다. 흑인은 백인을 탓하고, 중산층은 빈민을 탓하고, 원주민은 이민자를 탓하고, 좌파는 우파를 탓하고, 위는 아래를 탓하고, 여기는 저기를 탓하고, 부자들은 부자가 아닌 나머지를 탓한단다. 그는 시장 경제에 전적으로 찬성하지만, 지금 이 시장 경제는 모두가 모두를 탓하는 만연한 〈네 탓이오〉 정신 때문에 통제 불능의 상태로 치닫고 있단다.

「광분하는 자본주의에 누군가 찬물을 끼얹지 않으면 세상은 곧 끝나고 말 거야.」 이게 그의 결론이었다.

페트라는 곧바로 기분이 나아졌다. 말테는 너무 오랫동안 혼자서 생각해 왔던 것이다. 분명히 그녀의 과학적 종말은 그의 감정적인 성격의 종말보다 먼저 일어날 거였다. 게다가 자본주의는 필요할 때마다 언제나 스스로를 재조정하는 능력을 보여 왔다. 완전히 사라져 버릴 대기와는 다르게 말이다.

자신의 모든 비밀을 밝히고 나면 말테가 어떤 반응을 보일까 하는, 보다 현실적이고 개인적인 불안감이 페트라에게는 아직 남아 있었다.

「내가 가정을 하나 해도 될까?」

9 미트볼은 스웨덴의 대표적인 전통 음식 중의 하나로 여겨진다.

「물론이지, 자기야.」

「만약에, 만약에 말이야, 우리가 러시아 마피아에게서……
일테면 5억 달러를 사기 칠 생각이 있다면 말이지…….」

그녀의 남자 친구가 풋 하고 웃음을 터뜨렸다.

「그럼 아마도 러시아 마피아가 상당히 화를 내겠지.」

페트라는 참지 못하고 몸을 뒤틀었다. 그녀는 말을 하는데
누군가가 끼어드는 게 가장 싫었다.

「자, 내가 말했듯이 이것은 완전히 가정일 뿐이야. 넌 이게
우리 모두를 종말에 더 다가가게 하는 끔찍한 짓이라고 생각
해? 아니면 다른 거라고 생각해?」

말테는 정말이지 페트라가 좋았다. 얼마나 흥미로운 질문
인가! 빅토리아와는 그 오랜 시간을 함께했지만, 두뇌를 사용
할 필요가 있었던 적은 단 한 번도 없었지 않은가! 이제 자신
의 드높은 윤리 의식을 보여 줄 때가 온 것이다.

「음……. 마피아의 돈은 원래 선량한 사람들에게서 갈취한
것이라는 점을 먼저 상기해야 하지 않을까? 그 돈을 이 선량
한 사람들을 위해 뭔가 좋은 일에 사용한다면……. 그래, 그렇
다면 우리는 세상을 침몰시키는 게 아니라, 오히려 세상에 봉
사하는 것이라고 생각해.」

페트라는 고개를 끄덕였다. 〈뭔가 좋은 일〉이라는 말이 어
쩐지 합리적으로 느껴졌다. 하지만 그 좋은 일의 경계선은 어
떻게 그을 수 있을까?

「미국에 치즈 공장을 세우는 건 어때? 정말 맛있는 치즈를
만드는 공장 말이야! 수백 개의 일자리가 생기지. 급여 수준
도 좋을 거고, 혜택도 있을 거고. 자, 어떻게 생각해?」

페트라가 스톡홀름 교외에 있는 말테의 집에서 지내는 동
안, 전에 알레코였던 이와 전에 요한이었던 이는 그란룬드 회
장과 부르트레스크 주민의 절반과 최종 협상을 벌이고 있
었다.

〈나 때문에 서두를 필요는 없어〉라고 페트라는 그들에게 알
렸다.

스톡홀름 그랜드 호텔의 엄숙한 분위기 가운데 최종 계약
서가 서명되기까지는 시간이 좀 걸렸다. 수천만 달러가 걸린
계약서에는 화물선 한 대 분량의 부르트레스크 토착 흙을 미
국으로 가져온다는 내용이 포함되어 있었다. 안전을 기하기
위해 소 2백 마리도 추가되었다. 미국에서 생산할 베스테르보
텐치즈가 최대한 오리지널에 가까운 맛을 내는 게 무엇보다
도 중요했기 때문이었다. 또한 베스테르보텐치즈의 미국 버
전 이름은 Ä 자 위의 점 두 개를 찍을 수 없다는 조항도 계약
서에 추가되었다.[10] 카피가 오리지널과 완전히 같지는 않다고
생각하면 속이 좀 덜 쓰릴 거였다.

무엇보다도 양측은 제4항 제9절을 준수해야 했는데, 여기
에는 만일 미국이 몰타 시민 몇 명과 흙과 소들이 들어오는 것
을 거부한다면, 계약은 무효가 된다고 명시되어 있었다.

이 작업은 이미 앙네스가 진행하고 있었다. USCIS, 그러니
까 미국 이민국을 찾아간 그녀는 한 몰타 기업의 대표라고 자
신을 소개한 후, 진보적 성향의 이 식품 회사가 버몬트주 랜돌

---

10 베스테르보텐치즈의 원어 표기는 Västerbottensost이다.

프에 지사를 설립할 계획이 있다는 것과 처음에는 아주 보수적으로 9천만 달러를 투자하여 180명의 현지 인력을 채용할 것임을 설명했다.

문제의 랜돌프 외곽 지역은 지금까지는 벌판과 집 몇 채, 교차로, 그리고 문 닫은 조그만 슈퍼마켓 하나만 있는 썰렁한 곳이어서, 이민국은 이 신청을 긍정적으로 보고는 신속히 처리해 줄 것을 약속했다. 신청서에는 자랑스러운 EU 시민 여섯 명(그중 다섯은 개명을 했고, 여섯 번째 시민 말테 망누손은 늘 쓰던 이름을 간직할 수 있었다)의 영주권 발급 또한 포함되어 있었다.

「자기야, 정말 우리랑 같이 가고 싶은 것 맞아? 확실해?」 어느 날 아침 식사 중에 페트라가 물었다. 「우리는…… 그니까 몇 주밖에 안 됐는데……. 그니까, 이것은 아주 중요한 결정이고…… 그니까, 인터폴, 마피아, 또…….」

말테는 자기는 살아오면서 어떤 것에도 확신해 본 적이 없었다고 대답했다. 적어도 지금까지는.

＊＊＊

미국 이민국은 돈으로도, 자동차로도, 혹은 그 무엇으로도 매수할 수 없는 기관이었다. 그들에게 추가적인 증빙 서류가 요구되지 않고 지나가는 날이 하루도 없었다. 각각의 소마다 수의사의 확인서가 필요했다. 흙은 충분한 양의 견본이 채취되어 분석될 때까지 항구 앞 바다에서 기다려야 했다. 그러고 나서 이민국은 확실한 보증인과 엄청난 액수의 보증금을 요구했다. 콘크리트, 차량, 그리고 열네 가지의 다른 제품들은 현지에서 구매해야 한단다. 신청자가 봉급을 줘야 하는 3인으로 구성된 기업 활동 감독 위원회도 만들어야 한단다.

앙네스는 이 모든 것에 기꺼이 동의했다.

「5인으로 구성된 기업 활동 감독 위원회가 좀 더 안전하지 않을까요?」

8주 후, 결정이 내려졌다.

「미합중국에 오신 것을 환영합니다!」

「R 없는 오브라마에게 전화하게 해주었다면, 15분이면 해결됐을 텐데.」 요한이 탄식했다.

태어났을 때 받은 이름으로 더 이상 불릴 수 없게 되었다가, 새로 얻게 된 이름으로도 더 이상 불릴 수 없게 된 한 남자는 가슴이 뭉클해졌다.

알렉산드르 코발추크는 소련 남부 지방에서 쓰레기 수거 일을 총괄한 자의 아들이었다. 성인이 된 그는 유감스러운 상황으로 뜻하지 않게 거대한 나라 전체를 파산시킨 장본인이 되어 버렸고, 보리스 옐친 정권에서는 수많은 모순적인 세법들을 도입하여 주위의 거의 모든 부패한 세력의 원한을 사게 되었다.

알레코라는 이름으로 인도양의 섬나라에서 새로운 경력을 시작한 그는 모든 게 잘되어 얼마 후에는 그곳의 통제권을 쥐게 되었다. 소련을 파산시키고, 거기서 환영받지 못하는 존재가 되었던 그는 아프리카 전체를 화나게 만드는 전략으로 나갔지만, 이번에도 통하지 않았다. 그에게는 세상에서 가장 무

서운 마피아로부터 5억 달러를 훔치고, 전 세계 5백만의 도박
꾼들에게서 거의 같은 액수를 사기 치는 것 말고 다른 선택지
가 없었다.

이렇게 알렉산드르 코발추크는 알레코 대통령이 되었고,
알레코 대통령은 케빈 처치가 되었다. 이제 그는 지난 수십 년
동안 해왔던 것처럼 세 번째 대륙을 공략할 준비가 되어 있
었다.

「아메리카여, 우리가 왔다!」 그가 외쳤다.

아빠가 만족하면 요한도 만족했다.

「This is America, babe, you gotta think big to be big(베이
비, 여긴 아메리카야, 크게 되려면 크게 생각해야 해)!」[11]

「뭐라고?」

「크리스토퍼 워컨이 한 말이에요. 내가 제목을 잊어버린 어
떤 영화에서요. 하지만 제목만 빼놓고 다 기억해요. 마스터
셰프이자 천재이니까요. 또 영화 애호가이기도 하죠! 그게 바
로 나라고요!」

---

11 영화 「헤어스프레이」 속 대사.

85
2012년 1월

요한은 여전히 ── R 자가 있든 없든 간에 ── 오바마에게 전화하는 것을 금지당하고 있었다. 하지만 어느 날 오바마가 요한에게 전화를 걸 생각을 했다. 그는 이제 사임 후 종적을 감춘 알레코 대통령과 관련된 소동을 멀리서 지켜보고 있었다. 또한 그는 유쾌한 스웨덴 친구 요한과 나눴던 대화들을 다시 한번 곱씹어 보면서, 이 요한은 아마도 천재라기보다는 특출난 요리사, 그리고 순수하고도 본능적인 사람에 더 가까울 거라는 생각이 들었다. 그가 우편배달부와 외무부 장관으로 큰 성공을 거두지 못한 것은 이 때문일 거였다. 이런 생각들에 그에 대한 호감이 더욱 깊어졌고, 그의 근황을 알고 싶어졌던 것이다.

「친구, 잘 있었나? 나 버락일세.」

「네? 누구요?」 요한이 되물었다.

「오바마! 대통령 말이야! 날 기억하나?」

요한의 얼굴이 환해졌다.

「물론 기억하죠!」

버락 오바마는 요한에게 지난번에 자신을 방문해 준 것에 대해 감사를 표하고, 선물로 받은 베스테르보텐치즈를 거의 다 먹었으며, 이렇게 불쑥 전화를 한 것은 그동안 어떻게 지내는지 궁금했기 때문이었다고 설명했다. 아디스아바바에서 그 일이 있은 후 어떤 일들이 있었는지 말해 줄 수 있는지? 어쨌든 일들이 예상과는 다르게 흘러갔지 않는가?

요한은 그 후에도, 그 전에도 많은 일들이 있었다고 대답했다. 지금은 전과 같지는 않단다. 예를 들어 자신의 이름은 더 이상 요한이 아니고 다른 거란다. 윈스턴 처칠은 아니지만, 거의 비슷한 거란다.

버락 오바마는 〈내가 거기에 대해 더 자세히 듣고 싶은지는 잘 모르겠네……〉라고 말했다. 하지만 요한은 얘기를 중간에서 끝낼 생각이 없었다. 알레코 아빠, 앙네스, 헤르베르트, 페트라, 그리고 자신은 새 여권을 얻었고, 또 어떤 나라로 가서 거기서도 새 여권을 받았단다. 그런 다음, 스웨덴으로 가서는 치즈의 왕이라 할 수 있는 베스테르보텐치즈의 미국 사업권을 사들였단다. 그리고 중간에 페트라에게 남자 친구도 하나 만들어 주었고.

대통령에게 이 새로운 인물은 치즈 이야기만큼은 흥미롭지 않았다. 뭐라고? 베스테르보텐치즈를 미국에 수입하려는 건가? 오, 환상적이야!

「아뇨, 우리가 미국에 들어갈 거예요. 그리고 치즈 공장을 세울 예정인데, 거기가…… 버…… 베르사유였나? 아니, 그게 아니고…….」

「버몬트?」

550

「아마 그럴 거예요.」

버락 오바마는 다시 한번 알고 싶기도 하고, 알고 싶지 않기도 한 애매한 심정에 사로잡혔다. 아마도 알레코 대통령은 콘도르스의 나랏돈을 훔쳐 나와서 그의 친구들과 스스로에게 새로운 신원을 만들어 준 것 같았다. 그런데 지금 요한이 뭐라고 했지? 알레코가 그의 아버지라고?

사실이었다. 요한은 그들이 스웨덴 대사관에서 처음 만났을 때 피차 이 사실을 몰랐기 때문에, 버락이 자기 아버지를 〈똥구멍〉 취급한 것을 가지고 자책할 필요는 없다고 말했다. 그걸 누가 알았겠는가? 그 자신도, 몇 달 전까지만 해도 어떤 종말 예언가와 열아홉 살 행세를 하는 보라색 머리 할머니, 그리고 유럽 연합 소속인지 아닌지 잘 모르겠는 어떤 나라의 늙은 은행가를 알게 될지 꿈에도 몰랐단다.

「참, 잊어버리기 전에 묻겠는데요, 〈버락〉을 쓸 때 가운데에 R 자가 들어가는 것, 맞죠?」

오바마는 대사관 파티 이후에 일어난 일들을 생각해 보면 알레코의 별명이 틀린 게 아니라는 생각이 들었지만, 요한이 되찾은 아버지에 애착을 갖고 있는 듯했으므로 아무 말도 하지 않았다. 그냥 자기 이름은 그 철자가 맞는다고만 대답했다.

「그리고 당신은 어떻게 지내죠?」 요한이 물었다.

「잘 지내네.」 오바마가 대답했다. 「할 일이 너무 많아.」

✳ ✳ ✳

때로는 어떤 세세한 것들의 의미를 이해하는 데 시간이 걸리기도 한다.

지난해 10월 18일, 5억 달러 규모의 이른바 〈지구 종말 사기극〉이 벌어졌을 때, 버락 오바마는 침묵을 지켰다. 전 세계적으로 수백만 명이 피해를 입은 사건이었다.

많은 사람들이 스미르노프 교수라는 희대의 종말 사기꾼에 분개했다. 가장 화가 난 사람은 비즈니스맨 도널드 트럼프였다. 그는 트위터에 분노에 찬 글을 올려, 이 사건의 배후에 힐러리 클린턴, 톰 행크스, 교황 베네딕트 16세가 있는 게 아니냐는 의혹을 제기하며 오바마 대통령에게 진상 규명을 촉구했다.

반면 또 다른 피해자 빌 게이츠는 이 사기극을 보다 차분하게 받아들였다.

〈그 명성 높은 스위스 은행에 사기당할 줄은 정말 몰랐어요. 하지만 뭐, 기후 문제 연구에 2백만 달러를 기부하기로 약속한 것은 사실이니까……〉라고 말하며 수표책을 꺼냈다.

트럼프는 이렇게 논평했다.

〈등신.〉

미국 대통령 집무실인 오벌 오피스에 앉은 오바마는 조금 전에 스웨덴 친구 요한에게서 들은 얘기들의 의미를 이해하기 시작했다. 요한은 자신의 지인들 중에 어떤 여자 예언가와 어떤 은행가가 있다고 말했다. 이런 조합이 발생할 확률이 과연 얼마나 될까?

비즈니스맨 트럼프는 그에게 머리를 모래 속에 처박고 있지만 말고 높이 들어서 상황을 파악하라고 충고한 바 있었다.

버락 오바마는 모두의 행복을 위해서는 오히려 그 반대로 하는 게 나을 거라는 생각이 들었다.

더 깊이 처박아야 하리라…….

제4부

세 번째 지구 종말 이전

86
약 1년 후

미국 대통령 선거가 열흘 앞으로 다가왔을 때, 현직 대통령에게 희망적인 상황이 전개되고 있었다. 그의 도전자인 밋 롬니는 아직 향방이 결정되지 않은 주들을 이동하며 선거 운동을 펼치고 있었다. 처음에는 너무나 보수적이었던 그의 메시지는 선거 운동이 진행됨에 따라 점점 부드럽게 변해갔다. 이제 그는 거의 진보적이기까지 한 수사(修辭)를 펼치고 있었다.

버락 오바마는 통제 불능 상태의 실업률을 잡는 데 실패했고, 부족한 예산은 숫자로 표현하기 힘들 정도로 늘어 갔다. 그럼에도 불구하고, 그는 여론 조사에서 크게 앞서 있었다. 만약 이 나라가 중년의 백인 남성들로만 구성되어 있었다면 그는 전혀 가능성이 없었을 것이다. 하지만 미국은 그 이상이었다.

그럼에도 아직 선거 결과는 보장된 게 아니었다. 따라서 선거 캠페인의 대미를 장식할 곳으로 대통령이 버몬트주를 택한 것은 매우 주목할 만했다. 만약 그의 승리가 확보된 주가 있다면, 바로 그곳이었기 때문이다. 대통령의 이 행보는 버몬트 주민들이 여러 번 의회로 보내 준 못 말리는 진보적 상원 의원 버니 샌더스에 대한 일종의 보답이라는 의견도 있었다.

그런데 더욱 이상한 일이 벌어졌다. 버락과 미셸 오바마, 그리고 측근들이 향한 곳은 버몬트주의 시골 구석으로, 그곳 의…… 새로이 문을 연 어느 치즈 공장이었다!

CNN는 항상 오바마 뒤를 졸졸 따라다니는 것을 좋아했다. 이번 여행에도 다르지 않았다. 기자들은 대통령에게서 코멘트를 얻어 내기 힘들었지만, 치즈 공장 직원들과는 대화할 수 있었다. 모자와 선글라스를 쓴 이 회사 CEO 처치 씨라는 사람은 자신이 이룬 것들이 자랑스럽고, 몰타의 산과 강과 호수가 무척 그립기는 하지만, 이 치즈 공장과 자신의 새 조국인 미국을 너무나 사랑한다고 말했다. 특히 이런 선거 기간에는 더욱 그렇단다! 진정한 민주주의보다 더 아름다운 것이 무엇이겠습니까?

다행히도 CNN 기자는 몰타에 대해 잘 알지 못했다. 몰타에는 강이나 호수가 없으며, 가장 높은 산이라고 해봤자 해발 250미터에 불과하다는 사실도 몰랐다.

공장의 구내식당에서 요리사 복장에 선글라스와 야구 모자를 쓴 남자가 걸어 나왔다. 그 모습도 충분히 이상했지만, 요리사가 대통령에게 다가와 거침없이 그를 껴안았을 때는 더욱 이상했다. 그리고 그보다 더 놀라운 것은 대통령도 그를 힘차게 포옹했다는 사실이었다.

잠시 후, CNN 기자는 야구 모자를 쓴 요리사에게 다가갈 수 있었다.

「실례합니다만, 몇 가지 질문을 드려도 될까요?」

「물론이죠.」

「당신은 누구시고, 오바마 대통령과는 어떤 관계인가요?」

이제 요한은 자신의 새 이름에 익숙해져 있었다.

「저는 ill이 안 들어가는 윈스턴 처치이고요, 직원 식당을 담당하고 있어요. 오늘 저녁 대통령과 영부인을 위해 특별한 것을 준비해야 옳겠지만, 약간 문제가 생겨서 오늘은 점심에 남은 음식을 대접해야 할 것 같아요.」

CNN 기자는 두 번째 질문에 대한 답변을 얻지 못했지만, 방금 들은 것에 대해 호기심이 일었다.

「처치 씨, 지금 내가 제대로 들은 건가요? 대통령과 영부인 께서 오늘 저녁 이 치즈 공장의 직원 식당에서 식사를 하신다 고요? 그리고 먹다 남은 음식을 제공할 거라고요?」

요한이 대답했다.

「정확히 말하자면 먹다 남은 음식은 아니에요. 난 주방을 담당하고 있고 오늘 손님들이 온다고 했는데……. 글쎄, 도움을 좀 받기는 했지만…… 180명이나 되는 사람들을 먹여야 하는 일이라서……. 오늘 저녁 식사 때 새로운 것을 생각해 낼 시 간이 없었어요. 하지만 분명히 점심때 먹은 것으로도 충분할 거예요.」

「미합중국 대통령과 영부인을 대접하는데, 이 공장 직원들 이 점심 먹고 남은 것을 준비할 시간밖에 없었단 말입니까?」

「이미 말씀드렸다시피요.」

「무엇을 대접할 것인지 물어봐도 될까요?」

「물론이죠.」

「무엇을 대접할 건가요?」

「음, 가만있어 보자……. 그래요, 우선 살짝 구운 연어에 고추냉이소스를 얹은 요리가 있어요. 잘게 간 베스테르보텐치즈도 있고 소금을 뿌려 볶은 피스타치오도 있고요. 베스테르보텐치즈키슈,[1] 마늘과 함께 볶은 강낭콩, 절인 양파도 있고, 베스테르보텐치즈와 바삭한 베이컨이 들어간 송로버섯리소토도 준비했어요. 그리고 버터에 구운 뒤 베스테르보텐치즈, 링곤베리, 볶은 케일을 곁들여 낸 엘크스테이크도 있어요. 디저트는 오븐에 구워 낸 사과에 로즈마리 향의 캐러멜소스를 얹고, 베스테르보텐치즈를 뿌린 거예요. 나는 A 자 위에 점 두 개가 있든 없든 베스테르보텐치즈를 좋아하죠. 여러분도 우리와 함께 식사하면 좋을 텐데요. 식당에 자리가 충분하거든요.」

여기서 기자는 인터뷰를 중단해야 했으니, 경호원 하나가 불쑥 나타나서는 당장에 카메라를 끄라고 지시하고는, 지금 이분에게서 무슨 말을 들었든 간에 CNN은 오늘 저녁 식사에 초대받지 못했다고 알렸기 때문이었다. 이 모임은 사적인 행사라는 것이었다.

치즈 회사 CEO 미스터 처치, 다시 말해서 알레코 전 대통령은 인터뷰 대상자를 요한 대신에 페트라로 바꿨다. 그는 그녀를 영업 이사로 소개했다. 페트라는 요리사 모자도 야구 모자도 쓰지 않았지만, 선글라스는 끼고 있었다. 그녀는 미국 베스테르보텐치즈 공장은 장기적인 계획을 가지고 있다고 CNN에 설명했다. 특히 향후 4년에 대해서는 매우 세부적인 계획이 수립되어 있으며, 그다음 시기에 대해서는 약간 덜 세

1 키슈는 파이의 일종으로 달걀과 우유, 고기, 채소, 치즈 등이 들어간다.

부적인 계획이 수립되어 있단다.

그녀는 임박한 지구의 종말에 대한 언급은 자제했다. 조금 떨어진 곳에서 말테는 오바마에게 다가가 이 나라의 현기증 나는 임금 격차에 대해 토론해 볼까, 망설였지만, 그 역시 자제했다.

이날 저녁, CNN 보도의 시청자들은 버몬트의 새 치즈 공장이 몰타에서 온 한 무리의 자유분방한 이민자들에 의해 운영된다는 인상을 받았다. 이 방송의 정치 평론가들은 오바마가 밋 롬니와는 달리 자신은 미국 **전체**의 대통령이라는 사실을 아주 영리하게 보여 주었다는 데에 의견이 일치했다. 보도는 미국 대통령과 직원 식당 셰프의 힘찬 포옹을 느린 화면으로 잡은 장면으로 끝났다. 현직 대통령의 소탈한 인간미를 이보다 더 잘 보여 줄 수 있을까?

에필로그
첫 번째

러시아의 마피아 조직인 보리는 적어도 몇 세기의 세월 동안 진화해 왔다. 러시아가 소련으로, 그리고 다시 소련이 러시아로 급속히 변화한 덕에, 이 범죄 네트워크는 그들의 방법들을 세련되게 다듬고, 국가 시스템의 일부로 통합시킬 수 있었다. 물론 이 수십 년의 시간 동안, 지나치게 야심적이거나 지나치게 멍청해서 감히 조직에 대립한 인물이 나타나기도 했다. 하지만 이런 인물이 한 주 이상 살아남는 경우는 거의 없었다.

더구나 어떤 뻔뻔스러운 인간이 보리에게 무려 5억 달러라는 어마어마한 금액을 사기 쳐먹은 경우는 전혀 없었다. 그런데 이런 인간이 실제로 출현했을 뿐만 아니라, 돈을 들고 튄지 1년이 지나도록 찾을 수가 없는 것이다! 그리고 어딘가에서 멀쩡히 숨을 쉬고 있는 것이다!

모스크바에서 도둑들의 왕 예카테리나 비코바는 알렉산드르 코발추크, 다시 말해서 알레코 전 대통령을 찾아내는 일을 최고의 정보원들과 살인 청부업자들에게 의뢰했다. 이들의 노동은 결코 공짜가 아니었다.

문제의 사건이 일어나고 나서 딱 1년이 지났을 때, 예카테리나의 오른팔이자 조직의 재무 담당이 이렇게 물었다.

「보스, 우린 벌써 1년째 그자를 찾고 있어요. 스무 명이나 되는 인원이 전 세계를 돌아다니며 샅샅이 뒤져 왔죠. 자, 이제 재무 담당 이사로서 묻겠습니다. 이제 그만 추적을 중단해야 하지 않을까요?」

재무 담당자의 보스는 수수께끼 같은 흐릿한 시선을 그에게로 돌렸다.

「스무 명?」 그녀가 물었다.

「네.」

「일 년 내내?」

「네.」

「인원을 마흔 명으로 늘려요. 그리고 열두 달 안에 그자를 잡아서 내게 데려와요.」

에필로그
두 번째

프레드리크 뢰벤홀트는 5억 달러 규모의 사기 사건과 관련하여 금방 혐의를 벗게 되었다. 하지만 그가 특별 휴가를 내어 죽어 가는 부친에게 작별 인사를 하러 가는 대신 아프리카로 갔던 것은 사실이었다(게다가 부친은 아직 정정하게 살아 있었다). 대사 굴덴은 거짓말이나 속임수는 결코 용납하지 않는 사람이었다. 게다가 이 두 형제에게는 근본적으로 의심쩍은 뭔가가 있었다. 따라서 둘 다 스웨덴을 대표하는 자리에 놔둘 수는 없었다.

요한의 형은 원점에서 다시 시작해야 하는 신세가 되었다. 게다가 수중에는 땡전 한 푼 없었으니, 누군가가 취리히 폰 톨 은행에 있는 그의 계좌에 있는 몽땅 돈을 빼내어 유럽 경성(硬性) 치즈 보호 재단에 기부했기 때문이었다. 게다가 그는 어리석게도 윤기가 자르르한 새 페라리가 자기 차가 아니라고 맹렬히 부인했고, 결국 당국은 그의 말을 받아들여 차를 압수해 갔다.

외교관 생활을 몇 달 하면서, 그는 적어도 복사기와 관련해서는 충분한 경험을 쌓을 수 있었다. 프레드리크는 올손이라는 가명하에 중앙 우체국에 지원했고, 거기서 복사기 관리 업무를 맡게 되었다. 그는 전 주소지 스톡홀름 스트란드베겐가에서 북쪽으로 한 시간 거리에 있는 메르스타의 한 원룸에서 살았다. 그에게 유일한 위안은 자기 손으로 천치 같은 동생의 삶도 망쳐 버렸다는 사실이었다. 빌어먹을 자식! 그 멍청한 자식은, 프레드리크가 사임시키는 데 성공한 알레코 대통령과 함께 1년 전에 종적을 감췄다. 최상의 시나리오라면 그들은 콘도르스의 폭도들에게 살해당했으리라. 아니면 브라질 열대 우림의 어딘가에 숨어 있거나. 사실 그는 그 빌어먹을 부자가 평화롭게 쉬지 못하고 괴로움에 몸부림치고 있기를 바랐다.

우체국 일은 고되고, 전혀 흥이 나지 않았다. 매일 통근 열차에서 오랫동안 앉아 있다가 버스를 여섯 정거장 타고서 교외에 있는 집에 돌아와서는, 동네 가게에서 사 온 피자를 씹으며 TV 앞에 멍하니 앉아 있다 잘 시간이 되면 다음 날을 위해 침대에 눕곤 했다.

어느 날, 리모컨으로 채널을 돌리던 그는 CNN에 눈이 멈췄다. 미국 대통령 선거가 코앞에 다가와 있었다. 아, 불과 1년 전에 내가 미국 대통령과 같은 방에 있었다니……. 오바마는 4년 더 오벌 오피스에 앉아 있을 희망을 품고 선거 운동에 박차를 가하고 있었다. 영상에서 그는 아내 미셸과 함께 있었다. 그들은 버몬트의 어떤 공장을 방문 중인 듯했다. 대통령은 거기서 일하는 어떤 노동자와 만나게 되어 매우 기뻐하는 듯했다. 심지어는 그를 와락 끌어안기까지 했다!

그 노동자는 야구 모자와 선글라스에 요리사 옷을 입은 우스꽝스러운 차림이었다. 그리 똑똑해 보이진 않았다. 한데, 뭔가 낯이 익었다.

심지어는 매우 낯이 익었다.

저게……? 설마……?

그 바보?

감사의 말

나의 베타 테스트 독자인 릭손, 그리고 라르스, 마르틴 형제에게 고마움을 표합니다. 그들의 격려는 작품이 절반도 완성되지 않았을 때에도 나에게 힘을 주곤 했습니다. 또한, 〈더 구린 것도 읽은 적이 있다〉라는 말보다 더 친절한 말은 해준 적이 없는 나의 환상적인 한스 삼촌에게도 감사하고 싶습니다. 이번에는 평소보다 더 짜증이 많으셨는데, 이것이 여태까지 내가 쓴 책들 중 최고라는 뜻일지도 모르겠습니다. 락소와 스테판 엘스트룀에게도 감사를 전합니다. 스테판은 내가 한 말에 너무 웃다가 침대를 부순 적이 있는 친구입니다. 새 침대에서 이 원고를 꼼꼼하게 읽고 소중한 의견을 제공해 주었습니다.

또한……

내가 쓴 것을 좋아해 주고, 세심하게 돌봐 주는 나의 출판인 요나스 악셀손과 에이전트 에리크 라르손에게도 감사합니다.

그리고 무엇보다도……

2020년 스웨덴 〈올해의 셰프〉이자 스웨덴 요리 국가대표팀과 함께 세계 챔피언이 된 루드비그 퇴르네모에게 깊은 감사를 드립니다. 그가 도와주지 않았다면 내 소설 속의 셰프 요한이 좀…… 바보같이 보였을 것입니다.

2022년 6월 1일, 스톡홀름에서

요나스 요나손

옮긴이의 말

다시 한번 요나스 요나손의 신작을 번역하게 되었다. 『지구 끝 날의 요리사』. 제목에서부터 임팩트가 느껴지지 않는가? 뭐, 지구가 멸망하는데 요리를 한다고……? 요나손 특유의 유쾌한 촌철살인이 느껴진다.

10여 년 전 『창문 넘어 도망친 100세 노인』으로 독자들의 마음을 사로잡은 이후로, 요나손의 작품들은 내게는 늘 즐거운 과제였다. 번역이라는 게 때로는 고역일 수 있지만, 그의 책은 다르다. 마치 맛있는 케이크를 한 입씩 음미하듯, 페이지가 줄어 가는 것을 아쉬워하며 작업한다.

이번 작품도 예외가 아니다. 멍청하지만 요리 천재인 요한과, 똑똑하지만 염세적인 페트라의 좌충우돌 세상 주유(周遊)기…… 읽다 보면 피식피식 웃음이 새어 나오지만, 그 속에서 의외로 무거운 것들을 발견하게 된다. 언제나 그렇듯이, 이번에도 요나손은 허무맹랑하고 실없어 보이는 이야기 속에 삶에 대한 예리한 통찰을 숨겨 놓았다.

요나손은 늘 이렇게 말한다. 〈이봐, 인생 너무 복잡하게 생

각할 것 없어! 지금 이 순간을 천진하게 즐기며 살라고! 그게
바로 지혜야!)『지구 끝 날의 요리사』라는 제목도 그런 맥락
일 것이다. 세상이 아무리 힘들고 각박해도, 요한이 순간적인
영감을 발휘하여 만들어 내는 맛있는 요리를 즐기듯이 이 순
간을 즐기라는 것이다. 사실 이는 요나손의 작품 세계 전체를
관류하는 중심 사상이라 할 수 있다. 〈자유〉와 〈단순함〉을 추
구하며, 모든 복잡한 이념과 철학과 고민에서 벗어나 순수하
게 현재를 살라는 메시지…… 바로 〈카르페 디엠Carpe diem〉
말이다. 이번 작품에서는 이 주제가 〈멍청하지만 낙천적인,
그래서 행복한 요리사〉와 〈똑똑하지만 염세적인, 그래서 불행
한 과학자〉의 대비를 통해 더욱 설득력 있게 펼쳐진다.

　전 세계를 누비는 주인공들의 모험을 따라가다 보면, 독자
여러분도 나처럼 천진한 즐거움을 느끼실 것이다. 요한과 페
트라가 여행 중에 만나는 인물들 ─ 늘그막에 인터넷 사기꾼
으로 변신한 앙네스, 세상의 온갖 풍파를 겪다가 결국 뻔뻔스
러운 아프리카의 독재자로 정착한 알레코 등 ─ 을 통해 우리
는 인생의 다양한 얼굴들을 보게 된다. 그리고 어쩌면 이런 생
각이 들지도 모르겠다. 그래, 결국 가장 똑똑한 사람은 〈천치〉
요한 아닐까?

　여러분도 내가 느낀 그 편안함과 즐거움을 그대로 느끼셨
으면 한다. 그리고 삶에서 정말 중요한 건 어떤 무겁고 거창한
것들이 아니라, 지금 이 순간을 행복하게 사는 것이라는 교훈
을 얻으셨으면 한다. 요나손이 주는 가장 큰 선물은 바로 이게
아닐까?

　이 책을 번역하면서 나 역시 많은 선물을 받았다. 때로는 웃

음이 터져 번역을 멈추기도 했고, 때로는 작가의 날카로운 성찰에 생각에 잠기기도 했다. 이런 즐거운 독서의 시간을 선사하신 친애하는 요나손에게, 그리고 그의 작품을 사랑하시는 독자 여러분께 깊은 감사를 드린다.

자, 이제 요나손이 만들어 온 새 요리를 맛보면서…… 오늘 하루 여러분도 맛있게 사시길 바란다! 세상이 끝날 것 같은 날에도, 인생이 끝날 것 같은 날에도 말이다.

2024년 8월, 파주에서
임호경

옮긴이 **임호경** 1961년에 태어나 서울대학교 불어교육과를 졸업했다. 파리 제8대학에서 문학 박사 학위를 취득했으며, 현재 전문 번역가로 활동하고 있다. 옮긴 책으로는 피에르 르메트르의 『오르부아르』, 『사흘 그리고 한 인생』, 『화재의 색』, 『우리 슬픔의 거울』, 『대단한 세상』, 에마뉘엘 카레르의 『왕국』, 『러시아 소설』, 『요가』, 요나스 요나손의 『킬러 안데르스와 그의 친구 둘』, 『셈을 할 줄 아는 까막눈이 여자』, 『창문 넘어 도망친 100세 노인』, 베르나르 베르베르의 『신』(공역), 『카산드라의 거울』, 조르주 심농의 『리버티 바』, 『센 강의 춤집에서』, 『누런 개』, 『갈레 씨, 홀로 죽다』, 앙투안 갈랑의 『천일야화』, 로런스 베누티의 『번역의 윤리』, 스티그 라르손의 〈밀레니엄 시리즈〉, 파울로 코엘료의 『승자는 혼자다』, 기욤 뮈소의 『7년 후』 등이 있다.

지구 끝 날의 요리사

발행일   2024년 8월 20일 초판 1쇄
          2024년 8월 30일 초판 2쇄

지은이   요나스 요나손
옮긴이   임호경
발행인   홍예빈·홍유진
발행처   주식회사 열린책들

경기도 파주시 문발로 253 파주출판도시
전화 031-955-4000 팩스 031-955-4004
www.openbooks.co.kr

Copyright (C) 주식회사 열린책들, 2024, *Printed in Korea.*
ISBN 978-89-329-2455-7 03850